Tucholsky Wagner Zola Scott Sydow Freud Schlegel
Turgenev Wallace Fonatne
Twain Walther von der Vogelweide Fouqué Friedrich II. von Preußen
Weber Freiligrath
Fechner Weiße Rose von Fallersleben Kant Ernst Frey
Fichte Richthofen Frommel
Engels Fielding Hölderlin
Fehrs Faber Flaubert Eichendorff Tacitus Dumas
Maximilian I. von Habsburg Eliasberg Ebner Eschenbach
Feuerbach Ewald Fock Eliot Zweig
Goethe Vergil
Mendelssohn Balzac Shakespeare Elisabeth von Österreich London
Lichtenberg Rathenau Dostojewski Ganghofer
Trackl Stevenson Hambruch Doyle Gjellerup
Mommsen Tolstoi Lenz Droste-Hülshoff
Thoma von Arnim Hanrieder
Dach Verne Hägele Hauff Humboldt
Karrillon Reuter Rousseau Hagen Hauptmann
Garschin Defoe Baudelaire Gautier
Damaschke Descartes Hebbel
Wolfram von Eschenbach Hegel Kussmaul Herder
Dickens Schopenhauer Rilke George
Bronner Darwin Melville Grimm Jerome Bebel
Campe Horváth Aristoteles Voltaire Federer Proust
Bismarck Vigny Barlach Heine Herodot
Gengenbach Grillparzer Georgy
Storm Casanova Tersteegen Gilm
Chamberlain Lessing Langbein Gryphius
Brentano Lafontaine
Strachwitz Claudius Schiller Kralik Iffland Sokrates
Katharina II. von Rußland Bellamy Schilling
Gerstäcker Raabe Gibbon Tschechow
Löns Hesse Hoffmann Gogol Wilde Vulpius
Luther Heym Hofmannsthal Klee Hölty Morgenstern Gleim
Roth Heyse Klopstock Kleist Goedicke
Luxemburg Puschkin Homer Mörike
La Roche Horaz Musil
Machiavelli Kierkegaard Kraft Kraus
Navarra Aurel Musset
Nestroy Marie de France Lamprecht Kind Kirchhoff Hugo Moltke
Nietzsche Nansen Laotse Ipsen Liebknecht
Marx Ringelnatz
von Ossietzky Lassalle Gorki Klett Leibniz
May vom Stein Lawrence Irving
Petalozzi
Platon Knigge Kafka
Sachs Pückler Michelangelo Kock
Poe Liebermann Korolenko
de Sade Praetorius Mistral Zetkin

Der Verlag tredition aus Hamburg veröffentlicht in der Reihe **TREDITION CLASSICS** Werke aus mehr als zwei Jahrtausenden. Diese waren zu einem Großteil vergriffen oder nur noch antiquarisch erhältlich.

Symbolfigur für **TREDITION CLASSICS** ist Johannes Gutenberg (1400 — 1468), der Erfinder des Buchdrucks mit Metalllettern und der Druckerpresse.

Mit der Buchreihe **TREDITION CLASSICS** verfolgt tredition das Ziel, tausende Klassiker der Weltliteratur verschiedener Sprachen wieder als gedruckte Bücher aufzulegen – und das weltweit!

Die Buchreihe dient zur Bewahrung der Literatur und Förderung der Kultur. Sie trägt so dazu bei, dass viele tausend Werke nicht in Vergessenheit geraten.

Das Werk

Emile Zola

Impressum

Autor: Emile Zola
Übersetzung: Johannes Schlaf
Umschlagkonzept: toepferschumann, Berlin

Verlag: tredition GmbH, Hamburg
ISBN: 978-3-8472-3750-1
Printed in Germany

Rechtlicher Hinweis:
Alle Werke sind nach unserem besten Wissen gemeinfrei und unterliegen damit nicht mehr dem Urheberrecht.

Ziel der TREDITION CLASSICS ist es, tausende deutsch- und fremdsprachige Klassiker wieder in Buchform verfügbar zu machen. Die Werke wurden eingescannt und digitalisiert. Dadurch können etwaige Fehler nicht komplett ausgeschlossen werden. Unsere Kooperationspartner und wir von tredition versuchen, die Werke bestmöglich zu bearbeiten. Sollten Sie trotzdem einen Fehler finden, bitten wir diesen zu entschuldigen. Die Rechtschreibung der Originalausgabe wurde unverändert übernommen. Daher können sich hinsichtlich der Schreibweise Widersprüche zu der heutigen Rechtschreibung ergeben.

Text der Originalausgabe

Emile Zola

Das Werk

Originaltitel: »L'Oeuvre«

Übertragung aus dem Französischen von
Johannes Schlaf

I

Claude ging gerade am Stadthaus vorbei, und es schlug zwei Uhr morgens, als das Unwetter losbrach. Er liebte Paris bei Nacht, und so war ihm die heiße Julinacht mit einem Künstlerbummel durch die Markthallen verstrichen, über den er dann alles andere vergessen hatte. Plötzlich fielen die Tropfen so dick und dicht, daß er sich in Lauf setzte und Hals über Kopf, so schnell er vermochte, am Quai de la Grève hinrannte. Als er aber bei der Brücke Louis-Philippe angelangt war, verdroß ihn sein atemloser Lauf, und er mäßigte seine Eile. Diese Angst vor dem bißchen Naßwerden war ja einfältig. Nachlässig die Hände schwingend überschritt er in der dichten Finsternis durch den peitschenden, das Licht der Gaslaternen verwischenden Platzregen langsam die Brücke.

Übrigens hatte er bloß noch ein paar Schritte. Als er über den Quai Bourbon zur Ile Saint-Louis abbog, setzte ein heftiger Blitz die gerade, flache Zeile der der Seine gegenüber am engen Fahrdamm hingereihten vornehmen alten Häuser ins Helle. Der Widerschein machte die Scheiben der hohen Fenster, die keine Läden hatten, aufglänzen. Man konnte die stolzen, düsteren, alten Hauswände mit ihren Einzelheiten deutlich erkennen: einen steinernen Balkon, das Geländer einer Freitreppe, die gemeißelte Girlande eines Giebels. Hier hatte der Maler in einem Winkel der Rue de la Femmesans-Tête oben im Dachstock des alten Palastes du Martoy sein Atelier. Der flüchtig erhellte Quai war gleich wieder in Nacht versunken. Ein furchtbarer Donnerschlag hatte das schlummernde Viertel erschüttert.

Als er bei seiner Haustür, einer alten, runden, niedrigen, mit Eisenwerk beschlagenen Pforte, angelangt war, tastete er, da der Regen ihn am Sehen hinderte, nach dem Klingelknauf. Aber da fuhr er zurück. Zu seiner höchsten Überraschung war er gegen ein sich in den Türwinkel hineindrückendes lebendes Wesen gestoßen. Und schon erkannte er beim Glast eines neuen Blitzes, daß es ein großes, schwarzgekleidetes, bereits gänzlich durchnäßtes, vor Angst mit den Zähnen klapperndes junges Mädchen war. Während der Donnerschlag sie beide zusammenfahren machte, rief er:

»Ah, so was ... Wer sind Sie? Was wollen Sie hier?«

Aber schon sah er sie nicht mehr, vernahm bloß, wie sie schluchzend stammelte:

»Oh, mein Herr! Tun Sie mir doch nichts ... Der Kutscher, den ich auf dem Bahnhof genommen hatte, hat mich grob behandelt und hier, vor der Tür, abgesetzt ... Ja, bei Nevers war ein Zug entgleist. Wir haben vier Stunden Verspätung gehabt, und die Person, die mich abholen sollte, war nicht mehr da ... Ach Gott, es ist das erstemal, daß ich in Paris bin, mein Herr, und nun weiß ich nicht, wo ich mich befinde ...«

Ein greller Blitz schnitt ihr das Wort ab. Entsetzt gingen ihre weitaufgerissenen Augen über diesen Winkel, den in gespenstischem Blaulicht sich bietenden phantomhaften Anblick der ihr unbekannten Stadt hin. Der Regen hatte aufgehört. Drüben, auf der anderen Seite der Seine, reihte der Quai des Ormes seine kleinen, grauen Häuser mit dem scheckig bunten Holzwerk ihrer Kramläden unten, oben mit ihren ungleichmäßigen Dachkanten, während sich zur Linken ein weiter Ausblick bis zu dem blauen Schieferdach des Stadthauses bot, zur Rechten bis zur bleigedeckten Kuppel von Saint-Paul. Aber was sie besonders bedrückte, das war der eingeengte Fluß, der tiefe, enge Graben, in dem schwarz, von den plumpen Pfeilern der Brücke Marie bis zu den leichten Bogen der neuen Brücke Louis-Philippe, die Seine dahinglitt. Seltsame Massen belebten das Wasser, eine schlummernde Flotille von Kähnen und Jollen, ein Wasch- und ein Baggerschiff; alles am Quai hin angeseilt. Dann, weiter unten, an der anderen Böschung, mit Kohle gefüllte Pinassen, mit Steinen beladene Zillen; über ihnen ragend der mächtige Arm eines Eisenkrans. Und alles wieder fort.

»Aha, eine 'rausgeworfene Strichdirne, die sich an einen 'ranmachen will«, dachte Claude.

Er traute den Weibern nicht. Die Geschichte mit dem Zugunfall da, der Verspätung, von dem groben Kutscher hielt er für eine lachhafte Erfindung. Beim Schall des Donners aber hatte sich das junge Mädchen entsetzt wieder in den Türwinkel gedrückt.

»Jedenfalls, hier können Sie nicht schlafen«, fuhr er mit lauterhobener Stimme fort.

Sie weinte noch heftiger und stammelte:

»Mein Herr, ich bitte Sie, bringen Sie mich nach Passy ... Ich muß nach Passy.«

Er zuckte die Achseln. Hielt sie ihn für einen Trottel? Mechanisch hatte er den Blick nach dem Quai des Célestins hinübergerichtet, wo eine Fiakerstation war. Doch nicht eine einzige Laterne war dort zu erblicken.

»Nach Passy, meine Liebe? Warum nicht gar nach Versailles? ... Wo, zum Kuckuck, denken Sie denn, daß man um diese Zeit und bei so einem Wetter eine Kutsche auftreiben soll?«

Doch sie schrie laut auf. Ein neuer Blitz hatte sie geblendet. Diesmal sah sie die Stadt in einem tragischen Blutglast auftauchen. Es war ein gewaltiges Loch. Unabsehbar verloren sich beide Enden des Flusses wie in den roten Gluten einer Feuersbrunst. Die geringsten Einzelheiten hoben sich hervor. Man unterschied die kleinen, geschlossenen Jalousien des Quai des Ormes, die beiden Spalten der Straßen de la Masure und du Paon-Blanc mit den Reihen ihrer Häuserfronten. Bei der Brücke Marie hätte man die Blätter der großen Platanen zählen können, die dort ihre prächtigen Kronen wölbten, während nach der anderen Seite hin unter der Brücke Louis-Philippe, beim Mail, die in vier Reihen sich hinziehenden Boote die gelben Flecke der Äpfel aufflammen ließen, mit denen sie bis an den Rand vollgeladen waren. Weiter unterschied man das Gekräusel des Wassers, den hohen Schornstein des Waschschiffes, die regungslose Kette des Baggers, Sandflecke darauf, ein wunderliches Gewirr von Gegenständen, all die Welt, die da die Weite des Flusses, den von einem Ende bis zum anderen eingeschnittenen Graben belebte. Unter Donnergekrach erlosch der Himmel wieder, die Flut unten glitt in dunkler Nacht dahin.

»Ach lieber Gott! ... O Gott, was soll aus mir werden?«

Der Regen setzte jetzt wieder mit solcher Wut ein und ward von einem derartigen Wind getrieben, daß es den Quai mit der Gewalt einer geöffneten Schleuse peitschte.

»Na, lassen Sie mich eintreten«, sagte Claude. »Das ist ja nicht mehr auszuhalten, hier!«

Alle beide waren sie naß bis auf die Haut. Beim ungewissen Schein der an der Ecke der Rue de la Femme-sans-Tête angebrachten Gaslaterne sah er, wie sie triefte und ihr von dem gegen die Tür schlagenden Regensturz das Kleid am Leibe klebte. Mitleid ergriff ihn. Er hätte ja bei einem derartigen Unwetter selbst einen Hund von der Straße mit nach Haus genommen. Doch seine Weichherzigkeit verdroß ihn. Niemals nahm er ein Mädchen mit zu sich hinauf. Mit einer fast krankhaften, unter gemachter Grobheit versteckten Schüchternheit behandelte er sie alle nach der Art eines Junggesellen, der nichts von ihnen wußte. Und die da hielt ihn ja doch für gar zu dumm, daß sie auf so eine Weise, mit so einem Possenabenteuer, sich ihm anhängte. Trotzdem sagte er schließlich:

»Na genug, gehn wir 'nauf! ... Sie können bei mir schlafen.«

Sie geriet noch mehr außer sich, sträubte sich.

»Bei Ihnen! Oh, mein Gott! Nein, nein, das ist unmöglich! Ich bitte Sie, mein Herr, bringen Sie mich nach Passy! Ich bitte Sie flehentlich.«

Aber jetzt wurde er ungehalten. Was hatte sie sich denn so, da er sie doch bei sich aufnahm? Schon hatte er zweimal die Klingel gezogen. Endlich tat sich die Tür auf, und er stieß die Unbekannte hinein.

»Nein, nein, mein Herr! Ich sage Ihnen, nein ...«

Aber schon wieder machte ein Blitz sie zusammenzucken, und als der Donner krachte, sprang sie außer sich in den Hausflur hinein. Die schwere Pforte hatte sich wieder geschlossen. Sie befand sich in einer weiten, stockfinsteren Halle.

»Frau Joseph, ich bin's!« rief Claude der Pförtnerin zu.

Leise aber fügte er hinzu:

»Geben Sie mir die Hand, wir müssen über den Hof.«

Völlig betäubt und willenlos leistete sie keinen Widerstand mehr und reichte ihm die Hand. Seite an Seite liefen sie von neuem durch den wolkenbruchartigen Regenguß. Es war ein gewaltiger herrschaftlicher Hof mit steinernen Arkaden, die undeutlich sich aus der Finsternis hervorhoben. Dann gelangten sie in einen engen, türlosen Hausflur. Er ließ ihre Hand los, und sie hörte, wie er fluchend Streichhölzer anstrich. Aber alle waren feucht geworden. Man mußte sich hinauftasten.

»Fassen Sie das Geländer an, und geben Sie acht, die Stufen sind hoch!«

Die sehr enge Treppe, eine ehemalige Dienstbotentreppe, hatte drei endlose Stockwerke, die sie, sich am Geländer haltend, ungeschickt mit völlig ermüdeten Beinen hinaufklomm. Dann machte er sie darauf aufmerksam, daß sie durch einen langen Korridor mußten. Mit beiden Händen an den Wänden hintastend, begann sie durch den endlosen Gang, der mit der gegen den Quai hin gewandten Hausfront parallel lief, hinter ihm herzugehen. Dann kam wieder eine Treppe, aber diesmal zum Dachgeschoß hinauf, ohne Geländer, mit krachenden Holzstufen, die schwankten und steil waren wie die abgenutzten Bretter einer Windmühlenstiege. Oben war der Treppenflur so klein, daß sie gegen den jungen Mann anstieß, der dabei war, nach dem Schlüssel zu suchen. Endlich öffnete er.

»Kommen Sie noch nicht herein, warten Sie, sonst stoßen Sie sich wieder.«

Sie rührte sich nicht. Durch den Aufstieg im Dunklen bis zum äußersten erschöpft, atmete sie laut; das Herz schlug ihr, und es sauste ihr in den Ohren. Es war ihr, als ob sie stundenlang durch ein derartiges Wirrsal von gewundenen Stockwerken emporgestiegen wäre, daß sie daran verzweifelte, sich jemals wieder hinabzufinden. Im Atelier gab's ein Geräusch von großen Schritten und tastenden Händen und ein von einem unterdrückten Fluch begleitetes Gepurzel von Gegenständen. Die Tür wurde hell.

»Kommen Sie doch, wir sind da!«

Sie trat ein, schaute, ohne etwas zu sehen. Die einzige Kerze verschwand in dem fünf Meter hohen Speicher und dem dort angehäuften Wirrwarr von Gegenständen, deren große Schatten sich seltsam über die graugetünchten Wände hinbogen. Sie konnte nichts erkennen und hob die Augen zu dem großen Fenster, gegen das ohrenbetäubend der Regen antrommelte. Doch just in diesem Augenblick setzte ein Blitz den Himmel in Gluten, und der Donnerschlag erkrachte so nah, daß sich das Dach zu spalten schien. Stumm, leichenblaß, ließ sie sich auf einen Stuhl sinken.

»Teufel noch mal!« murmelte, auch seinerseits ein wenig erblassend, Claude. »Das war ganz in der Nähe... Es war die höchste Zeit. Es ist hier denn doch besser als auf der Straße, nicht?«

Er wandte sich wieder zur Tür hin, die er geräuschvoll zweimal herum abschloß, während sie ihm stumm verängstigt zusah.

»Na, wir sind zu Hause.«

Übrigens war das Unwetter vorbei; es gab nur noch ein paar entfernte Schläge. Bald hörte auch der Regenguß auf. Er fühlte sich jetzt geniert, musterte sie mit einem Seitenblick. Sie war wohl gar nicht übel, sicher noch jung, höchstens zwanzig. Ungeachtet eines unbestimmten Zweifels, einer unbestimmten Empfindung, daß sie vielleicht doch nicht so ganz und gar löge, steigerte sich sein Mißtrauen. Übrigens mochte sie so schlau sein, wie sie wollte: sie täuschte sich, wenn sie glaubte, sie hätte ihn. Er übertrieb sein mürrisches Benehmen und sagte grob:

»Legen wir uns hin, das wird uns trocknen, wie?«

Ängstlich fuhr sie in die Höhe. Ohne daß sie ihn gerade ansah, musterte auch sie ihn. Seine hagere Gestalt mit den knotigen Gelenken, sein mächtiger, behaarter Kopf steigerte ihre Furcht. Mit seinem schwarzen Filzhut und seinem alten, kastanienbraunen, wetterverschossenen Paletot nahm er sich aus wie einer Räubergeschichte entsprungen. Sie flüsterte:

»Ich danke! Ich fühle mich ganz wohl, will in Kleidern schlafen.«

»Was! In Kleidern! Und dabei triefen Sie!... Machen Sie doch nicht so was Dummes! Ziehen Sie sich mal gleich aus!«

Er stieß mit Stühlen umher, schob einen halbzerborstenen Bettschirm beiseite. Hinter letzterem sah sie einen Waschtisch und ein kleines Eisenbett, dessen Decke er in die Höhe nahm.

»Nein, nein, mein Herr! Machen Sie sich weiter keine Umstände! Ich schwöre Ihnen, daß ich hier auf dem Stuhl bleibe.«

Plötzlich aber geriet er in Zorn, fuchtelte mit den Händen, schlug mit der Faust auf.

»Aber nun lassen Sie mich zufrieden! Sie sollen mein Bett kriegen; was haben Sie sich also zu beklagen?... Es ist gar nicht nötig, daß Sie sich so haben; ich schlafe auf der Chaiselongue.«

Wie mit drohender Miene hatte er sich gegen sie herumgewandt. In dem Glauben, er wolle sie schlagen, nahm sie zitternd und zagend den Hut ab. Von ihren Röcken tropfte es auf den Fußboden. Er fuhr fort zu schelten. Doch schien er's mit einem Bedenken zu bekommen, und wie ein Zugeständnis ließ er endlich fallen:

»Wissen Sie, wenn Sie sich etwa ekeln, will ich gern das Bettzeug wechseln.«

Und schon zog er das letztere ab und warf es über die am anderen Ende des Ateliers befindliche Chaiselongue. Darauf entnahm er einem Schrank frisches und richtete mit der Geschicklichkeit eines an solche Verrichtungen gewohnten Junggesellen das Bett eigenhändig her. Sorgsam klemmte er gegen die Wand hin die Bettdecke unter die Matratze, klopfte das Kopfkissen zurecht und schlug die Decke zurück.

»Na, ist das nicht 'ne hübsche Heia?«

Als sie aber noch immer nichts sagte, sondern nur unbeweglich dastand und, ohne sich entschließen zu können aufzuknöpfen, verlegen an ihrem Leibchen umhertastete, stellte er den Bettschirm um sie herum. Herrgott, was für eine Verschämtheit! Er selber rüstete sich hurtig zum Schlafengehen, breitete das Bettzeug über die Chaiselongue, hing seine Kleider an eine alte Staffelei und lag auch schon, so lang er war, auf dem Rücken. Doch als er schon im Begriff war, die Kerze auszupusten, fiel ihm ein, daß sie dann ja kein Licht haben würde, und er wartete. Zuerst vernahm er keinerlei Geräusch. Sie mochte wohl noch regungslos vorm Bett stehen. Dann aber hörte er ein leises Stoffgeräusch, langsame, zaghafte Bewegungen, wie wenn sie's immer wieder nicht wagte und auch ihrerseits unruhig auf das noch immer nicht ausgelöschte Licht achtete. Endlich, nach langen Minuten, krachte leise die Matratze, und es herrschte tiefe Stille.

»Haben Sie Ihre Bequemlichkeit, Fräulein?« fragte Claude mit sanfter Stimme.

»Ja, mein Herr! Durchaus!«

»Dann gute Nacht!«

»Gute Nacht!«

Er blies das Licht aus. Es herrschte tiefste Stille. Trotz seiner Müdigkeit öffnete er bald wieder die Lider, konnte keinen Schlaf finden und starrte vor sich hin auf das große Atelierfenster. Der Himmel hatte sich vollkommen aufgeklärt. Er sah die heiße, sternfunkelnde Julinacht. Trotz des Gewitters war es noch immer sehr schwül. Es war ihm sehr heiß; er legte die bloßen Arme auf die Bettdecke. Das Mädchen beschäftigte ihn. Ein heimlicher Zwiespalt setzte ihm zu: die Zufriedenheit mit sich, daß er sie so behandelt hatte, wie er getan, die Sorge, sich, wenn er nachgäbe, eine Last aufzuhalsen, stritten mit der Furcht, lächerlich zu erscheinen, wenn er nicht zugriffe. Doch schließlich siegte die Selbstzufriedenheit; er hielt sich für sehr stark, dachte sich einen Roman aus, der sich gegen seine Ruhe richtete, spottete aber doch darüber, daß er der Versuchung widerstanden hatte. Es war ihm zum Ersticken heiß, und er streckte die Beine unter der Decke vor, während er im wirren Gedankendurcheinander seines Halbschlummers mit schwerem Kopf in den Sternflimmer hinein liebeatmende Weiberblößen, die lebenswarmen Weiberglieder träumte, die der Künstler in ihm anbetete.

Dann wirrten sich seine Gedanken mehr und mehr. Was machte sie? Er glaubte sie schon lange eingeschlafen, denn nicht der leiseste Atemzug war zu vernehmen. Jetzt aber hörte er, wie sie sich, gleich ihm, mit größter, atemanhaltender Vorsicht herumwarf. Soweit er sich auf Weiberangelegenheiten verstand, suchte er über die Geschichte, die sie ihm erzählt hatte, nachzudenken. Kleine Einzelheiten trafen ihn jetzt, berührten ihn tiefer. Aber seine Logik versagte; wozu sollte er sich unnütz den Kopf zerbrechen? Genug, ob sie nun die Wahrheit gesagt oder gelogen hatte: es konnte ihm egal sein! Morgen würde sie wieder ihrer Wege gehen; guten Tag und guten Weg, und alles war auf Nimmerwiedersehen gewesen. Erst bei anbrechendem Tage, als schon die Sterne verblaßten, schlief er ein. Hinter dem Bettschirm aber fuhr sie, trotz ihrer drückenden Reisemüdigkeit und unter dem durchhitzten Zinkdach von der stickigschwülen Luft gepeinigt, fort, sich unruhige Gedanken zu machen. Sie genierte sich jetzt nicht mehr; mit einem irritierten Mädchenseufzer warf sie sich, von der Anwesenheit des Mannes, der da in ihrer Nähe schlief, belästigt, in nervöser Unruhe herum.

Als Claude am Morgen zwinkernd die Augen auftat, war es schon sehr spät. Voll drang die Sonne zum Atelierfenster herein. Es war einer seiner Grundsätze, daß die jungen Freilichtmaler die Ateliers mieten müßten, welche die akademischen verschmähten; jene, in welche ungehindert soviel Sonne wie nur möglich hereindrang. Im übrigen war er zunächst aber ganz verdutzt und fuhr mit bloßen Beinen in sitzende Haltung empor. Wie, zum Teufel, kam er auf die Chaiselongue? Mit noch schlaftrunkenen Augen sah er sich um. Da nahm er, halb vom Bettschirm verdeckt, einen Haufen Kleider wahr. Jetzt erinnerte er sich. Ah richtig, ja, das Mädchen! Er lauschte, vernahm lange, regelmäßige, kindlich wohlige Atemzüge. Gut, sie schlief noch. Und so ruhig, daß es schade gewesen wäre, sie zu wecken. Ganz dumm saß er da, kratzte sich die Beine, war verdrießlich über das Abenteuer, auf das er da hineingefallen war und das ihm nun seinen ganzen Arbeitsmorgen verdarb. Er ärgerte sich über seine Weichherzigkeit. Es war am Ende das beste, sie wachzurütteln, und wenn sie dann gleich ihrer Wege ging. Doch glitt er behutsam in die Höhe, trat in die Pantoffeln, ging auf den Zehen.

Die Wanduhr schlug neun. Claude machte eine ungeduldige Handbewegung. Nichts hatte sich gerührt. Das leise Atmen dauerte fort. Er dachte jetzt, es wäre das gescheiteste, wenn er sich an sein großes Gemälde machte. Frühstücken konnte er dann ja nachher, wenn er sich wieder würde rühren und regen können. Doch konnte er zu keiner Entscheidung kommen. Er, der hier in einer so greulichen Unordnung hauste, fühlte sich durch das auf den Boden herabgeglittene Kleiderbündel da geniert. Die Kleider waren noch immer pitschnaß, das Wasser war von ihnen abgeflossen. Mit unterdrücktem Murren hob er sie schließlich Stück für Stück auf, breitete sie über Stühle und stellte sie an die Sonne. Am liebsten hätte er alles drunter und drüber geworfen. Niemals würde das trocknen, niemals würde er sie loswerden! Ungeschickt drehte und wendete er dies Weibergelump hin und her, verhedderte sich in der schwarzen Wollbluse, suchte auf allen vieren nach den Strümpfen, die hinter ein altes Gemälde gefallen waren. Es waren aschgraue, lange, feine, aus schottischer Wolle. Ehe er sie aufhing, prüfte er sie. Auch sie waren vom Rocksaum naß geworden. Er breitete sie aus, zog sie zwischen seinen warmen Händen durch, nur damit er ihre Besitzerin so schnell wie möglich wegschicken konnte.

Seit er aufgestanden war, hatte Claude es mit dem Verlangen, den Bettschirm beiseitezuschieben und sie zu sehen. Diese Neugier, die er für dumm hielt, steigerte seine Mißstimmung. Endlich ergriff er unter seinem gewohnten Achselzucken seine Pinsel. Aber schon vernahm er gestammelte Worte und hörte, wie die Bettdecke rauschte. Als es dann aber ruhig weiteratmete, gab er diesmal nach, ließ die Pinsel und steckte den Kopf hinter den Schirm. Aber was er sah, stimmte ihn ernst. Er stand wie versteinert, und in Verzückung stammelte er:

»Ah, Donnerwetter! ... Donnerwetter!«

Von der Treibhaushitze, die das Fenster glühen ließ, belästigt, hatte das junge Mädchen die Bettdecke zurückgeworfen. Von den letzten schlaflos verbrachten Nächten völlig erschöpft, lag sie, ganz in Licht gebadet, da und schlief, so unbewußt, daß nicht die leiseste Bewegung ihre lichte Nacktheit störte. Als sie zunächst in fiebernder Schlaflosigkeit dagelegen hatte, waren an ihrem Hemd wohl die Achselknöpfe aufgegangen, der linke Ärmel war herabgeglitten und hatte ihre Brust entblößt. Es war eine goldgetönte, seidig feine Haut, in ihrer ganzen Jugendfrische. Zwei kleine, feste, lebenstrotzende Brüste mit zwei blaßrosigen Spitzen. Den rechten Arm hatte sie unter den Nacken gelegt; ihr sanft schlummerndes Gesicht war hintübergebogen. In zutraulicher Hingabe bot sich, anbetungswürdig in der Linie, ihre Brust, während ihr aufgelöstes schwarzes Haar sie in seinen dunklen Mantel hüllte.

»Ah, Donnerwetter! Sie ist verdammt hübsch!«

Da war's! Ganz und gar! Das Gesicht, das er vergeblich für sein Gemälde gesucht hatte. Und fast genau in derselben Pose. Ein wenig schmal und kindlich hager: aber so geschmeidig, von einer solchen jugendlichen Frische. Im übrigen der Körper schon reif. Wo hatte sie, zum Teufel, gestern diesen Busen versteckt, daß er ihn nicht geahnt hatte? Aber wahrhaftig, ein Glücksfund!

Behutsam eilte Claude zu seiner Pastellstiftschachtel hin und ergriff sie und einen großen Bogen Papier. Dann legte er, auf dem Rand eines niedrigen Stuhles hockend, einen großen, steifen Pappbogen auf die Knie und begann mit tief beglückter Miene zu zeichnen. Seine ganze Unruhe, seine sinnliche Neugier und ihr niedergehaltenes Gelüst gingen auf in die hingerissen künstlerische Bewunderung, in die Begeisterung für schöne Farbentöne und wohlproportionierte Muskeln. Schon hatte er in der Entzückung über das schneeige, den feinen Bernsteinton der Schultern so glücklich hebende Weiß ihres Busens das junge Mädchen selbst vergessen. Eine innerlichst ergriffene Scheu gab ihm der Natur gegenüber das Gefühl der Kleinheit; er zog die Ellbogen an, wurde wieder ein sehr artiger, aufmerksamer, ehrerbietiger, kleiner Knabe. Das währte ungefähr eine Viertelstunde. Manchmal unterbrach er sich im Zeichnen, kniff die Augen. Doch hatte er Angst, daß sie ihre Stellung verändern könnte, und machte sich, aus Furcht, er könne sie wecken, mit angehaltenem Atem, wieder an die Arbeit.

Inzwischen bekam er es wieder mit unbestimmten Überlegungen, die ihm in seine Hingabe an die Arbeit hinein im Kopf umhergingen. Wer mochte sie wohl sein? Sicher keine Straßendirne, wie er gemeint hatte; denn dazu war sie zu frisch. Aber weshalb hatte sie ihm die kaum glaubliche Geschichte da erzählt? Und er dachte sich etwas anderes aus: eine Anfängerin, die in Paris mit einem Liebhaber hineingefallen war, der sie jetzt verlassen hatte. Oder vielleicht ein kleines Bürgerfräulein, das mit einer Freundin auf Vergnügen ausgegangen war und sich nun nicht zu ihren Eltern zurücktraute. Vielleicht mochte es sich aber auch um ein verwickelteres Drama handeln, um außergewöhnliche, in aller Unbefangenheit begangene Vergehen, wer wußte was für erschreckliche Sachen? Diese Vermutungen vermehrten seine Ungewißheit. Er ging zum ersten Entwurf des Gesichtes über, das er sorgfältig studierte. Der obere Teil verriet große Gutherzigkeit, große Sanftmut. Die klare Stirn war wie ein heller Spiegel. Die kleine Nase hatte sensible Flügel. Man fühlte förmlich unter den Lidern die Augen lächeln, ein Lächeln, das dann das ganze Gesicht erhellen mußte. Doch der untere Gesichtsteil störte diese strahlende Lieblichkeit. Die Kinnpartie trat hervor. Die zu starken Lippen standen auseinander und zeigten feste, weiße Zähne. Es war in diesen in kindliche Zartheit getauchten Zügen etwas wie Leidenschaft, von unruhig drängender, sich ihrer unbewußter Geschlechtsreife. Plötzlich aber ging über ihre seidige Haut ein Schauer. Vielleicht hatte sie endlich diesen prüfend auf sie gerichteten Mannesblick gefühlt. Sie riß weit die Lider auf und stieß einen Schrei aus.

»Ah, mein Gott!«

Der ihr fremde Aufenthalt, der junge Mann, der da in Hemdsärmeln vor ihr hockte und sie mit seinen Blicken verschlang, machte sie vor Betroffenheit erstarren. Dann aber raffte sie mit einer heftigen Bewegung beider Arme die Bettdecke über ihre Brust herauf, während ihre keusche Angst ihr das Blut in solche Aufregung versetzte, daß ihr mit einer rosigen Welle die glühende Röte ihrer Wangen bis in die Spitzen der Brüste ging.

»Na aber was denn?« rief Claude, den Zeichenstift in der Luft, sehr unzufrieden. »Was haben Sie denn?«

Aber sie sagte nichts mehr, rührte sich nicht mehr, lag, die Decke gegen den Hals gepreßt, so in sich zusammengezogen, daß sich ihr Körper kaum durch das Bett hindurch verriet.

»Ich beiße Sie doch nicht. Na, seien Sie doch nett und legen Sie sich wieder, wie Sie waren!«

Von neuem stieg ihr das Blut wieder bis in die Ohren. Endlich stammelte sie:

»O nein, o nein, mein Herr!«

Aber da wurde er ärgerlich und geriet in eine seiner Zornanwandlungen. Dieser Eigensinn erschien ihm einfach stumpfsinnig.

»Na, aber was geschieht Ihnen denn weiter? Das ist wohl ein großes Malheur, wenn ich weiß, wie Sie gebaut sind! ... Sie sind wahrhaftig nicht die Erste!«

Jetzt schluchzte sie. Ganz verzweifelt bei dem Gedanken, daß er seinen Entwurf nicht fertigbekommen sollte und die Sprödigkeit des Mädchens es ihm unmöglich machte, eine gute Studie für sein Gemälde zu erhalten, geriet er vollends außer sich und in Zorn.

»Sie wollen also nicht? Aber das ist ja doch einfach närrisch! Für was halten Sie mich denn? ... Hab' ich Sie denn etwa berührt? Hätt' ich's auf Dummheiten abgesehen, so hätt' ich über Nacht dazu doch die schönste Gelegenheit gehabt ... Ah, so was ist mir ganz einerlei, meine Liebe! Da könnten Sie mir schon zeigen, was Sie wollten ...

Und, wissen Sie, übrigens ist es nicht gerade nett, daß Sie mir diese Gefälligkeit verweigern, wo ich Sie schließlich doch aufgenommen habe und Sie in meinem Bett gelegen haben.«

Sie barg das Gesicht in das Kopfkissen und weinte heftiger.

»Ich schwöre Ihnen, daß ich die Zeichnung brauche, sonst würd' ich Sie nicht belästigen.«

Ihr heftiges Weinen überraschte ihn denn doch, er schämte sich seiner Rauheit. Verlegen schwieg er und ließ sie sich ein wenig beruhigen. Dann begann er mit sehr sanfter Stimme von neuem:

»Na, wenn Ihnen das so sehr widerstrebt, wollen wir's gut sein lassen ... Aber wenn Sie sich das vorstellen könnten! Ich habe da in meinem Gemälde ein Gesicht, mit dem ich absolut nicht vorwärtskommen kann, und ich könnte gerade ihres so gut gebrauchen! Ich würde, wenn es sich um meine Malerei handelt, Vater und Mutter erwürgen können. Entschuldigen Sie; aber, nicht wahr? ... Wirklich, wenn Sie recht liebenswürdig sein wollten, könnten Sie mir noch ein paar Minuten stillhalten. Nein, nein! Unbesorgt! Nicht den Körper mein' ich, nicht den Körper! Den Kopf, nichts als den Kopf! Wenn ich bloß den Kopf fertigstellen dürfte! ... Ach, seien Sie so gütig, bringen Sie Ihren Arm wieder in die vorige Lage, und ich bin Ihnen, sehen Sie, dankbar zeit meines Lebens!«

In seinem Künstlereifer beschwor er sie jetzt und fuhr ganz erbarmungswürdig mit seinem Zeichenstift hin und her. Im übrigen hatte er sich, weit von ihr ab, auf seinem niedrigen Stuhl hockend, nicht vom Fleck gerührt. Und da wagte sie es und enthüllte ihr beruhigtes Gesicht. Was sollte sie machen? Sie war ihm Dank schuldig, und seine Miene war so erbarmungswürdig. Trotzdem zauderte sie noch und hatte es mit einer letzten Scham. Doch zog sie endlich, langsam, ohne etwas zu sagen, ihren nackten Arm hervor und schob ihn von neuem unter den Kopf, wobei sie aber darauf bedacht war, mit der anderen, verborgen gebliebenen Hand die Bettdecke über der Brust festzuhalten.

»Ah, wie gut Sie sind! ... Es soll ganz schnell gehen, gleich sind Sie frei.«

Er hatte sich über seine Zeichnung gebeugt, richtete auf sie bloß noch seinen scharfen Malerblick, für den das Weib verschwunden ist und der nichts sieht als das Modell. Anfangs war sie wieder rot geworden. Ihr nackter Arm und das Wenige von ihrem Körper, das sie mit aller Unbefangenheit auf jedem Ball gezeigt haben würde, setzte sie hier in Verwirrung. Doch erschien ihr der Bursch so verständig, daß sie sich beruhigte. Ihre Wangen gewannen ihre gewohnte Farbe wieder, ihr Mund zeigte ein leises, vertrauensvolles Lächeln. Zwischen ihren halbgeschlossenen Lidern durch beobachtete sie jetzt auch ihn. Wie hatte er sie gestern mit seinem starken Bartwuchs, seinem dicken Kopf und seinen heftigen Gesten erschreckt! Und doch war er nicht häßlich. In der Tiefe seiner braunen Augen entdeckte sie soviel zärtlichen Sinn. Auch seine feine, frauenhafte Nase, die sich zwischen dem aufgesträubten Haar der Lippen verlor, setzte sie in Überraschung. Ein kleines, unruhig sensibles Zittern hatte er; auch von der beständigen Leidenschaftlichkeit, die dem Stift zwischen seinen feinen Fingern ein eigenes Leben zu verleihen schien, fühlte sie sich ausnehmend berührt. Er konnte unmöglich ein schlechter Mensch sein; es handelte sich bei ihm wohl nur um Grobheit aus schüchternem Sinn. Sie überlegte das alles nicht gerade verstandesgemäß, doch fühlte sie es, und wie einem Freunde gegenüber hielt sie sich in der Stellung, deren er bedurfte.

Von dem Atelier allerdings fühlte sie sich nach wie vor etwas beunruhigt. Sie schickte vorsichtige Blicke umher und war über eine derartige Unordnung und Vernachlässigung starr. Vor dem Ofen häufte sich noch die Asche vom letzten Winter. Außer dem Bett, dem kleinen Waschtisch und der Chaiselongue waren an Möbeln nur noch ein alter, verschiefter Schrank aus Eichenholz und ein großer, fichtener Tisch vorhanden, auf dem Pinsel, Farben, schmutzige Teller herumlagen und -standen, und eine Spirituslampe mit einer Kasserolle drauf, in welcher noch ein Rest von Fadennudeln klebte. Zwischen wackligen Staffeleien standen unordentlich Stühle mit schadhaftem Strohgeflecht umher. In der Nähe der Chaiselongue aber lag in einem Winkel auf dem Fußboden, der wohl bloß alle Monate einmal gefegt wurde, die Kerze von gestern abend. Nur die Wanduhr, ein mächtiges, mit roten Blumen bemaltes Gehäuse, machte mit ihrem tieftönigen Ticktack einen muntern, sauberen Eindruck. Wovon sie aber einen besonderen Schreck erfuhr, das waren die rahmenlosen an der Wand hängenden Skizzen. Eine dichte Flut von Skizzen, die bis zum Fußboden herabreichte, der eine wahre Trümmerstätte von bunt durcheinandergeworfener bemalter Leinwand war. Noch nie hatte sie eine so fürchterliche, grobe, grelle, in ihren Tönen gewaltsame Malerei gesehen. Sie verletzte einen wie ein aus einer Schenke heraus vernommener Kutscherfluch. Sie senkte die Augen, wurde dann aber doch von einem umgewandten Gemälde angezogen. Es war das große Bild, an welchem der Maler arbeitete und das er jeden Abend gegen die Wand umdrehte, um es dann am anderen Morgen mit dem ersten, noch frischen Blick, den er darauf warf, um so besser beurteilen zu können. Was mochte das Bild da wohl verbergen, da er's noch nicht einmal zu zeigen wagte? Vom Fenster her aber verbreitete sich, ohne auch nur von dem geringsten Vorhang gehemmt zu werden, die heiße Lichtflut der Sonne über den großen Raum und floß wie flüssiges Gold über all dies Möbelgerümpel, dessen unbekümmerte Dürftigkeit sich dadurch nur um so mehr betonte.

Claude empfand das herrschende Schweigen schließlich als drückend. Er wollte, einerlei was, etwas sagen, weil er glaubte, daß das die Höflichkeit erfordere, besonders aber auch, um sie in ihrer gezwungenen Körperhaltung zu zerstreuen. Aber wie er auch suchte, fiel ihm nichts weiter ein als die Frage:

»Wie heißen Sie?«

Sie tat die Augen auf, die sie, wie von neuem vom Schlaf übermannt, geschlossen hatte.

»Christine.«

Er wunderte sich. Auch er hatte ja noch nicht seinen Namen genannt. Ohne sich zu kennen, weilten sie so seit gestern abend beieinander.

»Ich heiße Claude.«

Als er sie in diesem Augenblick ansah, nahm er wahr, wie ihr Gesicht ein reizendes Lächeln erhellte. Es verriet ein noch kindliches großes Mädchen. Sie fand den verspäteten Austausch ihrer Namen drollig. Dann aber vergnügte ihn ein anderer Gedanke.

»Ach, Claude, Christine! Das fängt ja mit demselben Buchstaben an!«

Wieder ward es still. Er zwinkerte mit den Augen, vergaß sich über seiner Zeichnerei, fühlte sich mit seinen Einfällen am Rande. Als er ihr aber ein ungeduldiges Unbehagen abzumerken glaubte, fuhr er aus Furcht, sie könnte ihre Haltung verändern, um sie zu beschäftigen, fort:

»Es ist recht heiß.«

Diesmal unterdrückte sie ihr Lachen und die ihr angeborene Munterkeit, die, seit sie sich sicher fühlte, sich ihr unwillkürlich eingestellt hatte. Die Hitze war so arg geworden, daß sie sich im Bett wie in einem Bade fühlte und ihre milchig-kamelienbleiche Haut voller Schweißtropfen stand.

»Ja, es ist etwas heiß«, antwortete sie ernsthaft, doch blickten ihre Augen heiter.

Claude schloß jetzt gutmütig ab:

»Das macht, weil die Sonne so hereindringt. Aber, bah! So ein Schmiß Sonne aufs Fell tut gut ... Hätten wir's doch heut nacht, da vor der Tür, so gehabt, nicht?«

Sie lachten alle beide. Er aber fragte sie, erfreut, daß er endlich einen Gesprächsstoff gefunden hatte, nach ihrem Abenteuer, ganz ohne Neugier, im Grunde unbekümmert darum, die richtige Wahrheit zu erfahren, nur von dem Wunsche beherrscht, die Sitzung länger auszudehnen.

Mit ein paar schlichten Worten erzählte Christine die Sache.

Gestern morgen hatte sie Clermont verlassen, um sich nach Paris zu begeben, wo sie bei einer Generalswitwe eine Stelle als Vorleserin antreten wollte. Bei Madame Vanzade, einer alten, sehr reichen Dame, die in Passy wohnte. Nach dem Fahrplan langte der Zug um neun Uhr zehn Minuten an, und alle Vorkehrungen waren getroffen gewesen. Ein Hausmädchen sollte sie erwarten; es war brieflich sogar ein Erkennungszeichen vereinbart worden: eine graue Feder an ihrem schwarzen Hute. Doch da war ihr Zug ein wenig oberhalb von Nevers mit einem Güterzug zusammengestoßen, dessen entgleiste und zertrümmerte Wagen das Gleis versperrt hatten. Und nun hatte es eine ganze Folge von Widerwärtigkeiten und Versäumnissen gegeben. Zuerst ein endloses Sitzen in den dastehenden

Waggons; alsdann hatte man die letzteren verlassen, das Gepäck zurücklassen und drei Kilometer zu Fuß zurücklegen müssen, um eine Station zu erreichen, wo schließlich ein Aushilfszug hatte gebildet werden sollen. Man hatte zwei Stunden verloren, und zwei andere waren noch in der Unruhe, welche der Unfall von einem Ende der Strecke bis zum anderen verursacht hatte, daraufgegangen, so daß man mit vier Stunden Verspätung erst um ein Uhr morgens auf dem Bahnhof eingetroffen war.

»Pech!« unterbrach Claude, zwar immer noch ungläubig, aber doch schon halb überzeugt und von der einfachen Weise, mit der sich die verwickelte Geschichte aufklärte, überrascht. »Und natürlich war niemand mehr da, der auf Sie wartete?«

Tatsächlich hatte Christine das Stubenmädchen Frau Vanzades, dem's ohne Zweifel zu langweilig geworden war, nicht mehr vorgefunden. Sie sprach jetzt von der Aufregung, die sie auf dem Lyoner Bahnhof, in der großen, unbekannten, schwarzen, leeren, zu dieser vorgerückten Nachtstunde fast schon gänzlich verlassenen Halle ausgestanden hatte. Anfangs hatte sie nicht gewagt, eine Kutsche zu nehmen, und war mit ihrer kleinen Reisetasche in der Hoffnung, es könnte trotzdem noch jemand kommen, auf und ab gegangen. Dann aber hatte sie sich, freilich zu spät, entschlossen. Es war bloß noch ein unflätiger Kutscher dagewesen, der sie, als er sich ulkend ihr angeboten, mit seinem widerlichen Weindunst angehaucht hatte.

»Ja, ein Vagabund«, fuhr Claude fort, der sich jetzt interessierte, als hätte er der Abwicklung einer Räubergeschichte beigewohnt. »Und Sie sind in seine Kutsche eingestiegen?«

Die Augen gegen die Decke gerichtet, fuhr Christine, ohne ihre Haltung zu verändern, fort:

»Er hat mich gezwungen. Er nannte mich seine Kleine; ich hatte Angst vor ihm ... Als er erfuhr, daß ich nach Passy wollte, wurde er ärgerlich und peitschte so auf sein Pferd los, daß ich mich an den Vorhängen anhalten mußte. Dann, als ich mich ein wenig beruhigt hatte, rollte die Kutsche langsam durch helle Straßen, und ich sah Verkehr auf den Bürgersteigen. Schließlich erkannte ich die Seine. Ich bin nie nach Paris gekommen, aber ich hatte einen Stadtplan eingesehen ... Ich dachte nun, daß er immer an den Quais hinfahren würde; aber da bekam ich's wieder mit der Angst, als ich bemerkte, daß wir über eine Brücke fuhren. Gerade aber als es zu regnen anfing, hielt die Kutsche, die nach einer sehr dunklen Stelle abgebogen war, plötzlich an. Der Kutscher aber stieg vom Bock und wollte zu mir hereinsteigen ... Er sagte, es regne zu sehr ...«

Claude lachte. Er hegte keinen Zweifel mehr. Dieser Kutscher da konnte unmöglich eine Erfindung von ihr sein. Als sie verlegen schwieg, sagte er:

»Gut, gut! Der Halunke ulkte!«

»Sofort sprang ich aus dem anderen Kutschenschlag hinaus. Dann hat er geflucht und mir gesagt, wir wären angelangt, und er würde mir, wenn ich nicht zahlte, meinen Hut nehmen ... Der Regen goß in Strömen, der Quai war vollständig verlassen. Ich verlor den Kopf und zog ein Fünffrankenstück hervor. Er hieb auf sein Pferd ein und ging mit meiner kleinen Reisetasche auf und davon, in der sich glücklicherweise bloß zwei Taschentücher, ein halber Windbeutel und der Schlüssel zu meinem unterwegs gebliebenen Koffer befanden.«

»Aber man merkt sich doch die Kutschennummer!« rief der Maler entrüstet.

Er erinnerte sich jetzt, daß er beim Überschreiten der Brücke Louis-Philippe im strömenden Unwetter einem aus Leibeskräften davonjagenden Fiaker begegnet war. Und er wunderte sich, wie unwahrscheinlich oft die Wahrheit ist. Das, was er für einfach und logisch gehalten hatte, war dem natürlichen Verlaufe der unendlichen Kombinationen des Lebens gegenüber geradezu dumm.

»Sie können sich vorstellen, wie mir unter dieser Tür zumute war!« schloß Christine ab. »Ich wußte ganz gut, daß ich mich nicht in Passy befand. Ich sollte also die Nacht hier, in diesem schrecklichen Paris hinbringen. Und die Donnerschläge, die Blitze, oh! Die schrecklichen blauen und roten Blitze, und die Angst vor all den Dingen, die sie mir zeigten!«

Ihre Lider hatten sich von neuem geschlossen. Ein Schauder machte sie erbleichen. Wieder sah sie die schreckliche Stadt vor Augen, die Löcher der Quais, die sich in den roten Blitzgluten hinzogen, den tiefen Graben des mit seinen bleifarbenen Fluten dahingleitenden Flusses, mit seinen großen, schwarzen Körpern, den Kähnen, die wie tote Walfische waren, den unbeweglich starrenden, ihre galgenartigen Arme reckenden Kranen. Würde sie hier ein Willkommen finden?

Es blieb ein Schweigen. Claude hatte sich wieder über seine Zeichnung hergemacht. Doch jetzt bewegte sie sich, der Arm schlief ihr ein.

»Ach, bitte, den Ellbogen ein bißchen weiter 'runter!«

Doch dann setzte er, um sich zu entschuldigen, und als ob er sich interessiere, hinzu:

»Ihre Eltern werden untröstlich sein, wenn sie von dem Unfall erfahren.«

»Ich habe keine Eltern.«

»Wie? Weder Vater noch Mutter ... Sie stehen allein da?«

»Ja, ganz allein.«

Sie war achtzehn Jahre alt und in Straßburg geboren, gerade zwischen zwei Garnisonswechseln ihres Vaters, des Hauptmanns Hallegrain. Als sie ihr zwölftes Jahr erreicht hatte, war der letztere, ein Gascogner aus Montauban, in Clermont gestorben. Er hatte sich einer Beinlähmung wegen dorthin zurückziehen müssen. Fünf Jahre lang hatte ihre Mutter dann, eine geborene Pariserin, dort in der Provinz von ihrer mageren Pension gelebt und gearbeitet, Fächer gemalt, um die damenmäßige Erziehung ihrer Tochter durchführen zu können. Seit fünfzehn Monaten war auch sie tot und hatte sie allein in der Welt zurückgelassen, ohne einen Sou, bloß mit einer Freundin, einer Nonne, der Oberin der Schwestern der Heimsuchung, die sie in ihrem Pensionat behalten hatte. Und geradewegs aus dem Kloster kam sie jetzt, nachdem es der Oberin endlich gelungen war, diese Stellung als Vorleserin bei ihrer alten Freundin, Madame Vanzade, die fast gänzlich erblindet war, ausfindig zu machen.

Claude war bei diesen neuen Einzelheiten still geblieben. Das Kloster da, die gutgezogene Waise, das ganze romantische Abenteuer versetzten ihn wieder in seine Verlegenheit zurück, machten seine Worte und Bewegungen linkisch. Er arbeitete nicht mehr, hielt den Blick auf seine Skizze gesenkt.

»Ist Clermont schön?« fragte er endlich.

»Nicht gerade, eine düstere Stadt ... Übrigens weiß ich's nicht mehr; ich konnte das damals noch nicht so beurteilen.«

Sie hatte sich auf den Ellbogen aufgestützt und fuhr, wie im Selbstgespräch, mit einer noch von ihrer schluchzenden Trauer gebrochenen Stimme sehr leise fort:

»Mama war nicht sehr kräftig und rieb sich mit ihrer Arbeit auf ... Sie verwöhnte mich; nichts war gut genug für mich; für alles hatte ich Professoren. Und ich profitierte so wenig davon. Zuerst war ich krank geworden; dann paßte ich nicht ordentlich auf, immer war ich zum Lachen aufgelegt, hatt' ich das Blut im Kopfe ... Die Musik langweilte mich. Wenn ich am Piano saß, kriegt' ich den Krampf in die Arme. Mit dem Malen ging's noch am besten ...«

Er hob den Kopf, unterbrach sie mit dem Ausruf:

»Sie verstehen zu malen?«

»O nein, ich kann nichts, gar nichts ... Mama, die viel Talent hatte, brachte mir so ein bißchen das Aquarellieren bei, und ich half ihr manchmal die Hintergründe ihrer Fächer malen ... Sie malte sie so schön!«

Unwillkürlich glitt ihr Blick über das Atelier hin, über die erschreckenden Skizzen, von denen die Wände flammten. Und in ihren klaren Augen zeigte sich wieder eine Unruhe, das ängstliche Erstaunen über diese rohe Malweise. Aus der Entfernung sah sie auch etwas von der Studie, die der Maler nach ihr entworfen hatte, und war über die gewaltsamen Töne, die grob aus dem Schatten hervorstechenden Pastellzüge so konsterniert, daß sie nicht die Bitte wagte, sie aus der Nähe sehen zu dürfen. Übrigens fühlte sie sich in diesem glutheißen Bett nichts weniger als wohl, so daß sie sich, von dem Gedanken geplagt, daß sie gehen und mit diesen Dingen, die sie seit gestern erlebt hatte und die ihr vorkamen wie ein Traumbild, ein Ende machen müsse, unruhig hin und her bewegte.

Claude fühlte wohl durch, daß sie erschöpft war. Er schämte sich plötzlich, und sie tat ihm leid. Er ließ die Zeichnung unbeendet und sagte schnell:

»Viel Dank für Ihre Liebenswürdigkeit, mein Fräulein ... Verzeihen Sie, ich habe Ihnen wahrlich zuviel zugemutet ... Stehen Sie auf, stehen Sie auf, ich bitte Sie! Es wird Zeit, daß Sie zu Ihren eigenen Angelegenheiten kommen.«

Ohne zu verstehen, weshalb sie rot wurde und keine Anstalten machte, sondern im Gegenteil in dem Maße, als er sich da vor ihr beeiferte, ihre nackten Arme wieder versteckte, wiederholte er, daß sie doch aufstehen solle. Dann aber machte er eine jähe Handbewegung, unter der er den Bettschirm wieder vorschob und sich zum anderen Ende des Ateliers hinbegab, wo er mit einer übertriebenen Schamhaftigkeit geräuschvoll mit seinem Geschirr hantierte, damit sie, ohne befürchten zu müssen, vernommen zu werden, aus dem Bett schlüpfen und sich ankleiden könnte.

Inmitten des Gepolters, das er veranstaltete, überhörte er ihren zaghaften Anruf:

»Mein Herr! Mein Herr! ...«

Endlich spannte er sein Gehör an.

»Mein Herr, wenn Sie so gut sein wollten ... Ich finde meine Strümpfe nicht.«

Er stürzte eilig hinzu. Wo hatte er denn bloß seine Gedanken? Was dachte er denn, was sie machen sollte da hinter dem Schirm ohne ihre Strümpfe und Kleider, die er an die Sonne gehängt hatte? Die Strümpfe waren trocken, wie er sich vergewisserte, indem er sie leise rieb. Dann schob er sie hinter den dünnen Verschlag, wobei er ein letztes Mal ihren nackten, frischen, runden, kindlich anmutigen Arm wahrnahm. Dann warf er auch die Kleider über das Fußende des Bettes, stieß auch die Schnürschuhe hinzu; nur den Hut ließ er an der Staffelei hängen. Sie hatte Dankschön gesagt und sprach dann nicht mehr. Kaum vernahm er das Geräusch des Linnens, das leise Geplätscher des Wassers. Doch fuhr er fort, sich für sie zu bemühen.

»Die Seife liegt auf dem Tisch in einer Untertasse ... Ziehen Sie die Schublade auf, nicht wahr, und nehmen Sie ein frisches Handtuch ... Wünschen Sie noch mehr Wasser? Ich reiche Ihnen die Kanne hin.« Der Gedanke, daß er's etwa wieder nicht richtig machen könnte, brachte ihn plötzlich außer sich.

»Ach, aber, nicht wahr, ich belästige Sie ... Tun Sie ganz, als ob Sie zu Haus wären!«

Er wandte sich wieder seiner Wirtschaft zu. Zweifel plagten ihn. Sollte er ihr ein Frühstück anbieten? Er konnte sie doch kaum so gehen lassen. Andererseits würde das aber kein Ende geben, er würde bestimmt um seine Vormittagsarbeit kommen. Ohne einen letzten Entschluß fassen zu können, wusch er, nachdem er seinen Spirituskocher in Brand gesetzt hatte, die Kasserolle und schickte sich an, Schokolade zu bereiten. Er hielt das für besonders angemessen und schämte sich im geheimen seines Nudelrestes wegen. Er schnitt zum Mahle Brot ab, das er nach der Sitte des Südens mit Öl tränkte. Aber er bröckelte eben noch Schokolade in die Kasserolle, als er plötzlich ausrief: »Wie! Schon?«

Christine hatte den Schirm beiseite gestoßen und war schmuck und sauber geschnürt und zugeknöpft in ihrem schwarzen Kleid zum Vorschein gekommen, im Handumdrehen fix und fertig geworden. Ihr rosiges Gesicht zeigte nicht die geringste Spur von Wasser mehr. Ihr schwarzer Haarknoten hing auf den Nacken herab, ohne daß die geringste Strähne hervorstak. Claude war starr über dies Wunder von Geschicklichkeit, über den Eifer, mit dem sie sich wie eine brave, kleine Hausfrau in aller Eile angekleidet hatte.

»Ah, Donnerwetter! Wenn Sie alles so machen!«

Er fand sie größer und schöner, als er geglaubt hatte. Was ihn aber besonders traf, war die ruhige Entschiedenheit ihres Gesichtsausdruckes. Offenbar hatte sie keine Angst mehr vor ihm. Es schien, daß sie, nun sie dies zerlegene Bett verlassen, in dem sie sich nicht in Sicherheit gefühlt, mit ihren Schuhen und ihrem Kleid ihre Rüstung wiedergefunden hatte. Sie lächelte und sah ihm gerade in die Augen. Und da sagte er, was auszusprechen er noch gezaudert hatte:

»Sie frühstücken doch mit mir?«

Doch sie lehnte ab.

»Nein, danke ... Ich werde zum Bahnhof gehen, wo sicher mein Koffer angekommen ist, und werde mich dann sofort nach Passy bringen lassen.«

Vergeblich wiederholte er, daß sie doch Hunger haben müßte und daß es unvernünftig wäre, mit leerem Magen aufzubrechen.

»So will ich wenigstens gehen und Ihnen einen Fiaker holen!«

»Nein, ich bitte Sie, machen Sie sich keine Umstände.«

»Aber Sie können doch so einen langen Weg nicht zu Fuß machen. Gestatten Sie mir wenigstens, daß ich Sie bis zur Fiakerhaltestelle begleite, da Sie doch in Paris unbekannt sind.«

»Nein, nein, es ist nicht nötig ... Wenn Sie so liebenswürdig sein wollen, so lassen Sie mich ganz allein gehen.«

Es war ein fester Entschluß. Ohne Zweifel beunruhigte sie der Gedanke, daß sie, wenn auch von Unbekannten, mit einem Mann zusammen gesehen werden könnte. Sie würde verschweigen, wo sie die Nacht zugebracht, würde irgend etwas erzählen und die Erinnerung an das Abenteuer für sich behalten. Mit einer zornigen Handbewegung tat er, als ob er sie zum Kuckuck schicke. Fort mit Schaden! Es konnte ihm nur passen, daß er nicht mitzugehen brauchte. Doch fühlte er sich im Grunde verletzt, fand sie undankbar.

»Na, wie Sie wollen. Ich will mich Ihnen nicht aufdrängen.«

Bei diesem Ausdruck wurde das unbestimmte Lächeln Christines deutlicher und bog ihr leise die feinen Mundwinkel. Sie sagte nichts, nahm ihren Hut und suchte mit den Augen nach einem Spiegel. Da sie aber keinen fand, entschied sie sich, seine Bänder auf gut Glück zuzuknüpfen. Ohne Hast warf und zog sie die Bänder mit hochgehobenen Ellbogen, das Gesicht von der Sonne bestrahlt. Claude war überrascht, die Züge der kindlichen Anmut, die er soeben gezeichnet hatte, nicht mehr wiederzuerkennen. Der obere Teil, die reine Stirn, die sanften Augen waren verschattet; der untere Teil dagegen trat jetzt hervor: die leidenschaftliche Kinnpartie, der halbgeöffnete Mund, die schönen Zähne. Und dabei hatte sie noch immer dies rätselhafte Jungmädchenlächeln, das sich vielleicht gar über ihn belustigte.

»Jedenfalls mein' ich«, fuhr er erregt fort, »daß Sie mir keinen Vorwurf machen können.«

Diesmal konnte sie ein leicht nervöses Lachen nicht mehr unterdrücken.

»Nein, nein, mein Herr! Nicht im geringsten.«

Noch immer sah er sie im inneren Zwiespalt seiner Schüchternheit und seiner Ungewißheit und in der Furcht, er könne ihr lächerlich sein, prüfend an. Aber was wußte sie denn, das vornehme Fräulein? Ohne Zweifel, was so die Pensionsmädchen wissen: alles und nichts. Es handelte sich um das ganz unbeikömmliche, heimliche Aufblühen der Sinne und des Herzens. War ihre keusche Sinnlichkeit hier, in dieser freien Künstlerumgebung, im Dunkel sich mischender Neugier und Furcht vor dem Manne vielleicht zum Durchbruch gelangt? Hatte sie es jetzt, wo sie nicht mehr zagte, vielleicht mit der ein wenig verächtlichen Überraschung, daß sie sich überhaupt vor ihm gefürchtet hatte? Wie! So gar keine Artigkeitsbezeugung? Nicht mal ein Kuß auf die Fingerspitzen? Die brummige Gleichgültigkeit dieses Junggesellen, die sie zu erfahren bekommen hatte, mußte ja das Weib in ihr, das sie noch nicht war, unruhig machen. Und so entfernte sie sich jetzt verärgert, irritiert, spielte in ihrem Verdruß die Tapfere, trug unbewußt das Bedauern mit sich fort, daß ihr die schrecklichen Dinge, die nicht geschehen, unbekannt geblieben waren.

»Sie sagten«, fuhr sie fort und wurde wieder ernst, »daß die Haltestelle am Ende der Brücke auf dem anderen Quai wäre?«

»Ja, an der Stelle, wo die Baumgruppe steht.« Sie hatte ihre Hutbänder vollends zugeknüpft, hatte die Handschuhe an und war nun bereit, stand mit hängenden Armen da, ging aber noch nicht, sondern sah vor sich hin. Ihr Blick war auf das gegen die Wand gelehnte große Gemälde getroffen. Sie hatte es mit dem Verlangen, ihn zu bitten, es sehen zu dürfen; doch dann wagte sie's nicht. Nichts hielt sie mehr zurück; und doch nahm es sich aus, als ob sie noch nach etwas suchte, als hätte sie die Empfindung, daß sie etwas zurückließe, das sie nicht zu nennen gewußt hätte. Endlich schritt sie auf die Tür zu.

Als Claude öffnete, fiel ein kleines, gegen die Tür gelehntes Brot ins Atelier herein.

»Sie sehen«, sagte er, »daß Sie mit mir hätten frühstücken können. Meine Pförtnerin bringt mir das jeden Morgen.«

Von neuem lehnte sie mit einer Kopfbewegung ab. Auf dem Treppenflur wandte sie sich um und stand einen Augenblick unbeweglich da. Sie hatte ihr munteres Lächeln wiedergewonnen und hielt ihm zum erstenmal die Hand hin.

»Dank, vielen Dank!«

Er hatte die kleine, behandschuhte Hand in seine breite, vom Pastellstift beschmutzte genommen. Beide blieben sie ein paar Sekunden so, drückten sich die Hand, schüttelten sie als gute Freunde. Noch immer lächelte ihn das junge Mädchen an und hatte auf den Lippen die Frage: »Wann werd' ich Sie wiedersehen?« Doch eine Scham hielt sie zurück, sie auszusprechen. Endlich nahm sie, nachdem sie noch etwas gewartet hatte, ihre Hand aus der seinen.

»Leben Sie wohl, mein Herr!«

»Leben Sie wohl, mein Fräulein!«

Und schon stieg Christine, ohne den Kopf noch einmal zuheben, die Müllerstiege mit ihren krachenden Stufen hinab. Claude aber warf grob die Tür zu und trat wieder ein, wobei er ganz laut sagte:

»Ah, diese Donnerwetter-Weibsbilder!«

Er war wütend, aufgebracht über sich und alle Welt. Und indem er mit dem Fuß gegen die Möbel stieß, die ihm in den Weg gerieten, fuhr er fort, mit lauter Stimme seinem Herzen Luft zu machen. Wie recht tat er daran, daß er niemals eine mit herauflieẞ! Diese Weibsen waren bloß dazu gut, einen zu übertölpeln. Wer bürgte ihm zum Beispiel dafür, daß die mit ihrer unschuldigen Miene da sich nicht in der ausbündigsten Weise über ihn lustig gemacht hatte? Und er war so einfältig gewesen, daß er ihr ihre Geschichte da geglaubt, mit der sie doch bloß bezweckt hatte, hier oben zu übernachten. Alle seine Zweifel stellten sich wieder ein. Niemals würde ihm jemand die Generalswitwe, den Eisenbahnunfall und gar die Geschichte mit dem Kutscher glauben machen. War es denkbar, daß so etwas passierte? Übrigens konnte man sagen, daß sie einen zu großen Mund hatte, und ihr Gesichtsausdruck war, als sie sich davongemacht hatte, ein durchtriebener gewesen. Wenn er bloß hätte verstehen können, aus was für einem Grund sie gelogen hatte. Aber nein, so ohne jeden Zweck zu lügen, so ganz unverständlicherweise, rein der Kunst wegen! Ah, sie mochte sich jetzt schön ins Fäustchen lachen!

Heftig faltete er den Bettschirm zusammen und schmiß ihn in einen Winkel. Sie hatte doch sicher alles in Unordnung gelassen. Aber als er feststellte, daß alles sich sehr sauber an Ort und Stelle befand, die Waschschüssel, das Handtuch, die Seife, ereiferte er sich, weil sie das Bett nicht gemacht hatte. Mit übertriebener Anstrengung machte er sich daran, es in Ordnung zu bringen, packte mit beiden Armen die noch warme Matratze, klopfte, benommen von diesem warmen, reinen Jugendduft, den das Linnen hauchte, mit beiden Fäusten auf das Kopfkissen los. Dann spülte er sich gründlich mit Wasser ab, um sich die Schläfen zu kühlen, und erfuhr von dem feuchten Handtuch dieselbe Benommenheit, denselben jungfräulichen Hauch, der mit seiner Anmut das ganze Atelier erfüllend ihn von überallher bedrängte. Fluchend und von einer derartigen Malwut befallen, daß er in seiner Hast das Brot in großen Happen hinunterschlang, trank er dann aus der Kasserolle die Schokolade.

»Aber die Hitze ist ja zum Umkommen, man wird ja ganz krank!« schrie er plötzlich.

Die Sonne war fort, es war nicht mehr so heiß. Aber Claude öffnete oben am Dach eine Luke und sog mit großer Erleichterung die hereindringenden warmen Windstöße ein. Dann ergriff er seine Zeichnung, den Kopf Christines, und verlor sich lange in seinen Anblick.

II

Es hatte Mittag geschlagen, Claude arbeitete an seinem Bild, als in vertraulich derber Weise angeklopft wurde. Mit einer instinktiven Bewegung ließ der Maler den Kopf Christinens, nach welchem er das Gesicht des großen Weibes auf seinem Bild umarbeitete, in eine Mappe gleiten. Dann entschloß er sich, zu öffnen.

»Pierre!« rief er. »Du schon?«

Pierre Sandoz, ein Jugendfreund von ihm, war ein Bursch von zweiundzwanzig Jahren, sehr braun, mit einem runden, eigensinnigen Kopf, einer eckigen Nase, sanften Augen, einer energischen, von einem angehenden Bartwuchs umrahmten Gesichtsform.

»Ich habe früher als sonst gefrühstückt«, wurde zur Antwort. »Ich wollte dir eine recht ausgiebige Sitzung geben ... Ah, Teufel! das rückt ja vorwärts!«

Er hatte sich vor das Gemälde gestellt und fügte sofort hinzu:

»Ah, du veränderst den Ausdruck des Weibes.«

Ein langes Schweigen blieb. Alle beide betrachteten unbeweglich das Bild. Es war eine Leinwand von fünf zu drei Metern. Es war schon ganz bemalt; doch hoben sich einige Stücke nur erst im ungefährsten Entwurf hervor. Dieser hingeworfene Entwurf zeigte eine prächtige Kraft und war in der Farbe feurig und lebensvoll. In eine von dicken, grünen Baumwänden eingeschlossene Waldlichtung fiel eine Flut von Sonnenlicht. Nur zur Linken bohrte sich eine tiefe Allee ein, die einen ganz fernen Lichtfleck hatte. Dort lag im Gras, mitten in der üppigen Junivegetation, einen Arm unterm Kopf, mit geschwellter Brust ein nacktes Weib. Ohne wohin zu blicken, die Lider geschlossen, lachte sie in den goldenen Lichtregen hinein, der sie badete. Im Hintergründe aber rangen lachend miteinander zwei andere, gleichfalls nackte Weiber, ein braunes und ein blondes, und gaben in all dem grünen Laub zwei köstliche Fleischtöne. Da der Maler im Vordergrund aber einen Gegensatz von Schwarz gebraucht hatte, hatte er sich einfach damit geholfen, daß er in das Bild einen in ein schlichtes schwarzes Sammetjackett gekleideten

Herrn hineingesetzt hatte. Der Herr wandte einem den Rücken; man sah nichts als im Gras seine linke Hand, auf die er sich stützte.

»Das Weib kommt schon sehr schön raus«, sagte Sandoz endlich. »Aber, Wetter! Du wirst mit alldem ein gehöriges Stück Arbeit haben.«

Claude, dessen Augen flammend auf seinem Werk hafteten, hatte eine zuversichtliche Handbewegung.

»Bah! Ich hab' noch Zeit, bis es in die Ausstellung kommt. In sechs Monaten zwingt man's schon! Diesmal werd' ich ihnen vielleicht denn doch zeigen, daß ich kein Stümper bin.«

Ohne es zu sagen, war er von der Skizze, die er von Christines Kopf genommen, so entzückt und im übrigen so gehoben von einer jener großen Anwandlungen von Hoffnung, aus denen er dann infolge seiner leidenschaftlichen Natur um so grausamer in den Zweifel an seinem Künstlertum zurückfiel, daß er anfing, laut vor sich hin zu pfeifen.

»Vorwärts! Nicht gebummelt!« rief er. »Da du da bist, wollen wir anfangen.«

Aus Freundschaft und um ihm die Kosten für ein Modell zu ersparen, hatte Sandoz ihm angeboten, ihm für den Mann im Vordergrund Modell zu stehen. Er hatte nur Sonntag dafür frei, und in vier, fünf Sonntagen sollte die Figur fertig sein. Schon wollte er das Sammetjacket anziehen, als ihm plötzlich eine Überlegung kam.

»Sag' mal, da du ja arbeitest, hast du gewiß noch nicht ordentlich gefrühstückt ... Geh und iß ein Kotelett, ich warte solange.«

Doch der Gedanke, Zeit zu verlieren, brachte Claude auf.

»Aber gewiß doch hab' ich gefrühstückt, sieh doch die Kasserolle! ... Und da liegt sogar noch Brot, das ich im Notfall essen kann ... Los, los, Faulpelz!«

Hastig hatte er nach der Palette gegriffen, die Pinsel zupacken gekriegt und fügte hinzu:

»Dubuche holt uns heut abend ab, nicht wahr?«

»Ja, gegen fünf.«

»Na gut, dann gehen wir gleich dinieren ... Bist du bereit? Die Hand mehr nach links, den Kopf noch tiefer!«

Nachdem er die Kissen zurechtgelegt, hatte Sandoz sich auf der Chaiselongue eingerichtet und seinen Platz eingenommen. Er wandte den Rücken her, doch die Unterhaltung ging nichtsdestoweniger noch eine Weile weiter; denn er hatte heut morgen einen Brief aus Plassans erhalten, der kleinen provenzalischen Stadt, wo der Maler und er, seit sie im Kolleg die ersten Hosen durchgesessen, miteinander bekannt geworden waren. Dann schwiegen sie. Weltentrückt arbeitete der eine, während der andere, von seiner langen, bewegungslosen Haltung ermüdet, vor sich hindämmerte.

In seinem neunten Lebensjahr hatte sich Claude die günstige Gelegenheit geboten, Paris zu verlassen und in den Provinzwinkel, in dem er geboren, zurückkehren zu können. Seine Mutter, eine wackere Wäscherin, die von ihrem Tunichtgut von Mann im Stich gelassen worden war, hatte nämlich einen braven Arbeiter geheiratet, der sich närrisch in die hübsche Blondine verliebt hatte. Doch so unverdrossen sie schafften, hatte es ihnen nicht glücken wollen, voranzukommen. Und so waren sie mit großer Freude darauf eingegangen, als ein alter Herr ihnen angeboten hatte, Claude bei sich aufzunehmen und ihn aufs Kolleg zu schicken. Er war ein Original, ein Kunstliebhaber gewesen, und es hatte sich bei ihm um solch eine edelherzige Schrulle gehandelt; die Männchen, die der Kleine damals so hingekritzelt hatte, hatten ihm gefallen. So war Claude sieben Jahre lang, bis zur Unterprima, im Süden geblieben, zuerst als Pensionär, dann außerhalb des Kollegs bei seinem Beschützer. Eines Morgens hatte man den letzteren vom Schlag getroffen tot auf seinem Bett liegen gefunden. Er hatte dem jungen Menschen, mit der Bestimmung, daß dieser im Alter von fünfundzwanzig Jahren frei über das Kapital verfügen könnte, testamentarisch eine Rente von tausend Franken ausgesetzt. Claude hatte, schon damals fieberhaft für die Malerei begeistert, sofort, ohne erst das Bakkalaureat zu erwerben, das Kolleg verlassen Und war nach Paris geeilt, wohin ihm sein Freund Sandoz bereits vorausgegangen war.

Im Kolleg von Plassans waren Claude Lantier, Pierre Sandoz und Louis Dubuche in der Prima die drei Unzertrennlichen genannt worden. Aus verschiedenen Gegenden stammend, auch ihrem Wesen nach verschieden geartet, nur in demselben Jahr, bloß ein paar Monate auseinander, geboren, hatten sie sich auf Grund einer verwandten inneren Anlage, des Stachels eines ihnen noch unbewußten inneren Ehrgeizes und ihrer erwachenden höheren Intelligenz, inmitten des rohen Schwarmes der abscheulichen Flegel, von denen sie geschlagen wurden, sofort und für immer zusammengeschlossen. Sandoz' Vater, ein wegen einer politischen Verwicklung nach Frankreich geflüchteter Spanier, hatte unweit Plassans eine Papiermühle gegründet, in der neue, von ihm erfundene Maschinen arbeiteten. Infolge der Böswilligkeit der Einwohnerschaft war er dann, von Kummer und Herzeleid aufgerieben, gestorben und hatte seine Witwe in einer so schwierigen Lage zurückgelassen und in einer Folge von so verwickelten Prozessen, daß ihr ganzes Vermögen draufgegangen war. So war Sandoz' Mutter, eine geborene Burgunderin, den Provenzalen, denen sie Schuld an einer schleichenden Lähmung gab, an der sie litt, grollend, mit ihrem Sohn nach Paris geflohen, der sie, den Kopf voll literarischer Ruhmesträume, hier von den Einkünften einer bescheidenen Anstellung durchbrachte. Was Dubuche, den ältesten Sohn einer Plassanser Bäckerin, anbetraf, so war er, von seiner sehr strengen, ehrgeizigen Mutter angespornt, später den Freunden nachgekommen und besuchte als Architekt die Akademie. Er lebte schlecht und recht von den kärglichen hundert Sous, die seine Eltern ihm aussetzten, wobei sie mit dem versessenen Geiz von Juden seine Zukunft mit dreihundert Prozent diskontierten.

»Gottswetter!« murmelte Sandoz in das herrschende Schweigen hinein. »Deine Pose ist nicht gerade bequem; sie zerbricht mir jedes Gelenk ... Darf man sich nicht ein bißchen bewegen?«

Ohne zu antworten, ließ Claude ihn sich recken. Er war bei dem Sammetjackett, das er mit forschen Pinselstrichen bearbeitete. Er bog sich jetzt zurück, blinzelte und brach, von einer plötzlichen Erinnerung belustigt, in ein lautes Lachen aus.

»Weißt du noch, wie in der Tertia eines Tages Pouillaud im Schrank des Trottels Lalubie Kerzen ansteckte? Der Schreck, wie Lalubie, eh' er auf sein Katheder 'naufklomm, seinen Schrank öffnete, seine Bücher 'rausnehmen wollte und die strahlende Kapelle sah! ... Die ganze Klasse bekam fünfhundert Verse aufgebrummt.«

Von der Heiterkeit des Freundes angesteckt, hatte Sandoz sich auf der Chaiselongue herumgewandt. Er nahm jetzt seine Haltung wieder ein und sagte:

»Ah, das Vieh von Pouillaud! ... Weißt du, in dem Brief, den er mir heut morgen schrieb, zeigt er mir gerade an, daß Lalubie sich verheiratet hat. Der alte Waschlappen von Professor nimmt sich noch ein hübsches, junges Mädchen. Übrigens kennst du sie ja, die Tochter von Gallisard, dem Kurzwarenhändler, die kleine Blonde, der wir Ständchen brachten.«

Die Erinnerungen waren im Gange. Claude und Sandoz fanden kein Ende, wobei der eine wie gepeitscht, mit wachsendem Fiebereifer malte, während dem anderen, der, das Gesicht gegen die Wand, ihm den Rücken zukehrte, im Eifer des Erzählens die Schultern zuckten.

Zuerst war's das Kolleg, von dem sie redeten, das alte, schimmlige Kloster, das bis an die Festungswälle heranreichte, mit seinen beiden, von riesigen Platanen bestandenen Höfen, seinem schlammigen, grünbemoosten Wasserbassin, in dem sie schwimmen gelernt hatten. Und die im unteren Stock gelegenen Klassen mit ihren von Feuchtigkeit triefenden getünchten Wänden. Der Speiseraum, in dem es fortwährend nach fettigem Abwaschwasser roch. Der durch seine Scheußlichkeit berühmte Schlafsaal der Kleinen, die Wäschekammer, der Krankensaal mit seinen angenehmen, schwarzgekleideten frommen Schwestern, die unter ihren weißen Hauben so sanft aussahen! Was für ein Spektakel war's gewesen, als Schwester Angelika, deren Madonnengesicht die Großen so außer Rand und Band gebracht hatte, eines schönen Morgens mit Hermelin, dem dicken Primaner, durchgegangen war, der sich einst aus Liebe mit dem Taschenmesser die Hände zerschnitten hatte, daß er zu ihr hatte hinaufgehen und sie ihm Englischpflaster hatte auflegen können!

Und dann mußte das ganze Personal defilieren, eine kläglichgrotesk-schreckliche Kavalkade von bösartigen und leidenden Profilen. Der Direktor, der sich mit Gesellschaften ruinierte, die er gab, um seine Töchter zu verheiraten, zwei große, schöne, elegante Mädchen, deren Konterfeis mit ausbündigen Unterschriften drunter alle Wände bedeckten. Der Studieninspektor Pifard, dessen gewaltige

Nase, wie eine Schlange, sich hinter allen Türen herumdrückte und seine Gegenwart schon von weitem verriet. Die Schar der Professoren, von denen jeder seinen Spitznamen auf dem Halse hatte: der strenge »Rhadamantys«, der niemals gelacht hatte; der »Schmutzbartel«, der das Katheder, an dem er beständig seinen Kopf rieb, mit seinem schwarzen Haar schmierig machte; »Adele, du betrügst mich«, der Physiklehrer, ein notorischer Hahnrei, welchem zehn Generationen von Bengeln den Namen seiner Frau nachriefen, von der es hieß, daß sie einst in den Armen eines Schweren Kavalleristen überrascht worden sei. Und wie viele andere noch! »Spontini«, der wilde Repetent, mit seinem vom Blute dreier Vettern befleckten korsischen Messer, das er herumzeigte; der kleine »Wachtelschlag«, der ein so guter Kerl war, daß er auf den Spaziergängen das Rauchen erlaubte. Und so weiter, bis zu einem Küchenjungen und einer Geschirrwäscherin, zwei Scheusalen, die man »Paraboulomenos« und »Paralleluca« getauft hatte und eines Liebesidylles zwischen den Küchenabfällen beschuldigte.

Dann kamen die Streiche an die Reihe, beschworen sie mit einemmal die lustigen Eulenspiegeleien herauf, über die man sich noch nach Jahren wand vor Lachen. Oh, der Morgen, wo sie im Ofen die Schuhe von »Mimi, dem Tod«, auch das »externe Skelett« genannt, verbrannt hatten! Ein dürrer Bursch war er gewesen, der immer Schnupftabak in die Klasse hereingepascht hatte! Und jener Winterabend, wo sie in der Kapelle neben der ewigen Lampe Zündhölzer gestohlen hatten, um getrocknete Kastanienblätter aus Schilfrohrpfeifen zu rauchen! Sandoz, der den Streich verbrochen hatte, gestand heute seinen damaligen Schrecken und den Angstschweiß, den er geschwitzt hatte, als er im Dunklen Hals über Kopf den Chor 'runtergerannt war. Und jener Tag, wo Claude die famose Idee gehabt hatte, in seinem Pulte Maikäfer zu rösten, um zu sehen, ob sie so gut schmeckten, wie es hieß! Und wie dann ein so schrecklicher Gestank und ein so dicker Qualm aus dem Pult heraus sich verbreitet hatte, daß der Pauker, in der Meinung, es brenne, nach dem Wasserkrug gegriffen hatte. Und gelegentlich der Spaziergänge die Einbrüche in die Zwiebelfelder. Und wie sie mit Steinen nach den Fensterscheiben geschmissen hatten, wobei es darauf angekommen war, daß die Brüche eine Landkarte bildeten. Und wie sie mit großen Buchstaben die Aufgaben im Griechischen vorher auf die schwarze Tafel geschrieben, und alle Bengels, ohne daß der Professor was gemerkt, sie geläufig abgelesen hatten. Und wie sie die auf dem Hofe stehenden Bänke abgesägt und wie Leichname Erschlagener in langem Zuge unter Trauergesängen um das Wasserbassin herumgetragen hatten. Ach ja, das war eine berühmte Geschichte geworden! Denn Dubuche, der den Geistlichen machte, war, als er mit seiner Mütze, die den Weihkessel vorstellen sollte, hatte Wasser schöpfen wollen, hineingefallen. Das Allerschönste und Drolligste aber war gewesen, als Pouillaud eines Nachts im Schlafsaal alle Nachttöpfe an eine unter den Betten durchgehende Schnur gebunden und dann am Morgen, es hatten gerade die großen Ferien angefangen, über den Korridor und die drei Treppen hinuntergeflohen war und den furchtbaren Porzellanschwanz, der in Scherben hinter ihm hergesprungen und -geflogen war, mit sich gezogen hatte!

Claude lachte, den Pinsel in der Luft, aus vollem Halse und schrie:

»Das Aas von Pouillaud! ... Er hat dir also geschrieben? Und was gibt er jetzt an?«

»Gar nichts, Alter!« antwortete Sandoz, der sich wieder zurechtsetzte. »Sein Brief ist vollkommen stumpfsinnig! ... Er beendet sein Rechtsstudium, will dann die Advokatur seines Vaters übernehmen. Und wenn du den Ton sähest, den er schon angenommen hat! Der stumpfsinnigste, rangierteste Spießerjargon!«

Von neuem herrschte Schweigen. Dann fügte er hinzu:

»Ja wir, mein Alter, siehst du, wir waren eben andere Kerls.«

Dann stellten sich andere Erinnerungen ein, die ihnen die Herzen höherschlagen machten. Die Erinnerungen an die schönen Tage, die sie da unten außerhalb des Kollegs in freier Luft und Sonnenschein miteinander verbracht hatten. Schon in der untersten Klasse, als Kleine, hatten die drei Unzertrennlichen sich für weite Spaziergänge begeistert. Die geringste Freizeit hatten sie benutzt und waren meilenweit gewandert. Als sie dann aber schon größer waren, hatten sie frisch drauflos oft tagelange Märsche unternommen. Und sie hatten dann auf gut Glück unterwegs in irgendeiner Höhle übernachtet oder sich ein molliges Lager auf ausgedroschenem Stroh oder in irgendeiner kleinen verlassenen Hütte zurechtgemacht, auf deren Boden sie sich eine Schütte aus Thymian und Lavendel gebreitet hatten. So waren sie, hingenommen von der schönen, freien Natur, der Welt weit entflohen, hatten in unbewußt kindlicher Lust ihr Gefallen an Baum, Gewässer, Berg gehabt und die grenzenlose Freude genossen, für sich allein und frei zu sein.

Dubuche, der Pensionär des Kollegs gewesen war, hatte sich den beiden anderen nur in den Ferien anschließen können. Auch war er nicht gut zu Fuß, sondern als Musterschüler trag und schwerfällig gewesen. Um so unermüdlicher waren aber Claude und Sandoz. Jeden Sonntag kamen sie schon vier Uhr morgens und warfen, um einander zu wecken, Kiesel gegen die Fensterjalousien. Im Sommer ergingen sie sich an dem Ufer der Viorne, eines Sturzbaches, dessen schmales Band die flachen Wiesen von Plassans bewässert. Sie waren kaum zwölf Jahre alt, als sie schon schwimmen konnten. Ganz versessen waren sie darauf, in den Löchern, wo das Wasser sich staute, ganze Tage lang nackt herumzuwaten, auf dem heißen Sande sich trocknen zu lassen und dann bis über die Ohren wieder hineinzutauchen, im Fluß bald auf dem Rücken, bald auf dem Bauche schwimmend ihr Wesen zu treiben, die Kräuter am Ufer hin zu durchstöbern und stundenlang die Schlupfwinkel der Aale zu belauern. Das klare Wasser, das im hellen Sonnenschein an ihnen herabtroff, kräftigte ihre Jugend, und von ihm erfrischt, lachten sie, auch später als junge Männer noch, wenn sie in den ermüdenden Gluten der Juliabende zur Stadt zurückkehrten wie entlaufene Kinder. Später hatten sie's mit dem Jagdeifer. Doch handelte es sich um eine Jagd, wie man sie in diesem an Wild armen Lande eben treibt, wo man sechs Meilen machte, um ein halbes Dutzend Baumpieper zu erlegen, und von beträchtlichen Touren oft mit leeren Jagdtaschen zurückkehrte, höchstens mit einer unvorsichtigen Fledermaus drin, die sie, wenn sie vor der Stadt ihre Gewehre entluden, abschössen. Die Augen wurden ihnen feucht, als sie dieser Wanderfreuden gedachten. Sie sahen die endlosen, weißen, mit dickem, wie gefallener Schnee wirkendem Staub bedeckten Landstraßen wieder vor sich; und sie marschierten auf ihnen vorwärts und immer vorwärts und freuten sich über das stapfende Geräusch ihrer derben Schuhe. Sie rannten querfeldein, weiter und immer weiter über die roten, eisenhaltigen Feldschollen weg. Über ihnen ein bleierner

Himmel, kein Schatten, nichts als junge Oliven- und Mandelbäume mit dürftigem Laub. Und wenn sie dann heimkehrten, die köstliche Müdigkeit jedesmal, die prahlerisch triumphierende Genugtuung, daß sie diesmal noch weiter marschiert waren als das letztemal, das Entzücken, nicht mehr zu fühlen, wie man ging, sondern immer nur so im Zug weiterzumarschieren, indem man sich mit irgendeinem fürchterlichen Soldatenlied aufmuntert und in wiegenden Traum singt.

Schon damals trug Claude außer seinem Pulverhorn und der Zündhütchenschachtel ein Skizzenbuch bei sich, in das hinein er Stücke der Landschaft zeichnete, während Sandoz immer das Buch eines Dichters mithatte. Es war ein romantischer Überschwang, in welchem sie geflügelte Strophen mit Soldatenzoten wechseln ließen und Oden in die heiße, lichtgleißende Landschaft hineinschickten. Als sie gelegentlich aber einen Quell mit vier Weiden, die ihr Grau in das sonnengrelle Gelände hineinsetzten, aufgestöbert hatten, vergaßen sie sich dort, bis die Sterne am Himmel aufblinkten, und spielten sich Dramen vor, die sie auswendig wußten, mit schwülstig machtvollem Tonfall für die Helden, und mit zarter, verhalten flötender Stimme für die Königinnen und Naiven. An solchen Tagen hatten die Spatzen vor ihnen Ruhe. So hatten sie in der weltfernen Provinz seit ihrem vierzehnten Jahr, enthusiastisch für Kunst und Literatur begeistert, für sich allein dahingelebt. Der gewaltige Pomp Viktor Hugos, seine riesenhaften Phantasien mit ihrem epischen Schwung, die sich in einem fortwährenden Widerstreit von Gegensätzen bewegen, hatten sie vor allem hingerissen. Unter Gestikulationen hatten sie die Sonne hinter Ruinen untergehen, hatten das Leben erhaben unter einer falschen Fünfteaktschluß-Beleuchtung an sich vorüberziehen sehen. Dann war Musset gekommen und hatte sie mit seinen Leidenschaften und Tränen erschüttert. Sie hatten in ihm ihr eigenes Herz schlagen hören; eine menschlichere Welt hatte sich ihnen offenbart, die sie von der Seite des Mitleids her gewann und mit dem ewigen Schrei des Elends, den sie von da an aus allen Dingen hervorhören sollten. Im übrigen war ihr schöner, jugendlicher Heißhunger und ihr wütender Leseeifer wenig wählerisch, und sie verschlangen Gutes wie Schlechtes mit einer solchen Gier nach Bewunderung, daß ein erbärmliches Machwerk sie oft in dieselbe Begeisterung versetzte wie ein reines Meisterwerk.

Es war aber, wie Sandoz es heute aussprach, diese Liebe für weite Wanderungen, und es war dieser Heißhunger auf Lektüre gewesen, die sie vor ihrer unwiderstehlich erschlaffenden Umgebung geschützt hatten. Nie hatten sie ein Cafe besucht. Das Herumtreiben auf den Gassen widerstand ihnen, und sie taten, als wenn sie wie Adler in Käfigen ersticken müßten, wenn ihre Kameraden ihre Schülerärmel schon auf den Marmortischen scheuerten und sich am Kartenspiel ergötzten. Dies Provinzleben, das die Jugend schon so frühzeitig in seinen Göpel zog, die Gewohnheit des Klubs, die bis auf die Inserate durchbuchstabierte Zeitung, das unaufhörliche Dominospiel, der gleiche Spaziergang zur gleichen Zeit auf der gleichen Straße, die schließliche Abstumpfung der ewig gleichen, das Gehirn platt schürfenden Tretmühle widerstand ihnen. Sie protestierten gegen dies Leben, indem sie die weltverlorene Einsamkeit der benachbarten Hügel erstiegen und, oft mitten im strömenden Regen, ihren Haß gegen die Stadt in Versen daherdeklamierten. Sie nahmen sich vor, am Ufer der Viorne zu kampieren, die Freude eines beständigen Bades zu genießen und mit fünf, sechs Franken zu leben; denn nicht mehr als soviel hielten sie für ihre Bedürfnisse für ausreichend. Selbst das andere Geschlecht galt ihnen nichts. Ihre Schüchternheit und Unbeholfenheit ihm gegenüber galt ihnen für eine strenge Tugend, mit der sich ihre höhere Natur bekundete. Zwei Jahre lang hatte Claude sich mit einer Neigung für ein Hutmacherlehrmädchen getragen, dem er jeden Abend von weitem nachging; doch niemals hatte er den Mut vermocht, ein Wort an sie zu richten. Sandoz gab sich Träumen von Damen hin, die er auf der Wanderung traf, wunderbar schönen Mädchen, die, plötzlich in einem märchenhaften Wald aufgetaucht, sich ihm für einen Tag hingaben und dann schattengleich in die Abenddämmerung hinein entschwanden. Ihr einziges Liebesabenteuer ergötzte sie noch heute, so dumm kam es ihnen vor. Zu jener Zeit, als sie bei der Musikkapelle des Kollegs mitgewirkt, hatten sie zwei kleinen Fräuleins Ständchen gebracht, hatten Nächte hindurch unterm Fenster auf der Klarinette und dem Piston gespielt und die Bürger des Viertels durch ihre greulichen Mißtöne dermaßen aufgebracht, daß eines denkwürdigen Abends die empörten Eltern die Wassertöpfe der Familie auf sie herunter entleert hatten.

Ach, war's eine schöne Zeit gewesen! Die geringste Erinnerung erregte ihnen ein wehmütiges Lachen. Es traf sich gerade, daß die Wände des Ateliers mit einer Folge von Skizzen bedeckt waren, die der Maler vor kurzem gelegentlich einer Reise in die Heimat angefertigt hatte. Es war, als hätten sie das damalige Gelände um sich her gehabt, den glühend blauen Himmel über dem roten Feld. Hier weitete sich mit dem graugrünen Krauswerk kleiner Ölbäume eine Ebene gegen die rosigen Umrisse benachbarter Hügel hin. Und hier zog sich halbversiegt, zwischen verdörrten, rostfarbenen Hügeln, unter dem Bogen einer alten, dick bestaubten Brücke träge das Wasser der Viorne hin, ihre Ufer mit verdorrtem Gestrüpp bestanden. Weiter hin öffnete die Schlucht der Internets ihren klaffenden Einschnitt, ein ungeheures Chaos, eine wüste Einöde mit endlos ergossenen Geröllwellen. Dann allerhand vertraute Stellen: das Tal Repentance, so eng, so schattig, so frisch wie ein Blumenstrauß zwischen den verdorrten Gefilden; das Gehölz der Trois-Bons-Dieux, dessen dunkelgrüne glänzige Tannen in der grellen Sonne von Harz tropften; der Jas de Bouffan, der weiß wie eine Moschee inmitten der weiten Landschaft wie in einem blutroten Sumpf stand; und andere und noch andere Stellen; blendendweiße Landstraßenenden mit ihren Windungen, Hohlwege, aus deren Steingeröll die Sonnenglut wie aus einer verbrannten Haut Blasen zu ziehen schien; dürre Sandzungen, die Tropfen für Tropfen den Fluß vollends aufsogen; Maulwurfslöcher, Ziegensteige, Bergzipfel in den Azur hinein.

»Halt mal!« rief Sandoz, einer der Studien zugewandt. »Was ist denn das da?«

Entrüstet schwang Claude seine Palette.

»Wie! Das weißt du nicht mehr? ... Haben wir uns doch hier mal fast Hals und Beine gebrochen. Du weißt doch: an dem Tage, wo wir mit Dubuche von Jaumegarde aus hinaufgestiegen sind. Der Fels war glatt wie 'ne Hand; wir krallten uns mit den Nägeln fest. Und gerade in der Mitte saßen wir fest und konnten nicht vorwärts und nicht rückwärts ... Und dann oben, wo wir uns, als wir unsere Koteletts rösten wollten, du und ich, bei einem Haar prügelten?«

Jetzt erinnerte sich Sandoz.

»Ah ja, ah ja! Jeder briet das seine auf Rosmarinruten, und als mein Kotelett sich in Kohle verwandelte, lachtest du darüber, und ich geriet außer mir.«

Sie schüttelten sich vor Lachen. Dann machte sich der Maler aber wieder an sein Bild und schloß ab:

»Damit ist's vorbei, mein Alter! Jetzt gilt's hier arbeiten.«

Und das verhielt sich wahrhaftig so. Denn seit die drei Unzertrennlichen ihren Traum, sich in Paris wieder zusammenzufinden und es zu erobern, verwirklicht hatten, hatte sich ihre Existenz zu einer sehr harten gestaltet. Sie hatten zwar versucht, ihre weiten Wanderungen von damals wieder aufzunehmen, waren an manchen Sonntagen zu Fuß nach Fontainebleau aufgebrochen, hatten das Gehölz von Verrieres durchstreift und einen Vorstoß bis Bièvre gemacht, das Gehölz von Bellevue und Meudon durchwandert und waren dann über Grenelle zurückgekehrt: aber dann hatten sie Paris beschuldigt, daß es ihnen müde Beine mache, und hatten es, ganz ihrem Lebenskampf hingegeben, nicht mehr verlassen.

Vom Montag bis Sonnabend rackerte sich Sandoz in einem düsteren Winkel des Bureaus für die Geburtsanmeldungen der Mairie des fünften Arrondissements ab, hier durch die Rücksicht auf seine Mutter festgebannt, die er mit seinen hundertundfünfzig Franken schlecht und recht durchbrachte. Dubuche aber, den es drängte, seinen Eltern die Zinsen des für sein Studium angewandten Geldes zurückzuerstatten, verrichtete neben der Akademie noch Arbeiten bei einem Architekten. Claude für sein Teil genoß dank seiner tausend Franken Rente seine Freiheit. Aber was für schlimme Monatsenden hatte er durchzumachen, besonders wenn er das Seine mit den Freunden geteilt hatte! Glücklicherweise hatte er angefangen, kleine Bilder an den Vater Malgras, einen gerissenen Kunsthändler, abzusetzen, der ihm zehn bis zwölf Franken dafür gab. Im übrigen wäre er lieber verhungert, als daß er sich auf den Broterwerb, die Fabrikation von Spießbürgerporträts, von Heiligenbildern geringerer Güte oder von Rouleaus für Restaurateure und Aushängeschilder für kluge Frauen verlegt hätte. Zuerst hatte er nach seiner Rückkehr in der Sackgasse Bourdonnais ein sehr großes Atelier gehabt; dann war er aber aus Sparsamkeitsrücksichten nach dem Quai Bourbon gezogen. Hier lebte er wie ein Wilder, mit der vollkommensten Geringschätzung gegen alles, was nicht Malerei war. Mit seiner Familie, die er verabscheute, war er auseinander. Auch mit einer Tante, die in den Hallen mit Fleischwaren handelte, hatte er gebrochen, weil sie sich's zu gut gehen ließ. Eins nur saß ihm wie eine heimliche Wunde im Herzen: der Untergang seiner Mutter, die von gewissen Männern um alles gebracht, und in die Gosse gedrängt wurde.

Plötzlich rief er Sandoz zu:

»Eh, hör mal! Sacke dich nicht so zusammen!«

Doch Sandoz erklärte, daß er steif würde, und sprang von der Chaiselongue auf, um sich die Beine auszutreten. Zehn Minuten ruhten sie sich aus und sprachen von etwas anderem. Claude zeigte sich entgegenkommend. Er, der, sobald er merkte, daß die Wiedergabe der Natur ihm nicht gelingen wollte, mit zusammengebissenen Zähnen, wütend, ohne inneren Schwung malte, fing, wenn er mit der Arbeit vorankam, immer mehr Feuer und wurde lebhaft gesprächig. Und so malte er denn auch, sobald der Freund seine Pose wieder aufgenommen hatte, in einem Zug, ohne auch nur einen Pinselstrich zu verlieren, flott weiter.

»He, mein Alter, das kommt voran! Du hast einen famosen Schmiß hier ... Ah, wenn die Trottel mir das Bild etwa zurückweisen sollten! Ich bin gegen mich selber gewiß strenger als sie. Wenn ich mir selber ein Bild gelten lasse, siehst du, so will das mehr besagen, als wenn es von allen Jurys der Welt geprüft worden wäre ... Du weißt ja, mein Hallenbild, meine beiden Jungen auf dem Gemüsehaufen: na ja, ich hatte es vernichtet; gewiß, ich hatte mich da auf eine verwünschte Geschichte eingelassen, der ich noch nicht gewachsen war. Oh, wenn ich erst so weit bin, will ich's mir eines schönen Tages schon wieder aufnehmen. Und noch ganz anderes werd' ich machen. Oh, Sachen, daß alle vor Erstaunen auf den Rücken fallen sollen!«

Er machte eine weite Handbewegung, als fege er eine ganze Menschenmenge beiseite. Er leerte eine Tube Blau auf die Palette, und dann meinte er lachend, was für ein Gesicht seiner Malerei gegenüber wohl sein erster Lehrer, der Vater Belloque, machen würde, ein alter, einarmiger Kapitän, der den Jungen von Plassans schöne Schraffierungen beigebracht hatte. Hatte ihm übrigens in Paris Berthou, der berühmte Maler des »Nero im Zirkus«, dessen Atelier er sechs Monate besucht hatte, nicht zehn- für einmal wiederholt, daß niemals etwas aus ihm werden würde? Ach, wie er heute diese sechs Monate stumpfsinniger Tasterei und kindischer Übungen unter der Fuchtel eines Biedermannes, dessen Schädel so ganz anders veranlagt war als der seine, bedauerte! Und dann erging er sich über die Art und Weise, wie im Louvre gearbeitet wurde. Er würde sich, sagte er, eher die Hand abhacken, als daß er noch einmal dahin zurückginge und sich den Blick mit Kopien verdürbe, die einem bloß den für die Welt, in der man lebte, trübte. Gab's in der Kunst denn etwas anderes als die Herausstellung dessen, was man innerlich lebte? Lief denn nicht alles darauf hinaus, ein halbweges Weib vor sich hinzustellen und es dann wiederzugeben, wie man es da vor sich sah? War ein Bündel Karotten, jawohl, ein Bündel Karotten, nach der Natur studiert und ganz unbefangen hingemalt, in der persönlichen Note, wie man es sah, nicht mehr wert als die ewigen Schinken der Akademie, diese Pinseleien mit ihren schicken, schmählich nach dem Küchenrezept zurechtgemachten Saucen? Der Tag nahte, wo eine einzige richtige Karotte eine ganze Umwälzung in der Kunst hervorrufen würde. Und darum sagte es ihm jetzt auch zu, im Atelier Boutin, einem freien Atelier, zu malen, das ein ehemaliges Modell in der Rue de la Huchette hielt. Hatte er seine zwanzig Franken gegeben, so fand er dort nackte Männer und Weiber genug, um in seinem Winkel nach Herzenslust draufloszumalen. Da ging er drin auf, vergaß Essen und Trinken, rang, auf seine Arbeit versessen, mit der Natur, trotz aller Goldsöhne, die ihn einen unwissenden Faulpelz nannten und sich was auf ihre Studien einbildeten, weil sie unter Aufsicht ihres Lehrers Nasen und Münder kopierten.

»Höre, Alter! Wenn einer von den Jungens einen Körper so wie den da zustande gebracht hat, so soll er 'raufkommen und ihn mir zeigen, und dann wollen wir weiter sehen.«

Er hatte mit dem Pinselende auf eine an der Wand in der Nähe der Tür hängende Aktstudie hingewiesen. Sie war prächtig, mit meisterhaftem Schmiß gemalt. Ihr zur Seite noch ein paar andere ganz bewundernswerte Stücke, Kinderfüße von einer erlesenen Naturtreue, besonders aber ein Weiberbauch mit seidiger Haut, von Leben vibrierend, so lebendig, als sähe man das Blut drunter pulsen. In den seltenen Stunden, wo er mit sich zufrieden war, war er stolz auf diese Studien, die einzigen, die ihm Genüge taten und die einen großen, bewunderungswürdig begabten Maler verrieten, der aber durch ein unerklärliches, plötzliches Versagen Hemmungen erfuhr.

Er fuhr fort, mit kräftigen Pinselhieben das Sammetjackett hinzuhauen, wobei er sich mit seiner halsstarrigen Verachtung, die selbst vor dem Anerkanntesten nicht haltmachte, selber anfeuerte.

»Alles Schmierer von Zwei-Sous-Bildern, die ihren Ruhm gestohlen haben, Trottel oder Schlauköpfe, die vor der Dummheit des Publikums auf den Knien liegen! Nicht ein rechtschaffener Kerl, der den Spießern mal eine 'runterhaute! ... Siehst du, der Vater Ingres – du weißt ja, wie er mir mit seiner schleimigen Malerei zuwider ist –: und doch ist er ein verfluchter Kerl; hat er seine Keckheit, zieh' ich den Hut vor ihm; denn er pfiff auf alles, zwang mit seinem Donnerwetterstrich den Dummköpfen, die heute glauben, daß sie ihn verstünden, Bewunderung ab ... Nach ihm aber, verstehst du, gibt es bloß noch zwei: Delacroix und Courbet. Alle anderen sind Lumpenpack ... Nicht, der alte romantische Löwe! Was hat er für einen stolzen Wurf! Das war noch ein Dekorateur, der's verstand, seine Töne flammen zu lassen! Und was für ein Schneid! Er hätte alle Mauern von Paris mit Bildern bedeckt, wenn man sie ihm zur Verfügung gestellt hätte. Seine Palette brauste und schäumte über. Ich weiß wohl, es war weiter nichts als Phantasterei: aber trotzdem, es sagt mir zu, wir brauchten das, um die Akademie zu revolutionieren ... Und dann kam der andere, ein ungefällig gewissenhafter Arbeiter, der eigentlichste Vertreter unseres Zeitalters, und doch durchaus klassisch, was nicht ein einziger von den Schafsköpfen begriffen hat. Was haben sie gebrüllt; wie haben sie von Profanation, von Realismus geschwatzt, obgleich dieser famose Realismus doch bloß in dem Gegenständlichen seiner Bilder stak, die Vision aber die der alten Meister blieb und die Ausführung bloß die Meisterwerke der Museen aufnahm und fortsetzte ... Alle beide, Delacroix und Courbet, waren zur rechten Zeit da und haben jeder seinen Schritt vorwärts getan. Und jetzt? Oh, jetzt! ...«

Er schwieg, lehnte sich zurück und verlor sich in der Betrachtung seiner Arbeit. Dann fuhr er fort:

»Jetzt braucht's etwas anderes ... Was? Ah, ich weiß noch nicht! Wenn ich's wüßte und wenn ich's könnte, dann wär' ich sehr groß, wär' ich der einzige ... Aber so viel weiß ich, daß der romantische Pomp von Delacroix zusammenkracht und zerfällt und daß auch die dunkle Malerei Courbets noch nach dem eingeschlossenen Atelier riecht, in das nie ein Sonnenstrahl hineinfällt ... Weißt du, vielleicht bedarf's der Sonne, der freien Luft; eine lichte, junge Malerei, Dinge und Lebewesen so, wie sie sich im hellen Licht bieten. Kurz – ich finde nicht den rechten Ausdruck –, wir brauchen unsere eigene Malweise, das, was unsere Augen heute gestalten und sehen.«

Seine Stimme versagte von neuem; er stammelte, vermochte nicht, die heimlich in ihm aufkeimende Zukunft in Worte zu fassen. Es blieb ein tiefes Schweigen, unter dem er leidenschaftlich fortfuhr, das Sammetjacket weiter zu malen.

Ohne seine Pose aufzugeben, hatte Sandoz ihm zugehört. Und, ihm den Rücken zugewandt, sagte er, als spräche er wie im Traum, zu der Wand hin jetzt seinerseits:

»Ja, ja, man weiß es eben nicht. Ja, wenn man eine Ahnung hätte! Ich habe es, sooft ein Professor mir eine Wahrheit hat aufzwingen wollen, mit einem widerstrebenden Mißtrauen gehabt und gedacht: Er ›täuscht sich, oder er täuscht mich.‹ Ihre Anschauungen bringen mich zur Verzweiflung; mir scheint, die Wahrheit ist viel größer ... Ah, wär' es schön, könnte man sein Leben ganz an ein Werk hingeben oder versuchen, alle Dinge, Tiere, Menschen, die ganze gewaltige Noaharche darzustellen! Aber nicht nach der Vorschrift der philosophischen Lehrbücher und nach der törichten Abstufung, in der unser Stolz sich wiegt, sondern gemäß dem vollen Strom des universellen Lebens; eine Welt, in der wir bloß eine zufällige Erscheinung, wo der Hund, der uns über den Weg läuft, und alles bis auf den Stein am Wege, uns ergänzte, uns erklärte; endlich aber das große All ohne hoch und niedrig, weder fleckig noch rein, so wie es funktioniert. Gewiß ist es eben die Wissenschaft, an die sich die Romanschreiber und Dichter halten müssen; sie ist heute unsere einzig mögliche Quelle. Aber wie sie gebrauchen, wie mit ihr vorwärtskommen? Aber schon fühl' ich auch, wie ich im Dunklen tappe ... Ah, wenn ich wüßte, wenn ich wüßte: welche Stöße von Wälzern wollt' ich der Menge an den Kopf werfen!«

Er schwieg. Auch er. Letzten Winter hatte er sein erstes Buch veröffentlicht, eine Folge liebenswürdiger Skizzen, die er aus Plassans mitgebracht hatte und in denen nur erst ein paar derbere Stellen den Stürmer, den leidenschaftlichen Liebhaber der Wahrheit und des Machtvollen verrieten. Und seitdem tastete er, suchte er sich aus dem noch wirren Ideenwirbel, der in seinem Schädel kreiste, selbst. Zuerst hatte ihn der Gedanke an ein Riesenwerk hingerissen, hatte er den Plan, in drei Phasen eine Genese des Universums darzustellen: erstens, nach den Ermittlungen der Wissenschaft gegeben, die Schöpfung; dann die Menschheitsgeschichte, die von einem gewissen Zeitpunkt an in der Kette der Wesen ihre Rolle zu spielen anfing; dann die Zukunft, die mit der Aufeinanderfolge der Wesen in endloser Lebensarbeit die Schöpfung der Welt vollendete. Aber er war vor den allzu kühnen Hypothesen dieser dritten Phase zurückgeschreckt; er suchte nach einem gedrängteren, menschlicheren Rahmen, der dennoch seinem weitgespannten Ehrgeiz Genüge tun sollte.

»Ah, alles sehen und alles malen!« fuhr Claude nach einer längeren Pause fort. »Meilenlange Mauerstrecken bemalen, Bahnhöfe, Hallen, Mairien ausmalen, wenn erst die Architekten keine Schafsköpfe mehr sein werden! Es brauchte nur Muskeln und einen tüchtigen Kopf, denn an Sujets würde es nicht fehlen ... He, das Leben so wie es in den Straßen läuft, an einem vorbeiströmt; das Leben von reich und arm, der Märkte, der Rennplätze, der Boulevards, der volksbelebten Gassen; alle Handwerke in ihrer Tätigkeit, alle Leidenschaft, frischweg im hellen Tageslicht dargestellt; die Bauern, die Tiere, das Land!... Abwarten, abwarten, ob ich nicht was mehr bin als ein Dummkopf! Es kribbelt mir in allen Fingern. Ja, das ganze moderne Leben! In Fresken, so hoch wie das Pantheon! Eine verfluchte Folge von Bildern, daß der Louvre platzen sollte!«

Sobald sie, der Maler und der Schriftsteller, so beieinander waren, gerieten sie für gewöhnlich in diese Ekstase. Sie spornten sich wechselseitig an, berauschten sich an Ruhmesträumen. Und es war ein solcher Aufschwung von jugendlicher Kraft, eine solche Arbeitswut in diesen Ausbrüchen, daß sie nachher über diese weitausgreifenden, stolzen Träume lachten und sich lustig machten und doch sich an ihnen zu neuer Kraft und Elastizität aufschwangen.

Claude, der jetzt bis an die Wand zurücktrat, blieb gegen letztere gelehnt stehen und verlor sich in der Betrachtung seines Bildes. Auch der vom Modellsitzen erschöpfte Sandoz verließ die Chaiselongue und stellte sich neben ihn. Und von neuem stumm, betrachteten sie alle beide das Bild. Der Entwurf des Mannes in dem Sammetjacket war fertig. Die vollständiger als das übrige ausgeführte Hand machte im Gras einen höchst bemerkenswerten Effekt und hatte einen entzückend frischen Ton. Der dunkle Fleck des Rückens aber brachte sich mit einer solchen Intensität zur Geltung, daß die kleinen Gestalten im Hintergrunde, die beiden im Sonnenschein miteinander ringenden Weiber, weit in den Lichtglanz der Waldblöße zurücktraten, während die große Figur, das nackte, daliegende Weib, das noch kaum angedeutet war, wie ein traumhaftes Nebelbild schwamm, mit ihrem lächelnden Gesicht und ihren geschlossenen Lidern wie eine aus der Erde hervorgeborene, ersehnte Eva.

»Wie willst du's nun nennen?« fragte Sandoz.

»Pleinair«, antwortete Claude kurz.

Doch diese Bezeichnung erschien dem Schriftsteller, der zuweilen versucht war, in die Malerei die Literatur mit unterlaufen zu lassen, zu technisch.

»Pleinair? Das sagt nichts.«

»Braucht's auch nicht... Weiber und ein Mann ruhen in der Sonne im Wald. Genügt das nicht? Vollkommen genug, um ein Meisterwerk draus zu machen.«

Er bog den Kopf zurück und fügte zwischen den Zähnen durch hinzu:

»Verdammt noch mal, das ist noch zu dunkel! Ich denke noch zuviel an den verwünschten Delacroix. Und das, sieh! Die Hand da: das ist noch Courbet... Ach, wir fallen immer wieder in die romantische Sauce hinein. Unsere Anfänge haben zuviel in ihr herumgeplanscht, bis zum Knie. Wir brauchen eine gründliche Wäsche.«

Verzweifelt zuckte Sandoz die Achseln. Auch er klagte darüber, im Zeichen Hugos und Balzacs geboren zu sein. Doch Claude zeigte sich zufrieden und blieb in der glücklichen Angeregtheit einer wohlgelungenen Sitzung. Wenn sein Freund ihm noch zwei, drei solcher Sonntage gewähren konnte, so war der Kerl da gelungen, und zwar glattweg. Doch für diesmal mochte es genug sein. Alle beide scherzten über seine Gewohnheit, seine Modelle bis zum äußersten auszunutzen und erst, wenn sie vollkommen erschöpft und halbtot vor Ermüdung waren, von ihnen abzulassen. Ihm selbst war zum Umfallen zumute, die Knie knickten ihm zusammen, der Magen war ihm hohl. Als die Wanduhr fünf schlug, stürzte er sich über seinen Brotrest her und verschlang ihn. Mit vor Erschöpfung zitternden Fingern brach er ihn auseinander und kaute ihn kaum, denn er war dermaßen im Banne seiner Idee, daß er nicht einmal wußte, ob er äße, und war wieder an seine Gemälde herangetreten.

»Fünf Uhr«, sagte Sandoz, der sich, die Arme in der Luft, reckte. »Wir wollen essen gehen ... Ah, da kommt ja auch schon Dubuche!«

Es wurde angeklopft, und Dubuche trat ein. Er war ein kräftiger, brauner Bursch mit einem regelmäßigen, pausbäckigen Gesicht, kurzgeschorenem Haar und schon starkem Schnurrbart. Er schüttelte ihnen die Hände und blieb dann mit verdutztem Gesicht vor dem Gemälde stehen. Eigentlich brachte ihn diese aus jeder Regel schlagende Malerei aus dem Gleichgewicht; denn als guter Schüler brachte er den überkommenen Formeln Respekt entgegen. Einzig aus alter Freundschaft hielt er für gewöhnlich seine Aussetzungen zurück. Doch diesmal empörte sich augenscheinlich sein innerstes Wesen.

»Nanu, was denn? Gefällt's dir nicht?« fragte Sandoz, der ihn beobachtete.

»O doch, doch! Sehr gut gemalt ... Bloß ...«

»Na, quatsch dich aus! Was beißt dich?«

»Ja, bloß ... Der Herr, ganz bekleidet, da bei den nackten Weibern ... Das ist am Ende denn doch zu ungewöhnlich.«

Sofort fuhren die beiden anderen auf ihn los. Gab's im Louvre etwa nicht hundert genauso komponierte Gemälde? Na, und dann, war es ungewöhnlich, so sollte man's jetzt eben erleben. Sie pfiffen auf das Publikum!

Ohne sich durch ihre heftigen Entgegnungen aus der Fassung bringen zu lassen, wiederholte Dubuche ruhig:

»Das Publikum wird das nicht verstehen ... Es wird es unanständig finden ... Und es ist auch unanständig.«

»Elender Spießer!« schrie Claude außer sich. »Ah, die Akademie macht dich zum vollkommenen Trottel; früher warst du nicht so stumpfsinnig!«

Das war die gewohnte Art und Weise, wie die Freunde ihn aufzogen, seit er die Schule der Schönen Künste besuchte. Über die heftige Wendung, die der Streit nehmen wollte, denn doch ein wenig beunruhigt, lenkte er ein und zog sich damit aus der Affäre, daß er sagte, die akademischen Maler wären ausgemachte Kretins; aber was die Architekten anbetraf, so stand es anders. Wo wollten sie denn, daß er seine Studien sonst machte? Er mußte denn doch wohl schon da durch. Das hinderte ja doch nicht, daß er später seine eigenen Ideen verfolgte. Und er gab sich das Ansehen eines scharfen Revolutionärs.

»Gut«, sagte Sandoz. »Da du dich entschuldigst, können wir jetzt ja gleich dinieren gehen.«

Aber Claude hatte mechanisch zum Pinsel gegriffen und sich wieder an die Arbeit gemacht. Neben dem Herrn im Jackett wollte die Gestalt des Weibes nicht mehr recht stimmen. Aufgeregt, ungeduldig hob er mit einem kräftigen Zug ihre Kontur hervor, um sie in das rechte Niveau zu bringen.

»Kommst du?« wiederholte der Freund.

»Teufel, ja doch, gleich! Es eilt doch nicht so ... Ich will das bloß erst noch andeuten, nachher komm' ich.«

Sandoz schüttelte den Kopf. Doch sagte er, um ihn nicht noch mehr aufzuregen, sanft:

»Du mußt's nicht übertreiben, Alter ... Du bist jetzt müd und hungrig und wirst's dir bloß mal wieder verderben, wie neulich.«

Mit einer ungeduldigen Handbewegung schnitt ihm der Maler das Wort ab. Es war immer dieselbe Geschichte: er konnte nicht zur rechten Zeit aufhören, berauschte sich an der Arbeit und wollte immer die unmittelbare Gewißheit haben, daß ihm sein Meisterwerk endlich gelungen sei. Mitten in die Freude über die heutige gutgelungene Sitzung hinein waren ihm Zweifel gekommen, die ihn ganz außer sich brachten. Hatte er recht daran getan, das Sammetjackett vorherrschen zu lassen? Würde er die nackte Gestalt daneben noch gehörig zur Geltung bringen können? Er wäre lieber auf dem Flecke gestorben, als sich darüber nicht sofortige Gewißheit zu verschaffen. Mit fiebriger Hast zog er das Porträt Christines aus der Mappe, in die er es versteckt hatte, verglich, suchte sich mit dieser nach der Natur gewonnenen Grundlage zu helfen.

»Ah, zeig' doch!« rief Dubuche. »Wo hast du das gezeichnet? Wer ist das?«

Von dieser Frage erschreckt, antwortete Claude nicht. Dann aber gab er einem seltsamen, feinen Schamgefühl nach, behielt das Abenteuer für sich und sagte, ohne weitere Überlegung, den Freunden, denen er sonst alles anvertraute, eine Lüge.

»Du, wer ist es?« wiederholte der Architekt.

»Ach, niemand weiter! Ein Modell.«

»Ah wirklich, ein Modell? Noch ganz jung, nicht wahr? Aber wunderhübsch ... Du mußt mir die Adresse geben. Nicht für mich: für einen Bildhauer, der eine Psyche braucht. Hast du die Adresse da?«

Dubuche war zu einem Fach in der graugetünchten Wand hingetreten, wo mit Kreide quer hingeschrieben die Adressen der Modelle standen. Besonders hatten die Mädchen ihre mit großer Kinderhandschrift hingekritzelten Visitenkarten dagelassen. Zoé Piédefer, Rue Campagne-Première 7, eine große Brünette, deren Leib schon häßlich wurde, hatte sich zwischen der kleinen Flore Beauchamp, Rue de Laval 32, und Judith Vaquez, Rue du Rocher 69, einer Jüdin, die eine wie die andere noch frisch, aber etwas zu mager, eingetragen.

»Sag, hast du die Adresse?«

Claude wurde ungehalten.

»Eh, laß mich zufrieden! ... Ich weiß sie nicht! ... Du bist unausstehlich! Immer mußt du einen bei der Arbeit stören!«

Sandoz war zuerst erstaunt gewesen, hatte dann aber nichts gesagt, sondern gelächelt. Er war scharfsichtiger als Dubuche und gab diesem einen Wink, worauf sie ihren Spaß trieben. Verzeihung! Wenn der Herr sie für seinen Privatgebrauch reservieren wollte, so bat man ihn eben nicht, sie einem zu überlassen. Ah, der Schlaufuchs! Hielt sich hübsche Mädchen! Wo mochte er sie aufgegabelt haben? In einem Tanzlokal auf dem Montmartre oder auf dem Bürgersteig der Place Maubert?

Durch ihre Rede immer mehr in Verlegenheit gesetzt, erzürnte sich der Maler.

»Mein Gott, seid ihr albern! Wenn ihr eine Ahnung hättet, wie sehr! ... Hört auf, ihr könnt mir leid tun!«

Seine Stimme hatte einen so seltsam veränderten Ausdruck, daß die beiden sofort schwiegen. Er aber begann, nachdem er den Kopf der nackten Gestalt von neuem weggekratzt hatte, den letzteren nach dem Christines mit hastiger, unsichrer Hand von frischem zu entwerfen und auszumalen. Dann nahm er die in der Studie kaum angedeutete Brust in Angriff. Seine Aufregung steigerte sich. Ganz hatte ihn wieder seine keusche Leidenschaft für die Nacktheit des Weibes, die der Künstler in ihm mit närrischer Liebe ersehnte und doch niemals besaß; mit einer Liebe ersehnte, in der er sich nie genug tun konnte, das Weib genauso nachzuschaffen, wie er es in seinen Träumen umschlang. Jene Mädchen, die er von seinem Atelier verbannte, betete er an auf seinen Gemälden; hier liebkoste, vergewaltigte er sie und war verzweifelt bis zu Tränen, daß er sie nicht schön, nicht lebensvoll genug gestalten konnte.

»Ach, nur noch zehn Minuten, nicht wahr?« rief er mehrere Male. »Ich will bloß noch für morgen die Schultern skizzieren, dann gehen wir.«

Sandoz und Dubuche wußten, daß nichts ihn davon abbringen konnte, sich auf solche Weise zu überanstrengen, und so geduldeten sie sich. Der letztere steckte sich eine Pfeife an und warf sich auf die Chaiselongue. Nur er rauchte; die beiden anderen hatten sich, da sie nach jeder kräftigeren Zigarre eine Übelkeit zu befürchten hatten, nie recht an den Tabak gewöhnen können. Als Dubuche auf dem Rücken lag und den Rauchwolken nachblickte, die er von sich stieß, sprach er lange in eintöniger Rede vor sich hin.

Dies verwünschte Paris! Wie mußte man sich abschinden, um zu einer Stellung zu gelangen! Er erinnerte sich an seine fünfzehnmonatige Lehrzeit bei seinem Meister, dem berühmten Dequersonnière, der vordem den großen Preis davongetragen hatte, heute Architekt der Zivilbauten, Ritter der Ehrenlegion, Mitglied des Institutes war und dessen Meisterwerk, die Kirche Saint-Matthieu, einer Pastetenform und einer Empire-Uhr glich. Im Grunde ein braver Kerl, über den er sich lustig machte, während er im übrigen seinen Respekt für die alten klassischen Formen durchaus teilte. Ohne die Hilfe der Kameraden hätte er übrigens in dem Atelier der Rue du Four, wo der Meister jede Woche dreimal flüchtig mit vorkam, kaum etwas Rechtes gelernt. Tolle Burschen waren sie, die Kameraden. Anfangs hatten sie ihm das Leben rechtschaffen sauer gemacht. Aber sie hatten ihn doch wenigstens gelehrt, wie man einen Zeichenrahmen klebte, ein Projekt entwarf und tuschte. Auch der Mittagessen gedachte er, bei denen er sich mit einer Tasse Schokolade und einem Brötchen begnügt hatte, um die fünfundzwanzig Franken für das Atelier zu erschwingen. Und all die mit peinlicher Sorgfalt beschmierten Zeichenbogen, all die zu Hause über den Büchern verbrachten Stunden, eh' er's gewagt hatte, sich zum Eintritt in die Akademie zu melden! Und dabei war er trotz all seiner riesigen Büffelei bei einem Haar nicht aufgenommen worden; es hatte ihm an Phantasie gefehlt; seine Probezeichnungen, eine Karyatide und ein Sommerspeisesaal, waren sehr mittelmäßig gewesen und hatten die schlechteste Nummer bekommen. Doch in der mündlichen Prüfung hatte er's mit seinen logarithmischen Rechnungen, seinen geometrischen Entwürfen und in der Geschichte wieder ausgeglichen; denn im wissenschaftlichen Teil war er gut beschlagen. Jetzt, wo er in der Kunstschule Schüler der zweiten Klasse war, mußte er sich dazuhalten, um in die erste versetzt zu werden. Was war das für ein nimmerendendes Hundeleben!

Er streckte die Beine über die aufgetürmten Kissen hin und rauchte stärker, in regelmäßigen Zügen.

»Perspektivlehre, deskriptive Geometrie, Stereotomie, Konstruktionslehre, Kunstgeschichte: ah, man muß schon einiges Papier beschmieren und Notizen machen! ... Und jeden Monat eine architektonische Preiskonkurrenz; bald mal eine einfache Skizze, bald ein Projekt. Ja, es ist kein Spaß, wenn man seine Prüfungen machen und seine notwendige ehrenvolle Erwähnung rausschinden will. Namentlich wenn man außerdem noch Zeit für den Broterwerb braucht, 's ist zum Krepieren!«

Ein Kissen war auf den Fußboden geglitten; er hob es mit beiden Füßen wieder auf.

»Trotzdem hab' ich noch Glück. Wie viele Kameraden suchen nach was und machen nichts ausfindig! Da hab' ich neulich einen Architekten aufgegabelt, der für einen großen Unternehmer arbeitet: Ah nein, man kann sich keine Vorstellung machen, was das für ein Dummkopf ist! Ein wahrer Handlanger, ein Kerl, der nicht imstande ist, einen Pausabzug zu machen. Und er gibt mir fünfundzwanzig Sous für die Stunde, wofür ich ihm seine Häuser mache ... Übrigens hat sich das recht gut getroffen: die Mutter hat mir gerade geschrieben, daß sie vollständig auf dem trocknen sitzt. Arme Mutter! Ich hab' ihr eine gehörige Portion abzuladen!«

Da Dubuche augenscheinlich zu sich selbst sprach und seine täglichen Gedanken, seine beständige Sorge, sich hinreichend viel Geld zu verdienen, wiederkäute, gab sich Sandoz gar nicht erst die Mühe, ihm zuzuhören. Er hatte die Fensterluke geöffnet und sich an den Dachrand gesetzt; denn er litt auf die Dauer durch die im Atelier herrschende Hitze. Schließlich aber unterbrach er den Architekten:

»Sag mal, kommst du Donnerstag zum Diner? ... Alle werden da sein: Fagerolles, Mahoudeau, Jory, Gagnière.«

Jeden Donnerstag kam man bei Sandoz zusammen. Eine Schar von Kameraden aus Plassans und andere, deren Bekanntschaft sie in Paris gemacht hatten; alles von der gleichen Leidenschaft für die Kunst beseelte Revolutionäre.

»Nächsten Donnerstag wohl nicht«, antwortete Dubuche. »Ich bin in Familie, zu einem Tanzabend, geladen.«

»Willst du dir eine reiche Braut holen?«

»Du, das wäre noch nicht das dümmste!«

Er klopfte auf dem Ballen seiner linken Hand die Pfeife aus. Dann rief er plötzlich:

»Ach, ich vergaß! ... Pouillaud hat mir geschrieben!«

»Dir auch! ... Na, ist er nicht fertig? Da haben wir einen, der gekippt ist.«

»Ach, wieso? Er wird der Nachfolger seines Vaters, wird dort unten in Frieden sein Geld verzehren. Sein Brief ist sehr verständig. Ich habe ja immer gesagt, daß er uns trotz seiner Hansnarrereien noch was zu lernen geben wird ... Ah, der Tölpel!«

Sandoz war im Begriff, heftig zu erwidern, als sie durch einen verzweiflungsvollen Fluch Claudes unterbrochen wurden. Der letztere war versessen, mit zusammengebissenen Zähnen, bei der Arbeit gewesen. Er schien sie nicht einmal gehört zu haben.

»Gottverdammt, noch immer nichts geworden! ... Es ist so: ich bin ein Trottel, der sein Lebtag nichts zustande bringen wird!«

Und schön war er in einem Anfall von unsinniger Wut drauf und dran, auf seine Arbeit loszustürzen und mit geballter Faust auf sie einzuhauen. Die Freunde hielten ihn zurück. Was hatte er denn von seiner kindischen Wut? Nachher bereute er bloß bitter, sein Werk vernichtet zu haben. Wieder seinem Schweigen verfallen und noch zitternd vor Erregung, betrachtete er, ohne Antwort zu geben, das Bild, und in seinen starren, brennenden Blicken glühte die unleidliche Qual seines Unvermögens. Nichts Deutliches, Lebensvolles gelang ihm mehr. Der Busen des Weibes starrte von dicken Klecksen. Dies vergötterte Fleisch, das so leuchtend vor seinem geistigen Auge stand, beschmutzte er bloß, konnte es nicht einmal in Einklang mit seiner Komposition bringen. Was war bloß mit seinem verbohrten Schädel, daß alle seine Mühe so fruchtlos blieb? Litt er an irgendeinem Sehfehler, konnte er nicht mehr richtig sehen? War er nicht mehr Herr seiner Hände, daß sie ihm den Dienst verweigerten? Er wurde immer wilder, geriet außer sich über diesen ihm unbekannten Erbfehler, der ihm zuweilen das Schaffen so leicht und ihn zu anderen Zeiten so dumm und steril machte, daß er die einfachsten Anfangsgründe des Zeichnens vergaß. Sein ganzes Wesen drehte sich in einem eklen Wirbel. Und doch die Wut, zu schaffen, schaffen, obwohl alles floh, alles um ihn zurückwich: der Stolz auf seine Arbeit, der erträumte Ruhm, sein ganzes Leben!

»Höre, Alter!« fing Sandoz wieder an. »Ich will dir keinen Vorwurf machen, aber es ist halb sieben, und wir haben einen Bärenhunger ... Sei vernünftig, komm!«

Claude wusch mit Essenz eine Ecke seiner Palette ab, drückte von neuem seine Tuben drüber aus und antwortete mit Donnerstimme bloß:

»Nein!«

Zehn Minuten sprach keiner von ihnen ein Wort. Außer sich mühte sich der Maler an seiner Leinwand ab, während die beiden anderen aufgeregt und bekümmert über diese Krise nicht wußten, wie sie ihn darüber hinwegbringen sollten. Aber da klopfte es, und der Architekt ging und öffnete.

»Ah, Papa Malgras!«

Der Bilderhändler war ein dicker Mann in einem alten, grünen, schmierigen Überrock, der ihm mit seinem weißen, borstigen Haar und seinem roten, blaugefleckten Gesicht das Aussehen eines sich unsauber haltenden Kutschers verlieh. Mit einer Säuferstimme sagte er:

»Ich ging zufällig drüben am Quai vorbei ... Ich sah den Herrn am Fenster und bin heraufgestiegen.«

Als der Maler mit erregter Gebärde sich stumm wieder seiner Leinwand zuwandte, unterbrach er sich. Im übrigen verlor er aber nicht die Fassung, sondern pflanzte sich auf seinen strammen Beinen auf und prüfte mit seinen blutunterlaufenen Augen das skizzierte Gemälde. Ungeniert gab er mit einer Redewendung, in der sich Ironie und Sympathie die Waage hielten, sein Urteil ab:

»Ist das ein Dings!«

Als aber noch immer niemand ein Wort sagte, spazierte er mit kleinen Schritten seelenruhig ins Atelier hinein und ließ den Blick an den Wänden hinschweifen.

Unter seiner schmierigen Hülle war der Papa Malgras ein sehr gescheiter alter Bursch, der Geschmack und Witterung für gute Malerei besaß. Niemals verlor er seine Zeit bei mittelmäßigen Malern, sondern ging instinktmäßig auf die noch nicht anerkannten mit persönlicher Note los, deren große Zukunft seine rote Weinnase zu erwittern wußte. Außerdem war er ein hartnäckiger Feilscher und entwickelte, wenn es galt, das Bild, auf das er's abgesehen, zum niedrigsten Preis zu erwerben, eine gerissene Schlauheit. Dann begnügte er sich aber mit einem ehrlichen Vorteil, zwanzig, höchstens dreißig vom Hundert; denn er hatte sein Geschäft auf den möglichst schnellen Umsatz seines kleinen Kapitals gestellt und kaufte am Morgen nie ein Bild, ohne daß er wußte, wem er es am Abend verkaufte ... Im übrigen log er nach der Schnur.

Er hatte bei der Tür vor den im Atelier Boutin gemalten Aktstudien haltgemacht, die er einige Minuten stillschweigend betrachtete. Seine Augen strahlten dabei hinter den dicken Lidern vor Kennerfreude. Wieviel Talent, was für ein Gefühl fürs Leben! Und dabei verlor der verdrehte Kerl seine Zeit mit solchen Riesenschinken, die niemand kaufte! Besonders entzückten ihn die reizenden Beine des Mädelchens und der herrliche Weiberbauch. Aber dergleichen war nichts für den Verkauf. Er hatte seine Wahl bereits getroffen: eine kleine, kräftig und zugleich sehr fein gemalte Skizze, einen Landschaftswinkel aus Plassans. Aber er tat, als sah' er sie gar nicht. Endlich näherte er sich und warf lässig hin:

»Was ist denn das da? Ah ja, eine von Ihren Sachen aus dem Süden ... Zu hart.. Die beiden anderen, die ich Ihnen abkaufte, sind noch nicht abgesetzt.«

In träger, endloser Rede fuhr er fort:

»Sie glauben mir vielleicht nicht, Herr Lantier; aber das verkauft sich zu schlecht, zu schlecht. Ich habe davon ein ganzes Zimmer voll. Ich kann mich nicht umdrehen, ohne zu befürchten, ich mache was davon kaputt. Mein Ehrenwort, ich kann das nicht mehr durchführen; ich mache eines Tages noch Bankerott und verende im Hospital ... Sie kennen mich ja: ist's nicht so? Mein Herz ist weiter als mein Geldbeutel; ich möchte allen jungen Leuten von soviel Talent wie Sie beispringen. Und was das anbetrifft: Talent haben Sie wahrhaftig! Ich werde nicht müde, es auszuschreien. Aber, ob Sie's glauben oder nicht: sie beißen nicht an; nein, sie beißen nicht an.«

Er tat bekümmert. Dann nahm er, wie jemand, der im Begriff ist, eine Torheit zu begehen, einen Anlauf.

»Meinetwegen will ich aber nicht so ganz für umsonst heraufgekommen sein ... Was verlangen Sie für die Skizze?«

Claude, der mit zitternd erregten Händen malte, antwortete, ohne sich umzuwenden, kurz:

»Zwanzig Franken.«

»Wie! Zwanzig Franken! Sind Sie nicht bei Trost? Sie haben mir die anderen ja für zehn Franken das Stück verkauft ... Heute geb' ich acht, keinen Sou mehr!«

Für gewöhnlich pflegte der Maler, dem dies elende Schachern aufs äußerste zuwider war und der sich im Grunde freute, diesen kleinen Verdienst mitnehmen zu können, ohne weiteres nachzugeben. Doch für diesmal blieb er hartnäckig und schrie dem Bilderhändler Beleidigungen ins Gesicht, der seinerseits anfing ihn zu duzen, ihm alles Talent absprach, ihn mit Schmähungen überhäufte und wie einen undankbaren Sohn behandelte. Im übrigen hatte er schließlich, eins nach dem anderen, aus der Tasche drei Hundertsousstücke hervorgezogen, die er von weitem wie flache Wurfsteine auf den Tisch zwischen die klirrenden Teller warf.

»Einer, zwei drei ... Nicht einer mehr, verstehst du? Denn eines davon ist schon zuviel. Du wirst mir's zurückgeben. Auf Ehrenwort, ich werd' es dir das nächstemal abziehen! ... Fünfzehn Franken! Ah, Kleiner! Das ist nicht recht, das ist wirklich schofel von dir, es wird dir noch leid tun!«

Ganz erschöpft, ließ Claude ihn das Bild von der Wand nehmen. Wie verzaubert verschwand es in dem großen, grünen Überrock. War es in die Tiefe einer besonderen Tasche geschlüpft? Stak es zwischen dem Futter? Keinerlei Erhöhung verriet, wo es sich befand.

Papa Malgras aber wandte sich, nachdem die Sache gemacht war, plötzlich wieder bei Laune, der Tür zu. Doch wandte er sich noch einmal um und sagte in seiner biederen Weise:

»Hören Sie mal, Lautier! Ich brauche einen Hummer ... Ich glaube, Sie sind mir das schuldig, nachdem Sie mich so geprellt haben ... Ich werde Ihnen den Hummer herbringen, Sie machen mir ein Stilleben danach. Sie können ihn dann für die Mühe behalten und mit Ihren Freunden verzehren ... Also, nicht wahr?«

Bei diesem Vorschlag brachen Sandoz und Dubuche, die bis dahin neugierig zugehört hatten, in ein so schallendes Gelächter aus, daß auch der Händler mit einstimmte. Was sollten diese verflixten Maler wohl anfangen, würden sie nicht Mangel leiden und vor

Hunger umkommen, wenn ihnen Papa Malgras nicht ab und zu mal eine gute Hammelkeule, einen frischen Seefisch oder einen Hummer mit Petersilie anbrächte?

»Ich kriege also meinen Hummer, Lantier, nicht wahr? ... Also, Dank!«

Von neuem pflanzte er sich mit spöttisch lächelnder Bewunderung vor dem großen Bild auf. Endlich ging er, während er abermals sagte:

»Was für ein Ding!«

Noch einmal wollte Claude nach Palette und Pinsel greifen. Aber die Beine knickten ihm zusammen; kraftlos, wie durch eine überlegene Gewalt an den Leib gefesselt, sanken ihm die Arme herab. Ein finsteres Schweigen war nach dem Streit mit dem Händler eingetreten. Halbgeblendet, benommen, stand er taumelnd vor seinem unförmigen Bild. Da stammelte er:

»Ah, ich kann nicht, ich kann nicht mehr ... Das Schwein hat mir den Rest gegeben.«

Die Uhr schlug sieben. Acht lange Stunden hatte er gearbeitet, ohne weiter etwas als ein Stück Brot zu essen, ohne sich einmal auszuruhen, immer aufrecht, mit fieberhafter Eile hatte er nur immer gearbeitet. Jetzt neigte sich die Sonne, ein Schatten legte sich in das Atelier und tauchte es in trübselige Melancholie. Wenn das Licht so nach einer mißglückten Tagesarbeit schwand, so war ihm, als sollte die Sonne nie wieder aufgehen, und nie die lachende Freude der Farben.

»Komm!« bat Sandoz mit brüderlicher Zärtlichkeit. »Komm, Alter!«

Auch Dubuche fügte hinzu:

»Morgen wirst du klarer sehen. Komm essen!«

Einen Augenblick lang wollte Claude noch nicht nachgeben. Den Bitten der Freunde taub, verharrte er, wie an den Boden geheftet, in wilder Versessenheit. Was wollte er noch machen, wo der Pinsel seinen steifen Fingern entglitt? Er wußte es nicht. Aber ob er konnte oder nicht: noch war er von dem wütenden Wunsch hingerissen, trotz allem zu schaffen. Und wenn er nichts mehr machen konnte, so wollte er doch noch bleiben, nicht von der Stelle weichen. Endlich aber, während es ihn wie von einem Schluchzen durchzuckte, entschloß er sich. Mit wuchtiger Hand griff er nach einem sehr breiten Palettenmesser, und mit einer langsamen, tief einschneidenden Bewegung schabte er den Kopf und die Brust des Weibes weg. Es war wie ein Mord, ein Hinschlachten. Alles verschwand in einem teigigen Schmutz. Und nun gab es zur Seite des Herrn im kernig gemalten Sammetjackett, unter dem lebhaften Grün, wo, sehr licht, die beiden kleinen Weibgestalten miteinander spielten, nur noch dies nackte Weib ohne Brust und Kopf, einen verstümmelten Rumpf, einen unbestimmten leichenhaften Fleck wie einen verflüchtigten, toten Traum von Fleisch.

Schon stiegen Sandoz und Dubuche geräuschvoll die Treppe hinab. Claude aber folgte ihnen, floh vor seinem Werk, von dem unsäglichen Leid erfüllt, es durch eine so klaffende Wunde entstellt hinter sich zu lassen.

III

Die Woche nahm für Claude einen unglücklichen Anfang. Er war einem von den Zweifelsfällen verfallen, die ihn mit dem Haß eines verratenen Liebhabers die Malerei fliehen machten, der, dennoch von dem Bedürfnis gepeinigt, sie noch zu vergöttern, die Treulose mit Schmähungen überhäuft. Am Donnerstag aber ging er nach drei Tagen eines schrecklichen einsamen Kampfes acht Uhr morgens aus, schloß heftig und dermaßen außer sich, daß er schwor, niemals wieder einen Pinsel anrühren zu wollen, die Tür ab.

Wenn ihm eine solche Krise zusetzte, gab's für ihn nur ein Heilmittel: Vergessen. Er ging dann und suchte mit den Kameraden Händel. Besonders aber durchstreifte er Paris, bis der warme Atem der arbeitenden Stadt ihm neuen Mut gegeben hatte.

An diesem Tage aß er, wie jeden Donnerstag, bei Sandoz, wo es die Zusammenkunft gab. Aber was sollte er bis zum Abend anfangen? Der Gedanke, allein zu bleiben und sich mit sich selbst herumzuquälen, setzte ihn in Verzweiflung. Er wäre wohl auf der Stelle zu dem Freunde hingerannt, wenn er sich nicht hätte sagen müssen, daß er ja auf seinem Bureau war. Dann dachte er an Dubuche. Doch zauderte er, denn die alte Freundschaft hatte sich in letzter Zeit abgekühlt. Er hatte nicht mehr das freundschaftliche Gefühl wie in den Stunden ihres Aufschwunges für ihn, fühlte durch, daß es Dubuche an Intelligenz mangelte und daß sich sein Ehrgeiz nach einer anderen Richtung bewegte; sogar Feindseligkeit fühlte er durch. Doch wo sollte er anklopfen? Endlich entschloß er sich und begab sich nach der Rue Jacob, wo der Architekt im sechsten Stock eines großen, unfreundlichen Hauses ein schmales Gelaß bewohnte.

Claude befand sich im zweiten Stock, als ihm die scharfe Stimme der Pförtnerin zurief, Herr Dubuche sei nicht zu Hause und habe die Nacht außerhalb zugebracht. Langsam stieg er hinab und befand sich, ganz erstaunt über den so außergewöhnlichen Vorfall, daß Dubuche eine Nacht durchschwärmt hatte, wieder auf dem Bürgersteige. Ein unglaubliches Pech! Ziellos irrte er eine Zeitlang umher. Als er aber, ohne zu wissen, nach welcher Seite er sich wenden sollte, an der Ecke der Rue de Seine stand, erinnerte er sich plötzlich dessen, was ihm der Freund erzählt hatte: wie er eine ganze Nacht im Atelier Dequersonnière zugebracht hatte, eine schreckliche Arbeitsnacht vor dem Tage, wo die Projekte der Schüler in der Akademie der schönen Künste abgeliefert werden mußten. Sogleich begab er sich zur Rue du Four hinauf, in welcher das Atelier lag. Bis dahin hatte er es immer vermieden, Dubuche von dort abzuholen, um sich nicht dem Hohngeschrei auszusetzen, mit dem jeder Fremde empfangen wurde. Aber heute ging er frischweg dorthin; seine Bangigkeit, mit sich allein sein zu müssen, siegte über seine Scheu bis zu dem Grade, daß er sich bereit fühlte, ihren Spott über sich ergehen zu lassen, wenn er nur einen Genossen seines Elends gewann.

Das Atelier befand sich im engsten Winkel der Rue du Four im Hintergrunde eines alten, baufälligen Hauses. Man mußte über zwei übelriechende Höfe weg und gelangte endlich zu einem dritten, wo quervor eine Art von geschlossenem Schuppen sich erhob, ein großer Saal aus Holz und Gips, der früher einem Verpacker gehört hatte. Von draußen sah man durch die vier großen Fenster, deren untere Scheiben mit Bleiweiß beschmiert waren, nur die kahle, weißgetünchte Decke.

Doch als Claude die Tür aufgestoßen hatte, blieb er unbeweglich auf der Schwelle stehen. Vor ihm dehnte sich der weite Saal mit seinen vier langen, zu den Fenstern hin senkrechten Doppelreihen von sehr breiten Tischen, an denen auf beiden Seiten die Schüler saßen und die dicht bestanden waren mit nassen Schwämmen, Farbennäpfen, Gefäßen mit Wasser, eisernen Leuchtern, Holzkästen, in denen jeder seine weiße Leinenbluse, sein Werkzeug und die Farben barg. In einer Ecke stand der seit dem letzten Winter vergessene rostige Ofen, ihm zur Linken noch ein Rest Koks, den wegzufegen man sich nicht die Mühe gegeben hatte. Am anderen Ende hing ein Waschapparat aus Zink zwischen zwei Handtüchern. In aller Kahlheit der vernachlässigten Halle aber zogen vor allem die Wände den Blick an, wo sich oben, auf Wandbrettern, ein wirres Durcheinander von Gipsabgüssen reihte, das sich nach unten in einem Wald von T-Winkeln und Winkelmaßen und einer Anhäufung von zu Paketen zusammengeschnürten Zeichenbrettern verlor. Alles aber, was noch von der Wand freigeblieben, war nach und nach mit Inschriften und Zeichnungen beschmiert worden; eine im Laufe der Zeit angewachsene Verunzierung, die wie auf die Ränder eines stets geöffneten

Buches hingeworfen war. Da gab es Karikaturen von Kameraden, obszöne Gegenstände, Worte, die einen Gendarmen hätten erröten machen können, außerdem Sprüche, Rechnungen, Adressen. An der am meisten ins Auge fallenden Stelle aber, alles beherrschend, in großen, dicken Buchstaben mit protokollmäßigem Lakonismus hingehauen: »Am 7. Juni hat Gorju gesagt, daß er auf Rom spucke. Gezeichnet: Godemard.«

Ein Murren hatte den Maler empfangen, das sich anhörte wie das aus ihrem Schlupfwinkel aufgestörter wilder Bestien. Was ihn aber starr auf die Schwelle bannte, war der Anblick des Saales, wie er sich heute, am Morgen nach der »Karren-Nacht«, bot. So nennen die Architekten diese letzte Arbeitsnacht. Seit dem frühen Morgen war die ganze Schule, sechzig Schüler, hier eingeschlossen. Die, welche keine Projekte abzuliefern hatten, die »Neger«, halfen den anderen, den nachhinkenden Konkurrenten, die sich gezwungen sahen, in zwölf Stunden die Arbeit einer ganzen Woche zu leisten. Um Mitternacht hatte man sich mit Wurst und Wein vollgestopft. Gegen ein Uhr aber hatte man, zum Nachtisch, drei Dämchen aus einem benachbarten öffentlichen Hause herübergeholt. Und ohne daß die Arbeit eine Unterbrechung erfuhr, war das Fest im Qualm der Pfeifen zu einer Art römischer Orgie ausgeartet. Als Nachbleibsel zeigten sich noch auf dem Fußboden ausgestreutes fettiges Papier und zerbrochene Flaschen und trübe Lachen, welche die Dielen einsaugten; die Luft aber stank nach den in den eisernen Leuchtern erloschenen Kerzen und dem Moschusgeruch der Dämchen, dem sich der der Würste und des Weins einte.

Wilde Stimmen erhoben sich.

»Raus! ... Maulaffe! ... Was will denn der Strohkopf? ... Raus! Raus!«

Angesichts dieses über ihn hereinbrechenden Orkans schwankte Claude einen Augenblick ganz betäubt. Schließlich bekam er die abscheulichsten Worte zu hören; selbst die Zurückhaltendsten suchten sich in schmutzigen Gemeinheiten zu übertreffen. Er faßte sich, antwortete. Aber da wurde er von Dubuche erblickt. Der letztere wurde rot, denn solche Sachen waren ihm zuwider. Er schämte sich vor dem Freunde, kam unter lautem Gejohle, das sich jetzt gegen ihn wendete, eilig herbei und stammelte:

»Wie, du bist es? ... Ich sagte dir doch, du solltest nie hierherkommen ... Wart einen Augenblick im Hofe.«

In dem Augenblick, wo Claude hinaustrat, wäre er beinahe von einer kleinen Handkarre überfahren worden, die von zwei stark bebarteten Burschen im Galopp herbeigefahren wurde. Das war die Karre, nach welcher die große Arbeitsnacht ihren Namen trug. Schon seit einer Woche pflegten die von den Schülern, welche infolge von Nebenarbeiten im Rückstand geblieben waren, zu sagen: »Ich muß in die Karre!« Sobald die Karre erschienen war, erhob sich ein lautes Geschrei. Es war ein Viertel vor neun. Man hatte gerade noch Zeit, zur Akademie zu kommen. In wüstem Gedränge leerte sich der Saal. Jeder brachte, mit dem Ellbogen arbeitend, sein Zeichenbrett. Die, welche durchaus noch eine Einzelheit fertigstellen wollten, wurden gestoßen und mitgerissen. In weniger als fünf Minuten waren alle Reißbretter in der Karre untergebracht, und die beiden bärtigen Burschen, die letzten der Neulinge der Schule, spannten sich wie Rosse vor das Fahrzeug, während die Flut der anderen mit lautem Geschrei hinten nachschob. Es war wie ein Schleusenbruch, dessen Flut die beiden Höfe überschwemmte, dann in die Straße einbrach und sie mit brüllendem Gewimmel erfüllte.

Claude lief mittlerweile mit Dubuche hinterher, der hintangekommen war und sich sehr ärgerte, daß er nicht noch eine Viertelstunde übrig gehabt hatte, um seine Zeichnung noch sorgfältiger auszutuschen.

»Was machst du nachher?«

»Oh, ich habe den ganzen Tag über Gänge zu besorgen.«

Der Maler war verzweifelt, daß auch dieser Freund ihm entschlüpfte.

»Gut, ich verlasse dich also ... Aber heut abend bist du doch bei Sandoz?«

»Ja, ich denke. Wenn ich nicht irgendwo zum Essen eingeladen werde.«

Die beiden waren außer Atem. Ohne Aufenthalt machte die Rotte einen Umweg, um solange wie möglich umherlärmen zu können. Als sie die Rue du Four hinunter war, stürmte sie quer über die

Place Gozlin und warf sich dann in die Rue de l'Échaude. Vorn holperte die immer wilder gezogene und vorwärtsgestoßene Karre über das schlechte Pflaster, wobei kläglich die Reißbretter auf und nieder tanzten; hinterher galoppierte der Schwarm und nötigte die Passanten, wenn sie nicht umgerannt werden wollten, sich an die Häuser anzudrücken. Die Krämer standen gaffend vor ihren Ladentüren und mochten wohl glauben, eine Revolution sei ausgebrochen. Das ganze Viertel war in Aufregung. In der Rue Jacob wurde der Spektakel so toll, daß man angesichts des scheußlichen Geschreis die Jalousien herunterließ. Als sie in die Rue Bonaparte kamen, machte sich ein langer, blonder Mensch den Spaß, ein kleines Dienstmädchen zu ergreifen, das ganz verdutzt auf dem Bürgersteige stand, und es mitzuziehen. Ein Strohhalm in einem Strom.

»Na, leb wohl!« sagte Claude. »Auf heut abend.«

»Ja, auf heut abend!«

Außer Atem war der Maler an der Ecke der Rue des Beaux-Arts stehengeblieben. Vor ihm stand der Hof der Schule weit offen. Alles ergoß sich hinein.

Nachdem er sich einen Augenblick verschnauft, gewann Claude die Rue de Seine. Aber sein Pech dauerte weiter. Er sollte diesen Vormittag nicht einen einzigen Kameraden treffen. Er ging die Straße wieder hinauf und wanderte langsam, ohne bestimmte Absicht, bis zum Pantheonplatz. Dann dachte er, daß er immerhin in die Mairie eintreten und Sandoz guten Tag sagen könnte. Das waren dann reichlich zehn Minuten. Aber er barst vor Verdruß, als ein junger Mensch ihm mitteilte, Herr Sandoz hätte einer Beerdigung wegen einen Tag Urlaub. Übrigens kannte er die Geschichte: es war der gewohnte Grund, den der Freund vorbrachte, wenn er einmal zu Hause einen ganzen Tag über ungestört arbeiten wollte. Schon schlug er den Weg zu ihm ein, als ihn die brüderliche Gesinnung und sein Gewissen als fleißiger Arbeiter zurückhielt. Es war ein Verbrechen, einen braven Kerl zu stören, ihm da gerade in einem Augenblick, wo er ohne Zweifel wacker der eigenen Arbeit gerecht ward, noch mit seiner Entmutigung anzukommen.

Jetzt mußte Claude verzichten. Bis Mittag trug er seinen schwarzen Trübsinn die Quais hin spazieren, und der Kopf war ihm so schwer, surrte ihm so von dem beständigen Gedanken an seine

Ohnmacht, daß er die geliebten Fernsichten der Seine nur noch wie durch einen Nebel sah. Dann fand er sich wieder in der Rue de la Femme-sans-Tête, frühstückte dort bei Gomard, einem Weinhändler, dessen Schild »Zum Hund von Montargis« ihn anzog. Maurer in ihren kalkbespritzten Arbeitsblusen saßen an den Tischen. Wie sie, mit ihnen, speiste er sein »Einfaches« zu acht Sous, Fleischbrühe in einem Napf, in die er Brot brockte, und eine Schnitte Rindfleisch mit Bohnen, aus einem noch vom Abwaschwasser feuchten Teller. Aber das war ja noch viel zu gut für so einen Stümper, der sich nicht auf sein Handwerk verstand. Wenn ihm ein Arbeitstag mißglückt war, erniedrigte er sich, stellte sich noch unter die Handwerker, deren grobe Arme wenigstens ihr Tagewerk leisteten. Eine Stunde verweilte er, verlor sich an die Unterhaltungen, die an den Nachbartischen geführt wurden. Als er wieder draußen war, nahm er seinen Schlendermarsch aufs Geratewohl wieder auf.

Doch auf dem Rathausplatz kam ihm ein Gedanke, der ihn seinen Schritt beeilen machte. Warum hatte er nicht an Fagerolles gedacht? Obwohl ein Schüler der Kunstakademie, war Fagerolles ein netter Kerl, munter und auch gar nicht dumm. Man konnte mit ihm reden, selbst wenn er die schlechte Malerei verteidigte. Hatte er bei seinem Vater in der Rue Vieille-du-Temple zu Mittag gegessen, so würde er ihn dort sicher noch antreffen.

Beim Eintritt in diese enge Straße fühlte er sich von einer frischen Kühle erquickt. Der Tag war sehr heiß geworden, aber vom Pflaster stieg eine Feuchte auf, die, obgleich vollkommen klarer Himmel herrschte, unter den Tritten des endlosen Verkehrs klebrig blieb. Alle Augenblicke geriet er in Gefahr, von Last- oder Möbelwagen überfahren zu werden, und schließlich zwang ihn ein Gedränge, den Bürgersteig zu verlassen. Trotzdem machte ihm die Straße mit dem Drüber und Drunter und der unregelmäßigen Linie ihrer Häuser, ihren flachen, bis zu den Dachrinnen mit buntscheckigen Firmenschildern bedeckten, von winzigen Fenstern, hinter denen alles Kleinhandwerk von Paris sein Wesen hatte, durchbrochenen Hauswänden Vergnügen. An einem der engsten Durchgänge hielt ihn ein kleiner Zeitungsladen. Zwischen einem Coiffeur und einem Kaldaunenhöker gab's eine Auslage von kindischen Stichen, süßlichen Romanzen und gemeinen Bildern. Vor den Bildern stand in Träumen verloren ein großer, blasser Bursch, während zwei Dirnen sich anstießen und grinsten. Er hätte sie alle drei ohrfeigen mögen, beeilte sich aber, die Straße zu überschreiten, da das Haus der Fagerolles sich gerade gegenüber befand. Es war ein düsteres, altes Gebäude, das fleckig von schmutzigen Regenstreifen aus den übrigen Häusern hervorsprang. Als gerade ein Omnibus vorbeikam, hatte er eben noch Zeit, auf den hier ungewöhnlich schmalen Bürgersteig zu springen. Die Räder streiften ihm schon die Brust, und er wurde bis zu den Knien mit Kot bespritzt.

Herr Fagerolles, der Vater, ein Kunstzinkfabrikant, hatte seine Werkstätten zu ebener Erde. Im ersten Stock bewohnte er, um die beiden hellen, nach der Straße hinausgelegenen, großen Zimmer als Mustermagazine zu benutzen, eine kleine, dunkle, nach dem Hof hinausliegende Wohnung, die eng und stickig war wie ein Keller. Hier war sein Sohn Henri, ein echtes Gewächs des Pariser Pflasters, am Rand des von den Rädern der Fahrzeuge und vom Regenwasser abgenutzten Bürgersteiges, dem Bilderladen, dem Kaldaunenhändler und Barbier gegenüber aufgewachsen. Zuerst hatte der Vater ihn für seinen persönlichen Gebrauch zum Zeichnen von Ornamenten angehalten. Dann, als in dem Knaben ein höher gerichteter Ehrgeiz sich geregt, er sich ans Malen gemacht und von der Akademie gesprochen hatte, hatte es Zank gegeben, Ohrfeigen und eine Reihe von Zerwürfnissen und Wiederversöhnungen. Und noch heute behandelte der Kunstzinkfabrikant, obgleich Henri schon seine ersten Erfolge erzielt hatte, ihn hart und als ein aus der Art geschlagenes Kind, wenn er ihm schließlich auch seine freie Wahl hatte lassen müssen.

Nachdem Claude den Straßenschmutz abgeschüttelt hatte, trat er in den Hausflur ein, ein tiefes Gewölbe, das in einen Hof mündete, der mit seinem grünlichen Licht und seinem dumpfen, schimmligen Geruch an eine Zisterne erinnerte. Unter einem Schutzdach bot sich eine breite Freitreppe mit einem alten, verrosteten Geländer. Als der Maler aber an den Magazinen des ersten Stockes vorbeikam, bemerkte er durch eine Glastür Herrn Fagerolles, der seine Gußmodelle prüfte. Trotz seines Widerwillens gegen dies bronzebemalte Zink und all diese scheußliche, verlogene Nachahmung wollte er nicht unhöflich sein und trat ein.

»Guten Tag, mein Herr ... Ist Henri noch zu Hause?«

Der Fabrikant, ein bleicher, dicker Mann, erhob sich zwischen seinen Buketthaltern, Vasen und Statuetten. In der Hand hielt er ein neues Thermometermodell, eine kauernde Jongleuse, die auf der Nase die leichte Glasröhre balancierte.

»Henri ist nicht zum Mittag gekommen«, antwortete er kurz.

Dieser Empfang brachte den jungen Mann außer Fassung.

»Ah, er ist nicht gekommen ... Verzeihen Sie! Guten Abend, mein Herr!«

»Guten Abend!«

Draußen fluchte Claude zwischen den Zähnen durch. Pech über Pech, auch Fagerolles nicht da. Er ärgerte sich jetzt, daß er gekommen war, daß er sich für diese alte, malerische Straße interessiert hatte, war wütend über den alten, romantischen Krebsschaden, der trotz allem immer wieder in ihm emportrieb. Das war vielleicht sein ganzes Leiden: diese falsche Geschmacksrichtung, die ihm manchmal den Schädel vernagelte. Als er abermals zu den Quais geriet, kam. ihm der Gedanke, nach Hause zurückzukehren, um nachzusehen, ob sein Bild denn wirklich so schlecht war. Aber bei dem bloßen Einfall überlief ihn ein Zittern. Sein Atelier schien ihm eine Stätte des Schreckens, wo er nicht mehr leben konnte, als hätte er dort den Leichnam eines geliebten Toten zurückgelassen. Nein, nein! Die drei Stock hinaufzusteigen, die Tür zu öffnen, sich mit dieser Sache da einzuschließen: dazu hätte es eines Mutes bedurft, den er nicht vermochte! Er überschritt die Seine, ging die ganze Rue Saint-Jacques hinab. Mochte es gehen, wie's wollte, er fühlte sich zu unglücklich. Und so begab er sich zu der Rue d'Enfer, zu Sandoz.

Die kleine Wohnung im vierten Stock bestand aus einem Eßzimmer, einem Schlafgemach und einer engen Küche, wo das Mädchen hauste, während die gelähmte Mutter auf der anderen Seite des Flures ein Gemach hatte, wo sie in freiwilliger Einsamkeit ihren trübseligen Tag verbrachte. Die Straße war einsam und leer. Die Fenster sahen auf den weiten Garten der Taubstummenanstalt, der von der runden Krone eines großen Baumes und dem viereckigen Turm der Kirche Saint-Jacques du Haut-Pas überragt wurde.

Claude fand Sandoz in seiner Kammer über seinen Tisch gebeugt und in eine beschriebene Seite vertieft.

»Ich störe dich?«

»Nein! Ich arbeite seit dem Morgen und habe genug ... Stell dir vor, daß ich jetzt schon seit einer Stunde mich abquäle, einen schlecht gebauten Satz zurechtzustutzen, über den ich mich schon während meines ganzen Frühstücks geärgert habe.«

Der Maler hatte eine verzweifelte Handbewegung, und als er ihn so mißmutig sah, verstand der andere.

»Und bei dir geht's auch nicht, wie's sollte, nicht? ... Laß uns gehen! Wir wollen uns mal gründlich auslaufen. Hast du Lust?«

Doch als er bei der Küche vorbeikam, wurde er von einer alten Frau aufgehalten. Es war die Aufwärterin, die für gewöhnlich zwei Stunden am Vormittag und zwei gegen Abend kam. Nur donnerstags blieb sie des Diners wegen den ganzen Nachmittag.

»Also soll es«, fragte sie, »ein Rochen sein und eine Hammelkeule mit Kartoffeln, nicht wahr, mein Herr?«

»Jawohl, wie Sie wollen.«

»Und für wie viele soll ich decken?«

»Ja, ich weiß nun nicht? ... Decken Sie immerhin für fünf, nachher wollen wir sehen. Also um sieben, nicht wahr? Wir werden uns bemühen, zur rechten Zeit da zu sein.«

Dann wartete Claude auf dem Flur einen Augenblick, während Sandoz zu seiner Mutter hineinschlüpfte. Als er mit der gleichen zärtlich-behutsamen Bewegung zurückgekehrt war, stiegen sie schweigend die Treppe hinab. Nachdem sie unten aber, wie um Witterung zu bekommen, nach rechts und nach links ausgeblickt hatten, gingen sie schließlich die Straße hinauf, gerieten auf den Platz de l'Observatoire und gingen den Boulevard du Montparnasse entlang. Das war ihr gewöhnlicher Spaziergang. Ganz unwillkürlich gelangten sie immer dorthin, zu dieser bunten Folge der äußeren Boulevards, welche sie liebten und wo sie nach Herzenslust streiften. Noch immer sprachen sie nicht. Noch war ihnen der Kopf schwer. Doch heiterte ihr Zusammensein sie nach und nach auf. Vor dem Stadtbahnhof aber kam Sandoz auf eine Idee.

»Sag, wie wär's, wenn wir zu Mahoudeau gingen und mal sähen, wie weit er mit seinem großen Ding da ist? Ich weiß, daß er heute seinen guten Tag hat.«

»Gut! Meinetwegen!« antwortete Claude. »Gehen wir zu Mahoudeau!«

Und sie bogen sogleich in die Rue du Cherche-Midi ein. Der Bildhauer Mahoudeau hatte einige Schritte vom Boulevard ab den Laden einer bankerott gewordenen Obsthändlerin gemietet; und hier hatte er sich, nachdem er die Fenster einfach mit Kreide beschmiert, eingerichtet. In diesem breiten, öden Teil hatte die Straße ein fast provinziales Gepräge, das noch durch einen gewissen kirchlichen Geruch an Anziehung gewann. Weit offene Torwege, durch die man in eine Reihenfolge von tiefen Höfen sieht; eine Molkerei haucht ihren warmen Streudunst; die endlos lange Mauer eines Klosters. Hier war es, wo sich, flankiert von dem Kloster und einer Kräuterhandlung, der Laden befand, der ein Atelier geworden war und auf dessen Schild immer noch in dicken, gelben Buchstaben zu lesen stand: »Früchte und Gemüse.«

Bei einem Haar hätten Claude und Sandoz von kleinen Mädchen, die über die Schnur sprangen, eins abbekommen. An den Bürgersteigen saßen Familien, deren Stuhlbarrikaden sie nötigten, auf den Fahrdamm zu gehen. Doch gelangten sie an Ort und Stelle. Aber der Anblick der Kräuterhandlung machte sie einen Augenblick verweilen. Zwischen den beiden Schaufenstern, die Irrigatoren, Bandagen und alle möglichen diskreten und delikaten Gegenstände aufwiesen, stand unter herabhängenden, trockenen Kräutern eine hagere, braune Frau und blickte ihnen nach, während hinter ihr, im Dunklen, undeutlich das Profil eines bleichen, sich an einem Lungenhusten erschöpfenden Männchens zum Vorschein kam. Sie stießen sich mit den Ellbogen an, und in ihren belustigten Augen stand ein spöttisches Lachen; dann wandten sie sich dem Atelier Mahoudeaus zu.

Der ziemlich große Laden schien fast ganz ausgefüllt von einem Tonhaufen, einer ungeheueren, halb auf einen Felsen hingesunkenen Bacchantin. Die starken Bohlen, die sie stützten, bogen sich unter dem Gewicht der noch formlosen Masse, aus der man nichts unterschied als die riesigen Brüste und Schenkel, die wie ein paar

Türme waren. Wasser war herabgelaufen, dreckige Kübel standen umher, in einer Ecke lag ein schmutziger Haufen Gips. Auf den an ihrer Stelle belassenen Wandbrettern der ehemaligen Obsthandlung aber standen dicht beieinander einige antike Abgüsse, die sich unter dem aufgehäuften Staub langsam mit feiner Asche zu bedecken schienen. Ein Waschhausdunst, ein fader Geruch von nassem Ton stieg vom Fußboden auf. Das blasse Licht der mit Kreide beschmierten Schaufenster hob die Armseligkeit dieser Bildhauerwerkstatt und ihren Schmutz noch besonders hervor.

»Ah, ihr!« rief Mahoudeau, der, die Pfeife im Mund, vor seinem Bildwerk saß.

Er war klein und mager, hatte ein knochiges Gesicht, das, trotzdem er erst siebenundzwanzig Jahre zählte, schon Falten zeigte. Seine schwarze Haarmähne hing wirr um seine niedrige Stirn. In diesem gelben, abschreckend häßlichen Gesicht aber standen zwei klare, leere, mit einer anmutigen Naivität lächelnde Kinderaugen. Er war der Sohn eines Steinmetzen in Plassans und hatte dort bei dem Preisausschreiben des Museums große Erfolge davongetragen. Dann war er als Preisgekrönter der Stadt mit einer Pension von achthundert Franken, die er für die Zeit von vier Jahren genoß, nach Paris gekommen. Aber in Paris hatte er wie in einer Fremde gelebt, ohne Anhalt, hatte auf der Schule der schönen Künste nicht gut getan und seine Pension verzehrt, ohne etwas zu schaffen. So hatte er sich nach Ablauf der vier Jahre gezwungen gesehen, des lieben Lebensunterhaltes willen sich bei einem Fabrikanten von Heiligenbildern zu verdingen, wo er täglich zehn Stunden heilige Josephs, heilige Rochusse, heilige Magdalenen, den ganzen Heiligenkalender geschnitzt hatte. Doch als er vor sechs Monaten mit Kameraden aus der Provence zusammengetroffen war, Burschen, unter denen er der älteste war und die er früher im Kinderpensionat des Vater Giraud kennengelernt, die sich heute aber in wilde Revolutionäre verwandelt hatten, war er wieder vom Ehrgeiz ergriffen worden. Der hatte dann im Verkehr mit den leidenschaftlichen, ihm mit ihren ausschweifenden Theorien den Kopf verdrehenden Künstlern riesige Dimensionen angenommen.

»Verdammt!« sagte Claude. »Ist das ein Ding!«

Der beglückte Bildhauer zog eine mächtige Wolke aus seiner Pfeife.

»He, nicht wahr? ... Ja, ich werde ihnen Fleisch machen! Wahres, kein solches Schweineschmalz, wie sie's verbrechen!«

»Es ist eine Badende?« fragte Sandoz.

»Nein, ich gebe ihr Weinreben ... Eine Bacchantin, verstehst du?«

Doch sofort entrüstete sich Claude.

»Eine Bacchantin! Machst du dich über uns lustig? Gibt's denn so was, wie eine Bacchantin? ... Eine Winzerin doch. Und zwar, Gottsdonnerwetter, eine moderne! Freilich ist sie zwar nackt. Also dann aber ein Bauernmädchen, das sich ausgezogen hat. Man muß das herausfühlen. Leben muß das!«

Verblüfft horchte Mahoudeau auf und war ganz verzagt. Er hatte Respekt vor Claude, ordnete sich seinem Ideal von Kraft und Wahrheit unter. Und er gab ihm recht.

»Ja ja, das ist's, was ich sagen wollte ... Eine Winzerin. Du sollst sehen, ob das nach einem Weibe aussieht!«

In diesem Augenblick ließ Sandoz, als er um den riesigen Tonhaufen herumging, einen Ausruf vernehmen.

»Ah, da ist ja der Duckmäuser Chaîne!«

Tatsächlich malte hinter dem Haufen Chaîne, ein dicker Bursch, in aller Stille und kopierte auf eine kleine Leinwand den kalten, verrosteten Ofen. Man merkte seinen langsamen Bewegungen, seinem sonnverbrannten, lederharten Stiernacken sofort den Bauern an. Nur seine gewölbte Stirn verriet Starrsinn, denn die zu kurze Nase verschwand zwischen den roten Wangen, und ein starrer Bart verbarg die starken Kinnladen. Er stammte aus Saint-Firmin, einem zwei Meilen von Plassans entfernten Dorfe, wo er bis zu seiner Aushebung zum Militär die Herden geweidet hatte. Zu seinem Unglück hatte sich sein Nachbar für die Stockgriffe begeistert, die er sich mit dem Messer aus Wurzeln schnitzte. Jetzt war er für den kunstliebenden Bürger der geniale Hirt, das große Naturgenie geworden. Sein Gönner, der Mitglied der Museumsverwaltung war, hatte ihn angespornt, gelobhudelt, ihm mit allen möglichen Hoffnungen den Kopf verdreht. Dann aber war ihm nach und nach alles fehlgeschlagen: die Studien, Preisbewerbungen, das Stadtstipendium. Trotzdem war er, nachdem er sich von seinem Vater, einem armseligen Bauern, sein Erbteil von tausend Franken hatte auszahlen lassen, nach Paris gezogen. Mit dem Gelde hatte er ein Jahr, bis zu dem Triumph, auf den er hoffte, ausgereicht. Als ihm aber nach achtzehn Monaten bloß noch zwanzig Franken geblieben waren, hatte er sich mit seinem Freund Mahoudeau zusammengetan. Sie schliefen beide in demselben Bett, in einem hinter dem Atelier gelegenen dunklen Raum, aßen miteinander von demselben Brot, das sie vierzehn Tage im voraus kauften, damit es recht hart war und man es nicht so schnell aufaß.

»Sehen Sie nur, Chaîne!« fuhr Sandoz fort. »Wie schön genau Ihr Ofen ist!«

Ohne etwas zu erwidern, lachte Chaîne still ein strahlendes Lächeln in seinen Bart hinein, das sein Gesicht wie ein Sonnenstrahl erhellte.

Um den Unsinn voll zu machen, hatte ihn der Rat seines Beschützers trotz seiner eigentlichen Vorliebe für die Holzschnitzerei auf die Malerei geworfen. Und er malte wie ein Anstreicher, verpfuschte die Farben, machte die klarsten, lebensvollsten trüb. Doch sein Stolz war bei allem Ungeschick die Genauigkeit. Er hatte die naive Vorliebe eines Primitiven für die Miniatur, sorgte sich um die geringste Einzelheit, worin sich die kaum der Scholle entwachsene Kindlichkeit seines Wesens gefiel. Der Ofen hatte eine verschiefte Perspektive, war trocken präzis und in einem trüb schlammigen Ton gemalt.

Von Mitleid mit dieser Malerei erfaßt, trat Claude hinzu. Und er, der schlechten Malern gegenüber so unerbittlich war, hatte ein Lob.

»Ah, man muß Ihnen nachsagen, daß Sie ein gewissenhafter Arbeiter sind. Sie geben sich wenigstens so, wie Sie empfinden. Das ist recht brav da.«

Aber da tat sich die Tür des Ateliers auf, und ein hübscher, blonder Bursch mit einer großen, rosigen Nase und großen, blauen, kurzsichtigen Augen trat herein und rief:

»Wißt ihr, die Kräuterhändlerin von nebenan ist draußen und angelt. So'n Ekel!«

Alle, außer Mahoudeau, der sich sehr verlegen zeigte, lachten.

»Jory, der König der Tollpatsche!« erklärte Sandoz, indem er dem Ankömmling die Hand drückte.

»He! Was? Mahoudeau schläft bei ihr?« fuhr Jory fort, als er endlich verstanden hatte. »Na, was ist da weiter! Ein Weib schlägt niemand aus.«

»Ach, du«, begnügte sich der Bildhauer zu sagen, »bist ja auf die Fingernägel der Deinen gefallen, hast dir dabei ein Stück Backe abgerissen.«

Abermals brachen alle in ein Gelächter aus, und es war jetzt an Jory, rot anzulaufen. Tatsächlich war sein Gesicht mit zwei tiefen Rissen gezeichnet. Er war der Sohn eines Magistratsbeamten von Plassans. Nachdem er seinen Vater mit seinen Liebesabenteuern zur Verzweiflung gebracht, hatte er seinen Streichen die Krone aufgesetzt und sich unter dem Vorwand, er wolle sich in Paris der Literatur widmen, mit einer Café-Chansonette davongemacht. Seit sechs Monaten hausten sie zusammen in einem Winkelhotel des lateinischen Viertels; und jedesmal, wenn er sie mit der ersten besten Schürze betrog, die ihm auf dem Bürgersteig nachlief, lederte ihn das Mädchen. So zeigte er immer wieder einmal eine Schmarre, eine blutiggeschlagene Nase, ein zerschundenes Ohr oder ein angeschwollenes, blauunterlaufenes Auge.

Man kam schließlich in Unterhaltung. Bloß Chaîne malte hartnäckig wie ein pflügender Ochs weiter drauflos. Jory war über die Winzerin sofort in Ekstase geraten. Dicke Weiber waren sein Schwarm. Es hatte damit angefangen, daß er zu Hause, in Plassans, den Busen und die runden Hüften einer schönen Fleischerin, die seine Nächte beunruhigte, in romantischen Sonetten gefeiert hatte. In Paris aber war er, seit er mit seinen Jugendfreunden zusammengetroffen, Kunstkritiker geworden und schrieb für ein kleines Skandalblatt, den »Tambour«, Artikel zu zwanzig Franken. Einer von diesen Artikeln, eine Studie über ein bei Vater Malgras ausgestelltes Gemälde von Claude, hatte sogar einen gewaltigen Skandal verursacht; denn er hatte in ihm dem Freunde die »Lieblinge des Publikums« geopfert und ihn als das Haupt einer neuen Schule hingestellt, der Schule des Pleinair. Im Grunde sehr praktisch veranlagt, machte er sich über alles lustig, was nicht mit seinem sinnlichen

Genuß zusammenhing, und wiederholte einfach die Theorien, die er im Kreise seiner Freunde auffing.

»Weißt du, Mahoudeau«, rief er, »du sollst einen Artikel haben. Ich werde dein braves Mädchen da lancieren ... Ah, was hat sie für Schenkel! Wenn man sich solche leisten könnte!«

Doch dann sprach er plötzlich von etwas anderem.

»Übrigens, mein Geizdrache von Vater ist mir entgegengekommen. Ja, er hat Angst, ich mache ihm Schande, und er schickt mir monatlich hundert Franken ... Ich kann meine Schulden bezahlen.«

»Schulden? Du bist ja ein Ausbund von Vernunft!« lachte Sandoz.

Tatsächlich zeigte Jory eine ererbte Anlage von Geiz, und man zog ihn damit auf. Er bezahlte die Weiber nicht und brachte es fertig, sein ungeregeltes Lehen ohne Geld und Schulden zu führen. Diese angeborene Kunst, zu genießen, ohne daß es ihn etwas kostete, verband sich in ihm mit einer ewigen Doppelzüngigkeit, einer Gewohnheit zu lügen. Er hatte sich das im Kreise seiner frommen Familie angewöhnt, wo die Sorge, seine Untugenden zu verstecken, ihn dazu gebracht hatte, bei jeder Gelegenheit, selbst wenn er's nicht nötig gehabt hatte, die Unwahrheit zu sagen. Er hatte eine prächtige Antwort. Wie ein Weiser, der das Leben von Grund aus kennt, rief er:

»Oh, ihr habt keine Ahnung vom Wert des Geldes.«

Aber diesmal wurde er gründlich ausgelacht. Was er für ein Spießer war! Noch hatten die Schmähungen ihren Höhepunkt nicht erreicht, als leicht an das Fenster gepocht wurde und der Lärm verstummte.

»Ach, sie wird nachgerade wirklich langweilig«, sagte Mahoudeau mit einer verdrießlichen Handbewegung.

»He, wer ist's? Die Kräuterhändlerin?« fragte Jory. »Laß sie doch 'rein, das gibt einen Spaß.«

Übrigens hatte sich die Tür bereits geöffnet, und die Nachbarin, Frau Jabouille oder, wie sie vertraulich genannt wurde, Mathilde, zeigte sich auf der Schwelle. Sie war dreißig Jahre alt, hatte ein flaches, hageres, verbrauchtes Gesicht mit leidenschaftlichen Augen unter bläulichen, müden Lidern. Es hieß, daß die Priester sie mit dem kleinen Jabouille verheiratet hätten, einem Witwer, dessen Kräuterhandlung damals dank der frommen Kundschaft des Viertels geblüht hatte. So viel stand fest, daß man im schummerigen Dunkel des vom Duft der Arzneikräuter wie von Weihrauch geschwängerten Ladens oft unbestimmte Schatten von Soutanen gesehen hatte. Es herrschte hier, während die Spritzröhrchen verkauft wurden, die Stille eines Klosters, die weihevolle Stimmung einer Sakristei. Die Frommen, die eintraten, flüsterten wie im Beichtstuhl, ließen die Injektoren in ihre Taschen gleiten, entfernten sich dann gesenkten Blickes. Unglücklicherweise waren aber Gerüchte von Kindabtreibungen in Umlauf gekommen. Freilich, wie die wohlgesinnten Leute sagten, war das eine Verleumdung, die von einem gegenüberwohnenden Weinhändler ausging. Seit der Witwer sich wieder verheiratet hatte, ging das Geschäft zurück. Die Glasgefäße schienen trüb zu werden, die getrockneten Kräuter oben unter der Decke zerfielen in Staub; er selber hustete sich, zum fleischlosen Skelett abgemagert, die Seele aus dem Leibe. Aber obwohl Mathilde fromm war, zog sich die fromme Kundschaft nach und nach zurück; denn man fand, daß sie sich, jetzt wo Jabouille so hinfällig geworden war, zuviel mit jungen Leuten abgab.

Einen Augenblick stand sie unbeweglich, während ihre Blicke schnell im Atelier herumfuhren. Ein starker Ruch hatte sich verbreitet, der Ruch nach den Heilkräutern, mit dem ihre Kleider durchtränkt waren und den sie in ihrem fettigen, stets unordentlichen Haar trug: den des fad riechenden Malvenzuckers, den herben Ruch des Holundertees, den bitteren des Rhabarbers, besonders aber den heißen Pfefferminzgeruch, der wie ihr eigener Atem war, der heiße Atem, den sie den Männern ins Gesicht hauchte.

Sie tat, als sei sie überrascht.

»Ah, mein Gott! Sie haben Besuch! ... Das wußte ich nicht; ich will wiederkommen.«

»Ja«, sagte Mahoudeau sehr verdrießlich. »Übrigens will ich auch ausgehen ... Sie können mir am Sonntag eine Sitzung geben.«

Verdutzt betrachtete Claude erst Mathilde, dann die Winzerin.

»Wie!« rief er. »Die Dame stellt dir diese Muskeln da? Verdammt, da mästest du sie ja gehörig!«

Wieder lachten alle, während der Bildhauer Entschuldigungen stammelte. O nein, es handelte sich nicht um den Rumpf und die Beine, nur um den Kopf und die Hände, und sonst bloß noch um ein paar Andeutungen; sonst um weiter nichts.

Mathilde aber lachte mit den anderen. Es war ein grelles, schamloses Lachen. Ohne Umstände war sie eingetreten und hatte die Tür zugemacht. Dann tat sie wie zu Hause, fühlte sich unter all den Mannsleuten wohl, streifte sie an, suchte sich ihnen angenehm zu machen. Ihr Lachen hatte verschiedene Zahnlücken entblößt. Mit ihrem abgenutzten Äußern, ihrer welken Haut, die die Knochen hervortreten ließ, war sie abstoßend häßlich. Besonders war es Jory mit seiner frischen Farbe und seiner großen, rosigen, vielversprechenden Nase, der's ihr antat. Sie stieß ihn mit dem Ellbogen an und setzte sich mit einemmal, wohl um ihn anzulocken, Mahoudeau frech wie eine Dirne auf die Knie.

»Nein, laß!« sagte dieser und erhob sich. »Ich muß fort ... Nicht wahr? Wir werden erwartet.«

Er hatte mit den Augen geblinzelt, freute sich im übrigen auf einen guten Bummel. Alle antworteten, daß sie eine Verabredung hätten, und halfen ihm, seinen Entwurf mit alten, in den Kübeln angefeuchteten Lappen bedecken.

Doch Mathilde, die eine unterwürfig verzweifelte Miene hatte, entfernte sich nicht. Sie begnügte sich, als sie sie anstießen, bloß aus dem Wege zu gehen. Chaîne aber, der nicht mehr arbeitete, verschlang sie über seine Leinwand weg mit seinen großen Augen in lüsterner Begehrlichkeit. Bis dahin hatte er nicht ein Wort gesagt. Als Mahoudeau endlich aber mit den drei Kameraden aufbrach, entschloß er sich, mit plumper, von langem Schweigen ungelenk gewordener Stimme zu sagen:

»Kommst du nach Hause?«

»Sehr spät. Iß nur und leg dich dann hin. Adieu!«

Chaîne blieb mit Mathilde in dem feuchten Atelier mitten zwischen den Tonhaufen und Wasserlachen im kreidigen Licht der beschmierten Fensterscheiben, das den elenden, schlecht gehaltenen Raum grell beleuchtete, allein.

Draußen angekommen, marschierten Claude und Mahoudeau voraus, während die beiden anderen ihnen folgten. Jory schrie vor Lachen auf, als Sandoz ihn damit neckte, daß er ihn versicherte, er habe an der Kräuterhändlerin eine Eroberung gemacht.

»Ah, um Himmelswillen, sie ist ja gräßlich, sie könnte ja unser aller Mutter sein! Ein Maul hat sie wie eine alte, zahnlose Hündin! ... Dabei riecht sie wie 'ne Apotheke.«

Diese Übertreibungen machten Sandoz lächeln. Er zuckte die Achseln.

»O laß gut sein; du bist gar nicht so heikel und nimmst manche, die nicht viel mehr wert ist.«

»Ich? Wo denn? ... Übrigens ist sie, weißt du, hinter unserem Rücken Chaîne um den Hals gefallen. Die Schweine tun sich gütlich zusammen!«

Mahoudeau, der ganz von einer lebhaften Erörterung mit Claude in Anspruch genommen schien, wandte sich mitten in seiner Rede lebhaft um und sagte:

»Ich pfeife drauf!«

Dann endete er, dem Kameraden zugewandt, seinen Satz. Aber als er zehn Schritte getan hatte, warf er von neuem über die Schulter hin zurück:

»Vor allem ist Chaîne zu dumm.«

Es wurde nicht mehr davon gesprochen. Wie sie miteinander dahinbummelten, nahmen sie fast die Breite des Boulevards des Invalides ein. Das war ihre Art zu schlendern. Wenn dann die Rotte allmählich von anderen Kameraden, die sie unterwegs auflasen, anschwoll, so war's, als ob sie in freiem Marsch in den Krieg zögen. Die sich breit machenden Schultern der zwanzigjährigen Burschen nahmen dann die ganze Straße für sich in Anspruch. Waren sie so beieinander, war's, als schallten Siegesfanfaren vor ihnen her; sie packten Paris mit der Hand und steckten es gelassen in die Tasche. Sie zweifelten nicht an ihrem Sieg. Unbekümmert um ihre Armut, und als brauchten sie, um die Herren zu sein, bloß zu wollen, führten sie ihr abgenutztes Schuhwerk und ihre fadenscheinigen Überröcke spazieren. Das ging aber nicht ab ohne eine gewaltige, zur

Schau getragene Verachtung gegenüber allem, was nicht die Kunst war, vor dem Reichtum, vor der guten Gesellschaft und vor allem vor der Politik. Wozu war dieser Krempel gut? Höchstens für die Siechen da, in diesem Nest von Paris! Eine stolze Rücksichtslosigkeit, ein absichtliches Nichtverstehenwollen der Notwendigkeiten des sozialen Lebens schwellte ihnen die Brust, der tolle Traum, daß die Welt nur Künstler tragen möchte. Sie waren hierin zuweilen borniert bis zur Torheit: doch das machte sie tapfer und stark.

Claude wurde lebhaft. Die warme Atmosphäre gemeinsamer Hoffnung gab ihm seinen Glauben an sich selbst zurück. Nur eine unbestimmte Schwere blieb ihm von den am Morgen ausgestandenen seelischen Qualen zurück. Er begann von neuem mit Mahoudeau und Sandoz über sein Bild zu disputieren, schwor aber doch noch, daß er es morgen vernichten wolle. Der sehr kurzsichtige Jory aber sah den alten Damen ins Gesicht und verbreitete sich in Theorien über das künstlerische Schaffen. Man mußte sich so geben, wie man war, und im ersten Wurf der Eingebung. Er selber korrigiere sich nie. So gingen die vier unter beständigen Diskussionen den Boulevard hinab, dessen halbleere Einsamkeit mit den endlosen Reihen ihrer schönen Bäume eigens für ihre Gespräche geschaffen zu sein schien. Doch als sie auf die Esplanade eingebogen waren, gestaltete sich ihr Streit zu einem so erbitterten, daß sie mitten in der weiten Ausdehnung stehen blieben. Ganz außer sich behandelte Claude Jory als einen Kretin. War's denn nicht besser, ein Werk zu vernichten, als es als ein mittelmäßiges aus der Hand zu geben? Ja, dies gemeine Handelsinteresse war ekelhaft! Sandoz und Mahoudeau sprachen beide zugleich sehr aufgeregt dazwischen. Beunruhigt wandten die Passanten sich nach ihnen um und umstanden schließlich die lärmenden jungen Männer, die sich ausnahmen, als wollten sie aufeinander losschlagen. Als man sie dann aber im besten Einvernehmen sah und wie sie alle zusammen eine weißgekleidete Amme, die kirschrote Bänder hatte, bewunderten, ging man, da man sich genarrt glaubte, seiner Wege. Aber die Amme! Wetter nich' noch mal! Was für Nuancen! Was würde das für ein Bild geben! Ganz hingerissen kniffen sie die Augen und folgten der Amme durch die Anlagen und waren ganz erstaunt, kamen sich plötzlich wie aus einem Traum erwacht vor, daß sie schon hier angelangt waren. Der nach allen Seiten hin offene, mächtige, südlich nur von der fernen Perspektive der Invaliden abgeschlossene Platz mit seiner Größe und Ruhe entzückte sie. Zudem hatten sie hier Raum genug für ihre Gestikulationen. Hier konnten sie doch atmen. Sie, die erklärten, Paris sei ihnen zu eng und es fehle ihrem Ehrgeiz in ihm an Luft.

»Habt ihr ein bestimmtes Ziel?« fragte Sandoz Mahoudeau und Jory.

»Nein«, antworteten die letzteren. »Wir gehen mit euch ... Wohin wollt ihr?«

Mit verlorenem Blick murmelte Claude:

»Ich weiß nicht... dorthin!«

Sie verfolgten den Quai d'Orsay bis zur Konkordiabrücke. Vor der Deputiertenkammer äußerte der Maler entrüstet:

»Was für ein elendes Gebäude!«

»Neulich«, sagte Jory, »hat Jules Favre hier eine großartige Rede gehalten ... Er hat's Rouher gründlich gegeben!«

Doch die drei anderen ließen ihn nicht fortfahren. Der Streit erhob sich von neuem. Ah was, Jules Favre! Ah was, Rouher! Existierte so etwas überhaupt! Idioten, von denen zehn Jahre nach ihrem Tode kein Mensch mehr reden würde! Sie überschritten die Brücke, zuckten verächtlich die Achseln. Als sie aber mitten auf dem Konkordiaplatz standen, wurden sie still.

»Das da«, erklärte Claude schließlich, »ist immerhin nicht ohne.«

Es war vier Uhr. Der schöne Tag neigte sich in einem wunderbaren Goldstaub. Zur Rechten und zur Linken, gegen die Madeleine und gegen die Deputiertenkammer hin, zogen sich die Reihen der Gebäude in die weite Ferne hinein und hoben sich von dem klarblauen Himmel ab, während der Tuileriengarten die runden Wipfel seiner großen Kastanienbäume aufbaute. Zwischen den beiden grünen Rändern ihrer Seitenalleen stieg die Avenue der Champs-Elysées weit bis zu dem ungeheuren Tor des Arc de Triomphe an, unter welchem durch der Blick ins Endlose führte. Im Doppelstrom, wie ein doppelter Fluß, wogte die Menge. Dazwischen die lebhaften Bewegungen der Fahrzeuge, die wogende Flucht der Kutschen, aus der der Reflex eines Geschirrs, das Funkeln einer Laterne aufspritzte wie ein weißer Schaum. Unten füllten sich, auf dem Platz, die mächtigen Bürgersteige, die breiten Fahrdämme von dieser ununterbrochenen Flut wie Seen. In jedem Sinne zeigte sich der Platz von strahlenden Rädern überquert, zwischen denen die Menschen wie schwarze Punkte wimmelten. Die beiden Fontänen sprangen und wehten taufrische Kühle in dies glühende Leben hinein.

Vor Wonne erbebend, rief Claude:

»Ah, dies Paris! ... Es ist unser, wir brauchen bloß zuzugreifen.«

Alle vier begeisterten sich mit vor Verlangen weitoffen leuchtenden Augen. Hauchte nicht von der Höhe dieser Avenue über die ganze Stadt hin der Ruhm? Paris hielt ihn, und sie wollten ihn erraffen.

»Wohl, das werden wir«, versicherte Sandoz in seiner energischen Weise.

»Wahrhaftig!« sagten Mahoudeau und Jory.

Sie nahmen ihre Wanderung wieder auf, bummelten noch weiter, gelangten hinter die Madeleine, gingen die Rue Tronchet hinauf. Endlich erreichten sie die Place du Havre, und Sandoz rief:

»Wir sind ja wohl auf dem Weg zu Baudequin?«

Die anderen waren überrascht. Wahrhaftig, sie waren auf dem Weg zu Baudequin.

»Welchen Tag haben wir?« fragte Claude. »Donnerstag? Wie? ... Also müssen Fagerolles und Gagnière dort sein... Gehen wir zu Baudequin!«

Sie stiegen die Rue d'Amsterdam hinauf. Sie hatten Paris durchquert. Es war einer ihrer großen Lieblingsspaziergänge geworden. Auch noch andere Märsche machten sie. So zum Beispiel von einem Ende bis zum anderen die Quais, oder wohl auch ein Stück der Festungswälle streiften sie ab, von der Brücke Saint-Jacques bis zu den Moulineaux, oder sie gingen bis zu einem bestimmten Punkt des Père-Lachaise hinauf und machten dann den Bogen zu den äußeren Boulevards hin. Sie liefen die Straßen, die Plätze, die Gabelungen ab, streiften ganze Tage lang umher, als hätten sie die Viertel eins nach dem anderen erobern wollen, und ließen ihre Theorien von den Hauswänden widerhallen. Und das Pflaster, all dies Pflaster, das ihre Sohlen traten, dieser alte Kampfboden schien ihnen zu gehören, von dem ein Rausch aufstieg, der sie, wenn sie erlahmten, neu belebte.

Das Café Baudequin lag am Boulevard des Batignolles, an der Ecke der Rue Darcet. Ohne daß man wußte, wie's gekommen, hatte die Schar es zu ihrem Versammlungsorte gewählt, obgleich nur Gagnière in diesem Viertel wohnte. Sie kamen hier regelmäßig Sonntagabend zusammen. Auch donnerstags gegen fünf Uhr kamen die, welche gerade frei waren, gewöhnlich einen Augenblick mit vor. Heute, an dem schönen, sonnigen Tage, waren die kleinen Tische vorn auf der Straße unterm Zelt sämtlich von einer doppelten Reihe den Bürgersteig versperrender Gäste besetzt. Doch die Freunde machten sich nichts aus dieser Enge, dieser öffentlichen Schaustellung. Sie zwängten sich durch und betraten den leeren, kühlen Saal.

»Ah, Fagerolles ist allein!« rief Claude.

Er war auf ihren gewohnten Tisch hinten links zugeschritten und drückte einem schmächtigen, bleichen Burschen die Hand, dessen Mädchengesicht von zwei grauen, spöttisch schmeichlerischen, stahlscharf blitzenden Augen belebt war.

Alle nahmen Platz. Man bestellte Bier. Der Maler fuhr fort:

»Weißt du, ich hab' dich bei deinem Vater gesucht ... Er hat mich schön in Empfang genommen!«

Fagerolles, der streitsüchtige, ungeschliffene Manieren zur Schau zu tragen liebte, schlug sich auf die Hüfte.

»Der Alte kann mir gestohlen bleiben! ... Wir haben wieder einen Krach miteinander gehabt, und ich hab' mich heut morgen davongemacht. Will er nicht, daß ich ihm Entwürfe für seine Zinkschweinerei da mache? Als wenn ich nicht schon in der Akademie genug davon hätte!«

Dieser leichte Hieb auf die Professoren freute die Kameraden. Fagerolles machte ihnen Vergnügen. Er machte sich durch solche beständigen boshaften Ausfälle und Schmeicheleien bei ihnen beliebt. Sein fragendes Lächeln schweifte von einem zum anderen, während seine langen, geschmeidigen Finger mit angeborener Geschicklichkeit auf der Tischplatte mit dem verschütteten Bier komplizierte Figuren zeichneten. Sein künstlerisches Geschick verfügte über eine glückliche Hand, der alles gelang.

»Und Gagnière?« erkundigte sich Mahoudeau. »Hast du ihn nicht gesehen?«

»Nein, ich bin seit einer Stunde hier.«

Aber Jory, der stillgeblieben war, stieß Sandoz mit dem Ellbogen an und zeigte ihm mit einer Kopfbewegung ein Mädchen, das mit einem Herrn im Hintergrund des Saales einen Tisch innehatte. Es waren übrigens bloß noch zwei andere Gäste da: zwei Sergeanten, die Karte spielten. Sie war fast noch ein Kind. Eins von den Pariser Kindern, die mit achtzehn Jahren noch mager und unreif aussahen. Man hätte sie mit ihrem hübschen, blonden Lockengeriesel über dem feinen Naschen, dem großen, lachenden Mund in dem rosigen Gesicht mit einem frisierten Hündchen vergleichen können. Sie blätterte in einer illustrierten Zeitschrift, während der Herr mit ernster Miene ein Glas Madeira trank. Aber aller Augenblicke warf sie über das Journal weg muntere Blicke zu den jungen Leuten hinüber.

»Nett! Wie?« flüsterte Jory, der Feuer gefangen hatte. »Auf wen, zum Teufel, hat sie's abgesehen? ... Nach mir sieht sie her!«

Aber heftig unterbrach ihn Fagerolles.

»Oho! Irr dich bloß nicht! Auf mich hat sie's abgesehen! ... Denkst du etwa, ich sitze hier seit einer Stunde, bloß um auf euch zu warten?«

Die anderen lachten. Mit gedämpfter Stimme erzählte er ihnen von Irma Bécot. Oh, sie war ein drolliges Ding! Er kannte ihre Geschichte. Sie war die Tochter eines Krämers aus der Rue Montorgueil. Übrigens hatte sie in der biblischen Geschichte, im Rechnen und in der Rechtschreibung einen ganz guten Unterricht genossen, denn sie hatte bis zu ihrem sechzehnten Jahre eine benachbarte Schule besucht. Ihre Schularbeiten machte sie zwischen den Linsensäcken. Die Straße, das Leben im Gewimmel des Bürgersteiges vervollständigten ihre Erziehung, und das beständige Geklatsch der bloßköpfigen Köchinnen, die, während ihnen für fünf Sous Schweizerkäse abgewogen wurde, die Skandalgeschichten des Viertels auskramten. Ihre Mutter war gestorben. Vater Bécot hatte schließlich bei seinem Dienstmädchen geschlafen; sehr verständiger Weise, denn so brauchte er deswegen nicht auszugehen. Aber das hatte ihm Appetit gemacht, es hatte ihn jetzt auch nach anderen Weibern verlangt, und bald hatte er sich derartig ins Vergnügen gestürzt, daß sein Kram nach und nach drauf ging. Die getrockneten Gemüse, die Warengläser, die Schubladen mit dem Zuckerwerk: alles war hin. Irma ging noch in die Schule, als sie eines Abends, wie sie gerade den Laden schloß, von einem Burschen über einen Korb mit Feigen geworfen worden war. Sechs Monate drauf war's mit dem Geschäft zu Ende; ihr Vater starb an einem Schlaganfall; sie nahm ihre Zuflucht zu einer Tante, von der sie geprügelt wurde. Sie ging mit einem jungen Mann aus der Nachbarschaft durch, kehrte dreimal zurück und machte sich eines schönen Tages endgültig davon, um sich in allen Kneipen des Montmartre und von Batignolles herumzutreiben.

»Eine liederliche Dirne!« murmelte Claude verächtlich.

Plötzlich aber erhob sich drüben der Herr, flüsterte ihr etwas zu, und als Irma Bécot ihn hinausgehen sah, lief sie mit der Geschwindigkeit einer schwänzenden Schülerin herbei und setzte sich Fagerolles auf die Knie.

»Wenn du dir vorstellen könntest, wie er sich einem anhängt! ... Schnell, küß mich, eh' er wiederkommt!«

Sie küßte ihn auf den Mund, trank aus seinem Glas. Auch mit den anderen gab sie sich ab, lachte ihnen aufmunternd zu. Denn sie hatte eine Vorliebe für die Künstler und bedauerte nur, daß sie nicht bemittelt genug waren, um Mädchen für sich allein aushalten zu können.

Besonders schien Jory sie zu interessieren, der sehr aufgeregt war und ihr feurige Blicke zuwarf. Da er rauchte, nahm sie ihm die Zigarette aus dem Mund und steckte sie in den ihren, ohne daß sie sich dabei in ihrem schlüpfrigen Geschwätz unterbrach.

»Ihr seid alle Maler! Ah, das ist lustig! ... Aber warum machen die drei da so brummige Gesichter? Lacht doch, oder ich komme und kitzle euch; ihr sollt sehen!«

Tatsächlich betrachteten Sandoz, Claude und Mahoudeau, peinlich berührt, sie mit ernster Miene. Sie aber blieb mit dem Ohr auf der Lauer, und als sie ihren Herrn zurückkommen hörte, warf sie Fagerolles schnell zu:

»Also nicht wahr? Morgen abend, wenn du willst. Hol' mich in Brédas Bierlokal ab.«

Dann, als sie die ganz feucht gewordene Zigarette Jory wieder in den Mund gesteckt hatte, sprang sie mit mächtigen Sätzen und schlenkernden Armen, in einer unsäglich komischen Haltung, zurück. Und als mit würdiger, ein wenig bleicher Miene der Herr wiedererschien, fand er sie still dasitzen, den Blick auf denselben Stich des illustrierten Journals gerichtet. Der ganze Vorgang hatte sich so schnell und in einem so drolligen Galopp vollzogen, daß die beiden Soldaten, zwei gutmütige Kerls, bei ihrem Kartenspiel sich vor Lachen ausschütteten.

Übrigens hatte Irma alle erobert. Sandoz erklärte, daß ihr Name Bécot sich sehr gut für einen Roman eigne. Claude fragte, ob sie ihm wohl zu einer Studie stehen würde; während Mahoudeau sie schon als eine Knabenstatuette vor Augen hatte, die sehr guten Absatz finden würde. Bald ging sie, wobei sie hinter dem Rücken ihres Herrn dem ganzen Tisch Kußhände zuwarf, einen ganzen Regen von Kußhändchen, die Jory erst noch ganz und gar entflammten. Doch Fagerolles wollte sie noch nicht abtreten. Denn unbewußt freute es ihn, daß er in ihr ein Kind der Straße, wie er selbst eins war, wiedergefunden hatte, und fühlte er sich von ihrer Verderbtheit, die auch ihm zu eigen war, angenehm berührt.

Es war fünf Uhr. Sie ließen sich nochmal Bier geben. Stammgäste des Viertels hatten inzwischen die Nachbartische besetzt, und diese Philister schickten Seitenblicke nach der Künstlerecke hinüber, in denen sich Mißachtung mit einem gewissen unruhigen Entgegenkommen einten. Man kannte sie ganz wohl. Eine Legende hatte sich über sie zu bilden angefangen. Sie aber sprachen jetzt von gleichgültigen Dingen: von der herrschenden Hitze, von der Schwierigkeit, in dem Omnibus nach dem Odéon einen Platz zu bekommen, und daß sie einen Weinhändler entdeckt hatten, bei dem man gutes Fleisch zu essen bekam. Einer von ihnen wollte eine Erörterung über eine Partie ekelhafter Gemälde anschneiden, die dem Luxembourg-Museum einverleibt worden waren; doch alle waren derselben Meinung: die Gemälde waren nicht die Rahmen wert. Und sie schwiegen wieder, rauchten und wechselten nur hin und wieder einmal ein Wort oder ein Lachen.

»Warten wir eigentlich noch auf Gagnière?« fragte Claude endlich.

Man protestierte. Gagnière war unausstehlich. Übrigens würde er, sobald die Suppe auf dem Tisch stände, schon kommen.

»Also los!« sagte Sandoz. »Es gibt heut abend eine Hammelkeule. Wir wollen sie nicht versäumen.«

Jeder beglich seine Zeche, und sie gingen. Ihr Aufbruch wurde von dem Café mit einer gewissen Aufregung beachtet. Junge Leute, jedenfalls Maler, deuteten, als ob sie den gefürchteten Häuptling eines wilden Stammes vorübergehen sähen, flüsternd auf Claude. Der famose Artikel Jorys tat seine Wirkung. Und das Publikum selbst leistete ihm Vorschub und schuf bereits von sich aus die Schule des Pleinair, während die Freunde selbst noch damit spaßten und im Scherz sagten, das Café Baudequin wisse noch gar nichts von der Ehre, die sie ihm an dem Tage gaben, wo sie es zur Wiege einer Kunstrevolution auserkoren hatten.

Auf dem Boulevard waren sie jetzt ihrer fünf. Fagerolles hatte sich zu ihnen gesellt. Langsam durchquerten sie mit der übermütigen Miene von Eroberern aufs neue Paris. Wie ihre Zahl gewachsen war, nahmen sie auch in breiterer Ausdehnung die Straße ein, und stürmischer rissen ihre Fersen das heiße Leben der Bürgersteige mit sich. Als sie die Rue de Clichy hinaufgegangen waren, verfolgten sie die Rue de la Chaussée d'Antin, bogen in die Rue Richelieu ein, überschritten, um dem Institut ihren Hohn zuzuschleudern, die Seine über die Brücke des Arts, gewannen endlich den Luxembourg durch die Rue de Seine, wo ein dreifarbiges Plakat, die grellbunte Reklame eines Wanderzirkus, ihnen laute Rufe der Bewunderung entlockte. Der Abend brach herein. Der Strom des Verkehrs floß träger. Die müdegewordene Stadt wartete auf Kühle und Schatten, bereit, sich dem ersten besten Manne zu ergeben, der kraftvoll genug war, sie zu nehmen.

Als Sandoz in der Rue d'Enfer die vier anderen bei sich hatte eintreten lassen, verschwand er in dem Gemach seiner Mutter. Dort verweilte er ein paar Minuten und erschien dann, ohne etwas zu sagen, mit dem stillgerührten Lachen, das er stets hatte, wenn er wieder von ihr herauskam. Sofort gab es in der engen Wohnung einen erschrecklichen Lärm. Lachen, Erörterungen, Geschrei. Er selber gab ein Beispiel, während er der Aushilfsfrau half, die sich bitter beklagte, daß es schon ein halb acht und ihre Hammelkeule trocken geworden wäre. Die fünf hatten schon Platz genommen und löffelten die Suppe, eine ausgezeichnete Zwiebelsuppe, als ein neuer Gast erschien.

»Oh, Gagnière!« schrie es im Chor.

Gagnière, ein Kleiner mit einem erstaunten, von einem blonden Bärtchen leis beflaumten Puppengesicht, blieb einen Augenblick in der Tür stehen und zwinkerte mit seinen grünen Augen. Er stammte aus Melum, war der Sohn einer reichen Bürgerfamilie, die ihm zwei Häuser hinterließ. Er hatte sich das Malen im Wald von Fontainebleau selber beigebracht, malte sehr gewissenhafte Landschaften, hatte ausgezeichnete Motive. Doch seine eigentliche Leidenschaft war die Musik. Er war wie verrückt auf sie, hegte für sie eine Flamme, die ihn selbst den Leidenschaftlichsten der Schar nicht nachstehen ließ.

»Bin ich zu viel?« fragte er schüchtern.

»Nein, nein! Komm nur!« rief Sandoz.

Und schon brachte die Frau ein Gedeck.

»Ob man vielleicht auch gleich für Dubuche einen Teller hinstellen läßt?« fragte Claude. »Er hat mir gesagt, daß er sicher kommt.«

Aber sie waren auf Dubuche, der in der feinen Gesellschaft verkehrte, nicht gut zu sprechen. Jory erzählte, er habe ihn in einer Kutsche zusammen mit einer alten Dame und ihrer Tochter gesehen und er habe ihre Sonnenschirme auf den Knien gehabt.

»Wo bist du gewesen, daß du dich so verspätet hast?« fragte Fagerolles zu Gagnière gewandt.

»Ich war in der Puie de Lancry, weißt du, wo es Kammermusik gab ... Oh, mein Lieber! Sachen von Schumann: du kannst dir keinen Begriff machen! Das packt, geht einem über den Rücken, als wenn einen der Atem eines schönen Weibes anhauchte. Ja ja, etwas, das immaterieller ist als ein Kuß; ein beseligender Hauch .... Auf Ehre, man möchte reinweg vergehen ...«

Seine Augen feuchteten sich; wie von einem zu lebhaften Entzücken erbleichte er.

»Iß deine Suppe«, sagte Mahoudeau, »und erzähl uns nachher!«

Der Rochen wurde aufgetragen und die Essigflasche auf den Tisch gesetzt, damit man die braune Buttersauce würzen konnte, die nicht pikant genug schien. Es wurde tapfer gegessen, das Brot verschwand nur so. Übrigens gab es keinerlei Luxus; es wurde nur Tischwein getrunken, den die Gäste mit Rücksicht auf den Geldbeutel des Gastgebers noch reichlich verdünnten. Mit Hurra wurde die Hammelkeule begrüßt. Der Hausherr schickte sich eben an, sie zu zerteilen, als abermals die Tür aufging. Diesmal aber erhoben sich leidenschaftliche Proteste.

»Nein, nein! Niemand mehr! ... 'raus, wer zu spät kommt!«

Dubuche, der gerannt und noch außer Atem war, schob sein dickes, blasses Gesicht herein und stammelte, über das Geschrei bestürzt, Entschuldigungen.

»Wahrhaftig, ich versichere, der Omnibus ist schuld ... Ich habe in den Champs-Elysées fünf Wagen abwarten müssen.«

»Nein, nein! Er lügt! ... 'raus mit ihm! Er kriegt keinen Hammelbraten ab! ... 'raus! 'raus!«

Trotzdem war er schließlich eingetreten. Jetzt bemerkte man, wie außerordentlich sorgfältig er gekleidet war: in schwarzem Beinkleid, schwarzem Gesellschaftsrock, Krawatte, feinen Schuhen, Krawattennadel; mit all der peinlichen Feierlichkeit eines Bürgers, der zu einem Diner gewesen ist.

»Aha, es ist ihm mit seiner Einladung fehlgeschlagen«, spaßte Fagerolles. »Ihr seht, die feinen Damen haben ihm den Laufpaß gegeben, und jetzt kommt er, weil er sonst nichts anderes anzufangen weiß, unsere Hammelkeule mit aufessen!«

Dubuche wurde rot und stammelte:

»Oh, so'n Einfall! ... Seid ihr boshaft! ... Laßt mich endlich zufrieden!«

Sandoz und Claude, die Seite an Seite saßen, lächelten. Jener winkte Dubuche zu sich heran und sagte zu ihm:

»Nimm dir dein Gedeck, ein Glas und einen Teller und setz dich hier zwischen uns ... Sie werden dich schon in Ruhe lassen.«

Doch solange die Hammelkeule gegessen wurde, gingen die Sticheleien weiter. Er selber machte, nachdem die Aufwärterin ihm noch einen Teller Suppe und ein Stück Fisch aufgetrieben, gute Miene zum bösen Spiel. Er tat sehr ausgehungert, verschlang gierig seine Suppe und erzählte eine Geschichte von einer Mutter, die ihm die Hand ihrer Tochter ausgeschlagen hätte, weil er ein Architekt war. So gestaltete sich der Schluß der Mahlzeit sehr geräuschvoll; alle redeten zu gleicher Zeit. Der Käse, der der einzige Nachtisch war, hatte einen gewaltigen Erfolg. Es blieb kein Bissen davon übrig. Fast wollte das Brot nicht zulangen. Dann, als der Wein tatsächlich ausgegangen war, trank jeder noch einen Schluck frisches Wasser und schnalzte unter lautem Lachen mit der Zunge. Mit rotem Gesicht und vollem Bauch und behaglich, als hätten sie ein reiches Mahl eingenommen, begaben sie sich in die Kammer, um zu schlafen.

Das waren die schönen Abende Sandoz'. Selbst zu Zeiten, wo es ihm recht schlecht gegangen war, hatte er doch immer den Freunden ein Stück Rindfleisch vorzusetzen gehabt. Es freute ihn zum äußersten, wenn er alle seine Freunde, alle von der gleichen Idee belebt, so um sich hatte. Obgleich er nicht älter war als sie, schwoll ihm das Herz von einer gewissen Väterlichkeit und einer herzlichen Glückseligkeit, wenn er sie so, Hand in Hand und trunken von Hoffnung, um sich her sah. Da er nur eine Wohnstube hatte, mußte sein Schlafgemach mit herhalten, und da es an Platz mangelte, mußten zwei, drei auf dem Bette sitzen. An diesen heißen Sommerabenden blieb das Fenster offen, und man gewahrte gegen den klaren Nachthimmel zwei schwarze Schattenrisse: den Turm von Saint-Jacques du Haut-Pas und den Baum im Garten der Taubstummenanstalt. Hatte er's gerade dazu, gab's nachher noch Bier. Jeder brachte seinen Tabak mit, und bald war das Gemach eingeräuchert, so daß man schließlich miteinander sprach, ohne sich zu sehen. Bis spät in die Nacht hinein blieb man so in der großen, melancholischen Stille des abgelegenen Viertels beieinander.

Heute kam um neun Uhr die Aufwärterin und sagte: »Herr, ich bin fertig. Kann ich jetzt gehen?«

»Ja, gehen Sie ... Sie haben Wasser aufs Feuer gestellt, nicht wahr? Ich mache den Tee nachher selber.«

Sandoz hatte sich erhoben. Er verschwand mit der Aufwärterin und kam erst nach einer Viertelstunde wieder. Ohne Zweifel hatte er seiner Mutter, der er jeden Abend das Bett zurechtmachte, bevor sie sich zur Ruhe legte, noch einen Gutenachtkuß gegeben.

Aber schon ging es laut her. Fagerolles erzählte eine Geschichte.

»Ja, ja, Alter! In den Akademien korrigieren sie die Modelle ... Neulich kommt Mazel und sagt mir: ›Die beiden Schenkel sind nicht richtig gezeichnet.‹ Ich sage ihm: ›Sehen Sie doch, mein Herr, das Modell hat sie so.‹ Es war die kleine Flore Beauchamp, ihr wißt. Er aber sagt mir wütend: ›Wenn ihre Schenkel so sind, sind sie nicht richtig!‹«

Man wälzte sich vor Lachen. Besonders Claude, dem Fagerolles die Sache erzählte, um sich bei ihm zu empfehlen. Seit einiger Zeit unterlag Fagerolles Claudes Einfluß. Und obgleich er fortfuhr, mit taschenspielerartiger Fixigkeit zu malen, sprach er nur noch von massiger, solider Malerei, von auf die Leinwand geworfenen, getreu ihr eigenes Leben atmenden Naturausschnitten. Was ihn freilich nicht abhielt, bei anderer Gelegenheit über die Pleinairisten zu spotten und sie zu beschuldigen, sie trügen ihre Farben mit dem Kochlöffel auf.

Dubuche, der nicht mitgelacht hatte, fühlte sich in seinem Rechtlichkeitssinn verletzt und wagte zu antworten:

»Warum bleibst du auf der Akademie, wenn du findest, daß man dich dort verdummt? Das ist doch einfach: man geht dann eben ... Oh, ich weiß: ihr seid alle gegen mich, weil ich die Schule in Schutz nehme. Aber seht: meine Auffassung ist die, daß, wenn man ein Handwerk üben will, es nicht schlecht ist, wenn man's erst mal lernt.«

Es erhob sich ein wildes Geschrei. Claude bedurfte seiner ganzen Autorität, um zu Worte zu kommen.

»Er hat recht: man muß sein Handwerk lernen. Bloß ist es nicht mehr gut, es sich unter der Fuchtel der Professoren anzueignen, die einem ihre Auffassung mit Gewalt eintrichtern wollen ... Was ist der Mazel für ein Idiot! Sagt, daß Flore Beauchamps Schenkel nicht richtig sind! Und dabei: was für erstaunliche Schenkel, nicht? Ihr kennt sie ja, wißt, wie von Grund aus sie ihre wütende Unzucht ausplaudern!« Er lehnte sich auf dem Bett, wo er saß, zurück, und die Augen in die Höhe gerichtet, fuhr er mit feuriger Stimme fort:

»Ah, das Leben, das Leben! Es empfinden, wiedergeben in seiner Wirklichkeit! Es seiner selbst willen lieben; in ihm die einzig wahre Schönheit sehen, die ewig wechselnde! Von dem stumpfsinnigen Wahn ablassen, man veredle es, indem man es kastriert! Verstehen, daß die sogenannte Häßlichkeit nichts ist als Merkmal von Charakter! Und daß leben machen, Menschen gestalten die einzige Weise ist, uns göttlich zu steigern!«

Seine Zuversicht kehrte zurück. Der Marsch durch Paris hatte seine Inbrunst für das lebensvolle Fleisch wieder angespornt. Stillschweigend hörte man ihm zu. Er hatte eine wilde, fanatische Handbewegung; dann aber beruhigte er sich.

»Gott ja, jeder hat seine Auffassung. Aber das dumme ist, daß die von der Akademie noch untoleranter sind als wir... Und die Jury des Salons ist in ihren Händen. Es steht fest, daß der Idiot Mazel mein Gemälde zurückweist.«

Und nun ergingen sich alle in Verwünschungen, denn die Frage der Jury war der ewige Gegenstand ihres Zornes. Sie verlangten Reformen. Jeder hatte eine Lösung bereit, von der allgemeinen, auf die Wahl einer hinreichend liberalen Jury angewandten Abstimmung bis zu einem freien Salon, wo alle ausstellen konnten.

Während die anderen diskutierten, hatte Gagniére Mahoudeau zum offenen Fenster hingezogen und flüsterte mit ersterbender Stimme, den Blick in die Nacht hinein verloren:

»Oh, es ist fast nichts, siehst du! Vier Takte, ein hingeworfener Eindruck. Aber was liegt alles drin! ... Für mich ist es eine vorüberfliehende Landschaft, ein melancholischer, von einem unsichtbaren

Baum beschatteter Wegwinkel; dann etwa ein Weib, das vorübergeht, kaum erkennt man sein Profil; und dann geht sie, und niemals, niemals trifft man sie wieder ...«

In diesem Augenblick rief Fagerolles:

»Sag, Gagnière! Was schickst du dies Jahr in den Salon?«

Der aber hörte nicht und fuhr in seiner Ekstase fort:

»Schumann enthält alles! Er ist unermeßlich ... Auch Wagner, den sie erst noch letzten Sonntag ausgepfiffen haben!«

Doch ein abermaliger Anruf Fagerolles' machte ihn aufschrecken.

»Wie? Was? Was ich in den Salon schicken werde? ... Vielleicht eine kleine Landschaft, einen Seine-Winkel. Es ist nicht so einfach. Zunächst muß ich erst selbst mal damit zufrieden sein.«

Er war plötzlich wieder in seine unruhige Schüchternheit zurückverfallen. Die Skrupel seines künstlerischen Gewissens hielten ihn oft monatelang vor einer Leinwand fest, die nicht größer war als eine Hand. Er stand in der Nachfolge der Meister der französischen Landschaftsmalerei, die zuerst die Naturtreue angestrebt, und mühte sich mit der Richtigkeit des Tones und der genauen Beobachtung der Werte ab. In einem Grade, daß ihn seine allzu gewissenhafte Theoretisiererei schließlich lähmte. Oft wagte er nicht eine lebendigere Note mehr und hatte ein trübseliges Grau, das in Anbetracht seiner umstürzlerischen Leidenschaft überraschen mußte.

»Ich«, sagte Mahoudeau, »freue mich schon, wenn ich mir vorstelle, was sie vor meiner braven Winzerin für Gesichter schneiden werden.«

Claude zuckte die Achseln.

»Oh, du wirst angenommen. Die Bildhauer sind entgegenkommender als die Maler. Und dann verstehst du deine Sache sehr gut. Du hast was in den Fingern, was gefällt ... In deiner Winzerin stecken eine Menge reizender Einzelheiten.«

Dies Kompliment berührte Mahoudeau nicht weiter. Er posierte Kraft, wollte nichts von Anmut wissen, verachtete sie, die unwiderstehliche Anmut, die trotzdem immer wieder zwischen seinen groben, ungebildeten Arbeiterfingern hervorsproßte wie eine Blume, welche zäh in dem spröden Erdreich, wohin sie von einem Windstoß eingesenkt wurde, ausdauert.

Fagerolles seinerseits stellte schlauerweise nichts aus. Er fürchtete, seinen Lehrern zu mißfallen. Er hieb blindlings auf den Salon los, der ein elender Basar war, wo die gute Malerei zwischen der schlechten verschwand. Im geheimen aber träumte er von dem »Prix de Rome«, über den er im übrigen nicht minder wie über das andere loszog.

Jory aber hatte sich, sein Bierglas in der Hand, mitten in die Kammer gestellt, und während er es mit kleinen Zügen leerte, erklärte er:

»Schließlich langweilt mich die Jury! ... Sagt mal, wollt ihr, daß ich sie 'runterreiße? Von der nächsten Nummer an zieh' ich los und bombardiere sie. Ihr gebt mir Notizen, nicht wahr, und wir schmeißen sie über den Haufen ... Wird ein Hauptspaß!«

Claude geriet noch mehr in Eifer. Es wurde ein allgemeiner Enthusiasmus. Ja, ja, man mußte gegen die Jury zu Felde ziehen! Alle mußten dabei sein, mußten sich eng zusammenschließen und gemeinsam ins Feuer gehen. Es gab in diesem Augenblick keinen von ihnen, der an seinen persönlichen Ehrgeiz gedacht hätte. Denn noch trennte sie nichts, weder ihre innerste Verschiedenheit, welche sie noch nicht kannten, noch die Rivalität, die sie eines Tages aufeinanderprallen lassen würde. War der Erfolg des einen nicht der des anderen? Noch gärte die Jugend in ihnen, und in überschäumender Hingabe träumten sie wieder ihren ewigen Traum, wie sie in Reih und Glied die Welt eroberten, wobei jeder sein Bestes hinzugab, der eine nach der, der andere nach jener Richtung, während doch die ganze Schar in geschlossener Reihe vorrückte. Schon läutete Claude, als anerkannter Führer, den Sieg aus, verteilte die Preise. Trotz seines pariserischen Leichtsinns glaubte selbst Fagerolles an die Notwendigkeit eines Zusammenschlusses, während Jory mit seinem massiven, die Provinz nur schlecht verleugnenden Appetit sich in praktisch nützlicher Kameradschaft ausgab, die Phrasen auffing und sie für seine Artikel verwertete. Mahoudeau trieb seine gemachte Brutalität auf die Spitze und krampfte die Hände zusammen, als kneteten seine Fäuste eine Welt. Gagniere aber ward frei von seinem Grau in Grau und verfeinerte die Empfindung bis zum schließlichen Verlöschen des Intellektes. Während Dubuche aus schwerwiegender Überzeugung bloß gelegentlich einmal ein Wort dazwischenwarf, Worte aber, die mitten in alle Hemmungen hinein wie Keulenhiebe waren. Sandoz seinerseits, der vor Glückseligkeit lachte, sie alle so einig zu sehen, alle in einem Hemd, wie er sagte, entkorkte eine neue Flasche Bier; er hätte wohl das ganze Haus geleert. Er rief:

»Hei, wir sind so weit! Festhalten! ... Das ist das einzig Wahre! Zusammenhalten, wenn man Grütze im Schädel hat! Hole der Teufel di«e Dummköpfe!«

Doch in diesem Augenblicke wurde zu seiner höchsten Überraschung draußen geklingelt. In das plötzlich eingetretene Schweigen hinein sagte er:

»Elf Uhr! Wer, zum Kuckuck, kann das noch sein?«

Um zu öffnen, eilte er hinaus. Man hörte, wie er einen freudigen Ruf ausstieß. Und schon kam er auch wieder, öffnete weit die Tür und rief:

»Ah, ist das liebenswürdig, uns mit so einem lieben Besuch zu überraschen! ... Bongrand, meine Herren!«

Der große Maler, den der Hausherr mit so respektvoller Vertraulichkeit ankündigte, trat mit ausgestreckten Händen herzu.

Lebhaft erhoben sich alle, frohbewegt von dem herzlichen Druck der breiten Hand. Bongrand war ein beleibter Mann von fünfundvierzig Jahren mit einem zerarbeiteten Gesicht unter langen, grauen Haaren. Vor kurzem war er in's Institut aufgenommen worden; sein schlichtes Alpakajacket zeigte im Knopfloch die Rosette der Ehrenlegion. Aber er liebte die Jugend, und es gehörte zu seinen liebsten Zerstreuungen, sich hin und wieder unter sie zu mischen und zwischen den jungen Anfängern, an deren Feuer er sich erwärmte, seine Pfeife zu rauchen.

»Ich werde den Tee zurechtmachen«, rief Sandoz.

Als er mit Teekessel und Tassen aus der Küche zurückkam, sah er, wie Bongrand sich's schon bequem gemacht hatte und inmitten des wieder aufgelebten Lärms, seine Tonpfeife rauchend, rittlings auf einem Stuhl saß. Er selber sprach mit Donnerstimme in die Unterhaltung hinein. Er war der Enkel eines Farmers aus der Beauce, der seinerseits der Sohn eines bürgerlichen Vaters aus Bauernstamm war und einer künstlerisch sehr begabten Mutter. Er war reich, war nicht auf den Verkauf angewiesen, bewahrte aber den Geschmack für die Boheme und ihre Ansichten.

»Ah ja, ihre Jury da! Ich möchte lieber verrecken, als zu ihr zu gehören!« sagte er mit weitausgreifenden Handbewegungen. »Bin ich etwa so ein Schinder, der arme Schlucker vor die Tür setzt, die ihr tägliches Brot gewinnen wollen?«

»Aber Sie könnten uns«, bemerkte Claude, »einen ausgezeichneten Dienst leisten, wenn Sie für unsere Bilder einträten.«

»Ich? Ach, laßt das doch! Ich würde euch bloß kompromittieren ... Ich zähle ja nicht mit, ich bin nichts.«

Es erhob sich lauter Protest. Fagerolles warf mit durchdringender Stimme hin:

»Oh, als ob der Meister der ›Dorfhochzeit‹ nicht mitzählte!«

Doch Bongrand ereiferte sich, stand mit geröteten Wangen da.

»Laßt mich mit der ›Hochzeit‹ zufrieden! Sie fängt an, mich zu langweilen, die ›Hochzeit‹, das kann ich euch sagen ... Wahrhaftig sie drückt mich wie ein Alp, seit sie im Luxembourg hängt.«

Diese »Bauernhochzeit« war bis jetzt sein Meisterwerk. Es war ein zwischen Kornfeldern hin zerstreuter Hochzeitszug. Die sehr nah und wahr beobachteten Bauern hatten in ihrer Haltung etwas homerisch heroisch Episches. Von diesem Gemälde datierte eine Umwälzung, denn es hatte eine neue Formel gebracht. Im Anschluß an Delacroix und gleichlaufend mit Courbet war es eine von der Logik gemäßigte Romantik, die eine größere Genauigkeit in der Beobachtung, eine vollkommenere Faktur besaß, ohne daß es die Natur bereits mit der Derbheit des Pleinair gepackt hätte. Trotzdem berief sich die ganze junge Schule auf diese Kunstart.

»Es gibt nichts Schöneres«, sagte Claude, »als die beiden ersten Gruppen: den Geigenspieler und dann die Braut mit den alten Bauern.«

»Und die große Bäuerin doch, die sich umwendet und herbeiwinkt!« rief Mahoudeau. »Ich möchte wohl eine Statue draus machen.«

»Und der Wind über die Kornfelder hin«, fügte Gagniere hinzu, »und die beiden reizenden Flecke, die das Mädchen und der junge Bursch in der Ferne geben!«

Mit verlegener Miene hörte Bongrand zu und hatte ein leidendes Lächeln. Als Fagerolles ihn aber fragte, woran er gegenwärtig arbeite, antwortete er unter einem Achselzucken: »Lieber Gott, nichts! Kleinigkeiten! ... Ich werde nicht ausstellen; möchte gern einen großen Zug tun... Ach, wie seid ihr glücklich, die ihr noch unten am Fuß des Berges seid! Man hat so gute Beine, ist so tapfer, wenn es sich darum handelt, da hinaufzusteigen! Aber dann, wenn man oben ist, ach ja! Dann fängt die Langeweile an. Eine wahre Pein, Fauststöße, ewig erneute Anstrengungen, die beständige Furcht, daß man zu schnell hinabstürzt! ... Mein Gott! Man möchte lieber unten sein, noch alles vor sich haben ... Lacht nur! Ihr werdet sehen, werdet eines Tages schon sehen.«

Tatsächlich lachten sie, glaubten, es handle sich um ein Paradox, um die Pose des berühmten Mannes, die man im übrigen entschuldigte. War's denn nicht die höchste Freude, wie er, mit dem Titel des Meisters gegrüßt zu werden? Beide Arme auf die Stuhllehne gestützt, hörte er ihnen, während er dicke Wolken aus seiner Pfeife sog, still zu.

Inzwischen half der in wirtschaftlichen Dingen bewanderte Dubuche Sandoz beim Servieren des Tees. Der Lärm ging weiter. Fagerolles erzählte eine unbezahlbare Geschichte von Vater Malgras, der seine eigene Nichte zum Modell lieh, wenn er für seinen Handel eine Aktstudie haben wollte. Dann kam die Unterhaltung auf die Modelle. Mahoudeau war wütend, weil es keine schönen Bäuche mehr gab. Es war einfach unmöglich, noch ein Mädchen mit einem richtigen Bauch zu finden. Plötzlich aber schwoll der Tumult an. Man beglückwünschte Gagnière mit Bezug auf einen Liebhaber, den er während eines Konzertes im Palais Royal kennengelernt hatte, einen verrückten, reichen Rentner, dessen einzige Leidenschaft es war, Gemälde zu kaufen. Lachend erkundigten sich die anderen nach seiner Adresse. Dann ging's mit Schimpf und Schande über die Kunsthändler her. Es war doch wahrhaftig eine traurige Sache, daß der Liebhaber dem Maler mißtraute und in der Hoffnung, einen Rabatt zu erhalten, durchaus durch den Zwischenhändler mit ihm verkehren wollte. Diese Frage des Broterwerbes regte die jungen Leute ganz besonders auf. Claude freilich legte eine stolze Verachtung an den Tag. Man wurde betrogen, nun wohl! Aber was machte das, wenn man ein Meisterwerk zustande gebracht hatte, hätte man dabei auch bloß Wasser zu trinken gehabt? Doch als Jory wieder mal seine gemeinen Ansichten bezüglich des Geldgewinnes zum Ausdruck brachte, erhob sich allgemeine Entrüstung. Hinaus mit den Journalisten! Dann wurde ihm die Gewissensfrage gestellt, ob er etwa seine Feder verkaufen würde? Ob er sich vielmehr nicht lieber die Hand abschnitte, als das Gegenteil von dem zu schreiben, was seine Überzeugung war? Übrigens hörte man nicht auf seine Antwort. Noch immer stieg der Eifer. Die schöne Begeisterung ihrer zwanzig Jahre, die einzige Leidenschaft für das von aller menschlichen Schwäche entbundene, wie eine Sonne über allem stehende Werk machte sich Luft. Welche Lust, sich an diese Gluten zu verlieren, sich von ihnen verzehren zu lassen!

Der bis dahin unbeweglich gebliebene Bongrand hatte seine unbestimmte Leidensgeste dieser unbegrenzten Zuversicht, dieser brausend anstürmenden Freudigkeit gegenüber. Er vergaß die hundert Bilder, die seinen Ruhm begründet hatten; er dachte an die Schwergeburt des Werkes, das er unvollendet auf seiner Staffelei stehen hatte. Und indem er seine kleine Pfeife aus dem Mund nahm, flüsterte er mit vor Rührung feuchten Augen:

»O Jugend, Jugend!«

Bis zwei Uhr morgens tat Sandoz, der sich verdoppelte und verdreifachte, immer wieder heißes Wasser in die Teemaschine. Vom schlummernden Stadtviertel her vernahm man nur noch das liebestolle Gekreisch einer Katze. Alle redeten unbestimmt durcheinander, wortberauscht, mit heiserer Kehle, brennenden Augen. Als sie sich endlich aber entschlossen, aufzubrechen, nahm Sandoz die Lampe, leuchtete ihnen über das Treppengeländer hinab und mahnte leise:

»Nicht zu laut! Meine Mutter schläft!«

Dumpf verhallte das Geräusch der Schuhe die Treppen hinab; das Haus sank in tiefe Stille.

Es schlug vier Uhr. Claude, der Bongrand begleitete, plauderte sich noch immer mit ihm durch die nachtöden Straßen dahin. Er wollte sich nicht schlafen legen, wartete mit wütender Ungeduld auf die Sonne, um sich dann gleich an sein Gemälde heranzumachen. Diesmal würde ihm sicher und bestimmt ein Meisterwerk gelingen, jetzt, wo ihn der schöne, kameradschaftliche Tag begeistert hatte und eine ganze Welt ihm im Kopfe hämmerte. Endlich hatte er sich wieder heimgefunden, und er sah sich in sein Atelier zurückkehren, wie man zurückkehrt zu einem geliebten Weibe; mit hochklopfendem Herzen. Ganz verzweifelt war er jetzt, daß es noch nicht Tag war, der ihm endlos zu zögern schien. Sogleich würde er an seine Leinwand herangehen, in einer Sitzung seinen Traum verwirklichen. Aber beim flackernden Schein der Laternen hielt ihn Bongrand aller zwanzig Schritte am Knopf seines Paletots an und wiederholte ihm, daß diese verwünschte Malerei eine Donnerwettergeschichte wäre. Er, Bongrand, verstehe trotz all seiner Erfahrung noch heutigentags nichts. Mit jedem neuen Werke finge er von vorn an; man möchte mit dem Kopf gegen die Wand rennen.

Der Himmel lichtete sich; die Gemüsehändler fingen an sich in die Hallen zu begeben. Aber beide fuhren sie noch fort, umherzuschweifen, während jeder, mit lauter Stimme, unter den erblassenden Sternen für sich sprach.

IV

Sechs Wochen später arbeitete Claude eines Morgens in einer Flut von Sonnenlicht, das zum Atelierfenster hereindrang. Anhaltende Regengüsse hatten die Mitte des Augusts verdüstert; dann war ihm mit dem blauen Himmel der Mut zur Arbeit wiedergekommen. Sein großes Bild rückte nicht vorwärts. In der stillen Einsamkeit langer Vormittage kämpfte er seinen zähen Kampf.

Da klopfte es. Er glaubte, es sei Frau Joseph, die Pförtnerin, die ihm sein Frühstück bringe. Als der Schlüssel draußen sich aber nicht herumdrehte, rief er einfach:

»Herein!«

Die Tür tat sich auf. Eine leise Bewegung, dann blieb alles still. Ohne auch nur den Kopf zu wenden, fuhr er fort zu malen. Doch die ängstliche Stille, ein banges Atmen beunruhigten ihn schließlich. Er sah hin und blieb starr. Ein Weib war da in einem hellen Kleid, das Gesicht halb von einem weißen Schleier bedeckt. Er kannte sie nicht mehr. Sie hielt einen Rosenstrauß in der Hand. Das machte ihn vollends betroffen.

Plötzlich erkannte er sie.

»Sie, Fräulein! ... Wahrhaftig, alles andere hätte ich mir eher vermutet!«

Christine war's. Er hatte diesen wenig liebenswürdigen Ausruf nicht zur rechten Zeit zurückhalten können, der immerhin der Wahrheit entsprach. Anfangs hatte er sehr viel an sie gedacht. Dann aber, wie die Zeit hinging und sie zwei Monate lang kein Lebenszeichen gegeben, war sie ihm zu einem flüchtigen, schönen Traumbild geworden, dessen Hinschwinden man bedauert, das sich eben aber verliert und das man nie wieder erblickt.

»Ja, ich bin's mein Herr ... Ich dachte, es sei nicht recht von mir, wenn ich Ihnen nicht meinen Dank abstattete...«

Sie errötete, stammelte, suchte nach Worten. Ohne Zweifel hatten die Treppen sie außer Atem gebracht. Sie hatte starkes Herzklopfen. Oder wie? War dieser Besuch, den sie so lange überlegt hatte und der ihr schließlich so durchaus natürlich erschien, am Ende doch nicht schicklich? Das Unangenehmste war, daß sie, als sie über den Quai gekommen, mit der zarten Absicht, dem jungen Manne ihre Dankbarkeit zu bezeugen, diesen Rosenstrauß gekauft hatte. Die Blumen setzten sie in die schrecklichste Verlegenheit. Wie sollte sie sie ihm geben? Was sollte er von ihr denken? Sie hatte an das alles erst gedacht, als sie die Tür öffnete.

Doch Claude, der noch viel unruhiger war als sie, erschöpfte sich jetzt mit übertriebenen Höflichkeiten. Er hatte seine Palette beiseitegetan und brachte das ganze Atelier von unterst zu oberst, um einen Stuhl für sie freizubekommen.

»Mein Fräulein, bitte, nehmen Sie Platz... Wahrhaftig, was für eine Überraschung! ... Es ist zu liebenswürdig von Ihnen ...«

Als sie dann Platz genommen, beruhigte sich Christine. Er war so drollig mit seinem bestürzten Hin und Her; sie fühlte heraus, wie furchtsam er selber war, und hatte ein Lächeln. Tapfer hielt sie ihm die Rosen hin.

»Nehmen Sie! Sie sollen doch wenigstens wissen, daß ich keine Undankbare bin.«

Zuerst sagte er nichts und sah sie bloß ganz überrascht an. Als er aber sah, daß sie sich nicht über ihn lustig machte, drückte er ihr beide Hände, als wolle er sie zerbrechen. Dann tat er den Strauß sogleich in seinen Wasserkrug und sagte immer wieder:

»Ah, wahrhaftig! Sie sind ein guter Kerl! ... Bei meiner Ehre, es ist das erstemal, daß ich einem Weibe dieses Kompliment mache!«

Er kam wieder zu ihr hin, sah ihr in die Augen und fragte sie:

»Ist es wahr, Sie haben mich nicht vergessen?«

»Wie Sie sehen«, antwortete sie und lachte.

»Warum haben Sie dann aber zwei Monate gewartet?«

Abermals errötete sie. Die Lüge, die sie vorbrachte, setzte sie für einen Augenblick wieder in Verlegenheit.

»Aber Sie wissen ja, ich bin nicht Herr meiner Zeit... Oh, Frau Vanzade ist ja sehr gut zu mir: aber sie ist gebrechlich, geht niemals aus. Sie selbst hat mich, aus Sorge für meine Gesundheit, zwingen müssen, an die frische Luft zu gehen.«

Sie erwähnte nicht die Scham, in die ihr Abenteuer vom Quai Bourbon sie die ersten Tage über versetzt hatte. Als sie sich im Heim der alten Dame im sicheren gefühlt hatte, war ihr die Erinnerung an die bei einem Mann verbrachte Nacht wie ein Vergehen aufs Gewissen gefallen. Und sie hatte schon geglaubt, so weit zu sein, daß sie diesen Mann aus ihrem Gedächtnis verbannt hätte und daß es nur ein schlimmer Traum gewesen wäre, dessen Umrisse sich verwischt hätten. Doch dann war in der großen Stille ihrer Existenz, ohne daß sie wußte wie, das Bild aus seinen Schatten wieder hervorgetreten, hatte sich deutlicher hervorgehoben, bestimmtere Umrisse gewonnen, bis es sie stündlich beschäftigt hatte. Weshalb hätte sie ihn denn vergessen sollen? Sie konnte ihm ja keinerlei Vorwürfe machen; im Gegenteil: schuldete sie ihm nicht Dank? Anfangs hatte sie den Gedanken, ihn wiederzusehen, zurückgewiesen, hatte dann lange mit sich gekämpft, ihn dann aber so lange hin und her erwogen, bis er ihr zur fixen Idee geworden war. Jeden Abend überkam sie in der Einsamkeit ihres Schlafgemachs die Versuchung von neuem, mit einem Unbehagen, das sie in Verwirrung setzte, mit einem Wunsche, über den sie sich selber nicht klar war. Bis sie endlich darin Ruhe gefunden hatte, daß sie sich diese Unruhe mit dem Bedürfnis erklärt hatte, sich ihm dankbar zu erweisen. Sie war so allein, stand so unter dem Druck ihrer eintönigen Lebensweise. Und doch brauste ihre Jugend so stark in ihr, verspürte ihr Herz ein so starkes Bedürfnis nach Freundschaft!

»So hab' ich denn jetzt«, fuhr sie fort, »diese Gelegenheit eines ersten Ausganges ergriffen ... Und dann war heut morgen so schönes Wetter nach all den vielen unfreundlichen Regentagen.«

Ganz glücklich stand Claude vor ihr und beichtete auch seinerseits, doch ohne daß er etwas zu verheimlichen hatte.

»Ich meinerseits wagte nicht mehr, an Sie zu denken ...

Nicht wahr? Sie sind wie die Märchenfeen, die aus dem Fußboden aufsteigen und durch die Wände hindurch verschwinden; immer in dem Augenblick, wo man's nicht erwartet. Ich sagte mir: Es ist vorüber; vielleicht ist es gar nicht wahr, daß sie dies Atelier betreten hat ... Und nun sind Sie da! Und das macht mir solche Freude! Oh, eine so große Freude!«

Mit einem verlegenen Lächeln wandte Christine den Kopf und tat, als wenn sie sich erst jetzt umsähe. Ihr Lächeln verschwand. Die wilde Malerei, die sie da wiedersah, die grell flammenden Skizzen aus dem Süden, die schrecklich genaue Anatomie der Akte machten sie erstarren wie das erstemal. Sie bekam es mit einer wahren Furcht und sagte ernst, mit veränderter Stimme:

»Ich störe Sie! Ich will gehen.«

»Aber nein! Aber nein!« rief Claude und hielt sie auf dem Stuhl zurück. »Die Arbeit macht mir nur zuviel zu schaffen; es tut mir gut, mit Ihnen zu plaudern ... Ah, das verwünschte Bild plagt mich schon mehr wie genug!«

Christine hob den Blick und betrachtete das große Gemälde; diese Leinwand, die damals mit der Vorderseite gegen die Wand gelehnt dagestanden hatte und die sie so gern hatte sehen wollen. Der Hintergrund, die schattige Lichtung mit ihrem Sonnenfleck hinten, war noch immer bloß mit großen Umrissen angedeutet. Doch die beiden miteinander scherzenden Weib gestalten, die blonde und die braune, kamen, so gut wie fertig, mit ihren frischen Tönen im Lichte zu bester Geltung. Mit dem schon dreimal in Angriff genommenen Herrn im Vordergrunde war's noch sehr im argen. Besonders aber arbeitete der Künstler noch an der mittleren Gestalt, dem hingelagerten Weibe. Den Kopf hatte er gelassen, wie er war; aber mit dem Körper mühte er sich ab, wechselte jede Woche mit dem Modell und war so verzweifelt darüber, sich nicht genugtun zu können, daß er, der sich etwas darauf zugute tat, keine Erfindungsgabe zu besitzen, seit zwei Tagen es ohne Vorbild zu zwingen suchte.

Sofort erkannte Christine sich wieder. Dieses sich im Grase wälzende Mädchen, das einen Arm unter den Nacken geschoben hatte und mit geschlossenen Augen lächelte, war sie. Dies nackte Mädchen hatte ihr Gesicht. Eine Empörung bemächtigte sich ihrer, als wenn es sich um ihren eigenen Leib handelte, dessen jungfräuliche Nacktheit hier so brutal entblößt war. Besonders aber fühlte sie sich von der Kraßheit dieser Malweise verletzt, die sie als Vergewaltigung und Mißhandlung empfand. Sie verstand diese Art zu malen nicht; sie erschien ihr abscheulich; instinktiv empfand sie gegen sie eine Feindseligkeit, Haß.

Sie erhob sich und wiederholte kurz:

»Ich gehe.«

Erstaunt und bekümmert über diese plötzliche Veränderung ihres Benehmens sah Claude ihr nach.

»Wie, so schnell?«

»Ja, ich werde erwartet. Adieu!«

Und schon war sie bei der Tür, als es ihm noch gelang, ihre Hand zu ergreifen. Er wagte zu fragen:

»Wann seh' ich Sie wieder?«

Ihre kleine Hand ward in der seinen nachgiebiger. Einen Augenblick schien sie zu zögern.

»Ja, ich weiß nicht. Meine Zeit ist so sehr in Anspruch genommen.«

Dann zog sie ihre Hand zurück und ging, nachdem sie in aller Eile noch gesagt hatte:

»Sobald ich kann. In den nächsten Tagen... Adieu!«

Claude stand noch auf der Schwelle. Was hatte sie denn gehabt? Weshalb war sie plötzlich so zurückhaltend, so verhalten gereizt gewesen? Er schloß die Tür, ging, ohne zu verstehen, mit hängenden Armen ins Atelier hinein, suchte vergeblich nach einer Redewendung, einer Bewegung, mit der er sie verletzt haben könnte. Aber dann ward er zornig, stieß einen Fluch hervor und zuckte heftig die Achseln, als wolle er diese törichten Grübeleien abschütteln. Kannte man sich denn je mit den Weibern aus! Doch der Anblick des über den Krug wegquellenden Rosenstraußes besänftigte ihn. Wie schön er duftete! Das ganze Atelier war voll Wohlgeruch. Und in diesen herrlichen Duft gehüllt, machte er sich schweigend wieder an die Arbeit.

Abermals waren zwei Monate hingegangen. In den ersten Tagen wandte Claude vormittags bei dem geringsten Geräusch, wenn Frau Joseph ihm sein Frühstück oder Briefe brachte, lebhaft den Kopf gegen die Tür hin und empfand jedesmal eine unwillkürliche Enttäuschung. Er ging nicht mehr vor vier Uhr aus. Eines Abends hatte ihm die Pförtnerin, als er heimkam, gesagt, um fünf wäre ein junges Mädchen dagewesen und hätte nach ihm gefragt. Und er war sehr unruhig gewesen, bis er erfahren hatte, daß es sich um ein Modell, Zoé Piédefer, gehandelt. Dann, als Tag nach Tag verstrich, hatte er's mit der Arbeitswut bekommen und war für jedermann unzugänglich gewesen. Außerdem war er in seinen theoretischen Erörterungen so heftig, daß sogar seine Freunde ihm nicht zu widersprechen wagten. Er hatte Gesten, als wolle er die ganze Welt wegfegen. Mochte man seinetwegen Eltern, Kameraden, namentlich aber die Weiber alle erdrosseln: er wollte von nichts mehr wissen als von seiner Malerei. Aus dieser Fieberhitze war er dann in eine klägliche Verzweiflung geraten. Eine ganze Woche quälte er sich mit sich herum, glaubte sich vollkommen stumpf geworden. Dann erholte er sich wieder, kam wieder in seinen gewohnten, resignierten, einsamen Kampf mit seinem Bild hinein. Eines nebligen Vormittags gegen Ende Oktober aber erzitterte er plötzlich und tat eilig die Palette beiseite. Es war nicht angeklopft worden; aber er hatte auf der Treppe einen Schritt vernommen, den er kannte. Er öffnete, und sie trat ein. Endlich war sie da.

Christine trug diesmal einen großen, grauen Tuchmantel, der ihre ganze Gestalt umhüllte. Sie hatte einen kleinen, dunklen Sammethut auf, und an ihrem schwarzen Spitzenschleier hing der Nebel in feinen Perlchen. Er fand, daß der erste Schauer des Winters sie sehr aufgemuntert hatte. Sie entschuldigte sich, daß sie ihren Besuch so lange aufgeschoben hätte. Dabei lächelte ihr ehrliches Gesicht, und sie gestand, daß sie unentschlossen gewesen wäre, daß sie beinahe nicht hätte wiederkommen wollen. Ja, so wegen gewisser Gedanken, die sie sich gemacht; wegen gewisser Dinge – er werde ja verstehen. Er verstand nicht, fragte auch nicht danach, ob er verstand oder nicht: genug, sie war da. Es genügte ihm, daß sie nicht bös auf ihn war, daß es ihr zusagte, ab und zu als guter Kamerad zu ihm heraufzukommen. Es gab keine weiteren Erklärungen; jedes behielt die peinvollen Seelenkämpfe, die es die vergangene Zeit über gelitten, für sich. Fast eine volle Stunde unterhielten sie sich im besten Einvernehmen; nichts verborgen Feindseliges schien mehr zwischen ihnen zu sein; ohne ihr Wissen schien, während eins dem anderen fern gewesen war, sich das Einverständnis hergestellt zu haben. Sie schien die Skizzen und Studien an den Wänden nicht mehr zu sehen. Einen Augenblick richtete sie einen scharfen Blick auf die große Leinwand, auf das Gesicht des nackten, im hellen Sonnenglast daliegenden Weibes. Aber nein: das war nicht sie; das Mädchen hatte weder ihr Gesicht noch ihren Körper. Wie hatte es nur sein können, daß sie sich aus dieser greulichen Farbenschmiererei hervor zu erkennen geglaubt hatte? Und es überkam sie ein freundschaftlich gerührtes Mitleid mit dem wackeren Burschen, der einen noch nicht einmal ähnlich malen konnte. Als sie aber ging, war diesmal sie es, die ihm auf der Schwelle herzlich die Hand hinstreckte.

»Also, ich komme wieder.«

»Jawohl, in zwei Monaten.«

»O nein, nächste Woche ... Sie sollen sehen! Donnerstag.«

Und pünktlich kam sie am Donnerstag. Und dann regelmäßig einmal die Woche. Zuerst ohne bestimmtes Datum, wenn es sich gerade einmal traf, daß sie frei hatte. Dann aber wählte sie den Montag, da Frau Vanzade ihr diesen Tag, im Bois de Boulogne frische Luft zu schöpfen, bewilligt hatte. Sie hatte um elf Uhr wieder zurück sein sollen, und so hatte sie sich, da sie den Weg zu Fuß gemacht, beeilt und war mit vom Gehen lieblich gerötetem Gesicht angelangt; denn von Passy bis zum Quai Bourbon war ein gehöriges Stück Weg. Die vier Wintermonate über, vom Oktober bis Februar, kam sie, ob es regnete oder die Seine sich in Nebel hüllte oder ob bleicher Sonnenschein die Quais wärmte. Sie kam sogar seit dem zweiten Monat bisweilen ganz unvermutet, an einem anderen Wochentage, wenn sie die Gelegenheit einer Besorgung wahrnahm, die sie in Paris zu machen hatte. Doch konnte sie bloß ein paar Minuten bleiben, so daß man gerade noch Zeit hatte, sich guten Tag zu sagen, und sie bald wieder auf der Treppe war, von wo sie ihm noch einen letzten Gruß zurief.

Jetzt fing Claude an, Christine kennenzulernen. Bei seinem ewigen Mißtrauen den Weibern gegenüber war ihm noch ein Argwohn zurückgeblieben: der Gedanke, sie könnte in der Provinz ein galantes Abenteuer gehabt haben. Aber ihre sanften Augen, ihr klares Mädchenlachen hatten ihm all solchen Verdacht gescheucht, und er sah, daß sie ein unschuldiges großes Kind war. Sobald sie da war, plauderte sie ohne jede Verlegenheit, nach Herzenslust, als sei sie bei einer Freundin, ununterbrochen munter drauflos. Oft schon hatte sie ihm von ihrer Kindheit in Clermont erzählt, und sie kam immer wieder darauf zurück. An dem Abend, wo ihr Vater seinen letzten Anfall gehabt hatte und wie vom Blitz getroffen aus seinem Sessel wie eine Masse auf den Boden gefallen war, waren ihre Mutter und sie gerade in der Kirche gewesen. Sie erinnerte sich noch genau, wie sie nach Haus gekommen waren, und dann an die schreckliche Nacht, wie der sehr kräftige und beleibte Kapitän lang auf einer Matratze gelegen hatte, den vorspringenden Unterkiefer nach oben. So genau erinnerte sie sich daran, daß sie sich ihn in ihren Kindheitserinnerungen gar nicht anders vorstellen konnte. Sie selbst hatte dies kräftige Kinn. Und wenn ihre Mutter sie nicht anders zu bändigen vermochte, hatte sie ihr zugerufen: »Ah, du Pantoffelkinn! Dich wird das Blut auffressen wie deinen Vater!« Die arme Mutter! Wie hatte sie ihr mit ihren heftigen Spielen und den tollen Anfällen ihres Übermutes zugesetzt! Soweit sie zurückdenken konnte, sah sie sie vor dem gleichen Fenster: klein, schmächtig, mit ihren sanften Augen ihre Fächer malen. Ihre Augen: alles, was sie heute noch mit ihr gemeinsam hatte. Man hatte es der Teueren manchmal gesagt, wenn man ihr eine Freude machen wollte: »Sie hat Ihre Augen!« Und sie hatte gelächelt, war glücklich darüber, daß sie wenigstens mit diesem Fleckchen Anmut im Gesicht ihrer Tochter lebte. Seit dem Tode ihres Mannes hatte ihre Mutter so viel gearbeitet, daß ihre Augen darunter gelitten hatten. Aber wovon hätten sie sonst leben sollen? Die sechshundert Franken Witwenpension, die sie bezogen hatte, hätten kaum hingereicht, den Bedürfnissen des Kindes gerecht zu werden. Fünf Jahre hindurch hatte sie so die Mutter immer bleicher und magerer werden sehen, jeden Tag etwas mehr, bis sie nur noch ein Schatten gewesen. Noch heute machte sie sich Gewissensbisse darüber, daß sie nicht artiger gewesen war und sie mit ihrem Mangel an Fleiß oft zur Verzweiflung gebracht. Mit Beginn jeder Woche hatte sie immer die besten Vorsätze gefaßt und geschworen, sie wollte bald verdienen helfen: aber ihre Beine und Arme gingen mit ihr durch; wenn sie sich ruhig hielt, wurde sie krank. Dann hatte ihre Mutter eines Morgens nicht mehr aufstehen können und war gestorben. Ihre Stimme war erloschen gewesen; aber in ihren Augen hatten noch die dicken Tränen gestanden. Und nun hatte sie sie immer so vor Augen: schon tot, die großen, offenen, noch immer weinenden Augen fest auf sie gerichtet.

Wenn bei anderen Gelegenheiten Claude Christine nach Clermont fragte, vergaß sie all ihre Trauer und gab ihre heiteren Erinnerungen zum besten. Dann lachte sie über ihre Wohnung in der Rue de l'Éclache hellauf. Sie war in Straßburg geboren; der Vater war Gascogner, die Mutter Pariserin. Und alle drei waren sie in diese Auvergne verschlagen worden, die sie verabscheuten. Die Rue de l'Éclache, die zum Jardin des Plantes führte, war eng und feucht, trübselig wie ein Keller. Kein einziger Laden, nie ein Passant, nichts als die düsteren Häuserwände mit ihren stets geschlossenen Jalousien. Doch gegen Süden, auf die inneren Höfe hinaus, hatten die Fenster ihrer Wohnung volles Sonnenlicht gehabt. Das Speisezimmer hatte sogar einen breiten Balkon, eine Art Holzgalerie, um deren Arkaden Glyzinen wucherten. Dort war sie, zuerst in der Nähe ihres gelähmten Vaters, dann ans Zimmer gefesselt mit der Mutter, die sich vom geringsten Ausgang erschöpft fühlte, aufgewachsen. Sie wußte von der Stadt und ihren Umgebungen so wenig, daß sie und Claude sich schließlich darüber belustigten, wenn sie seine Fragen mit ihrem ewigen: Ich weiß nicht! beantwortete. Das Gebirge? Ja, nach der einen Seite hin konnte man am Ausgang der Straße Berge sehen. Aber nach der anderen Seite hin sah man, wenn man andere Straßen hinaufging, endlos auf flache Felder. Aber dorthinaus ging man nicht, das war zu weit. Nur an den Puy de Dôme erinnerte sie sich; er war ganz rund wie ein Höcker. Aber in der Stadt selbst würde sie den Weg zur Kathedrale wohl mit geschlossenen Augen finden. Man ging über die Place de Jaude und dann durch die Rue des Gras. Aber nach mehr durfte er sie nicht fragen; alles übrige verwirrte sich, Gäßchen und geneigte Boulevards, war ein lavadunkles Häusermeer, von dem bei Gewitter unter fürchterlich zuckenden Blitzen das Wasser in Strömen herabschoß. Oh, was es dort für Gewitter gab! Sie schauerte noch heute davor. Vor ihrer Kammer, über den Dächern, hatte der Blitzableiter des Museums immer in Flammen gestanden. Im Speisezimmer, das zugleich als Salon diente, hatte sie ein Fenster für sich gehabt, eine tiefe Nische, die groß wie eine Stube gewesen war, wo ihr Arbeitstisch und all ihre kleinen Sachen gestanden hatten. Hier hatte ihr ihre Mutter das Lesen beigebracht. Dort auch war sie, während sie ihren Lehrern zuhörte, eingeschlafen; so hatten die Unterrichtsstunden sie ermüdet. So machte sie sich denn auch jetzt über ihre Unwissenheit lustig. Ah, ein gebildetes Fräulein, die kaum die Namen der französischen Könige und ihre Lebensdaten aufzusagen wußte! Eine berühmte Musikerin, die es bis zu den »Kleinen Booten« gebracht hatte! Eine ausbündige Aquarellmalerin, die keinen Baum fertig bekam, weil die Blätter so schwer nachzuahmen waren! Plötzlich ging sie dann zu den fünfzehn Monaten über, die sie nach dem Tode ihrer Mutter in dem Kloster »Zur Heimsuchung« zugebracht hatte, einem großen Kloster außerhalb der Stadt, mit himmlischen Gärten. Unerschöpflich war sie in den Geschichten von den guten Schwestern, von Eifersüchteleien, allen möglichen Torheiten, unschuldigen Vergehen. Obgleich die Kirche sie bedrückte, hatte sie Nonne werden sollen. Alles war schon so weit, als die Oberin, der sie sehr zugetan gewesen, selber ihrem Aufenthalt im Kloster ein Ende gemacht und ihr die Stelle bei Frau Vanzade verschafft hatte. Noch immer wunderte sie sich, wie die hochwürdige Mutter so klar hatte in ihrer Seele lesen können. Denn seit sie in Paris wohnte, fühlte sie sich der Religion tatsächlich vollkommen entfremdet.

Waren die Erinnerungen aus Clermont erschöpft, wollte Claude wissen, wie sie bei Frau Vanzade lebte, und jede Woche gab sie ihm neue Einzelheiten. In der stillen, verschlossenen Villa in Passy ging das Leben mit einförmiger Regelmäßigkeit, dem Ticken der alten Hausuhr dahin. Zwei altmodische Dienstboten, eine Köchin und ein Bedienter, die seit vierzig Jahren in der Familie waren, gingen geräuschlos in Pantoffeln wie Phantome durch die leeren Zimmer. Manchmal kam, hin und wieder einmal, ein Besuch; irgendein achtzigjähriger General, der so dürr und ausgetrocknet war, daß sein Schritt auf dem Teppich kaum eine Spur hinterließ. Es war ein Haus des Schattens. Die enggeschlossenen Jalousien ließen das Sonnenlicht nur wie den Schein eines Nachtlämpchens durch. Seit die Dame in den Knien das Reißen hatte und blind war, verließ sie nicht mehr das Zimmer und genoß keine andere Zerstreuung, als daß sie sich endlos aus frommen Büchern vorlesen ließ. Oh, wie fühlte sich das junge Mädchen von diesen ewigen Vorlesungen bedrückt! Hätte sie sich doch auf eine Handarbeit verstanden! Mit welcher Freude würde sie Kleider genäht, Hüte garniert, künstliche Blumen gemodelt haben! Daß sie, die soviel gelernt hatte, nichts verstand und daß sie bloß das Zeug zu einer Stütze der Hausfrau, einer halben Bedienten hatte! Außerdem litt sie unter diesem verschlossenen, steifen Haus, aus dem das Leben verbannt schien. Sie bekam es wieder mit Schwindelanfällen, wie in ihrer Kindheit, wenn sie sich ihrer Mutter zuliebe hatte zur Arbeit zwingen wollen. Ihr Blut lehnte sich auf; sie hätte in ihrem trunkenen Bedürfnis nach Leben schreien, davonlaufen mögen. Allein Frau Vanzade war so gütig zu ihr, schickte sie hinaus und trug ihr weite Gänge auf, so daß sie sich schwere Gewissensbisse darüber machte, wenn sie ihr, vom Quai Bourbon zurück, etwas vom Bois de Boulogne vorlügen, irgendeine kirchliche Feier erfinden mußte, obschon sie nie einen Fuß in die Kirche setzte. Täglich schien sich die Neigung der alten Dame für sie zu vermehren. Fortwährend erhielt sie Geschenke von ihr, ein Seidenkleid, eine kleine, antike Taschenuhr, sogar Wäsche. Auch sie war der Dame sehr zugetan. Eines Tages waren ihr die Tränen gekommen, als sie von ihr ihre Tochter genannt worden war, und sie hatte sich von da an, im innersten Herzen von Mitleid bewegt, wie sie sie so alt und gebrechlich sah, geschworen, sie niemals verlassen zu wollen.

»Bah!« sagte Claude eines Morgens. »Sie wird sich schon erkenntlich erweisen, wird Sie zu ihrer Erbin machen.«

Christine war ergriffen.

»Oh, meinen Sie? ... Es heißt, sie hat drei Millionen ... Nein, nein! An dergleichen hab' ich nie gedacht. Ich weiß gar nicht, was dann aus mir werden sollte.«

Claude, der sich abgewandt hatte, fügte in seiner barschen Weise hinzu:

»Wetter, Sie würden reich werden! ... Zuvor wird sie Sie aber sicher verheiraten.«

Aber mit einem hellen Lachen unterbrach sie ihn.

»Etwa mit einem ihrer alten Freunde, vielleicht dem General mit dem silbernen Kinn? ... Ach, lieber Gott!«

So standen sie beide miteinander, als hätten sie sich schon seit langem gekannt, in guter Kameradschaft. Er war in allen Dingen fast ebenso unerfahren wie sie. Über dem Alltag des Lebens stehend, nur mit den romantischen Gestalten seiner Einbildung lebend, hatte er gelegentlich nur mit einem zufällig aufgegriffenen Mädchen zu tun gehabt. Es erschien ihnen, ihr wie ihm, als etwas ganz Natürliches und Einfaches, daß sie sich solchermaßen im geheimen sahen, in aller Freundschaft, ohne jede weitere Galanterie als einen Händedruck, wenn sie kam, und einen, wenn sie wieder ging. Er fragte sich nicht einmal mehr danach, was sie etwa schon vom Leben und vom Manne wissen könnte. Dagegen fand sie ihn schüchtern und beobachtete ihn manchmal mit einem ungewissen, prüfenden Blick, in welchem das unruhige Staunen der Leidenschaft war, die sich selbst noch nicht kannte. Doch noch störte keinerlei heißere Erregung die Freude, die sie aus ihrem Beisammensein zogen. Ihre Hände blieben kühl; munter sprachen sie von allem, disputierten manchmal auch, ganz wie Freunde, die wissen, daß sie einander nicht betrüben können. Doch gestaltete sich diese Freundschaft zu einer so lebhaften, daß sie einander nicht mehr entbehren konnten.

Wenn Christine da war, zog Claude den außen steckenden Schlüssel ab. Sie selbst forderte das, damit niemand sie stören konnte. Schon nachdem sie die ersten Besuche gemacht, hatte sie sich des Ateliers bemächtigt, als wäre sie drin zu Hause. Sie hatte es mit dem Vorsatz, es ein wenig in Ordnung zu halten; denn die hier herrschende Verwahrlosung fiel ihr auf die Nerven. Aber das war keine leichte Sache. Verbot der Maler doch Frau Joseph, aus Angst, daß sich der Staub auf die frischen Gemälde legen könnte, auszufegen. Und als seine Freundin zum erstenmal ein klein wenig hatte aufräumen wollen, hatte er sie mit einem beunruhigt bittenden Blick verfolgt. Warum sollten die Sachen anders gestellt werden? Genügte es nicht, daß man sie zur Hand hatte? Doch sie bestand in so munterer Weise auf ihrem Vorsatz, schien so glücklich darüber, die Hausfrau spielen zu können, daß er ihr schließlich ihren Willen gelassen hatte. Und nun ging sie, sobald sie gekommen war, die Handschuhe ausgezogen und ihr Kleid, um es nicht zu beschmutzen, mit Nadeln in die Höhe gesteckt hatte, ans Werk und brachte den großen Raum in drei Stunden in Ordnung. Der Aschenhaufen vorm Ofen war jetzt verschwunden, vor Bett und Waschtisch stand der Schirm, die Chaiselongue war abgebürstet, spiegelblank glänzte der Schrank, vom fichtenen Tisch waren das Geschirr abgeräumt und die Farbenflecke abgewischt. Die Stühle waren symmetrisch aufgestellt, die zerbrochenen Staffeleien lehnten an der Wand, die große, mit ihren karminroten Blumen prangende Wanduhr schien volltönender zu ticktacken. Es war herrlich; man erkannte den Raum gar nicht wieder. Verblüfft sah er ihr zu, wie sie singend hin und her ging, sich drehte und wendete. War sie noch der Faulpelz, der bei der geringsten Arbeit die schrecklichsten Kopfschmerzen bekam? Aber sie lachte. Bei Kopfarbeit, ja; doch die Arbeit, wozu es Hände und Füße brauchte, die tat ihr gut; sie richtete sich dabei auf wie ein junger Baum. Wie eine Art schlechten Geschmack gestand sie ihre Vorliebe für die niederen häuslichen Arbeiten ein. Das hatte schon ihre Mutter zur Verzweiflung gebracht, deren Erziehungsideal die Kunst, sich anmutig zu benehmen, die Erzieherin mit den feinen Händen, die nichts Grobes anfaßte, gewesen war. Was für Ermahnungen hatte sie daher hören müssen, wenn sie, noch als ganz Kleine, dabei überrascht worden war, wie sie fegte, abwischte und mit Wonne Köchin gespielt hatte! Noch heute würde sie sich weniger gelangweilt haben, wenn sie sich bei Frau Vanzade mit dem Staub hätte herumschlagen dürfen. Aber was hätte die dazu gesagt? Sofort wäre sie keine Dame mehr gewesen. So tat sie sich wenigstens hier, am Quai Bourbon, eine Güte und arbeitete sich, während ihre Augen von dem Vergnügen, von einer verbotenen Frucht zu naschen, leuchteten, rechtschaffen ab.

So fühlte Claude sich jetzt von der liebevollen Sorgfalt einer Frau umgeben. Um sie dazu zu bringen, sich hinzusetzen und in Ruhe mit ihm zu plaudern, bat er sie zuweilen, ihm einen ausgerissenen Ärmel oder das Futter einer Weste zu nähen. Von selber hatte sie sich auch angeboten, seine Wäsche nachzusehen. Aber das machte sie nicht gern; sie hatte es lieber, wenn sie sich rühren konnte. Erstlich verstand sie sich nicht auf das Nähen; sie hielt die Nadel wie ein Mädchen, das in der Verachtung der Näharbeit erzogen worden war. Dann aber brachten sie das unbewegliche Dasitzen, die Aufmerksamkeit, die sie aufwenden mußte, damit die Stiche gleichmäßig wurden, zur Verzweiflung. Das Atelier strahlte von Sauberkeit wie ein Salon, doch der Maler ging noch immer in schadhafter Kleidung umher. Und darüber lachten sie, fanden es drollig.

Wie glücklich verbrachten sie hier im Atelier, wo der rotglühende Ofen wie eine Orgelpfeife summte, die vier kalten, regnerischen Monate! Der Winter isolierte sie noch mehr. Wenn der Schnee die benachbarten Dächer bedeckte und die Spatzen mit den Flügeln an das Fenster schlugen, freuten sie sich darüber, daß sie's warm hatten und mitten in der großen, still gewordenen Stadt so schön für sich waren. Aber ihr Glück beschränkte sich nicht bloß auf diesen engen Winkel: sie hatte ihm schließlich auch gestattet, sie heimzugeleiten. Lange hatte sie allein gehen wollen, da sie es mit der Scham hatte, draußen am Arm eines Mannes gesehen zu werden. Doch als eines Tages plötzlich ein Platzregen niedergegangen war, hatte sie ihm schon gestatten müssen, ihr mit dem Regenschirm das Geleit zu geben. Als der Regen dann aber gleich auf der anderen Seite der Brücke Louis-Philippe aufhörte, hatte sie ihn zurückgeschickt; sie hatten bloß noch ein paar Minuten zusammen vor der Brustwehr gestanden und glücklich, daß sie unter freiem Himmel noch ein wenig beieinander waren, auf die Promenade hinabgeblickt. Unten hatten sich in vier Reihen die großen Apfelkähne ans Hafenpflaster gelehnt, so dicht beieinander, daß die Bretter zwischen ihnen Fußsteige bildeten, auf denen Kinder und Frauen gingen. Und sie hatten ihr Vergnügen an den kollernden Früchten, an den mächtigen Haufen, mit denen die Kähne bis über den Rand gefüllt waren, an den hin und her getragenen Körben; während ein kräftiger, fast schäumender Ruch, ein Ruch wie nach gärendem Apfelmost hauchte, der sich dem feuchten Dunst des Flusses einte. Als in der nächsten Woche wieder sonniges Wetter herrschte und Claude ihr die Einsamkeit der Quais um die Insel Saint-Louis herum rühmte, war sie mit einem Spaziergange einverstanden. Sie gingen den Quai Bourbon und den Quai d'Anjou hinauf. Jeden Augenblick blieben sie, von dem Leben auf der Seine in Anspruch genommen, stehen: Da war das Baggerschiff mit seinen kreischenden Eimern, das Waschboot, von dem das Keifen der Weiber herüberschallte, ein Kran, der unten eine Lastzille entlud. Besonders hatten sie zu staunen, wie es möglich war, daß der lebensvolle Quai des Ormes, der Quai Henri IV. mit seiner mächtigen Böschung, seinem Strand, auf dessen Sandhaufen sich Scharen von Kindern und Hunden tummelten, daß all diese Weitsicht der tätig bevölkerten Stadt die Sicht des verwunschenen Stadtbildes war, die sie in jener ersten Nacht im blutigen Blitzschein erblickt hatte. Dann gingen sie, indem sie ihren Schritt noch mehr verlangsamten, um die Spitze der Insel herum, um die stille Einsamkeit, welche die alten Paläste hauchten, zu genießen. Sie sahen das Wasser zwischen dem Bollwerk der Palisaden der Estakade hinstrudeln. Dann gingen sie den Quai de Béthune und den Quai d'Orleans hin zurück. Angesichts der mächtigen Flußweite drückten sie sich eins an das andere, während ihr Blick dem Port-au-Vin und dem Jardin des Plantes zugewandt war. Im bleichen Himmel blauten die Kuppeln der Monumentalbauten. Als sie zur Brücke Saint-Louis gelangten, mußte er ihr Notre-Dame nennen, die sie nicht wiedererkannte. So von hinten gesehen, bot sie sich zwischen ihren Strebepfeilern, die wie ruhende Tatzen waren, wie ein riesenhaftes, hingekauertes Ungeheuer, dessen langer Rücken von dem Doppelkopf der Türme überragt wurde. Doch ihr eigentlicher Fund war an diesem Tage die westliche Spitze der Insel, dieser beständig vor Anker liegende Schiffsbug, der mitten in der Flucht der beiden Stromarme immer nach Paris hinübersieht, ohne es jemals zu erreichen. Sie stiegen eine sehr steile Treppe hinab und fanden ein einsames, mit großen Bäumen bestandenes Ufer. Es war ein entzückender Schlupfwinkel, mitten in allem Getriebe ein Asyl. Über die Quais, die Brücken hin das ringsum brausende Paris, während sie hier am Rande des Wassers die Wonne kosteten, allein, von niemandem beachtet zu sein. Von da an war dieser Uferhang ihr ländlicher Winkel, ihr Freiluftland, wo sie, wenn die Glühhitze des Ateliers, in dem der rote Ofen bullerte, ihnen zu drückend ward und ihnen die Hände in eine Fieberglut setzte, vor der ihnen bangte, sonnige Stunden kosteten.

Doch hatte sich Christine seither noch immer nicht weiter begleiten lassen als bis zur Promenade. Am Quai des Ormes verabschiedete sie sich jedesmal von Claude, als hätte Paris mit dieser langen Zeile der Quais, der sie folgen mußten, mit seinem Menschengetriebe und der Möglichkeit, daß sie jemandem begegneten, seinen Anfang genommen. Aber Passy war so weit entfernt, und es langweilte sie so, einen so weiten Marsch so ganz allein zu machen, daß sie mit der Zeit nachgab und ihm zunächst gestattete, sie bis zum Hôtel de Ville, dann bis zum Pont-Neuf, dann bis zu den Tuilerien zubringen. Sie vergaß die Gefahr. Alle beide gingen sie jetzt Arm in Arm wie ein junges Ehepaar. Und dieser beständig wiederholte Spaziergang, diese langsame Wanderung auf immer demselben Bürgersteig am Wasser hin, hatte einen unendlichen Reiz gewonnen und erfüllte sie mit einem so schönen Glück, wie sie ein größeres nie wieder empfinden sollten. Im tiefsten Innern gehörten sie eins dem anderen, ohne daß sie sich schon einander hingegeben hatten. Es war, als stiege die Seele der gewaltigen Stadt vom Fluß her zu ihnen herauf und als ob sie sie mit all der Zärtlichkeit umfange, deren warmer Pulsschlag zwischen diesen alten Steinen die Jahrhunderte her gelebt hatte.

Seit die großen Dezemberfröste herrschten, kam Christine nur noch nachmittags. Gegen vier Uhr, wenn die Sonne sich neigte, führte Claude sie am Arm zurück. An Tagen mit klarem Himmel entrollte sich, sobald sie die Brücke Louis-Philippe überschritten hatten, der ganze gewaltige Graben der Quais vor ihren Blicken ins Endlose. Von einem Ende bis zum anderen hüllte die schiefstrahlende Sonne die Häuser des rechten Ufers in einen warmen Goldstaub, während sich das linke Ufer, die Inseln, die Gebäude gegen die Flammenglorie des Sonnenunterganges mit einer schwarzen Linie abhoben. Zwischen diesem leuchtenden und diesem dunklen Rand funkelte mit tausend Glanzlichtern die Seine. Unterbrochen von den winzigen Querstrichen ihrer Brücken: den fünf Bogen der Brücke Notre-Dame, unter dem einzigen der Brücke d'Arcole; dann die Brücke au Change, dann der Pont-Neuf; je weiter entfernt, um so feiner, wobei jede über ihrem Schatten einen lebhaften Lichtschein zeigte und blauseiden mit weißen Spiegellichtern das Wasser glänzte. Während aber zur Linken das dämmernde Profil der Häuser mit dem Schattenriß der spitzen, scharf und schwarz wie Kohle in den Äther stechenden Türme des Palais de Justice abschloß, zog sich die helle Front zur Rechten so weich und weit verfließend dahin, daß sich weit unten der wie eine Zitadelle vorspringende Pavillon de Flore inmitten des rosigen Horizontdunstes wie ein blauduftig lebendes Traumschloß ausnahm. Unter den blattlosen Platanen in Sonne gebadet, wandten die beiden ihre Blicke von all dem Glanz ab und erfreuten sich an bestimmten, immer gleichen Stellen; besonders an einer: dem Quadrat der sehr alten Häuser über der Promenade. Untenkleine Läden mit Eisenblechwaren und Fischereigeräten als erster Stock, darüber ragend Terrassen mit Lorbeerbäumen und wildem Wein bewachsen, und dahinter dann die höheren Gebäude mit ihren verwitterten Fassaden, Wäsche in den Fenstern; alles eine Anhäufung von barocken Bauarten, ein wüstes Durcheinander von Bretter- und Mauerwerk, verfallenen Mauern, schwebenden Gärten, in denen Glaskugeln wie Sterne blitzten. Und sie wanderten weiter. Bald hatten sie die aufeinanderfolgenden großen Bauwerke hinter sich, die Kaserne, das Stadthaus, und wandten ihre

Aufmerksamkeit der Stadt auf der anderen Flußseite zu, einem enggeschichteten, glatten Häuserblock, ohne Uferböschung. Über den düsteren Häusermassen glänzten die Türme von Notre-Dame wie frisch vergoldet. Büchertrödlerbuden fingen an, die Brustwehren zu beleben; eine mit Kohlen beladene Zille kämpfte unter einem Bogen der Notre-Dame-Brücke gegen die reißende Strömung an. Hier verweilten sie auch gern an Tagen, wo ungeachtet der rauhen Jahreszeit Blumenmarkt war, atmeten den Duft der ersten Veilchen und des frischblühenden Goldlacks. Zur Linken aber, wo der Fluß weithin frei sich darbot, hinter den steinernen Schilderhäuschen des Justizpalastes, waren inzwischen die kleinen, blassen Häuser des Quai de l'Horloge bis zu den Baumgruppen des Erdwalles aufgetaucht. Dann, wie sie weiterwanderten, traten andere Quais aus dem Nebel der Ferne hervor, der Quai Voltaire, der Quai Malaquais, die Kuppel des Instituts, das viereckige Gebäude des Münzamtes; dann ein langer, grauer Wall von Häuserwänden, bei denen man nicht einmal die Fenster unterscheiden konnte; ein Vorgebirge von Dächern, deren Rauchfangröhren an eine felsige Düne erinnerten, die sich in ein schimmerndes Meer hineinschiebt. Gegenüber aber bot einen Gegensatz der Pavillon de Flore, der jetzt in der letzten Flammenglut des sinkenden Gestirns deutlicher hervortrat. Dann zur Rechten, zur Linken, an beiden Rändern des Wassers, die tiefen Perspektiven des Boulevard Sebastopol und des Boulevard du Palais. Und die neuen Bauwerke des Quai de la Mégisserie, gegenüber die neue Polizeipräfektur, der alte Pont-Neuf mit dem tintenschwarzen Fleck seiner Statue; dann der Louvre, die Tuilerien; dann, im Hintergrund, über Grenelle hin, die endlosen Fernen, das felsige Sèvres und im weiten Strahlentau die Felder. Niemals ging Claude noch weiter mit. Stets hielt Christine ihn vor dem Pont-Royal in der Nähe der großen Bäume des Bades Vigier an. Wenn sie sich dort aber unter einem letzten Händedruck im rot gewordenen Sonnenglanz umwandten und einen Blick zurücktaten, so fanden sie am jenseitigen Horizont die Insel Saint-Louis wieder, von wo sie gekommen waren, und überschauten das undeutliche Ende der Hauptstadt, auf das im Osten vom schiefergrauen Himmel schon die Nacht ihre Schatten breitete.

Oh, was genossen sie gelegentlich dieser allwöchentlichen Streifereien für herrliche Sonnenuntergänge! Die Sonne begleitete sie all diese lebenatmende Heiterkeit der Quais entlang: das Leben auf der Seine, der Tanz der Lichtreflexe auf der dahingleitenden Flut, die vergnüglichen Kaufläden, die warm wie Treibhäuser waren, die Topfblumen der Samenhändler, die zwitschernden Käfige der Vogelhändler, all dieser muntere Lärm von Tönen und Farben, der am Rande des Wassers die ewige Jugend der großen Städte erstehen läßt. Während sie vorwärts wanderten, dunkelte der Glutbrand des Sonnenunterganges zu ihrer Linken über der dunklen Häuserlinie mehr und mehr ins Purpurne hinein. Das Gestirn schien sie zu erwarten, neigte sich gemach, rollte langsam zu den entfernten Dächern hinab, bis sie die Notre-Dame-Brücke überschritten hatten und sich dem breit gewordenen Fluß gegenüber befanden. Über keinem hundertjährigen Hochwald, keiner Gebirgsstraße, keiner Prärie gibt es einen so glorreichen Sonnenuntergang wie hinter der Kuppel des Instituts. Das ist das unter diesem Glorienschein entschlummernde Paris. Bei jedem ihrer Spaziergänge war dieser Glanz ein anderer. Neue Gluten woben ihre Brände in die flammende Krone. Eines Abends, als ein Regenschauer sie überrascht hatte, kam die Sonne hinter dem Regen noch einmal zum Vorschein und entzündete das ganze Gewölk, und es war nur noch dieser glühende, blau und rot irisierende Wasserstaub ihnen zu Häupten. An Tagen mit heiterem Himmel aber stieg die Sonne wie eine Feuerkugel majestätisch in einen stillen Saphirsee hinab. Einen Augenblick wurde ihr Rand von der schwarzen Kuppel des Instituts beschnitten, so daß sie dem abnehmenden Mond glich; dann gewann sie eine bläuliche Nuance und versank in dem blutig gewordenen See. Vom Februar ab weitete sich ihr Tagesbogen, sie sank gerade in die Seine hinein, die in der Ferne wie unter der Annäherung eines glühenden Eisenballes zu sieden anzufangen schien. Doch die größte Pracht, die größten Zauberwunder der Höhen flammten erst an wolkigen Abenden auf. Dann waren es, je nach der Laune des Windes, Schwefelmeere, die an korallene Klippen anbrandeten, und es war wie Paläste und Türme, deren gehäufte Verzierungen und Ränder, wie sie brannten und zusammenstürzten, durch ihre Bresche glühende Lavaströme hindurchfluten ließen. Oder mit einemmal durchdrang das schon verschwundene Gestirn diesen Wall mit einem solchen stäubenden Lichtstrom, daß es wie von Funkengarben aufsprühte, die von einem Ende des Himmels bis zum anderen dahinfuhren wie Schwärme von goldenen Pfeilen. Dann kam die

Dämmerung, und sie nahmen, diesen letzten Glanz noch in den Augen, voneinander Abschied. Und ihnen war, als nähme dies triumphierende Paris teil an ihrer Freude, die sie unersättlich gelegentlich dieses Spazierganges an den alten steinernen Böschungen hin immer wieder von neuem empfanden.

Eines Tages aber ereignete sich das, was Claude, ohne es auszusprechen, gefürchtet hatte. Christine schien nicht mehr daran zu glauben, daß man gesehen werden könnte. Wer kannte sie denn übrigens? Sie glaubte stets unbekannt so mit ihm gehen zu können. Er aber dachte an die Kameraden. Und zuweilen hatte er es mit einem kleinen Schreck, wenn er von fern den Rücken eines seiner Bekannten zu erkennen glaubte. Eine Scham setzte ihm zu, und der Gedanke, daß man das junge Mädchen fixieren, es anreden, gar mit ihm scherzen könnte, verursachte ihm ein unerträgliches Mißbehagen. Gerade an diesem Tage aber, wie sie sich, als sie dem Pont des Arts nahten, enger an seinen Arm schmiegte, stieß er auf Sandoz und Dubuche, die die Stufen der Treppe herabstiegen. Ihnen auszuweichen war unmöglich; man befand sich beinahe einander gegenüber. Übrigens hatten ihn die Freunde ohne Zweifel bemerkt, denn sie lächelten. Sehr bleich ging er weiter. Schon glaubte er alles verloren; denn er sah, wie Dubuche eine Bewegung auf ihn zu machte. Doch schon hielt Sandoz ihn zurück und führte ihn fort. Mit gleichgültiger Miene gingen sie vorbei und verschwanden, ohne sich auch nur umzuwenden, im Hofe des Louvre. Beide hatten das Original jenes Pastellkopfes erkannt, den der Maler mit der Eifersucht eines Liebenden vor ihnen verborgen hatte. Ohne etwas bemerkt zu haben, setzte Christine weiter ihren Weg fort. Claude aber, der es mit einem heftigen Herzklopfen hatte, antwortete ihr mit erstickter Stimme. Er war über den Takt der Freunde bis zu Tränen gerührt und floß vor Dankbarkeit über.

Einige Tage darauf gab's noch einen Schreck. Er hatte Christine gerade nicht erwartet und Sandoz zu sich geladen. Dann aber, als sie im Vorüber für eine Stunde zu ihm heraufgekommen war – eine von den Überraschungen, die sie gern mochte –, hatte sie nach ihrer Gewohnheit den Schlüssel abgezogen. Gleich darauf aber wurde vertraulich mit der Faust an die Tür gehämmert. Sofort wußte er an dieser Art sich anzukündigen, wer kam, und in seiner Bestürzung über das Abenteuer riß er einen Stuhl um. Jetzt war es unmöglich, nicht zu antworten. Aber Christine war erbleicht und beschwor ihn mit einer so verzweifelten Handbewegung, daß er den Atem anhielt und sich nicht regte. Die Schläge gegen die Tür dauerten weiter. Eine Stimme rief: »Claude! Claude!« Doch noch immer rührte er sich nicht, kämpfte aber mit sich, mit bleichen Lippen, den Blick zu Boden gesenkt. Es blieb ein Schweigen. Dann ging es hinab, die Holzstiegen knackten. Ein tiefschmerzlicher Seufzer entrang sich ihm; jeder dieser sich entfernenden Schritte durchzuckte ihn mit Gewissensbissen, als hätte er die Freundschaft seiner ganzen Jugend verleugnet.

Doch eines Nachmittags klopfte es wieder an. Claude konnte bloß noch verzweifelt flüstern: »Der Schlüssel steckt!«

Tatsächlich hatte Christine vergessen, ihn abzuziehen. Sie erschrak, flüchtete sich hinter den Schirm, sank, das Taschentuch vor den Mund gepreßt, um das Geräusch ihres Atems zu ersticken, in sitzender Haltung auf das Bett.

Es wurde stärker gepocht, gelacht, und der Maler mußte »Herein!« rufen.

Sein Mißbehagen wuchs, als er Jory bemerkte, der ritterlich Irma Bécot hereinführte. Seit vierzehn Tagen hatte Fagerolles sie ihm abgetreten, oder vielmehr, er hatte sich, aus Furcht, er könnte sie ganz verlieren, ihrem Einfall gefügt. Sie war zur Zeit mit einer solchen Raserei auf die Ateliers versessen, daß sie jede Woche in einem anderen ihre drei Hemden zusammenpackte und es verließ, um, wenn ihr der Sinn danach stand, einmal für eine Nacht wiederzukommen.

»Sie hat dein Atelier besuchen wollen, und hier bring' ich sie«, erklärte der Journalist.

Aber ohne weitere Umstände ging sie schon umher und rief ganz ungeniert:

»Oh, wie drollig ist das hier! ... Ach, was für komische Malerei! ... He, seien Sie lieb, zeigen Sie mir alles, ich will alles sehen ... Wo schlafen Sie?«

Claude war außer sich vor Angst, sie könnte den Bettschirm öffnen. Er stellte sich vor, wie Christine dahinter zumute war, und war schon über das untröstlich, was sie da zu hören bekam.

»Weißt du, um was sie dich bitten will?« fuhr Jory munter fort. »Wie, du entsinnst dich nicht? Du hast ihr doch versprochen, etwas nach ihr zu malen ... Sie wird dir zu allem stehen, was du willst. Nicht wahr, Schatz?«

»Natürlich! Sofort!«

»Es ist nur ...«, sagte der Maler in tausend Ängsten. »Mein Bild hier wird mich noch bis zum Salon in Anspruch nehmen ... Es ist da eine Figur, die mir nicht geraten will! Unmöglich, daß ich's mit diesen verwünschten Modellen schaffe!«

Sie stellte sich vor das Bild, hob altklug das Näschen.

»Das nackte Weib da wohl, im Grase? ... Gut! Sagen Sie doch: kann ich Ihnen vielleicht von Nutzen sein?«

Sofort begeisterte sich Jory dafür.

»Wahrhaftig, das ist 'ne Idee! Du suchst ja immer nach einem schönen Mädchen und findest es nicht! ... Sie soll sich ausziehen! Zieh dich aus, Schatz! Zieh dich 'n bißchen aus, daß er sieht.«

Mit der einen Hand riß Irma schnell ihren Hut herab und nestelte mit der anderen ungeachtet des energischen Widerspruchs Claudes, der sich wehrte, als wolle man ihm Gewalt antun, an den Haken ihres Korsetts.

»Nein, nein! Es ist unnötig! ... Die Dame ist zu klein ... Es ist nicht das, was ich brauche, gar nicht!«

»Aber das macht ja nichts!« sagte sie. »Sie können ja mal versuchen.«

Auch Jory blieb hartnäckig.

»Laß doch! Du machst ihr doch ein Vergnügen damit ... Sie steht sonst nicht Akt, sie braucht's nicht. Aber sie zeigt sich gern. Am liebsten würde sie ohne Hemd leben ... Zieh dich aus, Schatz! Bloß die Brust, wenn er Angst hat, du könntest ihn fressen.«

Endlich erreichte Claude, daß sie sich nicht auszog. Er stotterte Entschuldigungen. Später würde er sich sehr glücklich schätzen; aber in diesem Augenblick fürchte er, daß ein neues Modell ihm die Sache verwirren könnte. Sie begnügte sich, während sie ihn mit ihren hübschen, leichtfertigen Augen und einem verächtlichen Lächeln fixierte, die Achseln zu zucken.

Dann plauderte Jory von den Freunden. Warum war Claude letzten Donnerstag nicht bei Sandoz gewesen? Man sah ihn ja gar nicht mehr. Dubuche beschuldige ihn schon, daß er sich von einer Schauspielerin aushalten ließe. Oh, zwischen Fagerolles und Mahoudeau habe es mit Bezug der Anwendung der schwarzen Kleidung bei einer Skulptur einen Krach gegeben. Und Gagnière sei letzten Sonntag aus einer Wagnervorstellung mit blaugeschlagenem Auge heimgekehrt. Er selber, Jory, hätte im Café Baudequin bei einem Haar wegen eines seiner »Tambour«-Artikel ein Duell auf den Hals bekommen. Er nähme aber auch die Viersousmaler der erstohlenen Berühmtheiten gründlich vor. Sein Feldzug gegen die Jury des Salons hätte einen Heidenlärm erregt; es sollte auch kein heiler Fetzen an diesen Talmiidealisten bleiben, die den Einzug der Natur in die Kunst hemmten.

Mit brennender Ungeduld hörte Claude das alles mit an. Er hatte wieder zur Palette gegriffen und bewegte sich vor seiner Leinwand hin und her, als ob er Stecknadeln unter den Füßen hätte. Endlich verstand der andere.

»Ach, du willst arbeiten. Na, wir wollen nicht länger stören.«

Noch immer ließ Irma ihr wunderlich beobachtendes Lächeln an dem Maler haften. Sie war verwundert, daß dieser Simpel sie nicht mochte, und hatte es mit der Laune, ihn sich nun erst recht zu angeln. Sein Atelier war greulich und er selber nichts weniger als eine Schönheit; aber warum spielte er sich auf den Tugendhaften hinaus? In ihrer raffiniert jugendlichen Verdorbenheit machte sie sich einen Augenblick innerlich über ihn lustig und sah schon ihren Sieg vor Augen. An der Tür bot sie sich ihm noch einmal an, wobei sie mit einem langen, warmen Druck seine Hand hielt.

»Jederzeit!«

Sie waren fort. Claude mußte selber den Schirm beiseiteschieben. Denn es fehlte Christine an Kraft, sich vom Bettrand, auf dem sie saß, in die Höhe zu bringen. Sie sprach von diesem Mädchen mit keinem Wort, erklärte nur, daß sie große Angst ausgestanden hätte, und wollte sofort aufbrechen. Sie befürchtete, es möchte noch einmal so anklopfen. Ihr unruhiger Blick verriet den Aufruhr ihres Inneren und die Dinge, die sie für sich behielt.

Lange war übrigens die rohe Kunst, von der sie sich hier umgeben sah, das mit all diesen gewaltsamen Bildern angefüllte Atelier ein Gegenstand des Mißbehagens für sie geblieben. Sie konnte sich nicht an die unverhüllten Nacktheiten der Aktstudien gewöhnen, an die krasse Wirklichkeit der in der Provence gemalten Studien, fühlte sich von ihnen verletzt und abgestoßen. Sie verstand von alldem hauptsächlich aus dem Grunde nichts, weil sie in der liebevollen Bewunderung einer anderen Kunst aufgewachsen war: jener zarten Aquarelle ihrer Mutter, jener traumhaft zarten Fächer, auf denen lilafarbene Liebespaare in blauen Gärten schwebten. Oft hatte auch sie selbst gern kleine, schülerhafte Landschaften gezeichnet; zwei, drei immer wieder benutzte Motive: einen See mit einer Ruine, eine Wassermühle, eine Sennhütte mit weißbeschneiten Tannen. Sie konnte sich nicht genug darüber wundern, wie es bloß möglich war, daß ein intelligenter Bursch so häßlich, falsch, so ganz wider alle Vernunft zu malen imstande war. Denn sie fand diese Wirklichkeit nicht bloß bis zum Monströsen unschön, sondern auch jeder erlaubten Wahrheit zuwider. Er mußte darin doch reinweg nicht recht normal sein.

Eines Tages wollte Claude durchaus ein Skizzenbüchlein sehen, ihr altes Album aus Clermont, von dem sie ihm gesprochen hatte. Nachdem sie sich lange gesträubt, brachte sie es, im Grunde geschmeichelt und sehr begierig, was er dazu sagen würde, mit. Lächelnd durchblätterte er es. Als er aber schwieg, war sie es, die das Wort ergriff und flüsterte:

»Sie finden das schlecht, nicht?«

»Ach nein«, antwortete er. »Harmlos ist es.«

Trotz des gutmütigen Tones, der es zu einer liebenswürdigen machte, fühlte sie sich von dieser Äußerung verletzt.

»Ich habe allerdings bloß ein paar Stunden bei Mama gehabt! ... Ich liebe an einem Bild, daß es sauber gemacht ist und daß es anspricht.«

Jetzt ließ er ein herzliches Lachen vernehmen.

»Gestehen Sie, daß Sie meine Malerei nicht vertragen können. Ich habe schon gemerkt, Sie verziehen den Mund und haben ganz angstvolle Augen ... Ah, gewiß, das ist keine Malerei für Damen und noch weniger für junge Mädchen ... Aber Sie werden sich daran gewöhnen; das Auge muß nur erst dazu erzogen werden. Dann werden Sie sehen, daß das, was ich da mache, sehr gesund und sehr anständig ist.«

Und tatsächlich gewöhnte sich Christine nach und nach daran. Doch anfangs fiel ihr der neue Kunstgeschmack nicht leicht. Um so weniger als Claude infolge der Verachtung, die er dem weiblichen Urteil entgegenbrachte, sie nicht unterwies, im Gegenteil vermied, mit ihr über Kunst zu sprechen, als Wollte er diese Leidenschaft seines Lebens für sich behalten und gesondert von der neuen, die ihn jetzt ergriffen hatte. Allein Christine kam in die Gewohnheit hinein. Sie nahm schließlich Anteil an diesen abstoßenden Bildern, als sie wahrnahm, welche herrschende Stelle sie in der ganzen Existenz des Malers einnahmen. Das war die erste Stufe. Sein Eifer, diese vollkommene Hingabe seines ganzen Wesens an die Arbeit, berührte sie tief. War das nicht rührend? War's nicht ein sehr guter Zug von ihm? Als sie dann aber die Freuden und Schmerzen wahrnahm, die ihn erschütterten, je nachdem ihm die Arbeit gut oder schlecht vonstatten gegangen war, gelangte sie von selbst dazu, daran teilzunehmen. Sie war traurig, wenn er traurig war, und war er bei froher Stimmung, so freute sie sich. Und jetzt war es ihre erste Sorge, wenn sie kam: war's ihm mit der Arbeit geglückt, war er: mit dem, was er, seit sie sich zuletzt gesehen, gemacht hatte, zufrieden? Nach Ablauf des zweiten Monats war sie so weit gewonnen, daß sie sich ohne Furcht vor die Bilder hinstellte. Zwar billigte sie diese Malweise noch immer nicht; aber sie fing an, gewisse Kunstausdrücke zu wiederholen, erklärte sie für »kräftig gemalt, keck im Aufbau, gut belichtet«. Er erschien ihr so gut, sie war ihm so zugetan, daß sie, nachdem sie es zuerst entschuldigt hatte, daß er so greuliche Sachen hinschmierte, jetzt dazu gelangt war, Vorzüge herauszufinden, um auch sie ein wenig zu lieben.

Doch mit dem großen, für die nächste Ausstellung bestimmten Gemälde vermochte sie sich noch immer nicht zu befreunden. Die Aktstudien aus dem Atelier Boutin und die Studien aus Plassans betrachtete sie schon ohne Mißfallen: doch noch immer nahm sie an dem nackten Weib im Gras Anstoß. Es handelte sich hier um einen persönlichen Groll, um die Scham darüber, daß sie einen Augenblick geglaubt hatte, sich selbst in ihm wiederzuerkennen, um eine heimliche Befangenheit diesem großen Körper gegenüber, der sie noch immer verletzte, obgleich die Ähnlichkeit immer mehr aus ihm verschwand. Anfangs hatte sie ihren Protest damit zum Ausdruck gebracht, daß sie den Blick davon abwandte. Jetzt aber blieb sie minutenlang davor stehen und verharrte in stummer, angestrengter Betrachtung. Wie kam es, daß die Ähnlichkeit so ganz verschwunden war? In dem Maße, als der Maler sich verbiß, niemals zufrieden, hundertmal auf dieselbe Einzelheit zurückkommend, verlor sich die Ähnlichkeit jedesmal um ein weniges. Und ohne daß sie sich's zu erklären vermochte, ohne daß sie sich's auch nur zu gestehen wagte, empfand sie, deren Schamgefühl sich gelegentlich ihres ersten Besuches so empört hatte, jetzt einen wachsenden Verdruß, als sie sah, daß so gar nichts mehr in der Gestalt von ihr übrigblieb. Es war ihr, als müßte ihre Freundschaft darunter leiden; mit jedem Zug, den er entfernte, fühlte auch sie sich um etwas von ihm ferner gerückt. Liebte er sie nicht, daß er sie solcherweise aus seinem Werk verbannte? Und wer war das neue Weib, das unbekannte Gesicht, das unbestimmt unter dem ihren hindurchblickte?

Claude, der darüber verzweifelt war, den Kopf verdorben zu haben, wußte nicht recht, wie er es anfangen sollte, sie zu bitten, daß sie ihm für ein paar Stunden Modell stand. Sie hätte sich nur hinzusetzen brauchen, er würde bloß Andeutungen genommen haben. Aber er hatte sie schon so mißgelaunt gesehen, daß er befürchtete, sie noch mehr aufzubringen. Nachdem er sich schon vorgenommen, sie mit unbefangener Munterkeit darum zu bitten, hatte er dann doch nicht das rechte Wort gefunden, hatte sich, als hätte es sich um etwas Unschickliches gehandelt, mit einemmal geschämt.

Eines Nachmittags erschreckte er sie durch einen jener Zornanfälle, denen er selbst ihr gegenüber nicht Herr werden konnte. Nichts war ihm die Woche über geglückt. Er sprach davon, daß er seine Leinwand abschaben wollte, raste wütend hin und her, ließ seine üble Laune an den Möbeln aus. Mit einemmal aber faßte er sie bei den Schultern und drängte sie auf die Chaiselongue:

»Ich bitte Sie! Leisten Sie mir diesen Dienst, oder bei meiner Ehre, ich gehe daran zugrunde!«

Sie war ganz verdutzt, verstand nicht.

»Was? Was wollen Sie?«

Dann aber, als sie sah, wie er nach seinen Pinseln griff, fügte sie ohne weitere Überlegung hinzu:

»Ah so ... Warum haben Sie mir das nicht schon längst gesagt?«

Sie lehnte sich von selbst auf ein Kissen zurück und schob den Kopf unter den Nacken. Doch dann wurde sie ernst. Sie war bestürzt und in Verwirrung, daß sie ihm so schnell nachgegeben hatte. Denn sie hatte ja eigentlich keine Neigung dazu, hatte ja geschworen, ihm nie wieder als Modell dienen zu wollen.

Er aber rief entzückt:

»Wirklich! Sie willigen ein? ... Wetter, was für ein herrliches Weib will ich nach Ihnen bilden!«

Von neuem sagte sie, ohne zu überlegen:

»Oh, aber nur den Kopf!«

Er aber stotterte in der Befürchtung, zu weit gegangen zu sein:

»Natürlich, natürlich! Bloß den Kopf!«

Es trat ein verlegenes Schweigen ein. Er machte sich an die Arbeit, während sie, die Augen verloren vor sich hingerichtet, unbeweglich dalag und sich unruhige Gedanken machte, ein so unbedachtes Wort gesagt zu haben. Schon verursachte ihr ihr Entgegenkommen Gewissensbisse, als hätte sie sich etwas zuschulden kommen lassen, wenn sie gestattete, daß das nackte, in der Sonne liegende Weib ihre Züge trüge.

In zwei Sitzungen stellte Claude den Kopf fertig. Er jauchzte vor Freude, rief, daß das das Beste wäre, was er zustande gebracht. Und tatsächlich hatte er nie ein so lebensvolles, in einem so wahren Licht gebadetes Gesicht gemalt. Erfreut darüber, ihn so glücklich zu sehen, war Christine guten Mutes. Sie fand ihren Kopf sehr schön; nicht sehr ähnlich zwar, doch von erstaunlichem Ausdruck. Lange stand sie vor dem Bild, blinzelte, trat bis zur Wand zurück.

»Jetzt«, sagte er endlich, »mache ich die Sache schon mit einem Modell ... Ah, endlich werd' ich mit diesem verwünschten Weib fertig!«

In einem Anfall knabenhafter Ausgelassenheit ergriff er Christine und tanzte mit ihr umher, was er den »Siegestanz« nannte. Sie lachte hellauf, war ganz entzückt von dem Tanz, und alles Mißbehagen, all ihr unruhiges Bedenken war geschwunden.

Doch in der folgenden Woche zeigte sich Claude wieder finster und verstimmt.

Er hatte als Modell für den Leib Zoé Piédefer gewählt; doch sie hatte ihm nicht gegeben, was er brauchte. Der Kopf, der so fein geworden war, wollte, wie er sagte, nun nicht mehr zu den schlechten Schultern stimmen. Trotzdem wollte er es zwingen, kratzte weg, fing von neuem an. Gegen Mitte Januar packte ihn die Verzweiflung, und er ließ von dem Bilde ab, lehnte es wieder gegen die Wand. Dann fing er vierzehn Tage drauf mit einem anderen Modell wieder an, der langen Judith. Das zwang ihn wieder, die Abtönung zu ändern. Wieder wurde es nichts. Er ließ noch einmal Zoé kommen, wußte nicht mehr, wo er sich hintun sollte, war vor Ungewißheit und Angst ganz krank. Das Schlimme war, daß ihm bloß noch die Mittelfigur soviel Mühe machte. Denn das übrige, Bäume, die beiden kleinen Weibgestalten, der Herr im Jackett waren fertig und durchaus gelungen, stellte ihn vollkommen zufrieden. Februar ging zu Ende; es blieben bloß noch ein paar Tage, dann mußte das Bild in die Ausstellung. Er war niedergeschlagen bis zum äußersten.

Eines Abends fluchte er vor Christine, und es entfuhr ihm dei zorniger Ausruf: »Zum Donnerwetter! Setzt man denn den Kopf eines Weibes auf den Rumpf eines anderen? ... Ich verdiente, daß ich mir die Hand abhaute!«

In seinem Innern lebte jetzt nur noch ein Gedanke: von Christine zu erreichen, daß sie ihm für die ganze Gestalt säße. Langsam war ihm das so gekommen. Zuerst war es bloß ein flüchtig aufgetauchter Wunsch gewesen, den er als unsinnig verworfen hatte. Dann hatte er es immer wieder von neuem erwogen, und endlich war es unter der harten Notwendigkeit zu einem stachelnden Wunsch geworden. Ihr Busen, den er damals für einige Minuten gesehen hatte, setzte ihm mit hartnäckiger Erinnerung zu. Er sah ihn in seiner jugendlichen Frische wieder vor sich, war ihm unentbehrlich. Wenn er ihn nicht haben konnte, konnte er nur gleich auf sein Bild verzichten; denn keine andere würde ihm Genüge leisten. Wenn er stundenlang, auf einen Stuhl gesunken, dasaß und sich in ohnmächtiger Verzweiflung verzehrte, weil er auch nicht einen Pinselstrich mehr. zu tun vermochte, gelangte er zu heroischen Entschlüssen: Sobald sie hereinträte, wollte er ihr all seine Pein sagen, mit so rührenden Worten, daß sie vielleicht einwilligte. Aber dann kam sie mit ihrem kameradschaftlich zutraulichen Lächeln, in ihrem züchtigen Kleid, das nichts von ihrem Körper sehen ließ, und er verlor den Mut, wandte aus Furcht, sie könnte ihn dabei überraschen, wie er unter ihrem Leibchen nach der weichen Linie ihres Körpers suchte, den Blick ab. Man konnte von einer Freundin nicht einen solchen Dienst fordern; niemals würde er die Kühnheit dazu vermögen.

Und doch, als er sich eines Abends anschickte, sie heimzubegleiten, und sie, während sie den Hut aufsetzte, die Arme hob, standen sie ein paar Minuten Auge in Auge einander gegenüber: er erzitternd vor dem Anblick der Spitzen ihrer in die Höhe gehobenen, sich durch den straff gespannten Stoff hindurchzeichnenden Brüste; sie so ganz mit einemmal ernst und bleich, daß er sich erraten fühlen mußte. Die Quais entlang sprachen sie kaum. Es blieb auch zwischen ihnen angesichts des herrlichen kupferroten Sonnenuntergangs so. Hernach las er noch zweimal ihrem Blick ab, daß sie um den ihn beständig bewegenden Gedanken wußte. Tatsächlich hatte von dem Augenblick an, wo er daran dachte, ganz unwillkürlich auch sie daran gedacht, zumal ihre Aufmerksamkeit durch unfreiwillige Anspielungen seinerseits geweckt worden war. Anfangs war sie von der Sache nur obenhin berührt worden. Aber dann mußte sie sich immer wieder damit beschäftigen. Doch glaubte sie nicht, daß sie erst nötig haben würde, sich zu wehren; denn es schien ja so ganz außer aller Möglichkeit, eine Einbildung, von der man sich ja schämen mußte, auch nur geträumt zu haben. Es kam ihr auch nicht einmal der Gedanke, daß er es wagen könnte, sie darum zu bitten. Sie kannte ihn jetzt hinreichend. Mit einem Hauch würde sie ihn zum Schweigen gebracht haben, bevor er auch nur die ersten Worte gestottert haben würde. Selbst gegen seine plötzlichen Zornausbrüche fühlte sie sich gewappnet. Die Sache war einfach töricht. Niemals! Niemals!

Tage gingen hin. Die fixe Idee, die sich zwischen ihnen festgesetzt hatte, wuchs. Sobald sie beieinander waren, konnten sie an nichts anderes denken. Sie ließen keinen Laut darüber fallen, doch ihr Schweigen war beredt genug. Sie wagten keine Bewegung, tauschten kein Lächeln mehr, ohne daß diese Sache hineinspielte, die laut auszusprechen unmöglich war und die sie doch bis zum Überströmen erfüllte. Bald hatte es sich ihres ganzen kameradschaftlichen Verkehrs bemächtigt. Wenn er sie ansah, kam sie sich durch seinen Blick wie entkleidet vor. Ganz harmlose Worte schienen voller sinnlicher Anspielung. Jeder Händedruck, den er ihr gab, schien über das Handgelenk hinauszugehen und überrieselte ihren Leib mit einem leisen Schauer. Das, was sie bis jetzt vermieden hatten, das unruhige Sichbewußtwerden ihrer Vereinigung, das Erwachen des Mannes und des Weibes in ihrem schönen Freundschaftsverhältnis, kam endlich beim beständigen Heraufbeschwören der Vorstellung von ihrer jungfräulichen Nacktheit zum Durchbruch. Ohne daß sie selbst davon wußten, wurde dieses heimliche Fieber ihnen allmählich offenbar. Gluten stiegen ihnen in die Wangen; sie erröteten, wenn sie sich auch nur mit dem Finger streiften. Von jetzt ab peitschte ihr Blut eine beständige Erregung. Und in dieser Ergriffenheit ihres ganzen Wesens steigerte sich die Marter, die sie sich verschwiegen, ohne sie doch verbergen zu können, bis zu Beklemmungen und tiefen Seufzern, die sich ihrer Brust entrangen.

Gegen Mitte März fand Christine Claude gelegentlich eines ihrer Besuche ganz aufgerieben vor Kummer vor seinem Bild sitzen. Er hatte sie nicht einmal kommen hören, blieb regungslos, die Augen leer und hohl auf das unvollendete Werk gerichtet. In drei Tagen war der Termin für die Beschickung des Salons abgelaufen.

»Nun?« fragte sie sanft, über seinen verzweifelten Zustand auch ihrerseits in Verzweiflung.

Er fuhr zusammen und wandte sich nach ihr um.

»Nun! Es ist aus! Ich kann dies Jahr nicht ausstellen ... Ah, und wieviel hab' ich mir davon versprochen!«

Beide verfielen wieder in ihre, von der so wichtigen Angelegenheit verworren erregte Niedergeschlagenheit. Dann fuhr sie, laut vor sich hindenkend, fort:

»Noch wär' es Zeit!«

»Zeit? Ah, nein! Dann müßte sich wohl ein Wunder ereignen. Wo, denken Sie, soll ich noch ein Modell herbekommen? ... Wissen Sie, seit heut' morgen plag' ich mich damit ab und glaubte einen Augenblick schon eine Idee zu haben: Ja, daß ich allenfalls dies Mädchen aufsuchen könnte, diese Irma, die damals kam, als Sie hier waren. Ich weiß wohl, daß sie klein und rund ist, daß ich vielleicht alles ändern müßte: aber immerhin ist sie jung, ginge es wohl mit ihr ... Ja, ich will's mit ihr versuchen ...«

Er unterbrach sich. Die brennenden Augen, mit denen er sie ansah, sagten deutlich: »Ah, Sie sind da! Ah, es wäre das erwartete Wunder, der sichere Sieg, wenn Sie nur dies äußerste Opfer bringen könnten! Ich flehe Sie an, ich bitte Sie wie eine angebetete Freundin, die schönste, die keuscheste!«

Hochaufgerichtet, sehr bleich vor ihm stehend, vernahm sie jedes dieser unausgesprochenen Worte; und seine so heiß bittenden Augen verfehlten nicht, ihre Macht auf sie zu üben. Ohne Hast nahm sie Hut und Pelzmantel ab. Dann fuhr sie mit derselben ruhigen Bewegung fort, nestelte das Leibchen auf, zog es ab, auch das Korsett, ließ die Röcke fallen, knöpfte auf den Schultern das Hemd auf und ließ es bis zu den Hüften herabgleiten. Sie hatte nicht ein Wort gesprochen, schien abwesend, so wie sie sich an den Abenden zu entkleiden pflegte, wo sie in ihre Kammer eingeschlossen sich in irgendeiner Träumerei verlor: mechanisch, ohne darauf zu achten. Warum sollte sie eine Nebenbuhlerin ihren Leib darbieten lassen, da sie ihm ja doch schon ihr Gesicht geliehen? Mit all ihrer Neigung, ganz wollte sie auf dem Bilde sein; sie ward sich bewußt, welch eifersüchtigen Schmerz ihr dieser monströse Bastard da auf dem Bilde schon seit langem verursacht hatte. Noch immer stumm legte sie sich in ihrer jungfräulichen Nacktheit auf die Chaiselongue, schloß die Augen, tat einen Arm unter den Kopf, nahm die Pose ein.

Starr vor übermächtiger Freude hatte er zugesehen. Und er erkannte sie wieder. Die so oft in Gedanken heraufbeschworene Vision gewann mit einem Schlage wieder Leben. Es war die noch schmächtige, aber schon weiche, jugendfrische, kindliche Anmut, wie er sie damals an ihr gesehen hatte. Von neuem erstaunte er: Wo barg sie diesen erblühten Busen, daß man ihn unterm Kleid vor kaum wahrnahm? Nicht ein Wort sprach er mehr, machte sich in dem tiefen Schweigen, das eingetreten war, an die Arbeit. Und drei lange Stunden hindurch förderte er sie mit solchem Feuer und einer derartigen Hingabe, daß er ein herrliches Abbild ihres ganzen Körpers fertigstellte. Noch nie hatte ihn der weibliche Körper bis zu einem solchen Grade berauscht; das Herz pochte ihm wie einer nackten Göttin gegenüber. Er näherte sich ihr unter der Arbeit nicht, war überrascht von dem verklärten Ausdruck ihres Gesichtes, dessen etwas derbe und sinnliche Kinnladen durch die sanfte, ruhige Bildung der Stirn und der Wangen gemildert wurden. Drei Stunden lang rührte sie sich nicht, atmete kaum, gab ihre jungfräuliche Schönheit hin, ohne sich zu schämen oder zu erschauern. Beide fühlten, daß, wenn sie auch nur ein Wort sprächen, sie aus dem Gleichgewicht kommen würden. Hin und wieder aber tat sie ihre klaren Augen auf und heftete ihren Blick auf einen unbestimmten Punkt, blieb so einige Zeit, ohne daß Claude etwas von ihren Gedanken zu erraten vermochte, schloß sie dann wieder, sank mit dem geheimnisvollen, ihr von ihrer Pose vorgeschriebenen Lächeln in ihre schöne, marmorgleiche Ruhe zurück.

Mit einer Handbewegung sagte Claude endlich an, daß er fertig war. Wieder in seine Schüchternheit gefallen, rannte er, als er ihr möglichst schnell den Rücken zukehren wollte, gegen einen Stuhl an, während Christine hocherrötend die Chaiselongue verließ. Hastig, von einem jähen Frösteln überlaufen und so erregt, daß sie ihr Kleid schief zuhakte, kleidete sie sich wieder an, zog ihre Ärmel herunter und den Kragen in die Höhe, damit kein Teilchen ihrer Haut entblößt bliebe. Sie hatte sich schon in ihren Pelz gehüllt, als er, das Gesicht gegen die Wand gekehrt, noch immer nicht wagte, einen Blick auf sie zu richten. Doch dann trat er zu ihr hin, und zögernd, in einer Bewegung, die ihnen beiden die Rede benahm, sahen sie einander an. War es Traurigkeit, eine unsägliche, unbewußte, unschuldige Traurigkeit, die sie erfüllte? Dann, als hätten sie ihre Existenz zerstört und an alle Tiefe des menschlichen Elends gerührt, schwollen ihre Lider von Tränen. Dann aber küßte er sie, ohne auch nur ein Wort des Dankes finden zu können, gerührt und blutenden Herzens auf die Stirn.

V

Es geschah am fünfzehnten Mai gegen neun Uhr, während Claude, der am Tag vorher um drei Uhr morgens von Sandoz aus der Stadt heimgekommen war, noch schlief, daß Frau Joseph einen großen Strauß weißen Flieders zu ihm heraufbrachte, den ein Bote soeben abgegeben hatte. Er verstand. Christine wollte ihn im voraus zu dem Erfolg seines Bildes beglückwünschen. Denn es handelte sich um einen großen Tag für ihn: um die Eröffnung des »Salons der Zurückgewiesenen«, der dieses Jahr gegründet worden war und in dem sein von der Jury des offiziellen Salons zurückgewiesenes Werk ausgestellt wurde.

Die zarte Aufmerksamkeit, die ihn mit ihrem frischen Duft weckte, rührte ihn tief. Der Flieder war wie der Vorbote eines glücklichen Tages. Im Hemd und barfüßig tat er ihn in seinen Wasserkrug und stellte ihn auf den Tisch. Dann schalt er, daß er so lange geschlafen hatte, und kleidete sich, noch ganz schlaftrunken und verbiestert, an. Gestern hatte er Dubuche und Sandoz versprochen, sie um acht bei letzterem abholen zu wollen. Sie gedachten, sich zusammen zum Industriepalast zu begeben, wo man sich mit den übrigen Freunden treffen wollte. Und nun hatte er eine Stunde zu lange geschlafen.

Außerdem fand er heute, da das Fortschaffen des großen Bildes das ganze Atelier auf den Kopf gestellt hatte, nichts an seinem rechten Platz. Fünf Minuten lang mußte er auf den Knien seine Schuhe unter alten Rahmen hervorsuchen. Goldstäubchen wirbelten umher. Denn da er nicht gewußt hatte, wie sich das Geld zu einem Rahmen beschaffen sollte, hatte er sich von einem in der Nachbarschaft wohnenden Tischler vier Bretter zusammenfügen lassen und sie dann mit seiner Freundin, die sich dabei als eine recht ungeschickte Vergolderin entpuppte, eigenhändig vergoldet. Endlich machte er sich, gestiefelt und gespornt, den Filzhut mit Goldpünktchen beglitzert, schon auf den Weg, als ihn ein abergläubischer Gedanke noch einmal zu den Blumen hinüber umkehren ließ, die auf dem Tisch einsam zurückbleiben sollten. Wenn er diesen Flieder nicht küssen würde, meinte er, würde ihm etwas Widerwärtiges begegnen. Umfangen von seinem kräftigen Lenzduft küßte er ihn.

Unten im Hausflur gab er nach seiner Gewohnheit bei der Pförtnerin den Schlüssel ab.

»Frau Joseph, ich werde vor heut abend nicht nach Haus kommen.«

In weniger als zwanzig Minuten war Claude in der Rue d'Enfer bei Sandoz. Aber auch der, den er schon nicht mehr anzutreffen fürchtete, war noch da. Eine Unpäßlichkeit seiner Mutter hatte ihn aufgehalten. Es war weiter nichts, nur eine schlecht verbrachte Nacht. Doch es hatte ihm Sorge gemacht. Jetzt war er wieder beruhigt und erzählte, daß Dubuche geschrieben hätte, man sollte nicht auf ihn warten, er werde sie direkt in der Ausstellung treffen. Sie brachen auf. Da es schon elf Uhr war, entschlossen sie sich, in einer kleinen, einsamen Restauration der Rue Saint-Honoré zu frühstücken. Sie hielten sich dabei auf. Ihre glühende Ungeduld, die Ausstellung zu sehen, hatte nachgelassen, und nicht ohne gerührte Melancholie gaben sie sich ihren alten Jugenderinnerungen hin.

Es schlug eins, als sie die Champs-Elysées überschritten. Es war ein ausnehmend schöner Tag. Der klare Himmel zeigte sich von einer noch kühlen Brise aufgefrischt, die sein Blau noch zu vertiefen schien. Mit einem Gelbton von reifem Getreide belebte die Sonne das erste, junge, frischgrüne Laub der Kastanienbaumreihen. Die Springbrunnen ließen ihre Wassergarben spielen. Die sauber gehaltenen Rasenflächen, die tiefen Alleen und die weitausgedehnte Fläche verliehen der weiten Sicht ein festliches Gepräge. Einige Equipagen, nur erst wenige, kamen die Straße herauf; aber der wie ein Ameisenhaufen kribbelnde Menschenstrom floß in den gewaltigen Säulengang des Industrieplatzes hinein.

Als sie eingetreten waren, hatte es Claude unter der gewaltigen Vorhalle mit ihrer kellerartigen Kühle und ihrem unter den Füßen wie die Quadern einer Kirche dröhnenden feuchten Pflaster mit einem leichten Schauer. Zur Rechten und zur Linken sah er die beiden monumentalen Treppen und sagte verächtlich:

»Sag mal, wollen wir uns wirklich ihren schweinischen Salon ansehen?«

»Ah, der Kuckuck noch mal, nein!« antwortete Sandoz. »Gehen wir durch den Garten. Dort ist die westliche Treppe, die zu den ›Zurückgewiesenen‹ führt.«

An den kleinen Tischen der Katalog Verkäuferinnen schritten sie geringschätzig vorbei. Durch den Spalt der mächtigen, rotsamtenen Vorhänge bot sich am Ende eines schattigen Ganges der glasüberdeckte Garten.

Zu dieser Tageszeit war er so gut wie leer. Nur unter der Uhr, am Büfett, drängte sich ein Haufen frühstückender Leute. Die eigentliche Menge befand sich im ersten Stockwerk, in den Sälen. An den gelben Sandwegen der Alleen hin reihten sich nur die weißen Statuen und hoben sich scharf gegen die grünen Rasenflächen ab, ein regungsloses, von einem unbestimmten Licht, das wie ein Staub oben von den Glasscheiben herniederfiel, gebadetes Marmorvolk. An der Südseite war die eine Hälfte des Schiffes von Leinwandstores verhüllt, die dort, wo die Sonne drauf schien, gelb waren, an beiden Enden aber, wo das Licht durch bunte Scheiben fiel, blaue und rote Flecke zeigten. Einige bereits erschöpfte Besucher hielten die ganz neuen, von buntem Lack glänzenden Stühle und Bänke besetzt, während die Spatzen, die oben in dem Gewirr des Eisentragwerks nisteten, unter lärmendem Gezwitscher einander verfolgend herabstürzten und ohne Scheu im Sand herumpickten.

Claude und Sandoz taten, als schritten sie, ohne etwas zu beachten, schnell hindurch. Eine steife, korrekte Bronze, die Minerva eines Mitgliedes des Institutes, hatte sie schon beim Eingang aufgebracht. Doch als sie eilig eine endlose Reihe von Büsten entlang schritten, erkannten sie Bongrand, der einsam und langsamen Schrittes um eine üppige, riesenhafte, liegende Figur herumging.

»Ah, ihr!« rief er, als sie ihm die Hand hinstreckten. »Ich besah mir eben die Figur unseres Freundes Mahoudeau. Sie sind ja immerhin so verständig gewesen, wenigstens ihn anzunehmen und gut zu plazieren.«

Er unterbrach sich.

»Kommt ihr von oben?«

»Nein, wir sind eben erst gekommen«, sagte Claude.

Er sprach ihnen sehr warm vom Salon der Zurückgewiesenen. Er, der mit zum Institut gehörte, sich aber von seinen Kollegen absonderte, belustigte sich über die Sache: die ewige Unzufriedenheit der Maler, der von den kleinen Journalen wie der »Tambour« geführte Krieg, die Protestationen und Einsprüche, die beständigen Reklamationen, die endlich den Kaiser aus seiner Ruhe aufgestört hatten, dann die Entscheidung des schweigsamen Träumers, von dem einzig die Maßregel ausgegangen war; die Bestürzung, das allgemeine Geschrei, das diesem in den Froschpfuhl gefallenen Stein gefolgt war!

»Nein«, fuhr er fort, »ihr könnt euch keine Vorstellung machen über die Entrüstung, die unter den Jurymitgliedern herrscht! ... Dabei mißtraut man mir noch und schweigt sich in meiner Gegenwart aus! ... Alle Wut richtet sich gegen die fürchterlichen Realisten. So systematisch verschloß man vor ihnen die Pforten des Tempels, und jetzt gestattet der Kaiser ihretwegen dem Publikum, den Streitfall zu entscheiden; endlich triumphieren sie ... Ah, ich habe schon schöne Dinge gehört. Ich gebe für euere Haut nicht einen Pfifferling, ihr jungen Leute!«

Die Arme weit geöffnet, als wollte er die ganze, sich vom Boden erhebende Jugend an die Brust drücken, lachte er sein herzliches Lachen.

»Ihre Schüler wachsen heran«, sagte Claude einfach.

Aber Bongrand hieß ihn mit einer Handbewegung still sein; er war verlegen. Er hatte nichts ausgestellt, und all diese Produktion, diese Gemälde und Statuen, durch die er hinschritt, all dies eifervolle Streben berührten ihn schmerzlich. Er war nicht eifersüchtig, denn es konnte keinen besseren und hochherzigeren Menschen geben als ihn: doch es war eine Einkehr bei sich selbst, die heimliche Furcht vor seinem langsamen Abstieg, die ihn uneingestandenermaßen bedrückte.

»Und wie steht's mit den Zurückgewiesenen?« fragte ihn Sandoz.

»Herrlich! Ihr werdet was erleben!«

Dann wandte er sich Claude zu, dessen beide Hände er nahm und lange in den seinen behielt.

»Sie, mein Lieber, sind ein Prachtkerl! ... Hören Sie! Ich, der ja einer sein soll, der sich auf was versteht, gäbe zehn Jahre meines Lebens, wenn ich Ihr Weibsbild da gemalt hätte!«

Dies Lob aus diesem Munde rührte den jungen Maler bis zu Tränen. Endlich einmal ein Erfolg! Er fand kein Wort des Dankes, sprach, um seine Ergriffenheit zu verbergen, schnell von etwas anderem.

»Der brave Mahoudeau! Aber sehr schön ist seine Figur! ... Ein prächtiges Temperament, nicht wahr?«

Sandoz und er waren um den Gipskoloß herumgeschritten. Mit einem Lächeln antwortete Bongrand:

»Ja, ja! Aber zuviel Schenkel, zuviel Brust. Aber seht, die Gelenke! Das ist so fein und hübsch, wie's nur sein kann ... Na, lebt wohl, ich gehe! Ich will mich ein wenig setzen, meine Beine sind wie zerschlagen.«

Claude hatte den Kopf gehoben und gelauscht. Ein gewaltiges Geräusch, das er anfangs nicht beachtet hatte, rollte in der Luft mit einem ununterbrochenen Getöse. Es war wie die das Gestade peitschende Brandung, das Grollen eines unermüdlichen, ins Unendliche hineingehenden Ansturms.

»Ach, was ist das?« flüsterte er.

»Das«, sagte Bongrand, während er sich entfernte, »ist die Menge oben, in den Sälen.«

Und nachdem die beiden jungen Leute den Garten durchschritten hatten, stiegen sie zu dem Salon der Zurückgewiesenen hinauf.

Er war sehr gut untergebracht, nicht schlechter als der andere Salon. Hohe Behänge alter Tapisserien an den Türen, die Schutzgeländer vor den Bildern mit grüner Serge umspannt, rote Sitzbänke, Schutzschirme aus weißem Leinen unter den breiten Oberlichtfenstern. Und der erste Blick, der sich in die Saalreihen hinein bot, war der gleiche hier wie dort: dieselben Goldrahmen, dieselben lebhaft bunten Flecke auf den Bildern. Und doch herrschte hier eine eigenartige, munter-jugendliche Frische, ohne daß man sich recht bewußt ward, wie?

Die ohnehin schon dichte Menge wuchs von Minute zu Minute mehr an. Denn von Neugier gepeitscht, gestachelt von dem Wunsch, die Richter zu richten, und gleich beim Eintreten in der vergnüglichen Gewißheit, daß man im höchsten Grade pläsierliche Dinge zu sehen bekommen würde, verließ man den offiziellen Salon und eilte herbei. Es war sehr heiß, ein feiner Staub stieg vom Fußboden auf; sicher war man, noch eh' es vier Uhr wurde, erstickt.

»Verwünscht!« sagte Sandoz, indem er die Ellbogen gebrauchte. »Es wird nicht gerade leicht sein, sich da durchzuarbeiten und dein Bild zu erreichen.«

Mit brüderlichem Eifer suchte er so eilig wie möglich vorwärts zu kommen; denn an diesem Tage kannte er nichts anderes als das Werk und den Ruhm seines alten Kameraden.

»Laß doch!« rief Claude. »Wir werden schon hinkommen; mein Bild wird uns nicht davonlaufen!«

Trotzdem sein Verlangen so unwiderstehlich, daß er hätte rennen können, tat er, als ob er gar keine Eile hätte. Er hob den Kopf und blickte umher. Bald vernahm er durch die lauten Gespräche der Menge durch, die es ihm bisher verdeckt hatten, ein noch unterdrücktes Lachen, das das Geräusch der Füße und der Unterhaltung übertönte. Vor gewissen Gemälden machten die Besucher ihre Späße. Er wurde unruhig, denn er war bei all seiner revolutionären Rauheit von einer schier mädchenhaft leichtgläubigen, auf das Martyrium gefaßten, immerfort zaghaften, in Angst, er könnte abgelehnt, ausgespottet werden, stehenden Empfindsamkeit. Er flüsterte:

»Sie sind recht lustig!«

»Na, man hat auch Grund dazu«, ließ sich Sandoz vernehmen. »Sieh doch mal die fabelhaften Schindmähren da!«

Aber in diesem Augenblick, wo sie im ersten Saal verweilten, stieß, ohne sie zu sehen, Fagerolles auf sie. Als er sie wahrnahm, fuhr er zusammen. Offenbar war ihm die Begegnung unangenehm. Doch faßte er sich sofort und gab sich sehr liebenswürdig.

»Sieh, ich dachte gerade an euch ... Ich bin schon seit einer Stunde hier.«

»Wo haben sie denn Claudes Bild hingesteckt?« fragte Sandoz.

Fagerolles, der eben erst zwanzig Minuten davorgestanden und immer wieder das Verhalten des Publikums studiert hatte, antwortete, ohne zu zögern:

»Ich weiß nicht ... Wollen wir's zusammen suchen?«

Er schloß sich ihnen an. Der verschmitzte Bursch trug heute nicht mehr die schnoddrigen Manieren wie sonst zur Schau, war korrekt gekleidet, zwar beständig geneigt, an jemandem seinen Witz zu wetzen; sonst aber zeigten seine für gewöhnlich immer spitzen Lippen den ernst gesetzten Ausdruck eines Menschen, der sein Ziel im Auge hat. Mit sehr überzeugter Miene fügte er hinzu:

»Wie bedauere ich, diesmal nicht ausgestellt zu haben! Ich wäre dann doch mit euch zusammen und teilte euren Erfolg ... Kinder, es sind prächtige Sachen da! Zum Beispiel die Pferde dort! ...«

Er wies auf ein ihm gerade gegenüber hängendes großes Bild, vor dem die Menge sich lachend staute. Es war, hieß es, die Arbeit eines früheren Roßarztes, Pferde in Lebensgröße, die frei auf einer Wiese umherliefen, aber ganz phantastisch, blau, violett, rosa, deren Anatomie in stupender Weise durchs Fell stach.

»Hör mal«, sagte Claude mißtrauisch, »du machst dich doch nicht etwa über uns lustig!«

Fagerolles aber spielte den Enthusiasmierten.

»Wie? Aber es strotzt doch von Werten! Der gute Mann versteht sich auf Pferde aus dem Effeff! Gewiß, er malt wie ein Schmierfink: aber was macht das, wenn er originell ist und ein Dokument liefert?«

Sein feines Mädchengesicht blieb ernst. Aber in seinen hellen Augen blitzte der gelbe Spott. Er fügte die boshafte, nur ihm verständliche Anspielung hinzu:

»Ah, wenn du dich von den Dummköpfen hier beeinflussen lassen willst, wirst du gleich noch was ganz anderes erleben.«

Die drei Kameraden hatten sich wieder in Bewegung gesetzt und schufen sich mühsam durch all die drängenden Schultern Bahn. Als sie in den zweiten Saal eintraten, überflogen sie mit einem Blick die

Wände. Aber Claudes Bild fand sich nicht. Dafür sahen sie aber am Arm Gagnières Irma Bécot. Beide waren dicht an das Schutzgeländer herangedrängt. Er war dabei, ein kleines Bild zu prüfen, während sie, über das Gedränge entzückt, ihr rosiges Gesicht hob und in das Gewühl hineinlachte.

»Wie!« sagte Sandoz erstaunt. »Sie ist jetzt bei Gagnière?«

»Oh, vorübergehend!« erklärte Fagerolles mit ruhiger Miene. »Eine so drollige Geschichte! ... Ja, der junge Trottel von Marquis, von dem letzthin in den Zeitungen die Rede war – entsinnt ihr euch? – hat ihr, wißt ihr, eine sehr schicke Wohnung eingerichtet. Ich hab's immer gesagt: sie wird's zu was bringen! ... Aber was scheren sie Betten mit Wappen; sie ist wieder auf unsere Gurtbetten versessen, und an gewissen Abenden muß sie bei einem Maler schlafen. Sie hat also wieder mal alles im Stich gelassen, ist Sonntag um ein Uhr morgens ins Café Baudequin gekommen. Wir waren schon fort; bloß Gagnière war noch da und schlief über seinem Schoppen; nun, und so hat sie Gagnière genommen.«

Irma hatte sie bemerkt und gab ihnen von weitem zärtliche Winke. Sie mußten zu ihr hingehen. Als Gagnière mit seinem fahlen Haar und seinem bartlosen Gesicht, das noch naiver aussah als sonst, sich umwandte, zeigte er keinerlei Überraschung darüber, daß sie da so hinter seinem Rücken standen.

»Ganz erstaunlich!« flüsterte er.

»Was denn?« fragte Fagerolles.

»Dies kleine Meisterwerk da ... Anständig, naiv, überzeugt!«

Er wies auf das winzige Bildchen, in dessen Betrachtung er versunken gewesen war. Es war eine durchaus kindische Sache. So, wie sie etwa ein Junge von vier Jahren hätte malen können. Ein kleines Haus am Rand eines kleinen Weges, mit einem kleinen Baum daneben; der Rauch nicht vergessen, der in Pfropfenzieherwindungen vom Dach aufstieg.

Claude machte eine ungeduldige Handbewegung, während Fagerolles phlegmatisch sagte:

»Sehr fein! Sehr fein! ... Aber wo ist dein Bild, Gagnière?«

»Mein Bild? Hier!«

Tatsächlich! Das von ihm eingereichte Bild befand sich just neben dem kleinen Meisterwerk. Es war eine perlgrau gehaltene Landschaft, ein Stück Seinestrand, sehr sorgfältig gemalt, reizend im Ton, wenn auch ein wenig schwerfällig, wunderbar ausgeglichen, ohne jede revolutionäre Brutalität.

»Wie albern sind sie, daß sie das zurückgewiesen haben!« sagte Claude, der interessiert nähergetreten war. »Ich frage euch: warum? warum?«

Tatsächlich, nichts konnte das ablehnende Verhalten der Jury rechtfertigen.

»Weil es realistisch ist«, sagte Fagerolles mit so entschiedener Betonung, daß man nicht unterscheiden konnte, ob er sich über die Jury oder das Bild lustig machte.

Inzwischen fixierte Irma, um die sich niemand bekümmerte, mit einem unwillkürlichen Lächeln, das seine linkische Wildheit ihr entlockte, Claude. War es möglich, daß er nicht einmal draufgekommen war, sie wiederzusehen? Sie fand ihn heute so anders, so komisch, so häßlich, struppig, seine Gesichtsfarbe unrein wie nach einem starken Fieber. Seines Mangels an Aufmerksamkeit wegen verdrießlich, berührte sie vertraulich seinen Arm.

»Sagen Sie, ist der Herr da drüben nicht einer Ihrer Freunde, der Sie sucht?«

Es war Dubuche, den sie kannte; denn sie hatte ihn einmal im Café Baudequin getroffen. Mühsam zwängte er sich, während er die Augen über die Flut der Köpfe schweifen ließ, durch die Menge. Doch in dem Augenblick, wo Claude sich ihm durch ein Zeichen bemerklich machen wollte, wandte der andere ihm den Rücken und grüßte sehr höflich eine Gruppe von drei Personen, einen dicken, gedrungenen Vater mit einem schlagflüssigen Gesicht, eine sehr hagere, wachsbleiche Mutter, der die Blutarmut auf dem Gesicht geschrieben stand, und eine schwächliche Tochter von achtzehn Jahren, die noch so dürftig wie ein Kind aussah.

»Gut!« flüsterte der Maler. »Der sitzt fest! ... Was hat der Kerl für Bekanntschaften! Wo hat er diese Scheusale bloß aufgegriffen?«

Gagnière sagte freundlich, daß er die Leute dem Namen nach kenne. Vater Margaillan war ein großer Bauunternehmer, schon fünf- bis sechsfacher Millionär, der sich ein Vermögen in Pariser Neubauten machte und für sich allein ganze Boulevards baute. Ohne Zweifel war Dubuche durch einen der Architekten, die seine Pläne entwarfen, zu ihm in Beziehung gekommen. Sandoz aber, dem die junge Tochter ihrer Magerkeit wegen leid tat, faßte sein Urteil über sie in ein Wort.

»Ah, die arme, kleine, elende Katze sieht doch zu kläglich aus!«

»Laß doch!« versetzte Claude wild. »Auf ihren Gesichtern prägen sich alle Verbrechen der Bourgeoisie aus: Bleichsucht, Skrofeln, Stupidität. Wahrhaftig! ... Seht, unser Ausreißer geht mit ihnen. Das ist doch ein Skandal! Ein Architekt! Glückliche Reise! Er mag uns gestohlen bleiben!«

Dubuche, der seine Freunde nicht gesehen hatte, hatte der Mutter den Arm geboten und ging, indem er mit übertriebener Liebenswürdigkeit die Bilder erklärte, weiter.

»Na, gehen wir!« sagte Fagerolles.

Und Gagnière zugewandt:

»Weißt du etwa, wo sie Claudes Bild hingesteckt haben?«

»Nein, ich suchte es gerade ... Ich komme mit euch.«

Er begleitete sie und vergaß Irma, die bei der Brüstung stand.

Es war ihr Einfall gewesen, an seinem Arm die Ausstellung zu besuchen. Er aber war's so wenig gewohnt, solcherweise mit einem Weibe spazierenzugehen, daß er sie unterwegs fortwährend verlor und immer ganz verdutzt war, wenn er sie wieder an seiner Seite fand; er wußte nicht, wie und warum sie beisammen waren. Sie lief herzu, ergriff wieder seinen Arm; denn sie wollte Claude folgen, der mit Fagerolles und Sandoz schon in den nächsten Saal eingetreten war.

Alle fünf schweiften sie jetzt, die Nase in der Luft, von einem Schub Menschen bald getrennt, bald von einem anderen wieder zusammengebracht, fortgezogen vom Hauptstrom, umher. Eine Unglaublichkeit von Chaîne hielt sie auf. Ein Christus, der die Ehebrecherin freispricht. Trockene, gleichsam aus Holz geschnitzte

Figuren, das Knochengerüst durch die Haut stechend, wie mit Kot gemalt. Doch gleich daneben hatten sie eine sehr schöne, von hinten gesehene Weibstudie zu bewundern, die den Kopf zurückwandte und stark betonte Hüften hatte. Es gab an den Wänden hin eine Mischung von Ausgezeichnetem und Schlechtem, alle Genres beieinander: Unbedeutendes der historischen Schule neben den jungen Heißspornen des Realismus; naive Tröpfe zusammen mit Originalitätshaschern; eine tote Jesabel, die in der Kellertiefe der Akademie der schönen Künste verfault zu sein schien, über einer Dame in Weiß, der sehr bemerkenswerten Vision eines großen Künstlers; ein riesiger Schäfer, der auf das Meer hinaussieht; Mythologie einer kleinen Leinwand gegenüber ballspielenden Spaniern, einer glänzenden Lichtstudie. Nicht eine Spielart der schlechten Malerei fehlte: weder die militärischen Bilder mit ihren Bleisoldaten noch die ausgeblaßte Antiquität, noch das mit Erdpech hinzugehauene Mittelalter. Doch aus diesem zusammenhängenden Beieinander ging, besonders von den Landschaften, die fast durchweg eine gewissenhafte, sehr glückliche Note hatten, auch von den Porträts, von denen die Mehrzahl eine interessante Faktur zeigten, ein starker Hauch von Jugend, Bravour und Leidenschaft aus. Wenn es in dem offiziellen Salon weniger schlechte Bilder gab, so war doch dort der Durchschnitt banaler und mittelmäßiger. Man fühlte sich wie in einer Schlacht, einer munteren, mit Begeisterung bei Tagesanbruch gelieferten Schlacht, wenn die Hörner schallen, wenn man mit der Gewißheit, ihn noch vor Sonnenuntergang ganz geschlagen zu haben, gegen den Feind anrückt.

Claude, der sich von diesem Kampfatem erfrischt fühlte, belebte, ärgerte sich, hatte eine herausfordernde Miene, als hörte er die Kugeln pfeifen. Anfangs diskret, wurde das Lachen, je weiter man vorwärts gelangte, immer lauter. Schon im dritten Saale lachten die Damen nicht mehr ins vorgehaltene Taschentuch hinein; die Männer aber taten sich keinen Zwang mehr an und lachten aus vollem Halse. Es war die ansteckende Heiterkeit einer Menge, die gekommen war, sich zu vergnügen. Sie erregte sich mehr und mehr, brach bei dem geringsten Anlaß hervor, bei den guten Bildern ebenso wie bei den schlechten. Man lachte weniger vor dem Christus Chaînes als vor der Weibstudie, deren ausladende Lenden, die wie aus der Leinwand hervorsprangen, besonders komisch gefunden wurden.

Auch die Dame in Weiß ergötzte die Menge. Man stieß sich mit dem Ellbogen an, man wand sich, immer stand mit lachend geöffnetem Munde eine Gruppe davor. Und so hatte jedes Bild seinen Heiterkeitserfolg. Man rief sich von fern herbei, um sich etwas besonders Schönes zu zeigen; fortwährend gingen geistreiche Witze von Mund zu Mund. Derart, daß Claude, als er in den vierten Saal eintrat, eine alte Dame, deren glucksendes Lachen ihn außer sich brachte, am liebsten geohrfeigt hätte.

»Was für Idioten!« sagte er, gegen die anderen hin gewandt. »Man möchte ihnen Meisterwerke um die Schädel schlagen!«

Auch Sandoz hatte sich erhitzt. Fagerolles fuhr fort, sehr laut die schlechten Bilder zu loben, was die Heiterkeit noch mehr steigerte. Während Gagnière, die entzückte Irma, deren Röcke sich den Männern um die Beine schlangen, am Arm, zwischen dem Gewühl so hinschlenderte.

Plötzlich aber war Jory bei ihnen. Seine große, rosige Nase, sein blondes, hübsches Gesicht glänzte. Er brach sich durch die Menge Bahn, gestikulierte, frohlockte, als gälte es seinen persönlichen Triumph, und rief:

»Ah, da bist du ja! Endlich! Seit einer Stunde such' ich dich! ... Ein Erfolg, Alter! Oh, ein Erfolg! ...«

»Was für ein Erfolg?«

»Na, dein Bild doch! ... Komm, du mußt das sehen! Nein wirklich, du wirst sehen: es ist großartig!«

Claude erbleichte. Eine mächtige Freude beengte ihm den Atem, während er der Mitteilung gegenüber gleichgültig tat. Er gedachte wieder der Worte Bongrands, glaubte an sein Genie.

»Guten Tag!« fuhr Jory fort, indem er den anderen die Hand drückte.

Und er, Fagerolles und Gagnière umgaben Irma, die ihnen allen freundlich zulächelte, als befände sie sich, wie sie selbst sagte, in Familie.

»Na, sag doch endlich, wo er ist!« drängte Sandoz ungeduldig. »Führ uns doch hin!«

Jory ging voraus, die anderen folgten. Gewaltsam mußte man sich den Eintritt in den letzten Saal erzwingen. Der hintangebliebene Claude aber hörte, wie das Gelächter immer mehr zunahm, ein schwellendes Geschrei, das Tosen einer brandenden Flut wurde. Als er endlich aber in den Saal eintrat, sah er in wirr durcheinanderwimmelnden Haufen eine ungeheure Menschenmenge sein Bild umdrängen. All das Lachen entfachte und vereinte sich hier. Sein Gemälde war's, über das man lachte.

»Na?« wiederholte Jory triumphierend. »Heißt das nicht ein Erfolg?«

Eingeschüchtert und beschämt, als wäre er selbst verhöhnt worden, flüsterte Gagnière:

»Zu viel Erfolg ... Ein anderes wäre mir lieber.«

»Bist du dumm!« versetzte Jory mit ekstatischem Schwung. »Gerade das ist der Erfolg ... Was tut's denn, daß sie lachen? Wir sind lanciert, morgen sprechen alle Zeitschriften von uns.«

»Kretins!« rief Sandoz laut, mit schmerzerstickter Stimme.

Fagerolles schwieg. Er hatte die würdige, unbeteiligte Haltung eines Familienfreundes, der einem Begräbnis beiwohnt. Bloß Irma lächelte nach wie vor und fand das alles drollig. Dann aber lehnte sie sich zärtlich an die Schulter des ausgehöhnten Malers, duzte ihn und flüsterte ihm sanft ins Ohr:

»Reg dich nicht drüber auf, Kleiner. Es ist ja dummes Zeug; man amüsiert sich doch dabei.«

Aber Claude blieb unbeweglich. Ein kalter Schauer überlief ihn. Ja, für einen Augenblick hatte ihm der Herzschlag ausgesetzt, so grausam war seine Enttäuschung. Wie im Banne einer unwiderstehlichen Macht hafteten seine Augen weit und starr an seinem Bild. Und er erstaunte, kaum erkannte er es in diesem Saale wieder. Sicher, es war nicht dasselbe wie im Atelier. Im bleichen Licht des Leinenvorhanges oben hatte es einen gelblichen Ton bekommen; es bot sich kleiner, brutaler, zugleich gezwungen. Und ob infolge des Hohnes der Menge oder der anderen Umgebung sah er auf den ersten Blick alle Fehler und erkannte, wie er monatelang gegen sie blind gewesen war. Mit ein paar raschen Strichen verbesserte er sie im Geiste, ließ den Vordergrund zurücktreten, änderte ein Körperglied, den Ausdruck einer Tönung. Unbedingt war der Mann im Sammetjackett nichts wert, war zu schwerfällig gemalt, saß schlecht, nur die Hand war schön. Die beiden kleinen, im Hintergrund miteinander ringenden Weibgestalten, die blonde und die braune, waren zu sehr Skizze geblieben, nicht genug herausgearbeitet, konnten höchstens ein Künstlerauge befriedigen. Aber mit den Bäumen war er zufrieden, mit der sonnbestrahlten Lichtung und mit dem nackten, im Gras liegenden Weib. Mit dem hatte er sich selbst übertroffen, als hätte ein anderer sie gemalt. Es war, als hätte er sie in dieser strahlenden Lebensglorie überhaupt noch nicht erblickt.

Er wandte sich Sandoz zu und sagte einfach:

»Sie haben recht, wenn sie lachen: es ist unfertig ... Einerlei, das Weib ist aber gut! Bongrand hat nicht zuviel gesagt.«

Der Freund bemühte sich, ihn fortzuziehen. Doch er beharrte, trat sogar näher heran. Jetzt, nachdem er sein Werk gerichtet hatte, hörte er auf die Menge und beobachtete sie. Der lärmende Ausbruch hielt an, das ausgelassene Gelächter schwoll an in allen Tonarten. Er sah, wie sich ihnen schon in der Tür der Mund und das ganze Gesicht in die Breite zog, die Augen sich kniffen. Da war das geräuschvolle Lachen von dicken Leuten, das rostige Meckern der Mageren, beherrscht beides von dem scharfen Getriller der Weiberstimmen. Junge Leute bogen sich lachend, als hätte man ihnen die Seiten gekitzelt, über die Brustwehr. Eine Dame hatte sich auf eine Bank sinken lassen, drückte die Knie gegeneinander und kam fast um vor Lachen; um wieder zu Atem zu kommen, preßte sie das Taschentuch vor den Mund. Das Gerücht von dem drolligen Gemälde mußte sich verbreiten; denn von allen Seiten des Salons kamen sie herbeigelaufen, jeder wollte dabei sein. »Wo ist es? – Da hinten! – Oh, das ist unbezahlbar!« Und mehr als je regnete es Witze. Besonders der Gegenstand stachelte die Heiterkeit. Man verstand nicht, fand ihn ohne jeden Sinn, zum Kranklachen verdreht. »Aha, der Dame ist es zu heiß, und der Herr hat sich ein Sammetjackett angezogen, weil er Angst hat, sich einen Schnupfen zu holen. – Aber nein, sie ist ja schon blau; der Herr hat sie aus einem Sumpf gezogen, ruht sich hübsch weit von ihr ab aus und hält sich die Nase zu. – Nicht nett von dem Mann, er könnte uns denn doch seine Vorderfront zukehren. – Ich versichere Sie: das ist ein spazierengehendes Mädchenpensionat; sehen Sie doch die beiden Kleinen, die Bockspringen spielen. – Ach, eine große Wäsche stellt's vor. Ganz gewiß, er hat ja das ganze Bild gewaschblaut!« Andere, die nicht lachten, gerieten in Wut. Die bläulichen Reflexe, die neue Darstellung des Lichtes erschien ihnen beleidigend. Durfte man die Kunst so verunglimpfen lassen? Alte Herren schwangen ihre Stöcke. Ein würdiger Mann entfernte sich unmutig und erklärte seiner Frau, daß er schlechte Späße nicht liebe. Ein anderer aber, ein kleiner, peinlicher Herr, hatte im Katalog, um es seiner Tochter erklären zu können, nach dem Titel des Bildes gesucht und las mit lauter Stimme:»Pleinair«. Mit furchtbarem Lärm und Geschrei ging es um ihn herum von neuem los. Das Wort wurde aufgegriffen, man wiederholte, kommentierte es. Pleinair! O ja, freie Luft! Bauch, alles an die Luft! Trallala! Es artete in einen Skandal aus. Das Gedränge wurde immer größer; die zunehmende Hitze ließ die Gesichter rot anlaufen; jeder sperrte den Mund auf wie ein Dummkopf, der etwas, was er nicht versteht, beurteilen will. Es gab all die Eseleien, die läppischen Reflexionen, das üble, alberne Gegrinse, das der Anblick eines eigenartigen Werkes dem spießbürgerlichen Stumpfsinn entlockt.

In diesem Augenblick sah Claude, als ob das Maß erst noch hätte voll werden sollen, Dubuche wieder auftauchen und mit ihm die Margaillans. Sobald er bei dem Bild angekommen war, wollte der in Verlegenheit geratene Architekt, von einer feigen Scham ergriffen, seinen Schritt beschleunigen, seine Begleiter weiterziehen und tun, als sähe er weder das Bild noch seine Freunde. Doch schon hatte der Bauunternehmer sich auf seinen kurzen Beinen davor aufgepflanzt, die Augen aufgerissen und fragte sehr laut mit seiner groben, heiseren Stimme:»Sagen Sie doch, wer ist der Klotz, der das gemalt hat?« Diese naive Brutalität, dieser Ausruf des Millionärprotzen, der die durchschnittliche Meinung über das Bild zusammenfaßte, verdoppelte die Heiterkeit. Er aber legte, von seinem Erfolg geschmeichelt und von der Sonderbarkeit des Gemäldes gekitzelt, jetzt auch seinerseits los. Und zwar mit einem so maßlosen, schnaubenden Lachen aus seiner fetten Brust hervor, daß er alle überdröhnte. Es war das Halleluja, das schmetternde Finale der großen Orgelpfeifen.

»Führen Sie meine Tochter fort!« sagte Frau Margaillan ganz bleich Dubuche ins Ohr.

Sofort eilte dieser zu der mit gesenkten Augen dastehenden Regine hin und arbeitete sich mit angestrengter Muskelkraft, als gälte es, dies arme Wesen vor einer Todesgefahr zu retten, zum Saal hinaus. Dann aber kam er, als er sich von den Margaillans an der Tür mit Händedrücken und weltmännischer Begrüßung verabschiedet hatte, zu den Freunden hin und sagte zu Sandoz, Fagerolles und Gagnière geradeheraus:

»Was wollt ihr? Es ist nicht meine Schuld ... Ich habe vorausgesehen, daß das Publikum es nicht verstehen wird. Es ist unanständig; ja, sagt was ihr wollt: unanständig!«

»Sie haben Delacroix verhöhnt«, unterbrach Sandoz, bleich vor Aufregung und die Fäuste ballend. »Sie haben Courbet verhöhnt. Verhaßte Rasse! Stumpfsinnige Henker!«

Gagnière, der jetzt diesen Künstlerschmerz teilte, empörte sich bei der Erinnerung an die Kämpfe, die er jeden Sonntag gelegentlich der Konzerte Pasdeloup für die wahre Musik ausfocht.

»Und sind es nicht die gleichen, die auch Wagner auspfeifen? Ich erkenne sie wieder! ... Seht zum Beispiel den Dicken da!...«

Jory mußte ihn zurückhalten. Er hätte die Menge am liebsten noch mehr angereizt. Er wiederholte, daß das famos, daß diese Reklame hunderttausend Franken wert wäre. Irma aber, immer noch verlassen abseits, hatte in dem Gedränge zwei Freunde erkannt, zwei junge Börsianer, die unter den eifrigsten Spöttern waren und die sie, während sie ihnen auf die Finger schlug, bearbeitete und zwang, das Bild schön zu finden.

Fagerolles aber hatte kein Wort gesagt. Er prüfte beständig das Bild und schickte dann Blicke zum Publikum hin. Und sein Pariser Spürsinn, sein gewandt geschmeidiges Empfinden kam hinter den Grund des Mißerfolges. Im Ungefähren fühlte er bereits, womit diese Malerei alle hätte erobern können. Es handelte sich vielleicht bloß um einige Zugeständnisse, Abschwächungen drangen, eine geringe Abänderung im Gegenstand, eine Milderung der Komposition. Der Einfluß, den Claude auf ihn geübt hatte, blieb. Er blieb davon durchdrungen, trug seine unverwischbare Marke. Doch fand er es erzdumm, so etwas auszustellen. War es nicht dumm, an das Verständnis des Publikums zu glauben? Was sollte dies Weib neben dem bekleideten Herrn? Und was sollte es mit den beiden im Hintergrund spielenden Weibern? Sonst aber die Eigenschaften eines Meisters, ein Stück Malerei, von dem es nicht ein zweites im Salon gab! Und es überkam ihn eine gründliche Verachtung gegenüber diesem bewunderungswürdig begabten Künstler, der wie der erbärmlichste Schmierfink ganz Paris über sich lachen machte.

Und so stark war diese Verachtung, daß er sie nicht verbergen konnte. In einer Anwandlung von unbezwingbarer Freimütigkeit sagte er:

»Ah, weißt du, mein Lieber! Du hast's nicht anders gewollt. Du bist zu einfältig.«

Schweigend wandte Claude den Blick von der Menge ab und sah ihn an. Unter all dem Gelächter war er nur erbleicht, und um seine Lippen hatte es nervös gezuckt; sonst aber hatte er nicht gewankt. Es kannte ihn ja niemand; nur seinem Werke hatte es gegolten. Jetzt aber richtete er einen Moment seinen Blick auf das Bild und ließ ihn dann langsam an den Wänden hin über die anderen Gemälde schweifen. Und in allem Zusammenbruch seiner Illusionen, in den lebhaften Schmerz seines verletzten Stolzes hinein war es ein Hauch von Mut, ein Strom von Gesundheit und Jugend, der ihn von all dieser munteren, tapferen Malerei her anwehte, die mit so ungestümer Leidenschaft gegen die antike Mache anstürmte. Das tröstete ihn, richtete ihn auf. Ohne Gewissensbisse und Reue fühlte er sich angetrieben, der öffentlichen Meinung auch fernerhin zu trotzen. Gewiß, da war viel Ungeschick, viel kindlicher Anlauf: aber doch, welch fesselnder Ton, wieviel Licht! Ein feines, silbergraues, zart verschwimmendes Licht von all den in der freien Luft tanzenden Reflexen. Es war, als sei plötzlich in einer altmodischen Asphaltküche der aufgewärmten Traditionsbrühen ein Fenster geöffnet worden, und nun dränge der Sonnenschein herein und alle Wände lachten im schönen Lenzmorgen. Die helle Note seines Bildes, dies bläuliche Licht, über das man lachte, brachte sich allem anderen gegenüber mächtig zur Geltung. War es nicht die erwartete Morgenröte, der neue Kunsttag, der sich erhob? Er bemerkte einen Kritiker, der, ohne zu lachen, stehenblieb. Auch den Vater Malgras, der, schmierig wie immer, von Gemälde zu Gemälde ging mit seinem lecker gespitzten Mund und ganz hingenommen, unbeweglich, vor seinem Bilde stehenblieb. Und da wandte er sich gegen Fagerolles herum und überraschte diesen mit der verspäteten Erwiderung:

»Man ist dumm, so gut man kann, mein Lieber! Und ich denke, ich bleibe dumm ... Um so besser für dich, wenn du ein Schlaukopf bist!«

Wie jemand, der bloß einen kameradschaftlichen Scherz gemacht hat, klopfte Fagerolles ihn auf die Schulter; Claude aber ließ sich von Sandoz beim Arm nehmen. Endlich führte man ihn hinweg, und mit der Absicht, sich den Architektursaal anzusehen, verließ die Schar den Salon der Zurückgewiesenen. Denn Dubuche, von dem der Entwurf zu einem Museum angenommen worden war, hatte ihnen so beharrlich und mit einem so flehentlichen Blick zugesetzt, daß man ihm diese Genugtuung nicht recht gut verweigern konnte.

»Ah«, äußerte Jory scherzend, als er in den Saal eintrat, »hier ist's frisch, man atmet doch mal auf!«

Alle nahmen die Kopfbedeckung ab und trockneten sich erleichtert die Stirn, als gelangten sie nach einem langen Marsch in heißer Sonnenglut in den Schutz erfrischenden Schattens. Der Saal war leer. Von der mit einem weißleinenen Überzug beschirmten Decke kam eine gleichmäßige, sanft gedämpfte Helle, die sich wie in einem stillen Quell in dem stark gebohnten Fußboden spiegelte. Auf den vier blaßroten Wänden hoben sich die hellblau eingerahmten Projekte und größeren und kleineren Skizzen mit den Flecken ihrer Aquarelltöne hervor. Allein aber, gänzlich allein in dieser Einsamkeit stand in tiefe Betrachtung versunken ein bärtiger Herr vor dem Entwurf zu einem Krankenhaus. Drei Damen erschienen, erschraken aber und, trippelten durch den Saal eilig davon.

Dubuche zeigte und erklärte den Kameraden sein Werk. Es war ein armseliger, kleiner Museumssaal, den er in ehrgeizigem Eifer ganz außer der Gewohnheit und gegen den Willen seines Lehrers, der ihn nur aus Gefälligkeit aufgenommen, eingereicht hatte.

»Ist dein Museum zur Aufnahme der Gemälde der Pleinairschule bestimmt?« fragte Fagerolles, ohne zu lachen.

Gagniere brachte mit einer Kopfbewegung seine Bewunderung zum Ausdruck, dachte dabei aber an etwas anderes, während Claude und Sandoz die Sache aus Freundschaft prüften und sich aufrichtig interessierten.

»Oh, nicht schlecht, Alter!« sagte der erstere. »Aber das Schmuckwerk ist noch recht undeutlich ... Na, schadet nichts; es geht schon an.«

Aber Jory, der ungeduldig geworden war, unterbrach ihn.

»Gehen wir weiter, nicht wahr? Ich erkälte mich hier.«

Sie setzten ihre Wanderung fort. Aber es traf sich schlecht, daß sie, um abzuschneiden, durch den ganzen offiziellen Salon hindurch mußten. Trotz des Schwurs, den sie des Protestes wegen getan hatten, ihn mit keinem Fuß zu betreten, entschlossen sie sich dazu. Eilig durchbrachen sie die Menge und durchquerten die Reihe der Säle, wobei sie nach rechts und links verächtliche Blicke schickten. Hier gab's nicht das frische Ärgernis ihres Salons mit seinen lichten Tönen, seinem überhellen Sonnenlicht. In ihren goldenen Rahmen reihten sich die dunkelgemalten Bilder, steife, trübe Sachen, akademische Nacktheiten, aus einem fahlen Kellerlicht gelblich hervortretende Dinge, der ganze klassische Krempel, Historie, Genre, Landschaft, alles dieselbe konventionelle Schmiere. Eine eintönige Mittelmäßigkeit hauchten diese Wände; ein trüber, stumpfer Ton kennzeichnete sie, trotz aller geleckten Kunst ein verdorben kümmerliches Lebensblut. Sie beschleunigten ihren Schritt, stürmten vorwärts, um diesem Bereich der hartnäckig behaupteten Asphaltmalerei zu entrinnen, die sie in ihrer prächtigen, sektiererhaften Ungerechtigkeit in Bausch und Bogen verurteilten.

»Nichts!« riefen sie. »Nichts, nichts, aber auch gar nichts!«

Endlich waren sie durch und stiegen zum Garten hinab, wo sie Mahoudeau und Chaine begegneten. Der erstere warf sich Claude in die Arme.

»Ah, mein Lieber, dein Bild! Oh, hat das ein Temperament!«

Claude beeilte sich, die »Winzerin« zu loben.

»Und du! Was hast du ihnen für ein Meisterstück an den Kopf geworfen!«

Aber da gewahrte er Chaine, der, ohne daß ihm jemand ein Wort über seine »Ehebrecherin« sagte, still nebenher ging und der ihm leid tat. Fast hatte er's mit einer tiefen Melancholie über diese scheußliche Malerei, über das ganze verfehlte Leben dieses das Opfer spießbürgerlichen Mäzenatentums gewordenen Bauern. Wo er konnte, machte er ihm die Freude, ihm etwas Lobendes zu sagen. Und so klopfte er ihm freundschaftlich auf die Schulter und rief:

»Ihr Ding ist sehr hübsch ... Ah, mein Junge, der Zeichnung wegen braucht Ihnen nicht bange zu. sein.«

»O gewiß nicht!« erklärte Chaine, dessen Gesicht sich vor Stolz unter seinen schwarzen Bartstoppeln purpurrot färbte.

Mahoudeau und er gesellten sich zu der Schar. Der erstere fragte die. anderen, ob sie Chambouvards »Sämann« gesehen hätten. Er war erstaunlich, das einzige Meisterwerk der ganzen Skulpturabteilung. Alle folgten ihm in den Garten, in den sich jetzt auch das Publikum ergoß.

»Da!« fuhr Mahoudeau fort, während er mitten in der Mittelallee stehenblieb. »Gerade steht Chambouvard selber davor.«

Tatsächlich stand ein beleibter Herr mit dicken Beinen davor und bewunderte seine eigene Arbeit. Der Kopf verschwand ihm zwischen den Schultern. Er hatte das dicke, glatt schöne Gesicht eines indischen Götzenbildes. Es hieß, daß er der Sohn eines Tierarztes aus der Nähe von Amiens sei. Er zählte ungefähr fünfundvierzig Jahre und hatte schon zwanzig Kunstwerke geschaffen, einfache, lebensvolle Statuen, die Behandlung des Fleisches ungesucht, von einem genialen Arbeiter bewältigt. Dabei arbeitete er auf gut Glück, schuf Meisterwerke, wie ein Feld Halme hervorbringt, einmal gut, das andere Mal schlecht, ohne daß er sich irgendwie seiner Sache bewußt war. Es fehlte ihm so sehr an Selbstkritik, daß er zwischen seinen berühmtesten Schöpfungen und den abscheulichen Mißgestalten, die er zuweilen zusammenpfuschte, keinen Unterschied zu machen wußte. Er schuf ohne jede Unruhe und Leidenschaft, ohne irgendwelchen Zweifel, war immer von seinem Können überzeugt und stolz wie ein Gott.

»Erstaunlich, dieser Sämann!« flüsterte Claude. »Welcher Bau! Welche Haltung!«

Fagerolles, der die Statue nicht angesehen hatte, hatte sein Vergnügen an dem großen Manne und dem Gefolge seiner maulaufsperrenden Schüler, die ihm auf Schritt und Tritt zu folgen pflegten. »Seht sie euch doch an! Aufs Wort, als ob sie beichteten! ... Und er selber, he! Sein dicker Kopf verklärt sich förmlich in der Betrachtung seines Nabels!«

Chambouvard, dem die Neugier, die ihn umgab, sehr behagte, machte ein wie aus den Wolken gefallenes Gesicht, als erstaune er, ein derartiges Werk zustande gebracht zu haben. Er schien es zum ersten Male zu sehen, kam gar nicht davon los. Sein breites Gesicht strahlte vor Entzücken; er wiegte den Kopf, konnte ein leises Lachen nicht unterdrücken und wiederholte in einem fort:

»Komisch! ... Komisch! ...«

Hinter ihm war sein ganzes Gefolge, während er auf keine andere Weise seiner Bewunderung Ausdruck zu geben vermochte als so, außer sich vor Freude.

Doch da entstand eine leise Bewegung. Der, die Hände auf dem Rücken, träumenden Blickes einhergehende Bongrand war auf Chambouvard gestoßen. Das Publikum, das Platz gemacht hatte, flüsterte, interessierte sich für den Händedruck, den die beiden berühmten Künstler, der kleine, sanguinische und der lange, melancholische, miteinander tauschten. Man vernahm die freundschaftlichen Worte, mit denen sie einander begrüßten: »Immer Wunderwerke! – Na, nicht wahr! Aber Sie? Haben dies Jahr nichts ausgestellt? – Nein, nichts! Ich ruhe mich aus, suche. – Gehen Sie doch, Sie Spaßvogel, das kommt ja von selbst. – Adieu! – Adieu!« Schon aber schritt auch Chambouvard, von seinem Hofstaat begleitet, mit dem Blick eines mit seinem Dasein zufriedenen Potentaten langsam durch die Menge weiter, während Bongrand, der Claude und seine Freunde gesehen hatte, sich ihnen näherte und ihnen seine nervös fiebernde Hand reichte. Mit einer Kinnbewegung wies er nach dem Bildhauer hinüber und sagte:

»Das ist ein Kerl, den ich beneide! Schöne Sache, immer zu glauben, daß man Meisterwerke schafft!«

Er, der alte rangierte und dekorierte Romantiker, beglückwünschte Mahoudeau zu seiner Winzerin und erwies sich in seiner bieder aufgeschlossenen Weise gegen alle väterlich freundlich. Dann wandte er sich an Claude:

»Nun, was hab' ich Ihnen gesagt? Sie haben gesehen, oben ... Sie sind jetzt Haupt einer Schule.«

»Ah ja«, antwortete Claude. »Man spielt mir schon mit ... Sie sind's, der unser aller Meister.«

Aber Bongrand hatte seine unbestimmte Leidensgeste. Während er sich davonmachte, sagte er:

»Seien Sie doch still! Ich bin nicht mal mein eigener Meister!« Eine Weile streiften die Freunde noch im Garten umher. Sie begaben sich zu der »Winzerin« zurück, als Jory wahrnahm, daß Gagnière Irma Bécot nicht mehr am Arm hatte. Der letztere war verdutzt. Wo, zum Teufel, konnte er sie verloren haben? Als Fagerolles ihm aber erzählt hatte, daß sie mit zwei Herren in der Menge verschwunden wäre, beruhigte er sich, und sehr erleichtert und von dem günstigen Zufall bei aller Betroffenheit angenehm berührt, folgte er den anderen.

Man gelangte jetzt nur noch mit Mühe vorwärts. Im Sturm hatte sich das Publikum aller Bänke bemächtigt; ganze Gruppen versperrten die Alleen, so daß das langsame Schreiten der Promenierenden, die unablässig die besonders erfolgreichen Bronze- und Marmorskulpturen umschritten, zum Stocken kam. Von dem dichtbelagerten Büfett her kam ein dumpfes Stimmengewirr, Geklirr von Tassen und Löffeln, das sich den schwirrenden Geräuschen der gewaltigen Halle einte. Die Spatzen hatten sich hinauf in das Gewirr des Eisentragwerks zurückgezogen; man vernahm ihre kleinen, grellen Rufe und das Gezwitscher, mit dem sie unter den warmen Scheiben den Sonnenuntergang begrüßten. Es war drückend schwül, eine feuchte Treibhausatmosphäre herrschte, eine stickige, mit einem Ruch von frischer, umgegrabener Erde versetzte Luft. Das Gewühl des Gartens aber wurde beherrscht von dem Lärm der Säle im ersten Stockwerk, dem Getrappel der Füße auf den Eisenplatten, das sich immer noch wie gegen die Küste schlagende Brandung vernehmen ließ.

Claude hatte schließlich nur noch dieses sturmartig entfesselte Tosen in den Ohren. War es nicht jene Ausgelassenheit der Menge, die mit ihrem Hohngelächter sein Bild umtost hatte? Er hatte eine müde Handbewegung und rief:

»Oh, was machen wir noch hier? Ich verzehre nichts am Büfett, mir stinkt's da zu sehr nach Akademie ... Wollen wir nicht draußen irgendwo einen Schoppen trinken?«

Mit müden Beinen und erschöpftem, verachtungsvollem Gesichtsausdruck brachen sie auf. Draußen atmeten sie, als sie wieder in die schöne, frische Frühlingsnatur hinaustraten, mit Wonne die reine Luft. Es war kaum vier Uhr. Schief streiften die Strahlen der Sonne die Champs-Elysées. Alles, die dichten Reihen der Equipagen, das junge Laub der Bäume, die ihren Goldstaub ausströmenden Strahlen der Springbrunnen flammten in ihrem Licht. Im Schlenderschritt gingen sie die Allee hinab, wußten nicht, wo sie einkehren sollten, landeten endlich in einem kleinen Café, dem links vor dem Platz gelegenen Pavillon de la Concorde. Der Saal war so überfüllt, daß sie sich, ungeachtet, daß es unter dem sehr dichten, dunklen Laubdach kühl war, dicht am Rande der Seitenallee niederließen. Aber hinter dem vierreihigen, schattigen, grünen Band der Kastanien hatten sie den sonnigen Fahrweg der Avenue vor sich und sahen im Sonnenglanz Paris passieren: die Kutschen mit ihren wie Sterne blitzenden Rädern, die großen, gelben Omnibusse, die noch goldiger wirkten wie vergoldete Triumphwagen, Reiter, deren Reitzeuge Funken zu sprühen schienen, Fußgänger, die von all dem Licht wie in eine Strahlenglorie getaucht waren.

Fast drei Stunden sprach Claude vor seinem ungeleert bleibenden Glase, erörterte mit wachsendem Eifer trotz seiner Ermattung all die Malerei, die er gesehen und von der er den Kopf voll hatte. Mehr als sonst versetzte das Verlassen des Salons die Kameraden infolge der liberalen Maßnahmen des Kaisers in leidenschaftliche Erregung. Eine wahre Flut von Theorien, ein Rausch der extremsten Anschauungen war es, an dem sie sich müde redeten, all die Leidenschaft für die Kunst, von der ihre Jugend erglühte.

»Gut, was macht's?« rief er. »Das Publikum lacht. Also muß man das Publikum eben erziehen ... Im Grunde haben wir einen Sieg errungen. Scheidet zweihundert groteske Bilder aus, und unser

Salon sticht den ihren aus. Wir haben die Tapferkeit, die Kühnheit, wir sind die Zukunft ... Ja, ja! Man wird es erleben: wir werden ihren Salon vernichten! Mit Meisterwerken berennen wir ihn und werden als Eroberer einziehen ... Lache nur, lache, Pariser Stumpfsinn! Lache nur so lange, bis du uns zu Füßen liegst!«

Er unterbrach sich und hatte eine prophetische Geste zu der triumphierend strahlenden Avenue hinüber, auf der in der Sonne aller Luxus und alle Freude der Stadt vorbeirollte. Und seine Handbewegung griff weiter aus, hinüber bis zur Place de la Concorde, die man mit einem ihrer sprühenden Springbrunnen, einem Stück ihrer Balustraden, zwei ihrer Statuen, Rouen mit ihren riesigen Brüsten, Lille mit ihrem ungeheueren, vorgereckten, nackten Fuß zwischen den Bäumen hindurch erblickte.

»Pleinair! Das belustigt sie!« fuhr er fort. »Sei's! Wenn sie so wollen: das Pleinair, die Schule des Pleinair! ... Wie? Gestern existierte der Begriff noch nicht; nur unter uns erst, im Kreis von ein paar wenigen Malern. Und da geben sie das Wort schon selber aus, sie selbst gründen die Schule ... Oh, mir ist's recht! Es lebe die Schule des Pleinair!«

Jory klopfte sich auf die Schenkel.

»Wie ich dir sagte! Ich wußte ja, daß ich mit meinem Artikel die Trottel würde anbeißen machen! Und nun wollen wir ihnen erst mal zusetzen!«

Auch Mahoudeau blies Siegesfanfaren und kam fortwährend auf seine »Winzerin« zurück, deren Kühnheiten er dem schweigsamen Chaîne darlegte, dem einzigen, der darauf hörte, während Gagnière nach Art schüchterner Menschen, wenn sie erst einmal für die reine Theorie gewonnen sind, schon ein Äußerstes tat und davon sprach, daß man die Akademie guillotinieren müsse. Auch der im verwandten Streben entflammte Sandoz und der von seinen revolutionären Freunden angesteckte Dubuche eiferten sich, hieben auf den Tisch und verschlangen mit jedem Schluck Bier Paris. Nur Fagerolles blieb ruhig und behielt sein Lächeln. Er hatte sich ihnen bloß angeschlossen, weil es ihm Vergnügen machte, die Kameraden bis zu den übelsten Torheiten anzustacheln. Während er aber ihren revolutionären Geist aufpeitschte, faßte er den festen Entschluß, in Zukunft auf den Rom-Preis hinzuarbeiten. Der heutige Tag war für ihn entscheidend. Er fand es dumm, sein Talent noch weiter bloßzustellen.

Die Sonne neigte sich zum Untergange. Nur noch die Flut der im letzten, bleichen Abendgold vom Bois de Boulogne zurückkehrenden Kutschen. Der Salon war wohl geschlossen. Eine Schar Herren, deren Äußeres Kritiker verriet, kam, jeder einen Katalog unterm Arm, vorüber.

Gagnière geriet plötzlich in Enthusiasmus.

»Courajod ist der Erfinder der Landschaft! Habt ihr sein ›Moor von Gagny‹ im Luxembourg gesehen?«

»Ein Wunderwerk!« rief Claude. »Vor dreißig Jahren ist es gemalt, und seitdem ist noch nichts Besseres geleistet worden ... Warum läßt man das im Luxembourg? Es müßte im Louvre hängen.«

»Aber Courajod lebt ja noch«, sagte Fagerolles.

»Wie! Courajod lebt noch? Aber man sieht ihn ja nicht mehr, spricht nicht mehr von ihm.«

Alles war überrascht, als Fagerolles versicherte, daß der Meister der Landschaft, siebzig Jahre alt, irgendwo am Montmartre zurückgezogen in einem kleinen Haus inmitten seiner Hühner, Enten und Hunde lebe. So konnte man sich selbst überleben! So waren die melancholischen Lebensabende alternder Künstler, die vor ihrem Tode verschwunden waren, also keine Fabel. Alle schwiegen. Ein Unbehagen durchschauerte sie. Dann sahen sie mit rotangelaufenem Gesicht Bongrand am Arm eines Freundes vorübergehen. Mit einer unruhigen Handbewegung winkte er ihnen einen Gruß zu. Danach kam, so ziemlich als der letzte, noch Chambouvard. Er lachte sehr laut, marschierte mit hallendem Schritt, wie ein unbestrittener Meister, der sich seines nachbleibenden Ruhmes gewiß ist.

»Was, du verläßt uns?« fragte Mahoudeau Chaîne, der sich erhob.

Der muschelte ein paar unverständliche Worte in den Bart und ging, nachdem er den anderen die Hand gedrückt hatte.

»Weißt du, daß er zu deiner Hebamme geht?« wandte sich Jory an Mahoudeau. »Ja, zu der Kräuterhändlerin mit dem Medizingeruch ... Aufs Wort! Ich sah, wie seine Augen mit einemmal aufblitzten. Das packt ihn plötzlich, wie wenn einer Zahnschmerzen kriegt. Sieh mal, wie eilig er's hat.«

Der Bildhauer zuckte die Achseln, während alle lachten.

Aber Claude hörte nichts mehr. Er disputierte jetzt mit Dubuche über Architektur. Ohne Zweifel war ja sein Museumssaal ganz hübsch; nur bringe er nichts Neues, sei bloß eine fleißige Zusammenstellung der hergebrachten Formeln. Müßten nicht alle Künste in Reih und Glied marschieren? Müßte nicht die Entwicklung, welche die Literatur umgestaltete, die Malerei, sogar die Musik, auch die Architektur erneuern? Wenn je die Architektur eines Zeitalters ihren eigenen Stil hätte haben müssen, so unbedingt die des Jahrhunderts, in das man bald eintreten werde. Ein neues Jahrhundert müßte ein freigefegtes, für eine allgemeine Neubildung bereites Terrain vorfinden, ein frisch besätes Gefild, auf dem ein neues Volk erwuchs. Nieder mit den griechischen Tempeln, die unter unserem Himmel, inmitten unserer Gesellschaft kein Existenzrecht besitzen! Nieder mit den gotischen Kathedralen, da der Glauben an die alten Legenden tot ist! Nieder mit den zierlichen Kolonnaden, dem steinernen Spitzengewebe der Renaissance, dieser auf das Mittelalter aufgepfropften erneuerten Antike; in ihrem Zierwerk ist kein Raum für unsere Demokratie! Und mit gewaltsamen Gesten verlangte er die architektonische Formel der heutigen Demokratie, das Werk aus Stein, das sie zum Ausdruck brächte, das Gebäude, in welchem sie zu Haus wäre; etwas Gewaltiges und Starkes, Schlichtes, Großes; jenen Geist, der sich bereits mit unseren Bahnhöfen anzeigte, mit unseren Hallen, mit der soliden Eleganz ihres Eisentragwerks; aber noch edler, zur Schönheit gesteigert, damit es die Größe unserer Errungenschaften zum Ausdruck bringe.

»Aber ja! Aber ja!« sagte Dubuche, von seiner Begeisterung hingerissen, immer wieder. »Das ist's ja auch, was ich will; du sollst sehen ... Laß mir nur Zeit, bis ich soweit bin. Wenn ich erst frei sein werde! Ah, wenn ich nur erst frei dazu bin!«

Es begann zu dunkeln. In der Hingerissenheit seiner Leidenschaft ereiferte sich Claude immer mehr, geriet in eine überströmende Beredsamkeit, daß die Kameraden ihn gar nicht wiedererkannten. Und alle gerieten in Ekstase, wie sie ihn hörten, schließlich aber in geräuschvolle Heiterkeit über die gewaltigen Worte, die er schwang. Er selber aber sprach, als er wieder daraufgekommen war, über sein Gemälde mit ausgelassener Heiterkeit, kopierte die Spießer, die es betrachtet hatten, ahmte mit all seinen Nuancen ihr stumpfsinniges Gelächter nach. In der aschgrau dunkelnden Avenue sah man nichts mehr als hin und wieder der vorübergleitenden Schatten einer Kutsche. Die Nebenalleen waren vollständig dunkel; eine empfindliche Kühle hauchte von den Bäumen hernieder. Nur ein verlorener Gesang drang von den Bosketten hinter dem Café herüber; wohl eine Probe im Konzert de l'Horloge, wo eine sentimentale Mädchenstimme sich an einer Romanze versuchte.

»Ah, haben mir diese Idioten einen Spaß gemacht!« rief Claude mit einem nochmaligen Ausbruch. »Wißt ihr, nicht für hunderttausend Franken gäb' ich diesen Tag her!«

Erschöpft schwieg er. Alle hatten sich müdegeredet. Es blieb still. Die Kühle des Spätabends machte sie frösteln. Müde gaben sie sich die Hand, und in einer Art von Betäubung trennten sie sich. Dubuche mußte zu einem Diner in der Stadt. Fagerolles hatte ein Stelldichein. Jory, Mahoudeau und Gagnière machten eine vergebliche Anstrengung, Claude mit zu Foucart, einem Fünfundzwanzig-Sous-Restaurant, zu bekommen: schon hatte Sandoz seinen Arm ergriffen und führte ihn davon, denn seine Ausgelassenheit hatte ihn beunruhigt.

»Nein, komm doch mit zu mir. Ich habe meiner Mutter versprochen, nach Hause zu kommen. Du ißt ein bißchen bei uns. Es ist doch hübsch, wenn wir den Tag gemeinsam beschließen.«

Beide wanderten, brüderlich einer dicht am anderen, den Quai an den Tuilerien hinab. Aber an der Brücke des Saints-Pères blieb der Maler plötzlich stehen.

»Wie? Du verläßt mich?« rief Sandoz. »Ich denke, du dinierst mit mir?«

»Nein, danke! Ich habe Kopfschmerz ... Ich geh' und lege mich schlafen.«

Und bei dieser Entschuldigung blieb er.

»Gut, gut!« sagte der andere lächelnd. »Man bekommt dich ja nicht mehr, du hüllst dich in ein Mysterium ... Na, dann geh, Alter! ich will dir nicht lästig fallen.«

Claude unterdrückte eine ungeduldige Handbewegung, ließ den Freund die Brücke überschreiten und setzte seinen Weg über die Quais hin allein fort. Er ging mit hängenden Armen, das Gesicht, ohne etwas zu sagen, zu Boden gesenkt, mit langen Schritten dahin wie ein von seinem Instinkt geleiteter Nachtwandler. Am Quai Bourbon hob er die Augen und war erstaunt, hier einen Fiaker warten zu sehen, der ihm dicht am Rand des Bürgersteiges den Weg versperrte. Mechanisch trat er bei der Pförtnerin ein und erbat sich seinen Schlüssel.

»Ich habe ihn der Dame gegeben«, rief Frau Joseph aus dem Hintergrund ihres Gelasses herüber. »Die Dame ist oben.«

»Welche Dame?« fragte er bestürzt.

»Nun, die junge Person ... Sie wissen ja! Die, die immer kommt.«

Er verstand nicht, entschloß sich, einen Wirrwarr von Gedanken im Kopf, hinaufzusteigen. Der Schlüssel stak. Ohne Hast öffnete er und schloß dann.

Einen Augenblick blieb er regungslos stehen. Das Atelier lag im Schatten eines bläulichen Dämmerlichtes, das zum Fenster hereindrang und die Gegenstände in seine Melancholie hüllte. Fußboden, Möbel, Bilder, alles schien wie in einem stillen Nebeldunst versunken. Aber auf dem Rand der Chaiselongue unterschied er undeutlich eine dunkle Gestalt, die vom langen Warten steif, ganz verängstigt und verzweifelt im ersterbenden Tageslichte dasaß. Er erkannte sie wieder. Es war Christine.

Sie streckte ihm die Hände entgegen und flüsterte leise, mit stockender Stimme:

»Drei Stunden, ja, drei Stunden bin ich hier, ganz allein, um zu erfahren, wie es steht ... Als ich von dort wegging, nahm ich einen Wagen, wollte nur mal mit vorkommen und dann gleich wieder gehen ... Aber ich wäre die ganze Nacht über geblieben. Ich hätte nicht gehen können, ohne Ihnen die Hand gedrückt zu haben.«

Und sie fuhr fort und sprach von ihrer ungestümen Begier, sich zum Salon zu begeben und das Bild zu sehen, und wie sie dann mitten in den Sturm des Gelächters, in den Hohn der Menge hineingeraten sei. Schon am Eingang hatt' es ihr die Kehle zugeschnürt. Denn war es nicht sie selbst, die ausgelacht wurde? War's nicht ihre Nacktheit, die das Volk aushöhnte? War diese brutal ausgestellte Nacktheit nicht der Gegenstand des Spottes von ganz Paris? Von einem unsinnigen Schreck ergriffen, ganz außer sich vor Jammer und Schande, war sie davongestürzt. Zumute war ihr gewesen, als peitsche dies Gelächter auf ihre nackte Haut los bis aufs Blut. Dann aber hatte sie's vergessen und nur noch an ihn gedacht, an den Schmerz, den er empfinden mußte; und ihrem zartfühlenden Weibempfinden war der Kummer über seine Schlappe so groß erschienen, daß ein übermächtiger Trieb, ihm liebreich zur Seite zu stehen, sie überwältigt hatte.

»Oh, mein Freund, grämen Sie sich nicht! ... Ich wollte Sie sehen und Ihnen sagen, daß das alles nur Neid und Eifersucht ist, daß ich das Bild sehr schön finde und daß ich sehr stolz und glücklich bin, Ihnen geholfen und auch meinerseits ein wenig zu seinem Zustandekommen beigetragen zu haben ...«

Unbeweglich stand er vor ihr und hörte sie diesen leidenschaftlich zärtlichsten Trost stammeln. Plötzlich aber stürzte er vor ihr nieder, ließ den Kopf auf ihren Schoß sinken und brach in Tränen aus. All seine Aufregung von heut nachmittag, all sein ausgehöhnter Künstlermut, seine heitere Zuversicht und seine Begeisterung: alles brach in einem heißen Tränenstrom hervor. Seit er den Saal, wo ihm das Gelächter der Menge ins Gesicht geschlagen, verlassen, hatte er sich verfolgt gefühlt wie von einer kläffenden Meute; dort in den Champs-Elysées, dann an der Seine hin, und auch jetzt noch, zu Hause, hatte er's hinter sich hergefühlt. All seine Kraft war dahin, er fühlte sich hinfälliger als ein Kind; und immer wieder sagte er, während er seinen Kopf auf ihrem Schoß hin und her wandte, mit erstickter Stimme:

»O Gott, ist mir elend zumute!«

Da hob sie ihn, von einer plötzlichen Aufwallung hingerissen, mit beiden Händen zu sich empor, bis an ihren Mund, und küßte ihn und flüsterte ihm mit heißem Atem bis ins innerste Herz:

»Sei ruhig, sei ruhig! Ich liebe dich!«

Und in leidenschaftlicher Liebe gaben sie sich einander hin. Ihre kameradschaftliche Neigung wurde, auf diesem Ruhelager, durch dies Gemälde, das sie beide einander immer näher gebracht, zur letzten Hingabe. Die Abenddämmerung hüllte sie ein. In enger Umarmung ruhten sie, in süßer Vergessenheit, und weinten in Freude über das junge Glück ihrer Liebe. In ihrer Nähe hauchte vom Tisch her der Flieder, den sie ihm heut morgen geschickt, seinen balsamischen Duft. Die Goldstäubchen, die beim Vergolden des Rahmens umhergeflogen waren, flimmerten im letzten Tageslicht wie Sternchen.

VI

Am späten Abend hatte er, während er sie noch immer in seinen Armen hielt, gebeten:

»Bleib!«

Doch sie hatte sich losgerissen.

»Ich kann nicht, ich muß heim.«

»Dann morgen ... Ich bitte dich, komm morgen wieder!«

»Morgen? Nein, unmöglich ... Leb wohl! Auf bald!«

Aber am nächsten Morgen, um sieben, war sie da; noch feuerrot der Lüge wegen, die sie bei Frau Vanzade vorgebracht; sie müsse ein Fräulein aus Clermont vom Bahnhof abholen und möchte mit ihr zusammen den Tag verbringen.

Claude schlug, selig, daß er sie den ganzen Tag über haben konnte, und in dem Bedürfnis, sie weit von Paris in freier Natur so recht für sich zu haben, einen Landausflug vor. Sie war entzückt. Ganz närrisch vor Freude brachen sie auf, gelangten zum Bahnhof Saint-Lazare, wo sie gerade noch Zeit hatten, in den Zug nach Havre zu springen. Er kannte in der Nähe von Mantes ein kleines Dorf, Bennecourt, wo eine Künstlerherberge war, die er zuweilen mit den Kameraden besucht hatte. Ohne sich durch die zweistündige Fahrt abschrecken zu lassen, führte er sie dorthin zum Frühstück, wie er sie etwa nach Asnières geleitet haben würde. Sie freute sich sehr über die nicht endenwollende Fahrt. Und wäre es bis ans Ende der Welt gegangen: um so besser. Es war ihnen zumute, als ob es niemals Abend werden würde.

Um zehn Uhr stiegen sie in Bonnières aus. Sie nahmen die Fähre, ein altes, an seiner Kette hinknarrendes Fahrzeug. Bennecourt lag auf dem anderen Ufer der Seine. Es war ein köstlicher Maitag. Die Wellchen des Flusses schillerten goldig in der Sonne. Mit seinem zarten Grün glänzte im wolkenlos blauen Himmel das junge Laub. Hinter den Inseln aber, deren der Fluß an dieser Stelle viele hatte, lag die kleine Landschenke mit ihrem Kramlädchen, ihrem großen, nach frischer Wäsche riechenden Saal, mit dem großen Hof, auf dessen Düngerhaufen Enten herumschnatterten!

»He, Papa Faucheur! Wir möchten frühstücken ... Einen Eierkuchen, Wurst, Käse!«

»Wollen Sie auch übernachten, Herr Claude?«

»Nein, nein! Das ein andermal ... Auch Weißwein, nicht wahr? Von Ihrem jungen, herben.«

Schon war Christine Mutter Faucheur in den Wirtschaftshof gefolgt. Und als die letztere mit Eiern zurückkam, fragte sie den Maler mit ihrem verhaltenen Bauernlächeln:

»Sie sind jetzt also verheiratet?«

»Natürlich!« antwortete er sofort. »Ich muß doch wohl, da ich meine Frau bei mir habe.«

Das Frühstück war ausgezeichnet. Der Eierkuchen war verbrannt, die Wurst zu fett, das Brot so hart, daß es, damit Christine sich nicht die Hand dran verstauchte, in dünne Scheibchen geschnitten werden mußte. Sie tranken zwei Flaschen, brachen eine dritte an und waren so ausgelassen vergnügt, daß der große Saal, in dem sie allein speisten, von ihrer Munterkeit widerhallte. Christine war hochrot und versicherte, sie sei beschwipst, und daß ihr das noch nie passiert wäre, und sie fände es drollig, oh, so drollig! Und dabei schüttete sie sich aus vor Lachen.

»Komm, wir wollen frische Luft schöpfen!« sagte sie endlich.

»Ja, marschieren wir ein wenig ... Wir fahren um vier heim, haben also drei Stunden vor uns.«

Sie durchschritten Bennecourt, das sich am Rande der Stromböschung mit seinen gelben Häuserchen fast zwei Kilometer lang hinzieht. Das ganze Dorf war draußen auf dem Felde; sie begegneten nur drei von einem kleinen Mädchen geführten Kühen. Mit dem Wege vertraut, erklärte er ihr die Landschaft. Als sie aber beim letzten Hause, einem alten Gebäude, angelangt waren, das den Hügeln von Jeufosse gegenüber dicht an der Seine stand, umgingen sie es und traten in ein dichtbelaubtes Eichengehölz ein. Das war das Ende der Welt, das sie beide suchten; sammetweicher Rasen, ein laubiger Schlupfwinkel, in den die Sonne nur mit schmalen Lichtpfeilen hereindrang. Sogleich vereinigten sich ihre Lippen in einem heißen Kuß, und sie gab sich ihm, er nahm sie mitten im frischen

Duft des niedergedrückten Grases. Lange blieben sie hier, in Liebe einander hingegeben, sprachen nur wenige leise Worte, ganz nur dem zärtlichen Hauch ihres Atems hingegeben und den goldenen Punkten, die in der Tiefe ihrer braunen Augen strahlten.

Doch als sie nach zwei Stunden das Gehölz verließen, erschraken sie. Unter der großen, offenstehenden Haustür stand ein Bauer, der sie mit seinen kleinen Wolfsaugen beobachtet zu haben schien. Christine wurde glührot, während Claude, um seine Verlegenheit zu verbergen, rief:

»Ah, Vater Poirette ... Das Haus gehört also Ihnen?«

Mit Tränen in den Augen erzählte der Alte, daß seine Mieter ihm unter Zurücklassung ihrer Möbel, ohne zu zahlen, durchgegangen seien. Er lud sie ein, näherzutreten.

»Kommen Sie doch und sehen Sie sich's an. Vielleicht wissen Sie jemanden, der es mieten möchte ... Ah, mancher Pariser würde gern hier wohnen! ... Dreihundert Franken das Jahr, mit den Möbeln. Nicht, das ist so gut wie für umsonst?«

Neugierig traten sie ein. Das Haus glich einer großen Laterne. Früher war es wohl eine Remise gewesen. Unten war eine mächtige Küche und ein Saal, in dem man hätte tanzen können. Oben gleichfalls zwei so große Räume, daß man sich drin verlor. Was die Möbel anbetraf, so bestanden sie aus einem Bett aus Nußbaumholz, das in einer der Kammern stand, einem Tisch und Küchengerät. Aber vor dem Hause war der mit prächtigen Aprikosenbäumen bestandene, vernachlässigte Garten, in dem mächtige, in voller Blüte stehende Rosenbüsche wucherten, und hinten zog sich bis zu dem Eichengehölz hin ein von einer grünen Hecke eingeschlossener Kartoffelacker.

»Die Kartoffeln lasse ich dem Mieter«, sagte Vater Poirette.

Claude und Christine wechselten einen Blick. Ein plötzliches Bedürfnis erhob sich in ihnen nach Einsamkeit, nach der Weltvergessenheit der Liebe. Ah, wie herrlich wär' es, in diesem Winkel, weitab von den anderen, seiner Liebe zu leben! Aber sie lächelten: konnten sie denn? Kaum erreichten sie noch den Zug und gelangten nach Paris zurück. Der alte Bauer, der Frau Fauch eurs Vater war, begleitete sie an der Uferböschung hin. Als sie aber die Fähre bestiegen, rief er ihnen, nachdem er lange mit sich zu Rate gegangen, zu:

»Also ich überlasse die Wohnung für zweihundertfünfzig Franken ... Schicken Sie mir jemanden!«

In Paris begleitete Claude Christine fast bis zu Frau Vanzades Haus. Sie waren in sehr gedrückter Stimmung. Stumm tauschten sie einen verzweifelten Händedruck, küßten sich nicht.

Es begann ein peinvolles Leben. In vierzehn Tagen konnte Christine nur dreimal kommen. Außer Atem kam sie gelaufen, hatte bloß ein paar Minuten Zeit, denn die alte Dame nahm gerade jetzt ihre Zeit sehr in Anspruch. Claude befragte sie; denn ihr bleiches, erschöpftes Aussehen und ihre fiebrig glänzenden Augen beunruhigten ihn. Noch nie hatte sie in dem frommen Hause so viel auszustehen gehabt; in diesem Käfig, in den nicht Luft noch Licht eindrang, wo sie vor Langeweile umkam. Sie hatte es wieder mit ihren Anfällen; der Mangel an tätiger Bewegung machte ihr das Blut in den Schläfen hämmern. Sie gestand Claude, daß sie eines Abends in ihrer Kammer ohnmächtig geworden sei, als wäre sie mit einemmal von einer bleischweren Faust gewürgt worden. Doch hatte sie gegen ihre Herrin kein böses Wort; im Gegenteil empfand sie mit dem armen, alten, kranken, so gutherzigen Wesen, von dem sie Tochter genannt wurde, herzliches Mitleid. Jedesmal, wenn sie sie verließ, um zu ihrem Geliebten zu eilen, empfand sie das wie eine Schlechtigkeit.

Zwei Wochen gingen noch hin. Die Lügen, mit denen sie jede freie Stunde erkaufen mußte, wurden ihr unerträglich. Wenn sie jetzt in das strenge Haus zurückkehrte, in dessen Bereich ihr ihre Liebe wie eine Sünde erschien, zitterte sie vor Scham. Sie hätte alles laut heraussagen mögen; ihre anständige Gesinnung empörte sich dagegen, daß sie ihre Liebe hehlen mußte wie eine Schande und daß sie mit verhaltener Stimme lügen mußte wie ein Dienstbote, der seine Entlassung befürchtete.

Schließlich warf sie sich eines Abends im Atelier, in dem Augenblick, wo sie wieder einmal aufbrach, Claude ganz außer sich und vor wildem Herzeleid schluchzend in die Arme.

»Ah, ich kann, ich kann nicht mehr ... Behalte mich doch bei dir, laß mich nicht mehr dorthin zurückkehren!«

Er aber hatte sie ergriffen und stürmisch an sich gedrückt.

»Wirklich! Du liebst mich? Oh, liebes Herz!... Aber ich habe nichts, und du verlierst alles. Darf ich zugeben, daß du dich so beraubst?«

Sie schluchzte noch lauter, und zwischen Tränen stammelte sie hervor:

»Ach, ihr Geld, nicht wahr? Das, was sie mir hinterlassen könnte ... Denkst du denn, daß ich darauf rechne? Nie hab' ich daran gedacht, ich schwör' es dir. Ah, mag sie doch alles behalten, wenn ich nur frei bin! ... Ich habe nichts, an dem ich hinge, und niemanden, habe keine Verwandten: darf ich also nicht tun und lassen, was ich will? ... Ich verlange ja nicht, daß du mich heiratest, wenn ich nur mit dir zusammen leben kann ...«

Und unter einem letzten, qualvollen Schluchzen fuhr sie fort:

»Ah, du hast recht! Es ist schlecht, wenn ich sie verlasse, die arme Frau! Ich verachte mich, ich möchte stark sein... Aber ich liebe dich zu sehr, ich leide zu sehr, und ich kann doch nicht zugrunde gehen.«

»Bleib! Bleib!« rief er. »Mag aus anderen werden was will; wir sind uns selbst genug!«

Er nahm sie auf die Knie, und sie weinten und lachten zusammen und schworen sich unter tausend Küssen, daß sie sich nie, nie mehr trennen würden.

Sie waren ganz außer sich. Schon am nächsten Tag verließ Christine kurzerhand Frau Vanzade und kam mit ihrem Koffer. Sofort erinnerten sie sich des alten verlassenen Hauses in Bennecourt, der riesigen Rosenbüsche und der geräumigen Zimmer. Ah, fort, fort, ohne auch nur noch eine Stunde zu verlieren! Am Ende der Welt leben, ganz nur in dem jungen Glück ihrer Einigung! Fröhlich klatschte sie in die Hände. Er, den noch seine Niederlage im Salon bedrückte, hatte das Bedürfnis, sich zu sammeln, in der großen Stille der Natur aufzuatmen. Dort würde er ja das wahre Pleinair haben. Im Grase bis zu den Knien würde er arbeiten, würde Meisterwerke dabei zustande bringen. In zwei Tagen war alles bereit, das Atelier gekündigt, die paar Möbelstücke zur Bahn geschafft. Es traf sich glücklich, daß Claude eine kleine Summe, fünfhundert Franken, gewann, die ihm Papa Malgras für einige zwanzig von ihm zwischen dem Gerümpel des Auszuges hervorgezogene Bilder gab. Sie würden wie die Fürsten leben. Claude hatte seine tausend Franken Rente, Christine brachte einige Ersparnisse hinzu, Kleider, Wäsche. Und so machten sie sich davon. Es war eine wahre Flucht. Selbst von den Freunden nahmen sie keinen Abschied, benachrichtigten sie nicht einmal mit einer Briefzeile. Froh erleichtert kehrten sie Paris, das sie verachteten, den Rücken.

Der Juni ging zu Ende. Die erste Woche nach ihrer Übersiedelung regnete es in Strömen. Sie machten übrigens die Entdeckung, daß Vater Poirette, bevor er den Mietvertrag mit ihnen unterzeichnet, die Hälfte des Küchengerätes beiseitegeschafft hatte. Doch ging ihnen ihre Enttäuschung nicht nach. Mit Wonne patschten sie durch den Regen, machten drei Meilen weite Reisen bis nach Vernon, wo sie Teller und Schüsseln einkauften, mit denen sie im Triumph heimkehrten. Endlich fühlten sie sich zu Hause. Sie bewohnten nur oben zwei Gelasse und überließen das andere den Mäusen. Den Speiseraum unten wandelten sie in ein großes Atelier um und hatten ihre besondere Freude daran, waren vergnügt wie die Kinder, daß sie ihre Mahlzeiten in der Küche an einem fichtenen Tisch in der Nähe des Ofens einnahmen. Als Bedienung hatten sie ein Landmädchen angenommen, das morgens kam und abends wieder nach Hause ging. Es hieß Mélie und war eine Nichte der Faucheurs. Seine Dummheit machte ihnen viel Spaß. Im ganzen Departement hätte man kein einfältigeres Mädchen finden können.

Die Sonne kam wieder. Es gab eine Folge herrlicher Tage. In gleichmäßigem Glück gingen Monate dahin. Nie wußten sie ein Datum und verwechselten die Wochentage. Morgens blieben sie lange im Bett, mochten auch schon die Sonnenstrahlen durch die Spalten der Jalousien die weißen Kammerwände röten. Dann gab's, wenn sie gefrühstückt hatten, endlose Spaziergänge, weite Märsche über die mit Apfelbäumen bestandene Ebene, auf grasbewachsenen Feldwegen, über Wiesen, bis nach Roche-Guyon. Oder sie dehnten ihre Entdeckungsfahrten noch weiter aus, machten auf der anderen Flußseite zwischen den Getreidefeldern von Bonnières und Jeufosse wahre Reisen. Ein Städter, der seinen Landaufenthalt hatte aufgeben müssen, hatte ihnen für dreißig Franken ein altes Boot verkauft. So hatten sie auch den Fluß. Mit wahrer Leidenschaft nahmen sie von ihm Besitz, brachten ganze Tage auf ihm zu, ruderten, entdeckten neue Gegenden, bargen sich im Schatten der Uferweiden. Zwischen den zahlreichen Inseln gab es ein wahres, stets belebtes, geheimnisvolles Paradies, ein Labyrinth von Wasserstraßen, durch das sie gemach dahinglitten, lind von tiefhängenden Zweigen gestreichelt, mutterseelenallein mit Ringeltauben und Eisvögeln. Manchmal mußte Claude mit nackten Beinen auf den Sand springen und das Boot schieben. Sie aber rührte tapfer die Ruder, überwand, stolz auf ihre Kraft, die stärksten Gefälle. Abends aßen sie in der Küche ihre Kohlsuppe und lachten über Mélies Ungeschick, wie sie gestern darüber gelacht hatten. Schlag neun Uhr lagen sie im Bett, in dem alten Nußbaumbett, das geräumig genug war, daß es eine ganze Familie hätte bergen können, brachten ihre zwölf Stunden drin zu, warfen sich frühmorgens mit den Kissen und schliefen dann Arm in Arm wieder ein.

Jede Nacht sagte Christine:

»Jetzt, mein Lieber, mußt du mir eins versprechen: morgen gehst du an die Arbeit.«

»Ja, morgen! Ich schwör' dir's zu.«

»Aber, weißt du, ich werde diesmal ganz bestimmt böse ... Bin ich's etwa, die dich abhält?«

»Du? Was du denkst! ... Zum Kuckuck, der Arbeit wegen bin ich doch herausgekommen! Morgen! Du sollst sehen!«

Am nächsten Morgen aber bestiegen sie wieder ihr Boot. Und mit einem verlegenen Lächeln bemerkte sie, daß er weder Leinwand noch Farben mitnahm. Aber dann fiel sie ihm, stolz über die Macht, die sie über ihn besaß, und über das Opfer, das er ihr fortwährend brachte, um den Hals. Und dann gab es von neuem zärtliche Vorwürfe. Morgen, oh! Morgen werde sie ihn an die Staffelei anbinden.

Doch ging Claude wirklich an einige Versuche heran. Er fing eine Skizze der Höhen von Jeufosse an, im Vordergrund die Seine. Aber Christine folgte ihm auf die Insel, wo er sich eingerichtet hatte, und lag in seiner Nähe, mit halbgeöffneten Lippen, den Blick im blauen

Himmel verloren, der Länge nach im Grase. Und sie war da, im Grünen, in dieser Einsamkeit, wo nur das Wasser plätscherte, so begehrenswert, daß er aller Augenblicke die Palette beiseitetat und sich neben sie legte, und dann ließen sie sich in glücklicher Hingenommenheit vom Rausch aller Erdenschöne wiegen. Ein andermal tat es ihm eine alte Farm außerhalb Bennecourts an, die im Schutze alter Apfelbäume lag, die mächtig waren wie Eichen. Zwei Tage kam er dorthin; doch am dritten nahm ihn Christine mit auf den Markt von Bonnières, wo sie Hühner kauften. Der nächste Tag war dann für die Arbeit verloren, das Bild war trocken geworden; er war voller Ungeduld, es wieder aufzunehmen, ließ aber schließlich davon ab. So nahm er die ganze gute Jahreszeit hindurch bloß so Anläufe, brachte kaum allererste Entwürfe zustande, die er, ohne wahre Ausdauer zu zeigen, beim ersten besten Vorwand wieder aufgab. In einer Reaktion von Gleichgültigkeit und Trägheit schien sein leidenschaftlicher Arbeitseifer von ehedem, der ihn sich schon vom frühesten Morgen an mit seiner rebellischen Malerei hatte abplagen lassen, sich verflüchtigt zu haben. Mit köstlichem Behagen vegetierte er wie ein von einer schweren Krankheit Erstandener hin, wußte nichts als die einzige Freude, mit jeder Fiber seines Körpers zu leben.

Einzig Christine existierte noch für ihn. Sie war es, deren flammender Odem ihn einhüllte und all seinen Künstlerwillen verflüchtigte. Seit jenem ersten, heißen Kuß, den sie ihm ohne weitere Überlegung auf die Lippen gedrückt, hatte sich das junge Mädchen in ihr in das Weib verwandelt, in die Liebende, die unbewußt schon den Mund der Jungfrau geschwellt und sich in dem kräftig vorgebauten Kinn verraten hatte. Sie entfaltete sich zu dem, was sie trotz ihrer langen Jungfräulichkeit werden mußte: zu einem jener leidenschaftlichen, sinnlichen Wesen, die, wenn sie erst die jungfräuliche Scham, in der sie schlummerten, ablegen, so berückend sind. Mit einem Schlage, und ohne erst unterrichtet zu sein, kannte sie die Liebe und erfüllte sie mit aller Hingabe ihrer Unschuld. Und sie, die bis dahin von nichts gewußt hatte, er so gut wie noch unerfahren: beide machten sie jetzt die Entdeckung der Liebesfreuden, verloren sich in dem Entzücken der ersten gemeinsamen Einweihung. Er grollte sich jetzt seiner anfänglichen Verachtung des Weibes wegen. Was war er für ein Narr gewesen, daß er kindisch die nie gelebten

Beseligungen der Liebe verschmäht hatte! Jetzt entbrannte all jener Kultus des weiblichen Leibes, der ehedem sein Streben in seinem Werk erschöpft hatte, für diesen lebendigen, weichen, warmen Leib, der sich ihm hingegeben. Er hatte gemeint, das auf seidigen Brüsten spielende Sonnenlicht zu lieben, die schönen, bleichen Ambratöne goldig über runde Hüften hin, die weich verschwimmenden Linien eines schönen Bauches. Was für törichte Träumerei war das gewesen! Nun erst hielt er mit beiden Armen und genoß den Sieg dieser Träumerei, wo er sie erfüllt sah; jener Träume, die seiner ohnmächtigen Hand immer wieder entschlüpft waren. Sie gab sich ganz. Er nahm sie vom Nacken bis zum Fuß. Er umschloß sie in einer Umarmung, die sie ganz sich zu eigen machte, sie bis in die innerste Tiefe seines eigenen Leibes hineinnahm. Sie aber gab sich ihm, nachdem sie ihm die Malerei zu einer Nichtigkeit gemacht, glücklich ohne Nebenbuhlerin zu sein, hin in unerschöpflicher Liebe. Frühmorgens waren es ihr runder Arm, ihre geschmeidigen Beine, die ihn so lange im Bett hielten, als fesselten sie ihn in ihrer glückseligen Liebeserschöpfung mit Ketten. Im Boot sah er in trunkener Widerstandslosigkeit nichts als die wiegende Bewegung ihrer Hüften. Im Gras auf den Inseln blieb er den seligen Tag über, sein Auge ganz in das ihre verloren, ganz von ihr hingenommen, und wußte nichts mehr von sich. Immer und überall hatten sie einander im ewig unersättlichen Bedürfnis, sich immer wieder und wieder zu besitzen.

Eine Überraschung bedeutete es für Claude aber, sie bei dem geringsten derben Wort, das ihm entschlüpfte, erröten zu sehen. Sie lächelte dann verlegen und wandte bei seinen freien Anspielungen das Gesicht ab. Sie liebte so etwas nicht. Eines Tages kam es bei solch einer Gelegenheit fast so weit, daß sie sich erzürnten.

In dem kleinen Eichengehölz hinter ihrem Hause war es, wohin sie sich zuweilen in Erinnerung des Kusses, den sie gelegentlich ihres ersten Aufenthaltes in Bennecourt miteinander getauscht, begaben. Von einer Neugier getrieben, befragte er sie über ihr Leben im Kloster. Er hatte sie um die Hüften gefaßt, küßte sie lind hinters Ohr und suchte sie dahin zu bringen, ihm zu beichten. Was hatte sie dort vom Manne gewußt? Was hatte sie darüber mit ihren Freundinnen gesprochen? Welche Vorstellungen hatte sie sich darüber gemacht?

»Bitte, Liebling, erzähl mir doch was davon... Wußtest du, wie's ist?«

Doch sie hatte ihr unzufriedenes Lächeln und versuchte sich von ihm loszumachen.

»Aber es macht mir doch Spaß... Also wußtest du schon?«

Sie wurde verwirrt, ihre Wangen färbten sich glührot.

»Lieber Gott, so viel wie alle anderen; einiges ...«

Und dann setzte sie, während sie ihr Gesicht an seiner Schulter barg, hinzu:

»Aber man ist dann doch überrascht.«

Er lachte laut auf, schloß sie stürmisch in die Arme und bedeckte sie mit Küssen. Doch als er schon glaubte, sie herum und so weit zu haben, daß sie ihm beichtete, entschlüpfte sie ihm mit ausweichenden Reden, und schließlich schmollte sie und hüllte sich in undurchdringliches Schweigen. Niemals sagte sie ihm, so sehr sie ihn auch liebte, mehr. Es war das Geheimnis, das selbst die Freimütigsten bewahren: das Erwachen ihres Geschlechtes, das ihnen ein tief in ihnen begrabenes Heiligtum bleibt. Sie war ein echtes Weib, doch so ganz sie sich ihm auch hingab: hier blieb sie verschlossen.

Zum erstenmal fühlte Claude an diesem Tage, daß etwas zwischen ihnen stand. Etwas Fremdes, Kaltes, das Gefühl eines fremden Körpers ergriff ihn. Konnte es also wirklich sein, daß keiner in das Innerste des anderen drang; selbst wenn sie in der feurigsten Umarmung nur ganz danach strebten, selbst auch noch über den Besitz hinaus immer mehr miteinander eins zu werden?

Doch die Tage verstrichen, ohne daß ihnen die Einsamkeit zu einem Zwang wurde. Sie empfanden weder das Bedürfnis nach einer Zerstreuung noch einen Besuch zu machen oder zu empfangen; immer waren sie beisammen. In den Stunden, die sie nicht in seiner Nähe, in seiner Umarmung verbrachte, pflegte sie geräuschvoll herumzuwirtschaften und das Haus mit großen Reinemachungen auf den Kopf zu stellen, die Mélie unter ihren Augen ausführen mußte. Oder sie hatte es mit Anwandlungen eines Tätigkeitsdranges, in denen sie sich in Person mit ihren drei Kasserollen abwirtschaftete. Besonders aber gab ihr der Garten Beschäftigung. Mit einer Gartenschere bewaffnet, schnitt sie ungeachtet, daß ihr die Dornen die Hände zerstachen, ganze Berge von Rosen ab. Und eine Verletzung zog sie sich zu, als sie die Aprikosen, die sie für hundert Franken an jedes Jahr das Land bereisende Engländer verkaufte, selber pflücken wollte. Dieser Handel hatte sie auf den wunderlichen Einfall gebracht, sie könnten von dem Verkauf der Erträgnisse ihres Gartens leben. Er für seine Person aber machte sich nichts aus der Pflege des Gartens. Er hatte seine Chaiselongue in den großen, zum Atelier umgewandelten Raum gebracht, und da lag er und sah durch das große, offenstehende Fenster zu, wie sie säte und pflanzte. So lebten sie in der vollkommensten Ruhe und in der Gewißheit, daß niemand zu ihnen kommen, nicht einmal das Schellen der Haustürglocke sie stören würde. Er trieb diese Scheu vor dem Verkehr mit der Außenwelt so weit, daß er es selbst vermied, vor der Schenke der Faucheurs vorbeizugehen, da er in beständiger Furcht war, er könnte hier mit einer Schar Kameraden zusammentreffen, die von Paris her eingetroffen wären. Aber den ganzen Sommer über zeigte sich keine Menschenseele; und jeden Abend wiederholte er beim Zubettgehen, was es doch für ein Glück wäre, daß sie so schön verschont blieben.

Nur ein heimlicher Schmerz saß auf dem Grund dieser Freude. Nach ihrer Flucht aus Paris hatte Sandoz ihre Adresse in Erfahrung gebracht, hatte geschrieben und angefragt, ob er sie besuchen dürfe; Claude aber hatte ihn ohne Antwort gelassen. Das hatte zu einem Bruch geführt, und die alte Freundschaft schien dahin. Christine konnte sich darüber nicht beruhigen. Denn sie fühlte wohl, daß Claude diesen Verkehr ihretwegen aufgegeben hatte. Immer wieder kam sie darauf zu sprechen, wollte nicht, daß er mit seinen Freunden auseinanderkäme, verlangte, daß er den Umgang mit ihnen wieder aufnähme. Doch er versprach wohl, alles wieder ins gleiche zu bringen, unternahm aber keine Schritte dazu. Es war eben aus; was konnte es nützen, auf das Gewesene zurückzukommen?

Gegen Ende Juli wurde das Geld knapp. Claude mußte sich nach Paris begeben und Papa Malgras ein halb Dutzend früher gemalter Studien verkaufen. Als Christine ihn zum Bahnhof begleitete, nahm sie ihm einen Schwur ab, Sandoz aufzusuchen. Am Abend war sie dann in Bonnières auf der Station und erwartete ihn.

»Nun, bist du bei ihm gewesen? Habt ihr euch versöhnt?«

In stummer Verlegenheit schritt er neben ihr her. Dann sagte er leise:

»Nein, ich hatte keine Zeit.«

Sie war tief bekümmert, und es standen ihr zwei dicke Tränen in den Augen, als sie sagte:

»Du tust mir sehr weh.«

Als sie aber gerade im Schatten einer Baumgruppe waren, küßte er sie, weinte auch seinerseits und beschwor sie, seinen Kummer nicht noch zu vermehren. Konnte er das Leben anders machen, als es war? Und genügte es denn nicht, daß sie miteinander glücklich waren?

Während dieser ersten Monate hatten sie nur eine einzige Begegnung. Es war oberhalb von Bennecourt. Sie kamen gerade von Roche-Guyon her und verfolgten einen einsamen, zwischen Gehölz hinführenden Weg, einen entzückenden Hohlweg, als sie bei einer Wendung auf drei promenierende Städter, Vater, Mutter und Tochter, stießen; gerade in dem Augenblick, wo sie meinten, so recht allein zu sein, sich umgefaßt hatten und ihre Liebkosungen von den Hecken gedeckt glaubten. Christine hatte sich zurückgebogen und bot ihm ihre Lippen dar, während er lachend die seinen näherte. Sie wurden aber so plötzlich überrascht, daß sie ihr enges Beieinander nicht mehr lösen konnten und engumschlungen langsamen Schrittes ihren Weg fortsetzten. Starr vor Schreck stand die Familie gegen die Wegböschung gedrückt: der dicke, schlagflüssige Vater, die spindeldürre Mutter, die verkümmerte Tochter, die aussah wie ein kranker, mausernder Vogel; alle drei häßlich und blutarm. Was für eine Schamlosigkeit! So etwas! Im Freien! Am hellichten Tag! Und plötzlich bekam das armselige Kind, das mit verdutztem Blick hinsah, wie die beiden Liebenden vorbeigingen, von seinem Vater einen Stoß und wurde von der Mutter, beide außer sich über solche Schamlosigkeit, hinweggeführt. Gab es denn auf dem Lande nur gar keine Polizei? Das liebende Paar aber wanderte glückestrunken ruhigen Schrittes seines Weges weiter.

Claude suchte in seiner Erinnerung und fragte sich, wo er doch, zum Kuckuck, diese Köpfe, diese dekadenten Spießer mit ihren flachen, mißmutigen Gesichtern, denen die mit dem Schweiß der Armen gewonnenen Millionen auf der Stirn geschrieben standen, schon einmal gesehen hatte? Sicher wohl in einem ernsten Augenblick seines Lebens. Und da entsann er sich und erkannte die Margaillans wieder, den Bauunternehmer, den Dubuche durch den Salon der Zurückgewiesenen geführt und der sein Bild so stupid überlaut verlacht hatte. Als sie sich zweihundert Schritte entfernt hatten, er mit Christine den Hohlweg verließ und sie sich einer weitläufigen Besitzung, einem großen, weißen, von schönen Bäumen umgebenen Gebäude, gegenüberbefanden, erfuhren sie von einer alten Bäuerin, daß die Richaudière, wie man das Anwesen nannte, seit drei Jahren den Margaillans gehörte.

»Hier wird man uns nicht so bald wieder zu sehen kriegen«, sagte Claude, als sie gegen Bennecourt hinabgingen. »Diese Scheusale verderben einem die ganze Landschaft.«

Aber gegen Mitte August brachte ein großes Ereignis in ihr Leben eine Veränderung. Christine war schwanger. In ihrem sorglosen Liebestaumel hatten sie es erst im dritten Monat gemerkt. Zuerst war es für sie beide ein großer Schreck; denn nicht einen Augenblick hatten sie daran gedacht, daß sich das ereignen könnte. Sie bemühten sich, vernünftig zu sein; doch gewannen sie keine Freude daran. Er fühlte sich durch dies kleine Wesen, das in seine Existenz Verwicklungen bringen mußte, beunruhigt; sie aber hatte es mit einer unerklärlichen Angst, als befürchte sie, daß dieser Zwischenfall ihr Liebesglück zerstören werde. Lange hing sie weinend an seinem Halse. Vergeblich suchte er, selber von namenloser Traurigkeit bedrückt, sie zu trösten. Später aber, als sie sich an die Sache gewöhnt hatten, dachten sie mit Rührung an das arme Geschöpfchen, das sie an jenem tragischen Tag, wo sie sich ihm unter Tränen im dämmerstillen Atelier hingegeben, gezeugt hatten, ohne es zu wollen. Alles war danach angetan, daß es, empfangen unter dem Nachhall des brutalen Hohngelächters der Menge, ein Schmerzenskind werden würde. Dann aber ersehnten sie es, da sie ja beide nicht schlecht waren, beschäftigten sich mit ihm und rüsteten alles zu seinem Empfang.

Der Winter kam mit grimmer Kälte. Christine war durch eine Erkältung an das schlecht verschließ- und heizbare Haus gefesselt.

Ihre Schwangerschaft verursachte ihr häufige Beschwerden. Sie kauerte dann vor dem Feuer. Aber sie mußte sich erst erzürnen, wenn sie Claude hinaus ins Freie bekommen wollte, wo er dann auf den gefrorenen, hallenden Wegen lange Märsche machte. War er aber nach dem monatelangen beständigen Zusammensein mit ihr auf diesen Gängen mit sich allein, erstaunte er über die Wendung, die sein Leben gegen seinen Willen genommen hatte. Niemals hatte er ein solches Zusammenleben gewollt, selbst mit ihr nicht. Hätte man ihm je zu so etwas geraten, würde er sich sicher dagegen gesträubt haben. Und trotzdem war es nun doch so gekommen und war nun nicht mehr rückgängig zu machen. Denn von dem Kinde ganz abgesehen, war er einer von denen, die den Mut zu einem Bruch nicht vermocht hätten. Offenbar mußte es eben so mit ihm kommen: die erste, die Gefallen an ihm fand, mußte ihn fesseln. Die hartgefrorene Erde tönte unter seinem Schritt; der eisige Wind erstarrte sein verlorenes, unbestimmtes Nachdenken. Wenigstens hatte er doch das Glück gehabt, an ein anständiges Mädchen zu geraten, und blieb ihm also die bittere Erfahrung erspart, die die Vereinigung mit einem Modell, das es müde geworden war, von Atelier zu Atelier zu irren, mit sich gebracht hätte. Und von neuem erschwoll sein Herz von Liebe zu Christine; er beeilte sich, wieder zu ihr zurückzukehren und sie stürmisch in seine Arme zu schließen, als sei er in Gefahr gewesen, sie zu verlieren. Bestürzt war er aber, wenn sie sich losmachte und ängstlich rief:

»Oh, nicht so heftig! Du tust mir weh!«

Sie führte dann die Hände nach ihrem Bauch; und jedesmal sah er mit der gleichen beklommenen Bestürzung auf diesen Bauch.

Die Entbindung fand gegen Mitte Februar statt. Von Vernon war eine Hebamme gekommen. Alles ging sehr gut. Nach drei Wochen war die Mutter wieder auf. Das Kind, ein Knabe, war sehr kräftig und nahm so gierig Nahrung, daß sie während der Nacht wohl fünfmal aufstehen mußte, damit er mit seinem Geschrei nicht seines Vaters Schlaf störte. Das Kind brachte das ganze Haus in Aufruhr. Denn eine so tätige Hausfrau sie war, so blieb Christine eine recht ungeschickte Pflegerin. Trotz ihres guten Herzens und soviel Sorge sie sich beim geringsten Unwohlsein machte, von dem das Kind befallen wurde, wollte sie sich nicht recht zu einer Mutter entwickeln. Sie ermüdete schnell, verlor leicht die Geduld, rief dann Mélie hinzu, die durch ihre Unbeholfenheit die Verwirrung noch vermehrte. Dann mußte erst auch noch der Vater hinzukommen, der noch ungeschickter war als die beiden Weiber. Ihre alte Unlust zum Nähen und ihre Ungeschicklichkeiten in allen weiblichen Arbeiten zeigten sich jetzt, wo es galt, für das Kind zu sorgen, von neuem. Der Kleine war ziemlich vernachlässigt und wuchs im Garten und in den verzweifelt unordentlichen Zimmern, in denen Windeln umherlagen, zerbrochenes Spielzeug, Unrat und alles mögliche Trümmerwerk des lebhaften kleinen Herrn, so halb und halb auf gut Glück heran. Wußte sie sich aber gar nicht mehr zu helfen, so warf sie sich in die Arme des geliebten Mannes. Die Brust des Mannes, den sie liebte, war ihre Zuflucht; nur hier fand sie Vergessen und Glück. Sie war nur Liebende; tausendmal hätte sie das Kind für den Gatten hingegeben. Von dem Zustand ihrer Schwangerschaft befreit, war sie in neuer Liebe zu Claude entbrannt; mit ihrer wiedergewonnenen Schlankheit, ihrer von neuem erblühten Schönheit hatte sich auch die Liebende in ihr wiedergefunden. Noch nie hatte sie sich mit so starker Leidenschaft hingegeben.

Zu dieser Zeit begann Claude aber wieder ein wenig zu malen. Der Winter ging zu Ende. Da Christine Jacques' wegen, wie sie den Knaben nach seinem Großvater mütterlicherseits, ohne ihn taufen zu lassen, genannt hatten, vor Mittag nicht ausgehen konnte, wußte er nicht, was er die sonnigen Vormittage über anfangen sollte. Anfangs arbeitete er, noch ziemlich lässig, im Garten, entwarf eine leichte Skizze von der Aprikosenallee, skizzierte die riesigen Rosensträucher, stellte Stilleben zusammen, vier Äpfel, eine Flasche und einen Steinkrug auf einer Serviette. Und das alles bloß so, um sich zu zerstreuen. Aber dann fing er Feuer. Er bekam es mit der Idee, eine bekleidete Gestalt in freier Sonne zu malen. Und von da an ward seine Frau sein Opfer, das sie ihm übrigens, glücklich, ihm eine Freude machen zu können, und ohne noch zu ahnen, was für eine gefährliche Nebenbuhlerin sie sich schuf, gern gewährte. Er malte sie wohl zwanzigmal in weißer Kleidung oder in Rot vor grünem Buschwerk, stehend oder schreitend oder im Grase liegend, einen großen ländlichen Hut auf oder auch barhäuptig unterm Sonnenschirm, dessen kirschrote Seide ihr Gesicht in ein rosiges Licht tauchte. Aber nie tat er sich mit all dem Genüge. Nach zwei, drei

Skizzen schabte er's wieder ab, begann sofort von neuem, versteifte sich auf denselben Gegenstand. Nur einige wenige unvollendete Studien, die aber bei einer kraftvollen Faktur reizend abgestimmt waren, entgingen dem Farbenmesser und hingen an den Wänden des Eßzimmers.

Nach Christine mußte dann Jacques als Modell herhalten. Wie einen kleinen heiligen Johannes legte man ihn an warmen Tagen nackt auf eine Decke, und nun hätte er bloß stillzuliegen brauchen. Aber er war ein kleiner Teufel. Er freute sich über die Sonne, lachte, strampelte mit den rosigen Beinchen in der Luft umher, wälzte, überkugelte sich. Der Vater hatte anfangs darüber gelacht; dann aber wurde er ungehalten und fluchte auf die verwünschte Krabbe, die sich nicht eine Minute stillverhalten konnte. War denn das Malen eine Spielerei? Dann machte auch die Mutter böse Augen, hielt den Kleinen, damit der Vater schnell einen Arm oder ein Bein auffangen konnte. Wochenlang versteifte Claude sich darauf, denn die zarten Töne des kindlichen Körpers fesselten ihn ganz besonders. Er betrachtete das Kind nur noch mit dem Auge des Malers, als ein Motiv für ein Meisterwerk, kniff die Augen und sah im Geist ein Gemälde vor sich. Immer wieder studierte er den Kleinen, belauerte ihn ganze Tage lang und war verzweifelt, daß der kleine Schurke gerade zu der Zeit, wo er ihn am besten hätte malen können, nicht schlafen wollte.

Eines Tages, als Jacques zu weinen anfing und die Haltung, in der er dasitzen sollte, nicht beibehalten wollte, sagte Christine sanft:

»Lieber, du quälst das arme Kleine.«

Da erzürnte Claude sich gegen sich selbst und empfand Gewissensbisse.

»Ja, 's ist wahr, ich bin töricht. Kinder taugen nicht zum Malen.«

Frühling und Sommer gingen noch in großer Annehmlichkeit hin. Sie gingen nicht mehr so viel aus, das Boot war fast ganz vergessen und fing an seiner Uferböschung an schadhaft zu werden. Denn es verursachte zuviel Umstände, den Kleinen mit zu den Inseln hinüberzunehmen. Oft aber schlenderten sie miteinander an der Seine hin. Doch kaum je weiter als einen Kilometer. Er war der ewigen Gartenstudien müde geworden und machte jetzt Skizzen vom Uferrand. An solchen Tagen kam sie mit dem Kind zu ihm hinaus, ließ sich nieder, sah ihm zu, wie er malte, und blieb, bis sie, im feinen Graulicht der Abenddämmerung schläfrig geworden, den Heimweg antraten. Eines Nachmittags überraschte sie ihn damit, daß sie ihr altes, aus ihrer Mädchenzeit stammendes Skizzenbuch mitbrachte. Sie scherzte darüber, sagte, daß ihr das, wenn sie so in seiner Nähe wäre, Erinnerungen wecke. Aber ihre Stimme war nicht ganz sicher. In Wahrheit empfand sie das Bedürfnis, an seiner Arbeit, da diese ihn ihr jeden Tag mehr entzog, teilzunehmen. Sie zeichnete, wagte es mit zwei, drei Aquarellen, die sie mit schülerhafter Sauberkeit ausführte. Dann aber merkte sie, durch sein Lächeln entmutigt, doch, daß sich eine Gemeinschaft auf diesem Wege nicht erreichen ließ. So klappte sie denn ihr Album wieder zu und nötigte ihm das Versprechen ab, daß er ihr später, wenn er Zeit hätte, Unterricht im Malen geben werde.

Übrigens fand sie seine letzten Bilder sehr hübsch. Nach diesem Rastjahr in freier Natur und im freien Licht malte er wie mit einem neuen Blick, lichter, in frischeren Tönen. Noch nie hatte er sich so gut auf Reflexlichter verstanden, noch nie Lebewesen und Dinge so genau in der Lichtflut, von der sie umgeben waren, dargestellt. Christine wäre jetzt, von diesem Farbenschmaus gewonnen, mit seiner Malweise vollkommen einverstanden gewesen, wenn er seine Sache besser ausgeführt und es sie nicht zuweilen verwirrt hätte, wenn sie ein Feld in Lila oder in Blau gemalt sah, was all ihre überkommenen Begriffe von Kolorit über den Haufen warf. Als sie sich eines Tages angesichts einer himmelblau getönten Pappel eine Kritik erlaubte, hatte er sie dies zarte Blau des Laubes an der Natur selber feststellen lassen. Es verhielt sich tatsächlich so: der Baum war blau. Doch im Grunde ergab sie sich nicht und verurteilte die Wirklichkeit; es konnte in der Natur eben keine blauen Bäume geben.

+++

Sie sprach mit ihm jetzt auch sehr ernst über die Studien, die er an den Wänden des Eßzimmers aufhing. Es machte ihr Sorge, daß die Kunst immer mehr in ihr Leben eindrang. Wenn sie ihn mit seinem Rucksack, seinem Sonnenschirm und seiner Feldstaffelei aufbrechen sah, fiel sie ihm wohl plötzlich um den Hals und fragte:

»Sag, liebst du mich?«

»Bist du närrisch! Warum sollt' ich dich denn, meinst du, nicht mehr lieben?«

»Dann küsse mich so, wie du mich liebst; fest, fest, ganz fest!«

Und dann begleitete sie ihn bis zur Straße hinaus.

»Also arbeite! Du weißt, daß ich dich niemals von der Arbeit abhalten werde ... Geh, geh! Ich bin ja zufrieden, wenn du arbeitest.«

Als der Herbst des zweiten Jahres das Laub bräunte und die ersten Fröste brachte, schien sich Claudes eine Unruhe zu bemächtigen. Es traf sich, daß die Witterung ganz abscheulich war. Vierzehn Tage lang regnete es in Strömen und war er müßig ans Zimmer gefesselt. Danach wurde die Arbeit jeden Augenblick von Nebeln unterbrochen. Düster gestimmt saß er vorm Feuer. Nie sprach er von Paris; aber weit hinten am Horizont erhob sich die Stadt, die winterliche Stadt mit ihren schon von fünf Uhr an brennenden Gaslaternen, mit den Zusammenkünften der sich mit ihrem Wetteifer gegenseitig anstachelnden Freunde, mit ihrem leidenschaftlichen Schaffenseifer, dem selbst die eisigen Dezembertage keinen Abbruch taten. In einem Monat begab er sich unter dem Vorwand, er wolle Malgras aufsuchen, dem er noch einige Bilder verkauft hatte, dreimal in die Stadt. Jetzt vermied er's nicht mehr, an Faucheurs Schenke vorbeizukommen, ließ sich sogar von Vater Poirette aufhalten, nahm ein Glas Wein an, und dabei gingen seine Blicke im Zimmer umher, als hätte er die Freunde gesucht, die trotz der Jahreszeit am Vormittag eingetroffen wären. Lange blieb er bei solchen Gelegenheiten sitzen und wartete. Dann aber kehrte er, ganz verzweifelt über seine Einsamkeit, ganz betäubt von all dem, was in ihm rumorte, ganz krank, daß er niemanden hatte, dem er das zurufen konnte, wovon ihm der Schädel schwirrte, heim.

Doch auch der Winter verstrich, und Claude hatte den Trost, daß er einige schöne Schnee-Effekte malen konnte. Ein drittes Jahr war angebrochen, als er in den letzten Maitagen eine unerwartete Begegnung hatte, die ihn sehr bewegte. Er war eines Vormittags zu dem Plateau hinaufgestiegen, um, nachdem die Ufer der Seine angefangen hatten, ihn zu langweilen, dort nach einem Motiv zu suchen. Er war starr vor Schreck, als er sich bei einer Wegkrümmung mit einemmal Dubuche gegenübersah, der, im schwarzen Hut und korrekt in seinen Überrock eingezwängt, zwischen zwei Holunderheckenreihen auf ihn zukam.

»Wie! Du?«

Der Architekt stotterte vor Verdruß.

»Ja! Ich bin im Begriff, einen Besuch zu machen ... He, es ist wohl recht langweilig auf dem Lande! Aber was willst du? Man hat eben gesellschaftliche Verpflichtungen... Und du wohnst hier? Aber ich weiß es ... Das heißt, eigentlich nein! Es ist mir zwar davon gesprochen worden, aber ich glaubte, daß es weiter ab, auf der anderen Seite des Flusses wäre.«

Claude, der sich sehr bewegt fühlte, zog ihn aus der Verlegenheit.

»Gut, gut, mein Alter! Du brauchst dich nicht zu entschuldigen; wer schuld hat, bin ich ... Ah, wie lange ist es her, daß man sich nicht mehr gesehen hat! Wenn ich dir sagen könnte, wie mir um's Herz 'rum war, als ich deine Nase aus dem Laub hervor auftauchen sah!«

Dann nahm er vor Freude lachend seinen Arm und begleitete ihn. Der andere aber, der, in seiner beständigen Sorge, zu Vermögen zu gelangen, nur immer von sich selber sprach, fing sofort von seiner Zukunft an. Nachdem es ihm mit unendlicher Mühe gelungen war, die regelmäßigen ehrenvollen Erwähnungen zu erreichen, war er Schüler der ersten Klasse geworden. Doch dieser Erfolg hatte ihn in eine schwierige Lage gebracht. Seine Eltern schickten ihm keinen Sou mehr, jammerten ihm etwas vor, daß jetzt er sie unterstützen müsse. Er hatte auf den Prix de Rome verzichtet, denn er war überzeugt, daß er geschlagen werden würde, da er genötigt war, seinen Lebensunterhalt zu gewinnen. Und er war schon müde; es widerte ihn an, sich für einen Franken fünfundzwanzig Centimes für die Stunde bei unwissenden Architekten zu verdingen, die ihn wie einen Handlanger behandelten. Doch was sollte er anfangen, welchen Weg einschlagen, um so bald als möglich zum Ziel zu gelangen? Am liebsten möchte er die Akademie verlassen. Der einflußreiche Dequersonnière, der ihn seines Fleißes wegen schätzte, würde ihm sicher behilflich sein. Aber zuvor noch wieviel Plage, wie lag alles vor ihm noch im ungewissen! Bittere Klage führte er über die staatlichen Schulen, wo man sich jahrelang die Beine wund laufen mußte und die keinem, den sie entließen, eine Anstellung sicherten.

Plötzlich aber blieb er mitten auf dem Fußsteig stehen. Die Holunderhecken mündeten auf eine kahle Ebene, und hinter ihren hohen Bäumen zeigte sich die Richaudière.

»Halt! Ach ja!« rief Claude. »Ich habe nicht daran gedacht ... Du gehst jetzt in die Bude da! Ah, was für Fratzen hat diese Affenbande!«

Aber Dubuche war über diesen künstlerhaft freimütigen Ausruf verdrießlich und protestierte mit steifer Miene:

»Das hindert nicht, daß der alte Margaillan, so unbedeutend er dir erscheinen mag, in seinem Gewerbe ein tüchtiger Mann ist. Du solltest ihn auf seinen Werkstätten, seinen Bauplätzen sehen. Er ist von einer unglaublichen Rührigkeit, versteht sich ganz erstaunlich auf die Leitung seiner Geschäfte, besitzt einen bewunderungswürdigen Spürsinn für günstige Stellen zur Anlage von Straßen und den Ankauf von Materialien. Übrigens verdient man keine Millionen, wenn man der erste, beste Dummkopf ist ... Außerdem, was mich anbetrifft, so wär' ich schön dumm, wenn ich einem Manne gegenüber nicht höflich sein wollte, der mir von Nutzen sein kann.«

Während er so sprach, pflanzte er sich breit auf dem engen Pfad auf, um den Freund zu hindern, noch weiter mitzugehen. Ohne Zweifel fürchtete er, sich bloßzustellen, wenn man ihn mit ihm zusammen sähe, und wollte er ihm zu verstehen geben, daß sie sich hier trennen müßten.

Claude wollte ihn noch über die Kameraden ausfragen, doch er schwieg. Über Christine fiel nicht ein Wort. Schon entschloß er sich, ihn zu verlassen, und hielt ihm die Hand hin, als sich ihm unwillkürlich die bebende Frage aufdrängte:

»Geht's Sandoz gut?«

»Ja! Nicht schlecht. Ich seh' ihn selten ... Erst letzten Monat hat er noch von dir gesprochen. Es schmerzt ihn noch immer, daß du uns den Stuhl vor die Tür gesetzt hast.«

»Aber das hab' ich ja nicht!« rief Claude außer sich. »Ich bitte euch dringend, besucht mich! Wie würd' ich mich freuen!«

»Also gut, wir kommen. Mein Wort darauf, ich sag' es ihm! ... Leb wohl, leb wohl, Alter! Ich habe Eile!«

Und Dubuche begab sich zur Richaudière hinab, während Claude ihm nachblickte, wie er mit seinem glänzigen Seidenhut und dem schwarzen Fleck seines Überrockes zwischen den Feldern verschwand. Langsam kehrte er zurück. Das Herz war ihm von einer tiefen, unerklärlichen Traurigkeit bewegt. Seiner Frau sagte er von der Begegnung nichts.

Acht Tage darauf war Christine zu Faucheurs gegangen, um ein Pfund Nudeln zu kaufen. Auf dem Heimweg verweilte sie sich und plauderte, das Kind auf dem Arm, mit einer Nachbarin, als ein Herr, der mit der Fähre gekommen war, auf sie zutrat und sie fragte:

»Herr Claude Lantier wohnt hier in der Nähe, nicht wahr?«

In ihrer Überraschung antwortete sie nur:

»Ja, mein Herr. Wenn Sie sich mir anschließen wollen ...«

Eine Strecke von etwa hundert Metern hatten sie so nebeneinanderher zu schreiten. Der Fremde, der sie zu kennen schien, betrachtete Christine mit einem freundlichen Lächeln. Doch als sie ihren Schritt beeilte und ihre Aufregung unter einer ernsten Miene verbarg, sprach er nicht weiter. Sie öffnete die Tür, trat in das Speisezimmer und sagte:

»Claude, hier ist ein Besuch!«

Mit einem lauten Aufschrei stürzten die beiden Männer einander in die Arme.

»Ah, mein alter Pierre! Ah, ist das schön von dir, daß du kommst! ... Und Dubuche?«

»Im letzten Augenblick hielt ihn eine geschäftliche Angelegenheit zurück. Er hat mir depeschiert, ich möchte ohne ihn fahren.«

»Gut! Ich könnt' es mir wohl schon denken ... Aber du bist da, du! Ah, Gottswetter, freu' ich mich!«

Er wandte sich an die von ihrer Freude angesteckt lächelnde Christine.

»Ah, es ist ja wahr, ich hab' dir doch noch gar nicht erzählt. Ich habe neulich Dubuche getroffen, der da drüben in der Villa dieser Strohköpfe einen Besuch machte.«

Doch schon unterbrach er sich wieder und rief mit einer vor Freude ganz närrischen Handbewegung:

»Meiner Treu, ich bin ganz verdreht! Ihr kennt euch ja noch gar nicht, und ich lasse euch da so stehen ... Liebling, der Herr da ist mein alter Kamerad Pierre Sandoz, den ich liebe wie meinen Bruder ... Und hier, mein Liebster, ist meine Frau. Und nun gebt euch alle beide einen schönen Kuß!«

Christine hatte ein freimütiges Lachen und hielt ihm von Herzen gern die Wange hin. Sofort hatte Sandoz ihr mit seiner Biederkeit, seiner treuen Freundschaft und der väterlich sympathischen Miene, mit der er sie ansah, gefallen. Gerührt feuchteten sich ihre Augen, und sie sagte, während er ihre Hände in der seinen hielt:

»Es ist so schön von Ihnen, daß Sie Claude so lieben, und Sie müssen sich beide immer liebbehalten. Denn es gibt ja kein schöneres Glück in der Welt.«

Dann bückte sich Sandoz zu dem Kleinen, den sie auf dem Arm hatte, und küßte ihn:

»Sieh, und da ist auch schon ein Sprößling!«

Der Maler hatte eine gleichsam entschuldigende Handbewegung.

»Was willst du? Das kommt, eh' man sich's vermutet.«

Während Christine das Haus in Bewegung setzte, um das Frühstück zu besorgen, blieb Claude mit Sandoz im Zimmer. In aller Kürze erzählte er ihm ihre Geschichte: wer Christine wäre, wie er sie kennengelernt hätte und welche Umstände sie bewogen hätten, sich zusammenzutun. Ganz erstaunt war er, als der Freund wissen wollte, weshalb sie sich nicht verheiratet hätten. Gott ja, warum! Weil davon nicht einmal die Rede gewesen wäre, weil ihr selber nichts daran gelegen schien und weil sie so sicher nicht weniger glücklich wären. Schließlich, was machte es aus?

»Gut!« sagte der andere. »Ich für mein Teil finde nichts weiter dabei ... Aber da sie ein anständiges Mädchen ist, solltest du sie auch heiraten.«

»Aber gewiß, sobald sie es wünscht. Jedenfalls denk' ich nicht daran, sie mit dem Kind im Stich zu lassen.«

Dann bewunderte Sandoz die an der Wand hängenden Studien. Ah, der Kerl hatte seine Zeit gut angewandt! Welch ausgezeichneter Ton, wie naturwahr das Sonnenlicht! Claude hörte ihm beglückt und mit einem stolzen Lachen zu. Dann fragte er, was die Kameraden machten. Aber schon trat Christine ein und rief:

»Schnell, kommt! Die Eier sind fertig!«

Sie speisten in der Küche. Es war ein ausgezeichnetes Frühstück. Nach den weichgesottenen Eiern gab's gebackene Gründlinge, dann das Rindfleisch vom vorigen Tage, mit Kartoffeln und sauerem Hering zu einem schmackhaften Salat hergerichtet. Es war lecker. Der Hering, den Mélie hatte ins Feuer fallen lassen, verbreitete einen kräftigen, appetitanregenden Duft, auf dem Herde sickerte der Kaffee durchs Sieb. Als dann der Nachtisch erschien, frisch gepflückte Erdbeeren und bei einer Nachbarin gekaufter Käse, plauderten sie, die Ellbogen auf dem Tisch, behaglich drauflos. In Paris? Lieber Gott! In Paris machten die Kameraden nicht gerade etwas Neues. Oder doch, ja! Sie regten die Ellbogen, rempelten sich gegenseitig, wer als der erste ans Ziel gelangte und zu einem Auskommen käme. Natürlich hätten die Abwesenden unrecht; man müßte schon mit dabei sein, wenn man nicht in Vergessenheit geraten wollte. Aber Talent blieb Talent! Gelangte man nicht immer ans Ziel, wenn man nur den Willen und die Kraft dazu hatte? Ah ja, es war wohl schon ein herrlicher Traum, auf dem Lande zu leben, hier Meisterwerke anzuhäufen und dann eines schönen Tages Paris zu überrumpeln und seine Koffer auf zutun!

Als Claude Sandoz am Abend zur Bahn begleitete, sagte dieser:

»Bei dieser Gelegenheit: ich wollte dir etwas mitteilen ... Ich glaube, ich werde mich verheiraten.«

Der Maler lachte hell auf.

»Ach, du Spaßvogel! Jetzt versteh' ich, warum du mir heut morgen ins Gewissen geredet hast!«

Während sie auf den Zug warteten, plauderten sie noch. Sandoz setzte seine Gedanken über die Ehe auseinander. Er hielt sie, was die großen modernen Schaffenden anbetraf, ganz bürgerlich für die Grundbedingung zur Arbeit, einer soliden, geregelten Produktion. Das Weib als die Verwüsterin des künstlerischen Schaffens, die dem Künstler das Herz verzehre und das Hirn fresse, war eine romantische Idee, welche durch die Tatsachen widerlegt wurde. Er jedenfalls fühle das Bedürfnis nach einer Neigung, die die Hüterin seiner Ruhe wäre, nach einem liebevollen Stilleben, in das er sich einkapseln, in dem er sein Leben ganz dem gewaltigen Werk widmen konnte, das ihm im Geiste vorschwebte. Aber er fügte hinzu, daß alles von der Wahl abhinge, und er glaubte, die gefunden zu haben, die er suchte: eine Waise, die einer kleinen Kaufmannsfamilie entstammte, keinen Heller besitze, aber schön und klug wäre. Seit sechs Monaten hatte er seine Beamtenstelle aufgegeben und sich ganz in den Journalismus gestürzt, der ihm ein reichliches Auskommen gewährte. Er wohnte jetzt mit seiner Mutter in einem kleinen Haus in Batignolles und wollte dort ein Leben zu dreien führen. Zwei Frauen würden ihn betreuen, und er verfüge über Tatkraft genug, um seinen Hausstand durchzubringen.

»Verheirate dich, Alter!« sagte Claude. »Man muß seiner Überzeugung gemäß handeln ... Und nun leb wohl, da ist der Zug. Vergiß nicht, was du versprochen, und besuch uns bald wieder!«

Sandoz kam öfter, soweit es seine Zeit nur irgend gestattete. Er war noch ledig; erst im Herbst konnte er heiraten. Es waren glückliche Tage. Ganze Nachmittage brachten sie damit zu, sich vertraulich auszusprechen und auf ihre alten Ruhmesträume zurückzukommen.

Als er eines Tages mit Claude allein auf einer der Inseln war und sie Seite an Seite, die Augen im Himmel verloren, im Gras lagen, sprach er ihm von seinen weitausgreifenden Plänen und gab offen seine Beichte.

»Die Zeitung, siehst du, ist nur ein Kampfplatz. Man muß leben, und um leben zu können, muß man kämpfen ... Und dann ist diese verwünschte Presse trotz allen Widerwärtigkeiten des Handwerks eine gewaltige Macht und in der Hand eines überzeugungstüchtigen Kerls eine unbesiegbare Waffe ... Doch wenn ich schon gezwungen bin, mich ihrer zu bedienen, will ich doch bei ihr nicht alt und grau werden. Ah nein! Und ich habe, was ich suchte: ein Werk, das all meine Kräfte bis zum äußersten in Anspruch nimmt, etwas, in das ich mich stürzen will, ohne daß ich vielleicht je wieder davon loskomme.«

Ein Schweigen sank von den in der Sonnenhitze regungslosen Zweigen hernieder. Mit abgerissenen Sätzen und gedämpfter Stimme fuhr Sandoz fort:

»Was sagst du dazu: den Menschen studieren, so wie er ist; nicht mehr ihren metaphysischen Hampelmann, sondern den durch seine Umgebung bestimmten mit dem Spiel und der Bewegung aller seiner Organe ... Ist dieses beständige, ausschließliche Studium der Gehirnfunktion, das man unter dem Vorwand treibt, das Gehirn sei das edelste Organ, nicht eine Narretei? ... Der Gedanke! Der Gedanke! Eh, Gottswetter! Der Gedanke ist das Erzeugnis des ganzen Körpers. Laßt doch mal ein Gehirn für sich allein denken und seht doch mal zu, was aus dem so edlen Organ wird, wenn der Bauch krank ist!... Nein! Torheit! Die Philosophie ist's nicht mehr, auch die Wissenschaft nicht: Wir sind Positivisten, Evolutionisten, und wir sollten die literarische Gliederpuppe der klassizistischen Zeit beibehalten, sollten fortfahren, die verhedderten Haare der reinen Vernunft zu strählen? Wer Psycholog sagt, sagt Verräter der Wahrheit. Übrigens Physiologie, Psychologie: das besagt gar nichts. Das eine hat das andere zu durchdringen, beide sind heute eine Einheit: der aus der Gesamtsumme seiner Funktionen bestehende menschliche Mechanismus ... Ah, das ist die Formel! Unsere moderne Revolution hat keine andere Grundlage. Das ist der schicksalsbestimmte Untergang der antiken Gesellschaft, die Geburt einer neuen; und mit Notwendigkeit ist es in diesem neuen Mutterboden der Auftrieb einer neuen Kunst ... Ja, man soll sehen, soll erleben, was für eine Literatur für das kommende Jahrhundert der Wissenschaft und Demokratie aufblühen wird!«

Sein Ausruf erhob sich in den unermeßlichen Himmelsäther hinein. Kein Lüftchen regte sich. An der Zeile der Weiden hin nur das stumme Gleiten des Flusses. Plötzlich wandte er sich gegen den Kameraden herum und sagte ihm ins Gesicht:

»So hab' ich für mein Teil gefunden, was ich brauche. Oh, weiter nichts so besonders Großes; nur ein Winkelchen, geradesoviel, als es für ein Menschenleben ausreicht, selbst wenn man mit seinem Streben noch so weit ausgreift ... Eine Familie werde ich nehmen und werde ihre Mitglieder studieren, eins nach dem anderen; woher sie kommen, wohin sie gehen, wie sie, das eine auf das andere, reagieren. Also eine Menschheit im kleinen; die Art und Weise, wie die Menschheit treibt und sich verhält ... Andererseits setz' ich meine guten Leute in eine historisch abgeschlossene Periode hinein, und das wird mir Umgebung und Lebensumstände an die Hand geben, wird ein Stück Geschichte sein ... Nicht? Du verstehst: eine Folge von Büchern; fünfzehn, zwanzig Bände; Episoden, die untereinander im Zusammenhang stehen, jedes mit seinem Rahmen für sich. Eine Folge von Romanen, mit denen ich mir ein Haus für meine alten Tage bauen will, wenn sie mich nicht vorher aufreiben!«

Er ließ sich auf den Rücken zurückfallen, breitete die Arme ins Gras, schien in die Erde eindringen zu wollen, lachte und scherzte:

»Oh, liebe Erde! Nimm mich, du, Allmutter, einzige Quelle allen Lebens! Du ewige, unsterbliche, in der die Seele der Welt kreist; dieser Saft, der sich bis in den Stein hineingießt und der die Bäume macht, unsere großen, unbeweglichen Brüder! ... Ja, verlieren will ich mich in dir! Du bist's, die ich hier fühle, unter meinen Gliedern; die mich umfängt und entflammt! Du allein sollst die Grundkraft meines Werkes sein, Mittel und Ziel, die ungeheure Arche, in der alle Dinge sich mit dem Atem aller Wesen beleben!«

In der überschwenglichen Stimmung seiner lyrischen Emphase scherzend begonnen, war diese Anrufung in den Ruf einer glühenden Überzeugung ausgegangen, den eine tiefe, dichterische Begeisterung durchbebte. Seine Augen feuchteten sich, und um seine Rührung zu verbergen, fügte er mit rauher Stimme und einer weitausgreifenden, den Horizont bestreichenden Armbewegung hinzu:

»Ist das dumm, daß jeder von uns eine Seele haben soll, da doch alles die eine große Seele ist!«

Claude hatte, ganz im Gras vergraben, sich nicht gerührt. Nachdem wieder ein Schweigen gewesen war, schloß er ab:

»Recht so, Alter! Schmeiß sie alle! ... Aber sie werden dir den Garaus machen.«

»Oh!« sagte Sandoz, der aufsprang und sich reckte. »Ich habe harte Knochen; sie werden sich die Fäuste dran zerbrechen ... Komm, ich darf den Zug nicht verfehlen.«

Christine hatte für Sandoz, der so aufrecht und stark ins Leben hineinmarschierte, eine lebhafte Freundschaft gefaßt. Sie wagte es endlich, ihn um einen Gefallen zu bitten: Jacques' Pate zu sein. Gewiß, sie setzte keinen Fuß mehr in die Kirche: doch warum sollte man das Kind außerhalb des Brauches stehen lassen? Vor allem war aber der Umstand für sie bestimmend, daß er in diesem, in seiner Kraft so ausgeglichenen, verständigen Paten eine Stütze haben könnte. Claude war verwundert; doch willigte er achselzuckend ein. Und so fand die Taufe statt. In der Tochter einer Nachbarin hatte man auch eine Patin gefunden. Es war ein Fest. Man verzehrte einen aus Paris mitgebrachten Hummer.

An diesem Tage geschah es, daß Christine, als man sich trennte, Sandoz beiseitenahm und ihm mit flehentlicher Stimme sagte:

»Kommen Sie bald wieder, nicht wahr? Er langweilt sich.«

Tatsächlich verfiel Claude in Schwermut. Er vernachlässigte seine Studien, ging allein aus, streifte unwillkürlich vor der Schenke Faucheurs und an der Landungsstelle der Fähre umher, als rechne er damit, daß dort irgend jemand ihm Paris mitbringen müsse. Unausgesetzt war er mit Paris beschäftigt. Jeden Monat fuhr er dorthin und kam dann ganz trostlos und unfähig zu jeder Arbeit zurück. Der Herbst kam, dann der Winter; ein feuchter, schmutziger Winter. Er verbrachte ihn in einer verdrießlichen Betäubung. Selbst gegen Sandoz, der sich im Oktober verheiratet hatte und nicht mehr so oft nach Bennecourt kommen konnte, zeigte er sich verbittert. Nur gelegentlich dieser Besuche belebte sich Claude und hatte für eine Woche Anregung, war Feuer und Flamme und ward nicht müde, die Neuigkeiten, die Sandoz mitgebracht hatte, durchzusprechen. Er, der zuvor seine Sehnsucht nach Paris vor ihr versteckt hatte, überschüttete Christine jetzt vom Morgen bis zum Abend mit Gesprächen über Angelegenheiten, von denen sie nichts wußte, und über Leute, die sie niemals gesehen hatte. So gab es, wenn Jacques schlief, beim Ofen endlose Erklärungen. Er geriet in Feuer, und Christine mußte ihre Meinung abgeben.

War Gagnière nicht ein Idiot, daß er sich mit seiner Musik da zersplitterte, da er doch ein so ausgezeichneter Landschafter hätte sein können? Es hieß, daß er jetzt bei einer Dame Klavierunterricht nahm. In seinem Alter! He, was sagte sie dazu? Doch die reine Schrulle! Und Jory, der sich, seit sie ein eigenes Haus in der Rue de Moscou bewohnte, an Irma Bécot heranzumachen suchte! Na, sie kannte ja die beiden, eins gab dem anderen nichts nach. Doch der Schlauste der Schlauen war Fagerolles, dem er es gründlich stecken würde, wenn er ihn mal sähe. Wie! Der Bursch hatte sich um den Prix de Rome beworben, der ihm übrigens aber entgangen war. Und dabei war er über die Akademie hergezogen, hatte keinen Stein von ihr auf dem anderen lassen wollen! Ah, entschieden! Die Erfolgsucht, der Trieb, über die Leiber der Kameraden zu steigen und das Lob der stumpfsinnigen Menge einzuheimsen, führte doch zu rechten Gemeinheiten. Ah, sie wollte ihn doch nicht etwa in Schutz nehmen? War sie wirklich so spießbürgerlich, daß sie das tat? Hatte sie ihm dann aber nach dem Mund geredet, so kam er unter lautem, nervösem Lachen immer auf dieselbe Geschichte zurück, die er ausbündig komisch fand. Die Geschichte von Mahoudeau und Chaîne, die den kleinen Jabouille, den Mann der Mathilde, der scheußlichen Kräuterhändlerin, umgebracht hatten. Ja, umgebracht! Eines Abends nämlich, als der schwindsüchtige Hahnrei einen Ohnmachtsanfall gehabt hatte, waren sie beide von dem Weibe herbeigerufen worden und hatten ihn so gründlich gerieben, daß er unter ihren Händen den Geist aufgegeben hatte.

Wenn Christine sich dann aber nicht belustigt fühlte, erhob sich Claude und sagte mit grämlicher Stimme:

»Oh, du! Nichts bringt dich zum Lachen ... Komm zu Bett, das ist das gescheiteste.«

Seine Liebe zu ihr war noch immer groß; er suchte mit der verzweifelten Leidenschaft eines Liebhabers, der in der Liebe Vergessen linden will, in ihrer Umarmung seine einzige Freude Doch darüber hinaus ging's nicht. Sie genügte ihm nicht mehr. Das andere, sein heimliches Leid, behielt ihn und war nicht unterzukriegen.

Im Frühling geriet Claude, der in einer Aufwallung von Verachtung den Schwur getan hatte, nie mehr ausstellen zu wollen, in Unruhe des Salons wegen. Wenn er mit Sandoz zusammenkam, so fragte er ihn aus, was die Kameraden eingereicht hätten. Am Tage der Eröffnung begab er sich nach Paris, von wo er am selben Abend sehr ernst und aufgeregt zurückkam. Mahoudeau hatte nur eine Büste dort. Sie war sehr gut, doch ohne Belang. Dann gab's eine kleine Landschaft von Gagnière, die ein schönes, blondes Kolorit hatte. Sonst aber hatten sie nichts dort als ein Bild von Fagerolles: eine Schauspielerin, die sich vorm Spiegel das Gesicht schminkte. Zuerst hatte Claude es gar nicht erwähnt; dann sprach er davon mit entrüstetem Lachen. Was war dieser Fagerolles für ein Schwindler! Jetzt, wo ihm der Prix de Rome entgangen war, scheute er sich nicht mehr auszustellen, sagte sich von der Akademie los. Doch mit welcher Verschlagenheit! Lauter Kompromiß! Ein Gemälde, das sich als kühn, als wahr ausspielte, ohne doch irgendwelche Eigenart zu besitzen! Und das hatte Erfolg. Die Spießer liebten es ja so sehr, daß man sie streichelte, während man sich den Anschein gab, bei ihnen Anstoß zu erregen. Ah, es war wahrhaftig höchste Zeit, daß ein wirklicher Maler in der trübseligen Öde des Salons erschien und zwischen all die Schlau- und Dummköpfe träte! Gottswetter, Platz genug war für ihn da!

Als Christine ihn so erregt sah, sagte sie schließlich zögernd: »Wenn du willst, könnten wir ja wieder nach Paris ziehen.«

»Wer spricht denn davon?« rief er. »Man kann wirklich nichts mit dir sprechen, ohne daß du gleich was dahinter argwöhnst.«

Sechs Wochen danach erfuhr er eine Neuigkeit, die ihn acht Tage lang beschäftigte. Sein Freund Dubuche heiratete Fräulein Régine Margaillan, die Tochter des Besitzers der Richaudière. Es war eine verwickelte Geschichte, deren Einzelheiten ihn im höchsten Grade verstimmten und belustigten. Zunächst hatte dieses Animal von Dubuche für den Entwurf eines inmitten eines Parkes gelegenen Pavillons, den er ausgestellt hatte, eine Medaille erlangt. Was schon an und für sich etwas Amüsantes war; denn der Entwurf, hieß es, war von seinem Lehrer Dequersonnière korrigiert worden, der dann Dubuche durch die Jury, deren Vorsitzender er war, hatte preiskrönen lassen. Aber der Gipfel war, daß diese von vornherein sichere Belohnung die Hochzeit entschieden hatte. Was? Ein nobler Handel! Die Medaille diente jetzt also dazu, daß brave, bedürftige Schüler in reiche Familien einheiraten konnten! Wie alle Emporkömmlinge träumte Papa Margaillan davon, daß er einen Schwiegersohn fand, der ihm helfen konnte und der seinem Geschäft durch authentische Diplome und ein elegantes Äußere ein Ansehen gab. Seit einiger Zeit aber hatte er sein Auge auf diesen Schüler der Akademie der schönen Künste geworfen, der so ausgezeichnete Zeugnisse hatte, so fleißig war und von seinen Lehrern empfohlen wurde. Die Medaille begeisterte ihn; er gab ihm sofort seine Tochter und machte ihn zu seinem Geschäftsteilhaber, der ihm seine Millionen verdoppeln sollte, da er ja mit allem, was das Bauwesen verlangte, vertraut war. Im übrigen aber würde die arme, immer trübsinnige und kranke Régine einen gesunden Mann haben.

»Kannst du dir vorstellen?« sagte Claude immer wieder zu seiner Frau. »Wie sehr muß man in das Geld vernarrt sein, um solch ein armseliges Wesen zu heiraten!«

Als Christine aber, von Mitleid hingerissen, ihre Partei nahm, sagte er:

»Aber ich beiße sie doch nicht. Um so besser, wenn sie die Hochzeit überlebt! Sie ist ja doch sicherlich unschuldig daran, daß der Maurer von Vater den stumpfsinnigen Ehrgeiz gehabt hat, eine Bürgerstochter zu heiraten, und daß sie von ihnen beiden erzeugt worden ist, er mit seinem von Säufern ererbten Blut, sie erschöpft und von allen Ansteckungsstoffen entnervter Generationen aufgezehrt. Ah, ein netter Bankerott, trotz aller Hundertsoustücke! Häuft, häuft eure Reichtümer und setzt eure Mißgeburten in Spiritus!«

Er wurde so wild, daß seine Frau ihn umschlingen, ihn in ihren Armen halten, ihn küssen und lachen mußte, daß er wieder der gute Kerl von früher wurde. Als er sich dann aber beruhigt hatte, begriff er und billigte die Verheiratung seiner beiden alten Gefährten. Immerhin, wahr! So hatten sie denn nun alle drei geheiratet! Wie drollig das Leben spielte!

Noch einmal ging der Sommer zur Neige, der vierte, den sie in Bennecourt erlebten. Sie hätten nicht glücklicher sein können; leicht und ohne Sorge ging ihnen das Leben in der Abgeschiedenheit ihres Dorfes dahin. Nie hatte es ihnen, seit sie hier wohnten, an Geld gefehlt. Seine tausend Franken Rente und der Verkauf von einigen Bildern genügten für ihre Bedürfnisse. Sie machten sogar Ersparnisse, hatten sich Wäsche kaufen können. Dem kleinen Jacques, der jetzt zwei und ein halbes Jahr alt war, bekam das Land ganz ausgezeichnet. Von früh bis spät abends hatte der von Gesundheit strotzende, nach Herzenslust gedeihende kleine Kerl in seiner beschmutzten, zerrissenen Kleidung auf dem Fußboden umher sein Wesen. Oft wußte seine Mutter kaum, wie sie es anfangen sollte, ihn einigermaßen zu säubern. Aber wenn sie ihn nur tüchtig essen und gut schlafen sah, machte sie sich weiter keine Sorge. All ihre sorgenvolle Zärtlichkeit wandte sie dem anderen großen Kinde, ihrem lieben Manne, zu, dessen trübe Stimmung sie mit Kummer erfüllte. Täglich wurde es schlimmer. Mochten sie immer ein ruhiges Leben haben, von allem Kummer verschont sein; trotzdem verfielen sie in einen Trübsinn, ein Mißbehagen, das sich täglich und stündlich mit Gereiztheiten verriet.

Mit den ländlichen Freuden, die sie anfangs genossen hatten, war's vorbei. Ihr morsch und leck gewordenes Boot lag auf dem Grund der Seine. Sie dachten im übrigen nicht einmal daran, sich des Bootes zu bedienen, das ihnen die Faucheurs zur Verfügung gestellt hatten. Der Fluß langweilte sie, sie waren zum Rudern zu träg geworden. Und wenn sie auch manchmal mit dem Entzücken von ehemals noch von dieser und jener schönen Stelle der Inseln sprachen, fühlten sie sich davon doch nicht angeregt, sie wieder aufzusuchen. Selbst die Spaziergänge an den Uferböschungen hin hatten ihren Reiz verloren. Im Sommer war es dort zu heiß, im Winter erkältete man sich. Und was das Plateau anbetraf, das über dem Dorf gelegene weite, mit Apfelbäumen bestandene Gelände, so war es ihnen gleichsam zu einem fernen, zu abgelegenen Land geworden, als daß sie bis dort hinaus ihre Beine riskiert hätten. Selbst ihr Haus behagte ihnen nicht mehr; diese Kaserne, wo man in der dürftigen Küche essen mußte und wo durch ihr Schlafzimmer der Wind von allen Richtungen der Windrose her pfiff. Zu allem Mißbehagen hinzu kam in diesem Jahr noch eine mißratene Aprikosenernte. Außerdem waren die schönsten der riesigen, alten Rosenbüsche krank geworden und eingegangen. Ein melancholischer Überdruß hatte sie ergriffen, die ewige Natur schien gealtert, der ewig gleiche Horizont, der sie umgab, widerstand ihnen. Aber das schlimmste war, daß dem Maler in ihm die Landschaft zuwider geworden war. Kein einziges Motiv fand er mehr, das ihm Anregung gegeben hätte. Trübsinnig strich er durchs Gefilde, als sei es eine wüste Domäne, deren Leben er ausgeschöpft hatte, so daß ihn kein Baum, kein Lichteffekt interessierte, den er noch nicht gekannt hätte. Nein, es war aus, er war abgekühlt, brachte auf diesem elenden Lande nichts mehr zustande!

Mit seinem dunstigen Himmel kam der Oktober. An einem seiner ersten verregneten Abende brauste Claude auf, weil das Diner nicht rechtzeitig auf den Tisch kam. Er warf die dumme Gans von Mélie zur Tür hinaus, und Jacques, der ihm vor den Beinen herumlief, bekam eine Kopfnuß ab. Christine fiel ihm weinend um den Hals und sagte:

»Komm, laß uns von hier fortgehen! Wir wollen nach Paris zurückkehren.«

Er machte sich los und rief zornig:

»Immer noch dies dumme Zeug! ... Niemals, verstehst du!«

»Tu's meinetwegen!« beharrte sie eindringlich. »Ich bin's, die dich darum bittet; du machst mir eine Freude damit.«

»Also langweilst du dich hier?«

»Ja, ich komme hier um, wenn wir bleiben ... Und dann möcht' ich, daß du arbeitest. Ich fühle, daß dein Platz dort ist. Es wäre ein Verbrechen, wenn du dich hier noch länger vergraben wolltest.«

»Nein, laß mich!«

Es durchfuhr ihn bis ins Innerste. In der Ferne rief Paris, das winterliche Paris, das von neuem seine Lichter entfachte. Er vernahm, wie dort die Kameraden vorwärtsstürmten. Er wollte dorthin zurück, daß man nicht ohne ihn triumphierte, wollte wieder ihr Führer werden, da keiner von ihnen die Kraft und den Ehrgeiz hatte, es zu sein. Doch trotz dieser lockenden Vorstellungen und der Sehnsucht, die er empfand, zurückzukehren, weigerte er sich hartnäckig, es zu tun. Ein ganz unwillkürlicher Widerstand dagegen, der sich aus seinem Innersten erhob und den er sich nicht zu erklären wußte, sträubte sich dagegen. War's die Furcht, die selbst den Tapfersten schütteln kann, der heimliche Kampf zwischen Glück und Verhängnis?

»Höre«, sagte Christine heftig, »ich packe ein und führe dich fort.«

Fünf Tage später reisten sie ab, nachdem alles eingepackt und auf die Bahn gebracht worden war.

Claude war mit dem kleinen Jacques schon draußen, als Christine tat, als habe sie noch etwas vergessen. Allein trat sie wieder in das Haus ein. Wie sie es so gänzlich leer sah, brach sie in ein Weinen aus. Es war ihr, als würde etwas von ihr losgerissen; irgend etwas, was sie hier dahinten ließ, ohne daß sie doch hätte sagen können, was es war. Wie gern wäre sie geblieben! Wie heiß war ihre Sehnsucht, immer hier zu leben, obgleich sie diesen Aufbruch betrieben hatte, diese Rückkehr in die lebensglühende Stadt, in der sie eine Rivalin ahnte! Sie suchte noch immer, was ihr fehle. Schließlich pflückte sie vor der Küche eine Rose, eine letzte, schon vom Frost geknickte Rose. Dann schloß sie die Tür des verödeten Gartens.

VII

Als Claude sich wieder auf dem pariser Pflaster befand, wurde er von einem wahrhaft fieberhaften Bedürfnis nach Geräusch und Bewegung ergriffen, auszugehen, die Stadt zu durchstreifen, die Kameraden zu besuchen. Sobald er früh aufgestanden war, überließ er es Christine, das Atelier, das sie in der Rue de Douai, in der Nähe des Boulevard de Clichy, gemietet hatten, einzurichten, und schweifte umher. Und so geschah es, daß er am übernächsten Tage nach ihrer Ankunft früh acht Uhr, an einem grauen, grimmig kalten Novembertage, bei Mahoudeau eintrat.

Mahoudeau stand zwar eben erst auf; doch war die Budike der Rue du Cherche-Midi, die der Bildhauer noch immer innehatte, schon auf. Blaß, noch verschlafen und vor Kälte zitternd, zog dieser die Jalousien in die Höhe.

»Ah, du! ... Wetter, was bist du auf dem Lande für ein Frühaufsteher geworden! ... Also, wirklich, du bist zurück?«

»Ja, seit vorgestern.«

»Gut! Also kriegt man sich wieder zu sehen ... Komm doch 'rein, es ist kalt heute.«

Aber Claude fror drinnen ärger als auf der Straße. Er behielt den Paletotkragen hochgeschlagen und stopfte die Hände in die Taschen, so fror ihn in der kalten Feuchte, die an den Wänden herabrieselte, und zwischen all den Tonhaufen und den Wasserlachen auf dem Fußboden. Ein Hauch des Elends wehte hier; die antiken Gipsabgüsse waren von den Wandbrettern verschwunden, die Zuber und Modelliersättel zerbrochen, die ersteren wurden von Stricken zusammengehalten. Es sah schmutzig und unordentlich aus; es war wie eine Kellerhöhle, in der ein heruntergekommener Maurer hauste. Auf der kreidebeschmierten Scheibe der Glastür war wie zum Spott eine große, strahlende Sonne eingekratzt, die in der Mitte ein Gesicht mit einem halbmondrunden, lachenden Mund hatte.

»Warte!« fuhr Mahoudeau fort. »Es wird eingeheizt. Diese verwünschten Ateliers mit ihrem vielen Wasser! Das wird sofort eiskalt.«

Als er sich umwandte, sah Claude Chaîne, der vor dem Ofen kauerte und eben von einem alten Sessel einen Strohsitz abriß, um das Feuer damit anzuzünden. Er sagte ihm guten Tag. Doch der andere brachte bloß ein unverständliches Gebrumm zutage und hob nicht einmal den Kopf.

»Und woran arbeitest du jetzt, Alter?« fragte Claude den Bildhauer.

»Oh, nichts Besonderes weiter! Ein unglückliches Jahr, noch schlechter als das vergangene, das auch nichts taugte! ... Du weißt, daß die Heiligenbilder im Preise sinken, Ja, es ist nichts los mit der Heiligkeit. Und, Wetter! Ich muß mir den Hungerriemen enger schnallen! ... Da, schau her, wie weit's mit mir gekommen ist.«

Er entfernte die Tücher von einer Büste und zeigte ein langes Gesicht, das durch einen Backenbart noch mehr in die Länge gezogen wurde, ein bis zum Monströsen dünkelhaftes, unsagbar dummes Gesicht.

»Ein Advokat aus der Nachbarschaft ... Scheußlich genug sieht er aus, der Kerl, nicht? Und dabei langweilt er mich auch noch damit, ich soll mir besondere Mühe mit seinem Mund geben! ... Aber Hunger tut weh, nicht?«

Er hatte eine Idee für den Salon: eine aufrechtstehende Gestalt, eine Badende, die prüfend den Fuß ins Wasser steckt, wobei sie die Frische des letzteren mit jenem Schauer überläuft, der dem Körper eines Weibes einen so köstlichen Reiz gibt. Er wies Claude ein kleines, schon rissiges Modell, das der letztere schweigend betrachtete. Er war überrascht und mit den Zugeständnissen unzufrieden, die es verriet. Es zeigte unter der verbliebenen Übertriebenheit der Formen hervor eine reichliche Freude am Niedlichen, ein natürliches Bestreben zu gefallen, ohne doch von der Vorliebe für das Kolossale abzulassen. Aber Mahoudeau war untröstlich, denn eine stehende Figur erforderte etwas! Eiserne Gestelle waren vonnöten, und die kosteten ein Heidengeld. Auch fehlte ihm ein Modelliersattel und was sonst noch alles für Zubehör. Ohne Zweifel würde er sich entschließen müssen, ein am Wasserrand liegendes Mädchen daraus zu machen.

»Na, was sagst du dazu? ... Wie findest du's?«

»Nicht schlecht«, antwortete der Maler endlich. »Ein bißchen zu romantisch, trotz der starken Hüften. Aber das kann man ja erst beurteilen, wenn alles ausgeführt ist ... Und dann stehend, Alter, stehend! Sonst ist die Sache nichts wert.«

Der Ofen bullerte. Stumm erhob sich Chaîne. Er ging erst einen Augenblick hierhin und dahin, begab sich in den dunklen Hintergrund, wo sich das Bett befand, das er mit Mahoudeau teilte. Dann kam er, den Hut auf, noch stummer, gewollt, bedrückend stumm, wieder zum Vorschein. Ohne sich zu beeilen, nahm er mit seinen steifen Bauernfingern ein Stück Reißkohle und schrieb an die Wand: »Ich gehe Tabak kaufen; leg Kohle nach!« Dann ging er.

Verdutzt hatte Claude ihm zugesehen. Er wandte sich gegen den anderen herum.

»Was bedeutet das?«

»Wir sprechen nicht mehr miteinander, wir schreiben uns«, sagte der Bildhauer ruhig.

»Seit wann?«

»Seit drei Monaten.«

»Und schlaft zusammen?«

»Ja!«

Claude brach in ein lautes Lachen aus. Ah, dazu gehörten schon halbwege Dickschädel! Und was war der Grund des Zerwürfnisses? Aber Mahoudeau machte seinem Unmut gegen dies Vieh von Chaîne Luft. Hatte er ihn eines Abends, als er unversehens nach Haus gekommen, nicht zusammen mit Mathilde überrascht, wie sie, beide im Hemd, einen Topf Eingemachtes ausaßen? Es war ja nichts weiter dabei, daß er sie ohne Röcke angetroffen hatte, darüber war er hinaus; aber das mit dem Eingemachten war zu viel gewesen. Nein! Niemals würde er ihm verzeihen, daß er sich in so gemeiner Weise gütlich getan hatte, während er selber trockenes Brot aß! Was Teufel! Man machte es wie mit dem Weibe: man teilte miteinander!

Aber bald seit drei Monaten dauerte die Feindschaft an, ohne daß eine Entspannung eintrat und es zu einer Erklärung kam. Ihre Weise miteinander zu leben war dahin geregelt, daß sie sich auf die allernotwendigsten gegenseitigen Mitteilungen beschränkten, die mit ein paar kurzen Worten mit Reißkohle an die Wand geschrieben wurden. Dabei hatten sie jedoch nach wie vor dasselbe Weib, wie sie auch dasselbe Bett miteinander teilten; wobei sie sich stillschweigend über die Stunden geeinigt hatten, in welchem dem einen oder dem anderen die Nachbarin gehörte. Lieber Gott, was brauchte man im Leben viel Worte zu machen; man verstand sich auch so.

Während Mahoudeau den Ofen vollends versorgte, fuhr er fort, seinem Herzen Luft zu machen.

»Und glaub mir, wenn man hungern muß, ist es nicht so unangenehm, nicht miteinander zu sprechen. Ja, man sinkt bei einem solchen Sichausschweigen zum Tier herab; aber das ist wie ein Nudelgericht, das einem doch ein wenig den Magen zum Schweigen bringt ... Ah, du kannst dir keine Vorstellung machen, wie durch und durch dieser Chaîne Bauer ist! Als er, ohne mit der Malerei die erwarteten Reichtümer zu gewinnen, seinen letzten Sou verzehrt hatte, warf er sich auf den Handel; einen kleinen Handel, der es ihm ermöglichen sollte, seine Studien zu Ende zu führen. Ein Kerl, was? Und wie fing er's an? Er ließ sich aus seinem Heimatdorf Saint-Firmin Olivenöl schicken, und dann strich er die Straßen ab und brachte sein Öl in den reichen provenzalischen Familien an, die in Paris so ihre Stellung erworben haben. Unglücklicherweise dauerte das aber nicht lange. Er war zu ungeschliffen und wurde überall vor die Tür gesetzt ... Und nun ist ein Krug Öl, den niemand mehr mag, übriggeblieben, von dem wir, meiner Treu, leben. Ja, an den Tagen, wo wir Brot haben, stippen wir's in dies Öl.«

Er wies auf einen Krug, der in einem Winkel des Ateliers stand. Das Öl war übergelaufen; Wand und Fußboden zeigten große, schwarze, fettige Flecke.

Claude verging jetzt das Lachen. Was für ein Elend, wieviel Entmutigung! Was durfte man von jemandem verlangen, der sich in so einer bedrückten Lage befand? Er ging im Atelier hin und her. Er nahm jetzt keinen Anstoß mehr an den durch Zugeständnisse in ihrem Wert herabgeminderten Entwürfen; sogar der abscheulichen Büste gegenüber war er duldsam. Er stieß dann auf eine Kopie, die Chaîne im Louvre gemacht hatte; einen Mantegna, der in seiner trockenen Härte eine ganz außerordentliche Genauigkeit der Wiedergabe zeigte.

»Dies Animal!« murmelte er. »Das ist was! Nie hat er was Schöneres gemacht! ... Vielleicht ist es sein einziger Fehler, daß er vierhundert Jahre zu spät auf die Welt gekommen ist.«

Da es jetzt sehr heiß wurde, zog er seinen Paletot aus und fügte hinzu:

»Er braucht viel Zeit zu seinem Tabakholen.«

»Oh, ich weiß mit seinem Tabak schon Bescheid«, sagte Mahoudeau, der sich an seine Büste gemacht hatte und den Backenbart bearbeitete. »Hier nebenan, hinter der Wand, ist sein Tabak ... Wenn er sieht, daß ich bei der Arbeit bin, läuft der Idiot zu Mathilde 'nüber und holt sich sein Teil von ihr... Meinetwegen!«

»Diese Liebschaft dauert also noch immer weiter?«

»Ja, sie ist zur Gewohnheit geworden. Sie oder eine andere! Übrigens kommt sie von selber ... Lieber Gott, sie ist nur zu bereitwillig!«

Doch sprach er nicht zornig von Mathilde, sagte nur, daß es wohl eine Krankheit bei ihr sein mußte. Seit dem Tode des kleinen Jabouille war sie wieder fromm geworden, was sie aber nicht hinderte, daß sie im ganzen Stadtviertel Ärgernis erregte. Obgleich noch ein paar fromme Damen nach wie vor Gegenstände intimer und delikater Art bei ihr kauften, weil sie aus Scham den Übergang zu einem anderen Händler scheuten, ging es mit der Kräuterhändlerin abwärts, und der Bankerott stand vor der Tür. Eines Abends hatte ihr die Gasgesellschaft die Leitung abgestellt, weil sie ihre Rechnung nicht bezahlt hatte, und sie war zu ihnen Olivenöl leihen gekommen, das aber in ihrer Lampe nicht hatte brennen wollen. Niemanden bezahlte sie mehr, und um die Kosten für einen Handwerker zu sparen, war sie so weit gekommen, daß sie Chaîne die Ausbesserung der Injektoren und Spritzchen anvertraute, die die Frommen ihr, sorgfältig in Zeitungspapier eingeschlagen, anbrachten. Beim Weinhändler drüben wurde sogar behauptet, sie verkaufte an die Klöster schon gebrauchte Instrumente für neue. Mit einem Worte, dies sonderbare Geschäft, mit seinem heimlichen Verkehr von Priesterröcken, seinem beichtstuhlhaften Geflüster, seinem sakristeimäßigen Weihrauchsdunst, mit all seinen kleinen Anliegen, von denen man nicht laut sprechen konnte, war zugrunde gerichtet; es war der völlige Bankerott. Die Misere war so weit gediehen, daß die von der Decke herabhängenden Kräuter von Spinnennetzen wimmelten und daß die Blutegel in den Glashäfen tot und schon grün geworden herumschwammen.

»Ah, da kommt er ja«, fuhr der Bildhauer fort. »Sie wird gleich hinter ihm her sein.«

Es war wirklich Chaîne, der eintrat. Er zog in auffallender Weise eine Tüte Tabak aus der Tasche, stopfte seine Pfeife, stellte sich vor den Ofen und rauchte. Und wieder herrschte Schweigen, als ob niemand da sei. Sogleich erschien aber auch, wie um ein nachbarliches Guten Morgen zu bieten, Mathilde. Claude fand sie noch hagerer geworden. Ihr Gesicht war mit roten Flecken gesprenkelt, die Augen hatten noch immer ihren brennenden Blick, der Mund hatte sich infolge des Verlustes von weiteren zwei Zähnen noch mehr in die Breite gezogen. Die Drogendüfte, die ihr vernachlässigtes Haar noch immer ausströmte, schienen ranzig geworden zu sein. Der sanfte Kamillen- und der frische Anisduft war verschwunden. Sie erfüllte das Atelier mit dem Pfefferminzgeruch, der, als sei er ihr eigener Atem, verdorben wirkte wie ihr abgelebter Leib, der ihn hauchte.

»Schon so fleißig?« rief sie. »Guten Tag, Schatz!«

Ohne sich vor Claude zu genieren, küßte sie Mahoudeau. Dann drückte sie Claude in ihrer schamlosen Weise, ihrer gewissen Art und Weise, den Bauch nach vorn zu werfen, die sich jedem Manne darzubieten schien, die Hand und fuhr fort:

»Wißt ihr, ich habe eine Schachtel mit Lederzucker aufgestöbert; wir wollen sie uns zusammen zum Frühstück leisten ... Ist das nicht hübsch, he?«

»Danke!« sagte der Bildhauer. »Das verkleistert mir bloß den Magen. Ich rauche lieber meine Pfeife.«

Als er sah, wie Claude seinen Paletot anzog, sagte er:

»Du gehst?«

»Ja, ich muß mir ein bißchen Bewegung machen, Pariser Luft atmen.«

Doch verweilte er noch ein paar Minuten und sah zu, wie Chaîne und Mathilde, indem jedes, eins nach dem anderen, sein Stück nahm, sich voll Lederzucker stopften. Und obwohl vorbereitet, war er abermals verdutzt, als er sah, wie Mahoudeau nach der Reißkohle griff und an die Wand schrieb: »Gib mir den Tabak 'raus, den du in die Tasche gestopft hast!«

Ohne ein Wort zu sagen, zog Chaîne die Tüte hervor und hielt sie dem Bildhauer hin, der sich seine Pfeife stopfte.

»Also auf baldiges Wiedersehen!«

»Ja, auf baldiges Wiedersehen! ... Auf jeden Fall Donnerstag bei Sandoz.«

Draußen stieß Claude einen Ruf der Überraschung aus, als er auf einen Herrn traf, der vor dem Krämerladen stand und sehr angelegentlich zwischen den beschmutzten, verstaubten Bandagen, die im Schaufenster hingen, durch in den Laden hineinspähte.

»Was, Jory! Was tust du denn hier?«

Die große, rosige Nase Jorys zuckte erschreckt.

»Ich? O nichts! ... Ich ging gerade vorbei und sah mal nach ...«

Dann aber lachte er und fragte, als könnte man ihn hören, mit gedämpfter Stimme:

»Sie ist wohl bei den Kameraden, nicht? ... Also, gut! Schnell, gehen wir! Es hat Zeit bis ein andermal.«

Und er nahm den Maler mit, erzählte die ungeheuerlichsten Dinge. Jetzt kam die ganze Bande zu Mathilde. Das hieß, einer nach dem anderen. Jeder kam auf eigene Faust mit vor. Manchmal freilich auch mehrere auf einmal, wenn ihnen das gerade Spaß machte. Es handelte sich um wahre Greuel, ganz verblüffende Sachen, die er ihm ins Ohr flüsterte, wobei er dann mitten im Gedränge des Bürgersteiges stehenblieb. He, nicht? Das reine Altrom war's! Sah er's vor sich? Hinter dem Wall der Bandagen und Klistierspritzen, unter den von der Decke herabhängenden Arzneiblumen. Ein höchst schicker Laden, eine Ausschweifungsstätte für Pfarrer, mit seiner giftduftenden, verdächtigen Kräuterhändlerin, die in ihm wie in einer Kapelle saß.

»Aber«, lachte Claude, »du erklärtest sie doch für so häßlich?«

Jory zuckte unbekümmert die Achseln.

»Oh, was macht das weiter! ... Ich komme heute gerade vom Westbahnhof, wohin ich jemanden begleitet habe. Ich kam gerade vorbei und hatte den Einfall, die Gelegenheit zu benutzen ... Du verstehst, man macht sich ihretwegen keine besonderen Umstände.«

Doch das kam ziemlich verlegen heraus. Plötzlich aber entschlüpfte ihm, der sonst immer log, in seiner lasterhaften Freimütigkeit das Geständnis der Wahrheit.

»Und, was da! Übrigens find' ich sie, wenn du's wissen willst, ganz verteufelt ... Nicht hübsch, möglich! Aber die reine Hexe! Mit einem Wort: eins von den Weibern, die man mit keinem Finger anrühren möchte und um derentwillen man doch die größten Dummheiten begehen könnte.«

Jetzt erst wunderte er sich, daß Claude wieder in Paris war. Als er aber erfuhr, daß er wieder übergesiedelt war, fuhr er plötzlich fort:

»Höre! Ich nehme dich mit, du frühstückst mit mir bei Irma.«

Verlegen sträubte sich der Maler, schützte vor, daß er nicht im Gesellschaftsanzug wäre.

»Aber was macht das? Im Gegenteil: das ist um so drolliger. Es wird sie entzücken ... Ich glaube, sie hatte ein Auge auf dich geworfen. Immer spricht sie uns von dir... Komm! Sei nicht kindisch! Ich darf dir sagen, daß sie mich für heut vormittag erwartet und daß wir wie die Fürsten empfangen werden.«

Er gab seinen Arm nicht frei, und beide wanderten plaudernd in der Richtung auf die Madeleine zu. Für gewöhnlich schwieg er über seine Liebesabenteuer, so wie die Trinker vom Wein schweigen. Aber heut morgen floß er über, spaßte und beichtete alle möglichen Geschichten. Schon lange hatte er mit der Konzertsängerin, mit der er von zu Hause durchgebrannt war und die ihm das Gesicht mit den Nägeln bearbeitet hatte, gebrochen. Und dann hatten jahraus, jahrein was alles für Weiber im rasenden Wechsel, die extravagantesten und unverhofftesten, sein Leben gekreuzt; die Köchin eines großbürgerlichen Hauses, in dem er speiste; die gesetzmäßige Gattin eines Polizisten, wo er die Dienststunden ihres Mannes abpaßte; ein junges, bei einem Zahnarzt angestelltes Mädchen, das dafür, daß es sich vor jedem Kunden, um ihm Vertrauen einzuflößen, einschläfern und wieder aufwecken ließ, sechzig Franken im Monat erhielt; und dann andere und wieder andere, Frauenzimmer aus Tanzlokalen, Damen aus guter Gesellschaft, die auf Abenteuer aus waren; kleine Wäscherinnen, die ihm seine Wäsche brachten; Aufwärterinnen, die ihm die Wohnung in Ordnung hielten; alle, wie sie gerade Lust dazu hatten, die ganze Straße mit ihren zufälligen Begegnungen, ihren Glücksfällen; alles, was sich anbot und was man erobern mußte; auf gut Glück hübsche, häßliche, junge, alte, ohne Wahl, einzig um die Anwandlungen seiner nicht mäkelnden Sinnlichkeit zu befriedigen, die mehr auf die Quantität als auf die Qualität sah. Jeden Abend, wenn er allein nach Haus kam, trieb ihn die Furcht vor seinem kalten Bett auf die Jagd, strich er die Straßen bis in die späte Nacht hinein ab und ging nicht eher schlafen, als bis er eine aufgegabelt hatte; wobei ihm übrigens seine Kurzsichtigkeit so ihre Streiche spielte und er sich argen Irrtümern aussetzte. So erzählte er, wie er eines Morgens beim Erwachen ein altes, weißhaariges, sechzigjähriges Gestell vorgefunden hatte, von der er in der Eile geglaubt, sie wäre eine Blondine.

Übrigens war's ihm eine Freude, zu leben; denn seine Angelegenheiten nahmen einen guten Fortgang. Sein Geizhals von Vater hatte ihm, über den skandalösen Lebenswandel, den er führte, aufgebracht, allerdings jede Unterstützung versagt: doch das machte nichts aus; der Journalismus, in dem er als Chronikeur und Kunstkritiker arbeitete, brachte ihm seine sieben- bis achttausend Franken. Die Krakeelerzeit des »Tambour«, wo er Artikel für einen Louisdor schrieb, war längst vorbei. Er war vorangekommen, war Mitarbeiter von zwei sehr gelesenen Zeitungen. Und obgleich er im Grunde skeptischer Genußmensch blieb und den Erfolg als solchen anbetete, behauptete er jetzt eine geachtete Stellung und fing an, beachtet zu werden. Mit der ihm angeborenen Anlage zum Geiz legte er schon jeden Monat Geld in allerlei kleinen, von ihm geheimgehaltenen Spekulationen an. Denn seine Ausschweifungen kosteten ihm nicht das geringste. Er zahlte nichts. Es wollte schon etwas heißen, wenn er einmal morgens einem Weib, mit dem er besonders zufrieden war, eine Tasse Schokolade gab.

Sie gelangten zur Rue de Moscou. Claude fragte:

»Hältst du die kleine Bécot denn aus?«

»Ich!« rief Jory empört. »Aber mein Alter! Sie hat ein Logis für zwanzigtausend Franken und spricht davon, sich eine Villa bauen zu lassen, die fünfhunderttausend kosten wird... Nein, nein! Ich frühstücke und diniere manchmal bei ihr; und das genügt.«

»Und ...?«

Jory lächelte und antwortete nicht direkt.

»Na, aber natürlich ... Na, schnell! Los! Wir sind zur Stelle.«

Doch Claude sträubte sich noch. Seine Frau erwarte ihn zum Frühstück, er könne nicht. Aber Jory läutete einfach und stieß ihn dann in den Hausflur hinein und sagte: das sei keine Entschuldigung, man werde den Diener einmal nach der Rue de Douai schicken. Eine Tür ging auf, und sie sahen sich Irma Bécot gegenüber, die, als sie den Maler erblickte, einen Ruf der Überraschung ausstieß.

»Wie! Sie Wilder hier!«

Sie empfing ihn wie einen alten Freund, so daß er sich sofort heimisch fühlte. Sein alter Paletot war ihr ganz einerlei. Er wunderte sich, denn kaum erkannte er sie wieder. In vier Jahren war sie eine ganz andere geworden. Ihr Kopf war kunstvoll wie der einer Schauspielerin frisiert. Löckchen, die ihr in die Stirn hingen, ließen diese schmaler erscheinen. Ihr Gesicht wirkte, wohl eine Folge ihrer Willenskraft, etwas in die Länge gezogen. Es besaß noch seinen lebhaften, rosigen Blondinenteint. So schien sich die kleine Herumtreiberin von damals in eine Tizianische Kurtisane verwandelt zu haben. In ihren besonders gut aufgeräumten Stunden nannte sie ihre Frisur manchmal den Kopf für die Gimpel. Das kleine Hotel zeigte in seinem Luxus noch Lücken. Was den Maler überraschte, waren einige gute Gemälde, die an den Wänden hingen: ein Courbet, besonders eine Skizze von Delacroix. Sie war also gar nicht so dumm, diese Kleine! Trotz einer gräßlichen kolorierten Gipskatze, die sich auf einem Konsol breitmachte.

Als Jory davon sprach, daß der Kammerdiener in Claudes Wohnung geschickt werden sollte, rief sie ganz erstaunt:

»Wie, Sie sind verheiratet?«

»Gewiß«, versetzte Claude einfach.

Sie sah Jory an, der lächelte. Sie verstand und fügte hinzu:

»Ah so, ein festes Verhältnis! ... Und doch wurde mir gesagt, daß Sie sich aus den Weibern nichts machten! ... Wissen Sie, da sollt' ich eigentlich bös auf Sie sein, daß Sie damals so scheu mir gegenüber waren, wissen Sie noch? He, und noch heute benehmen Sie sich so zurückhaltend. Finden Sie mich denn wirklich so garstig?«

Sie hatte mit beiden Händen die seinen ergriffen, brachte ihr Gesicht in die Nähe des seinen und lächelte ihn an. Im Grunde war sie ernstlich verletzt, wie sie ihm, so aus allernächster Nähe, in die Augen sah. Sie wünschte um jeden Preis, ihm zu gefallen. Er hatte es mit einem leichten Erschauern, wie ihr Atem so seinen Bart traf. Aber schon ließ sie von ihm ab und sagte:

»Aber davon wollen wir ein andermal reden.«

Es war der Kutscher, der ein paar Zeilen von Claude nach der Rue de Douai tragen mußte; denn schon hatte der Kammerdiener die Tür des Speisesaales geöffnet, um Madame anzusagen, daß aufgetragen wäre. Das Frühstück, das ausgezeichnet war, nahm unter dem kühlen Blick des Dieners einen korrekten Verlauf. Die Unterhaltung drehte sich um die großen Bauarbeiten, die Paris umgestalteten, dann um die Preise für die Baugründe. Sie sprachen davon, als wären sie Bürger, die hier Kapitalien anzulegen hätten. Doch als sie nachher beim Kaffee und Likör, die sie gleich hier, am Tisch, sich entschlossen einzunehmen, allein waren, belebte sich die Unterhaltung allmählich, und sie ließen sich gehen, als wären sie wieder im Café Baudequin.

»Ah, Kinder!« sagte Irma. »Das ist doch das Wahre: vergnügt beisammen sein und sich die Welt den Buckel 'runterrutschen zu lassen!«

Sie drehte Zigaretten, hatte die Chartreusekaraffe neben sich gestellt und trank, sehr rot, mit in Unordnung geratenem Haar ein

Glas nach dem anderen, war wieder die drollige kleine Herumtreiberin von früher.

»Ich hatte es«, fuhr Jory fort, der sich entschuldigte, daß er ihr am Morgen nicht ein Buch geschickt, das sie gewünscht, »gestern abend gegen zehn Uhr kaufen wollen, traf aber Fagerolles ...«

»Du lügst«, fiel sie ihm mit Entschiedenheit ins Wort. Und um alle weiteren Erklärungen abzubrechen, fügte sie hinzu: »Fagerolles war bei mir. Du siehst also, wie du lügst.«

Dann wandte sie sich an Claude:

»Nein, es ist wirklich widerlich! Sie können sich nicht vorstellen, was das für ein Lügner ist! ... Er lügt wie ein Frauenzimmer, aus Vergnügen daran, bei den lumpigsten Gelegenheiten. An der ganzen Geschichte ist bloß so viel wahr, daß ihm die drei Franken leid getan haben, für die er das Buch für mich kaufen sollte. Jedesmal, wenn er mir ein Bukett schicken soll, ist's ihm aus der Hand gefallen und ist eine Kutsche drübergefahren, oder er hat in Paris keine Blumen auftreiben können. Ah, das ist einer, den man bloß seiner selbst wegen lieben soll!«

Ohne sich aufzuregen, lehnte sich Jory schaukelnd mit seinem Stuhl zurück und sog an seiner Zigarre. Er begnügte sich, mit einem Anflug von Spott zu lachen.

»Von dem Augenblick an, wo du wieder mit Fagerolles angeknüpft hast ...«

»Ich habe gar nicht angeknüpft!« rief sie wütend. »Und dann: geht dich das was an? ... Ich pfeife auf deinen Fagerolles, verstehst du? Fagerolles weiß ganz gut, daß man sich mit mir nicht überwirft. Oh, wir beide kennen uns, wir sind auf demselben Pflaster aufgewachsen ... Siehst du, wenn ich will, brauch' ich bloß so zu machen, bloß mit dem kleinen Finger zu winken, und er liegt hier vor mir, leckt mir die Füße ... Er ist in mich vernarrt, dein Fagerolles!«

Sie ereiferte sich; er hielt es an der Zeit, klein beizugeben.

»Mein Fagerolles«, murmelte er, »mein Fagerolles ...«

»Ja, dein Fagerolles! Denkst du, daß ich nicht weiß, wie er dir um den Bart geht, weil er auf Artikel hofft, und wie du den großen

Herrn spielst und den Profit berechnest, den es dir bringt, wenn du einen beim Publikum beliebten Künstler unterstützt?«

Jory, den Claudes Gegenwart sehr verlegen machte, fing jetzt an zu stottern. Im übrigen verteidigte er sich nicht, sondern zog es vor, dem Zank eine Wendung ins Humoristische zu geben. He, wie köstlich sie war, wenn sie sich so ereiferte! Wenn ihr Auge so zornig blitzte und ihr Mäulchen so zu schreien anfing!

»Aber, meine Liebe, dein guter Tizian geht ja dabei kaputt.«

Entwaffnet lachte sie.

Ohne es zu wissen, trank Claude, dem sehr behaglich war, ein Gläschen Kognak nach dem anderen. Seit den zwei Stunden, die sie so beieinander waren, umnebelte sie im Zigarrenqualm ein sinnbetäubender Likörrausch. Sie sprachen von etwas anderem. Sie kamen auf die hohen Preise, die man für Gemälde zu zahlen anfing. Irma, die nicht mehr sprach, behielt, die ausgegangene Zigarette im Mund, unverwandt den Maler im Auge. Plötzlich fragte sie ihn, ihn, als rede sie im Traum, duzend:

»Wie bist du zu deiner Frau gekommen?«

Ihn schien die Frage nicht zu überraschen; er war wie in einem Nebel.

»Sie kam aus der Provinz, war bei einer Dame. Ein anständiges Mädchen.«

»Hübsch?«

»Aber ja, hübsch.«

Einen Augenblick versank Irma wieder in ihr stummes Träumen. Dann sagte sie mit einem Lächeln:

»Wetter, was für ein Glücksfall! Solche gibt's ja gar nicht mehr. Sie muß eigens für dich gemacht worden sein.«

Aber sie schüttelte sich, sprang vom Tisch auf und rief:

»Bald drei! ... Ah, Kinder, ich muß euch 'rauswerfen. Ja, ich hab' eine Verabredung mit einem Architekten, muß einen Bauplatz beim Park Monceau besichtigen. Ihr wißt, in dem neuen Viertel, wo gebaut wird. Ich hab' da was ausgewittert.«

Sie waren in den Salon zurückgekehrt. Sie blieb vor einem Spiegel stehen und ärgerte sich, daß sie so rot aussah.

»Ah, für das Hotel, nicht wahr?« fragte Jory. »Du hast also Geld aufgetrieben?«

Sie strich sich das Haar wieder in die Stirn, schien mit der Hand das Blut aus den Backen zu wischen, verlängerte das Oval ihres Gesichtes, richtete die künstliche Anmut ihres Kurtisanenkopfes wieder her. Dann wandte sie sich um und warf ihm statt jeder weiteren Antwort zu:

»Sieh, da ist er wieder, mein Tizian!«

Aber wie sie noch lachten, wurden sie von ihr schon in den Flur hinausgedrängt, wo sie stumm Claudes Hände ergriff und ihm noch einmal begehrlich tief ins Auge sah. Draußen auf der Straße ergriff ihn ein Mißbehagen. Die kalte Luft ernüchterte ihn. Er machte sich jetzt ein Gewissen, daß er zu diesem Mädchen von Christine gesprochen hatte. Er schwor sich zu, nie wieder den Fuß über ihre Schwelle zu setzen.

»He, nicht wahr? Ein nettes Kind!« sagte Jory, der sich eine Zigarre angesteckt hatte, die er vorm Gehen aus dem Kistchen genommen. »Übrigens, weißt du, verpflichtet das zu weiter nichts. Man frühstückt, diniert, liegt bei ihr, und guten Tag, guten Weg; jeder geht wieder seinen eigenen Geschäften nach.«

Doch eine Art von Scham hielt Claude ab, sich sogleich nach Haus zu begeben. Und als sein von dem Frühstück angeregter Gefährte Appetit zu einem Bummel zeigte und davon sprach, sie wollten einmal bei Bongrand vorsprechen, war er von dem Gedanken entzückt, und beide gingen zum Boulevard de Clichy.

Bongrand hatte dort seit zwanzig Jahren ein geräumiges Atelier. Doch opferte er nicht dem Geschmack des Tages, den prächtigen Teppichen und Kunstgegenständen, mit denen sich die jungen Maler zu umgeben anfingen. Es war ein altmodisch graues, kahles Atelier. Nur die Studien des Meisters hingen rahmenlos an den Wänden, dicht eine neben der anderen, wie die Votivbilder einer Kapelle. Der einzige Luxus bestand in einem großen Stehspiegel im Geschmack des Empire, einem mächtigen normannischen Schrank und zwei abgenutzten Utrechter Sammetfauteuils. In einer Ecke befand sich ein mit einem Bärenfell, das all seine Haare verloren hatte, bedeckter Diwan. Aber von den Gewohnheiten seiner romantischen Jugend her hatte der Künstler noch sein besonderes Arbeitskostüm beibehalten: eine Pluderhose, ein mit einer Schnur umgürtetes weites Kleid und auf dem Scheitel ein Priesterkäppchen. Und so empfing er die beiden Besucher.

Er hatte selber geöffnet, Palette und Pinsel in der Hand.

»Ah, ihr! Das war ein guter Einfall! ... Eben dachte ich an Sie, mein Lieber! Ja, ich weiß nicht gleich, wer mir mitgeteilt hat, daß Sie zurück sind; und ich nahm mir vor, Sie so bald als möglich aufzusuchen.«

Er hatte seine freie Hand zuerst mit warmer Herzlichkeit Claude gereicht. Dann drückte er auch Jory die Hand und fügte hinzu:

»Und Sie, junger Pontifex? Ich habe Ihren letzten Artikel gelesen und danke Ihnen für das liebenswürdige Wort, das Sie für mich hatten ... Kommen Sie, kommen Sie alle beide herein! Sie stören mich nicht. Ich nutze das Tageslicht bis zur letzten Minute aus. Denn man muß sich in diesen verwünschten Novembertagen dazuhalten.«

Er hatte sich wieder an die Arbeit gemacht, stand vor seiner Staffelei, auf der sich eine kleine Leinwand befand: zwei Frauen, Mutter und Tochter, die in einer sonnigen Fensternische nähten. Hinter ihm standen die beiden jungen Leute und sahen ihm zu.

»Ausgezeichnet!« flüsterte Claude endlich.

Ohne sich umzuwenden, zuckte Bongrand die Achseln.

»Bah, bloß so eine Kleinigkeit. Aber man muß sich beschäftigen, nicht? ... Ich hab's bei Freunden nach der Natur gemacht und führe es noch ein wenig aus.«

»Aber es ist wunderbar, ein Kleinod in seiner Wahrheit und in der Beleuchtung«, fuhr Claude fort, der warm geworden war. »Ah, es ist so schlicht! Ja, sehen Sie, vor allem seine Schlichtheit ist es, die's mir antut!«

Plötzlich trat Bongrand zurück, kniff die Augen und prüfte ganz überrascht das Bild.

»Sie finden? Es gefällt Ihnen? Wirklich? ... Nun gut, als Sie eintraten, war ich im Begriff, es wertlos zu finden ... Auf Ehre! Ich brütete finstere Gedanken, war überzeugt, daß ich nicht das mindeste Talent mehr hätte.«

Seine Hände zitterten. Sein ganzer mächtiger Körper bebte in der Erregung des Schaffens. Er tat die Palette beiseite, kam mit ausholenden Gesten wieder zu ihnen hin. Und der im Erfolg ergraute Künstler, dessen Platz in der französischen Malerei gesichert war, rief ihnen zu:

»Das wundert Sie; aber ich kenne Tage, wo ich nicht weiß ob ich noch eine Nase zeichnen kann ... Ja, bei jedem meiner Bilder bin ich in Aufregung wie ein Anfänger, ich habe Herzklopfen, meine Bangigkeit macht mir die Kehle trocken, ich hab' es mit einer ganz abscheulichen Angst. Ah, ihr jungen Leute glaubt ja diese Angst wohl zu kennen und habt doch keine Vorstellung davon. Denn, lieber Gott, wenn euch ein Werk mißlingt, so braucht ihr's bloß fallen zu lassen und euch zu bemühen, ein zweites, besseres anzufangen! Niemand schmäht euch deswegen. Wir Alten aber, die wir, auf eine bestimmte Leistung eingeschätzt, gezwungen sind, wenn nicht sie noch zu übertreffen, so uns doch wenigstens auf ihrer Höhe zu halten, stürzen, sobald wir nur irgendeine Schwäche zeigen, hinab in das allgemeine Massengrab. Los, berühmter Mann, großer Künstler! Zerbrich dir den Kopf, entzünde dein Blut, um noch immer höher, immer höher zu steigen! Kannst du aber, wenn du oben angelangt bist, nicht mehr von der Stelle, so schätze dich glücklich, wenn du so lange wie nur möglich auf demselben Fleck herumexerzierst! Fühlst du aber, daß du nachläßt: so geh vollends kaputt, so stürze ab! Stirb ab mit deinem Talent, das nicht mehr zeitgemäß ist; vergehe in der Ohnmacht, nichts mehr schaffen zu können, und laß dich mit all deinem unsterblichen Werk vergessen!«

Seine kraftvolle Stimme war donnergleich angeschwollen. Auf seinem breiten, roten Gesicht erschien ein Ausdruck von Angst. Er ging auf und ab und fuhr, unwillkürlich von seiner Leidenschaft hingerissen, fort:

»Ich hab's euch hundertmal gesagt: Man ist immer Anfänger. Die Freude besteht nicht darin, daß man oben angelangt ist, sondern im Steigen; daß es noch immer munter aufwärts geht. Aber das begreift ihr nicht. Und ihr könnt es nicht begreifen, denn man muß das selbst erleben ... Stellt euch doch vor! Alles hofft man noch, wiegt sich noch in seinen Illusionen. Ja, es ist die Zeit der unbeschränkten Illusionen. Man hat noch so rüstige Beine, denen selbst die rauhsten Wege kurz erscheinen. Man ist von einem solchen Hunger nach Ruhm besessen, und selbst der geringste Erfolg schmeckt noch so köstlich. Was für ein Fest, wenn man glaubt, seinen Ehrgeiz befriedigen zu können! Und hat man's fast schon erreicht: wie gern müht man sich weiter ab! Aber dann ist man oben, der Gipfel ist erklommen, es gilt ihn zu behaupten. Und nun beginnt das Elend. Vorbei ist's mit dem Rausch. Man findet: er war kurz, voller Bitterkeit, den Kampf, den es gekostet, nicht wert. Nichts Unbekanntes gibt's mehr zu erreichen, keine neuen Eindrücke mehr, der Durst nach Ruhm gestillt. Man hat seine großen Werke gegeben und wundert sich, daß sie einem keine größere Freude gewährten. Von dem Augenblick an wird der Horizont leer, keine neue Hoffnung mehr, es bleibt nur übrig zu sterben. Und doch krampft man sich noch fest. Man will nicht fertig sein, versteift sich aufs Schaffen wie ein Greis auf die Liebe, peinlich, schmählich ... Ah, wenn man den Mut hätte, den Stolz, sich vor seinem letzten Meisterwerke aufzuhängen!«

Seine Worte hallten durch das große Atelier, er hatte sich aufgereckt, in seinen Augen standen Tränen. Dann sank er seinem Bild gegenüber auf einen Stuhl, und mit der ängstlichen Miene eines Schülers, der das Bedürfnis hat, daß man ihm Mut zuspricht, fragte er:

»Also wirklich, ihr haltet das Bild für gut? ... Ich für mein Teil wag' es nicht mehr. Mein Unglück ist vielleicht, daß ich zugleich zuviel und zuwenig Selbstkritik habe. Wenn ich an eine Studie herangehe, so bin ich voll Begeisterung; dann, wenn es keinen Erfolg hat, zerquäl' ich mich. Am besten wär's schon, gar keinen Blick zu haben wie dieses Animal von Chambouvard oder sehr klar zu sehen und nichts mehr zu malen ... Aufrichtig, das Bildchen gefällt euch also?«

Erstaunt und verlegen standen Claude und Jory diesem Ausbruch seines tiefen Schaffensleides gegenüber. Wohin war es mit ihm gekommen, daß dieser große Meister vor ihnen Tränen vergoß und sie wie Kameraden um ihr Urteil befragte? Das schlimmste war aber, daß sie den großen, heißen Augen gegenüber, mit denen er sie bat, Augen, die die heimliche Angst vor seinem Niedergang nicht verbargen, ein Zaudern nicht verhehlen konnten. Wußten sie doch nur zu gut um die allgemeine Meinung, die sie teilten, daß der Maler seit seiner »Bauernhochzeit« nichts mehr geschaffen hatte, was diesem berühmten Gemälde gleichkam. Zwar hatte er sich mit einigen Bildern auf dem gleichen Niveau gehalten; aber dann war seine Faktur immer geschickter und trockener geworden. Es lag am Tage, daß er mit jedem Werke schwächer wurde. Doch das waren Dinge, die man nicht aussprechen konnte. Und so rief Claude, nachdem er sich gefaßt hatte:

»Sie haben noch nie etwas so Starkes gemalt!«

Noch immer sah ihm Bongrand mit einem festen Blick ins Auge. Dann wandte er sich seinem Werk zu, hob mit einer Bewegung, als mache es ihm die größte Mühe, seine herkulischen Arme, nahm das so leichte Bildchen von der Staffelei und verlor sich in seine Betrachtung. Dann aber flüsterte er wie im Selbstgespräch:

»Bei Gott, es wird mir schwer, schwer! Aber tut nichts; lieber dabei umkommen, als zurückgehen!«

Er griff wieder zu seiner Palette. Beim ersten Pinselstrich war er wieder beruhigt. Er bog die breiten Schultern mit dem mächtigen, zugleich bürgerliche Verfeinerung und den Bauern verratenden Nacken nach vorn.

Es herrschte Schweigen. Jory fragte, den Blick unverwandt auf das Bild geheftet:

»Ist es verkauft?«

Als echter Künstler, der seine Arbeit leistet, ohne sich um den Gewinn zu kümmern, antwortete der Maler, ohne sich zu beeilen:

»Nein ... Es bringt mich bloß aus dem Konzept, wenn der Händler schon darauf wartet.«

Ohne weiterzuarbeiten fuhr er, doch jetzt in scherzendem Ton, fort:

»Ah, man macht ja jetzt ein Geschäft aus der Malerei... Tatsächlich, so alt ich geworden bin, hab' ich so was noch nicht erlebt... Was haben Sie, liebenswürdiger Journalist, den Jungen in dem Artikel, in dem Sie mich erwähnten, für Blumen gestreut! Da war ja gleich von zwei, drei Anfängern die Rede, die ganz einfach Genies waren.«

Jory lachte.

»Gott, wenn man eine Zeitung hat, muß man sich ihrer auch bedienen. Außerdem: das Publikum liebt es, daß man ihm große Männer entdeckt.«

»Gewiß, die Dummheit des Publikums ist unermeßlich; ich habe nichts dagegen, daß Sie sie ausbeuten ... Bloß, wenn ich mich dabei meiner eigenen Anfänge erinnere! Teufel, wir waren nicht verwöhnt! Wir hatten unsere zehn Jahre Arbeit und Kampf vor uns, bevor wir durchdrangen ... Heute aber blasen alle Trompeten der Öffentlichkeit das erste, beste Herrchen aus, wenn es nur halbwegs eine Figur zustande bringt. Und was für eine Öffentlichkeit! Ein Charivari von einem Ende Frankreichs bis zum anderen. Berühmtheiten, die über Nacht inmitten der gaffenden Bevölkerung emporschießen. Und erst die mit wahren Artilleriesalven im voraus angekündigten armen Werke, die dann mit fieberhafter Ungeduld erwartet werden, Paris acht Tage lang außer sich zu bringen, um dann der ewigen Vergessenheit zu verfallen!«

»Sie machen da der Informationspresse den Prozeß«, erklärte Jory, der sich auf den Diwan ausgestreckt und eine frische Zigarre angesteckt hatte. »Es läßt sich Gutes und läßt sich Schlechtes von ihr sagen: aber, zum Teufel, man muß doch mit seiner Zeit gehen!«

Bongrand schüttelte den Kopf und versetzte sehr aufgeräumt:

»Nein, nein! Man kann heutzutage nicht mehr das geringste Bild aus seinem Atelier gehen lassen, schon wird man als junger Meister ausgerufen ... Na, wißt ihr: machen mir eure jungen Meister Spaß!«

Aber als hätte sich in ihm eine Ideenassoziation vollzogen, schwieg er, wandte sich an Claude und stellte ihm die Frage:

»Bei der Gelegenheit! Haben Sie Fagerolles Bild gesehen?«

»Ja«, antwortete der junge Mann einfach.

Beide sahen sie sich an. Ein Lächeln, das sie nicht unterdrücken konnten, umspielte ihre Lippen. Endlich sagte Bongrand:

»Da ist einer, der Sie plündert.«

Jory hatte verlegen die Augen niedergeschlagen und überlegte, ob er Fagerolles in Schutz nehmen sollte. Ohne Zweifel hielt er für geraten, es zu tun, denn er lobte das Gemälde, die Schauspielerin in ihrer Loge, von dem damals gerade ein sehr erfolgreicher Kupferstich auslag. War der Gegenstand denn nicht modern? Und war es nicht in den Lichttönen der neuen Schule recht hübsch gemalt? Vielleicht konnte man noch mehr Kraft verlangen: doch man mußte eben jedem Talent seine Eigenart lassen. Und dann waren doch Anmut und Vornehmheit nicht gerade etwas Gewöhnliches.

Über seine Leinwand gebeugt, machte Bongrand, der gewöhnlich nur väterliches Lob für die Jungen hatte, eine ersichtliche Anstrengung, um nicht herauszuplatzen. Doch gegen seinen Willen fuhr es ihm heraus:

»Gehen Sie mir mit Ihrem Fagerolles! Halten Sie uns für dümmer, als es die Polizei erlaubt? ... Ja, sehen Sie sich mal den großen Maler hier an! Jawohl, den jungen Herrn da, der hier vor uns steht! Nun wohl! Der ganze Pfiff besteht darin, daß man ihm seine Eigenart stiehlt und sie der flauen Sauce der Akademie anpaßt. So ist es! Man nimmt's von der Moderne, malt hell: aber man behält die banale, korrekte Zeichnung bei, die aller Welt angenehme Komposition; und das ist dann die Formel, mit der man die Spießer entzückt. Und man gibt der Sache so einen gewissen Schick, diesen verdammten, fingerfertigen Schick, der ebenso leicht Kokosnüsse zu modellieren versteht! Diese fließende, gefällige Fingerfertigkeit, die Erfolg macht und die mit dem Bagno bestraft werden sollte, verstehen Sie?«

Er schwang Palette und Pinsel in den geballten Fäusten.

»Sie sind streng«, sagte Claude verlegen. »Immerhin hat Fagerolles doch eine gewisse Feinheit.«

»Ich habe gehört«, murmelte Jory, »daß er mit Naudet einen sehr vorteilhaften Vertrag abgeschlossen hat.«

Dieser in das Gespräch geworfene Name ließ Bongrands Groll von neuem in Heiterkeit überspringen. Er wiegte die Schultern und sagte:

»Ah, Naudet ... Ah, Naudet! ...«

Und er vergnügte sich mit allerlei Erzählungen über Naudet, der ihm gut bekannt war. Er war ein Händler, der seit einigen Jahren dem Kunsthandel eine neue Wendung gegeben hatte. Das war nicht mehr die alte Art und Weise des Papa Malgras, der einen so schmierigen Überzieher und einen so feinen Geschmack hatte, der die Bilder der Anfänger aufspürte, sie für zehn Franken erstand und für fünfzehn wieder losschlug, all der Schlendrian des Kenners, der vor einem Bild, auf das er's abgesehen hatte, den Mund verzog, um den Preis zu drücken, der im Grunde für die Malerei begeistert war und der sein bißchen Gewinn darin sah, daß er sein Kapitalchen mit Vorsicht so bald wie möglich umsetzte. Nein, der berühmte Naudet hatte das Äußere eines Gentlemans, trug ein modisches Jackett, einen Brillanten in der Krawatte, war pomadisiert, geschniegelt und gebügelt, machte Aufwand, hielt einen monatlich gemieteten Wagen, hatte ein Fauteuil in der Oper, seinen reservierten Platz bei Bignon, verkehrte überall, wo es guter Ton war, sich zu zeigen. Im übrigen war er ein Spekulant, ein Börsianer, dem die Malerei gründlich einerlei war. Er besaß bloß Witterung für den Erfolg, verstand einen Künstler zu lancieren; nicht den, der das noch beanstandete Genie eines großen Malers besaß, aber den Scheintalentierten, der mit gemachter Eigenart das Publikum gewinnt und beim Verkauf den höchsten Preis erzielt. Und auf solche Weise brachte er eine Umwälzung in den Kunsthandel, überging den altmodischen Liebhaber, der wirklichen Geschmack besaß, und verkehrte bloß mit dem reichen, der nichts von Kunst verstand, ein Gemälde kaufte wie einen Börsenwert, aus Eitelkeit oder in der Hoffnung, daß es im Preise steigen werde.

Hier begann Bongrand, dem noch von seiner früheren Bohèmezeit der Schalk im Nacken saß, mit sehr drastischem Humor die Sache vorzumachen. Naudet kommt zu Fagerolles. – »Sie haben Genie, mein Lieber! Ah, Ihr letztes Gemälde ist verkauft? Für wieviel? – Fünfhundert Franken. – Aber sind Sie nicht bei Trost! Es ist zwölfhundert wert. Und das da, was Sie noch haben, für wieviel? – Gott, ich weiß nicht; sagen wir meinetwegen zwölfhundert. – Aber gehen Sie doch! Zwölf hundert! Lassen Sie sich doch sagen, mein Lieber, es ist zweitausend wert. Ich nehm' es für zweitausend. Und von heut an sollen Sie nur noch für mich, Naudet, arbeiten. Leben Sie wohl, leben Sie wohl, mein Lieber! Werfen Sie sich nicht weg!

Ihr Glück ist gemacht, dafür steh' ich.« – Und er geht, nimmt das Bild mit sich in die Kutsche. Er geht damit zu seinen Liebhabern, unter denen er die Neuigkeit verbreitet hat, daß er soeben einen ungewöhnlich begabten Maler entdeckt habe. Einer von ihnen beißt an und erkundigt sich nach dem Preis. – »Fünftausend! – Wie? Fünftausend? Das Bild eines Unbekannten? Sie machen sich über mich lustig! – Hören Sie, ich will Ihnen ein Geschäft vorschlagen: Ich verkauf es Ihnen für fünftausend, und ich verpflichte mich schriftlich, es in einem Jahre für sechstausend zurückzunehmen, wenn es Ihnen dann nicht mehr gefällt.« – Sofort ist der Liebhaber gewonnen. Was läuft er für Gefahr? Er hat sein Geld ja gut angelegt. Und er kauft. Jetzt aber verliert Naudet nicht seine Zeit und bringt im Laufe des Jahres neun, zehn Bilder an den Mann. Eitelkeit und Gewinnsucht tun ein übriges. Die Preise steigen, einer wird fest, so daß, wenn Naudet zu dem Liebhaber zurückkehrt, dieser ihm, anstatt das erste Bild zurückzugeben, für ein anderes achttausend zahlt. Die Hausse aber nimmt ihren Fortgang, und die Malerei wird ein zweideutiges Gebiet, eine Goldmine am Montmartre. Die Bankiers haben sie lanciert, und man schlägt sich um sie mit Banknoten!

Claude empörte sich. Jory aber fand das sehr großartig. Da klopfte es. Bongrand, der gegangen war, um zu öffnen, ließ einen Ausruf vernehmen.

»Was! Naudet! ... Eben sprachen wir von Ihnen.«

Sehr korrekt, trotz des fürchterlichen Wetters ohne das geringste Schmutzspritzerchen, grüßte Naudet und trat mit der höflichen Andacht eines Mannes von Welt, der eine Kirche betritt, ein.

»Ich bin sehr glücklich; es schmeichelt mich außerordentlich, teuerer Meister ... Sicher sprachen Sie doch nur Gutes von mir.« »Aber durchaus nicht, Naudet! Durchaus nicht!« fuhr Bongrand mit vollkommener Ruhe fort. »Wir sagten, daß Ihre Art und Weise, die Malerei auszubeuten, im Begriff wäre, uns eine recht niedliche Generation von Scheinmalern heraufzubringen, und außerdem von unanständigen Geschäftsleuten.«

Ohne sich aufzuregen, lächelte Naudet.

»Ein hartes Wort, aber ein scharmantes! Macht nichts, lieber Meister! Von Ihnen kann mich nichts verletzen.«

Vor dem Bild, den beiden nähenden Frauen, geriet er in Ekstase.

»Ah, Herrgott! Das kannt' ich ja noch gar nicht! Das ist ja wunderbar! ... Ah, dies Licht! Diese Faktur! So solid, so kräftig! Man muß ja schon bis zu Rembrandt zurückgreifen, jawohl, bis zu Rembrandt, um etwas Ähnlichem zu begegnen! ... Hören Sie, teurer Meister! Ich kam ja nur, um Ihnen meine Aufwartung zu machen: aber es war mein Glücksstern, der mich herführte. Machen wir endlich ein Geschäft, geben Sie mir dies Kleinod! ... Ich gebe Ihnen, was Sie immer verlangen, ich wiege es mit Gold auf.«

Man sah an Bongrands Rücken, wie er bei jedem Wort vor Entrüstung zitterte. Grob unterbrach er ihn:

»Zu spät. Es ist schon verkauft.«

»Verkauft! Mein Gott! Und Sie können das nicht rückgängig machen? Sagen Sie mir doch wenigstens, an wen? Ich tue alles, um es zu bekommen, zahle alles ... Ach, wie schade, wie jammerschade! Verkauft! Wirklich? Und wenn ich Ihnen das Doppelte böte?«

»Es ist verkauft, Naudet, und damit genug!«

Doch der Händler fuhr noch immer fort zu lamentieren. Er blieb noch einige Minuten, geriet noch vor ein paar anderen Studien außer sich, durchstöberte mit dem beutelüsternen Blick eines Wettenden, der nach einem Glücksfall sucht, das Atelier. Doch als er sah, daß der Augenblick nicht gut gewählt und daß nichts zu machen war, ging er, grüßte mit dankbarer Miene und ließ noch draußen auf dem Flur bewundernde Ausrufe hören.

Sobald er fort war, gestattete sich Jory, der erstaunt zugehört hatte, eine Frage.

»Aber Sie sagten uns doch, glaub' ich ... Nicht wahr, es ist noch nicht verkauft?«

Bongrand antwortete zuerst nicht, sondern trat wieder vor seine Staffelei. Dann aber rief er mit Donnerstimme und legte in diesen Aufschrei all sein heimliches Leid, all sein zunehmendes, uneingestandenes Ringen:

»Er langweilt mich! Nie soll er etwas von mir haben! ... Mag er bei Fagerolles kaufen!«

Eine Viertelstunde später nahmen auch Claude und Jory von ihm Abschied und ließen ihn bei seiner eifrig bis in den sinkenden Tag hinein ausgedehnten Arbeit zurück. Als Claude sich draußen aber von seinem Gefährten getrennt hatte, kehrte er, trotz seiner langen Abwesenheit, noch nicht nach der Rue de Douai zurück. Ein Bedürfnis, noch weiter zu wandern, sich an dies Paris hinzugeben, wo die Begegnungen eines einzigen Tages ihm so viel Anregungen geboten hatten, ließ ihn bis zur hereinbrechenden Dunkelheit in dem gefrorenen Straßenschmutz durch die Straßen irren, beim Schein der Gaslaternen, die nach und nach gleich dunstigen Sternen im Nebel ihr Licht entfachten.

Mit Ungeduld wartete Claude auf den Donnerstag, wo er bei Sandoz speiste. Denn nach wie vor sah der letztere einmal in der Woche alle Kameraden bei sich. Mochte kommen, wer wollte: er fand für sich gedeckt. Mochte er sich verheiratet, seinen Beruf geändert, sich in das literarische Leben gestürzt haben: er behielt seinen Tag, diesen Donnerstag, wie seit seinem Austritt aus dem Kolleg, zu jener Zeit, wo sie ihre erste Pfeife geraucht, bei. Wie er denn zu sagen pflegte: er hätte jetzt bloß einen Kameraden mehr, seine Frau.

»Sag doch, Alter!« hatte er Claude geradeheraus gesagt. »Da macht mir etwas Kopfzerbrechen.«

»Aber was?«

»Daß du nicht verheiratet bist ... Oh, weißt du, ich würde deine Frau ja gern empfangen; aber da sind so alle möglichen törichten Leute, der Spießerhaufen, der dann wohl allerlei Abscheulichkeiten herumerzählen könnte ...«

»Aber gewiß, Alter! Christine würde es auch von selbst nicht wollen! ... Oh, wir begreifen dich sehr wohl! Ich komme allein, verlaß dich darauf!«

Schon um sechs begab sich Claude nach der Rue Nollet in Batignolles zu Sandoz. Und es kostete ihn viel Mühe, das Häuschen, das der Freund bewohnte, zu entdecken. Zunächst kam er in ein großes, an der Straße liegendes Gebäude, wandte sich an den Pförtner, der ihn durch drei Höfe hindurchschickte. Dann mußte er durch einen engen Gang zwischen zwei anderen Gebäuden hin, stieg ein paar

Stufen hinab und geriet vor die Gitterpforte eines engen Gartens. Hier stand das kleine Haus am Ende einer Allee. Aber es war so dunkel, daß er schon auf den Stufen beinahe hingestürzt wäre. Er wagte sich nicht weiter voran, zumal wie rasend ein großer Hund bellte. Endlich vernahm er Sandoz' Stimme, der daherkam und den Hund beruhigte.

»Ah, du bist's! ... Was, sind wir hier nicht auf dem Lande? Es soll noch eine Laterne gebracht werden, damit nicht etwa jemand noch Hals und Beine bricht ... Komm, komm! ... Bertrand, verwünschtes Vieh, willst du still sein! Siehst du denn nicht, daß es ein Freund ist, du Dummkopf!«

Mit erhobenem Schwanz und unter munter schallendem Gebell begleitete der Hund sie jetzt bis zur Wohnung. Ein Dienstmädchen war mit einer Laterne erschienen und hatte sie an der Gittertür befestigt, um die gefährlichen Stufen zu beleuchten.

In der Mitte des Gartens befand sich bloß ein kleiner Rasenplatz mit einem mächtigen Pflaumenbaum, dessen Schatten das Gras gebleicht hatte. Vor dem sehr niedrigen Haus ragte eine Weinlaube, aus der eine ganz neue Bank hervorschimmerte. Sie bot sich jetzt, zur Zeit der Winterregen, als eine Zier und wartete auf die Sonne.

»Tritt ein!« wiederholte Sandoz.

Er führte ihn in den rechts vom Flur gelegenen Salon, den er sich zum Arbeitszimmer eingerichtet hatte. Das Eßzimmer und die Küche lagen zur Linken. Im Oberstock hatte seine Mutter, die das Bett nicht mehr verlassen konnte, eine große Kammer, während das Ehepaar sich mit einer zweiten, kleineren, begnügte und mit dem zwischen den beiden Gemächern gelegenen Toilettenraum. Das war alles. Eine wahre Kartonschachtel mit Schubfächern und dünnen Pappwänden. Doch die Arbeit und die Hoffnung wohnten in dem kleinen Haus, und es war doch im Vergleich mit den früheren Dachwohnungen der jüngeren Jahre schon recht geräumig und bereits mit einem Anfang von Behaglichkeit und Luxus ausgestattet.

»Na?« rief er. »Hier haben wir doch Platz! Ist es nicht ein recht gut Teil bequemer hier als in der Rue d'Enfer? Du siehst, ich hab' ein Zimmer ganz für mich allein. Und ich habe mir zum Schreiben einen Tisch aus Eichenholz gekauft. Meine Frau aber hat mir diesen alten Topf aus Rouener Fayence mit der Palme drin geschenkt ... Ist das nicht schick, wie?«

Aber da trat auch schon seine Frau ein. Sie war groß, hatte ein ruhiges, heiteres Gesicht, schöne, braune Haare. Über ihrem sehr schlichten Kleid aus schwarzer Halbseide trug sie eine breite, weiße Schürze. Denn obwohl sie einen Dienstboten hatte, bekümmerte sie sich selber um die Küche, war stolz auf die Zubereitung gewisser Gerichte und wußte dem Hauswesen ein Gepräge von bürgerlicher Sauberkeit und Wohlstand zu geben.

Sogleich waren Claude und sie wie alte Freunde.

»Nenne ihn Claude, Liebe ... Und du, Alter, nenne sie Henriette ... Nicht ›Madame‹ und ›Herr‹, oder ihr sollt jedesmal fünf Sous Strafe zahlen.«

Sie lachten. Dann entschlüpfte sie in ihre Küche hinaus, wo ein südliches Gericht, eine »Bouillabaisse«, mit dem sie den Freunden aus Plassans eine Überraschung bereiten wollte, ihre Gegenwart erforderte. Sie hatte das Rezept von ihrem Manne, und er sagte, daß sie es ganz vorzüglich zu bereiten verstände.

»Deine Frau ist reizend«, sagte Claude. »Sie macht es dir sicher sehr behaglich.«

Sandoz aber fing an, vor dem Tische sitzend, die Ellbogen auf die Blätter des Werkes gestützt, an dem er jetzt arbeitete, von dem ersten Roman seiner Serie zu sprechen, den er im Oktober veröffentlicht hatte. Ah, wie wurde sein armes Buch 'runtergerissen! Es war eine förmliche Erdrosselung, ein Gemetzel. Die gesamte Kritik hatte er auf dem Halse. Ein Hagel von Verwünschungen, als ob er den Leuten an einer Waldecke auflauerte und sie abschlachtete. Doch er lachte darüber, fühlte sich erst recht angespornt. Seine breiten Schultern, der stramme Arbeiter in ihm, der wußte, was er wollte, schüttelten sie ab. Nur eins war erstaunlich: der unendliche Mangel an Intelligenz dieser Kerle, deren an ihren Redaktionstischen hingeschmierte Artikel ihn mit Schmutz bewarfen, ohne auch nur das geringste von seinen Absichten zu verstehen. Alles wurde in denselben Topf der Schmähungen geworfen: seine neue Studie des physiologischen Menschen, die mächtige Rolle, die er der Umgebung zumaß, die in ihrer ewigen Schöpfung ungeheure Natur, das Leben endlich, das gesamte universelle Leben, das alles Organische von einem Ende bis zum anderen umfaßt, ohne Hoch und Niedrig, Schön und Häßlich zu kennen. Und sodann die Kühnheit der Sprache, die Überzeugung, daß alles ausgesprochen werden muß, daß es ungeschminkter Worte bedarf wie glühenden Eisens, damit die Sprache erneuert aus diesem Kraftbad hervorging. Besonders aber der sexuelle Akt, der Ursprung und die beständige Vollendung der Welt, hinter der Scham hervorgezogen, mit der man ihn verhüllt, in seine Würde, ans helle Tageslicht gesetzt. Mochte man Anstoß nehmen: er hatte nichts dagegen. Aber er hätte es wenigstens gern gesehen, wenn man ihm die Ehre erwiesen hätte, ihn zu verstehen. Mochte man sich über seine Kühnheit erzürnen, ihm aber keine gemeinen Absichten unterschieben.

»Weißt du!« fuhr er fort. »Ich glaube, sie sind eigentlich mehr dumm als bösartig ... Die Form ist's, die sie gegen mich aufbringt, die geschriebene Rede, das deutliche Leben des Stiles. Ja, der Haß gegen die Literatur! Die ganze Bourgeoisie birst davon!«

Von einer Traurigkeit erfaßt, schwieg er.

»Bah!« sagte Claude nach einem Schweigen. »Du bist glücklich! Du arbeitest, schaffst!«

»Ah ja, ich arbeite, schreibe meine Bücher bis zur letzten Seite ... Aber wenn du wüßtest! Wenn ich dir sagen wollte, mit welcher Verzweiflung, mit welcher Pein! Und dabei werfen mir diese Trottel auch noch Hochmut vor! Mir, den die Unzulänglichkeit seines Werkes noch bis in den Traum hineinverfolgt! Ich, der ich keinen Morgen das am vorigen Tage Geschriebene zu lesen wage, aus Furcht, es so abscheulich zu finden, daß ich nicht die Kraft finden könnte, fortzufahren! ... Ich arbeite! O ja, gewiß, ich arbeite! Arbeite, wie ich lebe; weil ich dazu geboren bin. Aber, ach! Ich bin deshalb nicht glücklicher. Nie bin ich mit mir zufrieden; und immer hab' ich die große Furcht, daß ich scheitere!«

Eine laute Stimme unterbrach sie. Jory erschien, seiner Existenz froh, und erzählte, daß er einen alten Artikel aufgefrischt hätte, damit er rechtzeitig zum Abend eintreffen konnte. Fast gleichzeitig kamen plaudernd auch Gagniere und Mahoudeau, die sich vor der

Tür getroffen hatten. Der erstere hatte sich seit einigen Monaten in das Studium der Farben verbohrt und erklärte sich dem anderen. »Also ich trage meinen Grundton auf«, fuhr er fort. »Das Rot der Fahne bleicht ab und bräunt sich gegen den blauen Himmel, von dem sie sich abhebt und dessen Komplementärfarbe, das Orange, sich mit dem Rot verbindet.«
Interessiert wollte Claude ihn schon befragen, als die Magd eine Depesche brachte.
»Gut!« sagte Sandoz. »Dubuche entschuldigt sich. Er will uns gegen elf Uhr überraschen.«
In diesem Augenblick öffnete Henriette die Tür und lud persönlich zum Diner. Sie hatte die Küchenschürze nicht mehr vor. Munter drückte sie, als Hausherrin, die Hände, die sich ihr entgegenstreckten. Zu Tisch! Zu Tisch! Es war ein halb acht Uhr. Die Bouillabaisse konnte nicht mehr warten.

Auf Jory, der darauf aufmerksam machte, Fagerolles habe mit aller Bestimmtheit gesagt, daß er kommen werde, wollte man nicht hören; es war lächerlich von Fagerolles, daß er sich als den jungen, mit Aufträgen überhäuften Meister aufspielte.

Das Speisezimmer, in das man sich begab, war so klein, daß man, um das Piano aufstellen zu können, die Wand zu einem dunklen Nebenraum, der eigentlich zur Aufnahme von Vorräten bestimmt war, hatte durchbrechen und eine Art von Alkoven hatte herstellen müssen. Immerhin konnten bei besonderen Gelegenheiten etwa ihrer zehn an der runden Tafel unter der weißporzellanenen Hängelampe Platz finden. Allerdings würde dadurch der Zugang zum Büfett versperrt, so daß die Magd, wenn sie Geschirr holen wollte, nicht hingelangen konnte. Übrigens bediente die Hausfrau selbst. Ihr Gatte setzte sich mit dem Rücken gegen das Büfett, um von ihm, wessen sie bedurfte, gleich wegnehmen und weitergeben zu können.

Henriette hatte Claude zu ihrer Rechten Platz nehmen lassen, Mahoudeau zu ihrer Linken, während Jory und Gagnière sich zu beiden Seiten von Sandoz niedergelassen hatten.

»Françoise!« rief die Hausfrau. »Geben Sie mir doch die Fische; sie stehen auf dem Herd!«

Nachdem die Magd sie gebracht, verteilte sie sie je zwei auf die Teller; dann begann sie die Sauce der Bouillabaisse drüberzugießen, als sich die Tür auftat.

»Fagerolles! Endlich!« sagte sie. »Setzen Sie sich dort zu Claude hin!«

Weltmännisch höflich entschuldigte er sich mit einem Stelldichein in geschäftlichen Angelegenheiten. Er trug sich jetzt sehr elegant, Kleider in englischem Schnitt, glich einem Klubbesucher und trug zugleich eine gewisse künstlerische Ungezwungenheit zur Schau. Sobald er sich niedergelassen hatte, schüttelte er seinem Nachbar die Hand und stellte sich lebhaft erfreut.

»Ah, mein alter Claude! Schon so lange wollte ich dich besuchen! Ja, schon zwanzigmal hatte ich vor, dich da draußen aufzusuchen. Aber du weißt, das Leben ...«

Claude, dem diese Beteuerungen ein Mißbehagen verursachten, wollte schon mit gleicher Herzlichkeit antworten; doch Henriette, die fortfuhr zu bedienen, zog ihn aus der Verlegenheit, indem sie ungeduldig sagte:

»Fagerolles, antworten Sie mir doch! ... Wünschen Sie zweierlei Fisch?«

»Aber gewiß, Madame, zweierlei! ... Ich liebe die Bouillabaisse leidenschaftlich. Und Sie bereiten sie so wunderbar!«

In der Tat waren alle von dem Gericht begeistert. Besonders Mahoudeau und Jory erklärten, es in Marseille nie schöner gegessen zu haben, so daß die junge Frau, ganz glücklich und noch rot von der Herdhitze, den großen Schöpflöffel in der Hand vollauf zu tun hatte, die Teller, die ihr hingereicht wurden, wieder zu füllen. Und als die Magd den Kopf verlor, erhob sie sich von ihrem Stuhl und begab sich in Person in die Küche, den Rest der Sauce zu holen.

»Iß doch!« rief Sandoz ihr zu. »Wir warten, bis du gegessen hast.«

Doch sie beharrte und ließ sich nicht nieder.

»Laß doch! ... Reich mir lieber mal das Brot 'rüber ... Ja, hinter dir, auf dem Büfett ... Jory hat Brotschnitte gern und brockt sie in die Sauce.«

Jetzt erhob sich auch Sandoz und half ihr, während man über Jory und seine Vorliebe, die Bouillabaisse zu essen, scherzte.

Claude aber sah sie, von dem glücklichen und behaglichen Beisammen tief berührt, alle an. Es war ihm, als erwache er aus einem langen Schlaf, und er fragte sich, ob er sie erst gestern verlassen hätte und ob wirklich vier Jahre vergangen waren, seit er zum letztenmal mit ihnen zu Abend gegessen hatte. Und doch hatten sie sich verändert; er fühlte das. Mahoudeau war durch seine Notlage verbittert, Jory tauchte mehr als je in seinem Genußleben unter, Gagniere lebte in anderen Regionen; namentlich aber kam ihm vor, als ob Fagerolles neben ihm unter seiner übertriebenen Herzlichkeit eine merkbare Kühle erkennen ließ. Ohne Zweifel waren ihre Gesichter unter dem Existenzkampf ein wenig gealtert. Doch es war nicht bloß das. Er empfand etwas wie eine Leere zwischen ihnen. Er sah sie einen vom anderen abgesondert, einander fremd, obgleich sie eng beieinander, Seite an Seite, um denselben Tisch herumsaßen. Und dann war es eine neue Umgebung. Eine Frau war heut da, gesellte ihre angenehme Gegenwart hinzu und dämpfte sie. Wie kam es also, daß er, trotz dieses Wandels der dahingehenden und sich erneuernden Dinge, die Empfindung eines Wiederanfanges hatte? Wie kam es, daß er hätte schwören mögen, er hätte erst Donnerstag der letztvergangenen Woche hier an diesem Platz gesessen? Endlich glaubte er zu verstehen. Es war Sandoz, der derselbe geblieben. Noch ebenso beharrlich treu in seinen Gemütseigenschaften wie in seinen Arbeitsgewohnheiten, strahlend vor Freude, sie heute an der Tafel seines jungen Hausstandes zu empfangen, wie er vordem sein mageres Junggesellenmahl mit ihnen geteilt hatte. Mit seinem Traum einer immerdauernden Freundschaft blieb er immer der gleiche. Solche Donnerstage sollten für immer, bis in sein spätes Alter hinein beibehalten werden. Alle für immer zusammen! Alle sollten zur gleichen Stunde ihren Anlauf genommen haben und zum gleichen Siege gelangen!

Er mochte den Gedanken erraten, der Claude in stiller Versonnenheit hielt, und mit seinem angenehmen, jugendfrischen Lachen rief er über den Tisch zu ihm hin:

»Na, Alter! Bist du also doch noch bei uns? O verdammt, hast du uns gefehlt! ... Aber, du siehst, nichts hat sich geändert, wir sind alle dieselben ... Ist's nicht so, ihr anderen?«

Sie antworteten mit einem zustimmenden Kopfnicken. Ohne Zweifel! Ohne Zweifel!

»Nur«, fuhr er heiter fort, »die Küche ist ein bißchen besser bestellt als in der Rue d'Enfer ... Ich hab' euch da manchmal einen rechten Fraß vorgesetzt!«

Nach der Bouillabaisse gab's ein Hasenragout; gebratenes Geflügel mit Salat beschloß das Mahl. Aber man saß lange bei Tisch; der Nachtisch dehnte sich aus, obwohl die Unterhaltung nicht so feurig war wie früher. Jeder sprach von sich und schwieg, sobald er wahrnahm, daß niemand ihm zuhörte. Als man aber beim Käse war und erst von dem herben Burgunder gekostet hatte, von dem das junge Paar, nachdem Sandoz das Honorar für seinen ersten Roman erhalten, sich ein Faß aufzulegen riskiert hatte, erhoben sich die Stimmen, und die Unterhaltung belebte sich.

»Also du hast mit Naudet abgeschlossen?« erkundigte sich Mahoudeau, dessen knochiges, ausgehungertes Gesicht noch faltiger geworden war. »Ist es wahr, daß er dir für das erste Jahr fünfzigtausend Franken garantiert?«

Mit gespitzten Lippen antwortete Fagerolles:

»Ja, fünfzigtausend ... Aber noch ist nichts fest abgemacht. Ich gehe noch mit mir zu Rate. Man darf sich nicht so ohne weiteres festlegen. Ah, ich bin nicht der, der sich wickeln läßt!«

»Verdammt!« murmelte der Bildhauer. »Du bist ein Schwieriger. Für zwanzig Franken pro Tag unterschriebe ich ihm, was er wollte.«

Alle hörten jetzt Fagerolles zu, der den vom wachsenden Erfolg Ermüdeten spielte. Er hatte noch immer sein hübsches, schwer zu deutendes Mädchengesicht. Aber eine gewisse Anordnung seines Haares und der Schnitt seines Bartes verliehen ihm so etwas wie Würde. Obwohl er noch ab und zu zu Sandoz kam, lockerten sich seine Beziehungen zu dem Freundeskreis. Dagegen ließ er sich auf den Boulevards sehen, besuchte regelmäßig die Cafés, die Redaktionsbureaus und alle Stätten der Öffentlichkeit, wo er nützliche Bekanntschaften machen konnte. Es gehörte zu seiner Taktik, war sein fester Wille, seinen Triumph zu einem unabhängigen zu gestalten. Es leitete ihn der schlaue Gedanke, daß er, um Erfolg zu haben, nichts mehr mit diesen Revolutionären gemeinsam haben dürfte, weder einen Händler noch Beziehungen, noch Gewohnheiten. Es hieß sogar, daß er die Frauen von zwei, drei Salons für seine Zwecke benutze; nicht in der brutal sinnlich männlichen Weise wie Jory, sondern wie jemand, der über seinen Leidenschaften steht; und daß er in dieser Weise intime Beziehungen zu zwei bejahrteren Baroninnen angeknüpft hätte.

Einzig in der Absicht, sich selber wichtig zu machen, denn er schmeichelte sich, Fagerolles gemacht, wie er auch behauptete, vorher Claude entdeckt zu haben, zeigte Jory Fagerolles einen Artikel an.

»Sag doch, hast du Verniers Abhandlung über dich gelesen? Da ist wieder mal einer, der mich ausschreibt.«

»Ah, was über den alles geschrieben wird!« seufzte Mahoudeau.

Fagerolles hatte eine unbekümmerte Handbewegung. Doch er lächelte. Im stillen verachtete er diese armen Teufel, die so wenig geschickt waren und sich in ihrer dummen Herbheit versteiften, wo es doch so leicht war, die Menge zu gewinnen. Es genügte ihm, sie ausgeplündert zu haben, und nun brach er mit ihnen. Aus dem Haß, den man gegen sie hegte, zog er Vorteil. Man überhäufte seine geleckten Sachen mit Lob und machte den anderen mit ihrer hartnäckigen Gewaltsamkeit vollends den Garaus.

»Hast du den Artikel von Vernier gelesen?« wandte sich Jory an Gagnière. »Nicht wahr, er schreibt mich doch einfach ab.«

Gagnière, der in den Anblick des roten Scheins versunken war, den sein Weinglas auf dem weißen Tischtuch machte, fuhr empor.

»Was? Ein Artikel von Vernier?«

»Ja! Überhaupt, alle Artikel, die über Fagerolles geschrieben werden.«

Verdutzt wandte sich Gagnière zu diesem hin.

»Was? Es werden Artikel über dich geschrieben?... Ich weiß nichts davon, ich hab' sie nicht gelesen ... Ah, man schreibt Artikel über dich! Aber wieso?«

Es erhob sich ein schallendes Gelächter. Nur Fagerolles, der glaubte, es handle sich um einen verabredeten Streich, der ihm gespielt wurde, blickte sauer drein. Doch Gagnière hatte es in gutem Glauben gemeint. Er war ganz erstaunt, daß man einem Maler einen Erfolg machen konnte, der noch nicht einmal das Gleichgewicht der Töne beobachtete. Diesem Scharlatan einen Erfolg! Niemals! Das war ja gewissenlos!

Diese geräuschvolle Heiterkeit belebte das Ende des Diners. Man aß nicht mehr, obgleich die Herrin des Hauses die Teller von neuem füllen wollte.

»Lieber Freund, paß doch auf!« wandte sie sich dem sich sehr angeregt an dem Lärm beteiligten Sandoz zu. »Lang doch mal herum; die Biskuits stehen auf dem Büfett.«

Doch alle dankten und standen auf. Da man den Abend im selben Raum auch beim Trinken des Tees verbrachte, standen sie plaudernd umher, während die Magd abräumte. Das Ehepaar ging ihr dabei zur Hand: die Hausfrau tat das Salz in die Schublade, während er beim Zusammenfalten des Tischtuches half.

»Ihr dürft rauchen«, sagte Henriette. »Ihr wißt ja, daß mich das nicht im mindesten stört.«

Fagerolles, der Claude in die Fensternische beiseitegezogen hatte, bot ihm eine Zigarre an, die dieser aber ablehnte.

»Ach, ist ja wahr, du rauchst nicht ... He, sag doch: werd' ich zu sehen bekommen, was du mitgebracht hast? Gewiß sehr interessante Sachen. Du weißt ja, wieviel ich von deinem Talent halte. Du bist der Stärkste ...«

Er zeigte sich sehr untertänig, im Grunde ganz aufrichtigerweise; ließ die Bewunderung, die er früher für ihn empfunden hatte, steigen; er, dessen Schaffen ja, trotz seiner verzwickt boshaft berechnenden Art, für immer durch das Schaffen der anderen geprägt war. Doch seiner Bescheidenheit gesellte sich ein bei ihm sehr seltenes Unbehagen; denn er fühlte sich durch das Schweigen, das der Meister seiner Anfänge seinem Bild gegenüber beobachtete, beunruhigt. Schließlich fragte er mit bebender Lippe:

»Hast du im Salon meine Schauspielerin gesehen? Sag, aufrichtig: machst du dir was aus ihr?«

Claude zögerte einen Augenblick, dann aber sagte er freundschaftlich:

»Ja, manches ist recht gut dran.«

Schon ärgerte sich Fagerolles, die dumme Frage getan zu haben. Er verlor seine Fassung, entschuldigte sich jetzt, versuchte das, was er entlehnt hatte, zu beschönigen und die Zugeständnisse, die er gemacht, zu verteidigen. Als er sich, über sein Ungeschick verzweifelt, mit vieler Mühe einigermaßen aus der Affäre gezogen hatte, wurde er für einen Augenblick der Spaßvogel von früher, amüsierte alle und brachte selbst Claude dazu, daß er bis zu Tränen lachte. Dann gab er Henriette die Hand und verabschiedete sich.

»Wie! Sie wollen schon gehen?«

»Leider ja, teuere Madame! Mein Vater hat heut abend einen Bureauchef zu Gast, durch dessen Vermittlung er dekoriert zu werden hofft... Und da ich eins seiner Paradestücke bin, hab' ich fest versprechen müssen, zu kommen.«

Als er gegangen war, verschwand Henriette, nachdem sie mit Sandoz leise ein paar Worte gewechselt hatte. Man vernahm vom Oberstock das leise Geräusch ihres Schrittes. Seit ihrer Verheiratung war sie es, welche die kranke Mutter betreute und, wie einst er, bisweilen die Gesellschaft verließ.

Übrigens hatte keiner der Gäste gemerkt, daß sie sich entfernt hatte. Mahoudeau und Gagnière sprachen von Fagerolles. Sie ließen, ohne ihn direkt anzugreifen, eine heimliche Verbitterung durchblicken. Sie wechselten ironische Blicke und zuckten die Achseln, zeigten ihre geheime Verachtung, ohne ihn doch, da er ihr Kamerad war, richten zu wollen. Dann aber kamen sie auf Claude zu sprechen, zeigten ihre rückhaltlose Bewunderung und sprachen in überschwenglicher Weise die Hoffnung aus, die sie auf ihn setzten. Ah, es war Zeit, daß er wiedergekommen war. Denn allein er mit seiner großen Begabung, seiner festen Hand, konnte der Meister, der anerkannte Führer sein. Seit dem Salon der Zurückgewiesenen hatte sich die Schule des Pleinair erweitert, ihr wachsender Einfluß machte sich fühlbar. Unglücklicherweise aber zersplitterten sich die Bemühungen; die neu Hinzugekommenen begnügten sich mit Skizzen, mit Impressionen, die sie mit zwei Pinselstrichen hinhieben. Man wartete auf den genialen Mann, den es benötigte, auf ihn, der in Meisterwerken der Formel Gestalt geben sollte. Welch herrlicher Platz, den es hier für ihn einzunehmen gab! Um die Menge zu gewinnen, die neue Kunstära zu schaffen! Claude hörte sie gesenkten Blickes, mit bleichen Wangen an. Ja, das war ja sein heimlicher Traum, der Ehrgeiz, den er sich selbst nicht einzugestehen wagte. Doch mischte sich in die Freude über ihren Zuspruch eine seltsame Beklemmung, eine Furcht vor dieser Zukunft, als er sich so von ihnen, als hätte er den Sieg bereits errungen, zum Diktator erhoben sah.

»Laßt doch!« rief er endlich. »Es gibt ja noch andere, die ebensoviel wert sind wie ich. Ich suche mich ja erst selbst noch.«

Jory rauchte in gereizter Stimmung schweigend seine Zigarre. Plötzlich aber, als die anderen gar nicht aufhören wollten, konnte er nicht mehr an sich halten.

»Alles das, Jungens, ist ja nur, weil ihr euch über Fagerolles' Erfolg ärgert.«

Aber sie verneinten, brachen in lauten Protest aus. Fagerolles! Als junger Meister! Wie lächerlich!

»Oh, du läßt uns im Stich, wir wissen schon!« sagte Mahoudeau. »Wir brauchen uns nicht zu sorgen: über uns schreibst du jetzt nicht zwei Zeilen mehr.«

»Ja, mein Lieber!« gab Jory ärgerlich zurück. »Alles, was ich über euch schreibe, wird mir gestrichen. Ihr macht euch ja selber überall verhaßt ... Ah, wenn ich selbst ein Blatt hätte!«

Henriette kam zurück. Sandoz' Augen suchten die ihren. Sie antwortete ihm mit dem zarten, heimlichen Lächeln, das auch er früher gehabt hatte, wenn er aus der Kammer seiner Mutter wieder zum Vorschein gekommen war. Dann rief sie sie alle herbei, und sie ließen sich um den Tisch herum nieder, während sie den Tee bereitete und in die Tassen goß. Doch die Unterhaltung flaute ab; die Fröhlichkeit, die zuvor geherrscht hatte, war verschwunden. Vergeblich ließ man Bertrand, den großen Hund, herein, der um ein Stückchen Zucker wedelte und sich dann in der Nähe des Ofens niederlegte, wo er bald darauf schnarchte wie ein Mensch. Seit dem Gespräch über Fagerolles herrschten langanhaltende Pausen. Eine gewisse gereizte Langeweile brütete, es wurde stark geraucht. Gagnière aber verließ plötzlich den Tisch und setzte sich ans Piano, wo er dilettantisch, mit ungelenken Fingern, ein Dreißiger, der noch seine ersten Übungen in den Tonleitern machte, halblaut einige Stellen aus Wagner stümperte.

Gegen elf Uhr traf endlich auch Dubuche ein. Seine Ankunft gestaltete das Zusammensein erst noch vollends frostig. Er hatte sich, weil er den alten Kameraden gegenüber das erfüllen wollte, was er noch einmal für seine Pflicht hielt, von einem Ball freigemacht. Sein Anzug, seine weiße Krawatte, sein dickes, bleiches Gesicht drückten gleichzeitig aus, wie ungern er gekommen war, die Wichtigkeit, die er diesem Opfer beimaß, und die Sorge, er könnte seiner neuen Karriere schaden. Er vermied es, seine Frau zu erwähnen, um nicht genötigt zu sein, sie bei Sandoz einzuführen. Als er Claude, etwa so, als hätten sie sich erst gestern gesehen, die Hand gedrückt hatte, lehnte er eine Tasse ab und sprach langsam, mit aufgeblasenen Backen, von den Verdrießlichkeiten, die ihm die Einrichtung seines neuen Hauses machte, das er trocken zu wohnen hatte, von der Arbeit, mit der er überbürdet war, seit er die Bauten seines Schwiegervaters, eine ganze neue Straße in der Nähe des Parkes Monceau, leitete.

Jetzt hatte Claude deutlich das Gefühl, daß hier etwas auseinanderging. Und so hatte das Leben also doch die schönen Abende von ehedem zerstört; trotz all ihrer brüderlichen Gesinnung, ihrer leidenschaftlichen Diskussionen. Jene Abende, an denen nichts sie voneinander geschieden, keiner von ihnen bloß so an einen eigenen Ruhm gedacht hatte! Heute begann der Kampf, jeder reckte sich gierig nach der eigenen Beute. Der Riß war da; der kaum bemerkbare Riß, der die alte, treue Freundschaft spaltete und der sie eines Tages in tausend Stücke zersprengen würde.

Sandoz aber nahm in seinem Bedürfnis, alles in seinem dauernden Bestand zu halten, noch immer nichts davon wahr, sah sie alle noch so wie in der Rue d'Enfer Arm in Arm demselben Sieg zustreben. Warum sollte sich das, was doch so schön war, ändern? Bestand das Glück nicht darin, eine Freude von allen anderen auszuwählen und dauernd ihrer froh zu werden? Eine Stunde später, als die Freunde, von dem kalten Egoismus des endlos von seinen eigenen Angelegenheiten redenden Dubuche ermüdet, sich endlich, nachdem man den an das Piano wie gebannten Gagnière diesem entrissen hatte, zum Aufbruch rüsteten, wollten Sandoz und seine Frau ungeachtet der Nachtkühle sie durchaus bis zum Ausgang des Gartens begleiten. Er schüttelte ihnen allen die Hand und rief:

»Auf Donnerstag, Claude!... Auf Donnerstag, ihr alle! ... Nicht? Ihr kommt alle?«

»Auf Donnerstag!« wiederholte Henriette, die die Laterne ergriffen hatte und emporhielt, um die Stufen bei der Gittertür zu beleuchten.

Unter allgemeinem Lachen antworteten Gagnière und Mahoudeau scherzend:

»Auf Donnerstag, junge Meisterin! ... Gute Nacht, junger Meister!«

Draußen, in der Rue Nollet, rief Dubuche sogleich einen Fiaker an, der mit ihm davonfuhr. Die vier anderen schritten fast ohne ein Wort zu wechseln von dem langen Zusammensein ermüdet miteinander bis zum äußeren Boulevard. Als hier ein Mädchen vorbeikam, stürzte Jory, unter dem Vorwand, er habe für seine Zeitung noch Korrektur zu lesen, hinter ihr her. Als dann aber Gagnière Claude beim Café Baudequin, das noch Licht hatte, anhielt, wollte Mahoudeau nicht einkehren und ging mit seinen trüben Gedanken allein bis zur Rue du Cherche-Midi weiter.

Ohne es eigentlich zu wollen, fand sich Claude dem schweigenden Gagnière gegenüber an ihrem alten Tisch. Sie hatten das Café noch nicht gewechselt; noch immer kamen sie Sonntags hier zusammen. Seit Sandoz im Viertel wohnte, bevorzugten sie es sogar noch mehr. Doch ihr Kreis verlor sich jetzt in der Flut der Neuhinzugekommenen und wurde von der zunehmenden Banalität der

Pleinairschüler überwuchert. Übrigens leerte sich das Café um diese Stunde. Drei junge Maler, die Claude nicht kannte, kamen, als sie das Lokal verließen, zu ihm hin und drückten ihm die Hand. Sonst war nur noch ein über seinem Glas eingeschlummerter Kleinrentner aus der Nachbarschaft da.

Gagnière, der sich ganz zu Hause fühlte, blickte, ohne sich um das Gähnen des einzigen Kellners, der sich noch schläfrig in seiner Ecke herumräkelte, zu kümmern, Claude, ohne ihn zu sehen, mit verloren träumenden Augen an.

»Was erklärtest du denn übrigens da heut abend Mahoudeau?« fragte der letztere. »Ah ja! Eine rote Fahne gewinnt gegen das Blau des Himmels einen bräunlichen Ton ... Du studierst also die Lehre von den Komplementärfarben?«

Doch der andere antwortete nicht. Er nahm seinen Schoppen, setzte ihn, ohne getrunken zu haben, wieder hin und flüsterte schließlich mit einem verzückten Lächeln:

»Haydn ist die rhetorische Grazie, eine kleine, zirpende Musik gepuderter Großmütterchen ... Mozart ist das bahnbrechende Genie, der erste, der dem Orchester eine individuelle Sprache gab ... Sie leben aber weiter, weil sie Beethoven gemacht haben ... Ah, Beethoven! Die Macht, die Kraft des hehren Schmerzes! Michelangelo im Grabmal der Medici! Ein heroischer Logiker, einer der sich der Gehirne bemächtigte; denn alle Großen von heute sind von seinen Symphonien mit Chören ausgegangen!«

Der Kellner, der zu müde war, wollte nicht mehr warten und fing mit schläfriger Hand und schleppendem Schritt an, das Gaslicht auszudrehen. Eine melancholische Stimmung bemächtigte sich des großen Saales, der voller Spuckflecke und Zigarrenstummel war und in dem der Dunst der von Bierresten beschmutzten Tische herrschte. Vom nachtstillen Boulevard drang nur noch das verlorene Grunzen eines Betrunkenen herein.

Gagnière aber, noch immer weit weg, spann seine Träume weiter.

»Weber schreitet in einer romantischen Landschaft, singt zwischen Trauerweiden und Eichen, die ihre Äste winden, die Ballade vom Tod ... Schubert folgt ihm im fahlen Mondglast an Silberseen hin ... Und dann Rossini, das Talent in Person, so heiter, so natürlich, so sorglos im Ausdruck, als ob er über alle Welt scherze. Er ist nicht mein Mann! Ah nein, gewiß nicht! Aber doch ist er in seinem Reichtum an Erfindung, in den mächtigen Wirkungen, die er mit der Häufung der Stimmen und der Wiederholung desselben Themas erzielt, so erstaunlich ... Aus diesen drei Meyerbeer, ein Kluger, der aus allem Profit zog, der in der Nachfolge Webers die Symphonie in die Oper verlegte und der unbewußten Formel Rossinis dramatischen Ausdruck verlieh. Oh, welch herrliches Brausen! Feudaler Pomp! Der militärische Mystizismus! Der Schauer der phantastischen Legenden! Der die Geschichte durchbrausende Schrei der Leidenschaft! Und seine Glücksgriffe! Die persönliche Sprache der Instrumente, das das Orchester symphonisch begleitende dramatische Rezitativ, der typische Satz, auf dem das ganze Werk sich aufbaut! ... Ein großer Mann! Ein sehr großer Mann!«

»Mein Herr, ich schließe!« sagte der Kellner.

Als Gagnière aber noch nicht einmal den Kopf nach ihm umwandte, ging er den noch immer über seinem Glase schlafenden Kleinrentner wecken.

»Ich schließe, mein Herr!«

Der Gast erwachte, schüttelte sich fröstelnd und tastete in der dunklen Ecke, in der er saß, nach seinem Spazierstock. Als der Kellner ihn ihm unter den Stühlen hervorgeholt hatte, ging er.

»Berlioz hat die Literatur in die Musik gebracht. Er ist der musikalische Illustrator von Shakespeare, Vergil, Goethe. Und was für ein Maler! Der Delacroix der Musik, der die Töne im strahlenden Farbenkontrast hat aufflammen lassen. Dabei hat er, von der Romantik besessen, eine Religiosität, die ihn zu maßlosen Schwärmereien hinreißt. Er ist ein schlechter Opernkonstrukteur, hat aber bewunderungswürdige Einzelheiten, mutet manchmal dem Orchester zuviel zu, quält es, hat die individuelle Ausdrucksweise der Instrumente bis zum äußersten getrieben, deren jedes für ihn eine Person vorstellte. Ah, sein Wort über die Klarinette! ›Die Klarinette ist die geliebte Frau‹ ... Es hat mir immer einen süßen Schauer verursacht... Und Chopin mit seinem byronesken Dandytum, der begeisterte Dichter des Nervösen! Und Mendelssohn, der unfehlbare Ziseleur, Shakespeare in Ballschuhen, dessen Lieder ohne Worte die

Kleinode der klugen Damen sind! ... Und dann, und dann ... Oh, davor muß man knien!«

Jetzt brannte nur noch die Gasflamme über seinem Kopf, und in der kalten, schwarzen Leere des Saales wartete hinter ihm der Kellner. Doch seine Stimme bekam einen religiösen Klang; er nahte jetzt seinem Allerheiligsten.

»Oh, Schumann! Die Verzweiflung, die Lust an der Verzweiflung! Ja, das Ende von allem, der letzte Sang mit seiner keuschen Trauer, über die Ruinen der Welt irrend! ... Oh, Wagner, der Gott, in dem sich die Jahrhunderte der Musik inkarnieren! Sein Werk ist eine unermeßliche Arche, alle Künste in einer, endlich das rein Menschliche in seinen Gestalten ausgedrückt! Das Orchester, das sein besonderes dramatisches Leben hat! Und wie er mit den Überlieferungen, dem Formenkram aufräumt! Wie seine revolutionäre Kunst sich über alle Grenzen hinaus befreit! ... Die ›Tannhäuser‹-Ouvertüre! Ah, sie ist das höchste Halleluja des neuen Jahrhunderts! Zuerst der Pilgerchor, das religiöse Motiv, ruhig, tief, ruhiger Pulsschlag! Dann die Stimmen der Sirenen, die ihn nach und nach übertönen; und dann, immer lauter und mächtiger, mit seinen lullenden Wonnen und Lüsten, sinnberückend der Sang der Venus! Doch bald erhebt sich wieder das Thema der Heiligkeit; stufenweise, wie ein Atmen des Raumes, das all dieser Sänge sich bemächtigt und sie in eine höchste Harmonie eint und auf den Fittichen einer Triumphhymne emporträgt!«

»Ich schließe, mein Herr!« wiederholte der Kellner.

Claude, der, auch seinerseits seinen Träumen hingegeben, nicht mehr zugehört hatte, leerte seinen Schoppen und sagte laut:

»He, Alter, es wird geschlossen!«

Gagnière fuhr auf. Sein verzücktes Gesicht zog sich schmerzlich zusammen; er hatte ein fröstelndes Zittern, als stürze er von einem Gestirn ab. Er stürzte sein Bier hinunter. Draußen drückte er schweigend dem Gefährten die Hand und verschwand im Dunklen.

Es war gegen zwei Uhr, als Claude heimkehrte. Seit einer Woche, so lange er wieder das Pariser Pflaster trat, war er jeden Abend so, fiebernd von den Eindrücken, die der Tag ihm gebracht, heimgekehrt. Doch noch nie so spät, mit so heißem, siedendem Kopf. Vor

Müdigkeit überwältigt, schlief Christine, den Kopf auf dem Tisch neben der ausgegangenen Lampe.

VIII

Endlich hatte Christine die letzte Hand angelegt und sie waren mit der Wohnung in Ordnung. Das Atelier in der Rue de Douai war klein und unbequem. Es gehörte nur noch eine enge Kammer und eine Küche dazu, in der kaum der Schrank Platz hatte. Die kleine Familie mußte im Atelier essen und hier mit dem Kleinen, der einem überall im Wege war, ihren Tag verbringen. Auch war Christine sehr in Verlegenheit gewesen, wie sie mit den paar Möbeln auskommen sollte; neue zu kaufen, wollte sie vermeiden. Aber sie mußte doch ein altes Bett hinzuerstehen. Ja, sie gab sogar dem bescheidenen Luxusbedürfnis nach, weiße Musselinvorhänge, den Meter für sieben Sous, anzuschaffen. Jetzt fand sie ihr Loch reizend, zumal sie immer sorgte, daß es bürgerliche Sauberkeit zeigte. Denn sie war entschlossen, alles eigenhändig zu besorgen und auf einen Dienstboten zu verzichten, um soviel wie möglich zu sparen; denn das Leben war kostspielig.

Claude lebte die ersten Monate in einer zunehmenden Aufregung. Seine Gänge durch den Lärm der Straßen, die Besuche bei den Kameraden mit ihren leidenschaftlichen Gesprächen, all die Erbitterung und all die heißen Gedanken, die er von ihnen mit heimbrachte, wirkten mit leidenschaftlich erregten Reden nach, in denen er sich bis in den Schlaf hinein erging. Paris hatte ihn wieder bis ins Mark ergriffen, und von der ganzen Flamme dieses glutenden Ofens gepackt, wurde er noch einmal jung, überkam ihn ein Enthusiasmus, ein Ehrgeiz, alles sehen, alles schaffen, alles erringen zu wollen. Noch niemals hatte er einen solchen Arbeitseifer gekannt, noch nie war er von einer solchen Hoffnung beseelt gewesen. Es war, als hätte er bloß die Hand auszustrecken brauchen, um die Meisterwerke zu schaffen, die ihm seinen Platz eroberten, und den ersten. Wenn er Paris durchschweifte, entdeckte er überall Gemälde. Die ganze Stadt mit ihren Straßen, ihren Gabelungen, ihren Brücken, ihren belebten Fernsichten entfaltete sich in gewaltigen Fresken, die seinem trunkenen Bedürfnis, etwas Kolossales zu schaffen, noch immer zu klein erschienen. Brausend, im Schädel Pläne bauend, kam er heim, warf abends bei der Lampe Bleistiftskizzen auf den ersten besten Papierfetzen hin, ohne doch darüber zu einer

Entscheidung gelangen zu können, womit er die Folge der großen Gemälde, von der er träumte, beginnen sollte.

Ein ernstliches Hindernis schuf ihm die Enge seines Ateliers. Wenn er wenigstens noch das alte Dachgelaß vom Quai Bourbon gehabt hätte, oder gar das große Eßzimmer von Bennecourt! Aber was sollte er in dem schmalen Gang, den er jetzt bewohnte und den der Eigentümer, unverschämt genug, nachdem er ein Glasdach angebracht, den Malern für vierhundert Franken vermietete, anfangen? Das schlimmste war aber, daß dies nach Norden blickende, zwischen zwei hohen Hauswänden eingezwängte Glasdach nur ein grünliches Kellerlicht hereinließ. Er mußte seine großen Pläne also für später aufschieben und sich entschließen, zunächst Bilder von mittlerem Umfang in Angriff zu nehmen; wobei er sich sagte, daß der Umfang ja noch nicht das Genie ausmache.

Angesichts des Zusammenbruchs der alten Schule schien ihm der Augenblick für den Erfolg eines tüchtigen Künstlers, der endlich eine neue, eigenartige, freie Note aufbrachte, durchaus günstig. Schon waren die Formeln von gestern ins Wanken gekommen. Delacroix war tot. Courbet hatte bloß ein paar ungeschickte Nachahmer in seinem Gefolge. Ihre Werke waren nichts mehr als vom Alter verdunkelte Museumsstücke, bloß noch Zeugnisse der Kunst einer vergangenen Epoche. Es schien nicht schwer, die neue Formel, die sich aus ihnen hervor entwickeln würde, zu erkennen: das frische Sonnenlicht, jene klare Morgenröte, die sich unter dem beginnenden Einfluß der Pleinairschule in den neuen Gemälden erhob. Es war unleugbar: die lichten Werke, die man im Salon der Zurückgewiesenen verlacht hatte, begannen im stillen die Maler zu beeinflussen, hellten allmählich die Paletten. Niemand wollte das schon zugestehen: doch der Anstoß war gegeben, die Evolution kündigte sich an und trat in beiden Salons immer deutlicher zutage. Was für ein Schlag aber, wenn sich, inmitten der unbewußten Kopien der Ohnmächtigen, der versteckten, zagen Versuche der Geschickten, plötzlich ein Meister erhob, der die Formel mit kühner Kraft verwirklichte, rückhaltlos, so wie sie aufgestellt werden mußte, solid und ganz, damit sie die Wahrheit über das Ende des Jahrhunderts offenbarte!

In dieser ersten Zeit seiner leidenschaftlichen Hoffnung glaubte der gewöhnlich so von Zweifeln zermürbte Claude an sein Genie. Er hatte es nicht mehr mit jenen Krisen, wo ihn die Angst ganze Tage lang in den Straßen umhertrieb und ihn seinem geschwundenen Mut nachjagen ließ. Ein fieberhafter Eifer straffte ihn; er arbeitete mit der blinden Versessenheit des Künstlers, der sein Innerstes öffnet, um die in ihm kreisende Frucht ans Tageslicht zu setzen. Seine lange Ruhe auf dem Lande hatte ihm eine einzigartige Frische des Blutes gegeben, eine hingerissene Freude an der Ausführung. Er kam sich wie für seine Kunst neugeboren vor, war von einer Leichtigkeit und Ausgeglichenheit des Schaffens, wie er sie nie gekannt. Und dabei sah er deutlich, welchen Fortschritt er machte, und empfand eine innerste Zufriedenheit den geglückten Stücken gegenüber, in denen endlich seine früheren Anstrengungen Festigkeit gewannen. Wie er's in Bennecourt gesagt hatte: er hatte jetzt sein Pleinair, diese singende Heiterkeit der Töne, welche die Kameraden, so oft sie ihn besuchen kamen, erstaunen machte. Ja, alle waren erstaunt und überzeugt, daß er bloß drauflos zu schaffen brauchte, um mit Werken persönlicher Prägung, wo zum erstenmal die Natur in ihr wahres Licht getaucht, im Glanz der Reflexe und im beständigen Wechsel der Farben sich bot, seinen Platz, und einen hohen, zu erobern.

Und ohne abzulassen kämpfte Claude drei Jahre hindurch, durch Mißerfolge nur angespornt, ohne etwas von seinen Ideen preiszugeben, mit robustem Glauben seinen Weg schreitend.

Im ersten Jahr begann er damit, daß er sich im Dezemberschnee jeden Tag vier Stunden lang an einer Stelle eines weiten Terrains am Montmartre postierte, wo er einen Winkel des Elendes, einige niedrige, armselige, von einem Fabrikschlot überragte Hütten malte. Im Vordergrund hatte er, im Schnee, ein Mädelchen und einen zerlumpten Bengel angebracht, die gestohlene Äpfel verschlangen. Seine Versessenheit, nach der Natur zu malen, schuf ihm furchtbare, fast unüberwindliche Schwierigkeiten. Doch vollendete er das Bild im Freien und vollzog im Atelier bloß einige Nachbesserungen. Als er das Werk aber im kalten Atelierlicht vor sich hatte, erstaunte er selber über seine Kraßheit. Es war, als sei eine Tür nach der Straße hinaus aufgerissen; der Schnee blendete; trübselig hoben sich im schmutzigen Grau die beiden Gestalten draus hervor. Sofort sah er, daß man ein derartiges Bild niemals annehmen würde. Trotzdem unternahm er keinen Versuch abzumildern, sondern schickte es, so wie es war, dem Salon ein. Obgleich er sich zugeschworen hatte, daß er niemals wieder ausstellen wollte, erhob er es jetzt zum Grundsatz, daß man der Jury immer etwas anbieten müsse, bloß um sie einen Fehler begehen zu lassen. Auch sah er den Nutzen des Salons ein, sah, daß er das einzige Schlachtfeld war, auf dem ein Künstler sich sofort zur Geltung bringen konnte. Die Jury wies das Bild zurück.

Im zweiten Jahr traf er eine entgegengesetzte Wahl. Er nahm eine Ecke vom Square des Batignolles im Mai. Große, schattende Kastanienbäume, eine Rasenstrecke, sechsstöckige Häuser im Hintergrunde; im Vordergrund aber, auf einer grell grünen Bank, eine Reihe von Dienstmädchen und Kleinbürgern des Viertels, die drei im Sand spielenden Kindern zusahen. Es hatte ihm viel Selbstüberwindung gekostet, mit seiner Arbeit mitten zwischen der gaffend spottenden Menge voranzukommen. Schließlich hatte er sich entschlossen, fünf Uhr morgens zu kommen, um die Hintergründe zu malen; was aber die Figuren anbetraf, so hatte er sich entschließen müssen, bloß Skizzen von ihnen zu nehmen, die er dann im Atelier ausarbeitete. Diesmal erschien ihm das Bild weniger hart. Die Faktur hatte etwas von dem milden Ton des blassen Atelierlichtes. Er glaubte, daß es angenommen werden würde. Alle Freunde begeisterten sich und riefen aus, er habe ein Meisterwerk zustande gebracht, das den Salon revolutionieren werde. Sie waren starr vor Empörung, als sich das Gerücht verbreitete, die Jury habe ihn abermals zurückgewiesen. Die Parteilichkeit schien am Tage zu liegen; es handelte sich um die systematische Erdrosselung eines eigenartigen Künstlers. Nachdem er seine erste Aufwallung überwunden, wandte er seinen Zorn gegen sein Gemälde, welches er für verlogen, unehrlich, abscheulich erklärte. Es war eine verdiente Lektion, die er sich gesagt sein lassen wollte. War's geschehen, weil er sich wieder an das kellerhafte Atelierlicht hatte halten müssen, weil er sich zu der gemeinen Malweise der schicken Biederleute zurückgewandt hatte? Als er die Leinwand wieder da hatte, nahm er ein Messer und zerschnitt sie.

So versteifte er sich denn darauf, im dritten Jahr ein Werk der Empörung zu schaffen. Er wollte den vollen Sonnenschein, die Pariser Sonne, wie sie an gewissen Tagen heiß auf das Pflaster niederprallt, wollte den grellen Reflex der Hauswände. Nichts ist im Sommer so heiß wie Paris; selbst Leute aus tropischen Gegenden wischen sich die Stirn; es ist mit seinem Glutregen ein wahres Afrika. Der Gegenstand, den er wählte, war eine Ecke des Karussellplatzes, zu einer Tageszeit, wo das Gestirn senkrecht auf das Pflaster prallt. Ein Fiaker mit einem schläfrigen Kutscher, ein schweißgebadeter Gaul mit gesenktem Kopf, trottete, in der vibrierenden Glut fast ausgelöscht, vorüber. Die Passanten waren wie trunken; nur ein junges Weib schritt rosig und munter unter einem Sonnenschirm elastisch wie eine Königin dahin, als sei diese Glut ihr eigentlichstes Lebenselement. Was das Bild aber besonders furchtbar machte, war die neue Auffassung des Lichtes, die Zersetzung der Farben. Sie waren sehr genau beobachtet, widerstrebten aber bis zum Schreienden aller gewohnten Optik damit, daß Blau, Gelb, Rot angebracht war, wo niemand gewohnt war, es zu sehen. Im Hintergrunde zeigten sich die Tuilerien wie in ein goldiges Gewölk aufgelöst. Das Pflaster erschien wie blutgefärbt, die Menschen waren nur Andeutungen, von der übergroßen Luftgrelle aufgezehrte Schattenflecke. Diesmal spendeten die Kameraden zwar noch lauter Lob, zeigten sich aber verlegen, von einer Unruhe ergriffen. Eine solche Malweise konnte einzig zum Martyrium führen. Er fühlte unter ihren Lobreden gar wohl den sich vollziehenden Bruch durch. Als die Jury ihm aber von neuem den Salon verschlossen hatte, rief er in einem Augenblick schmerzlich hellsehender Vorahnung:

»Wohlan, so ist es denn beschlossen, daß ich zugrunde gehen soll!«

Seine zähe Ausdauer schien sich aber eher noch zu steigern. Doch nach und nach verfiel er, von seinem Kampf mit der Natur aufgerieben, dennoch wieder seinen alten Zweifeln. Jedes Bild, das er zurückerhielt, kam ihm schlecht, vor allem unvollkommen vor, schien ihm die erstrebte Wirklichkeit nicht zu erreichen. Dies Unvermögen brachte ihn noch mehr auf als die Zurückweisung, die er von der Jury erfuhr. Gewiß verzieh er der letzteren nicht; seine Werke waren, selbst in ihrem unvollkommenen Zustand, noch immer hundertmal mehr wert als die Mittelmäßigkeiten, die angenommen wurden: doch was bedeutete das gegen das Leiden, daß er sich niemals ganz zu geben vermochte, in jenem Meisterwerke, das er seiner Begabung nicht abzwingen konnte! In jedem Bilde hatte er immer vortreffliche Einzelheiten, er war mit diesem, mit jenem zufrieden; doch warum da diese plötzlichen Lücken? Warum unwürdige Teile, die ihm unter der Arbeit entgingen und das Gemälde dann mit einem unauslöschlichen Fleck verschandelten? Und er war unfähig, den Fehler zu verbessern. Es erhob sich da eine Wand, ein unübersteigliches Hindernis, das ihm verbot, mehr zu erreichen. Wenn er dieselbe Einzelheit zwanzigmal vornahm, so machte er sie zwanzigmal noch schlechter; alles verwirrte sich und geriet ins Schmierige. Das lähmte ihn, er sah nichts mehr, brachte nichts mehr zustande, er gelangte zu einer wahren Willensstockung. Lag es an seinen Augen, an seinen Händen, die ihm in einem weiteren Fortschreiten der Hemmungen, die ihn schon früher beunruhigt hatten, den Dienst verweigerten? Die Krisen wurden häufiger. Er fing wieder an, ganz abscheuliche Wochen zu haben, rieb sich auf, schwankte beständig zwischen Verzagen und Hoffen. Sein einziger Halt war in solchen schlimmen Stunden, die er damit hinbrachte, hartnäckig sich mit seinem rebellischen Werk abzuringen, der tröstliche Traum von dem späteren Meisterwerk; jenem, mit dem er sich ganz Genüge schaffen würde, in welchem seine Hände sich zur großen Schöpfung entbinden würden. Es war dabei eine immer wiederkehrende Erscheinung, daß sein Bedürfnis zu schaffen seinen Händen vorauseilte. Niemals arbeitete er an einem Bild, ohne daß er sich schon mit dem nächsten beschäftigte. Und dann war er in einer Hast, von der augenblicklichen Arbeit, mit der er sich bis zum äußersten abquälte, loszukommen. Sicher: das, woran er gerade arbeitete, taugte noch nichts; es enthielt noch verhängnisvolle Zugeständnisse, Unwahrheiten, alles das, was ein Künstler als seiner unwürdig von sich fernhalten mußte. Aber das, was er nachher schaffen würde, das neue Bild: oh, das sah er stolz, heroisch, unbeanstandbar, unvergänglich vor seinem geistigen Auge! Ach, ewiges Trugbild, mit dem sich der Mut der Kunstmärtyrer stachelt; wohltätige, barmherzige Lüge, ohne welche ein Schaffen für die, welche sich an ihrem Unvermögen, das lebendige Leben zu erfassen, aufreiben, unmöglich sein würde!

Außer diesem unaufhörlich von neuem sich erhebenden Kampf mit sich selbst aber häuften sich materielle Schwierigkeiten. War's nicht schon genug gewesen, daß man's nicht erreichte, das in einem lebende Ideal gestaltend aus sich herauszusetzen? Man mußte sich auch noch mit den Dingen des Alltags herumschlagen! Obwohl er's nicht wahrhaben wollte, machte sich das Malen nach der Natur in freier Luft unmöglich, sobald die Leinwand einen gewissen Umfang überstieg. Wie sollte man sich mit solch einer Leinwand auf der Straße, mitten im treibenden Menschenstrom, einrichten? Wie sollte man erreichen, daß jede Person einem die nötige Zeit stand? Umstände das, die offenbar nur eine gewisse eingeschränkte Stoffwahl zuließen; Landschaften, kleinere Stadtausschnitte, wo die Figuren nur als nachträgliche Schattenrisse erschienen. Dazu kamen die tausend Launen der Witterung, der Wind, der ihm die Staffelei umwarf, der Regen, der die Arbeit unterbrach. An solchen Tagen kehrte er außer sich heim, drohte dem Himmel mit der Faust, klagte die Natur an, daß sie sich wehre, sich von der Kunst nicht auffangen lassen wolle. Bitter beklagte er's, daß er nicht reich war. Denn er träumte von transportablen Ateliers, für die Stadt ein Fahrzeug, für die Seine ein Boot, in denen man wie ein Zigeuner der Kunst lebte. Doch nichts half ihm, alles war gegen seine Arbeit verschworen.

Christine litt mit ihm. Tapfer hatte sie das Atelier mit ihrer hausfraulichen Fürsorge zu einem freundlichen Aufenthalt gemacht, Claudes Hoffnungen geteilt; jetzt aber saß sie, wenn sie seine Kraft so erlahmen sah, ganz entmutigt da. Mit jedem Bild, das er zurückerhielt, wurde ihr Schmerz ein tieferer, fühlte sie sich in ihrem Selbstgefühl empfindlicher verletzt. Denn wie alle Frauen war sie auf den Erfolg ihres Mannes aus. Der Kummer des Malers griff auch sie an. Sie nahm an seinem leidenschaftlichen Streben teil, identifizierte sich mit seinem Geschmack, verteidigte seine Malweise, die wie ein Stück von ihr selbst war, das einzige für ihre Zukunft wichtige, das, von dem sie sein Glück erhoffte. Sie empfand wohl, daß die Malerei ihr jeden Tag ihren Liebsten mehr nahm; doch kämpfte sie noch dagegen an, ließ sich noch von ihm mitreißen und war im gemeinsamen Streben mit ihm ganz eins. Doch aus dieser beginnenden Entsagung erhob sich die Traurigkeit, die Furcht vor dem, was ihr bevorstand. Bisweilen zog ihr ein kalter Schauer das Herz zusammen. Es war ihr, als ob sie altere, während zugleich, wenn sie stundenlang im trübseligen Atelier allein saß, ein unsägliches Mitleid sie erschütterte und sie, ohne zu wissen warum, ein Bedürfnis fühlte zu weinen.

In dieser Zeit geschah es, daß sich ihr Herz auftat und aus der Liebenden die Mutter wurde. Diese Mütterlichkeit ihrem großen Kind von Künstler gegenüber erwuchs aus dem unbestimmten, unendlichen Mitleid, das sie erfüllte, aus den unlogischen Anfällen von Schwäche, in die sie ihn stündlich verfallen sah, aus dem beständigen Verzeihen, das sie gezwungen war, ihm zu gewähren. Er fing an, sie unglücklich zu machen. Die Zärtlichkeiten, die er ihr erwies, waren Gewohnheitsbezeugung geworden, die man der Frau, von der man sich ablöst, wie ein Almosen erweist. Wie ihn noch lieben, wenn er sich ihren Armen entwand, wenn er den leidenschaftlichen Umarmungen gegenüber, die sie noch immer für ihn hatte, eine gelangweilte Miene zeigte? Wie ihn noch anders lieben, als mit jener anderen Neigung, mit jener Vergötterung ihm gegenüber, die sich jede Minute zum Opfer brachte? Im Grund ihres Wesens regte sich noch die unersättliche Liebe, das leidenschaftliche, feurige Weib mit den kräftigen Lippen und dem hervortretenden Kinn. Es war ihm nach dem heimlichen Kummer ihrer Nächte eine schmerzliche Wehmut, daß sie nur noch vom Morgen bis zum Abend eine Mutter zu ihm war und eine letzte, blasse Freude aus der Güte und dem Glück zog, das sie ihm in ihrem nunmehr so trübselig gewordenen Leben zu bereiten suchte.

Wer aber bei dieser Wandlung ihres Verhältnisses zu Claude leiden mußte, war der kleine Jacques. Sie vernachlässigte ihn, ihr Blut blieb stumm ihm gegenüber; nur die Liebe zu ihrem Gatten hatte es, und allein diesem gegenüber, zur Mütterlichkeit geweckt. Der vergötterte, heißbegehrte Mann war ihr Kind geworden. Das andere, der arme Kleine, blieb ein bloßes Zeugnis ihres einstigen großen Glückes. In dem Maße, wie er herangewachsen war und nicht mehr so vieler Fürsorge bedurfte, hatte sie ihn, wenn im Grunde auch ohne Härte, sondern weil sie eben so fühlte, geopfert. Bei Tisch gab sie ihm die minder guten Bissen; der beste Platz, beim Ofen, war nicht für seinen kleinen Stuhl. Wenn ein plötzlicher Schreck sie auffahren machte, galt der erste Schrei, die erste schützende Bewegung niemals dem schwachen Kinde. Und unaufhörlich ermahnte sie ihn, unterdrückte ihn: »Jacques, sei still, du ermüdest deinen Vater! Jacques, verhalt dich doch still, du siehst doch, daß Vater arbeitet!«

Das Kind konnte sich schlecht an Paris gewöhnen. Er hatte das freie Land gehabt und sich nach Herzenslust tummeln können: hier aber, in dem kleinen Raum, wo er sich immer »artig« verhalten mußte, fühlte er sich beengt. Seine gesunde, rote Farbe wurde bleich, er blieb im Wachstum zurück, seine Augen richteten sich groß und ernst auf die Dinge, wie die eines kleinen Mannes. Er ging jetzt in sein fünftes Jahr. Sein Kopf war übermäßig groß geworden; ein seltsamer Umstand, so daß sein Vater sagte: »Der Kerl hat den Schädel eines großen Mannes!« Doch schien im Gegenteil seine Intelligenz in dem Maße, wie sein Schädel zunahm, abzunehmen. Der Junge war sehr still und furchtsam. Stundenlang konnte er, ohne etwas zu sagen, wie in einer geistigen Abwesenheit hindämmern. Ging er aber aus dieser unbeweglichen Haltung heraus, und geriet er in ausgelassene Lebhaftigkeit, sprang umher und schrie wie ein junges Tier, das der Instinkt zum Spiel antreibt, so ging es über ihn her: »Verhalt dich ruhig!« Denn die Mutter konnte dies plötzliche Lärmen nicht verstehen, sondern achtete voller Sorge bloß darauf, wie der Vater vor seiner Staffelei unruhig wurde, lief schnell hinzu und brachte den Kleinen in seinen Winkel. Dann war er mit einemmal wieder still und hatte ein furchtsames Erschrecken, als sei er jäh aus einem Traum aufgeweckt worden, und dämmerte mit offenen Augen vor sich hin; so lebensunlustig, daß ihm sein Spielzeug, Korke, Bilder, alte Farbentuben, aus den Händen fiel. Die Mutter hatte schon versucht, ihm die Anfangsgründe des Lesens beizubringen: aber er hatte geweint und sich dagegen gesträubt, so daß man noch ein, zwei Jahre wartete, ehe man ihn in die Schule schickte, wo die Lehrer ihm dann ja wohl das Arbeiten beibringen würden.

Schließlich begannen Christine ernstliche Sorgen um den Lebensunterhalt zu erschrecken. Das Leben in Paris wurde mit dem Heranwachsen des Kindes immer teurer, und obgleich sie in jeder Hinsicht sparsam war, gestaltete sich das Monatsende immer sehr peinlich. An festem Einkommen hatten sie nichts als die tausend Franken Rente. Wie aber nach Abzug der vierhundert Franken Miete mit fünfzig Franken im Monat auskommen? Anfangs hatte sie der Verkauf einiger Bilder aus der Verlegenheit gezogen. Claude hatte einen alten Kunstliebhaber, einen Bekannten Gagnières, ausfindig gemacht, einen von den ausgefallenen Bourgeois, die eine bis zum

Maniakalischen feurige Liebe für die Kunst haben und sich ganz in ihre Liebhaberei einkapseln. Dieser, ein Herr Hue, ein alter Bureauchef, war unglücklicherweise aber nicht reich genug, daß er immer hätte kaufen können, sondern vermochte kaum viel mehr, als über das mit Blindheit geschlagene Publikum, das wieder einmal das Genie verhungern ließ, zu lamentieren. Er ab er hatte, gleich beim ersten Blick von ihrem Wert überzeugt und für sie eingenommen, gerade die herbsten von Claudes Bildern gewählt, die er neben das hängte, was er von Delacroix hatte, und denen er die gleiche Zukunft prophezeite. Ein Fehlschlag war's auch, daß Papa Malgras sich vom Geschäft zurückgezogen hatte, nachdem er sich ein, übrigens sehr bescheidenes, Vermögen von zehntausend Franken Rente gemacht, das er als bedachtsamer Mann in einem kleinen Haus im Bois-Colombes zu verzehren sich entschlossen hatte. Mit Verachtung hatte er von dem famosen Naudet sprechen hören, der mit der Schlauheit eines Spekulanten Millionen umsetzte, die ihm, wie er's ausdrückte, auf die Nase fallen würden. Gelegentlich eines letzten Zusammentreffens war es Claude geglückt, ihm noch ein letztes Bild, eine seiner Studien aus dem Atelier Boutin, die prächtige Bauchstudie, zu verkaufen, die der alte Händler nie ohne lebhafte Vorliebe gesehen hatte und die er für sich zu behalten gedachte. So stand denn der Mangel vor der Tür, die Absatzquellen verschlossen sich, anstatt sich aufzutun. Auch bildete sich allmählich um diese beharrlich vom Salon zurückgewiesene Malweise eine beunruhigende Legende. Das genügte, um das Kapital von einer so unvollkommenen und revolutionären Kunst, die dem Auge nicht die geringste berechtigte Überlieferung bot, zurückzuschrecken. Als Claude eines Abends nicht wußte, wie er eine Farbenrechnung begleichen sollte, rief er, daß er lieber von seinem Kapital zehren, als sich zu der vom Handel gesuchten minderwertigen Produktion erniedrigen wollte. Doch hatte sich Christine diesem äußersten Ausweg energisch widersetzt. Sie werde sich noch mehr einschränken. Alles andere wollte sie dieser Torheit vorziehen, die sie auf der Stelle an den Bettelstab bringen werde.

Der auf die Zurückweisung seines dritten Bildes folgende Sommer war in diesem Jahr ein so wunderbarer, daß Claude neuen Mut zu schöpfen schien. Nicht eine Wolke trübte den klaren Himmel, der sich über dem riesenhaften Pariser Lebensgetriebe wölbte. Mit dem Vorsatz, irgendein Motiv, wie er sagte: irgend etwas Großartiges, Entscheidendes, er wußte noch nicht recht, zu finden, begann er wieder seine Streifen durch die Stadt. Doch bis zum September fand er nichts. Eine Woche lang hatte er sich für ein Motiv begeistert, erklärte dann aber, daß es noch nicht das rechte wäre. Er lebte in einer beständigen Aufregung, immer auf der Lauer, immer bereit, Hand an die Verwirklichung seines Traumes zu legen, der ihm doch immer wieder entglitt. Im Grunde war er dabei trotz all seines realistischen Radikalismus abergläubisch wie ein nervöses Weib, glaubte an komplizierte, geheime Einflüsse. So sollte zum Beispiel alles davon abhängen, wie man den Horizont wählte, ob glücklich oder unheilvoll.

Eines Nachmittags hatte er an einem der letzten schönen Tage Christine mitgenommen, nachdem sie den kleinen Jacques der Hut der Pförtnerin, einer braven Alten, anvertraut hatten. Sie pflegten das immer zu tun, wenn sie ausgingen. Sie hatten ein plötzliches Bedürfnis nach einem Spaziergang gehabt, ein Bedürfnis, zusammen die ihnen teueren Stätten von ehedem aufzusuchen, hinter dem sich auf seiner Seite die unbestimmte Hoffnung verbarg, daß Christine ihm Glück bringen werde. Sie gingen bis zur Brücke Louis-Philippe, verweilten eine Viertelstunde, still gegen die Brüstung gelehnt, auf dem Quai des Ormes und betrachteten drüben auf der anderen Seite der Seine den alten Palast Martoy, wo sie sich einst geliebt hatten. Dann machten sie, immer ohne zu sprechen, ihren alten Gang, wie sie so oft getan. Sie gingen die Quais entlang, und unter den Platanen, bei jedem Schritt erhob sich vor ihnen die Vergangenheit. Alles entrollte sich wieder: die Brücken mit dem Schatten ihrer Bogenwölbungen auf dem seidigen Wasser; überragt von den goldgelben Türmen von Notre-Dame die düstere Cité; die endlose Krümmung des rechten Ufers, ganz in Sonne getaucht, abgeschlossen von der unbestimmten Silhouette des Florapavillons; die breiten Avenuen, die großen Bauwerke an beiden Ufern; das Leben des Stromes, die Waschboote, die Bäder, die Lastkähne. Wie ehemals folgte ihnen das sich zum Untergang neigende Gestirn, glitt über die Dächer der fernen Häusermassen, wurde von der Kuppel des Instituts geschmälert. Es war ein strahlender Sonnenuntergang, wie sie nie einen schöneren gesehen; ein langsames Sinken zwischen kleinen Wolken, die sich in ein purpurnes Netz verwandelten, dessen Maschen von einer goldenen Lichtflut erglühten. Doch von dieser heraufbeschworenen Vergangenheit kam ihnen nichts als eine unbesiegliche Traurigkeit, die Empfindung einer ewigen Flucht und der Unmöglichkeit, das alles jemals wieder zum Leben zu erwecken. Die alten Steine blieben kühl; dies beständige Strömen unter den Brücken durch, dies dahingleitende Wasser schien ein Stück von ihnen selbst davongetragen zu haben, den Reiz der ersten Sehnsucht, die Freude der Hoffnung. Jetzt, wo sie sich gehörten, empfanden sie nichts mehr von jenem schlichter» Glück, das der warme Druck ihrer Arme ihnen gab, wenn sie langsam, in das ungeheure Pariser Lebensgetriebe eingehüllt, so dahinwandelten.

An der Brücke des Saints-Peres machte Claude verzweifelt halt. Er hatte Christines Arm gelassen und sich gegen die Spitze der Cité umgewandt. Sie fühlte die Loslösung, die sich vollzog, und wurde sehr traurig. Als sie aber so sah, wie er sich in dem Anblick vergaß, wollte sie ihn wiedergewinnen.

»Lieber, laß uns heimkehren, es ist Zeit ... Du weißt, Jacques wartet auf uns.«

Doch er schritt bis mitten auf die Brücke weiter. Sie mußte ihm folgen. Von neuem stand er unbeweglich da, die Augen unverwandt hinab auf die beständig vor Anker liegende Insel gerichtet; auf diese Wiege, dies Herz von Paris, wo Jahrhunderte hindurch alles Blut seiner Adern von dem ewigen Getriebe der die Ebene einnehmenden Vorstädte her gepulst hatte. Eine Flamme färbte seine Wangen, seine Augen leuchteten, und jetzt breitete er weit die Arme.

»Sieh! Sieh!«

Ihnen am nächsten unten lag der Hafen Saint-Nicolas, die niedrigen Kabinen der Schiffahrtbureaus, der große, gepflasterte Uferabhang mit seinen Sandhaufen, seinen Tonnen und Säcken, ganz unten an seinem Rand hin eine Reihe voller Lastkähne, auf denen ein Volk von Ausladern wimmelte, über ihnen der Riesenarm eines Eisenkranes. Auf der anderen Flußseite aber war ein kühles, von den Schwimmern der Saison belebtes Bad, dessen graue Dachleinen im Winde wie Fahnen flatterten. Dazwischen aber, von schaukelnden, weiß, blau, rot getupften Wellchen belebt, die breite, freie Fläche der Seine. Der Pont des Arts bildete einen zweiten Abschnitt.

Hoch ragte, leicht wie ein schwarzes Spitzengewebe, belebt von dem unaufhörlichen Hin und Her der Fußgänger, einem Ameisengewimmel auf schmaler Linie hin, ihr Eisentragwerk. Drunter wieder, weit in die Ferne hinein, die Seine. Man sah die alten Bogen des Pont-Neuf mit ihren rotbraunen Steinen. Links Öffnete sich bis zur Insel Saint- Louis eine Lücke, eine weithin blendend spiegelnde Wasserflucht, während auf der anderen Seite ein kurzer Arm von der Schleuse beim Münzamt die Aussicht mit einem weißen Schaumstreif sperrte. Den Pont-Neuf entlang bewegten sich mit mechanischer Regelmäßigkeit, wie Kinderspielzeug, gelbe Omnibusse und bunte Möbelwagen. Der Hintergrund wurde von den Aussichten der beiden Ufer gerahmt. Auf dem rechten Ufer die Häuser der Quais, halb hinter einer Gruppe hoher Bäume versteckt, zwischen denen am Horizont, mitten im Häusermeer der Vorstadt verloren, eine Ecke des Stadthauses und der viereckige Turm des Klosters Saint-Gervais auftauchten. Auf dem linken Ufer ein Flügel des Instituts, die flache Fassade der Münze, dann eine Baumreihe. Was aber die Mitte des gewaltigen Bildes einnahm, aus dem Fluß aufstieg, sich hoch in den Himmel hineinbaute, war die Cité, das Vorderteil des alten, herrlich vom Sonnenuntergang vergoldeten Schiffes. Unten, die Statue verbergend, die mächtige grüne Masse der Pappeln des Erdwalles. Darüber, beide Seiten treffend, die Sonne, die die grauen Häuser des Quais de l'Horloge in Schatten setzte, während sie die gelben Gebäude am Quai des Orfèvres, die Reihen der unregelmäßigen Häuser so grell hervorhob, daß das Auge die geringsten Einzelheiten unterschied: die Läden, die Firmenschilder, bis zu den Fensterjalousien. Noch höher, unter dem Gezack der Rauchschlote, hinter dem schiefen, schachbrettartigen Geschiebe der kleinen Dächer, breiteten sich die Schilderhäuser des Justizpalastes und das Dachwerk der Präfektur mit ihren Schieferflächen; draus vor, auf eine Mauer aufgemalt, eine ungeheure Anzeige in blauer Farbe, deren von ganz Paris erblickte Riesenbuchstaben sich ausnahmen wie eine auf die Stirn der Stadt geprägte Auswitterung des fieberhaften modernen Getriebes. Und höher und immer noch höher, über die in einen altgoldenen Ton getauchten Zwillingstürme von Notre-Dame erhoben sich zwei Pfeile: hinten der der Kathedrale, zur Linken der der Sainte- Chapelle; so zart, so schlank, daß sie im Winde zu erzittern schienen wie der hohe Mast eines tausendjährigen Schiffes, der in den klaren Himmel hineintauchte.

»Kommst du, Lieber?« wiederholte Christine leise.

Claude aber hörte noch immer nicht. Dies Herz von Paris hatte ihn gefangen genommen. Der schöne Abend weitete den Horizont. Lebhafte Lichter neben kräftigen Schatten; eine lichte Genauigkeit der Einzelheiten in der jubelnden, durchsichtig vibrierenden Klarheit der Luft. Und das Leben des Stromes, das geschäftige Treiben der Quais; all diese Menschheit, deren Strom aus den Straßen hervorkam, über die Brücken hinwogte, von allen Rändern des gewaltigen Beckens herkam und in der Sonne wimmelte. Ein leichter Wind wehte; am blassen Azur hin zog sich ein Flug rosiger Wölkchen, während sich von unten die langsame, gewaltige Pulsung der Seele des rings um seine Wiege sich ausbreitenden Paris ausdehnte.

Von seiner Hingenommenheit beunruhigt und von einer Art abergläubischer Furcht ergriffen, nahm Christine Claudes Arm und zog ihn fort, als gälte es, ihn aus einer Gefahr zu retten.

»Laß uns heimkehren, du erkältest dich ... Ich möchte nach Hause.«

Bei ihrer Berührung erzitterte er wie jemand, der erwacht. Dann tat er auf das alles einen letzten Blick und flüsterte:

»Ah, mein Gott, mein Gott, wie ist das schön!«

Er ließ sich wegführen. Aber den ganzen Abend, bei Tisch, dann beim Ofen und bis zum Zubettgehen blieb er wie betäubt, so ganz mit seinen Gedanken beschäftigt, daß er kein Wort sprach und daß seine Frau, da sie keine Antwort von ihm bekommen konnte, schließlich gleichfalls schwieg. Angstvoll betrachtete sie ihn. Hatte er sich in der Zugluft auf der Brücke eine schwere Erkältung zugezogen? Seine Augen starrten ins Leere, sein Gesicht rötete sich wie von einer inneren, seelischen Anstrengung. Es war wie die Arbeit eines heimlichen Aufkeimens, etwas, das in ihm wurde, jene den Frauen so bekannte überspannte Begeisterung und Übelkeit. Zuerst kam es mühsam, dunkel, von hundert Fäden gehemmt. Dann löste sich das Wirrnis: Claude hörte auf, sich im Bett herumzuwerfen, und sank, wie nach einer großen Ermüdung, in tiefen Schlaf.

Am nächsten Tag machte er sich gleich nach dem Frühstück davon. Christine verbrachte einen traurigen Tag. Zwar hatte sie sich, als sie ihn beim Aufwachen Weisen aus dem Süden vor sich hinpfeifen hörte, ein wenig beruhigt; doch hatte sie's dafür mit einer anderen Sorge, die sie ihm aus Besorgnis, sie könnte ihm seine Stimmung verderben, verhehlte. Zum erstenmal fehlte es ihr an diesem Tag an allem. Noch eine volle Woche war's hin bis zu der Frist, wo sie ihre kleine Rente abholen. Sie hatte aber am Morgen ihren letzten Sou ausgegeben und hatte nun nichts mehr für den Abend; nicht einmal ein Brot konnte sie auf den Tisch legen. Wo sollte sie anklopfen? Was sollte sie ihm noch vormachen, wenn er hungrig heimkehrte? Sie entschloß sich, das schwarze Seidenkleid, das Geschenk von Frau Vanzade, zu versetzen. Doch das ward ihr sehr schwer. Der Gedanke an das Pfandleihhaus, dies von ihr noch niemals betretene öffentliche Haus der Armen, machte sie vor Furcht und Scham erzittern. Und eine derartige Angst vor der Zukunft setzte ihr zu, daß sie sich begnügte, von den sechs Franken, die man ihr lieh, eine Sauerampfersuppe und ein Kartoffelragout zu bereiten. Eine Begegnung, die sie beim Verlassen des Leihhauses hatte, brach ihr noch vollends den Mut.

Es traf sich, daß Claude sehr spät heimkam. Seine Bewegungen waren munter, sein Auge hell, er zeigte sich von einer heimlichen Freude erregt. Er war sehr hungrig, und als er den Tisch nicht ordentlich bedient fand, schalt er. Dann aber schlang er, als aufgetragen war, zwischen Christine und dem kleinen Jacques seine Suppe und einen Teller Kartoffeln hinter.

»Wie, ist das alles?« fragte er. »Du hättest wohl etwas Fleisch dazugeben können ... Hast du dir wieder mal Schnürstiefeln kaufen müssen?«

Sie stotterte, wagte, im tiefsten Innern von seinem ungerechten Vorwurf verletzt, nicht die Wahrheit zu sagen. Doch er fuhr fort und sprach scherzend von den Sous, die sie verschwinden lasse, um sich alles mögliche zu kaufen. Wie er sich aber, während er egoistisch die lebhaften Eindrücke verschwieg, die er mit heimgebracht und für sich behalten wollte, mehr und mehr aufregte, ereiferte er sich mit einemmal gegen Jacques.

»Willst du still sein, verwünschtes Balg! Das ist ja unausstehlich!«

Statt zu essen, klopfte Jacques mit dem Löffel an den Teller, lachte und freute sich über die Musik, die er machte.

Der Kleine erschrak und wurde sofort artig, verfiel in seine trübe Regungslosigkeit und heftete seine glanzlosen Augen auf seine Kartoffeln, aß aber noch immer nicht.

Mit Absicht verzehrte Claude viel Käse, während Christine ganz trostlos davon sprach, sie wollte vom Fleischer ein Stück kalten Braten holen gehen. Doch mit Worten, die ihr noch mehr Kummer machten, hinderte er sie daran. Als dann der Tisch abgeräumt war und sie den Abend über alle drei bei der Lampe beisammen saßen, sie mit einer Näherei beschäftigt, der Kleine still vor einem Bilderbuch, während Claude geistesabwesend, mit seinen Gedanken dort, von woher er gekommen war, mit den Fingern trommelte, erhob er sich plötzlich, kam mit einem Stück Papier und einem Bleistift, ließ sich wieder nieder und begann mit eiligen Strichen im runden Lichtkreis, den der Lampenschirm auf den Tisch legte, zu zeichnen. Doch auch diese, aus dem Bedürfnis, den Aufruhr seines Innern aus sich herauszusetzen, aus der Erinnerung entworfene Skizze genügte ihm bald nicht mehr und schuf ihm keine Befreiung. Im Gegenteil: sie peitschte ihn auf, und all sein innerer Aufruhr floß ihm über die Lippen, so daß er schließlich sein Hirn mit einem Strom von Worten leerte. Er hätte zu den Wänden sprechen können und wandte sich an seine Frau nur, weil sie eben da war.

»Sieh, das ist, was wir gestern gesehen haben! ... Oh, herrlich! Ich bin dort heute drei Stunden lang umhergegangen. Ich habe meine Sache. Oh, etwas Erstaunliches, ein Werk, das überwältigen wird ... Sieh! Ich nehme Aufstellung auf der Brücke. Als Vordergrund hab' ich den Hafen Saint-Nicolas mit dem Kran, den Frachtkähnen, die abgeladen werden, den Ausladern. Nicht? Verstehst du? Das ist das arbeitende Paris. Hier, stramme Kerls, mit ihren nackten Brüsten und ihren bloßen Armen ... Dann, auf der anderen Seite, hab' ich die Badeanstalt. Paris, das sich vergnügt. Natürlich dann noch eine Gondel, die die Mitte der Komposition einnimmt. Aber das weiß ich noch nicht genau, da muß ich erst mal zusehen ... In der Mitte natürlich, breit, endlos, die Seine ...«

Von jedem Gegenstand, der gerade in Rede stand, hob er mit dem Bleistift die Umrisse scharf hervor, wiederholte zehnmal die hastig hingeworfenen Linien, bis unter dem heftigen Druck seiner Hand das Papier riß. Um ihm gefällig zu sein, beugte sie sich vor und tat, als habe sie für die Darlegungen ein lebhaftes Interesse. Doch der Bleistift zog ein solches Gewirr von Strichen, und es wurde ein derartiges Durcheinander von Einzelheiten, daß sie nichts unterschied.

»Du folgst, nicht wahr?«

»Ja, ja! Sehr gut!«

»Endlich der Hintergrund! Da nehm' ich die beiden Löcher des Stromlaufes mit den Quais; in der Mitte majestätisch die Cité in den Himmel hineinragend ... Ah, ein wundervoller Hintergrund! Man sieht ihn jeden Tag, geht daran vorbei, ohne stehenzubleiben: aber plötzlich packt es einen, überwältigt einen mit Bewunderung. Eines schönen Nachmittags aber offenbart er sich einem. Nichts in der Welt ist größer. Das ist, glorreich in der Sonne, Paris selbst ... Sag, war ich nicht dumm und blind, daß ich nicht eher darauf kam? Wie oft hab' ich's angesehen, ohne es zu sehen! Und bei diesem Gang über die Quais mußt' ich darauf stoßen ... Und, du erinnerst dich, auf dieser Seite ist ein kräftiger Schatten; hier prallt die Sonne gerade auf die Häuser. Hinten sind die Türme, der sich zuspitzende Pfeil von Sainte-Chapelle, fein wie eine Nadel in den Himmel hinein ... Nein, er ist mehr nach rechts hin. Wart, ich will's dir zeigen ...«

Er wurde nicht müde, wieder von vorn zu beginnen, zeichnete immer wieder Neues hinzu und verbreitete sich mit tausend charakteristischen Einzelheiten, die sein Malerauge behalten hatte: Hier vibrierte das rote Firmenschild eines Ladens, näher heran ein grünliches Stück Seine, wie wenn Öl auf Wasser schwamm; dann der zarte Ton eines Baumes; dann das verschieden abgestufte Grau der Häuserwände, der leichte Himmel. Um ihm gefällig zu sein, stimmte Christine bei und gab sich Mühe, sich für die Sache zu begeistern.

Aber da vergaß sich wieder einmal Jacques. Nachdem er über seinem Buche lange still in die Betrachtung eines Bildes versunken gewesen war, das eine schwarze Katze darstellte, fing er an, leise aus sich selbst heraus die Worte zu singen: »Oh, hübsche Katze! O garstige Katze! O hübsche, garstige Katze!« Und das tat er ohne aufzuhören immer in dem gleichen kläglichen Ton.

Der von diesem Gesumme gereizte Claude wußte anfangs, während er redete, nicht, was ihn so nervös machte. Endlich aber waren ihm die Worte des Kindes zu Ohr gedrungen.

»Wirst du aufhören mit deiner Katze da!« schrie er wütend.

»Jacques, sei still, wenn dein Vater spricht!« setzte Christine hinzu.

»Nein, wahrhaftig, er fängt an zu vertrotteln ... Sieh doch bloß seinen Schädel, sieht er nicht aus wie ein Idiot? Es ist zum Verzweifeln ... Antworte, was willst du denn mit deiner Katze sagen, die hübsch und garstig ist?«

Der Kleine erbleichte, wiegte seinen mächtigen Kopf und antwortete dann verdutzt:

»Weiß nicht.«

Als sein Vater und seine Mutter sich aber ganz trostlos ansahen, legte er die Backe auf das offene Buch, rührte sich nicht, sprach nicht mehr und sah mit großen Augen vor sich hin.

Der Abend war vorgerückt. Christine wollte den Kleinen zu Bett bringen; aber Claude fuhr schon wieder mit seinen Erklärungen fort. Er sagte, daß er von morgen ab hingehen und eine Skizze nach der Natur, bloß um seine erste Idee zu fixieren, aufnehmen werde. Auch sprach er davon, daß er, einen Kauf, den er schon seit Monaten vorhatte, eine kleine Feldstaffelei anschaffen wollte. Er bestand darauf, sprach vom Geld. Christine wurde verlegen und gestand endlich alles. Daß der letzte Sou heut morgen draufgegangen sei und daß sie, um das Abendessen bereiten zu können, das schwarze Seidenkleid versetzt hatte. Darauf machte er sich Gewissensbisse, und in einer Anwandlung von Zärtlichkeit küßte er sie und bat um Verzeihung, daß er ihr bei Tische Vorwürfe gemacht hatte. Sie müsse ihn entschuldigen; er könnte ja Vater und Mutter umbringen, sobald er von der verwünschten Malerei besessen wäre. Über das Leihamt lachte er; es war ihm ihrer Armut wegen nicht bang.

»Ich sage dir, daß ich's hiermit mache!« rief er. »Dies Bild, du sollst sehen, bringt mir den Erfolg.«

Sie schwieg, dachte an die Begegnung, die sie gehabt hatte und die sie ihm hatte verschweigen wollen. Doch in ihrem benommenen

Zustand entschlüpfte es ihr wider Willen, ohne ersichtlichen Grund, ohne weiteren Übergang:

»Frau Vanzade ist gestorben.«

Er war erstaunt. Ah, wirklich? Woher wußte sie es?

»Ich traf ihren alten Diener ... Oh, er ist jetzt sein eigener Herr, ist trotz seiner siebzig Jahre noch sehr munter. Ich kannte ihn gar nicht, er redete mich an... Ja, sie ist tot. Seit sechs Wochen. Sie hat ihre Millionen Hospitälern vermacht. Bis auf eine Rente, die ihre beiden alten Dienstboten jetzt als Kleinbürger genießen.«

Er sah sie an und murmelte dann traurig:

»Meine arme Christine, du empfindest Reue, nicht wahr? Sie hätte dir sicher etwas vermacht, hätte dich verheiratet, wie ich dir's vorhergesagt hatte. Du wärst vielleicht ihre Erbin geworden und brauchtest mit einem verrückten Kerl wie mir nicht am Hungertuch zu nagen.«

Aber sie schien bei diesen Worten zu sich zu kommen. Sie rückte lebhaft ihren Stuhl heran, ergriff seinen Arm, bog sich zu ihm hin und sagte mit einem Ton aufrichtiger Beteuerung:

»Was sagst du? O nein, o nein! ... Das wäre schändlich, wenn ich an ihr Geld gedacht hätte! Ich würde dir's ja sonst eingestehen; du weißt, daß ich nicht lüge. Ich weiß selbst nicht, was ich hatte; irgendeine Erschütterung; traurig war mir zumute, siehst du, traurig, weil ich glaubte, daß alles für mich zu Ende sei ... Wahrscheinlich regte sich mein Gewissen, weil ich die arme Kranke, die arme, alte Frau, die mich ihre Tochter nannte, so hartherzig verlassen habe. Das war schlecht von mir; es wird mir kein Glück bringen. Nein, widersprich nicht: ich fühl' es, daß alles für mich zu Ende ist.«

Und von den heimlichen Vorwürfen, unter denen hervor ihr nur die einzige Empfindung ins Bewußtsein trat, daß sie ihr Leben verfehlt und daß sie vom Leben nur noch Unglück zu erwarten hatte, gequält, weinte sie.

»Laß, weine nicht!« beruhigte er zärtlich. »Wie ist es möglich, daß du, mit deinen guten Nerven, dich so mit Einbildungen quälst? ... Teufel noch mal, wir werden uns schon 'rausreißen! Und dann: du bist es ja, der ich mein Bild verdanke... Also kannst du nicht so ein Unglückskind sein, da du doch Glück bringst!«

Er lachte. Sie hob den Kopf und sah, daß er sie heiter zu stimmen suchte. Ach, sein Bild! Litt sie nicht schon im voraus von ihm? Denn dort, bei der Brücke, hatte er sie ja vergessen gehabt, war es gewesen, als ob sie nicht mehr für ihn da wäre. Und fühlte sie seit gestern nicht, wie er ihr immer mehr entglitt, in eine Welt hinein, in die sie ihm nicht zu folgen vermochte? Doch ließ sie, bevor sie sich vom Tisch erhoben, um sich zu Bett zu begeben, sich trösten, und mit der früheren Herzlichkeit küßten sie sich.

Der kleine Jacques hatte nichts gehört. Von seiner regungslosen Haltung müde geworden, war er, die Backe auf dem Bilderbuch, eingeschlafen. Sein übergroßer, jeden Ausdrucks von Begabung mangelnder Kinderkopf, der ihm mit seiner Schwere manchmal den Hals bog, bot sich im Schein der Lampe leichenblaß. Als seine Mutter ihn zu Bett brachte, öffnete er nicht einmal die Augen.

Um diese Zeit erst geschah es, daß Claude auf den Gedanken kam, Christine zu heiraten. Er gab hierbei dem Rat von Sandoz Gehör, der sich wunderte, daß er ohne eigentlichen Nutzen diese unregelmäßige Verbindung so lange aufrechterhielt. Doch im besonderen gehorchte er auch einer Regung von Mitleid, dem Bedürfnis, sich ihr gegenüber liebreich zu zeigen und sie ihm seine Fehler verzeihen zu machen. Seit einiger Zeit bemerkte er auch, wie traurig sie war, wie sie sich der Zukunft wegen beunruhigte, und wußte nun nicht, mit welcher anderen Freude er sie umstimmen sollte. Dabei war er aber selber so mißgelaunt, daß er wieder in seine früheren Zornaufwallungen zurückverfiel, sie bisweilen wie seine Magd behandelte, deren man sich auf Kündigung entledigen kann. War sie aber seine gesetzmäßige Frau, so würde sie sich ihm ohne Zweifel mehr zugehörig fühlen und weniger unter seinen Schroffheiten leiden. Übrigens hatten sie selber niemals vom Heiraten gesprochen. Sie schien sich nicht um die Welt zu kümmern und ihr Geschick vertrauensvoll in seine Hände zu legen. Doch verstand er wohl, daß sie sich darüber Gedanken machte, daß sie bei Sandoz nicht empfangen wurde. Und andererseits handelte es sich nicht mehr um das freie, einsame Landleben, sondern um Paris, wo die tausend Bosheiten der Nachbarschaft, die unvermeidlichen Bekanntschaften einem mit einem Mann in freier Ehe lebenden Weib zum Leid gereichen. Er selber hatte im Grunde nur das gegen die Heirat, daß sie seine alten, freien Künstlergewohnheiten störte. Da er sie ja aber niemals verlassen würde, warum sollte er ihr nicht die Freude machen? Tatsächlich brach sie, als er ihr von seinem Entschluß Mitteilung machte, in einen lauten Freudenschrei aus und warf sich, selber überrascht, daß er ihr ein so großes Glück bereitete, ihm an den Hals. Eine Woche lang war sie unendlich froh. Später aber, noch lange vor der Zeremonie, dachte sie ruhiger darüber.

Übrigens beschleunigte Claude die Formalitäten keineswegs, und die Papiere, deren es bedurfte, ließen lange auf sich warten. Er fuhr fort, Studien für sein Gemälde zu sammeln, und auch sie schien keine Ungeduld zu zeigen. Wozu? Es würde ja doch weiter keine Veränderung in ihr Leben bringen. Sie waren übereingekommen, die Trauung nur in der Mairie vollziehen zu lassen. Nicht aus Verachtung gegen die Religion, sondern um alles möglichst schnell und einfach zu erledigen. Einen Augenblick fühlten sie sich der Wahl der Zeugen wegen in Verlegenheit. Da sie keine Bekannten hatte, wählte Claude ihr Sandoz und Mahoudeau. Zuerst hatte er anstatt des letzteren Dubuche vorgesehen gehabt, doch bekam er diesen nie mehr zu Gesicht und fürchtete überdies, ihn bloßzustellen. Für sich selbst nahm er Jory und Gagnière. Die Sache blieb auf diese Weise unter den Kameraden, und es gab weiter kein Gerede.

Wochen waren hingegangen. Man hatte Dezember. Es herrschte eine grimme Kälte. Am Tage vor der Trauung sagten sie sich, obgleich sie kaum noch fünfunddreißig Franken hatten, daß sie ihre Zeugen doch nicht bloß so mit einem trockenen Handschlag entlassen könnten. Und da sie weitere Umstände in ihrer Wohnung vermeiden wollten, entschlossen sie sich, ihnen in einem kleinen Restaurant am Boulevard de Clichy ein Frühstück anzubieten. Dann konnte jeder nach Hause gehen.

Am Morgen, während Christine noch einen Kragen an ihr graues Wollkleid nähte, das sie sich aus einer kleinen Gefallsucht für die Gelegenheit hergerichtet hatte, war Claude bereits im Überzieher, ging ungeduldig hin und her und kam schließlich, unter dem Vorwand, der Kerl wäre imstande, die Sache zu vergessen, auf die Idee, Mahoudeau abzuholen. Seit dem Herbst wohnte der Bildhauer nach einer Folge von allerlei kleinen Unannehmlichkeiten, die eine Umwälzung seiner Existenz herbeigeführt hatten, am Montmartre, in einem kleinen Atelier der Rue des Tilleuls. Zuerst war er, da er nicht bezahlen konnte, aus der alten Bude, die er in der Rue du Cherche-Midi innegehabt hatte, herausgesetzt worden. Dann war es zu einem Bruch mit Chaïne gekommen, der in seiner Verzweiflung darüber, daß er nicht mehr von seinem Pinsel leben konnte, sich auf eine Handelsspekulation verlegt hatte, indem er im Bannkreis von Paris für Rechnung einer Witwe mit einem Lotteriespiel die Jahrmärkte besuchte. Endlich aber war Mathilde, nachdem ihr der Kräuterladen geschlossen worden war, plötzlich verschwunden. Wahrscheinlich war sie von irgendeinem Herrn entführt worden, der sie nun irgendwo heimlich eingemietet hatte. So lebte Mahoudeau jetzt allein, und armseliger als je, und hatte nur dann zu essen, wenn es gerade einmal die Ornamente einer Fassade zu meißeln gab oder wenn er einem glücklicheren Kollegen irgendeine Figur herrichten half.

»Weißt du, ich hole ihn ab, das ist sicherer«, wiederholte Claude zu Christine. »Wir haben noch zwei Stunden Zeit... Wenn die anderen ankommen, so laß sie warten. Wir gehen dann alle zusammen zur Mairie.«

Draußen eilte Claude in der beißenden Kälte, die ihm den Schnurrbart gefrieren machte, dahin. Das Atelier des Bildhauers befand sich am Ende einer Sackgasse. Er mußte durch eine Reihe kleiner, bereifter Gärten hindurch, die nackt, starr und trübselig wie ein Friedhof waren. Schon von fern erkannte Claude das Atelier an der kolossalen Gipsfigur der Winzerin vor der Tür, Mahoudeaus ehemaligem Erfolg im Salon, die er in dem engen, zu ebener Erde gelegenen Raum nicht hatte unterbringen können. In kläglichem Zerfall, das Gesicht vom Regen verwüstet, der lange, schwarze Spuren auf ihm zurückgelassen hatte, ging sie hier zugrunde wie ein Haufe von einem Grabmal entfernten Schuttes. Der Schlüssel stak im Schloß. Claude trat ein.

»Ah, du kommst mich abholen?« sagte Mahoudeau überrascht. »Einen Augenblick, ich brauche bloß meinen Hut zu nehmen ... Aber warte doch, ich war eben dabei, ein bißchen einzuheizen. Ich habe Bange meiner hübschen Statue wegen.«

In einem Kübel war das Wasser gefroren; es war im Atelier so kalt wie draußen. Denn seit acht Tagen war er ohne einen Sou und knauserte mit einem Rest von Kohle, den er noch besaß, heizte nur eine Stunde oder zwei am Morgen ein. Das Atelier war traurig wie ein Grabgewölbe. Das frühere war dagegen der Inbegriff warmen Behagens, so kahl waren die Wände, so schadhaft die Decke. Es legte sich einem kalt um die Schultern wie ein Leichentuch. In den Winkeln standen andere, kleinere Statuen, mit leidenschaftlicher Hingabe in Gips modellierte Arbeiten, die ausgestellt und aus Mangel an Käufern wieder zurückgekommen waren und frierend, die Nase gegen die Wand, in einer trübselig zerbrechlichen Reihe, mehrere schon zerbrochen, dick mit Staub bedeckt mit Modelliergips bespritzt, ihre Stummel reckten. Jahrelang standen sie in ihrer kläglichen Nacktheit unter den Augen des Künstlers, der sein Herzblut an sie hergegeben hatte, da, waren zuerst trotz des mangelnden Platzes mit eifersüchtiger Leidenschaft aufbewahrt worden und verwandelten sich schließlich in einen Trümmerhaufen, bis der Tag kam, wo er einen Hammer nahm, ihnen vollends den Garaus machte, sie in Stücke schlug und sein Leben für immer von ihnen befreite.

»Wie? Wir haben noch zwei Stunden?« hub Mahoudeau wieder an. »Na gut, so will ich einheizen, das ist das gescheiteste.«

Während er Feuer machte, klagte er mit zorniger Stimme über sein Geschick. Ach, was war die Bildhauerei für ein hundsmäßiges Handwerk! Der geringste Maurer war glücklicher daran. Eine Statue, für die ihm der Staat dreitausend Franken gezahlt, hatte ihn fast zweitausend gekostet, für Modell, Ton, Marmor oder Bronze und wer wußte was alles. Und das alles bloß, daß sie dann in irgendeinem Keller des Ministeriums eingeschlossen blieb, weil es angeblich an Platz für sie fehlte. Die Nischen der öffentlichen Bauwerke waren leer, die Sockel in den öffentlichen Gärten warteten, daß etwas draufkam: aber einerlei! Es fehlte an Platz, fehlte an Platz. Bei den Privatleuten war auch nichts zu holen, höchstens ein Paar Büsten oder ab und zu eine zu herabgesetztem Preis zusammengestümperte Statue. Die edelste der Künste, die männlichste, ja, aber auch die, bei der man am sichersten vor Hunger verreckte!

»Geht deine Arbeit vorwärts?« fragte Claude.

»Wäre nicht die verwünschte Kälte, so wär' sie schon fertig«, antwortete er. »Ich will sie dir zeigen.«

Als er den Ofen summen hörte, erhob er sich. In der Mitte des Ateliers stand auf einem aus einer mit Querhölzern gefestigten Kiste gemachten Sattel eine mit alten Linnen umhüllte Statue. Starr gefroren, mit knochenharten Falten ließen sie das Bildwerk wie unter einem Leichentuch hervortreten. Es war die endliche Verwirklichung seines alten Traumes, den er aus Mangel an Geld bisher nicht hatte gestalten können: eine aufrechte Gestalt, die Badende, von der seit Jahren schon mehr als zehn Skizzen bei ihm umherstanden. Als ihm eines Tages die Geduld ausgegangen, hatte er, da er ein eisernes Gestell nicht beschaffen konnte, sich selber eins aus Besenstielen hergerichtet, in der Hoffnung, daß das Holz hinreichend haltbar sein werde. Von Zeit zu Zeit rüttelte er daran, um die Haltbarkeit zu prüfen: doch es hatte bisher noch nicht nachgegeben.

»Verdammt!« murmelte er. »Ein bißchen Wärme wird ihr wohltun ... Das klebt auf ihr wie ein Panzer.«

Das Linnen krachte unter seinen Fingern, zerbrach in Eisstücke. Er mußte warten, bis die Wärme es etwas aufgetaut hatte. Dann enthüllte er die Statue unter tausend Vorsichtsmaßregeln. Zuerst den Kopf, dann die Brust, dann die Hüften, und war glücklich, sie unversehrt zu sehen, lachte und betrachtete mit der Andacht eines Liebhabers seine nackte Weibgestalt.

»Na, was sagst du dazu?«

Claude, der sie bislang nur erst im Entwurf gesehen hatte, nickte, um nicht gleich antworten zu müssen. Sicher, der gute Mahoudeau fiel ab, gelangte, ohne es zu wollen, über die niedlichen kleinen Dinge, die unter den groben Fingern des ehemaligen Steinmetzen aufgeblüht waren, zum Graziösen. Seit seiner kolossalen »Winzerin« waren seine Werke, ohne daß er's selbst wußte, immer niedlicher geworden; und obgleich er beständig das stürmische Wort Temperament im Munde führte, hatte die Sanftmut, die sich schon in seinen Augen ausprägte, über ihn Herrschaft gewonnen. Die riesigen Brüste waren kindlich geworden, die mächtigen Schenkel hatten sich zu wohlgeformten Linien gestreckt; immerhin war's aber doch die wirkliche Natur, die unter der Verniedlichung seines früheren Ehrgeizes hervortrat. Obwohl noch übertrieben, war seine

Badende mit ihren schauernden Schultern, den Armen, die den Busen hielten, den sanften Brüsten, von einer großen Anmut. Und alles hatte die Sehnsucht nach dem Weibe geformt, nur infolge seines Elends in übertriebener Weise. Aus Not keusch, hatte er aus ihr ein verwirrend sinnliches Weib gebildet.

»Na, gefällt dir's nicht?« fragte Mahoudeau verdrießlich.

»O doch, doch! ... Ich glaube, du hast recht daran getan, daß du die Sache etwas abgemildert hast, da du ja doch so empfindest. Und du wirst Erfolg damit haben. Ja, es liegt auf der Hand: es wird sehr gefallen.«

Obgleich Mahoudeau ein derartiges Lob früher beschämt hätte, schien er erfreut. Er erklärte, daß er das Publikum zu gewinnen strebe, ohne von seiner Überzeugung abzulassen.

»Ah, verdammt! Mir fällt ein Stein vom Herzen, daß du zufrieden bist. Denn ich hätt' es in Stücke zerschlagen, wenn du mir's geraten hättest, mein Wort! ... Noch vierzehn Tage Arbeit, und ich verkaufe meine Haut dem ersten besten, um die Formgießer zu bezahlen ... Was? Das wird mir einen famosen Salon machen. Vielleicht gibt's eine Medaille!«

Er lachte; dann geriet er in Aufregung und unterbrach sich.

»Da es ja noch nicht eilt, so setz dich doch... Ich will warten, bis das Linnen vollends aufgetaut ist.«

Der Ofen fing an rot zu werden. Die »Badende«, die dem Ofen sehr nahe war, schien sich unter dem heißen Hauch, der ihr das Rückgrat von den Füßen bis zum Nacken hinaufging, zu beleben. Beide saßen jetzt und fuhren fort, die Statue von neuem zu betrachten und über sie bis in alle Einzelheiten hinein, bei jedem Körperteil verweilend, zu sprechen. Besonders der Bildhauer war in seiner großen Freude sehr lebhaft, wobei er sein Werk mit großen, runden Handbewegungen förmlich liebkoste. Was? Die muschelförmige Wölbung des Bauches! Und die reizende Falte in der Taille, die die Schwellung der linken Hüfte hob!

Aber da glaubte Claude, dessen Blick auf den Bauch gerichtet war, eine Sinnestäuschung zu haben. Die »Badende« bewegte sich. Ein welliges Zittern ging über den Bauch. Die linke Hüfte schien sich noch mehr zu spannen, so daß es war, als schicke sich das rechte Bein an, vorwärts zu schreiten.

»Und die lichten Flächen gegen die Lenden hin«, fuhr Mahoudeau fort, ohne etwas zu bemerken. »Ah, das hab' ich mit besonderer Sorgfalt behandelt! Da, Alter! Die Haut! Wie Seide!«

Nach und nach belebte sich die ganze Statue. Die Lenden glitten, die Brust blähte sich wie von einem tiefen Seufzer zwischen den sich öffnenden Armen. Und mit einemmal neigte sich der Kopf, die Hüften brachen, und mit einer ganz lebendig wirkenden Bewegung fiel sie zusammen, etwa wie ein in Angst versetztes Weib schmerzlich zusammensackt.

Endlich begriff Claude. Mahoudeau aber stieß einen furchtbaren Schrei aus.

»Mein Gott, sie bricht zusammen, sie fällt!«

Beim Auftauen hatte der Gips das zu schwache Holz des Gestells zerbrochen. Es gab ein Krachen, als ob Knochen brächen. Mahoudeau aber breitete mit derselben liebevollen Bewegung, mit der er sie vorhin aus der Entfernung geliebkost, auf die Gefahr hin, von ihr begraben zu werden, beide Arme schützend gegen sie hin aus. Eine Sekunde wankte sie noch; dann stürzte sie, aus allen Fugen, mit einem Schlage aufs Gesicht; nur die Füße blieben auf dem Brette kleben. Claude war aufgesprungen, um ihn zurückzuhalten.

»Kerl, es erschlägt dich ja!«

Doch erzitternd, verharrte Mahoudeau, wie er sie vollends zu Boden stürzen sah, mit ausgebreiteten Armen. Und wie er sie umarmte, schien sie ihm um den Hals zu fallen. Er aber preßte die Arme um diese mächtige jungfräuliche Nacktheit, die sich belebt hatte wie von dem ersten Erwachen ihrer Sinnlichkeit. Und er ward von ihr umschlossen. Die linke Brust fiel platt auf seine Schulter, die Schenkel schlugen gegen die seinen, während der abgegangene Kopf zu Boden rollte. Die Erschütterung, die Mahoudeau erfuhr, war eine so starke, daß er mitgerissen wurde und bis gegen die Wand hin sich überschlug. Immer noch den verstümmelten Weibleib umfangend, lag er betäubt neben ihm.

»Ah, Kerl!« wiederholte Claude außer sich, denn er glaubte, er wäre tot.

Mühsam hob sich Mahoudeau auf die Knie und brach in ein heftiges Schluchzen aus. Bei seinem Sturz hatte er sich bloß das Gesicht etwas verletzt. An der einen Backe rann ihm Blut herunter, das sich mit seinen Tränen mischte.

»Hundsmiserables Dasein! Wenn das nicht zum ins Wasser gehen ist, daß man sich nicht mal ein paar Eisenstangen kaufen kann! ... Und da, und da ...«

Sein Schluchzen steigerte sich, wurde eine todtraurige Wehklage, wie der heulende Jammer eines Liebenden vor dem verstümmelten Gegenstande seiner Zärtlichkeit. Mit irren Fingern betastete er ihre Glieder, die um ihn her lagen, den Kopf, den Rumpf, die zerbrochenen Arme; besonders aber brachte ihn der breitgequetschte, wie von einer Operation verunstaltete Busen außer sich und zog ihn immer wieder zu sich hin, daß er die Wunde sondierte, nach dem Riß suchte, durch welchen ihm das Leben entflohen war. Und seine heißen, mit dem roten Blut aus seinen Verletzungen vermischten Tränen rannen.

»Hilf mir doch!« stammelte er. »Man kann sie doch nicht so liegen lassen.«

Auch Claude fühlte sich erschüttert. Sein brüderliches Mitgefühl trieb ihm die Tränen in die Augen. Er eilte hinzu. Doch obgleich der Bildhauer seine Beihilfe erbeten hatte, wollte er die Trümmer allein aufheben, als könnte jede andere Hand sie zu rauh anfassen. Langsam sich auf den Knien schiebend, nahm er die Stücke, eins nach dem anderen, und legte sie nebeneinander auf ein Brett. Bald war die Figur wieder zusammengesetzt. Sie glich einem jener Selbstmörder aus unglücklicher Liebe, die sich von der Höhe eines Turmes herabgestürzt haben und die man, komisch zugleich und kläglich, zusammensucht, um sie nach der Morgue zu bringen. Er aber hatte sich vor ihr auf den Hintern niedergelassen und verwandte keinen Blick von ihr, verlor sich in schmerzzerrissener Betrachtung. Trotzdem stillte sich sein Schluchzen, und endlich sagte er unter einem tiefen Seufzer:

»Ich werde sie also liegend machen, was bleibt mir anderes übrig? ... Ah, mein armes, liebes Weib! Und ich hatte mir soviel Mühe gegeben! Und fand sie so schön!«

Aber plötzlich geriet Claude in Unruhe. Was sollte aus seiner Trauung werden! Mahoudeau mußte seine Kleidung wechseln. Da er keinen Überrock hatte, mußte er sich mit dem Jackett begnügen. Als dann über die Figur, wie über eine Tote, die man mit einem Tuch bedeckt hat, nun Leinen gebreitet worden war, brachen sie im Laufschritt auf. Der Ofen bullerte. Das Atelier füllte sich mit Tauwasser. Die alten, verstaubten Gipsfiguren troffen von feuchtem Schmutz.

In der Rue de Douai war nur noch, bei der Pförtnerin zurückgelassen, der kleine Jacques da. Christine, die es müde geworden, noch länger zu warten, war mit den drei anderen Zeugen gegangen, denn sie glaubte an ein Mißverständnis. Es mochte sein, daß Claude ihr gesagt hatte, er wollte mit Mahoudeau direkt hingehen. Die beiden setzten sich eiligst wieder in Bewegung, holten aber die junge Frau und die Kameraden erst in der Rue Drouot vor der Mairie ein. Zusammen gingen sie dann hinauf. Es wurde ihnen seitens des diensttuenden Türstehers der Verspätung wegen ein übler Empfang. Übrigens wurde die Trauung in einem vollkommen leeren Saal in ein paar Minuten heruntergehaspelt. Der Maire leierte seine Sache herunter, die beiden Gatten sagten kurz und bündig ihr sakramentales »Ja«, während die Zeugen sich über den schlechten Geschmack, mit der der Saal eingerichtet war, aufhielten. Draußen nahm Claude Christines Arm. Und das war alles.

Es war in dem klaren Frostwetter gut marschieren. Die Schar ging ruhig zu Fuß zurück, die Rue des Martyrs hinauf, um sich zu dem Restaurant am Boulevard de Clichy zu begeben. Ein kleiner Salon war für sie reserviert. Das Frühstück gestaltete sich sehr gemütlich. Über die einfache Formalität, die man hinter sich hatte, wurde kein Wort weiter verloren. Man sprach die ganze Zeit über, wie bei Gelegenheit ihrer kameradschaftlichen Zusammenkünfte, von anderen Dingen.

So hörte die im Grunde unter ihrer zur Schau getragenen Gleichgültigkeit sehr bewegte Christine zu, wie ihr Mann und die Zeugen drei Stunden lang sich über den Unfall, den Mahoudeaus gutes

Weib erlitten hatte, ereiferten. Sobald die anderen die Geschichte wußten, ergingen sie sich immer von neuem über die geringsten Einzelheiten. Sandoz fand die Sache erstaunlich dramatisch. Jory und Gagnière diskutierten die Haltbarkeit des Gestells, der erstere voller Mitgefühl für den Geldverlust, während der andere an einem Stuhl darlegte, daß man auch auf diese Weise die Statue hätte aufrechterhalten können. Was den immer noch betäubten und erschütterten Mahoudeau anbetraf, so klagte er über Beschwerden, die er anfangs nicht gefühlt hatte. Alle Glieder schmerzten ihn, seine Muskeln waren wie zermalmt, die Haut zerschunden, als hätte ihn ein Weib aus Stein umarmt. Christine wusch die Wunde an seiner Wange, die von neuem blutete. Es kam ihr schließlich so vor, als hätte sich diese verstümmelte Weibstatue mit ihnen zu Tisch gesetzt; denn allein sie schien heute von Wichtigkeit, allein sie beschäftigte Claude so leidenschaftlich, daß er immer von neuem davon erzählte und nicht müde ward, den gewaltigen Eindruck zu schildern, den diese Brust und diese Gipshüften, die ihm zerbrochen zu Füßen gelegen hatten, auf ihn geübt.

Doch gab's beim Nachtisch eine Abwechslung. Gagnière fragte plötzlich Jory:

»Da fällt mir ein: ich sah dich vorgestern, Sonntag, mit Mathilde ... Ja, ja, in der Rue Dauphine.«

Jory wurde sehr rot und versuchte sich herauszulügen. Aber seine Nase zuckte, seih Mund kräuselte sich zu einem verlegenen Lächeln.

»Oh, wir haben uns zufällig getroffen ... Auf Ehre! Ich weiß nicht, wo sie wohnt, ich hätt's euch doch gesagt.«

»Wie! Du hältst sie versteckt?« rief Mahoudeau. »Na, du kannst sie behalten; es wird sie dir niemand streitig machen.«

Die Wahrheit war, daß Jory, mit all seinen vorsichtigen und knauserischen Gewohnheiten brechend, Mathilde jetzt in einem engen Gemach eingeschlossen hielt. Sie nahm ihn bei seiner Liederlichkeit, so daß er sich mit diesem Vampir in ein Verhältnis eingelassen hatte; er, der, um nicht zahlen zu brauchen, sonst sich an das hielt, was er zufällig auf der Straße auflas.

»Bah, man nimmt sein Pläsier, wo man es findet!« äußerte Sandoz mit philosophischer Nachsicht.

»Das ist wohl wahr!« antwortete Jory einfach, während er sich eine Zigarre anzündete.

Sie verweilten, bis der Abend hereinbrach. Dann begleiteten sie Mahoudeau, der sich zu Bett legen wollte. Als Claude und Christine, nachdem sie Jacques von der Pförtnerin abgeholt hatten, heimkamen, fanden sie das Atelier ganz ausgekältet und so dunkel vor, daß sie lange umhertasten mußten, ehe sie die Lampe anzünden konnten. Auch den Ofen mußten sie erst heizen. Es schlug sieben, ehe sie endlich aufatmen und sich behaglich fühlen durften. Doch sie hatten keinen Hunger, und bloß um den Kleinen zu veranlassen, daß er seine Suppe aß, verzehrten sie ein übriggebliebenes Stück Rindfleisch. Als sie den Kleinen zu Bett gebracht hatten, richteten sie sich wie alle Abende bei der Lampe ein.

Doch Christine hatte keine Arbeit zur Hand genommen. Sie war dazu zu bewegt. Müßig die Hände auf dem Tisch saß sie da und sah Claude an, der sich sofort wieder über seinen Entwurf hergemacht hatte, über eine Stelle seines Gemäldes, am Hafen von Saint-Nicolas Gips ausladende Arbeiter. Unwiderstehlichen Träumereien hingegeben, ließ sie allerlei Erinnerungen und traurige Gedanken sich durch den Sinn gehen, die in der Tiefe ihrer verloren vor sich hinblickenden Augen standen. Und nach und nach wurde sie von einer zunehmenden Traurigkeit überwältigt, einem tiefen, stummen Schmerz, die sich gegenüber der Gleichgültigkeit, mit der er da in ihrer Nähe weilte, dieser grenzenlosen Einsamkeit, in die sie sank, ihres ganzen Wesens bemächtigten. Noch immer: war er ja gut zu ihr, der da drüben an der anderen Seite des Tisches saß. Doch wie sie ihn sich da draußen, bei der Spitze der Cité, fern gefühlt hatte, so auch jetzt; ja noch ferner, in der unendlichen Unzugänglichkeit seiner Kunst. So fern, daß sie nie wieder würde mit ihm zusammenfinden können! Mehrere Male hatte sie versucht, ein Gespräch anzuknüpfen, ohne daß sie ihn doch dazu bringen konnte, zu sprechen. Die Stunden gingen hin. Ihre Untätigkeit machte sie müde. Schließlich zog sie ihr Portemonnaie hervor und zählte ihr Geld.

»Weißt du, mit wieviel wir unsere Ehe antreten?«

Claude hob noch nicht einmal den Kopf.

»Wir haben neun Sous ... Ah, ist das ein Elend!«

Er zuckte die Achseln. Endlich brummte er:

»Wir werden reich sein, laß nur!«

Und wieder herrschte Schweigen. Sie machte keinen Versuch mehr, es zu brechen, sah nur so die neun auf dem Tisch nebeneinander liegenden Sous an. Es schlug Mitternacht. Sie fröstelte, fühlte sich unwohl vor Kälte und Warten.

»Sag, wollen wir uns nicht hinlegen?« flüsterte sie. »Ich kann nicht mehr.«

Aber er war so in seine Arbeit verbissen, daß er nichts vernahm.

»Sag! ... Das Feuer ist ausgegangen, wir werden uns erkälten ... Laß uns schlafen gehen!«

Endlich erreichte ihn ihre bittende Stimme, aber er geriet außer sich und rief hastig:

»Eh, leg dich doch hin, wenn du willst! ... Du siehst doch, daß ich da noch was fertig machen will!«

Einen Augenblick blieb sie noch, von seinem Zornausbruch erschreckt, mit schmerzlichem Gesicht sitzen. Doch da sie sich lästig fühlte und begriff, daß schon ihre müßige Gegenwart ihn außer sich brachte, verließ sie den Tisch und begab sich zu Bett, ließ aber die Tür weit offen. Eine halbe Stunde, dreiviertel Stunde ging hin. Kein Laut, nicht ein Hauch drang aus der Kammer. Doch sie schlief nicht, lag auf dem Rücken, starrte mit offenen Äugend ins Dünkel. Endlich wagte sie es, aus dem finsteren Alkoven ihn schüchtern noch einmal anzurufen.

»Liebes Herz, ich warte auf dich ... Bitte, Liebling, leg dich hin!«

Doch nur ein Fluch kam als Antwort zurück. Nichts rührte sich mehr; vielleicht war sie eingeschlafen. Im Atelier war es eiskalt. Die Lampe brannte mit roter Flamme. Doch er schien, über seine Zeichnung gebeugt, nichts von dem langsamen Lauf der Minuten zu merken.

Aber um zwei Uhr erhob er sich, wütend darüber, daß die Lampe erlosch, da es an Öl fehlte. Es langte gerade noch, daß er sie in die Kammer trug und er sich nicht im Dunklen ausziehen mußte. Doch sein Mißmut steigerte sich noch, als er wahrnahm, daß Christine mit offenen Augen auf dem Rücken dalag.

»Wie! Du schläfst nicht?«

»Nein, ich kann nicht einschlafen.«

»Ah, ich weiß schon! Das soll ein Vorwurf sein! ... Ich hab' dir doch schon hundertmal gesagt, daß mich das ärgert, wenn du auf mich wartest.«

Die Lampe war jetzt völlig ausgebrannt. Er legte sich im Dunklen neben Christine. Sie rührte sich noch immer nicht. Ganz erschöpft und müde gähnte er ein paarmal. Beide lagen sie wach. Doch sie fanden nichts, was sie sich hätten sagen können. Er war durchkältet, die Beine waren ihm starr, er durchkältete das Bettuch. Endlich, als ihn der Schlaf übermannte, fuhr er noch einmal auf und rief, seine unbestimmten Gedankengänge abschließend:

»Erstaunlich ist nur, daß nicht auch der Bauch zertrümmert wurde! Oh, ein so reizend geformter Bauch!«

»Wer denn?« fragte Christine erschreckt.

»Aber Mahoudeaus Statue.«

Sie hatte ein nervöses Zittern und wandte sich ab, barg den Kopf in das Kissen. Er aber war verdutzt, als er hörte, wie sie in ein Weinen ausbrach.

»Was, du weinst?«

Sie schluchzte stärker, so sehr, daß die Matratze schlitterte.

»Aber was ist dir denn? Ich hab' dir doch nichts getan? ... Liebling, ich bitte dich!«

Während er sprach, dämmerte ihm jetzt denn doch die Ursache ihres tiefen Schmerzes auf. Gewiß, an einem Tag wie diesem hätte er sich mit ihr zusammen hinlegen müssen. Aber er war doch wohl unschuldig, er hatte ja bloß nicht daran gedacht. Sie kannte ihn ja doch, wußte, daß er, wenn er arbeitete, ein wahres Tier wurde.

»Liebling, sieh! Wir sind doch nicht erst seit gestern zusammen ... Ja, du hast dir das in deinem lieben Kopf so zurechtgelegt. Du wolltest eine verheiratete Frau sein, wie? ... Komm, weine doch nicht mehr, du weißt doch wirklich, daß ich nicht böswillig bin.«

Er hatte sie umfangen, sie gab sich ihm hin. Aber die alte Leidenschaft war tot. Sie wußten es, als sie sich ließen und Seite an Seite beieinander lagen: es war fortan etwas Fremdes zwischen ihnen; sie fühlten zwischen sich eine Hemmung, etwas wie einen anderen Körper, dessen Kühle sie schon eh' an gewissen Tagen gestreift hatte; schon von allem Anfang an. Niemals mehr würden sie einander ganz durchdringen. Es war da etwas, das nicht wieder gutzumachen, ein Bruch, eine Leere, die sich eingestellt hatte. Die Gattin tat der Liebenden Abbruch. Die Trauungsformel schien die Liebe getötet zu haben.

IX

Da Claude sein grosses Bild nicht in dem kleinen Atelier der Rue de Douai malen konnte, entschloß er sich, außerhalb irgendeinen Schuppen zu mieten, der hinlänglichen Raum bot. Und er fand das Geeignete, als er auf dem Montmartre umherstrich, in der Mitte der Rue Tourlaque, dieser Straße, die sich hinter dem Friedhof hinabzieht und von der aus man Clichy bis zu den Sümpfen von Gennevilliers beherrscht. Es war der ehemalige Trockenschuppen eines Färbers; eine Baracke von fünfzehn Meter zu zehn Meter Breite, deren Planken und Gipsbewurf von allen Seiten den Wind durchließ. Man vermietete ihm das für dreihundert Franken. Der Sommer stand vor der Tür, er würde sein Bild fertigstellen und dann kündigen.

In seinem Arbeitsfeuer und der besten Zuversicht entschloß er sich zu allen notwendigen Ausgaben. Da ihm sein Erfolg ja feststand, warum sollte er ihn durch unnötige Vorsicht hemmen? So machte er denn von seinem Rechte Gebrauch, griff sein Kapital an und nahm, ohne erst viel zu rechnen. Anfangs verheimlichte er es vor Christine, denn sie hatte ihn schon zweimal davon zurückgehalten. Als er es ihr aber mitteilen mußte, bequemte auch sie sich, nachdem sie ihm eine Woche lang heftige Vorwürfe gemacht hatte, und freute sich über das gute Auskommen, in dem man jetzt lebte, und wie angenehm es war, immer bei Geld zu sein. Sie hatten auf diese Weise ein paar sorglose Jahre vor sich.

Bald lebte Claude bloß noch seiner Arbeit. Er hatte das große Atelier dürftig mit ein paar Möbeln ausgestattet: mit Stühlen, seinem alten Diwan vom Quai Bourbon, einem fichtenen Tisch, den er von einer Trödlerin für hundert Sous erstanden hatte. Die Eitelkeit, bei seiner Arbeit eine luxuriöse Ausstattung um sich her zu haben, ging ihm ab. Die einzige größere Ausgabe, die er machte, war die für eine bewegliche Leiter mit einer Plattform und beweglichen Stufen. Dann machte er sich an die Zurichtung der Leinwand, die acht Meter lang, fünf hoch sein sollte. Und er versteifte sich darauf, sie selbst aufzuziehen, bestellte den Rahmen, kaufte Leinwand in einem Stück, die er unter Beihilfe von zwei Kameraden unter großer Mühe mit Zangen aufspannte. Dann begnügte er sich, sie unter

Anwendung eines Messers mit einer Lage Bleiweiß zu überziehen, wobei er darauf verzichtete, sie mit Leim zu tränken, damit sie durchlässig bliebe, was, wie er sagte, die Farbe klarer und solider machte. An eine Staffelei konnte er nicht denken, man hätte auf ihr eine so gewaltige Sache nicht, handhaben können. Deshalb dachte er sich ein Gefüge von Balken und Stricken aus, vermittels dessen er es in etwas geneigter Lage an der Wand aufhängte. An dieser gewaltigen, weißen Fläche entlang aber bewegte sich die Leiter gleich einem Gerüst vor einer im Bau befindlichen Kathedrale.

Als aber alles bereit war, bekam er es mit Bedenken. Es setzte ihm der Gedanke zu, daß er vielleicht im Freien nicht die beste Beleuchtung gewählt hatte. Vielleicht wäre Morgenlicht besser gewesen? Vielleicht hätte er eine graue Luftstimmung wählen sollen? Er begab sich wieder zur Brücke des Saints-Pères und verbrachte dort noch drei Monate.

Zu allen Stunden des Tages, bei jedem Wetter sah er zwischen den beiden Stromarmen die Cité sich erheben. An dem Tage eines verspäteten Schneefalls sah er sie wie mit Hermelin verbrämt über den schmutzfarbenen Strom in den schieferfarbenen Himmel hineinragen. Er sah sie an den ersten sonnigen Tagen ihr Wintergewand abstreifen und sich mit dem jungen Grün der großen Bäume des Erdwalles neu beleben. An einem Tage, wo ein feiner Nebel herrschte, sah er sie ungewiß verdunstet, leicht, vibrierend wie ein traumhaftes Märchenschloß. Dann wieder verschwand sie unter strömenden Regengüssen wie hinter einem ungeheueren, vom Himmel auf die Erde herabgespannten Vorhang. Er sah sie bei Gewittern im fahlen Blitzglast, düster wie eine Mörderhöhle, halbvernichtet von dem auf sie hernieder lastenden, mächtig geballten, kupferfarbenen Gewölk. Er sah sie von orkanartigen Winden umtost, winkelspitz, kahl, gepeitscht, sich vom blaßblauen Himmel abheben. Bei anderer Gelegenheit wieder, wenn das Sonnenlicht sich in den Dünsten der Seine in Staub auflöste, schwamm sie in dieser weiten Helle, schattenlos, in vollkommen gleichmäßiger Beleuchtung, fein wie ein reizendes, in lauteres Gold gefaßtes Kleinod. Und er trachtete, sie bei Sonnenaufgang zu sehen, wie sie aus den Morgennebeln auftauchte, wenn der Quai de l'Horloge sich rot färbte, während der Quai des Orfèvres noch in tiefem Dunkel blieb, oben im rosigen Himmel aber schon alles, mit Türmen und Spitzen, erwacht war und langsam von den Gebäuden wie ein fallender Mantel die Nacht herabglitt. Und er wollte sie zur Mittagszeit sehen, bei senkrecht fallendem Sonnenlicht, wenn die grelle Helle die Umrisse zernagte, wenn sie stumm und farblos wie eine Totenstadt kein anderes als ihr heißes Glutleben zeigte und das gleißende Flimmern über ihrem weiten Dächermeer. Und er wollte sie sehen bei untergehender Sonne, wie sie sich der Umarmung der mählich vom Strom aufsteigenden Nacht hingab, während oben die Firste von hinsterbenden Säumen wie von erlöschender Kohle glühten, wenn all die vielen Fenster noch in letzten Bränden flammten, die blitzenden Glasscheiben wie feurig gleißende Löcher aus den Fassaden hervorstachen. Doch von all diesen verschiedenen Cités, zu welcher Zeit, bei welchem Wetter er sie auch sah, kehrte er immer wieder zu der zurück, die er eines schönen Septemberabends gegen vier Uhr zum erstenmal gesehen hatte, zu jener heiter schönen, von einem leichten Wind umwehten Cité, jenem in die durchsichtige Luftklarheit und das unermeßliche Firmament weit hineinpulsenden, von Wölkchen überzogenen Herzen von Paris.

Dort verbrachte Claude im Schatten der Brücke des Saints-Pères seine Tage. Dort trat er unter, hatte unter ihr sein Dach und seine Bleibe. Das ununterbrochene Donnern der Kutschen, das wie ein fernes Gewitterrollen war, störte ihn nicht. Gegen den ersten Pfeiler gelehnt, unter den gewaltigen eisernen Bogen, nahm er seine Bleistiftskizzen, malte er seine Studien. Nie war er ganz zufrieden, zeichnete dieselbe Einzelheit zehnmal. Die Beamten der nahen Schiffahrtsbureaus kannten ihn schon. Ja, die Frau eines Aufsehers, die mit ihrem Mann, zwei Kindern und einer Katze in einer Art von geteerter Hütte wohnte, verwahrte ihm seine frischen Bilder, damit ihm die Mühe erspart blieb, sie jeden Tag den weiten Weg durch die Stadt heimzuschleppen. Dieser Zufluchtswinkel unter dem brausenden Paris, dessen heißes Leben er über seinem Haupte dahinrollen fühlte, war ihm eine Freude. Der Hafen Saint-Nicolas, der mit seiner unausgesetzten Tätigkeit an einen Seehafen erinnern konnte, war's, der ihn so recht inmitten des Institutsviertels zuerst begeisterte. Der Dampfkran, die »Sophie«, war in Betrieb und hob Steinblöcke aus den Kähnen; Karren füllten sich mit Sand; Menschen zogen und Tiere keuchten den gepflasterten Hang hinauf, der bis zum Wasser und zu dem granitenen Rand, wo sich eine doppelte Reihe von Zillen und Lastkähnen angestaut hatte, herniederging. Wochenlang beschäftigte er sich mit einer Studie der Lastträger, die einen mit Gips befrachteten Kahn ausluden, auf der Schulter die weißen Säcke trugen und, sie selbst weiß überpudert, einen weißen Pfad zurückließen, während dichtbei ein anderes, schon entfrachtetes Kohlenboot auf der Böschung einen tiefschwarzen Fleck zurückgelassen hatte. Dann nahm er die Skizze einer drüben am linken Ufer befindlichen Badeanstalt und eines danebenliegenden Waschbootes, dessen Fenster offen standen, und von der Reihe der Wäscherinnen, die am Rand des Wassers knieten und ihre Wäsche klopften. Dann nahm er eine Barke auf, die von einem Flußschiffer hinübergewrickt wurde; und dann, mehr gegen den Hintergrund hin, einen Schlepper, einen Kettendampfer, der sich an seiner Kette hintreidelte und eine Reihe mit Tonnen und Brettern beladener Kähne hinter sich herzog. Die Hintergründe hatte er schon seit langem; dennoch nahm er Stücke draus wieder vor: die beiden Arme der Seine, ein großes, ganz freies Stück Himmel, in dem sich bloß von der Sonne vergoldete Spitzen und Türme hineinzackten. Selten wurde er unter der gastlichen Brücke, in diesem Winkel, der so verloren lag wie ein einsamer, zwischen Felsen hinführender Hohlweg, von einem Neugierigen gestört; die Angler gingen gleichgültig vorüber; nur die Katze des Aufsehers leistete ihm Gesellschaft, putzte sich friedlich und unbeirrt von dem tosenden Leben da oben im Sonnenschein.

Endlich hatte Claude alle seine Vorstudien beisammen. Er entwarf in ein paar Tagen eine Gesamtskizze, und das große Werk wurde in Angriff genommen. Doch während des ganzen Sommers stand er in der Rue Tourlaque mit seiner großen Leinwand in einem schweren Kampf. Er hatte sich darauf versteift, die vergrößerte Übertragung seiner Komposition selbst vornehmen zu wollen, und er konnte, da er sich bei der geringsten Abweichung von der ihm ungewohnten mathematischen Vorzeichnung in beständige Irrtümer verwickelte, nicht zu Rande kommen. Das machte ihn ungeduldig. Er überging manches, verschob die Verbesserung auf später, begann die Leinwand eilig zu übermalen und war dabei von einem solchen Arbeitsfieber erfaßt, daß er ganze Tage oben auf seiner Leiter verbrachte, mit den riesigen Pinseln hantierte und eine Muskelkraft entwickelte, als gälte es, Berge zu versetzen. Am

Abend taumelte er dann wie ein Trunkener, schlief beim letzten Bissen des Abendbrotes wie vom Blitz getroffen ein, so daß seine Frau ihn wie ein Kind zu Bett bringen mußte. Aus dieser heroischen Arbeit ging nun aber ein meisterhaftes Werk hervor, eins von jenen Werken, die aus einem noch nicht geklärten Farbenchaos die Flamme des Genius hervorbrechen lassen. Bongrand, der ihn besuchen kam, drückte den Maler stürmisch an seine breite Brust und küßte ihn, Begeisterungstränen in den Augen. Sandoz war so begeistert, daß er ein Diner gab. Die anderen, Jory, Mahoudeau, Gagnière, verbreiteten abermals die Kunde von einem Meisterwerk. Und was Fagerolles anbetraf, so war er einen Augenblick starr; dann aber fand er es außerordentlich schön und brach in Glückwünsche aus.

Doch als habe die Ironie des Wichtigtuers ihm Unglück gebracht, fing Claude an, seinen Entwurf zu verderben. Es war die alte Geschichte: mit einem Hieb, einem prächtigen Anlauf gab er sich aus, und dann vermochte er sein Werk nicht zu vollenden. Wieder fing sein Unvermögen an. Zwei Jahre lebte er nur für seine Leinwand, lebte im Innersten nichts als sie, vor unsinnigster Freude bald bis in den siebenten Himmel entrückt, bald zu Boden geschmettert, so elend, so von Zweifeln zerrissen, daß die armen Sterbenden in den Hospitälern noch glücklicher waren als er. Schon zweimal hatte er nichts in den Salon geben können; denn immer, wenn er schon hoffte, in ein paar Sitzungen zu Rande zu kommen, zeigten sich im letzten Augenblick Lücken, entglitt ihm die Komposition. Dicht vor der Eröffnung des dritten Salons hatte er wieder einmal solch eine furchtbare Krise. Vierzehn Tage begab er sich nicht in sein Atelier in der Rue Tourlaque. Und als er wieder hinging, so war's, als begäbe er sich in ein Haus, wo der Tod eine Leere geschaffen hat. Er wandte die große Leinwand gegen die Wand herum, rollte die Leiter in einen Winkel. Hätten seine bebenden Hände die Kraft dazu gehabt, so würde er alles zerrissen und verbrannt haben. Alles war aus, ein rasender Sturm hatte alles hinweggefegt. Er sprach davon, daß er, da er unfähig wäre, etwas Großes zu leisten, nur Kleines schaffen wollte.

Unwillkürlich führte ihn seine erste Absicht, das Bild in kleinem Format zu malen, zur Seine hinab und stellte ihn abermals der Cité gegenüber. Warum sollte er nicht einfach eine Ansicht in mittlerem Format geben? Doch hielt ihn eine Art von Scham, der sich eine seltsame Scheu gesellte, davon ab, sich abermals unter die Brücke des Saints-Pères zu setzen. Die Stelle kam ihm jetzt wie geheiligt vor; er durfte die Jungfräulichkeit des großen, obschon toten Werkes nicht verletzen. Er richtete sich also weiter entfernt ein, am Ende der Böschung, vom Hafen Saint-Nicolas stromaufwärts. Diesmal arbeitete er wenigstens direkt nach der Natur; er hatte den Vorteil, daß er nicht, wie es das Verhängnis bei solch ungeheuer großen Bildern war, zu fälschen brauchte. Doch das kleine Bild hatte, obgleich es sorgfältiger ausgeführt wurde als je eins, das er gemalt hatte, bei der Jury trotzdem das Schicksal der anderen. Diese wie trunken hingehauene Malweise – so lautete die Redensart, die damals durch die Ateliers lief – beleidigte. Der Schlag traf um so härter, als man von Zugeständnissen gesprochen hatte, von einem Entgegenkommen der Akademie den aufzunehmenden Sachen gegenüber. Vor Wut und Erbitterung weinte Claude, zerriß die Leinwand in tausend Fetzen und verbrannte sie, als sie zurückkam, im Ofen. Es genügte ihm nicht, sie diesmal mit einem Messerschnitt abzutun, sie sollte ganz vernichtet werden. Ein weiteres Jahr ging mit unbestimmten Versuchen hin. Er arbeitete aus Gewohnheit, brachte nichts zu Ende, sagte selber mit schmerzlichem Lächeln, er habe sich verloren und suche sich. Doch im Grunde hielt sein unvernünftiges Selbstvertrauen seine Hoffnung selbst durch die ärgsten Krisen hindurch aufrecht. Er litt wie einer, der verdammt ist, ewig einen Felsblock zu wälzen, der zurückfällt und ihn zermalmt. Doch blieb ihm ja die Zukunft, die Gewißheit, daß er den Block eines Tages mit beiden Fäusten packen und bis an die Sterne schleudern werde. Dann flammte sein Auge von einem leidenschaftlichen Feuer, und man wußte, daß er sich in der Rue Tourlaque von neuem einschließen werde. Er, der vorher immer über das augenblickliche Werk hinweg schon bei der vollkommeneren Vision des nächsten gewesen war, stieß sich jetzt die Stirn wund an diesem Motiv der Cité. Es war seine fixe Idee, die Schranke, die sein Leben abschloß. Und bald sprach er in einem neuen Auflodern seiner Begeisterung wieder offen davon und rief froh wie ein Kind aus, daß er jetzt gefunden habe und seines Sieges sicher sei.

Eines Morgens ließ Claude, der bisher seine Tür geschlossen gehalten, Sandoz das Atelier betreten. Diesem fiel dabei eine mit großem Schwung, ohne Modell, gemalte, doch in der Farbe bewunderungswürdige Skizze in die Hand. Der Gegenstand war übrigens immer derselbe: der Hafen Saint-Nicolas zur Linken, zur Rechten die Schwimmschule, im Hintergrund die Seine und die Cité. Nur war er ganz starr, als er anstelle der von dem Flußschiffer gewrickten Barke in der Mitte der Komposition eine andere, sehr große, gewahrte, in der sich drei Weiber befanden: eins im Badekostüm, das ruderte; ein anderes, das auf dem Bordrand saß und die Beine im Wasser hatte, während sich der Nacken halb entblößt zeigte; das dritte aber stand, vollkommen nackt, aufrecht am Vorderteil und strahlte in seiner Nacktheit wie eine Sonne.

»Wetter, was für eine Idee!« murmelte Sandoz. »Was machen die Weiber da?«

»Aber sie baden«, antwortete Claude ruhig. »Du siehst ja, daß sie aus dem Wasser gestiegen sind. Das gibt mir eine Gelegenheit, Nacktheit zu malen. Ein guter Fund, nicht? ... Nimmst du Anstoß daran?«

Der alte Kamerad, der ihn kannte, fürchtete, ihn wieder in seine Zweifel zu stürzen, und sagte:

»Ich? O nein! ... Bloß befürcht' ich, daß das Publikum das wieder mal nicht versteht. Dies nackte Weib mitten in Paris macht sich nicht gerade wahrscheinlich.«

Erstaunt fragte Claude:

»Ah, glaubst du? ... Das wäre ja schlimm. Aber was tut's? Wenn mein braves Weib nur gut gemalt ist! Ich brauche das, weißt du, um mich für meine Arbeit in Schwung zu bringen.«

In den nächsten Tagen kam Sandoz behutsam auf diese seltsame Komposition zurück und trat, einem Zug seines Charakters entsprechend, für die Sache der beleidigten Logik ein. Wie konnte ein moderner Maler, der es sich zur Aufgabe gemacht hatte, nur die Wirklichkeit zu geben, sein Werk dadurch entstellen, daß er derartige Phantasien hineinbrachte? Es war doch so leicht, einen anderen Gegenstand zu wählen, wo sich die Nacktheit ungezwungen bot! Doch Claude versteifte sich darauf, gab schlechte, an den Haaren herbeigezogene Erklärungen. Denn er wollte seinen wahren Grund nicht eingestehen; eine Idee, die so unklar war, daß er sie kaum zum Ausdruck zu bringen wußte, daß ihm nämlich ein heimlicher Symbolismus zusetzte, ein alter, romantischer Nachklang, der in dieser nackten Weibgestalt Paris selber personifizieren wollte; die unverhüllte, leidenschaftliche Stadt in ihrer strahlenden Weibschöne. Dann legte er auch seine eigene Leidenschaft, seine Vorliebe für schöne Bäuche, Schenkel und fruchtbare Brüste hinein, die mit vollen Händen zu schaffen der beständige Ausstrom seiner Kunst ihn so feurig antrieb.

Trotzdem gab er sich den Anschein, als hätte die dringliche Beweisführung des Freundes ihn wankend gemacht.

»Nun gut, ich werde sehen; später kann ich es ja bekleiden, mein braves Weib, wenn sie dich geniert ... Immerhin will ich es jetzt aber malen. Weil's mir doch so viel Freude macht, nicht wahr?«

Er kam nie wieder auf die Sache zurück. Mit unbeirrbarer Beharrlichkeit schwieg er, wenn sie alle in Anspielungen ihr Erstaunen kundgaben, zwischen den Omnibussen der Quais und den Abladern des Hafens Saint-Nicolas diese Venus glorreich aus dem Schaum der Seine aufsteigen zu sehen, schwieg und zog nur unter einem verlegenen Lächeln den Rücken krumm.

Der Frühling war gekommen, und Claude machte sich wieder an sein großes Gemälde, als ein an einem Tag kluger Überlegung gefaßter Entschluß in das Leben Claudes und Christines eine Veränderung brachte. Zuweilen beunruhigte sich Christine darüber, wie schnell das Geld dahinschwand, um das sie unaufhörlich das Kapital verringerten. Seit die Quelle unerschöpflich zu fließen schien, rechneten sie nicht mehr. Dann aber, nachdem vier Jahre dahingegangen waren, erstaunten sie, als sie gelegentlich eines Überschlages wahrnahmen, daß ihnen von zwanzigtausend Franken kaum noch dreitausend verblieben waren. Sofort begannen sie sich aufs äußerste einzuschränken, sparten selbst am Brot und an den notwendigsten Bedürfnissen. Und so geschah es auch, daß sie im ersten Antrieb ihrer Absicht, sich einzuschränken, die Wohnung in der Rue de Douai aufgaben. Wozu brauchten sie zwei Wohnungen? In dem großen, noch vom Färberwasser bespritzten Raum der Rue Tourlaque war für drei Personen Platz genug und konnten sie sich ganz gut einrichten. Trotzdem ging die Instandsetzung nicht ohne Umstände ab. Denn diese fünfzehn Meter lange und zehn Meter breite Halle gewährte ihnen nur einen Wohnraum, war ein Zigeunerstall, in welchem jede Verrichtung in Gegenwart der anderen geschah. Da sein Eigentümer nichts machen lassen wollte, mußte der Maler ihn selber durch einen Bretterverschluß abteilen, hinter dem eine Küche und eine Schlafkammer eingerichtet wurde. Zwar war das Dach schadhaft, und wenn es ein großes Unwetter gab, sahen sie sich genötigt, unter die breitesten Spalten Schüsseln zu stellen, doch hatten sie an der Einrichtung ihre Freude. Der Raum zeigte eine trübselige weite Leere, in der ihre paar Möbel sich an den kahlen Wänden hin verloren. Doch waren sie froh, soviel Spielraum zu haben, und äußerten den Freunden gegenüber, daß der kleine Jacques hier wenigstens Platz hätte, sich etwas Bewegung zu machen. Der arme Junge entwickelte sich trotz seiner nunmehr neun Jahre nur langsam. Nur sein Kopf schien zuzunehmen. Man konnte ihn kaum acht Tage hintereinander zur Schule schicken; dann kam er ganz abgestumpft und krank von der Anstrengung, die es ihm machte, etwas zu lernen, wieder heim, so daß sie ihn meist auf allen vieren um sie her sein Wesen treiben und ihn sich in den Ecken herumdrücken ließen.

Jetzt leistete Christine, die sich so lange nicht mehr um Claudes tägliche Arbeit bekümmert hatte, ihm von neuem seine langen Arbeitsstunden durch Gesellschaft. Sie half ihm, die alte Leinwand abschaben und mit Bimsstein abreiben und gab ihm guten Rat, sie solider an der Wand zu befestigen. Aber sie hatten einen schlimmen Übelstand festzustellen. Die bewegliche Leiter hatte unter der durch das Dach hereindringenden Feuchtigkeit gelitten; und um einen Sturz zu verhüten, mußte Claude ihr durch eine eichene Querleiste Halt geben, wobei ihm Christine einen nach dem anderen die Nägel zureichte. Alles war jetzt zum zweitenmal bereit. Christine sah, wie er vermittels der Quadratvergrößerung den neuen Entwurf auftrug, wobei sie so lange hinter ihm stand, bis sie ermüdet niederglitt und ihm, jetzt auf dem Boden hockend, weiter zusah.

O wie gern sie ihn dieser Malerei, die ihn ihr genommen hatte, wieder hätte entreißen mögen! Und darum machte sie sich zu seiner Handlangerin und schätzte sich noch glücklich, wenn sie sich zu derartiger Arbeit erniedrigte. Aber seit sie wieder an seinem Werke teilnahm und sie so alle drei vereint waren, er, sie und diese Leinwand, fühlte sie sich von einer neuen Hoffnung belebt. Dort, in der Rue de Douai, war er ihr entschlüpft, und sie hatte einsam ihr Leid ausgeweint, während er verlockt und erschöpft bei jener geweilt hatte wie bei einer Mätresse: jetzt aber, wo sie dabei war, auch sie, mit ihrer leidenschaftlichen Liebe zu ihm, konnte sie ihn vielleicht wiedergewinnen. Mit welch eifersüchtigem Haß verfluchte sie diese Malerei! Es war nicht mehr die kleine, Aquarelle malende Bürgerin von früher, die sich gegen diese freie, stolze, gewaltsame Kunst empörte. Nein, sie hatte sie nach und nach verstehen gelernt, hatte sich ihr zunächst aus Neigung zu Claude genähert, war dann durch den Reiz des Lichtes, die eigenartige Anmut der lichten Farbtöne gewonnen worden. Heute wäre sie mit allem einverstanden gewesen, mit dem lilafarbenen Erdboden, den blauen Bäumen. Sogar eine gewisse Ehrfurcht machte sie diesen Werken gegenüber erbeben, die ihr nicht so abscheulich erschienen waren. Sie erkannte ihre Macht, sie achtete sie als Nebenbuhlerin, die keinen Spott vertrug. Ihr Groll aber war mit dieser Bewunderung gewachsen. Sie empörte sich dagegen, daß sie dieser Erniedrigung ihrer selbst beiwohnen mußte, dieser anderen Liebe, durch die sie in ihrem eigenen Heim beleidigt wurde.

So ward es denn zuerst ein heimlicher Kampf, der keine Minute aussetzte. Jeden Augenblick schob sie sich selbst, alles von ihrem Leib, was sie eben vermochte, eine Schulter, eine Hand, zwischen den Maler und sein Werk. Immer war sie gegenwärtig, hüllte ihn in ihren Atem, erinnerte ihn daran, daß er ihr gehörte. Dann verfiel sie wieder auf ihre frühere Idee, gleichfalls zu malen, ihn auf dem Boden seines Kunsteifers selbst zu finden. Einen Monat lang legte sie eine Malbluse an und arbeitete wie eine Schülerin neben ihrem Meister, kopierte mit Geschick eine seiner Studien. Und sie ließ erst dann davon ab, als sie sah, daß der Versuch sich gegen seine Absicht wandte. Denn, wie von der gemeinsamen Arbeit getäuscht, vergaß er das Weib in ihr und stellte sich zu ihr auf den Verkehrsfuß der Kameradschaftlichkeit, wie Mann zu Mann. Und so vertraute sie wieder ganz nur ihrer Weibmacht.

Oft schon hatte Claude in seinen letzten Bildern, wenn es galt, Figuren anzubringen, bei einem Kopf, einer Armbewegung, einer Körperhaltung diese und jene Andeutung nach Christine genommen. Er warf ihr irgendeinen Mantel über die Schultern, hielt sie bei einer Bewegung fest und rief ihr zu, sie solle sich nicht rühren. Und sie war glücklich gewesen, ihm solche Dienste zu leisten. Doch sträubte sie sich dagegen, sich zu entkleiden. Jetzt, wo sie Frau war, fühlte sie sich durch das Gewerbe eines Modells verletzt. Eines Tages, als er hatte einen Schenkel malen müssen, hatte sie sich geweigert, dann aber doch so weit nachgegeben, daß sie ihr Kleid abgestreift, doch erst, nachdem sie schamhaft die Tür doppelt verschlossen hatte, aus Angst, man könnte, wenn man erst hinter die Rolle, die zu spielen sie sich herabließ, gekommen, ihre Blößen in allen Bildern ihres Gatten aufspüren. Sie hatte dabei auch noch das beleidigende Lachen der Kameraden und Claudes selbst im Ohr, als sie gelegentlich von den Bildern eines Malers gesprochen hatten, der sich auf solche Weise als Modell einzig seiner Gattin bediente und ihre anmutigen Blößen so recht eigentlich dem zweifelhaften Vergnügen der Bourgeois preisgab; denn aus jedem Bild heraus war sie mit ihren besonderen persönlichen Eigenschaften, mit dem ein wenig zu langen Fall der Lenden, dem etwas zu hohen Bauch, wiederzuerkennen gewesen. Und so ging sie ohne Hemd durch das ganze spottlustige Paris, auch wenn sie selbst bekleidet, wie in einen Panzer bis zum Kinn hinauf eingezwängt, an einem vorbeischritt.

Doch seit Claude in groben Zügen mit Reißkohle die große Gestalt des aufrechtstehenden Weibes, das sich in der Mitte des Bildes befand, eingezeichnet hatte, betrachtete Christine diesen unbestimmten Riß immer wieder mit einem sie unablässig verfolgenden Gedanken, vor dem nach und nach ihre Bedenken schwanden. Und als er davon sprach, daß er ein Modell nehmen wollte, bot sie sich an.

»Wie, du! Wo du schon bös wirst, wenn ich auch bloß deine Nasenspitze nehmen will?«

Sie hatte ein verlegenes Lächeln.

»Oh, meine Nasenspitze! Hab' ich dir damals nicht für dein ›Pleinair‹ gestanden, wo wir einander doch noch nicht gehörten? ... Ein Modell kostet dich sechs Franken für die Sitzung. Wir sind nicht so reich, könnten diese Ausgabe ebensogut ersparen.«

Der Gedanke wurde für ihn sofort ausschlaggebend.

»Ich möchte wohl schon; es ist sogar sehr nett von dir, daß du soviel Mut hast; denn du weißt ja, daß es bei mir nicht gerade eine leichte Arbeit ist ... Aber gesteh nur, Ungeheuer! Du hast Angst, daß ein anderes Weib hier eintritt, bist eifersüchtig.«

Eifersüchtig! Ja, sie war es, und so, daß es ihr fast das Herz abdrückte. Aber andere Weiber waren ihr gleichgültig. Ruhig hätten hier alle Modelle von Paris ihre Röcke ablegen können! Sie hatte nur eine Nebenbuhlerin: diese Malerei, die er ihr vorzog, die ihm den Geliebten stahl. Ihr Kleid wollte sie abwerfen, abwerfen bis auf das letzte Linnen, nackt sich ihm darbieten ganze Tage über, Wochen, nackt unter seinen Augen, und ihn so wiedergewinnen, ihn hinreißen, bis er ihr wieder in die Arme sank! Hatte sie denn etwas anderes zu bieten als sich selbst? Und war dieser letzte Kampf, in welchem sie mit ihrem Leib zahlte, nicht erlaubt und gesetzmäßig, da sie doch nichts mehr war, nichts als eine reizlose Frau, wenn sie sich von der anderen besiegen ließ?

Über ihre Bereitwilligkeit erfreut, machte Claude zunächst eine Studie nach ihr, eine einfache Aktstudie in der Pose des Gemäldes. Sie warteten, bis Jacques zur Schule gegangen war; dann schlossen sie sich ein, und die Sitzung währte Stunden hindurch. Die ersten Tage hatte Christine sehr von ihrer unbeweglichen Haltung zu leiden. Dann gewöhnte sie sich; denn aus Furcht, er könnte bös werden, wagte sie nicht zu klagen und hielt, wenn er sie unsanft umherschob, ihre Tränen zurück. Bald war man in die Gewohnheit gekommen und behandelte er sie einfach als Modell, war anspruchsvoller, als wenn er hätte bezahlen müssen, nutzte sie unbedenklich bis zum äußersten aus, denn sie war ja sein Weib. Zu allem benutzte er sie, aller Augenblicke ließ er sie sich entkleiden; sei's, daß er einen Arm oder einen Fuß brauchte, oder irgendeine Einzelheit, deren er gerade benötigte. Er erniedrigte sie zu einem Metier, gebrauchte sie als lebendige Gliederpuppe, die er aufstellte und kopierte, wie er etwa einen Krug für ein Stilleben kopiert haben würde.

Diesmal überhastete Claude sich nicht. Und bevor er an die Ausführung der großen Figur ging, ermüdete er Christine monatelang, studierte sie in allen möglichen Stellungen, weil er, wie er sagte, in den Tonwert ihrer Haut eindringen wollte. Endlich nahm er eines Tages die Ausführung in Angriff. Es war an einem Herbstvormittag, an dem eine herbe Brise wehte. Obwohl der Ofen bullerte, war es nicht gerade warm in dem großen Atelier. Da der kleine Jacques, der noch an einem seiner Stumpfsinnsanfälle litt, nicht hatte zur Schule gehen können, hatte sie sich entschlossen, ihn, nachdem sie ihn ermahnt, recht artig zu sein, in die Kammer einzuschließen. Frostbebend entkleidete sich die Mutter, stellte sich regungslos vor den Ofen und nahm ihre Pose ein.

Die erste Stunde schickte Claude, ohne ein Wort an sie zu richten, von der Höhe seiner Leiter herab von der Schulter bis zu den Knien scharfe Blicke über ihren Leib hin. Sie aber ward von einer drückenden Traurigkeit überwältigt. Sie fürchtete schlapp zu werden, wußte nicht, ob sie von der Kälte litt oder von einer Verzweiflung, die sie bitter aus einer fernen Tiefe ihres Wesens in sich aufsteigen fühlte. Ihre Ermüdung war so groß, daß sie taumelte und mühsam, mit steif gewordenen Beinen ein paar Schritte tat.

»Wie, schon müde!« rief Claude. »Aber du posierst ja erst seit einer Viertelstunde? Willst du dir nicht deine sieben Franken verdienen?«

In seine Arbeit vertieft, hatte er diesen Scherz in mürrischer Weise hingeworfen. Kaum hatte sie aber unter dem Überwurf, in den sie sich gehüllt, den Gebrauch ihrer Glieder wiedergewonnen, als er hastig rief:

»Los, los! Nicht gefaulenzt! Das ist ein wichtiger Tag heute! Es heißt, Genie zeigen oder umkommen!«

Als sie nackt, im bleichen Licht, ihre Pose wieder eingenommen hatte und er wieder malte, fuhr er ab und zu aus dem Bedürfnis, sich, wenn es mit seiner Arbeit voranging, reden zu hören, einen Satz fallen zu lassen, fort:

»Es ist seltsam, was für eine sonderbare Haut du hast! Sie saugt das Licht förmlich ein ... So bist du heute, man möchte es nicht für möglich halten, grau. Und ein andermal warst du rosig, oh, aber ein Rosa, das nicht echt schien! ... Das ist dumm; man weiß nicht, woran man ist.«

Er hielt ein, blinzelte mit den Augen.

»Und doch: wie großartig ist das Nackte als Solches! ... Das gibt eine prächtige Vordergrundsnote ... Und das vibriert, hat so ein wunderbares Leben, als sähe man das Blut durch die Muskeln pulsen ... Ah, eine gut gezeichnete Muskulatur, ein solid gemaltes Glied, im vollen Licht, da geht nichts darüber, das ist göttlich! ... Ich kenne keine andere Religion; mein ganzes Leben lang könnt' ich davor auf den Knien liegen.«

Als er gerade genötigt war, herabzusteigen und eine Tube zu holen, näherte er sich ihr und detaillierte mit wachsender Begeisterung ihren Körper, indem er mit der Fingerspitze jeden Teil, den er hervorheben wollte, betupfte.

»Da, das, unter der linken Brust, oh! Das ist reizend über alle Maßen! Diese Äderchen, die so bläulich schimmern, geben der Haut einen so zarten Ton; das ist ganz ausgezeichnet ... Und hier, bei der Wölbung der Hüfte, dies goldgeschattete Grübchen: das ist eine Lust! ... Und hier, unter der prallen Modellierung des Bauches, diese klare Leistenlinie, der leis karminrote Punkt im matten Gold! ... Besonders die Bauchlinie ist es, die mich begeistert. Ich kann keine sehen, ohne daß ich die ganze Welt verschlingen möchte. Es ist so schön, das zu malen, ein wahrer Sonnenglanz!«

Und als er dann wieder oben auf der Leiter war, rief er in seinem Schaffenseifer:

»Donnerwetter, wenn ich mit dir kein Meisterwerk zustande bringe, so bin ich ein elendes Schwein!«

Christine schwieg. Ihre Bangigkeit wuchs, denn ihre Vorahnungen gestalteten sich immer beharrlicher. Wie sie unter dem harten Zwang ihrer Pose unbeweglich dastand, litt sie unter einem Mißbehagen, das ihre Nacktheit verursachte. An jeder Stelle, wo Claudes Finger sie berührt hatte, empfand sie eine Kühle, als dränge die Kälte, von der sie zitterte, dort in ihren Körper ein. Der Versuch war gemacht, was hatte sie jetzt noch zu erhoffen? Für diesen einst über und über von seinen Küssen bedeckten Leib hatte er keinen Blick mehr; er verehrte ihn bloß noch als Künstler. Eine Tönung der Brust begeisterte ihn, eine Bauchlinie zwang ihn vor Andacht auf die Knie, während er das alles eh in blindem Drange der Umarmungen, in denen sie so ganz ineinander aufgegangen waren, ohne zu sehen an seine Brust gedrückt hatte. Ach, es war das Ende! Nicht sie mehr, er liebte in ihr bloß noch seine Kunst, die Natur, das Leben. Und die Augen ins Leere gerichtet, stand sie starr wie Marmor und hielt die

Tränen zurück, von denen ihr das Herz schwoll, war so elend, daß sie nicht einmal mehr weinen konnte.

Aber da erhob sich von der Kammer her eine Stimme, und kleine Fäuste hieben gegen die Tür.

»Mama, Mama! Ich kann nicht schlafen, ich langweile mich ... Mach doch auf, Mama! Ja?«

Jacques wurde unruhig. Verdrießlich brummte Claude, daß man nicht einen Augenblick Ruhe hätte.

»Gleich!« rief Christine. »Schlaf! Laß deinen Vater arbeiten!«

Doch von einer neuen Unruhe ergriffen, sah sie zur Tür hin. Und endlich gab sie für einen Augenblick ihre Pose auf und hing, um das Schlüsselloch zu verdecken, ihr Kleid an die Klinke. Dann trat sie, ohne etwas zu sagen, den Kopf aufrecht, den Leib etwas zurückgebogen, mit schwellendem Busen, wieder an den Ofen.

Endlos ging die Sitzung weiter, Stunde um Stunde ging hin. Immer stand sie da, bot sich in dieser Haltung einer Badenden, die sich ins Wasser werfen will, dar; während er auf seiner Leiter meilenweit von ihr weg war, für das andere Weib brannte, das er da malte. Sie war wieder Ding geworden, eine schöne Farbenvorlage. Er sah seit dem Morgen nur sie; sie aber erblickte sich nicht mehr in seinen Augen, war für ihn von jetzt ab eine Fremde, von ihm verstoßen.

Endlich machte die Erschöpfung ihn doch aufhören, und da sah er, wie sie zitterte.

»Ist dir kalt?«

»Ja, ein wenig.«

»Das ist merkwürdig! Ich glühe ... Aber ich will nicht, daß du dich erkältest. Auf morgen!«

Als er herabstieg, glaubte sie, er werde kommen und sie küssen. Gewöhnlich lohnte er ihr, mit einer letzten Anwandlung ehelicher Ritterlichkeit, die Langeweile der Sitzung mit einem flüchtigen Kuß. Aber er war so von seiner Arbeit erfüllt, daß er es vergaß. Er wusch sofort seine Pinsel, die er kniend in einen Topf mit schwarzem Seifenwasser tauchte. Sie aber blieb, nackt wie sie war, noch stehen, wartete, hoffte noch. Eine Minute ging hin. Er verwunderte sich über den unbeweglichen Schatten, sah sie überrascht an; dann begann er kräftig seine Pinsel zu reiben. Da kleidete sie sich in ihrer furchtbaren Verwirrung darüber, so verschmäht zu sein, mit vor Hast bebenden Händen an. Sie knöpfte das Hemd zu, verwickelte sich in ihren Röcken, hakte, als wollte sie vor der Schmach ihrer ohnmächtigen Blöße, die künftig unter ihrem Hemd altern mochte, fliehen, den Schnürleib verkehrt ein. Verachtung vor sich selbst, ein Ekel ergriff sie, so tief gesunken zu sein. Sie fühlte die Niedrigkeit des Fleisches, war besiegt.

Doch am nächsten Tage mußte sie sich wieder in dieser kalten Atelierluft, in diesem brutal grellen Licht darbieten. War's nicht von jetzt ab ihr Gewerbe? Wie sollte sie's jetzt noch verweigern, wo es schon zur Gewohnheit geworden war? Sie hätte ja Claude auch keinen Verdruß bereiten mögen. Und so hub mit jedem Tage diese schmähliche Niederlage ihres Leibes von neuem an. Er aber sprach nicht einmal mehr von diesem brennenden, erniedrigten Leib. Seine Leidenschaft für ihn war in sein Werk übergegangen, auf die geliebten Tönungen, die sie ihm gab. Nur sie machten ihm das Blut rascher schlagen; sie, die Glied für Glied seinen Anstrengungen entsprangen. Wenn er dort, auf dem Lande, zur Zeit ihrer großen Liebe, gemeint hatte, das Glück zu besitzen, indem er lebend eine in seinen Armen gefühlt, so war das immer noch nichts gewesen als die ewige Illusion, da sie sich ja trotzdem fremd geblieben waren. Und er zog die Illusion, die ihm seine Kunst gewahrte, vor, diese Jagd nach der niemals erreichten Schönheit, diese rasende Sehnsucht, die sich nie zufrieden gab. Oh, sie alle zu wollen, sie so zu schaffen, wie er es träumte, die seidigen Brüste, die ambrafarbenen Hüften, die jungfräulich zarten Bäuche, und sie nur ihrer schönen Tönungen wegen zu lieben; zu empfinden, wie sie flohen, man sie nie umfangen konnte! Christine war die Möglichkeit, das erreichbare Ziel; und Claude, der Kämpfer des Unerschaffenen, wie Sandoz ihn zuweilen lachend nannte, war nur zu bald seines Besitzes satt geworden.

Monate hindurch mußte Christine sich auf solche Weise mit dem Modellstehen abquälen. Mit ihrem schönen Zusammenleben war's vorbei; es schien, als hätte er eine Mätresse ins Haus geführt, das Weib, das er da nach ihr malte, als wäre ihre Ehe eine zu dreien geworden. Das riesige Gemälde erhob sich zwischen ihnen, trennte sie wie eine unübersteigliche Mauer. Er aber lebte jenseits mit der anderen. Sie ward wie toll vor eifersüchtigem Schmerz über diese Verdoppelung ihrer Person und durfte doch nicht wagen, ihm von ihrem Elend zu sprechen; er würde sie ja ausgelacht haben. Und sie wußte, daß sie sich nicht täuschte, daß er ihr Nachbild ihr selbst vorzog, daß es von ihm vergöttert wurde, daß er einzig mit ihm sich beschäftigte, all seine Zärtlichkeit ihm gehörte. Er rieb sie mit dieser Modellsteherei auf, bloß um die andere um so schöner zu gestalten. Nur aus der anderen sog er Freude oder Trübsinn, je nachdem er sie unter seinem Pinsel sich beleben oder verkümmern sah. War das nicht Liebe? Was für ein Leiden, daß sie ihren Leib darbieten mußte, damit die andere aus ihm erstünde, das Gespenst dieser Nebenbuhlerin zwischen ihnen stand, mächtiger als die Wirklichkeit, im Atelier, bei Tisch, im Bett, überall! Ein Staub, ein Nichts, etwas Farbe auf einer Leinwand, ein bloßes Phantom, das doch all ihr Glück zerbrach, ihn stumm, gleichgültig, ja manchmal roh machte, während sie der Qual ihres Verlassenseins preisgegeben, in Verzweiflung war, diese Konkubine nicht verjagen zu können, die mit ihrer schrecklichen Bildstarre immer mehr Macht gewann.

Und von da an geschah es, daß Christine, endgültig geschlagen, die Souveränität der Kunst mit ihrer ganzen Wucht auf sich lasten fühlte. Nachdem sie diese Malweise bereits ohne Vorbehalt anerkannt hatte, erhob sie sie noch zu einem grausamen Tabernakel, vor dem sie vernichtet in den Staub sank wie vor jenen mächtigen Zorngottheiten, die man aus dem Übermaß von Haß und Furcht, das sie einflößen, anbetet. Es war eine heilige Furcht in der Gewißheit, daß sie nicht zu kämpfen hatte, daß sie, wenn sie sich noch länger widersetzte, gleich einem Halm zertreten werden würde. Die Gemälde wuchsen sich ihr jetzt zu riesigen Dimensionen aus, noch die kleinsten schienen ihr triumphreich, und selbst die minderwertigen drückten ihr Selbstgefühl zu Boden. Überwältigt, zaghaft, kritisierte sie nicht mehr, sondern fand sie alle bedrückend und antwortete auf die Fragen ihres Gatten nie mehr als:

»Oh, sehr schön!... Oh, herrlich!... Oh, das ist außerordentlich, außerordentlich!«

Doch hegte sie gegen ihn selbst keinen Zorn. Unter zärtlichen Tränen vergötterte sie ihn, wenn sie ihn sich selbst so aufreiben sah.

Nachdem es ihm einige Wochen mit der Arbeit geglückt war, hatte er sich alles wieder verdorben und konnte mit seiner großen Weibgestalt nicht zu Rande kommen. Und so quälte er sein Modell aufs äußerste, arbeitete Tage hindurch ohne Rast und Ruhe. Dann gab er für einen Monat alles auf. Zehnmal hatte er die Gestalt angefangen, wieder aufgegeben, ganz neu gemacht. Ein Jahr, zwei gingen hin, ohne daß das Gemälde fertig ward. Manchmal war es so gut wie beendet, und den Tag drauf kratzte er's wieder weg, um von neuem zu beginnen.

Welch ein Ringen voll Blut und Tränen, in dem er sich da aufrieb, um Fleisch zu bilden, ihm Leben einzuhauchen! Immer war er im Kampf mit der Wirklichkeit und war er der Besiegte. Es war das Ringen mit dem Engel. Er brachte sich mit dem unmöglichen Streben um, die volle Natur auf die Leinwand zu bannen, erschöpfte mit der Zeit in diesen beständigen schmerzhaften Anspannungen seine Muskeln, ohne daß seine Wehen seinen Genius gebären machten. Das, was den anderen genügte, die ungefähre Wiedergabe, die unerläßlichen Notbehelfe, schuf ihm quälende Gewissensbisse, brachte ihn auf wie eine feige Schwäche. Und er begann von neuem, verwarf das Gute um des Besseren willen, fand, daß es noch nicht »sprechend« sei, war unzufrieden mit seinen lieben Weibern, wie es die Kameraden scherzend nannten, weil sie nicht mit ihm schlafen wollten. Woran fehlte es eigentlich, daß er sie nicht lebendig gestalten konnte? Ohne Zweifel ein Nichts. Vielleicht war es ein Zuwenig, vielleicht ein Zuviel. Eines Tages vernahm er hinter seinem Rücken den Ausdruck »unvollkommenes Genie« und fühlte sich davon geschmeichelt und zugleich erschreckt. Ja, das war es wohl: der zu kurze oder zu lange Anlauf, der Mangel an Gleichgewicht der Nerven, der sein Gebrechen war, die angeborene Unvollkommenheit, die um ein paar Gramm mehr oder weniger anstatt eines großen Mannes einen Narren geschaffen hatte. Wenn eine Anwandlung von Verzweiflung ihn aus dem Atelier vertrieb und er sein Werk floh, war es dieser Gedanke einer verhängnisvollen Ohnmacht, der ihn hatte und der wie eine beständig tönende Glocke ihm im Schädel summte.

Sein Leben wurde bejammernswürdig. Noch nie hatte der Zweifel, den er an sich selbst hegte, ihm in einem derartigen Grade zugesetzt. Er verschwand für ganze Tage. Einmal blieb er sogar eine ganze Nacht fort und kehrte dann stumpf und gebrochen am nächsten Morgen heim, ohne sagen zu können, wo er gewesen war. Man konnte denken, daß er, um sich nur nicht seinem verfehlten Werke gegenüber zu befinden, sich in der Umgegend von Paris umhergetrieben hatte. Seit dies Werk ihn nur noch mit Scham und Haß erfüllte, war es seine einzige Erleichterung, vor ihm zu fliehen und erst dann zurückzukehren, wenn er wieder so viel Mut fühlte, es von neuem mit ihm aufzunehmen. Kehrte er dann zurück, wagte seine Frau ihn gar nicht erst zu fragen. Sie war nach all ihrem angstvollen Warten schon froh, daß er überhaupt wieder da war. Von einem Bedürfnis getrieben, sich herabzuwürdigen, mit Tagelöhnern zu verkehren, irrte er durch Paris wie ein Wilder, besonders durch die Vorstädte, und brachte bei jeder derartigen Krise seinen alten Wunsch zum Ausdruck, der erste, beste Maurergeselle zu sein. Damals, als er noch bei Gomard im »Chien de Montargis« gefrühstückt hatte, wo er mit einem gewissen Limousin befreundet gewesen war, einem großen, munteren Kerl, den er um seine kräftigen Arme beneidet hatte, hätte er sich anwerben lassen sollen. Wenn er dann aber mit mürben Beinen und leerem Schädel wieder nach der Rue Tourlaque zurückkam, warf er auf sein Gemälde einen scheuen, schmerzbetäubten Blick, als sähe er in einem Sterbegemach einen teuren Toten vor sich. Bis ihm dann neue Hoffnung, ihn endlich doch zum Leben zu erwecken, ihre fiebernde Flamme in die Wangen trieb.

Eines Tages stand ihm Christine. Die Weibgestalt schien wieder einmal vollendet. Allein seit einer Stunde war Claudes Miene finster geworden, und er hatte all die kindliche Freude, die er zu Anfang der Sitzung gezeigt, verloren. So wagte Christine denn kaum zu atmen. Sie fühlte an ihrem eigenen Unbehagen, daß wieder einmal alles mißraten war, und fürchtete die Katastrophe, wenn sie auch nur einen Finger rührte, zu beschleunigen. Und tatsächlich ließ er plötzlich einen Schmerzensschrei vernehmen und tat einen furchtbaren Fluch.

»Ah, gottverdammt!«

Er schleuderte seinen Pinsel von der Leiter herab, und blind vor Wut tat er in die Leinwand hinein einen Fausthieb.

Christine reckte ihre bebenden Hände nach ihm aus.

»Lieber, Lieber!«

Doch als sie den Überwurf über die Schultern geworfen und sich ihm genähert hatte, empfand sie im tiefsten Herzen eine übermäßige Freude, die wie der Ausbruch eines gestillten Rachegefühls war. Der Fausthieb war mitten in die Brust der anderen gefahren, es klaffte ein großes Loch. Endlich war sie vernichtet.

Starr über seine Tat blickte Claude auf die in dieser Brust klaffende Höhle. Und es überkam ihn ein unsäglicher Schmerz. Es war, als ob aus der Wunde das Lebensblut seines Werkes entflöhe. War es möglich? War er es gewesen, der das, was ihm das Liebste auf der Welt war, hatte vernichten können? Sein Zorn wich einer Betäubung. Er tastete mit den Fingern über die Leinwand hin, zog an den Rändern des Risses, als hätte er die Lippen einer Wunde zusammenfügen wollen. Es war ihm, als müsse er ersticken. Von einem unendlich zärtlichen Schmerz überwältigt wimmerte er:

»Sie ist entzwei ... Sie ist entzwei ...«

Christine fühlte sich bis ins Innerste bewegt. All ihr mütterliches Gefühl für ihr großes Kind verzieh ihm wie immer. Und da sie sah, daß er nur den einen Gedanken hatte, den Riß sofort wieder auszubessern und das Übel zu heilen, so half sie ihm. Sie hielt die Lappen, während er von hinten ein Stück Leinwand draufklebte. Als Christine sich wieder ankleidete, war die andere, unsterblich, auf der Herzgegend nur eine winzige Narbe, die den Maler vollends hinnahm, von neuem da.

In diesem zunehmenden Hinschwinden seines Gleichgewichtes gelangte Claude zu einer Art von Aberglauben, zu einem frommen Glauben, daß alles von den Vorbereitungen abhinge. Er verwarf das Öl, sprach von ihm wie von einem persönlichen Feind. Dagegen sollte Essenz die Farben matt und solid machen. Außerdem hatte er alle möglichen, von ihm geheimgehaltenen Mittel, die er benutzte: Ambralösungen, flüssigen Kopal und noch andere Harze, die schnell trockneten und das Rissigwerden des Gemäldes verhüteten. Einen beständigen Kampf aber hatte er gegen das schreckliche Einschlagen der Farben zu führen; denn seine ungeleimte Leinwand sog sofort das wenige Öl der Farben auf. Stets hatte ihm auch die Wahl der Pinsel Sorge gemacht. Sie mußten von einer besonderen Beschaffenheit sein. Die aus Marderhaar verwarf er, verlangte gedörrtes Roßhaar. Ein Hauptgewicht legte er auch auf die Palettenmesser, die er, wie Courbet, für die Hintergründe verwandte. Er besaß von ihnen eine ganze Sammlung: lange, die biegsam waren, kurze kräftige, besonders aber ein dreieckiges, wie es die Glaser gebrauchen, das er sich eigens für seinen Gebrauch hatte anfertigen lassen, das wahre Messer Delacroix'. Übrigens gebrauchte er niemals den Schaber, auch nicht den Kratzer; er fand deren Gebrauch unanständig. Doch gestattete er sich sonst beim Auftragen des Tones alle möglichen Arten von geheimen Kunstgriffen und dachte sich Rezepte aus, mit denen er jeden Monat wechselte; auch glaubte er plötzlich das Geheimnis der guten Malerei damit entdeckt zu haben, daß er das leichtflüssige Öl verschmähte, wie man es früher verwendet hatte. Er arbeitete mit allmählichen Pinselstrichen, übermalte, bis er den genauen Tonwert erzielt hatte. Lange war es eine seiner Manien gewesen, von rechts nach links zu malen. Ohne es einzugestehen, war er überzeugt, daß ihm das Glück bringe. Ganz besonders wurde ihm aber seine Theorie von den Komplementärfarben verhängnisvoll. Schon Gagniere, der gleichfalls sehr zu technischen Spekulationen neigte, hatte ihm davon gesprochen. Aber dann hatte er nach seiner beständigen, übertrieben leidenschaftlichen Art selbst dies wissenschaftliche Prinzip noch auf die Spitze getrieben, das aus den drei primären Farben, Gelb, Rot, Blau, die drei sekundären, Orange, Grün, Violett, dann eine ganze Folge von komplementären und gleichartigen hervorgehen läßt, deren Komponenten sich die eine aus der anderen mathematisch bedingen. So drang die Wissenschaft in die Malerei ein, und es war eine Methode logischer Beobachtung geschaffen. Man brauchte bloß die Hauptfarbe eines Gemäldes zu nehmen, deren Komplementär- oder Similärfarbe zu bestimmen, um auf experimentellem Wege zu den sich daraus ergebenden Variationen zu gelangen. So wandelte sich zum Beispiel ein Rot neben einem Blau in ein Gelb; eine ganze Landschaft änderte durch die Reflexe und die Zersetzung des Lichtes, je nachdem Wolken vorübergingen, ihren Ton. Daraus zog er den richtigen Schluß, daß die Dinge keine feste Farbe haben, daß sie sich nach Maßgabe wechselnder Umstände färben. Einen großen Übelstand bedeutete es aber, daß, wenn er dann zur direkten Beobachtung überging, er, von dieser wissenschaftlichen Angelegenheit voreingenommen, die feinen Nuancen forcierte und die Genauigkeit der Theorie durch zu lebhafte Noten bekräftigte. Und so wurde aus seiner so eigenartigen, klaren Darstellung des schwingenden Sonnenlichtes ein waghalsiges Experiment, das alle Gewohnheit des Auges über den Haufen warf und violette Leiber unter trikoloren Himmel setzte. Das konnte nur auf den Wahnsinn hinauslaufen. Die materielle Not gab Claude vollends den Rest. Sie war, seit man ohne zu rechnen vom Kapital lebte, mit der Zeit immer größer geworden; und als von zwanzigtausend Franken nicht ein Sou mehr übrig war, ereignete sich der unabwendbare Zusammenbruch. Christine wollte Arbeit suchen; aber sie verstand sich ja auf nichts, nicht einmal aufs Nähen. Die Hände im Schoß jammerte sie und verwünschte ihre törichte Erziehung, die ihr bloß die einzige Möglichkeit ließ, sich, wenn ihre Lage sich nicht besserte, als Magd zu verdingen. Claude aber, der der Spott von Paris geworden war, konnte schlechterdings nichts absetzen. Eine unabhängige Ausstellung, in der er zusammen mit Kameraden ein paar Bilder gezeigt hatte, gab ihm bei den Kunstliebhabern noch ganz den Rest, so sehr machte sich die Öffentlichkeit über seine in allen Farben des Regenbogens spielenden Bilder lustig. Die Kunsthändler flohen ihn. Einzig Herr Hue kam nach der Rue Tourlaque, geriet vor seinen tollsten und wirrsten Sachen in Ekstase, konnte aber bloß bedauern, daß er sie nicht mit Gold aufzuwiegen vermöchte. Der Maler hatte gut sagen, daß er sie ihm schenke, daß er ihn beschwöre, sie anzunehmen; der kleine Bürger war in dieser Beziehung von einer außerordentlichen Gewissenhaftigkeit, sparte sich von seinem Lebensunterhalt ab, um ab und zu eine Summe zusammenzubringen, worauf er dann die betreffende Verrücktheit, die er neben seine Meisterwerke hing, andachtsvoll davontrug. Aber solch eine Aushilfe kam zu selten vor. So hatte Claude sich entschließen müssen, für den Handel zu arbeiten. Er tat es mit solchem Widerstreben, war so verzweifelt, in diesen Bagno, den er ja so verschworen hatte, hinabzusinken, daß er, hätte er nicht für die zwei armen, mit ihm leidenden Wesen zu sorgen gehabt, lieber Hungers gestorben wäre. Er lernte den Leidensweg der zum Ramschpreis angefertigten Arbeit kennen, malte dutzendweis bezahlte Heiligenbilder, mit der Schablone vorgezeichnete Rouleaus, all jenen elenden Kram, der die Malerei zu einer stumpfsinnigen, aller Empfindungen baren Tusch er ei erniedrigt. Doch er erlebte sogar die Schmach, daß ihm die Porträts zu fünfundzwanzig Franken zurückgegeben wurden, weil sie nicht getroffen sein sollten. Und sogar zur letzten Stufe sank er herab: er arbeitete »nach der Nummer«. Elende Kleinhändler, wie sie auf den Brücken hausieren und auch an die Wilden exportieren, kauften ihm Bilder ab, die sie, je nach ihrer Größe, mit zwei, drei Franken bezahlten. Es brachte ihn physisch herunter. Er nahm ab, wurde krank, unfähig zu jeder ernstlicheren Arbeit. Auf sein großes Bild blickte er mit einer wahren Angst, wie ein Verdammter, rührte es, als ob er seine Hände besudelt und entehrt fühlte, oft wochenlang nicht an. Kaum hatte man Brot. Die große Baracke, diese Halle, die Christine, als sie sich in ihr eingerichtet, so herrlich gefunden hatte, war im Winter unbewohnbar. Sie, die ehemals so tätige Hausfrau, drückte sich jetzt umher, hatte kaum noch Lust auszufegen. Alles verkam in Unordnung. Der kleine Jacques war durch Unterernährung geschwächt. Ihr Mahl war ein Stück im Stehen verzehrtes trockenes Brot; ihr ganzes verwahrlostes Leben versank in den Schmutz jener Armut, die selbst ihrer Menschenwürde verlustig gegangen ist.

Noch ein Jahr war vergangen, als Claude an einem der Tage, wo er seiner Depression verfallen war und sein verfehltes Bild floh, eine Begegnung hatte. Diesmal hatte er geschworen, nicht mehr zurückzukehren. Seit Mittag durchirrte er, als wäre das bleiche Gespenst der großen, nackten Gestalt hinter ihm her, beklage sich, nie über die Retusche hinauszukommen, immer unvollendet zu bleiben, und verfolge ihn mit ihrer schmerzlichen Sehnsucht, geboren zu werden, Paris. Ein Nebel ging in einen gelblichen Sprühregen über. Die Straßen waren schmutzig. Gegen fünf Uhr überschritt er auf die Gefahr hin überfahren zu werden, in seiner zerlumpten Kleidung, mit Kot bespritzt bis zum Rücken hinauf, die Rue Royale, als plötzlich eine Kutsche hielt.

»Claude! He, Claude! ... Kennen Sie Ihre Freunde nicht mehr?«

Es war Irma Bécot. Sie trug eine entzückende Toilette aus grauer Seide mit Spitzenüberwurf. Sie hatte lebhaft das Fenster heruntergelassen und sah mit einem strahlenden Lächeln aus dem Schlag.

»Wo wollen Sie hin?«

Verdutzt antwortete er, daß er nirgends wohin ginge. Sie lachte belustigt auf und sah ihn mit ihrem lüsternen Blick an, wobei ihre Lippen jenes perverse Zucken hatten, das manche Damen zeigen,

wenn sie ein plötzlicher Appetit auf eine vulgäre Speise in den ersten besten Hökerladen treibt.
»Steigen Sie also ein! ... Wie lange hat man sich nicht gesehen! ... Steigen Sie doch ein, Sie werden ja überfahren!«
Tatsächlich wurden die Kutscher ungeduldig und trieben mitten im Gedränge ihre Pferde an. Betäubt stieg er ein. Und sie entführte ihn, wie er war, durchnäßt, mit seinem armseligen, verwilderten Äußeren, in dem kleinen, blauseidenen Coupé, wo er halb auf ihrem Spitzenkleid saß, während die Fiaker über die Entführung ulkend wieder in das sich von neuem in Bewegung setzende Getriebe einlenkten.

Irma Bécot hatte endlich ihren Traum, an der Avenue Villiers ihr eigenes Heim zu besitzen, verwirklicht. Aber sie hatte Jahre dazu gebraucht. Den Baugrund hatte ihr ein Liebhaber gekauft. Dann hatten andere die fünf hunderttausend Franken für den Bau und dreihunderttausend für die Möbel gespendet. Es war eine fürstliche, mit auserlesenstem Luxus, besonders aber mit einem auf den Sinnenkitzel berechneten äußersten Raffinement ausgestattete Behausung, ein einziges, großes Hetärenboudoir, ein einziges Bett der Wollust, von den Teppichen der Vorhalle bis zu den seidenbespannten Wänden der Gemächer. Doch wie große Kosten es auch verursacht hatte: es rentierte sich. Denn man hatte für die Berühmtheit dieser purpurseidenen Betten zu zahlen; die Nächte, die man hier verbrachte, waren teuer.

Als sie mit Claude angelangt war, gab Irma Weisung, daß sie niemanden empfinge. Um ihre Laune zu befriedigen, würde sie ihr ganzes Vermögen haben in Flammen aufgehen lassen. Als sie miteinander den Speisesaal betraten, machte ein derzeit zahlender Herr trotzdem den Versuch, hineinzugelangen; aber sie befahl, ohne sich darum zu kümmern, ob sie gehört werden könnte, mit lauter Stimme, daß er abgewiesen werde. Dann, bei Tisch, war sie munter wie ein Kind, aß, obgleich sie für gewöhnlich nur wenig genoß, von allem. Ganz entzückt musterte sie den Maler und hatte an seinem vernachlässigten Bart und seinem Arbeitsjackett, an dem die Knöpfe fehlten, ihr Vergnügen. Wie im Traum ließ er sie gewähren, aß mit Heißhunger. Während sie aßen, sprachen sie nicht. Der Diener servierte mit großer Würde.

»Louis, bringen Sie den Kaffee und den Likör in mein Zimmer.«

Es war kaum acht Uhr, aber Irma wollte sich sofort mit Claude einschließen. Sie schob den Riegel vor und scherzte: »Gute Nacht, Madame ist schlafengegangen!«

»Mach's dir bequem, ich behalte dich da ... Lange genug ist davon die Rede gewesen, nicht? Dumm! Endlich mußte es ja doch mal werden!«

Ganz ruhig zog er in dem üppigen Gemach mit den malvenseidigen, mit Silberspitzen besetzten Wänden, dem riesigen, mit alten Gobelins verhangenen Bett, das wie ein Thron war, sein Jackett aus. Da er gewohnt war, in Hemdsärmeln zu sein, fühlte er sich wie zu Hause. Konnte er nicht ebensogut hier schlafen wie unter einer Brücke, da er ja doch geschworen hatte, nie wieder heimzukehren? In aller Heruntergekommenheit seiner Existenz erstaunte ihn das Abenteuer nicht einmal mehr. Sie aber hatte für diese brutale Vernachlässigung kein Verständnis; sie fand es zum Totlachen und war ausgelassen wie die Straßendirne, die sie eh gewesen. Selber schon halb entkleidet, zwickte, biß sie ihn und gebrauchte ihre Hände wie ein richtiger kleiner Taugenichts der Gasse.

»Du weißt: mein Tizian, wie sie's heißen, meine Frisur für die Gimpel, ist nicht für dich ... Ah, du bist was anderes!«

Und sie packte ihn, sagte ihm, wie sie sich nach ihm gesehnt hätte, weil er so struppig aussähe, und konnte vor Lachen kaum sprechen. Sie fand ihn so garstig, so komisch, daß sie ihn wie verrückt überall mit Küssen bedeckte.

Gegen drei Uhr früh streckte sich Irma in dem zerknitterten, zerwühlten Bett, nackt, gedunsen von ihrer Ausschweifung, und stammelte träg:

»Und dein Verhältnis? Hast du's geheiratet?«

Claude, der am Einschlafen war, öffnete trag die Augen.

»Ja.«

»Und du schläfst noch immer bei ihr?«

»Natürlich.«

Sie lachte und fügte nur hinzu:

»Ach, mein armer Dicker, mein armer Dicker, muß das langweilig sein!«

Als Irma am anderen Tag, rosig wie nach einer in festem Schlaf verbrachten Nacht, korrekt in ihrem Morgenkleid, frisiert und völlig gestillt, Claude entließ, hielt sie noch einen Augenblick seine Hände in den ihren und betrachtete ihn mit einem gleichzeitig gerührten und spöttischen Blick.

»Mein armer Dicker, dir hat das kein Vergnügen gemacht ... Nein, schwöre nicht! Wir Weiber verstehen so was ... Aber mir sehr viel; oh, sehr viel! ... Dank, schön Dank!«

Und damit war's aus. Er hätte schon arg teuer zahlen müssen, wenn sie ihn noch einmal hätte empfangen sollen.

Von dem Abenteuer tief berührt, kehrte Claude geradeswegs nach der Rue Tourlaque zurück. Er empfand ihm gegenüber eine seltsame Mischung von geschmeichelter Eitelkeit und Gewissensbiß, die ihn zwei Tage lang gegen das Malen gleichgültig stimmte und ihn darüber nachgrübeln ließ, ob er nicht vielleicht doch sein Leben verfehlt habe. Übrigens war er bei seiner Rückkehr so sonderbar, so voll von dem, was er diese Nacht erlebt, daß er, als Christine ihn gefragt hatte, zuerst irgend etwas hinstammelte, dann aber alles gestand. Es gab einen Auftritt. Lange weinte sie. Dann aber verzieh sie ihm aus unendlicher Nachsicht mit seinen Schwächen doch noch; war dann aber aus Sorge, eine derartige Nacht könnte ihn zu sehr ermüdet haben, in Unruhe. Doch auf dem Grunde ihres Kummers erhob sich eine unwillkürliche Freude, ein Stolz, daß er so geliebt worden und er eines solchen Streiches fähig gewesen war, zugleich die Hoffnung, daß er wieder zu ihr zurückkehren werde, da er doch auch zu einer anderen gegangen war. Sie erschauerte vor dem Hauch des Verlangens, das er mitbrachte; nur eine einzige Eifersucht bewegte ihr Herz: gegen dies verwünschte Gemälde. Sie warf ihn lieber einem Weibe in die Arme als dem Weib auf dem Bild.

Doch gegen die Mitte des Winters nahm Claudes Mut einen neuen Aufschwung. Eines Tages, als er zwischen alten Malrahmen kramte, fiel als letztes ein Stück von einem Bild heraus. Es war die nackte Gestalt, das liegende Weib des »Pleinair«, das er, als er das Gemälde, nachdem er's aus dem Salon der Zurückgewiesenen zurückerhalten, zerschnitten, aufbewahrt hatte. Als er es aber aufrollte, entrang sich ihm ein bewundernder Schrei.

»Wetter, ist das schön!«

Sogleich heftete er's mit vier Nägeln an die Wand. Und dann stand er stundenlang und betrachtete es. Seine Hände zitterten, eine Blutwelle schoß ihm in die Wangen. War es möglich, daß er ein solches Meisterwerk gemalt hatte? Er hatte also Genie besessen? Waren ihm Hirn, Augen, Hände ausgewechselt? Und es packte ihn ein derartiges Fieber, ein solches Bedürfnis, sich mitzuteilen, daß er schließlich seine Frau herbeirief:

»Komm doch, sieh! ... He, ist das nicht gemalt? Sind das nicht fein ausgeführte Muskeln? ... Sieh, dieser in Licht gebadete Schenkel! Und hier die Schulter, bis zur Schwellung des Busens hin! v... Ah, mein Gott! Hat das ein Leben! Ja, ich fühle sie leben, als ob ich sie berührte! Die weiche, warme Haut! Ich spüre förmlich ihren Hauch!«

Christine, die neben ihm stand, schaute und antwortete mit kurzen Worten. Diese Auferstehung ihrer selbst, nach Jahren, so wie sie mit achtzehn Jahren gewesen war, schmeichelte und überraschte sie zunächst. Aber als sie sah, wie er sich begeisterte, empfand sie ein zunehmendes Mißbehagen, eine unbestimmte Gereiztheit, über deren Ursache sie sich nicht klar war.

»Wie? Du findest sie nicht zum Anbeten schön?«

»Doch, doch ... Aber sie hat nachgedunkelt.«

Aufgeregt widersprach Claude. Ach, wie denn, nachgedunkelt! Niemals könne sie nachdunkeln, ihre Jugend sei unvergänglich. Eine Liebesempfindung bemächtigte sich seiner, er sprach von ihr wie von einerlebenden Person, hatte immer wieder das Verlangen, sie anzusehen, und bei solchen Gelegenheiten ließ er alles stehen und liegen, als renne er zum Stelldichein.

Dann ergriff ihn eines Morgens eine mächtige Arbeitswut.

»Aber verdammt! Hab' ich das gemacht, so kann ich es doch wieder machen! ... Gib acht, wenn ich nicht ganz und gar zum Trottel geworden bin, sollst du was erleben!«

Und auf der Stelle mußte Christine ihm Modell stehen; denn er war schon oben auf der Leiter, brannte vor Begier, sich wieder an sein großes Bild zu machen. Einen Moment lang nötigte er sie, ihm, obgleich ihr die Beine infolge der fortwährenden Bewegungslosigkeit wie zerschlagen waren, ohne ihrer Erschöpfung wegen Mitleid zu empfinden, da er ja doch selber trotz seiner eigenen Ermüdung eine so ausdauernde Kraft fühlte, nackt Modell zu stehen. Er versteifte sich darauf, ein Meisterwerk zustande zu bringen, stellte sich die Anforderung, daß seine stehende Figur der liegenden, die er da von der Wand herschimmern sah, gleichwertig werden sollte. Beständig holte er sich bei ihr Rat, verglich sie, ganz verzweifelt und gepeitscht von seiner Angst, er könne das niemals mehr erreichen. Bald warf er einen Blick auf sie, bald auf Christine und erging sich, wenn er nicht zufrieden war, in Verwünschungen. Schließlich fiel er über seine Frau her.

»Übrigens, lieber Schatz, bist du auch nicht mehr, wie du damals am Quai Bourbon warst! Ah, ganz und gar nicht! ... Es ist recht merkwürdig: dein Busen war so frühzeitig entwickelt. Ich erinnere mich, wie es mich überraschte, als ich diese reife Fülle gegen den übrigen Körper sah, der noch ganz kindlich war ... Und so frisch, so rosig, eine wahre aufbrechende Knospe, solch eine lenzliche Anmut ... Gewiß, ja! Du kannst dir was drauf einbilden: dein Körper war außerordentlich schön gebaut!«

Er hatte nicht die Absicht, sie mit dem, was er sagte, zu verletzen; er sprach bloß als Beobachter, mit gekniffenen Augen, sprach von ihrem Leib wie von einem Studienobjekt, das einen Schaden erlitten hatte.

»Die Tönung ist noch immer herrlich; aber die Linie, nein! Damit ist nichts mehr los ... Die Beine, oh! Die Beine sind noch immer sehr schön; die halten bei der Frau am längsten ... Aber der Bauch und die Brüste, die sind hin. Und da sind, sieh dich mal im Spiegel, unter den Achselhöhlen solche gebauschte Säcke; die sind nichts weniger als schön. Sieh, an ihrem Körper findest du so was nicht.«

Mit einem zärtlichen Blick deutete er auf die liegende Gestalt und schloß ab:

»Du kannst natürlich nichts dafür; aber, immerhin stört es mich ... Ah, kein Glück, kein Glück!«

Sie hörte das mit an. Vor Gram wankte sie. Sie hatte von diesen Modellstunden schon so viel zu leiden gehabt; jetzt aber wurden sie ihr zu einer unerträglichen Folter. Was wollte er damit, daß er sie mit ihrer Jugend quälte, ihre Eifersucht damit reizte, daß er sie mit der Trauer um ihre hingeschwundene Schönheit vergiftete? So daß sie ihre eigene Nebenbuhlerin wurde, daß sie ihre frühere Gestalt nicht mehr ansehen konnte, ohne daß sich ihr das Herz vor üblem Leid zusammenkrampfte. Ah, wie lastete dies Abbild, diese nach ihr gemachte Studie, auf ihrem Dasein! All ihr Elend rührte einzig daher. Zuerst, daß sie ihm, als sie geschlafen hatte, ihre Brust gezeigt; dann, daß sie in jenem Augenblick eines zärtlichen Liebesopfers freiwillig ihren jungfräulichen Leib entkleidet hatte; alsdann nach dem Hohn der Menge, die ihre Blöße verspottet hatte, ihre völlige Hingabe; und dann weiter, ihr ganzes seitheriges Leben, bis zur Erniedrigung des Modellstehens, das sie um die Liebe ihres Gatten gebracht hatte. Und dies Bild war von neuem erstanden; lebensfrischer als sie, vernichtete sie vollends. Denn beide Werke waren ja nur noch ein und dasselbe: das liegende Weib des früheren Bildes hatte sich in dem stehenden des neuen bloß aufgerichtet.

Von da an fühlte Christine sich bei jeder Sitzung mehr altern. Sie betrachtete sich mit verstörten Blicken, glaubte Runzeln zu entdecken, die reinen Linien ihres Körpers sich entstellen zu sehen. Noch nie hatte sie sich mit solcher Aufmerksamkeit studiert. Sie schämte sich ihres Leibes, verabscheute ihn mit jener unsäglichen Verzweiflung, mit der feurige Weiber bei dem Schwinden ihrer Schönheit auch die Liebe fliehen sehen. Darum also liebte er sie nicht mehr, brachte er seine Nächte bei anderen Weibern zu, wandte seine Leidenschaft von der lebendigen Natur ab seinem Werke zu! Es führte dahin, daß ihr Verstand stumpf den einfachsten Dingen gegenüber versagte, daß sie sich in ihrem Äußern zu vernachlässigen begann, in Nachtjacke und schmutzigem Rock einherging und jeden Trieb zu gefallen verlor. Denn was half's, noch weiter zu kämpfen? Sie wurde ja alt.

Eines Tages aber, als Claude gelegentlich einer schlecht verlaufenen Sitzung einen fürchterlichen Wutschrei ausstieß, wurde das Maß ihrer Leiden endgültig voll. Außer sich, von einem seiner Jähzornsanwandlungen gepackt, bei denen er sich selbst nicht kannte, war er nahe daran gewesen, seine Leinwand abermals zu vernichten. Dann aber reckte er die Fäuste gegen sie hin, ließ seine Wut an ihr aus und schrie:

»Nein, es ist so: ich kann mit dir nichts anfangen ... Wenn man Modell sein will, darf man kein Kind in die Welt gesetzt haben.«

Außer sich über diesen Schimpf stürzte sie weinend zu ihren Kleidern hin, fing an, sich anzuziehen. Doch ihre Hände verwirrten sich, sie konnte ihre Kleidungsstücke nicht so schnell erraffen, wie sie sich anzukleiden hastete. Doch schon stieg er reuevoll von der Leiter herab und beruhigte sie.

»Ich tat dir weh, verzeih! Ich bin ein unglückseliger Mensch ... Bitte, erbarme dich, tu mir den Gefallen, steh mir noch ein wenig; zeig mir, daß du mir vergibst!«

Er nahm sie, nackt wie sie war, in seine Arme und hielt sie, entwand ihr das Hemd, das sie schon halb übergestreift hatte. Und wieder einmal verzieh sie ihm, nahm wieder ihre Pose ein. Doch zitterte sie dabei so, daß die schmerzlichen Zuckungen ihr über den ganzen Leib gingen, während ihr die dicken Tränen über die Wangen auf die Brust herabrannen und sie starr wie eine Statue dastand. Ihr Kind! Ah gewiß, ja! Besser wär's gewesen, sie hätte es nicht zur Welt gebracht! Vielleicht war's an allem schuld. Sie weinte nicht mehr. Schon entschuldigte sie den Vater, empfand einen heimlichen Zorn gegen das arme Wesen, für das sich ihr nie ein mütterliches Gefühl geregt hatte, das sie jetzt aber bei dem Gedanken, daß es ihre Liebe zerstört hatte, geradezu haßte.

Claude aber blieb diesmal standhaft, stellte sein Bild fertig und nahm sich fest vor, es auszustellen. Er kam nicht mehr von seiner Leiter herunter, besserte an den Hintergründen bis in den dunkelnden Abend hinein. Endlich erklärte er ganz erschöpft, daß er nun nichts mehr daran ändern wolle. Als diesen Tag gegen vier Uhr Sandoz ihn besuchen kam, war er nicht da. Christine sagte, daß er ausgegangen wäre, um ein paar Augenblicke frische Luft zu schöpfen.

Zwischen Claude und seinen alten Freunden war es allmählich zu einem immer entschiedeneren Bruch gekommen. Von seiner wirren Malweise befremdet und mehr und mehr von der Bewunderung, die sie ihm früher hatten zuteil werden lassen, abgekommen, hatten sie ihre Besuche immer kürzer und seltener werden lassen. Jetzt ließ sich niemand mehr blicken, nicht einer kam mehr. Gagnière hatte übrigens Paris verlassen und wohnte, nachdem er sich zu aller Erstaunen mit seiner Musiklehrerin, einem älteren Fräulein, die ihm abends Wagner vorspielen mußte, verheiratet hatte, in einem seiner Häuser in Melun, wobei er schlecht und recht von dem Mietsertrag des anderen lebte. Was Mahoudeau anbetraf, so entschuldigte er sich mit vieler Arbeit. Da er einen Fabrikanten von Kunstbronzen gefunden hatte, dessen Modelle er retuschierte, so hatte er angefangen, ein gut Stück Geld zu verdienen. Anders verhielt es sich mit Jory, den man, seit Mathilde ihn despotisch zu Hause hielt, überhaupt nicht mehr zu Gesicht bekam. Sie stopfte ihn mit einer leckeren Küche, stumpfte ihn mit ihren Liebeskünsten ab und fütterte ihn dermaßen mit allem, was er gern hatte, daß er, der frühere Pflastertreter, der Geizhals, der ohne zu zahlen sein Vergnügen an den Straßenecken gesucht hatte, häuslich geworden war wie ein treuer Hund. Er gab ihr den Schlüssel zum Geld und hatte höchstens an einem Tage, wo sie ihm einmal zwanzig Sous gab, so viel, daß er sich eine Zigarre kaufen konnte. Es hieß sogar, daß sie, die ja früher so fromm gewesen war, um ihn ganz und gar in ihre Gewalt zu bekommen, ihn bekehrt hätte und ihm vom Tode spräche, vor dem er eine ganz entsetzliche Angst hatte. Nur Fagerolles tat seinem alten Freund gegenüber ausnehmend herzlich, wenn er mit ihm zusammentraf, und versprach immer, ihn besuchen zu wollen, ohne daß er's wahr machte. Er war seit seinem großen Erfolg so beschäftigt, so ausposaunt, gefeiert, so an alle Litfaßsäulen geklebt, Reichtum und alle Ehren schienen ihm vorbehalten. Claude aber fühlte sich infolge einer gewissen Zuneigung von ihren gemeinsamen Kindheitserinnerungen her, die er ihm trotz der Abkühlung, die die Verschiedenheit ihrer Naturen später mit sich gebracht, bewahrt hatte, eigentlich schmerzlich berührt bloß durch den Verlust Dubuches. Doch auch Dubuche schien nichts weniger als glücklich zu sein. Gewiß, er war Millionär, aber trotzdem unglücklich. Denn er lebte in beständigem Zwist mit seinem Schwiegervater, der ihm vorwarf, daß er ihn über seine Fähigkeiten als Architekt sehr getäuscht hätte. Im übrigen mußte er sein Dasein zwischen den Arzneiflaschen seiner kranken Frau und seiner kranken Kinder, Frühgeburten, die mit aller erdenklichen Fürsorge gepflegt werden mußten, hinbringen.

Von all seinen früheren Freunden war's also einzig noch Sandoz, der den Weg zur Rue Tourlaque zu finden schien. Er kam dorthin des kleinen Jacques, seines Patenkindes, wegen. Auch Christines, des armen Weibes, wegen, die ihn, wie sie mit ihrem leidenschaftlichen Wesen mitten in all diesem Elend stand, tief rührte. Sie erschien ihm wie eine von jenen starken, liebenden Gestalten, die er in seinen Büchern zu schildern gedachte. Vor allem war es aber seine brüderliche Neigung zu dem Künstler, die ihn herzog und die, seit er sah, wie es mit Claude abwärtsging und ihn sein heldenhaftes Künstlertum mehr und mehr in Schwermut versetzte, nur zugenommen hatte. Anfangs hatte er sich bestürzt gefühlt; hatte er doch an den Freund mehr als an sich selbst geglaubt und sich ihm schon, als sie noch die Schule besucht, immer untergeordnet und ihn so hoch gestellt, ihn zu jenen Meistern gesellt, die eine ganze Epoche revolutionieren. Als er dann aber die fürchterliche Pein sah, die sein Unvermögen ihm verursachte, hatte ihn der Untergang von Claudes Genie mit einer schmerzlichen Zärtlichkeit und einem tiefinnerlichen Mitleid erfüllt. Wußte man wirklich niemals, wo in der Kunst das Narrentum anfing? Alle verkannten Kunstgenies rührten ihn bis zu Tränen, und je mehr ein Bild oder ein Buch infolge einer beklagenswert grotesken Anstrengung auf Abwege geriet, um so tiefer griff es ihm ans Herz und fühlte er das Bedürfnis, solch ein vernichtetes Streben und seine ausschweifenden Träume von sich abzulenken.

An dem Tag, wo Sandoz gekommen war und den Maler nicht vorgefunden hatte, ging er noch nicht sogleich wieder, sondern war, als er Christines rotgeweinte Augen sah, noch geblieben.

»Wenn Sie denken, daß er bald zurückkommt, will ich auf ihn warten.«

»Oh, er kann nicht lange ausbleiben.«

»Dann will ich also, wenn ich Sie nicht störe, bleiben.«

Noch nie hatte ihn das arme, verfallende, verschmähte Weib mit ihren müden Bewegungen, ihrer schleppenden Sprechweise, ihrer Unbekümmertheit um alles, was nicht mit der in ihr glühenden Leidenschaft zusammenhing, in solch einem Grade bewegt. Seit etwa einer Woche rückte sie keinen Stuhl mehr vom Fleck, wischte kein Möbel mehr ab, ließ alles verfallen und hatte kaum noch die

Kraft, sich selber von der Stelle zu bringen. Es konnte einem das Herz abdrücken, und trotz des hellen Februarnachmittags war einem todtraurig zumute, wenn man in dem harten Licht des großen Atelierfensters diese Armut und diesen Schmutz sah, diesen ganzen Schuppen mit seinen schlecht getünchten Wänden, seiner Kahlheit und seinem vernachlässigten Zustand.

Schweren Schrittes hatte sich Christine zu einer eisernen Bettstelle hingeschleppt, die Sandoz, als er eintrat, nicht gesehen hatte, und sich dort niedergelassen.

»Ach,« fragte er, »ist Jacques denn krank?«

Sie deckte das Kind, das unaufhörlich die Bettdecke abwarf, wieder zu.

»Ja, seit drei Tagen liegt er. Wir haben sein Bett hierhergebracht, damit er bei uns ist ... Er ist ja nie sehr kräftig gewesen; aber jetzt nimmt er immer mehr ab. Es ist zum Verzweifeln.«

Vor sich hinstarrend hatte sie diese Worte eintönig hingesprochen. Als er aber hinzutrat, erschrak er. Der fahle Kopf des Kindes schien noch größer geworden, so schwer, daß es ihn kaum noch trug. Wie leblos lag er da. Man hätte ihn schon für gestorben halten können, wenn nicht sein zwischen den blassen Lippen hervorkeuchender Atem gewesen wäre.

»Mein kleiner Jacques, ich bin's, dein Pate! ... Sagst du mir nicht guten Tag?«

Das Kind machte mühsam eine vergebliche Anstrengung, sich zu erheben, öffnete die Lider, zeigte das Weiße seiner Augen, die sich aber gleich wieder schlossen.

»Haben Sie denn nicht den Arzt zu Rate gezogen?«

Sie zuckte die Achseln.

»Oh, was wissen die Ärzte! ... Ja, es kam einer. Er hat gesagt, er könne nichts tun ... Hoffentlich irrt er. Er ist jetzt zwölf Jahre alt. Es wird mit seinem Wachstum zusammenhängen.«

Starr vor Schreck schwieg Sandoz. Da sie den Ernst der Krankheit nicht zu erkennen schien, wollte er sie nicht noch unruhiger machen. Er ging still in das Atelier hinein und blieb vor dem Bilde stehen.

»Ah, es rückt vorwärts! Sehr schön geht es vorwärts damit!«

»Es ist fertig.«

»Wie? Fertig?«

Als sie aber hinzugefügt hatte, daß die Leinwand nächste Woche in den Salon sollte, schwieg er betreten und setzte sich, als wollte er sich in aller Ruhe sein Urteil bilden, auf den Diwan. Die Hintergründe, die Quais, die Seine, wo triumphierend sich die Spitze der Cité erhob, waren im Zustand der Skizze, aber einer meisterhaften Skizze geblieben, als hätte der Maler sich gescheut, das Paris, wie er's in seinem Geiste erschaute, wenn er es gänzlich ausführte, zu verderben. Links befand sich eine ausgezeichnete Gruppe, die Gipssäcke tragenden Arbeiter, in sehr guter Ausführung, machtvoll in der Faktur. Doch aus der Mitte stach mit grell leuchtenden Tönen die Barke mit den Weibgestalten hervor; und sie war nicht am Platze. Besonders aber besaß die mit fiebernder Hand gemalte große, nackte Gestalt einen Glanz und eine visionäre Steigerung, die inmitten der Wirklichkeit, von der sie umgeben war, bis zum Befremdlichen falsch war und störte.

Sandoz gab sich angesichts dieser glänzenden Fehlgeburt einer stummen Verzweiflung hin. Als er aber Christines fest auf ihn gerichteten Blick fühlte, zwang er sich ab zu flüstern:

»Erstaunlich! Oh, das Weib ist erstaunlich!«

In diesem Augenblick trat Claude ein. Er stieß einen Freudenruf aus, als er den alten Freund erblickte, und drückte ihm kräftig die Hand. Dann trat er zu Christine hin und küßte den kleinen Jacques, der wieder die Decke abgeworfen hatte.

»Wie geht's ihm?«

»Immer dasselbe.«

»Gut, gut! Er wächst zu schnell, die Ruhe wird ihn wiederherstellen. Ich sagte ja schon, daß du dich nicht zu beunruhigen brauchst.«

Claude setzte sich neben Sandoz auf den Diwan. In halbliegender Haltung vor sich hinblickend, verloren sie sich in dem Anblick des

Bildes, während Christine, drüben beim Bett nur ihrem beständigen Kummer hingegeben, nichts sah, nichts dachte. Mählich brach die Dunkelheit herein. Das durch das große Fenster hereindringende scharfe Licht erlosch in die langsam und eintönig zunehmende Abenddämmerung hinein.

»Also du bist, wie mir deine Frau sagte, entschlossen, das Bild abzuschicken?«

»Ja.«

»Du hast recht, das Ding muß endlich mal 'raus ... Oh, was hat es für herrliche Einzelheiten! Die Flucht der Quais und der Mann da unten, der den Sack hebt ... Bloß ...«

Er zögerte. Endlich wagte er zu sagen:

»Bloß, es ist sonderbar, daß du dich darauf versteift hast, die nackte Badende zu lassen ... Du kannst dich darauf verlassen, das ist nicht motiviert. Entsinnst du dich? Du hattest mir doch versprochen, sie zu bekleiden? ... Liegt dir denn wirklich so viel an diesen Weibgestalten?«

»Ja«, lautete Claudes trockene Antwort. In der Versessenheit seiner fixen Idee hielt er's nicht einmal der Mühe für wert, Gründe anzugeben. Er hatte beide Arme im Nacken verschränkt und fing an, ohne die Augen von dem Bild, das die Abenddämmerung in einen feinen Schatten hüllte, zu lassen, von etwas anderem zu sprechen.

»Weißt du, wo ich herkomme? Von Courajod, dem großen Landschafter, dem Maler des ›Moor von Gagny‹, das im Luxembourg hängt! Du erinnerst dich: ich glaubte, er wäre gestorben; und wir wußten, daß er hier ganz in der Nähe ein Haus bewohnt, auf der anderen Seite des Montmartre, Rue de l'Abreuvoir ... Also Alter! Der Gedanke an ihn ließ mir keine Ruhe. Wenn ich gelegentlich Luft schnappen ging, hatte ich sein Häuschen entdeckt; und ich konnte nie vorbeigehen, ohne daß ich's mit dem Verlangen hatte, ihn mal zu besuchen. Stell dir vor: Ein Meister, ein Kerl, der unsere heutige Landschaft aufgebracht hat und der dort unbekannt, verschollen und begraben wie ein Maulwurf lebt! ... Du machst dir von der Gasse, von der Baracke keine Vorstellung! Die reine von Hühnern wimmelnde, von grünen Grasböschungen flankierte Dorfgasse! Eine Kapuze wie ein Kinderspielzeug, mit so kleinen Fensterchen, einer so kleinen Tür, einem Gärtchen, oh, ein handgroßes, steil abfallendes Stück Erdreich mit vier Birnbäumen, fast ganz von einem aus moosbedeckten Brettern, alten Gipsstücken und einem von Bindfaden zusammengehaltenen Drahtgitter gebauten Geflügelhofe ausgefüllt ...«

Seine Rede verlangsamte sich, er blinzelte mit den Augen, als ob ihn sein Bild unwiderstehlich wieder in seinen Bann gezogen, ihn allmählich so ganz in Anspruch genommen hätte, daß es ihn am Weitersprechen hindere.

»Heute sah ich Courajod gerade vor seiner Tür stehen ... Ein zusammengeschrumpeltes, achtzigjähriges Männchen, klein wie ein Jüngelchen. Aber man muß ihn ja mit seinen Holzschuhen, seiner wollenen Bauernjacke, seinem einer Altweiberhaube gleichenden Käppchen selber sehen ... Nun, tapfer trat ich zu ihm hin und sagte: ›Herr Courajod, Sie sind mir gut bekannt; Sie haben im Luxembourg ein Gemälde, das ein Meisterwerk ist: gestatten Sie einem Maler, Ihnen, einem unserer Meister, die Hand zu drücken.‹ Ah, wenn du gesehen hättest, wie er's sofort mit der Angst bekam, stotterte, als hätt' ich ihm was tun wollen, zurückwich ... Aber ich folgte ihm. Er beruhigte sich, zeigte mir seine Hühner, seine Enten, seine Kaninchen, Hunde, die ganze auserlesene Menagerie, sogar ein Rabe mit dabei. Und zwischen all dem Viehzeug lebt er, spricht nur mit ihm. Aber eine herrliche Aussicht! Die ganze Ebene Saint-Denis, Meilen und Meilen weit, mit Flüssen, Städten, qualmenden Fabriken und Bahnzügen. Ein wahres Bergeinsiedlernest, mit dem Rücken gegen Paris, dann hinunter, über die grenzenlose Landschaft hinblickend ... Natürlich kam ich wieder auf meine Angelegenheit zurück. ›Oh, Herr Courajod, was haben Sie für ein herrliches Talent! Wenn Sie wüßten, wie wir Sie bewundern! Sie sind einer von unseren Berühmtesten, sind wie unser aller Vater.‹ Seine Lippen fingen an zu zittern, ganz verdutzt sah er mich an. Seine ablehnende Geste hätte nicht flehentlicher sein können. Es war, als hätt' ich vor ihm die Leiche seiner Jugend ausgegraben. Zwischen seinen zahnlosen Kiefern kaute er unzusammenhängende Worte daher, das unvernehmliche Gestammel eines wieder zum Kinde gewordenen Greises. ›Weiß nicht ... Zu lange her ... Zu alt ... Mir egal.‹ Kurz, er setzte mich vor die Tür. Ich hörte, wie er geräuschvoll den Schlüssel umdrehte und sich mit seinen Tieren gegen die Bewunderungsversuche der Außenwelt verbarrikadierte ... Ah, dieser große Mann endet wie ein Krämer, der sich vom Geschäft zurückgezogen hat, in freiwilliger Rückkehr zum Nichts noch vor seinem Tode! Das ist der Ruhm! Der Ruhm, für den wir unser Leben einsetzen!«

Seine Stimme war mehr und mehr in einem tiefen, schmerzlichen Seufzer erstorben. Die Dunkelheit nahm zu, staute sich dichter und dichter in den Winkeln, stieg langsam und unerbittlich heran, hüllte die Füße von Tisch und Stuhl, all die auf dem Fußboden unordentlich umherliegenden Dinge in ihren Schatten. Jetzt bemächtigte sie sich des unteren Teiles der Leinwand. Und er schien mit verzweiflungsvoll starren Augen dies Vorschreiten zu studieren, als sei er endlich in diesem Hinsterben des Tages zu einem abschließenden Urteil über sein Werk gelangt. Durch das tiefe Schweigen kam nur das rauhe Röcheln des kleinen Kranken, neben dem sich unbeweglich noch der schwarze Schattenriß seiner Mutter hervorhob.

Dann nahm Sandoz, die Arme gleichfalls im Nacken verschränkt, den Rücken auf ein Kissen zurückgebogen, das Wort:

»Wer weiß, ob es nicht vielleicht besser ist, unbekannt zu leben und zu sterben? Welch eine Fopperei, wenn der Künstlerruhm bloß so existierte wie das Paradies des Katechismus, über das sich selbst die Kinder lustig machen! Wir, die wir nicht mehr an Gott glauben, glauben an unsere Unsterblichkeit! ... Ach, was ist das für ein Elend!«

Und hingenommen von der Melancholie der Abenddämmerung und all dem menschlichen Elend der Umgebung, sprach er über sein eigenes, inneres Leid.

»Sieh, ich, den du vielleicht beneidest, mein Alter, ja, ich, der anfängt, ein Geschäft zu machen, der, wie der Spießbürger so sagt, Bücher veröffentlicht und einiges Geld dafür einnimmt, nun ja, ich verzehre mich daran ... Ich hab' dir's ja schon so oft gesagt, aber du glaubst mir nicht, weil das Glück für dich, der mit so viel Mühe produziert, der nicht vor die Öffentlichkeit gelangen kann, ganz natürlicherweise darin besteht, viel produzieren zu können, gesehen, gelobt oder verrissen zu werden ... Ah, möchtest du in den nächsten Salon aufgenommen werden, tritt ein in den Trubel, male Bilder und Bilder, und dann sollst du mir sagen, ob du endlich glücklich dabei bist ... Höre, die Arbeit hat mir meine ganze Existenz genommen. Allmählich hat sie mir meine Mutter gestohlen, mein Weib, alles, was ich liebe. Der Keim erhebt sich im Kopf, frißt das Hirn, bemächtigt sich des Rumpfes, der Glieder, frißt den ganzen Körper. Sobald ich früh aus dem Bett springe, packt mich die Arbeit, bindet mich an den Schreibtisch, läßt mich nicht mal im Freien ein wenig frische Luft schöpfen. Dann heftet sie sich mir beim Frühstück an, im stillen kau' ich mit meinem Brot meine Sätze wieder. Dann begleitet sie mich, wenn ich ausgehe, ißt beim Abendessen mit mir aus einem Teller, legt sich abends mit mir aufs Kopfkissen; so unbarmherzig, daß ich nie von dem Werk, an dem ich arbeite, das fortfährt zu keimen und zu werden bis tief in meinen Schlaf hinein, loskomme ... Und nichts anderes existiert mehr für mich außer ihm. Ich gehe hinauf zu meiner Mutter und küsse sie; doch so zerstreut, daß ich zehn Minuten, nachdem ich sie wieder verlassen habe, mich frage, ob ich ihr wirklich guten Tag gesagt habe. Meine arme Frau hat ihren Gatten nicht mehr, ich bin nicht mal bei ihr, wenn sich unsere Hände berühren. Bisweilen hab' ich's mit der herben Empfindung, daß ich ihnen das Leben schwer mache; und das drückt mir sehr aufs Gewissen, denn das Glück besteht in einer Ehe einzig in der Güte, Offenheit und Heiterkeit. Aber kann ich aus den Krallen des Ungeheuers los? Sofort verfall' ich in den schlafwandelnden Zustand des Schaffens, macht mich meine fixe Idee gegen alles gleichgültig und übelgelaunt. Noch gut, wenn's mit der Vormittagsarbeit gut vonstatten gegangen ist, aber schlimm, wenn auch nur eine Seite nicht ganz gelang! Freude oder Traurigkeit im Hause richtet sich danach, wie es der alles verschlingenden Arbeit gerade gefällt ... Nein, nein! Nichts bleibt mir. Ich erhoffte mir sonst, wenn ich meine schlimmen Tage hatte, Ruhe von einem Landaufenthalt oder einer längeren Reise: aber heute, wo ich mich in dieser Hinsicht zufriedenstellen könnte, hält mich das angefangene Werk unter Klausur. Nicht ein Spaziergang in die Morgensonne hinein, kein lustiger Streich mit Freunden mehr, nicht eine Stunde glücklicher Muße! Sogar mein Wille ist durch die angenommene Gewohnheit gelähmt; ich habe meine Tür vor der Welt verschlossen und den Schlüssel zum Fenster hinausgeworfen ... Nichts mehr, nichts mehr in meiner Höhle als ich und die Arbeit. Und sie wird mich aufzehren, bis nichts, nichts mehr von mir übrig ist.«

Er schwieg. Von neuem war es still in dem zunehmenden Abenddunkel. Bis er gedrückt wieder anhub:

»Und wenn man wenigstens eine Befriedigung, eine Freude von diesem Hundeleben hätte! ... Ah, ich weiß nicht, wie sie es machen, die bei der Arbeit Zigaretten rauchen und sich behäbig den Bart streicheln. Es scheint ja, daß es solche gibt, denen das Schaffen ein müheloses Vergnügen ist, das sie ohne jede fiebernde Unruhe aufnehmen und unterbrechen. Sie sind entzückt, bewundern sich, können nicht zwei Zeilen schreiben, ohne daß sie von einer seltenen, ausgezeichneten, unvergleichlichen Qualität sind ... Gut! Bei mir aber ist jedes Kind eine Zangengeburt und erscheint mir dann doch als ein Scheusal ... Ist es möglich, so frei von jedem Zweifel zu sein, daß man an sich glaubt? Ich erstaune, wenn ich Kerls sehe, die die anderen wütend verneinen und jede Kritik verlieren, jeden gesunden Verstand, wenn es sich um ihre eigenen Bastarde handelt. Ach, ein Buch ist immer ein häßliches Ding! Man muß mit dem Krempel keinen Bescheid wissen, um es lieben zu können ... Ich spreche gar nicht von den Schmähkübeln, die über einen ausgeschüttet werden. Anstatt mir etwas anzuhaben, regen sie mich vielmehr an. Manche lassen sich von Angriffen aus der Fassung bringen und haben dann das wenig stolze Bedürfnis, sich Sympathien zu machen. Das ist etwas ganz Natürliches; gehen doch manche Weiber daran zugrunde, daß sie nicht gefallen. Aber die Insulten sind gesund. Es gibt keine männlichere Schule als die Unpopularität; nichts stählt so die Kraft und hält einen so elastisch wie die Schmähungen der Dummköpfe. Es genügt, sich zu sagen, daß man sein Leben an ein Werk hingegeben hat, daß man weder verlangt, man werde ihm sofort gerecht, noch es werde ernstlich geprüft, daß man endlich ohne irgendwelche Hoffnung arbeitet, sondern einfach, weil die Arbeit in einem pulst wie das Herz, über unserem Willen. Dann gelangt man dazu, daß man ruhigen Mutes mit der tröstlichen Einbildung stirbt, eines Tages doch noch geliebt zu werden ... Ah, wenn sie wüßten, mit welch heiterem Gleichmut wir ihre Entrüstungen aufnehmen! Doch ich selbst, ich bin es, der sich's schwer macht, sich peinigt, der keine glückliche Stunde mehr hat. Gott im Himmel, was hab' ich von dem Augenblick an, wo ich einen neuen Roman anfange, für schreckliche Stunden durchzumachen! Mit dem ersten Kapitel geht's noch an; ich habe da noch Spielraum vor mir, mein Genie zu betätigen. Aber dann hat's mich, nie bin ich von meinem Tagewerk zufriedengestellt, verurteile schon mein Buch, halte es für schlechter als die früheren, schinde mich ab, mit den Seiten, den Sätzen, den Worten; bis zu einem Grade, daß sogar die Kommata mich foltern können. Und wenn es dann fertig ist, ah, fertig: welche Entlastung! Nicht etwa die Freude des Herrn, der vor Vergötterung seines Sprößlings außer sich gerät, aber der Fluch des Lastträgers, der den Sack abwirft, der ihm das Kreuz mürb gedrückt hat ... Und dann geht's von vorn los. Bis ich daran sterben werde, gegen mich selbst wütend, verzweifelt, daß ich nicht mehr Talent hatte, daß ich kein vollkommeneres Werk hinterlasse, kein höheres, Bücher über Bücher, ein Gebirge von Büchern. Und noch auf meinem Sterbebette werde ich Zweifel an der getanen Arbeit haben, werde mich fragen, ob ich wirklich etwas Rechtes geschaffen, ob ich da, wo ich nach rechts gegangen, nicht hätte nach links gehen müssen. Und mein letztes Wort, mein letztes Röcheln wird dahin gehen, alles noch einmal von vorn machen zu wollen.«

Eine mächtige Bewegung erstickte ihm die Stimme. Er mußte, nachdem er diesen leidenschaftlichen Ausruf getan, mit dem all seine Ohnmacht als Dichter sich Luft gemacht hatte, einen Augenblick Atem holen.

»Ah, ein Leben, ein zweites Leben! Wer's mir gäbe, damit die Arbeit es mir noch einmal stehle, ich noch einmal an ihr verginge!«

Es war stockdunkel geworden. Man unterschied nicht mehr die starre Silhouette der Mutter. Der rauhe Atem des Kindes schien, gleich einer ungeheueren, fern aus der Außenwelt herdringenden Wehklage, aus der Finsternis hervorzustöhnen. In dem ganzen, in schaurige Nacht versunkenen Atelier wahrte vom versiegenden Tag einzig die große Leinwand noch einen blassen Schimmer. Gleich einer hinschwindenden Vision sah man noch mit verschwimmenden Umrissen die nackte Gestalt; die Beine schon aufgelöst, einen Arm fort, nur das Rund des Bauches, dessen Haut wie blasses Mondlicht phosphoreszierte, trat noch mit Deutlichkeit hervor.

Nach einem langen Schweigen fragte Sandoz:

»Soll ich mitgehen, wenn du dein Bild zur Ausstellung begleitest?«

Claude antwortete nicht. Er schien zu weinen. War's die unsägliche Traurigkeit, die Verzweiflung, mit der auch er, Sandoz, es hatte? Der letztere wartete, wiederholte seine Frage. Nachdem er seine Tränen hinuntergeschluckt hatte, stammelte der Maler endlich:

»Danke, mein Alter! Das Bild bleibt, ich reiche es nicht ein.«

»Wie? Aber du warst doch dazu entschlossen?«

»Ja, ja, das war ich ... Aber ich hatte es noch nicht ordentlich gesehen. Jetzt erst, in diesem Abendlicht, seh' ich es ... Ah, es ist mißlungen, wieder mißlungen! Wie ein Faustschlag hat's mich ins Auge getroffen; bis ins Herz hinein hab' ich's gefühlt!«

Langsam, heiß ließ er jetzt in der Finsternis, die sie verbarg, seine Tränen fließen. Er hatte sich zusammengenommen: aber die Angstbeklemmung seines stumm in ihm wühlenden Elendes brach jetzt wider seinen Willen hervor.

»Mein armer Freund!« flüsterte Sandoz erschüttert. »Es ist hart auszusprechen: doch du hast vielleicht recht, wenn du doch noch wartest und noch einige Einzelheiten durcharbeitest ... Aber ich bin außer mir; denn ich glaube, daß ich es bin, der dich mit seiner ewigen, törichten Unzufriedenheit entmutigt hat.«

Claude antwortete einfach:

»Du? Was für ein Einfall! Ich habe kaum gehört, was du gesagt hattest ... Nein, ich sah bloß, was dieser verfluchten Leinwand fehlt. Als das Licht schwand, als sie bloß noch so im letzten, grauen Zwielicht dastand, in dem Augenblick sah ich plötzlich klar: Nichts stimmte zum anderen, bloß die Hintergründe sind gut. Aber das nackte Weib schießt wie eine Rakete, draus vor, hält sich auf ihren schlechten Beinen nicht mal im Gleichgewicht ... Ah, es hat mir einen Schlag gegeben, daß mir war, als müßt' ich das Leben lassen ... Dann hat es die Finsternis mehr und mehr und immer dichter eingehüllt: ein Wirbel, ein Sturz in den Abgrund, die Erde ins Nichts hineinrollend, Weltuntergang! Nur den Bauch sah ich noch, wie einen abnehmenden, kranken Mond. Und jetzt, sieh, ist alles verschwunden; nichts mehr, sie ist schwarz, tot!«

Tatsächlich war das Gemälde vollständig verschwunden. Doch der Maler hatte sich erhoben, und man hörte ihn in der dichten Finsternis sagen:

»Verdammt, macht nichts! ... Ich fang's von neuem an ...«

Christine, die sich gleichfalls von ihrem Stuhl erhoben hatte und gegen die er gerannt war, unterbrach ihn:

»Gib acht, ich stecke die Lampe an.«

Sie tat's. Sie war sehr bleich und richtete auf das Bild einen Blick voll Furcht und Haß. Es blieb also, und die Quälerei hub von neuem an.

»Ich will's noch einmal anfangen«, wiederholte Claude. »Ich werde dran zugrunde gehen, meine Frau, mein Kind, die ganze Baracke wird dran zugrunde gehen; aber, bei Gott, es soll ein Meisterwerk werden!«

Christine hatte sich wieder niedergelassen. Sie näherten sich Jacques, der sich mit seinen fiebertastenden Händen schon wieder entblößt hatte. Immer noch keuchte er; regungslos lag der Kopf im Kissen, wie eine bleischwere Last. Als er ging, brachte Sandoz seine Befürchtungen zum Ausdruck. Die Mutter starrte ihn stumpf an, der Vater aber stand schon wieder vor dem Bild. Das Trugbild des Werkes, das er schaffen wollte, rang in ihm mit der schmerzlichen Wirklichkeit seines Kindes, dieses lebendigen, aus seinem hervorgegangenen Fleisches.

Am nächsten Morgen war Claude eben dabei, sich anzukleiden, als er den erschreckten Ausruf Christines vernahm. Sie hatte die Nacht über auf dem Stuhl gesessen und das kranke Kind überwacht und war gerade in diesem Augenblick aus dem dumpfen Schlaf, der sie überwältigt, in die Höhe gefahren.

»Claude! Claude! Sieh doch! Er ist tot!«

Mit noch schlaftrunkenen Augen stolperte er eilig herbei und stammelte bloß immer, ohne zu verstehen, in fassungslosem Erstaunen:

»Wie? Er ist tot?«

Einen Augenblick beugten sie sich starr über das Bett. Das arme Wesen lag auf dem Rücken. Es schien sich mit seinem übermäßig großen, genialen, zu dem eines Kretins angeschwollenen Kopf seit gestern nicht mehr geregt zu haben. Nur daß der weiße, breit geöffnete Mund nicht mehr atmete und seine Augen starr und leer offenstanden. Der Vater berührte ihn; er war eiskalt.

»Ja, er ist tot.«

In ihrer Bestürzung blickten sie immer noch trockenen Auges auf ihn nieder. So plötzlich war es gekommen, daß sie kaum daran glauben wollten. Dann aber sank Christine in die Knie, warf sich vor dem Bett nieder und brach in ein heftiges Schluchzen aus, das ihren ganzen Körper erschütterte, lag mit gerungenen Händen, die Stirn an die Matratze gelehnt. Im ersten, furchtbaren Augenblick war sie nur von einer verzweiflungsvollen Reue geschüttelt, weil sie das arme Kind nicht genug geliebt hatte. Im schnellen Flug zog die Vergangenheit an ihrem Geiste vorüber, und jeder Tag weckte ihr ein neues Bedauern, über böse Worte, unterlassene Liebkosungen, sogar über gelegentliche Rauheiten. Nun aber war's vorüber; niemals mehr würde sie ihn dafür entschädigen können, daß sie ihm ihr Herz vorenthalten hatte. Er, den sie so ungehorsam gefunden hatte, war nur zu gehorsam gewesen. Wie oft hatte sie ihm, wenn er spielte, immer wieder zugerufen: »Verhalt dich ruhig, stör deinen Vater nicht bei der Arbeit!« Jetzt war er für immer artig. Dieser Gedanke wollte sie ersticken; jeder Seufzer, den sie tat, war ein Schmerzensschrei.

In einem nervösen Bedürfnis, sich zu bewegen, ging Claude hin und her. Über sein verzerrtes Gesicht rannen dicke Tränen, die er mit dem Handrücken fortwischte. Wenn er aber an der kleinen Leiche vorbeikam, konnte er sich nicht enthalten, einen Blick auf sie zu tun. Diese starren, weit offenen Augen schienen eine eigene Gewalt auf ihn zu üben. Zuerst widerstand er dem unbestimmten Gedanken, der ihn verfolgte; dann aber gewann er an Bestimmtheit, und schließlich war er von ihm wie besessen. So daß er nachgab, eine kleine Leinwand ergriff und einen Entwurf des toten Kindes begann. Während der ersten Minuten hinderten ihn die Tränen, die ihm die Augen wie ein Nebel verschleierten, am genauen Sehen. Doch immer wieder wischte er sie fort, und mit zitterndem Pinsel malte er weiter. Dann stillte die Arbeit seine Tränen, seine Hand ward sicher. Bis er endlich nicht mehr seinen toten Sohn da vor sich hatte, sondern nur noch ein Modell, einen Gegenstand, dessen seltsame Eigenart ihn leidenschaftlich anzog. Der aufgetriebene Kopf, der wächserne Ton der Haut, die Augen, die wie Löcher ins Leere starrten, alles regte ihn an; er erwärmte sich. Prüfend bog er sich zurück, seine Arbeit gefiel ihm, er lächelte.

Als Christine wieder aufstand, fand sie ihn bei seiner Arbeit vertieft. Von neuem in Tränen ausbrechend, sagte sie nur:

»Oh, jetzt kannst du ihn malen, jetzt hält er still!«

Fünf Stunden hindurch arbeitete Claude. Als ihn am übernächsten Tage Sandoz nach der Beerdigung vom Friedhof heimgeleitete, ward er, als er das kleine Bild sah, von Mitleid und Bewunderung überwältigt. Das war wieder eins der vortrefflichen Stücke, wie Claude sie einst geschaffen, was Klarheit des Lichtes und Kraft betraf, ein Meisterwerk. Dabei von einer unsäglichen Traurigkeit; das Ende von allem, der Tod allen Lebens in dem dieses Kindes.

Als Sandoz aber in Lobeserhebungen ausbrach, versagten ihm vor Ergriffenheit die Worte, als er Claude sagen hörte:

»Wirklich, du machst dir was draus? ... Das bestimmt mich. Da das andere Bild nicht fertig geworden ist, werd' ich dieses einschicken.«

X

Am Vormittag des Tages, an welchem Claude das »tote Kind« in den Industriepalast getragen hatte, begegnete er, als er in der Nähe des Parkes Monceau herumstrich, Fagerolles.

»Wie! Du, mein Alter?« rief der letztere herzlich. »Wie geht es dir? Was schaffst du? Man sieht dich ja gar nicht mehr!«

Als der andere ihm aber mitgeteilt hatte, daß er ein Bild für den Salon eingereicht hätte, dies kleine Bild, das ihm so am Herzen lag, fügte er hinzu:

»Ah, du hast was eingeschickt! Aber dann werd' ich sorgen, daß es angenommen wird. Du weißt ja, daß ich dies Jahr Kandidat der Jury bin.«

In der Tat hatte die Verwaltung infolge des ewigen Aufruhrs und der Unzufriedenheit der Künstler und aller immer wiederholten, dann wieder aufgegebenen Reformversuche den Ausstellern das Recht zugestanden, sich die Mitglieder der Jury selbst zu wählen. Und das hatte in den Kreisen der Maler und Bildhauer eine große Aufregung hervorgebracht. Eine fieberhafte Wahlschlacht hatte sich erhoben, mit Schlichen des Ehrgeizes, Klatschereien, Intrigen, allen jenen niedrigen, gemeinen Manövern, die der Politik zum Vorwurf gemacht werden.

»Komm doch mit!« fuhr Fagerolles fort. »Du sollst dir mal meine Einrichtung, meinen kleinen Palast, ansehen, was du ja, trotzdem du's mir versprochen, noch immer nicht wahrgemacht hast ... Es ist hier ganz in der Nähe, an der Ecke der Avenue Villiers.«

Claude, dessen Arm er ergriffen hatte, mußte ihm folgen. Eine Schwäche hatte ihn überwältigt; der Gedanke, daß sein ehemaliger Kamerad die Aufnahme seines Bildes in den Salon bewerkstelligen könnte, erfüllte ihn zugleich mit Scham und Begier. In der Avenue blieb er vor dem kleinen Gebäude stehen und musterte seine Fassade. Es war die kokett anspruchsvolle, genaue Nachahmung eines Renaissancehauses in Bourges, mit kleinen Fensterscheiben, einem Treppenturm und einem Bleidach. Ein wahres Schmuckkästchen. Überrascht aber war Claude, als er sich umwandte und auf der anderen Seite der Straße den fürstlichen Palast Irma Bécots wahrnahm, in dem er eine ihm wie ein Traum entschwundene Nacht zugebracht hatte. Weitläufig, solid, stolz und prächtig erhob es sich wie ein Schloß gegenüber seinem Nachbarn, der mit ihm verglichen bloß ein niedliches Künstlerheim war.

»Wie? Diese Irma?« sagte Fagerolles mit einem Anflug von Respekt. »Hat sie nicht eine wahre Kathedrale? ... Gott ja, ich verkaufe bloß Gemälde! ... Also tritt näher!«

Das Innere war mit einem glänzend bizarren Luxus ausgestattet. Alte Tapisserien, alte Waffen, eine Anhäufung alter Möbel, chinesische und japanische Kuriositäten schon in der Vorhalle. Zur Linken ein Speisesaal mit einer lackierten Täfelung, die Decke von einem roten Drachen überspannt. Eine geschnitzte Holztreppe, mit Bannern behangen, mit grünen Blattpflanzen bestanden. Besonders aber war oben das Atelier ein wahres Wunder. Es war eng, Bilder waren nicht da. Doch ganz war es mit orientalischen Teppichen behangen. In der einen Ecke stand ein riesiger Kamin, dessen Rauchfang von phantastischen Ungeheuern gestützt wurde, während die andere Ecke von einem unter einem Zelt stehenden riesigen Diwan eingenommen wurde, einem wahren Monument, mit Lanzen, die oben den reichdrapierten Baldachin trugen; darunter eine Anhäufung von Teppichen, Tierfellen und Kissen.

Während Claude das alles betrachtete, drängte sich ihm eine Frage auf die Lippen, die er freilich zurückhielt. Ob das alles auch bezahlt sein mochte? Fagerolles, der seit vorigem Jahr dekoriert war, verlangte, hieß es, zehntausend Franken für ein Porträt. Naudet, der, nachdem er ihn lanciert hatte, jetzt seinen Erfolg regelrecht ausbeutete, setzte keines seiner Bilder für weniger als zwanzig-, dreißig-, vierzigtausend Franken ab. Die Bestellungen würden nur so auf ihn eingehagelt sein, wenn der Maler nicht den mit Arbeit überhäuften berühmten Mann gespielt hätte, um dessen geringste Skizze man sich riß. Und doch war diesem zur Schau gestellten Luxus anzumerken, daß er ein erborgter, daß den Lieferanten bloß Abschlagszahlungen geleistet waren. All das wie an der Börse gelegentlich einer Hausse gewonnene Geld zerrann Fagerolles spurlos zwischen den Fingern. Im übrigen rechnete er, von diesem plötzlichen Glück noch ganz berauscht, nicht und machte sich kein Kopfzerbrechen, in der festen Erwartung, daß er immer so weiterverkaufen werde und für immer noch größere Preise, und er freute sich über den großen Rang, den er in der Kunst der Gegenwart einnahm. Endlich entdeckte Claude auf einer Staffelei aus schwarzem Holz, die mit rotem Plüsch drapiert war, ein kleines Bild. Das war alles, was, außer einer Farbenschachtel in Palisander und einem auf einem Möbel vergessenen Pastelletui, an das Handwerk erinnerte.

»Sehr hübsch«, äußerte Claude, um etwas Verbindliches zu sagen, über die kleine Leinwand. »Und hast du deinen ›Salon‹ abgeschickt?«

»Ah ja, Gott sei Dank! Was hab' ich für Besuche gehabt! Eine wahre Prozession, die mich acht Tage lang vom Morgen bis zum Abend in Atem gehalten hat ... Ich hatte eigentlich nicht die Absicht, auszustellen; das raubt den Nimbus. Auch Naudet wollte es nicht. Aber was willst du? Man hat mir so zugesetzt, alle jungen Leute wollten mich in die Jury haben, damit ich für sie einträte ... Oh, mein Bild ist nur sehr einfach. ›Ein Frühstück‹ hab' ich's genannt. Zwei Herren und zwei Damen unter Bäumen; Gäste auf einem Schloß, die ihren Imbiß ins Freie geschafft haben und ihn auf einer Waldlichtung verzehren ... Du wirst sehen: es ist ziemlich originell.«

Er hielt ein. Und als er Claudes fest auf ihn gerichteten Blick sah, geriet er in Unruhe und spaßte über die kleine Leinwand auf der Staffelei.

»Das da ist eine Schmiererei, die Naudet bestellt hat. Glaub nur, ich weiß ganz gut, was mir abgeht; etwas von dem, was du zuviel hast, Alter ... Du weißt, ich habe dich stets verehrt; erst gestern noch bin ich in einer Gesellschaft von Malern für dich eingetreten.«

Er klopfte ihm auf die Schulter. Er hatte die heimliche Verachtung seines einstigen Meisters durchgefühlt und wollte ihn mit seiner früheren Liebenswürdigkeit, mit armseligen Schmeicheleien gewinnen, indem er sagte: »Ich bin ein armer Teufel.« Es lag in dieser scheuen Ergebenheit, mit der er Claude versprach, alles aufzubieten, damit sein Bild angenommen würde, eine gewisse Aufrichtigkeit.

Aber es kam Besuch. In weniger als einer Stunde kamen und gingen mehr als fünfzehn Personen: Väter, die ihm junge Schüler zuführten; Ausstellende, die sich ihm empfehlen wollten; Kameraden, die Verabredung auf gegenseitige Unterstützung trafen; bis auf Künstlerinnen, die seine Protektion damit zu gewinnen suchten, daß sie ihre Reize vor ihm spielen ließen. Und man mußte den Maler seine Rolle als Kandidaten spielen sehen: sehen, wie er die Hände drückte, zu dem einen sagte:»Ihr diesjähriges Bild ist so reizend, es gefällt mir so!« oder wie er einem anderen sein Erstaunen ausdrückte:»Wie! Sie haben noch keine Medaille erhalten!« allen aber wiederholte:»Ah, wenn ich etwas zu sagen hätte; wie wollt' ich sie in Gang bringen!« Jeder ging entzückt von dannen; hinter jedem schloß er mit der äußersten Liebenswürdigkeit die Tür, ohne doch den heimlichen Spott der ehemaligen Pflanze, die er gewesen war, verhehlen zu können.

»Na, was meinst du?« sagte er zu Claude, als sie gerade einmal allein waren.»Muß ich an diese Kretins meine Zeit verlieren!«

Als er aber dem großen Atelierfenster nahe kam, riß er eine Scheibe auf, und man sah, wie drüben von der Avenue vom Balkon ein in ein spitzenbesetztes Morgenkleid gehülltes Weib ihr Taschentuch erhob. Er selber winkte dreimal mit der Hand. Dann taten sich die beiden Fenster wieder zu.

Claude hatte Irma erkannt. In dem Schweigen aber, das entstanden war, erklärte sich Fagerolles in aller Ruhe.

»Du siehst, das ist bequem. Man kann sich leicht miteinander verständigen ... Es ist eine vollkommene Telegraphie. Sie ruft mich, ich muß zu ihr hinüber ... Ah, mein Alter! Das ist eine, von der wir viel lernen können!«

»Lernen können? Was?«

»Aber alles! Raffinement des Genusses, Kunstgeschmack, Intelligenz! ... Was sagst du dazu, daß sie es ist, die mir Ideen zu Bildern gibt? Ja, mein Wort! Sie hat eine ganz außerordentliche Witterung für das, was Erfolg hat! ... Und dabei im Grunde immer von einer köstlichen Frechheit! Oh, wenn es ihr einfällt, einen gern zu haben, so köstlich drollig, so unendlich feurig und amüsant!«

Seine Wangen hatten sich leicht gerötet, seine Augen sich für einen Augenblick verschleiert. Seit sie in der Avenue wohnten, hatten sie wieder miteinander angeknüpft. Es hieß sogar, daß er, der so gerissen, so mit allen Hunden des Pariser Pflasters gehetzt war, sich von ihr ausbeuten ließ und daß sie jeden Augenblick ihre Kammerjungfer zu ihm herüberschickte, sich eine runde Summe erbat, entweder um einen Lieferanten zu bezahlen oder um irgendeine Laune zu befriedigen; oft sogar ohne einen weiteren Grund als aus dem Vergnügen, das es ihr machte, ihm die Taschen zu leeren. Das war denn zum Teil auch mit die Ursache, daß er sich in Verlegenheit befand und daß seine Schulden immer mehr anwuchsen, so sehr auch der Glückswind seine Segel schwellte. Und dabei wußte er, daß er ihr bloß eine Luxusspielerei war, die Zerstreuung ihrer Vorliebe für die Maler, die sie sich bloß so hinter den Rücken der offiziellen, zahlenden Liebhaber leistete. Oft hatte sie ihren Scherz darüber. Es war zwischen ihnen eine moralische Fäulnis, die ihn selber über seine Rolle als Liebhaber scherzen ließ und ihn vergessen machte, wieviel Geld ihm die Sache kostete.

Claude hatte seinen Hut genommen. Fagerolles ging hin und her und schickte ungeduldige Blicke zu dem Hotel Bécot hinüber.

»Ich schicke dich nicht fort, aber du siehst: sie erwartet mich ... Also, abgemacht! Dein Bild kommt in den Salon, oder ich müßte nicht in die Jury gewählt werden. Komm also am Abend der Stimmenzählung in den Industriepalast. Oh, es gibt einen Aufstand, ein Gedränge dort! Du weißt dann übrigens sofort, ob du auf mich zählen kannst.«

Anfangs nahm Claude sich fest vor, nicht Folge zu leisten. Diese Protektion Fagerolles' bedrückte ihn. Und doch hatte er im Grunde nur die eine Sorge, daß der elende Kerl aus Feigheit und aus Furcht vor einem Mißerfolg nicht Wort halten könnte. Als dann aber der Tag der Abstimmung gekommen war, ließ es ihm keine Ruhe, und sich selbst gegenüber unter dem Vorwand, er wolle einen längeren Spaziergang machen, strich er auf den Champs-Elysées umher. Übrigens hatte er ja infolge der uneingestandenen Erwartung, die er auf den Salon setzte, sowieso aufgehört zu arbeiten und wieder seine endlosen Pariser Streifereien aufgenommen; also konnte er auch ebensogut dorthin gehen. Er selbst konnte nicht mit abstimmen, denn dazu mußte man wenigstens einmal vom Salon angenommen gewesen sein. Doch er ging zu wiederholten Malen an dem Industriepalast vorüber. Das Leben und Treiben auf dem Bürgersteig mit dem Gehen und Kommen der wählenden Künstler, die sich zwischen Männern in schmutzigen Kitteln durchdrängten, die die Listen ausriefen, interessierte ihn hier. Wohl dreißig Listen aller möglichen Koterien und Parteien waren es; die Liste der akademischen Ateliers, die liberale, die intransigente, die versöhnliche, die der jungen Leute, die der Damen. Man hätte sagen können, daß sich am Tage vorher ein Aufstand ereignet hätte. Es war ganz die Aufregung einer Wahl vor der Tür eines Wahllokales.

Abends vier Uhr war die Wahl beendet, und Claude widerstand nicht mehr seiner Neugier, hinaufzugehen und nachzusehen. Jetzt war die Treppe frei, und wer wollte, trat ein. Oben geriet er in den mächtigen Saal der Jury, dessen Fenster auf die Champs-Elysées hinausblickten. Ein Tisch von zwölf Metern Länge nahm die Mitte ein. Im Kamin an dem einen Ende brannten ganze Bäume. Vierhundert bis fünfhundert Wähler waren zugegen, um der Abzählung der Stimmen beizuwohnen, umgeben von Freunden, die aus Neugier da waren. Es wurde laut gesprochen, gelacht, ein gewitterähnlicher Lärm hallte von der Decke und den Wänden wider. Schon hatten sich um den Tisch herum Bureaus gebildet. Etwa fünfzehn waren in Tätigkeit. Jedes hatte einen Vorsitzenden und zwei Zählmeister. Drei, vier blieben noch zu organisieren; aber niemand wollte sich dazu hergeben, alle entzogen sich der ermüdenden Arbeit, welche die Eifrigsten bis in die Nacht hinein beschäftigen sollte.

Fagerolles, der seit dem Morgen in der Bresche stand, eiferte sich gerade und schrie durch den Trubel durch:

»Meine Herren, es fehlt uns noch ein Mann! ... Bitte, hierher ein bereitwilliger Mann!«

In diesem Augenblick bemerkte er Claude, stürzte auf ihn zu und schleppte ihn mit Gewalt hinzu.

»Ah, du! Du tust mir den Gefallen, setzt dich hierher und hilfst uns! Teufel noch mal, es gilt die gute Sache!«

Und im Handumdrehen war Claude Vorsitzender eines Bureaus. In dem Glauben, die Annahme seines Bildes hänge davon ab, versah er sein Amt mit allem Ernst, aller inneren Aufgeregtheit eines schüchternen Menschen und sehr gewissenhaft. Von den Listen, die man ihm in gleich großen Paketchen zuschob, las er mit lauter

Stimme die Namen ab, während seine beiden Zählmeister sie notierten. Das vollzog sich unter dem schrecklichsten Gelärm der zwanzig, dreißig zu gleicher Zeit in den verschiedensten Tonarten ausgeschrienen Namen, die inmitten des ununterbrochenen Gesummes der Menge nur so auf einen hereinhagelten. Da er nichts ohne Leidenschaftlichkeit zu tun vermochte, belebte er sich, war verzweifelt, wenn eine Liste nicht den Namen Fagerolles enthielt, und erfreut, wenn er ihn mehrere Male ausrufen durfte. Übrigens wurde ihm diese Freude sehr oft, denn der Kamerad hatte sich beliebt gemacht, sich überall gezeigt, die Cafes, wo einflußreiche Gruppen verkehrten, besucht, sogar Programmreden gehalten, den Jungen Versprechungen gemacht und dabei nicht unterlassen, die Mitglieder des Instituts mit der größten Zuvorkommenheit zu grüßen. So hatte sich eine allgemeine Sympathie für ihn erhoben, er war gleichsam aller Hätschelkind.

Schon gegen sechs Uhr brach der Abend des regnerischen Märztages herein. Die Diener brachten Lampen. Mit finster stummer Miene traten einige Künstler, um die Abzählung unter mißtrauischen Seitenblicken zu überwachen, näher herzu. Andere begannen allerlei Gespaß zu treiben, scheuten sich nicht, Tierstimmen nachzuahmen oder wie Tiroler zu jodeln. Erst um acht Uhr wurde ein Imbiß aufgetragen, kalter Aufschnitt und Wein. Und nun kannte die Ausgelassenheit keine Grenzen mehr. Hastig wurden die Flaschen geleert, gierig entriß man sich die Platten und verschlang ihren Inhalt; es herrschte in dem riesigen Saal, in den hinein die brennenden Buchenscheite des Kamins die Lichtreflexe einer Schmiede warfen, eine lärmende Kirmesfreude. Dann rauchten alle. Der Qualm legte sich dick um das gelbe Lampenlicht. Auf dem Fußboden lag eine dicke Papierschicht von den während der Abstimmung fortgeworfenen Listen umher, dazwischen Korke, Brotkrumen, ein paar zerbrochene Teller; alles ein wahrer Düngerhaufen, in den man hineintrat. Man ließ sich gehen. Ein kleiner, blasser Bildhauer stieg auf einen Stuhl und hielt eine feierliche Ansprache. Ein Maler mit einem steif gedrehten Schnurrbart und einer Adlernase setzte sich rittlings auf einen Stuhl und ritt, den Kaiser kopierend, salutierend um den Tisch herum.

Doch allmählich ermüdeten die meisten und gingen. Gegen elf Uhr waren bloß noch zweihundert da. Nach Mitternacht aber bekamen sie wieder Zuwachs. Neugierig, das Ergebnis der Wahl, noch bevor Paris davon wußte, kennenzulernen, stellten sich, wie sie aus den Theatern und Abendgesellschaften kamen, in schwarzem Gesellschaftsrock und weißer Halsbinde, Spaziergänger ein. Auch Reporter erschienen; und man sah, wie sie, einer nach dem anderen, sobald ihnen die Zusammenfassung des Ergebnisses mitgeteilt war, eilig den Saal wieder verließen.

Mit heiserer Stimme fuhr Claude fort auszurufen. Der Qualm und die Hitze wurden unerträglich. Von dem schmutzigen Kehricht des Fußbodens erhob sich ein Stallgeruch. Es schlug ein, dann zwei Uhr. Er aber zählte und zählte Stimmzettel, und seine Gewissenhaftigkeit hielt ihn so in Rückstand, daß die anderen Bureaus schon lange mit ihrer Arbeit fertig waren, während das seine noch immer mitten in Ziffernkolonnen stak. Endlich aber waren sämtliche Zusammenzählungen zentralisiert, und es wurde das endgültige Ergebnis ausgerufen. Fagerolles war von vierzig der fünfzehnte, fünf Stellen vor Bongrand, der auf derselben Liste stand, dessen Name aber oft durchstrichen war. Schon brach der Tag an, als Claude, erschöpft, aber guten Mutes, wieder in der Rue Tourlaque anlangte.

Dann verbrachte er zwei Wochen in angstvoller Unruhe. Zehnmal hatte er die Absicht gehabt, Fagerolles zu besuchen und sich bei ihm zu erkundigen, doch ein Schamgefühl hielt ihn davon zurück. Da die Jury sich übrigens an die alphabetische Reihenfolge hielt, war über ihn wohl auch noch nicht abgestimmt. Eines Abends aber gab es ihm einen Stich durchs Herz, als er auf dem Boulevard de Clichy mit seinen breiten Schultern und seinem bekannten wiegenden Gang Bongrand daherkommen sah.

Er war's, und er schien verlegen. Er sagte:

»Wissen Sie, das will mit den Burschen nicht vorwärts ... Aber noch ist nicht alles verloren. Fagerolles und ich passen schon auf. Zählen Sie besonders auf Fagerolles; denn ich, mein Lieber, habe eine Heidenangst, Sie zu kompromittieren.«

In Wahrheit verhielt es sich so, daß Bongrand beständig mit Mazel, dem ernannten Präsidenten der Jury und berühmten akademischen Lehrer, der letzten Schutzwehr der elegant geleckten Überlieferung, auf schlechtem Verkehrsfuß stand. Obgleich sie sich als liebe Kollegen behandelten und sich die Hände schüttelten, hatte sich diese Animosität doch gleich vom ersten Tage der Sitzungen an kundgetan. Und forderte der eine, daß ein Gemälde zugelassen wurde, so stimmte der andere dagegen. Fagerolles aber, der zum Sekretär gewählt worden war, wußte Mazel bei seiner schwachen Seite zu nehmen und ihm um den Bart zu gehen, so daß dieser seinem früheren Schüler seinen Abfall verzieh. So wußte der Renegat heute vor ihm zu kriechen. Der »junge Meister« zeigte sich übrigens, sehr gemeiner Weise, wie die Kameraden sagten, den Debütanten und Stürmern gegenüber härter als die Mitglieder der Jury. Nur wenn er ein Bild durchbringen wollte, zeigte er sich human, floß von drolligen Einfällen über, intrigierte und erzielte mit der Gewandtheit eines Taschenspielers die günstige Abstimmung.

Die Tätigkeit der Jury war eine harte Bürde, bei welcher selbst der hünenhafte Bongrand ermüdete. Jeden Tag wurde die Arbeit von den Saaldienern vorbereitet. Eine endlose Reihe von großen Gemälden stand auf dem Fußboden gegen die Eisenbrüstungen gelehnt und zog sich von Saal zu Saal des ersten Stockwerkes durch den ganzen Palast. Jeden Nachmittag von ein Uhr an aber nahmen die vierzig, an ihrer Spitze der mit einer Glocke ausgerüstete Präsident, die gleiche Promenade wieder auf, bis sie durch alle Buchstaben des Alphabets hindurch waren. Die Prüfung wurde stehend vorgenommen, wobei man die Sache so kurz wie möglich abmachte und die schlechten Bilder ohne weitere Abstimmung verwarf. Trotzdem wurde die Schar aber durch Erörterungen aufgehalten. Zehn Minuten lang stritt man umher und stellte das betreffende Werk bis zur abendlichen Revision zurück. Hierbei hielten zwei Männer, um den Schwarm der Richter, die im Feuer des Disputes herzudrängten und mit ihren Bäuchen unwillkürlich doch noch dagegenstießen, in erforderlichem Abstand zu halten, eine zehn Meter lange Leine, an der sich das Gedränge brach. Hinter der Jury schritten die siebzig Saaldiener in ihren weißen Blusen her und ergriffen, sobald die Sekretäre eine Entscheidung mitteilten, auf die Anordnung eines Aufsehers hin die angenommenen Bilder, um sie von den abgelehnten, die wie die Gefallenen nach einer Schlacht beiseite getragen wurden, zu entfernen. Die Tour währte, ohne Pause und ohne daß ein Stuhl zum Niedersetzen bereitstand, zwei volle Stunden. Beständig war man auf den Beinen, immer dasselbe ermüdende Getrappel, und dabei strich ein so kalter Luftzug durch die Säle, daß selbst die Abgehärtetsten sich in ihre Pelze hüllten.

So war denn um drei Uhr die Halbstundenpause am Büfett recht willkommen. Man fand hier einen Imbiß von Bordeaux, Schokolade, Sandwichs vor. Hier eröffnete sich dann auch das Markten um die gegenseitigen Konzessionen, der Austausch des Einflusses und der Stimmen. Die meisten hatten kleine Notizbücher, damit sie unter dem Hagel der Empfehlungen, die auf einen einstürmten, niemanden vergaßen. Man befragte sich, verpflichtete sich, für die Schützlinge eines Kollegen zu stimmen, wenn dieser es für die des anderen wollte. Andere aber, die sich von solchen Intrigen fernhielten, standen streng und gleichgültig abseits und rauchten verlorenen Blickes ihre Zigarette.

Dann begann die Arbeit von neuem. Doch angenehmer, in einem Saal, wo es auch Stühle, sogar Tische mit Federn, Papier und Tinte gab. Alle Gemälde, die nicht 1,50 Meter groß waren, wurden hier beurteilt. Sie kamen »auf die Staffelei«, wurden, zehn oder zwölf Stück nebeneinander, auf einem mit grünem Tuch überzogenen Gerüst gereiht. Viele von den Herren gaben sich auf ihren Stühlen einer behaglichen Beschaulichkeit hin, einige besorgten ihre Korrespondenz, und der Präsident hatte seine Mühe, die erforderliche Stimmenmehrheit zu erzielen. Bisweilen erhob sich eine leidenschaftliche Bewegung, alles stieß und drängte, und die Abstimmung mit erhobener Hand erfolgte mit solcher Aufregung, daß über dem Gewoge der Köpfe mit Hüten und Spazierstöcken gefuchtelt wurde.

Endlich erschien auf der Staffelei auch das »tote Kind«. Seit acht Tagen hatte Fagerolles, dessen Notizbuch mit Notizen gefüllt war, die verwickeltsten Manöver angestellt, um zugunsten Claudes Stimmen zusammenzubringen. Aber es war eine schwierige Sache. Sie vertrug sich nicht recht mit seinen übrigen Verpflichtungen, und sobald er den Namen seines Freundes aussprach, erntete er nichts als Ablehnungen. Auch über schlechte Unterstützung seitens Bongrands hatte er sich zu beklagen, der seinerseits kein Notizbuch benutzte und im übrigen so ungeschickt war, daß er mit den Ausbrüchen seiner unangebrachten Freimütigkeit die besten Sachen verdarb. Mehr als einmal hatte Fagerolles Claude schon fallen lassen wollen, doch war er auch wieder darauf versessen, gerade in dieser Sache, deren Annahme für unmöglich gehalten wurde, seinen Einfluß zu erproben. Man sollte denn doch sehen, daß er Manns genug war, die Jury zu zwingen. Vielleicht regte sich aber auch die Stimme des Gewissens in ihm, sein Gerechtigkeitsgefühl und ein gewisser Respekt vor dem Manne, dem er sein Talent verdankte.

Gerade an diesem Tage war Mazel nun aber bei ganz abscheulicher Stimmung. Gleich zu Anfang der Sitzung war der Aufseher zu ihm gekommen und hatte ihm mitgeteilt:

»Herr Mazel, es ist gestern ein Irrtum vorgekommen. Es ist ein außer Wettbewerb laufendes Werk zurückgewiesen worden ... Sie wissen: Nummer 2550, ein nacktes Weib unter einem Baum.«

In der Tat hatte man am vorigen Tage dies Gemälde in das allgemeine Massengrab geworfen, der einstimmigen Verachtung preisgegeben, ohne daß man bemerkt hatte, daß es von einem alten, von der Akademie geachteten Maler der klassischen Richtung herrührte. Die Bestürzung des Aufsehers und die ganze ulkige Sache belustigten die jüngeren Jurymitglieder, und sie hatten ein herausforderndes Lachen.

Mazel ärgerte sich darüber aber um so mehr, als er fühlte, daß die Sache der Autorität der Akademie einen sehr empfindlichen Abbruch tat. Zornig fuhr er den Aufseher an:

»Nun gut! Nehmen Sie's, und tragen Sie's zu den Aufgenommenen ... Es wurde hier gestern ja so ein unerträglicher Lärm gemacht. Es ist doch ganz unmöglich, eine Entscheidung zu treffen, wenn man sein eigenes Wort nicht verstehen kann!«

Er läutete wütend mit der Glocke.

»Vorwärts, meine Herren! Wir wollen anfangen! ... Etwas guten Willen, wenn ich bitten darf!«

Unglücklicherweise trug sich aber, als die ersten Bilder auf die Staffelei gestellt wurden, noch ein anderes Mißgeschick zu. Unter anderem hatte eine Leinwand seine Aufmerksamkeit erregt, die er sehr schlecht fand. Als er sich aber, da er kurzsichtig war, vorbeugte, um die Unterschrift zu entziffern, murmelte er:

»Wer ist das Schwein ...?«

Doch schon erhob er sich wie vom Blitz getroffen, denn er hatte den Namen eines seiner Freunde gelesen, eines Künstlers, der gleich ihm eine Stütze der alten Schule war. In der Hoffnung, daß man nichts gehört habe, rief er:

»Prächtig! ... Nummer eins! Nicht wahr, meine Herren?«

Es wurde Nummer eins bewilligt; ein Umstand, der berechtigte, daß das Bild in die unterste, günstigste Reihe gehängt wurde. Doch hatte man gelacht und sich mit dem Ellbogen angestoßen. Er fühlte sich sehr verletzt und wurde ganz wild.

Den anderen ging's übrigens nicht besser. Viele machten beim ersten Blick ihrem Herzen Luft, um dann, wenn sie die Unterschrift entziffert hatten, wieder zurückzunehmen. Das machte schließlich vorsichtig; man bog den Rücken, versicherte sich, ehe man entschied, verstohlen des Namens. Erschien übrigens aber das Werk eines Kollegen, irgendeine zweifelhafte Leinwand eines Jurymitgliedes, so gebrauchte man die Vorsicht, sich hinter dem Rücken des betreffenden Malers ein Zeichen zu geben: »Aufgepaßt! Keine Dummheit! Es ist von ihm!«

Trotz der herrschenden Abgespanntheit tat Fagerolles einen guten Zug. Es handelte sich um ein schauderhaftes Porträt, das einer seiner Schüler gemalt hatte, in dessen sehr reicher Familie er empfangen wurde. Er hatte Mazel, um ihn zu erweichen, beiseite führen müssen und ihm eine rührsame Geschichte von einem unglücklichen Vater dreier Töchter, der am Hungertuche nage, erzählt. Doch der Präsident hatte sich lange bitten lassen. Was Teufel! Nagte man am Hungertuche, so sollte man sich nicht mit der Malerei befassen, sondern sorgen, daß die drei Töchter nicht verhungerten. Trotzdem erhob er, jedoch bloß mit Fagerolles, die Hand. Es wurde protestiert, man regte sich auf. Zwei Mitglieder des Instituts gerieten sogar in Empörung. Aber Fagerolles flüsterte ihnen zu:

»Es ist für Mazel. Er bat, dafür zu stimmen ... Es geht wohl um einen Verwandten ... Ihm liegt daran.«

Die beiden Akademiker erhoben sofort die Hand, und das Bild erzielte eine große Majorität.

Doch wurde gelacht, man gefiel sich in geistreichen Bemerkungen, und es gab Entrüstungsrufe, als das »tote Kind« auf die Staffelei gestellt wurde. Wollte man denn jetzt etwa schon die Morgue in den Salon bringen? Die Jungen machten sich über den großen Kopf lustig. Das sei wohl ein Affe, der einen Kürbis verschluckt hatte und dran krepiert war? Die Alten wichen entsetzt zurück.

Sofort sah Fagerolles die Sache verloren. Doch versuchte er zunächst auf seine geschickte Weise durch ein Scherzwort eine Zustimmung zu erschleichen.

»Ein alter Kämpe, meine Herren!«

Aber wütend wurde er unterbrochen. Ah nein, nicht der da! Man kannte den alten Kämpen schon! Ein Narr war er, der sich seit fünfzehn Jahren in seinem Dünkel versteifte und sich für ein Genie hielt und der davon gesprochen hatte, den Salon, ohne daß er auch nur ein einziges Mal ein anständiges Bild eingeschickt hatte, stürzen zu wollen. Der ganze Haß gegen die sich nicht den Regeln fügende Eigenart, gegen die Furcht einflößende Konkurrenz, gegen die unbesiegliche, selbst wenn sie unterliegt, sieghafte Kraft brach los. Nein, nein! Weg damit!

Da beging Fagerolles den Fehler, seinem Zorn darüber, feststellen zu müssen, daß er so wenig ernstlichen Einfluß hatte, freien Lauf zu lassen.

»Sie sind ungerecht. Seien Sie wenigstens gerecht, meine Herren!«

Sofort erreichte die Aufregung ihren Höhepunkt. Man umdrängte ihn, stieß ihn, reckte die Faust gegen ihn, Worte flogen wie Kugeln auf ihn ein.

»Mein Herr, Sie entehren die Jury.«

»Wenn Sie das da verteidigen, tun Sie's bloß, damit die Zeitungen von Ihnen reden.«

»Sie haben kein Sachverständnis.«

Fagerolles geriet dermaßen außer sich, daß er seinen geschmeidigen Umgangston verlor und grob entgegnete:

»Ich habe soviel Sachverständnis wie Sie.«

»Sei doch stille!« rief ein Kamerad, ein kleiner, blonder, hitzköpfiger Maler, »wir werden deinetwegen doch nicht so eine Rübe verdauen!«

»Ja, ja, eine Rübe!« wiederholten alle mit Überzeugung dies Wort, mit dem man gewohnheitsgemäß die elendesten, kalten, blassen Pinseleien zu bezeichnen pflegte.

»Gut!« sagte Fagerolles endlich und biß die Zähne zusammen. »Ich bitte um Abstimmung!«

Seit der Streit sich erhitzt hatte, setzte Mazel unaufhörlich seine Glocke in Bewegung. Rot vor Zorn, daß seine Autorität so wenig respektiert wurde, rief er:

»Meine Herren! Aber meine Herren! ... Es ist doch unerhört, daß man sich über nichts verständigen kann, ohne zu schreien ... Meine Herren, ich bitte Sie ...«

Endlich erreichte er, daß ein wenig Ruhe eintrat. Im Grunde war er ein gutartiger Mensch. Weshalb sollte man, obschon er's für abscheulich hielt, das Bildchen nicht annehmen? Nahm man doch so vieles andere.

»Also meine Herren, es wird Abstimmung gefordert.«

Er war vielleicht schon im Begriff, die Hand zu heben, als plötzlich Bongrand, der bis jetzt, das Blut in den Wangen, stumm seinen Zorn zurückgehalten hatte, ganz zu unrechter Zeit aus seiner sich empörenden Gewissenhaftigkeit heraus losbrach:

»Aber, Gottswetter, nicht vier von uns sind imstande, ein solches Meisterwerk zu malen!«

Ein Murren erhob sich. Der Hieb war so wuchtig, daß niemand eine Gegenrede fand.

»Meine Herren, man bittet um Abstimmung«, wiederholte Mazel, der bleich geworden war, trocken.

Der Tonfall genügte. Der Haß, die erbitterte Nebenbuhlerschaft, die sich unter dem biederen Handdruck, den er sonst mit Bongrand tauschte, verbarg, kam in ihm zu seinem Ausdruck. Selten kam es bis zu einem solchen heftigen Zwist; fast immer verstand man sich. Doch auf dem Grunde der verletzten Eitelkeit waren heimliche, immer blutende Wunden, Zweikämpfe bis aufs Messer, an denen man lächelnd verblutete.

Einzig Bongrand und Fagerolles hoben die Hand. Das »tote Kind« war abgelehnt, hatte keine weitere Chance mehr, als daß es vor der Generalrevision etwa doch noch genommen wurde.

Diese Generalrevision war eine entsetzliche Arbeit. Nachdem sie zwanzig Tage lang täglich Sitzungen gehabt, gönnte sich die Jury zwar eine zweitägige Rast, damit die Diener die Arbeit vorbereiten konnten, doch überlief die Herren an dem Nachmittag, wo sie zwischen den Aufbau der dreitausend zurückgewiesenen Gemälde gerieten, unter denen es galt, eine letzte Auswahl zu treffen, um die regelrechte Zahl von zweitausendfünfhundert angenommenen Bildern zusammenzubekommen, ein gelinder Schauer. Eins neben dem anderen lehnten diese dreitausend Bilder gegen die Brüstungen aller Säle, rings um die äußere Galerie, allüberall; selbst auf dem Fußboden lag's wie stehende Lachen ausgebreitet, zwischen denen an den Rahmen hin kleine Gänge ausgespart waren. Es war eine alles überflutende Überschwemmung. Der ganze Industriepalast ertrank in dieser trüben Flut all der Mittelmäßigkeit und Narrheit, welche die Kunst nur immer wälzen konnte. Und man hatte von ein bis sieben Uhr bloß noch eine Sitzung übrig; in sechs Stunden galt es, dies Labyrinth in verzweifeltem Galopp zu durchhasten! Anfangs hielten sie sich noch wacker und behielten klaren Blick, doch bald versagten bei dem rastlosen Marsch die Beine, und die Farben begannen einem vor den Augen zu tanzen. Aber es half nichts: es galt immer draufloszumarschieren, zu schauen, zu urteilen, bis man vor Erschöpfung zusammenbrach. Um vier hatte sich die Reihe aufgelöst, war's der Zusammenbruch eines geschlagenen Heeres. Schon schleppten sich einige außer Atem in weitem Abstand hinterher. Andere verloren sich einzeln zwischen den Rahmen die schmalen Gänge hin; sie verzweifelten daran, sich da herauszufinden, waren ohne jede Hoffnung, zum Ziel zu gelangen. Lieber Himmel, wie sollte man da gerecht sein? Was sollte man aus dieser furchtbaren Menge auswählen? Auf gut Glück und ohne daß man noch eine Landschaft von einem Porträt unterschied, wurde die Zahl vervollständigt. Zweihundert, zweihundertvierzig, noch acht; noch acht brauchte man. Das da? Nein, das andere! Wie Sie wollen! Sieben, acht, fertig! Endlich waren sie damit zu Rande, humpelten frei, erlöst ihrer Wege, hinaus!

Einen neuen Aufenthalt hatte es in dem einen Saal um das »tote Kind« herum gegeben, das unter anderen Überbleibseln am Fußboden lag. Doch diesmal wurde gespottet. Ein Spaßvogel tat, als strauchle er und sei im Begriff, mitten auf das Bild draufzutreten. Andere liefen die engen Gänge drumherum, als bemühten sie sich, seinen eigentlichen Sinn zu entdecken, und erklärten, daß es sich am schönsten von hinten ausnähme.

Auch Fagerolles spaßte.

»Also ein bißchen Mut, meine Herren! Betrachten, prüfen Sie's von allen Seiten! Sie haben was für Ihr Geld! ... Erbarmen, meine Herren! Seien Sie nett, nehmen Sie's, tun Sie ein gutes Werk!«

Alle hatten ihr Vergnügen an seiner Rede; aber um so gröber lehnten sie ab, und ihr Lachen war erbarmungslos. Nein, nein, niemals!

»Willst du es erbetteln?« rief ein Kamerad.

Es bestand der Brauch, daß die Jurymitglieder das Recht hatten, ein Bild zu »erbetteln«. Jeder von ihnen durfte aus dem Haufen eins wählen, mochte es auch noch so abscheulich sein, und es wurde dann ohne weitere Prüfung angenommen. Für gewöhnlich wurde das Almosen einer derartigen Annahme armen Hungerleidern zuteil. Die vierzig in letzter Stunde Angenommenen waren die Bettler an der Tür, die, welche man mit leerem Magen sich am letzten Platz der Tafel niederhocken ließ.

»Für mich erbettelte ich schon ein anderes«, sagte Fagerolles sehr verlegen. »Blumen, von einer Dame.«

Lachend unterbrach man ihn. War sie hübsch? Der Frauenmalerei gegenüber waren die Herren immer zu Scherz aufgelegt und kannten keine Ritterlichkeit. Fagerolles befand sich in schwieriger Lage; denn die betreffende Dame war von Irma protegiert. Er erzitterte bei dem Gedanken an den fürchterlichen Auftritt, den es geben würde, wenn er sein Versprechen nicht hielt. Endlich half er sich.

»He, aber Sie, Bongrand? ... Könnten nicht Sie den netten, kleinen Jungen für sich erbetteln?«

Blutenden Herzens und über diesen Handel entrüstet, warf Bongrand seine langen Arme aus.

»Ich! Ich sollte einem echten Künstler eine solche Schmach antun? ... Wetter! Möge er den Stolz finden, niemals wieder dem Salon etwas einzureichen!«

Als die anderen aber noch immer ihre Witze rissen, wollte Fagerolles seinen Sieg doch nicht aufgeben, traf seinen Entschluß, gab sich ein Ansehen und rief als tapferer Kerl, der sich nicht zu kompromittieren scheut:

»Gut, also nehm' ich's!«

Man rief ein Bravo, brachte ihm eine spöttische Ovation, verbeugte sich und drückte ihm die Hand. Ehre dem Braven, der den Mut seiner Meinung hatte! Ein Diener trug darauf das arme, verhöhnte, hin und her gestoßene, mit Schande bedeckte Bild davon. Und auf diese Weise war's geschehen, daß ein Gemälde des Malers des »Pleinair« seinen Weg in den Salon fand.

Am anderen Morgen benachrichtigte mit zwei Zeilen eine Karte Fagerolles' Claude, daß es ihm, doch nicht ohne Mühe, geglückt sei, das »tote Kind« durchzubringen. Trotz der Freude über die Nachricht zog sich Claude das Herz zusammen. Die Kurzangebundenheit des Billetts, ein gewisser Ton von Wohlwollen und Mitleid, das Demütigende, das die ganze Sache für ihn besaß, sprach aus jedem Wort. Einen Augenblick war er so unglücklich über den Sieg, daß er sein Werk wieder zurücknehmen und verstecken wollte. Dann aber stumpfte sich diese Anwandlung von Feinfühligkeit und Künstlerstolz ab, und er wurde schwach. So mürbe hatte ihn das lange Warten auf den Erfolg gemacht. Oh, er würde ja doch gesehen, war endlich im Salon! Er war bei der äußersten Kapitulation angelangt, ersehnte mit der fieberhaften Ungeduld eines Anfängers die Eröffnung des Salons, wiegte sich in Illusionen, sah die Menge sein Bild umdrängen und ihm zujubeln.

Mehr und mehr war der Tag des Firnissens der Bilder, jener Tag, der früher bloß den Malern, gleichsam für die letzte Toilette ihrer Bilder, eingeräumt gewesen war, für Paris eine Mode geworden, die die ganze Stadt auf die Beine brachte, zu der alles sich drängte. Seit einer Woche gehörte die Presse, die Straße, das Publikum den Künstlern. Sie nahmen das Interesse von ganz Paris in Anspruch, alles drehte sich einzig um sie, ihre Einsendungen, ihr Tun, ihre Gesten, ihre Person. Es war eine blitzschnell erwachte Eingenommenheit, deren Zugkraft die Straßen belebte, selbst Scharen von Landbewohnern herbeizog; Soldaten, Kindermädchen strömten an den Gratistagen durch die Säle, bis zu der unglaublichen Zahl von fünfzigtausend Besuchern; eine ganze Heerschar von unwissenden kleinen Leuten defilierten in der Nachfolge der höheren Stände an manchen schönen Sonntagen mit glotzenden Augen durch den großen Bilderladen.

Claude bangte anfangs vor dem berühmten Tag des Firnissens. Das Gedränge der eleganten Welt, von dem geredet wurde, schüchterte ihn ein, so daß er entschlossen war, den demokratischen Tag der eigentlichen Eröffnung abzuwarten. Er lehnte es sogar ab, Sandoz zu begleiten. Dann aber packte ihn ein derartiges Fieber, daß er plötzlich um acht Uhr aufbrach und sich kaum die Mühe gab, in aller Eile einen Bissen Brot und Käse zu verzehren. Christine, die nicht den Mut fand, mitzugehen, umarmte ihn nochmals bewegt und rief ihm beunruhigt zu:

»Vor allem, Liebster, was auch kommen möge: härme dich nicht!«

Etwas außer Atem trat Claude in den Hauptsaal ein. Er war so schnell die Treppe hinaufgehastet, daß er Herzklopfen hatte. Draußen herrschte ein klarer Maihimmel. Die Sonne schickte durch das über die Oberlichtfenster gespannte linnene Zeltdach ein lebhaftes weißes Licht. Zu den nächsten Türen herein, die nach der Galerie des Gartens hin offen standen, wehte mit empfindlicher Kühle ein feuchter Lufthauch. Einen Augenblick holte er in der schon dick werdenden, mit dem unbestimmten Firnißgeruch und dem feinen Moschusduft der Damen versetzten Luft Atem. Mit einem Blick überflog er die Wände. Ihm gegenüber befand sich ein riesiges, bluttriefendes Kriegsgemetzel, zur Linken aber ein ungeheueres, bleiches Heiligenbild und zur Rechten eine von der Regierung bestellte banale Darstellung eines öffentlichen Festes; dann Porträts, Landschaften, Interieurs, alle mit grellen Tönungen aus dem zu neuen Gold der Rahmen hervorstechend. Doch die Scheu, die ihm das erlesene Publikum dieses festlichen Tages einflößte, lenkte seine Blicke auf die mählich anwachsende Menge ab. Das Rundsofa in der Mitte, über das sich ein Busch grüner Blattpflanzen erhob, war nur von drei Damen besetzt, drei entsetzlich gekleideten Scheusalen, die sich's hier zu einem Klatsch bequem gemacht hatten. Hinter sich vernahm er eine rauhe Stimme radebrechen. Es war ein Engländer in einem karierten Jackett, der einer jungen, in einen Staubmantel gehüllten Frau das Schlachtbild erklärte. Stellenweise war der Saal leer. Es bildeten sich Gruppen, lösten sich auf, fanden sich in einiger Entfernung wieder zusammen. Alles hatte den Kopf in die Höhe. Die Männer hatten Spazierstöcke und den Paletot über den Arm. Langsam schritten die Frauen, boten sich, verweilend, im Halbprofil. Besonders fühlte sich sein Malerauge von den Blumen ihrer Hüte gefesselt, deren Ton gegen das unbestimmte Dunkel der hohen, schwarzen Seidenhüte scharf abstach. Er sah drei Priester, zwei schlichte Soldaten auch, die hier, man wußte nicht wie, mit hereingeraten waren; ununterbrochene Züge dann von dekorierten Herren, solche von jungen Mädchen mit ihren Müttern, die die Zirkulation der Menge sperrten. Viele kannten sich. Man lächelte sich aus der Entfernung zu, grüßte sich, manchmal wurde eilig im Vorüber ein Handdruck gewechselt. Die Unterhaltung erstarb im beständigen Scharren der Füße.

Claude begann jetzt nach seinem Bild auszuschauen. Er versuchte, sich nach dem Buchstaben zurechtzufinden, irrte sich, geriet in die Säle zur Linken, schritt durch die Reihen der offenen Türen mit ihrer Perspektion von Portieren, alten Tapisserien, zwischen denen durch man die Ecken der Bildrahmen erblickte. Er ging bis zum großen Westsaal, kam dann die andere Flucht wieder zurück, fand aber nicht seinen Buchstaben. Als er wieder im Hauptsaal anlangte, hatte sich das Gedränge so rapid gesteigert, daß man schon kaum noch vorwärts gelangen konnte. Diesmal erkannte er, als er verweilen mußte, Maler; das Volk der Maler, das sich heute hier zu Hause fühlte und die Honneurs machte. Einer besonders, ein ehemaliger Freund vom Atelier Boutin, ein von der Gier in die Öffentlichkeit zu dringen verzehrter junger Mann, der auf die Medaille losarbeitete, preßte jeden halbwegs einflußreichen Besucher und schleppte ihn vor seine Bilder. Dann war da der berühmte, reiche Maler, der, ein triumphierendes Lächeln um die Lippen, den Frauen gegenüber, die ihn mit einem beständig sich erneuernden Zirkel umdrängten, voll übertriebener Ritterlichkeit, vor seinem Werke »empfing«. Dann die anderen, die sich heimlich verwünschen, während sie sich laute Lobeserhebungen zurufen. Die Scheuen auch, die hinter einer Tür den Erfolg der Kameraden belauern; die Furchtsamen, die man um keinen Preis der Welt bewegen könnte, sich in den Saal zu begeben, wo ihre Bilder hängen; die Spötter, die unter einem Witz die blutende Wunde ihrer Niederlage hehlen; die Gewissenhaften, die mit Hingabe alles zu verstehen suchen und im Geiste schon Medaillen verteilen. Auch die Familien der Maler waren da. Eine reizende junge Frau in Begleitung eines allerliebst herausgeputzten Kindes; eine sauer dreinblickende, spießbürgerlich wirkende, magere Person mit zwei häßlichen, schwarzgekleideten Frauenzimmern von Töchtern; auf einer Bank gestrandet, inmitten einer ganzen Schar kleiner Rotznasen, eine dicke Mutter; eine noch hübsche Dame gereiften Alters, die mit ihrer erwachsenen Tochter einem Weibsbild, der Maitresse ihres Mannes, nachblickte und im Schreiten ganz ruhig mit der Tochter ein Lächeln wechselte. Auch die Modelle waren da; Weiber, die sich beim Arm zogen und einander ihre auf den Gemälden dargestellten Nacktheiten zeigten. Sie redeten laut, waren geschmacklos gekleidet, entstellten ihren herrlichen Körper mit Anzügen, daß sie sich neben den zierlichen Pariser Puppen, von denen, wenn sie sich ausziehen, nichts übrigbleibt, wie bucklig ausnahmen.

Sobald er wieder aus dem Gedränge heraus war, wandte sich Claude den Türen zur Rechten zu. Sein Buchstabe befand sich auf dieser Seite. Er durchsuchte die mit L bezeichneten Säle, fand aber nichts. Vielleicht war sein Bild übersehen, verwechselt worden und füllte jetzt irgendwo eine Lücke aus. Als er dann in den großen Ostsaal gelangt war, durchschritt er die anderen kleinen Nebensäle, diese abgelegene, wenig besuchte Reihe, wo die Gemälde vor Langeweile braun zu werden scheinen und die der Schrecken der Maler sind. Auch hier entdeckte er nichts. Bestürzt, ganz verzweifelt, streifte er umher, trat auf die Galerie des Gartens hinaus, fuhr fort, unter dieser aus den Sälen gleichsam herausgequollenen Überfülle von Nummern zu suchen, die da fröstelnd und bleich im scharfen Lichte hingen. Dann geriet er, nachdem er die entferntesten Räume durchirrt hatte, zum drittenmal in den Hauptsaal. Jetzt quetschte man sich hier schon. Das berühmte, reiche, gefeierte Paris, alles was Aufsehen macht, das Talent, die Million, die Anmut, die Meister des Romans, des Theaters, Journals, die Leute der Klubs, des Pferdesports, der Börse, Frauen jeden Ranges, Dirnen, Schauspielerinnen, Modedamen, alles sich zur Schau stellend, kam im ununterbrochenen Strom die Treppe herauf. Über sein vergebliches Suchen zornig, erstaunte er, wie banal die Gesichter waren, wenn man sie so in Masse beieinander sah, über die Ungleichheit der Toiletten, von denen es unter vielen gewöhnlichen nur wenig elegante gab, über den Mangel an äußerer Würde, den diese Gesellschaft bis zu einem Grade zeigte, daß seine Scheu sich in Verachtung wandelte. Diese Menschen waren es also, die sein Bild, wenn sie es gefunden hatten, verhöhnen würden? Zwei kleine, blonde Reporter stellten eine Liste von Personen zusammen, deren Anwesenheit in ihren Blättern notiert werden sollte. Ein Kritiker tat, als mache er sich auf dem Rand seines Kataloges Notizen; wieder ein anderer stand einsam, die Hände auf dem Rücken, da und maß jedes Gemälde mit einem Blick hehrer Unbewegtheit. Was Claude aber ganz besonders traf, war das herdenmäßige Gedränge, die Massenneugier ohne Frische und leidenschaftliche Beteiligung, die grelle Härte der Stimmen, die Ermüdung, die sich in den Gesichtern ausprägte, der übelgelaunte, leidende Ausdruck. Und schon war auch der Neid am Werke. Da war der Herr, der sich in geistreicher Weise vor den Damen Luft macht; dann der, welcher wortlos betrachtet, ein fürchterliches Achselzucken hat und dann weitergeht; dann die zwei, die eine Viertelstunde dicht beieinander, auf die Brustwehr gestützt, sich zu einer kleinen Leinwand hin nach vorn beugen und leise, unter tückischen Verschwörerblicken miteinander tuscheln.

Aber da tauchte Fagerolles auf. Und mitten in dem beständigen Geflute der Gruppen gab's jetzt nur noch ihn, wie er die Hand ausstreckte, sich überall zeigte, sich in seiner Doppelrolle als junger Meister und Jurymitglied darbot. Von Lobeserhebungen, Danksagungen, Reklamationen überschüttet, hatte er für jeden eine Antwort, ohne etwas von seiner anmutigen Liebenswürdigkeit einzubüßen. Schon seit dem frühen Vormittag hatte er dem Ansturm derjenigen jungen Maler, die seine Schützlinge waren und sich schlecht plaziert fanden, standzuhalten. Es war das übliche Gerenne zu Anfang der Ausstellung: jeder suchte sich, rannte, um sein Bild zu sehen, brach in endlose Beschuldigungen, geräuschvolle Wut aus. Man hing zu hoch, fand sich schlecht beleuchtet, oder die Nachbarbilder verdarben die Wirkung. Man redete davon, daß man sein Bild abhängen und davontragen wolle. Besonders einer, ein langer Hagerer, ließ nicht ab, Fagerolles von Saal zu Saal zu verfolgen, der ihm vergeblich auseinandersetzte, daß er keine Schuld trüge, nichts dabei tun könnte, daß man sich an die Aufeinanderfolge der Nummern hielte, daß die für eine Wand bestimmten Bilder auf dem Fußboden geordnet und dann aufgehängt würden und daß dabei niemand begünstigt werde. Doch trieb er die Gefälligkeit so weit, daß er versprach, bei der Umhängung der Bilder nach der Verteilung der Medaillen vermitteln zu wollen. Aber es gelang ihm nicht, den langen Hageren zu beruhigen, der fortfuhr, sich ihm an die Fersen zu heften.

Einen Augenblick arbeitete sich Claude durch die Menge hindurch, um ihn zu fragen, wo man sein Bild hingehängt hätte. Doch wie er ihn so umringt sah, hielt sein Stolz ihn zurück. War's nicht töricht und demütigend, immer so die Hilfe eines anderen in Anspruch zu nehmen? Übrigens überlegte er plötzlich, daß er eine ganze Reihe von Sälen zur Rechten übersprungen haben mußte. Und tatsächlich gab es da neue Folgen von Bildern. Schließlich bog er in einen Saal ein, wo die Menge sich vor einem großen Gemälde, das den Ehrenplatz in der Mitte einnahm, fast erdrückte. Zuerst konnte er es vor den dicht bei dicht aneinandergedrängten Schultern, vor der dichten Mauer der Köpfe, dem Wall von Hüten nicht sehen. In gaffender Bewunderung stürzte man drauflos. Endlich erblickte er, als er sich auf die Fußspitzen stellte, das Wunderwerk und erkannte nach dem, was er davon gehört hatte, den Gegenstand.

Es war Fagerolles Bild. Und er fand in diesem »Frühstück« sein »Pleinair« wieder, den gleichen, blonden Ton, ganz die gleiche Kunstformel, aber wie sehr abgemildert, verlogen, verderbt, von welch oberflächlicher Eleganz, wie ganz mit unendlicher Geschicklichkeit auf die Befriedigung der niedrigen Instinkte des Publikums eingestellt. Fagerolles hatte nicht den Fehler begangen, wie er, drei nackte Weiber zu geben, aber in ihren gewagten mondänen Toiletten hatte er sie so gut wie entkleidet, indem die eine unter dem durchsichtigen Spitzenwerk des Leibchens ihre Brust zeigte, eine andere ihr rechtes Bein, während sie sich nach hinten bog, um einen Teller herüberzulangen, bis zum Knie sehen ließ; die dritte aber, die nicht das geringste Fleckchen ihrer Haut zeigte, war in eine so enganliegende Robe gekleidet, daß sie mit ihrem statuenhaften Gesäß von einer störenden Unzüchtigkeit war. Was aber die beiden Herren anbetraf, so konnten sie in ihren eleganten Röckchen als das Muster aller Distinktion gelten. Dann war noch ein Diener da, der in einiger Entfernung aus einem hinter Bäumen haltenden Landauer einen Korb herabhob. Alles zeichnete sich, die Gestalten, die Stoffe, das Stilleben des Frühstücks, heiter im vollen Sonnenlicht gegen einen schattig grünen Hintergrund ab. So daß sich in dieser verlogenen Kraft, die die Menge angenehm aufregte und ihr zugleich gefiel, eine äußerste Gewandtheit mit einer verlogenen Kühnheit paarte. Es war ein Sturm in einem Cremetopf.

Claude, der nicht hinzu konnte, achtete auf die Urteile, die um ihn herum fielen. Endlich einer, der die wahre Wirklichkeit gab! Er trug nicht dick auf wie die ungehobelten Kerle der neuen Schule, alles wußte er zu zeigen, ohne doch etwas zu zeigen. Ah, die Nuancen! Welche Kunst im Nichtaussprechen! Welche Hochachtung vor dem Publikum! Welche Wahrung des Anstandes! Welche Feinheit, welche Anmut, welcher Geist! Der ließ sich nicht in unübereinstimmender Weise zu leidenschaftlich übertriebenen Schöpfungen hinreißen; nein, wenn er der Natur drei Dokumente entlehnt hatte, so gab er sie, aber nicht eines mehr. Ein Journalist, der hinzutrat, geriet in Ekstase und fand das Schlagwort: ein echt Pariser Gemälde. Man wiederholte es, und wer vorüberging, erklärte es für echt Pariserisch.

All diese gebogenen Rücken, die Flut all dieser in Bewunderung sich biegenden Rücken versetzten Claude schließlich in eine äußerste Erbitterung. Und von einem Bedürfnis erfaßt, diese Gesichter da zu sehen, von denen ein Erfolg abhing, drängte er sich durch den Haufen nach vorn und richtete es so ein, daß er sich gegen die Brüstung lehnen konnte. Jetzt hatte er in dem grauen Licht, das durch die Leinwand des Oberlichtfensters hindurch dämmerig in den Saal fiel, während ein lebhafter Strahl über den Rand des Fensterrahmens oben glitt und mit seinem Schein die Bilder an den Wänden und die goldenen Rahmen in warmen Glast tauchte, das Publikum Angesicht um Angesicht vor sich. Und sofort erkannte er die Leute wieder, die ihn damals ausgehöhnt hatten. Oder, wenn sie's nicht waren, so war's ihresgleichen; bloß ernst in diesem Augenblick, begeistert, verklärt von achtungsvoller Bewunderung. Der häßliche Zug, den ihre Gesichter damals gezeigt hatten, der vom Kampfeifer mitgenommene Ausdruck, der gallige Haß, der die Haut verzerrt und gegilbt hatte, war einem milderen gewichen: dem des einhelligen Vergnügens an der gefälligen Lüge. Zwei dicke Damen gähnten vor Behagen mit weitgeöffnetem Munde. Alte Herren machten verständnisvoll große Augen. Ein Ehemann erklärte flüsternd den Gegenstand seiner jungen Frau, die unter einer reizenden Wendung des Halses mit dem Kinn nickte. Andachtsvolle Bewunderung, Staunen, Munterkeit, ernstes Prüfen, heimliches Lächeln, entzücktes Wiegen des Kopfes. Schwarze Hüte, die sich im Betrachten halb nach hinten bogen, während ihre Blumen den Frauen bis auf den Nacken herabfielen. Und all diese Gesichter verharrten einen Augenblick in ihrem Ausdruck, wurden dann beständig von anderen, ähnlichen verdrängt.

Starr über diesen Triumph und wie gebannt blieb Claude stehen. Der Saal wurde zu eng, immer neue Scharen stauten sich an. Nicht mehr war es die freie Leere, wie sie zur Stunde der Eröffnung geherrscht hatte, nicht mehr machte sich vom Garten her der frische Luftzug und machte sich der Firnisgeruch fühlbar; die Luft war schwül geworden und mit dem Parfüm der Toiletten versetzt. Bald aber herrschte ein Geruch wie von naß gewordenen Hunden vor. Es mußte wohl regnen; ein plötzlicher Frühlingsplatzregen mochte niedergehen, denn die Letztangelangten brachten Feuchtigkeit mit, schwer hängende Kleider, die, sobald sie in die Hitze des Saales gerieten, zu dampfen begannen. Tatsächlich ging seit einiger Zeit ein Dämmern durch den Saal und oben am Rahmen des Oberlichtfensters hin. Claude hob die Augen. Er ahnte große, vom Wind gepeitschte Wolken dahinjagen. Gegen die Fenster oben schlug der Regenguß. Ein Schattendüster ging an den Wänden hin, alle Bilder trübten sich, das Publikum war in Dunkel getaucht, bis, als das Gewölk vorüber war, Claude die Köpfe mit den gleichen offenen Mündern und vor stumpfsinnigem Vergnügen weitgeöffneten Augen wieder aus der Dämmerung auftauchen sah.

Doch noch ein anderer Schmerz blieb Claude vorbehalten. An der Wand zur Linken bemerkte er neben dem Fagerolles' das Gemälde Bongrands. Vor dem drängte sich niemand, gleichgültig gingen die Besucher an ihm vorbei. Und doch war es die letzte, äußerste Anstrengung, der Wurf, auf den das Streben des großen Malers seit Jahren gerichtet gewesen war; die letzte Nachgeburt, mit der er seine abnehmende Kraft noch einmal auf ihre Probe zu stellen getrachtet hatte. Der Groll, den er gegen die »Dorfhochzeit«, jenes erste Meisterwerk, hegte, auf das hin man ein für allemal das Urteil über sein Schaffen eingestellt hatte, hatte ihn angetrieben, einen entgegengesetzten und doch ähnlichen Gegenstand zu wählen: das »Dorfbegräbnis«, die Bestattung eines jungen Mädchens, zwischen Hafer- und Roggenfeldern sich hinziehend einen Leichenzug. Er hatte gegen sich selbst ankämpfen, beweisen wollen, daß es mit ihm noch nicht aus sei, daß die Erfahrung seiner sechzig Jahre mit dem glücklichen Aufschwung seiner Jugend noch mithalten konnte. Doch die Erfahrung hatte eine Niederlage erlitten; das Werk war ein trauriger Mißerfolg, das stille Zusammenbrechen des alternden Mannes, an dem man vorübergeht, bei dem man sich nicht mehr aufhält. Freilich waren einige Einzelheiten noch immer meisterhaft. So der Chorknabe, der das Kreuz trug; dann die Gruppe der den Sarg tragenden Mädchen, deren weiße Kleider und rosigen Gesichter einen reizenden Gegensatz zu der sonntäglich schwarzen Kleidung des Trauergefolges machten; doch der Priester im Chorhemd, das Mädchen mit dem Banner, die hinter dem Sarg herschreitende Familie, überhaupt das ganze Bild war von einer frostigen Faktur, wirkte unangenehm nach tüftelndem Verstand, halsstarriger Versteiftheit. Unbewußt war er zu dem Romantizismus, jedoch in gequälter Weise, zurückgekehrt, von dem er ehemals ausgegangen. Und das Schlimmste bei der Sache war, daß die Gleichgültigkeit des Publikums dieser Kunst einer früheren Epoche und dieser dürren, ein wenig matten Malweise gegenüber, die, nachdem die große Lichtwoge der neuen Schule hereingebrochen war, sich noch nicht einmal so ganz im Unrecht befand.

Gerade betrat mit dem furchtbaren Zögern eines Anfängers Bongrand den Saal. Claude schnürte sich das Herz zusammen, als er sah, wie er einen Blick zu seinem einsamen Gemälde hinüberschickte und dann einen anderen zu dem Fagerolles', vor dem man einen solchen Aufstand machte. In diesem Augenblick mußte der Maler die schmerzliche Erkenntnis empfinden, daß es mit ihm zu Ende war. Wenn bisher die Furcht vor dem langsamen Schwinden seines Könnens an ihm genagt hatte, so war das ja bloß erst noch ein Zweifel gewesen; jetzt aber war er zu der jähen Gewißheit gelangt, daß er sich überlebt, daß sein Talent tot war, niemals mehr würde er ein lebensvolles Werk zustande bringen. Er wurde sehr bleich und machte schon eine Bewegung, als wende er sich zur Flucht, als zur anderen Tür herein mit dem gewöhnlichen Schwanz seiner Schüler hinterdrein der Bildhauer Chambouvard anlangte und ihn, ohne sich um das anwesende Publikum zu kümmern, mit seiner schweren Stimme anrief:

»Ah, Sie Schäker! Da fasse ich Sie bei der Bewunderung Ihres eigenen Werkes ab!«

Er selber hatte dies Jahr eine gräßliche Schnitterin im Salon, eine von den Mißgeburten, die seine mächtigen Hände auf gut Glück zu gestalten schienen. Nichtsdestoweniger aber strahlte er, war überzeugt, ein Meisterwerk geschaffen zu haben, und führte seine gottgleiche Unfehlbarkeit durch die Menge spazieren, deren Lachen er nicht vernahm.

Ohne zu antworten sah Bongrand ihn mit fiebrigen Augen an.

»Und haben Sie unten meine Statue gesehen?« fuhr der andere fort. »Da sollen die Kleingeister von heute mal ankommen. Es gibt nur uns, das alte Frankreich!«

Und das staunende Publikum grüßend, von seinem Hof gefolgt, entfernte er sich auch schon wieder.

»Dummkopf!« murmelte der von seinem Verdruß gewürgte Bongrand. Er hatte es mit einer Empörung, als wäre irgendein Lümmel in ein Sterbezimmer eingedrungen.

Er sah Claude und trat zu ihm heran. War's nicht feig, wenn er floh? Er wollte seinen Mut zeigen, seine hohe, niemals der Mißgunst zugängliche Gesinnung.

»Nun sag doch einer, was unser Freund Fagerolles für einen Erfolg hat! ... Ich müßte lügen, wenn ich sagen sollte, daß ich mich für sein Bild begeisterte oder daß ich mir was aus ihm machte. Aber er selbst ist ja wirklich sehr nett ... Sie wissen ja, wie er für Sie eingetreten ist.«

Claude suchte nach einem bewundernden Wort für das »Begräbnis«.

»Der kleine Friedhof im Hintergrund ist ja so reizend! ... Wie ist's nur möglich, daß das Publikum ...«

Aber mit barscher Stimme unterbrach ihn Bongrand.

»Eh, lieber Freund, keine Kondolenzen ... Ich sehe über mich selbst klar.«

In diesem Augenblick wurde ihnen von jemandem ein vertraulicher Gruß zugewinkt. Claude erkannte Naudet. Aber einen potenzierten, geschwellten, von den kolossalen Geschäften, die er gegenwärtig machte, angeglänzten Naudet. Sein Ehrgeiz verdrehte ihm den Kopf; er sprach davon, daß er alle anderen Kunsthändler totmachen wollte, hatte sich einen Palast bauen lassen, in dem er sich als Beherrscher des Marktes aufspielte, der alle Meisterwerke zentralisierte, die großen Speicher der modernen Kunst eröffnete. Schon in seinem Treppenflur hallte es von Millionen. Er veranstaltete bei sich Ausstellungen, übertraf die der Galerien, erwartete im Mai die Ankunft amerikanischer Kunstliebhaber, an die er für fünfzigtausend verkaufte, was er für zehntausend Franken gekauft hatte. Er führte einen fürstlichen Haushalt, hatte Frau, Kinder, Maitressen, Pferde, ein Landgut in der Picardie, veranstaltete große Jagden. Seine ersten Gewinne hatte er aus der Hausse der großen Toten gezogen, die bei Lebzeiten abgelehnt worden waren, Courbet, Millet, Rousseau. Daher rührte seine Verachtung gegenüber jeglichem, mit dem Namen eines Malers gezeichneten Werk, der noch im Kampfe stand. Doch liefen bereits alle möglichen üblen Gerüchte über ihn um. Die Zahl der anerkannten Bilder war ja eine begrenzte, und die der Kunstliebhaber ließ sich nicht mehr ausdehnen; und so nahte der Augenblick, wo die Geschäfte anfingen, schwieriger zu werden. Man sprach von einem Syndikat, von einem Abkommen mit Bankiers, um die hohen Preise zu halten. Im Saale Drouot war man schon zu dem Auskunftsmittel von Scheinkäufen gelangt, Gemälde wurden für einen sehr hohen Preis vom Händler selbst zurückerstanden. Das fatale Ende dieser Börsenoperationen und dieses sich überkippenden Agioschwindels schien der Bankerott.

»Guten Tag, teurer Meister!« sagte Naudet. »Nicht wahr, Sie kommen wie alle Welt, meinen Fagerolles zu bewundern?«

Seine Haltung hatte nichts mehr von ihrer früheren schmeichlerisch respektvollen Unterwürfigkeit. Von Fagerolles aber sprach er wie von einem ihm gehörenden Maler, von einem in seinem Sold stehenden Arbeiter, den er gelegentlich sogar zurechtwies. Er war es, der ihn in der Avenue Villiers installiert hatte, der ihn zum Besitz eines eigenen kleinen Palastes genötigt hatte. Und er hatte es ihm möbliert wie einem Mädchen der Halbwelt, hatte ihn, um ihn sich zu verpflichten, durch Lieferung von Teppichen und Kleinigkeiten in Schulden gestürzt. Jetzt aber fing er an, ihm sein ungeregeltes, leichtfertiges Junggesellenleben vorzuwerfen. Zum Beispiel hätte dies Bild ein ernstgerichteter Maler niemals in den Salon geschickt. Gewiß, es erregte Aufsehen, es wurde sogar von der Ehrenmedaille gesprochen; doch nichts war weniger geeignet, hohe Preise zu erzielen. Wenn man die Amerikaner haben wollte, so verstand man schön zu Hause zu bleiben, hielt sich wie ein lieber Gott in seinem Tabernakel.

»Mein Lieber, Sie mögen mir glauben oder nicht: aber ich hätte zwanzigtausend Franken aus meiner Tasche gezahlt, um diese blöden Journale zu hindern, dies Jahr all den Tamtam um meinen Fagerolles zu machen.«

Bongrand, der trotz seines seelischen Zustandes das alles tapfer mit anhörte, hatte ein Lächeln.

»Allerdings, sie haben die Ausplaudereien wohl schon ein bißchen zu weit getrieben. Gestern las ich einen Artikel, aus dem ich erfuhr, daß Fagerolles alle Morgen zwei weichgesottene Eier verzehrt.«

Er lachte über den plumpen Coup der Publizisten, der seit einer Woche sich auf einen ersten Artikel über sein Gemälde hin, das noch niemand zu Gesicht bekommen hatte, Paris mit dem jungen Meister beschäftigen machte. Der ganze Troß der Berichterstatter war auf den Beinen. Man zog ihn aus bis auf die Haut: über seine Kindheit wurde berichtet, über seinen Vater, den Kunstzinkfabrikanten, über seine Studien, seine Wohnung, die Art und Weise, wie er lebte, bis auf die Farbe seiner Strümpfe und die Eigenheit, die er hatte, sich die Nasenspitze zu zwicken. Er war der Held des Tages, der junge Meister des herrschenden Geschmackes, der das Glück gehabt hatte, den Prix de Rome zu verfehlen und mit der Akademie zu brechen, deren Schliff er doch beibehalten hatte. Es war all jenes flüchtige Glück, das der Wind herweht und wieder verweht; die nervöse Laune der verwirrten Weltstadt, der Erfolg des Ungefähr, der Keckheit in perlgrauen Handschuhen, jener betreffende Unfall, der die Menge am Vormittag in Aufregung versetzt und den am Abend alle Welt vergessen hat.

Aber da sah Naudet das »Dorfbegräbnis«.

»Ah, das ist Ihr Bild? ... Sie haben also ein Seitenstück zu der ›Hochzeit‹ geben wollen? Ich hätte Ihnen davon abgeraten ... Ah, die ›Hochzeit‹, die ›Hochzeit‹!«

Bongrand hörte ihn noch immer an und lächelte noch immer. Doch eine schmerzliche Falte verzog seine zuckenden Lippen. Er vergaß seine Meisterwerke, die Unsterblichkeit, die seinem Namen sicher war; er sah nur noch die unmittelbare, mühelos erworbene Beliebtheit dieses Scharlatans, der nicht würdig war, ihm die Palette abzuwaschen, der aber ihn, der zehn Jahre hatte kämpfen müssen, ehe er bekannt geworden war, jetzt in Vergessenheit stürzte. Hätten die neuen Generationen, wenn sie einen zu Grabe tragen, eine Ahnung davon, wieviel blutige Tränen man seinem Ende nachweint!

Er hatte geschwiegen. Aber dann ergriff ihn die Furcht, er könnte dem anderen mit seinem Schweigen sein Leid verraten. Durfte er sich zu erbärmlichem Neid erniedrigen? Ein Zorn gegen sich selbst gab ihm wieder Haltung; man mußte aufrecht sterben. Und anstatt, wie es ihn drängte, heftig zu erwidern, sagte er familiär:

»Sie haben recht, Naudet! Ich hätte mich an dem Tage, wo mir der Gedanke an dies Bild kam, lieber schlafenlegen sollen.«

»Ah, da ist er ja! Verzeihung!« rief der Händler und machte sich davon.

Es war Fagerolles der sich beim Eingang zeigte. Er trat nicht ein, blieb dort, diskret, lächelnd, trug sein Glück mit dem ihm eigenen geistvollen Anstand. Übrigens suchte er nach jemandem, winkte einen jungen Mann zu sich her und machte ihm eine Mitteilung. Ohne Zweifel eine günstige, denn der andere floß von Erkenntlichkeit über. Zwei andere stürzten auf ihn zu und beglückwünschten ihn. Eine Dame hielt ihn fest und wies mit der Handbewegung einer Märtyrerin auf ein im Schatten einer Nische plaziertes Stilleben hin. Dann verschwand er, nachdem er auf die vor seinem Bild sich begeisternde Menge einen kurzen Blick geworfen hatte.

Claude hatte beobachtet und zugehört. Sein Herz war von einer tiefen Traurigkeit erfüllt. Noch immer steigerte sich das Gedränge. Er sah in der unerträglich gewordenen Hitze bloß noch gaffende, schwitzende Gesichter. Über Schultern erhoben sich bis zur Tür hin, wo die, die nichts sehen konnten, mit ihren regennassen Schirmen draufhindeutend einander aufmerksam machten, andere Schultern. Aus Stolz blieb auch Bongrand noch, trotzte, stramm auf seinen alten Kämpferbeinen, den klaren Blick auf dies undankbare Paris gerichtet, aufrecht seiner Niederlage. Er wollte als tapferer Mann enden, in starker Güte. Claude, der zu ihm gesprochen hatte, ohne daß er Antwort erhielt, sah, daß er hinter diesem ruhigen, heiteren Gesicht und seinem blutigen Kummer mit seinen Gedanken wo anders war. Mit respektvoller Ergriffenheit ließ er ihn und entfernte sich, ohne daß Bongrands ins Leere verlorener Blick es wahrnahm.

Als er von neuem durch die Menge schritt, fühlte Claude sich von einem Gedanken aufgestachelt. Er wunderte sich, wie es möglich war, daß er sein Bild noch nicht hatte finden können. Nichts war doch einfacher. War denn nicht irgendwo ein Saal, wo gelacht wurde, ein Winkel, wo man spottete und lärmte, wo's eine Ansammlung spottenden und schmähenden Pöbels gab? Dies Bild mußte dann ja doch seines sein, nichts war doch sicherer. Er hatte ja noch immer das Gelächter von damals, im Salon der Zurückgewiesenen, im Ohr. Und an jeder Saaltür horchte er jetzt, ob es hier sei, wo man ihn aushöhnte.

Doch als er sich wieder im Ostsaal befand, in jener Halle, wo die große Kunst erstirbt und man die kalten historischen und religiösen Riesenkompositionen anhäuft, gab's ihm einen Stoß. Unbeweglich stand er, die Augen aufwärts gerichtet. Und doch war er schon zweimal hier vorbeigekommen. Ja, da oben hing sein Bild. So hoch, so hoch, daß er's kaum wiedererkannte. So klein wie eine Schwalbe lehnte es gegen die Ecke eines Rahmens, gegen den monumentalen Rahmen eines ungeheuren, zehn Meter langen Gemäldes, das die Sintflut darstellte, das Gewimmel einer in ein dunkelrotes Meer stürzenden gelben Menschheit. Zur Linken hing noch das jämmerliche, aschgraue Porträt eines Generals; zur Rechten, wie der fahle Leichnam einer im Grase verwesenden Gemordeten, eine kolossale Nymphe in einer Mondscheinlandschaft. Und ringsum, überall, in Rosa, Violett, alle möglichen kläglichen Dinger, einschließlich einer

Szene mit berauschten Mönchen und einer Parlamentseröffnung mit einer auf goldenem Grund geschriebenen Tafel, wo, mit ihren Namen drunter, die Köpfe der bekannten Abgeordneten skizziert waren. Und da oben, ganz hoch oben, mitten zwischen all diesem blassen Zeug hervor, stach sehr kraß, mit der schmerzverzerrten Grimasse eines Scheusals, die kleine Leinwand hervor. Ach, das »tote Kind«, der erbärmliche Leichnam des armen Kleinen, der, aus dieser Entfernung gesehen, nichts weiter war als ein wirrer Klumpen, der Überrest irgendeines gestrandeten, unförmigen Tieres! War dieser phänomenale, aufgedunsene, weiße Kopf ein Schädel, war's ein Bauch? Und diese armen, in das Linnen hineingekrümmten Hände, die wie die zusammengezogenen Krallchen eines erfrorenen Vögelchens waren; selbst das Bett, das weiße Linnen zu der Leichenblässe der Glieder; alles dies trübselige Weiß, das Ausgelöschtsein jeden Tones, das Ende, das letzte Ende! Endlich erkannte man dann an den starren Augen, daß es sich um den Kopf eines Kindes, um irgendeinen scheußlichen, tieferbarmungswürdigen Fall von Gehirnkrankheit handelte.

Claude trat heran, trat, um besser zu sehen, wieder zurück. Das Licht war so schlecht, daß die Reflexe über die ganze Leinwand hintanzten. Wie hatte man seinen kleinen Jacques plaziert! Ohne Zweifel aus Geringschätzung oder vielleicht aus Scham, um sich seiner traurigen Häßlichkeit zu entledigen. Er aber rief ihn sich ins Gedächtnis zurück, sah ihn wieder vor sich, wie er da unten, auf dem Land gewesen war, als er sich, frisch und rosig, im Grase gewälzt hatte; und dann in der Rue de Douai, wie er immer blässer und stumpfer geworden war; dann in der Rue Tourlaque, wo er kaum noch seinen Kopf zu tragen vermochte und eines Nachts, während seine Mutter schlief, ganz allein und einsam gestorben war. Und auch sie sah er vor Augen, die Mutter, das traurige Weib, das zu Haus geblieben war, sicher um sich auszuweinen, wie sie jetzt ja den ganzen Tag über weinte. Ach ja, sie hatte gut daran getan, daß sie nicht mitgekommen war: es war zu todtraurig, wie ihr kleiner Jacques, kalt und starr in seinem Bett, beiseitegeworfen war wie ein Paria, vom Licht so mißhandelt, daß sein Gesicht zu einer schauerlich lachenden Grimasse verzerrt schien.

Am meisten litt Claude unter der so vollständigen Vernachlässigung seines Bildes. Erstaunt, enttäuscht suchte sein Blick nach der

Menge, nach dem Gedränge, auf das er sich gefaßt gemacht hatte. Warum höhnte man es nicht aus? Ah, wie hatten ihn die Schmähungen, die Spötteleien, die Entrüstungen damals zerfleischt und ihn doch belebt! Nein, nichts! Nicht einmal im Vorüber ein flüchtiger Anwurf! Das war der Tod. Eilig durchschritt er das Publikum, angeödet den langweiligen Saal. Nur vor der Darstellung der Parlamentseröffnung stand eine sich beständig erneuernde Gruppe, die die Tafel las und sich die Köpfe der Abgeordneten zeigte. Als hinter ihm gelacht wurde, wandte er sich um. Doch man lachte nicht zum Spott, sondern hatte bloß sein Vergnügen an den lustigen Mönchen. Es war der heitere Erfolg des Salons. Die Herren erklärten es den Damen und nannten es ungemein witzig. Alle diese Leute aber gingen an dem kleinen Jacques vorüber; nicht einer hob den Kopf, keiner wußte, daß er da oben hing!

Doch der Maler hoffte noch. Auf dem Diwan in der Mitte saßen zwei Personen, ein Dicker und ein Schmächtiger, beide dekoriert, die, gegen das Sammetpolster zurückgelehnt, miteinander plauderten, wobei sie auf die Gemälde blickten. Er näherte sich und horchte.

»Und ich bin ihnen nachgegangen«, sagte der Dicke. »Sie gingen die Rue Saint-Honoré, die Rue Saint-Roch hinauf, die Rue de la Chaussée-d'Antin, die Rue de La Fayette ...«

»Nun, und haben Sie sie angeredet?« fragte der Schmächtige mit tiefem Interesse.

»Nein, ich befürchtete, daß ich mich hinreißen ließ.«

Claude ging. Aber dreimal kehrte er wieder zurück, und jedesmal schlug ihm das Herz, wenn einmal ein Besucher stehen blieb und langsam von der Brüstung gegen die Decke hinaufblickte. Ein krankhaftes Bedürfnis setzte ihm zu, ein Wort, nur ein einziges Wort über sein Bild zu vernehmen. Warum stellte man denn aus? Wie sollte man sonst etwas erfahren? Alles, nur nicht die Qual des Totgeschwiegenseins! Er erstickte fast vor Aufregung, als er ein junges Ehepaar sich nähern sah; ein netter Mann mit einem blonden Schnurrbärtchen, eine entzückende Frau von einer allerliebsten, graziösen Haltung wie ein Meißener Porzellanfigürchen. Und sie bemerkte das Bild, erkundigte sich nach seinem Gegenstand, war erstaunt, daß sie nichts davon verstand. Als ihr Mann aber im Katalog nachgeschlagen und die Bezeichnung »Das tote Kind« gefunden hatte, zog sie ihn erschauernd davon und rief entsetzt:

»Oh, fürchterlich! Es müßte doch polizeilich verboten werden, daß so etwas Abscheuliches ausgestellt wird!«

Claude blieb jetzt, stand, unbewußt, seiner Pein hingegeben, die geschlossenen Augen vor sich hingerichtet, mitten in der Menge, die, ohne einen Blick für diese einzigartige, teuere, nur ihm sichtbare Sache zu haben, gleichgültig vorübereilte. Und da geschah es, daß ihn, mitten im Gedränge, Sandoz erblickte.

Auch er hatte seine Frau daheim, bei seiner leidenden Mutter, gelassen und strich allein, wie ein Junggeselle, umher. Und so stand er denn jetzt auch, blutenden Herzens, hier unter der kleinen Leinwand, die er zufällig entdeckt hatte. Ah, was sprach sich in ihr für ein Abscheu vor diesem miserablen Leben aus! Und er lebte plötzlich in der Erinnerung ihre Jugend wieder; das Kolleg von Plassans, die weiten Streifereien am Ufer der Viorne hin, die freien Wanderungen unter der heiß niederprallenden Sonne, all ihren jungen, sich regenden, so flammenden Ehrgeiz. Und dann später ihre gemeinsame Existenz. Er rief sich ihre Anstrengungen ins Gedächtnis zurück, wie sicher sie sich des Ruhmes gewesen waren, den herrlichen Heißhunger ihres unermeßlichen Appetits, der davon gesprochen hatte, Paris mit einem Schlage erobern zu wollen. Wie hatte er damals in Claude den großen Mann erblickt, dessen entbundenes Genie das Talent der anderen weit überflügeln und dahinten lassen würde. Zuerst war es das Atelier in der Sackgasse des Bourdonnais gewesen; dann das am Quai Bourbon. Der Traum von gewaltigen Bildern, von Projekten, die den Louvre hatten sprengen sollen. Ein unablässiges Ringen war's gewesen; täglich zehn Stunden Arbeit, eine Hingabe des ganzen Lebens. Und jetzt? Nach zwanzig Jahren so leidenschaftlicher Anstrengung der Ausgang das da, diese arme, trübselige Sache; so klein, so unbemerkt, in seiner wie die Pest gemiedenen Isoliertheit von einer so herzzerreißenden Schwermut! So viel Hoffnung, so viel Qual, ein ganzes Leben in harter Schaffensarbeit hingebracht: und das, das! Oh, mein Gott!

Da hatte Sandoz Claude in seiner unmittelbaren Nähe erblickt. Eine brüderliche Rührung bebte in seiner Stimme, als er sagte:

»Wie! Du bist gekommen? ... Warum hast du nicht kommen und mich abholen wollen?«

Der Maler entschuldigte sich nicht einmal. Er schien sehr abgespannt, ohne jede Empörung, von einer dämmernden, weichen Stumpfheit gelähmt.

»Komm! Bleib nicht hier stehen! Es ist Mittag. Komm mit mir frühstücken ... Ich werde bei Ledoyen erwartet. Aber laß sie warten! Gehen wir zum Büfett 'nunter! Das wird uns wieder auffrischen. Gelt, Alter?«

Und Sandoz schob seinen Arm unter, drückte den seinen, versuchte ihn zu erwärmen, ihn aus seinem brütenden Schweigen herauszubekommen, und führte ihn von dannen.

»Sieh mal, sapristi! Du mußt dich nicht so über den Haufen werfen lassen. Mögen sie's schlecht plaziert haben, was tut's? Dein Bild ist herrlich, ein ganz ausgezeichnetes Stück! ... Ja, ich weiß, du hast von was anderem geträumt. Aber, was Teufel! Du lebst ja noch, es hat noch keine Eile ... Und bedenke! Du solltest stolz sein, denn du bist ja dies Jahr der eigentliche Sieger des Salons. Es ist nicht allein Fagerolles, der dich plündert: alle ahmen, dir jetzt nach. Seit deinem ›Pleinair‹, über das sie so gelacht haben, hast du sie revolutioniert ... Sieh da, und sieh da! Noch ein ›Pleinair‹, und noch eins, und noch eins. Da, dort, überall, überall!«

Und wie sie so durch die Säle gingen, bezeichnete er mit der Hand die betreffenden Bilder. Tatsächlich kam das neue, nach und nach in die zeitgenössische Malerei eingedrungene Freilicht endlich zum Durchbruch. Der frühere Salon mit seiner dunklen Asphaltmalerei hatte einem neuen, sonnigen Raum gegeben und seiner frühlingshaften Heiterkeit. Es war der Anbruch des neuen Tages, der schon damals im Salon der Zurückgewiesenen aufgegangen war und der zu dieser Frist heraufwuchs und die Malkunst mit seinem feinen, in unendliche Nuancen sich verteilenden, vibrierenden Licht verjüngte. Überall zeigte sich dieser bläuliche Schimmer, bis in die Porträts und die Genreszenen hinein, die sich bis zu der Dimension und dem Ernst der Historie erhoben. Die alten akademischen Gegenstände aber mit ihrer abgestandenen Überlieferung waren verschwunden, als hätte die geschmähte neue Doktrin ihre trüben Schattengestalten hinweggefegt. Die phantastischen Erfindungen, die leichenhaften Nacktheiten der Mythologie und des katholischen Glaubens, die glaubensmatten Legenden, die leblosen Fabeln, der ganze, von Generationen von Schlauköpfen oder Trotteln abgenutzte Kram der Schule war seltener geworden. Ja, sogar bei den nachhinkenden Anhängern der alten Malweise, bei den alten Meistern trat der Einfluß zutage, auch sie hatte ein Sonnenstrahl getroffen. Bei jedem Schritt sah man aus der Ferne ein Bild die Wand durchbrechen, ein Fenster ins Freie sich auf tun. Bald würden die Wände fallen, die große Natur würde hereindringen; denn breit klaffte die Bresche; der Ansturm der fröhlich verwegenen Jugend hatte die Routine hinweggerafft.

»Ah, dein Anteil ist doch wohl noch immer ein schöner, mein Alter!« fuhr Sandoz fort. »Die Kunst von morgen ist die deine; du bist's, der sie alle gemacht hat.«

Endlich öffnete Claude die zusammengebissenen Zähne und sagte leise mit trüber Barschheit:

»Was schiert's mich denn, daß ich sie gemacht habe, wenn ich mich selbst nicht gemacht habe? ... Siehst du, es war zu schwer für mich, und es hat mich erdrückt.«

Eine Handbewegung deutete seine Gedanken vollends an, seine Ohnmacht, die darin bestand, daß er nicht das Genie der neuen Formel zu sein vermochte, die er gebracht hatte; seine Pein, daß er bloß ein Vorläufer, der die Idee sät, ohne den Ruhm zu ernten; seine Trostlosigkeit darüber, daß er sich bestohlen, von den fingerfertigen Arbeitern, einem ganzen Schwarm von schmiegsamen Kerls, aufgefressen sah, die ihre Anstrengungen verzettelten, die neue Kunst verschandelten, ehe er oder ein anderer noch die Kraft hatten, das Meisterwerk zu schaffen, das der Markstein des ausgehenden Jahrhunderts sein sollte.

Sandoz protestierte; er hatte ja die Zukunft noch vor sich. Dann aber hielt er ihn, um ihn abzulenken, als sie den Hauptsaal durchschritten, an.

»Oh, diese Dame in Blau, vor dem Porträt da! Welchen Schlag die Natur manchmal der Kunst versetzt! ... Du entsinnst dich, wie wir früher manchmal das Publikum betrachteten, die Toiletten, das Leben der Säle, und nicht ein einziges Bild hielt demgegenüber stand. Heute gibt es doch aber schon welche, die den Abstand nicht gar so sehr empfinden lassen. Ich habe sogar dort schon eine Landschaft gesehen, deren gelbe Tönung die Kleidung der Frauen, die sich ihr näherten, ausstach.«

Aber von einem unsagbaren Leid erbebend sagte Claude:

»Ich bitte dich, gehen wir, führe mich fort von hier ... Ich kann nicht mehr.«

Beim Büfett gaben sie sich vergeblich alle erdenkliche Mühe, einen noch freien Tisch zu finden. Es herrschte in dem großen, verdüsterten, dicht vollgepfropften Büfettraum, den unter dem hohen Eisentragwerk oben braune Serge-Vorhänge abschlossen, eine beklemmende Hitze. Im halbdunklen Hintergrunde bauten sich systematisch drei mit Kompottfruchtschalen bestandene Anrichten auf, während weiter nach vorn an den beiden rechts und links befindlichen Kaffeetischen zwei Damen, eine blonde und eine braune, mit militärischem Blick das Gedränge überwachten. Aus den dunklen Tiefen des ganzen höhlenmäßigen Winkels aber quoll eine wirre Flut von dichtgedrängten kleinen Marmortischen und Stühlen und breitete sich in dem bleichen, von oben hereindringenden Licht bis in den Garten hinein.

Endlich sah Sandoz sich ein paar Personen erheben. Er eilte hinzu und eroberte mit vieler Mühe den Tisch.

»Ah, verwünscht, da säßen wir endlich! ... Was willst du essen?«

Claude hatte eine gleichgültige Handbewegung. Das Frühstück war übrigens greulich. Die Forelle in polnischer Tunke war zu weich, das Filet zu trocken, die Spargel schmeckten nach feuchter Serviette. Dabei mußte man sich die Bedienung förmlich erkämpfen, denn die herumgestoßenen Kellner hatten den Kopf verloren und standen ratlos in den ohnehin schon engen, durch das Gerücke der vielen Stühle aber noch mehr verengten und schließlich ganz verstopften Gängen umher. Hinter dem Vorhange vernahm man ein Geklirr und Geklapper von Geschirr. Dort war, wie es bei den auf offener Straße stehenden Kirmesöfen gehalten wird, auf dem Sand im Freien die Küche eingerichtet.

Sandoz und Claude hatten ein sehr unbequemes Essen, denn sie waren zwischen zwei Gesellschaften eingezwängt, deren Ellbogen immer mehr ihre Teller gefährdeten. Außerdem bekamen jedesmal, wenn ein Kellner vorbeiging, ihre Stühle einen heftigen Stoß ab. Doch diese Eingeengtheit und die schlechte Küche erregten nur allgemeine Heiterkeit. Man spaßte über die Gerichte; von Tisch zu Tisch herrschte infolge des gemeinsamen Mißgeschicks eine gemütliche Familiarität. Unbekannte knüpften vertrauliche Gespräche an, gute Bekannte wandten sich um und führten über die Schultern der Nachbarn hin gestikulierend über drei Tischreihen weg Unterhaltungen. Besonders aber belebten sich, nachdem sie anfangs von dem Gedränge beunruhigt gewesen waren, die Damen, zogen die Handschuhe ab, die Schleier in die Höhe und ließen beim ersten Tropfen Wein ihr Lachen hören. Gerade dies Durcheinander, wo alles sich, Halbweltdamen, Bürgersfrauen, große Künstler, simple Dummköpfe, das ganze vom Zufall zusammengebrachte Gemisch mit dem Ellbogen anstieß, war das eigentliche Ragout dieses Tages des »Firnissens«, das selbst die ehrbarsten Leute aufheiterte.

Inzwischen hatte Sandoz, der sein Fleisch verschmähte, inmitten des fürchterlichen Gelärms seine Stimme erhoben.

»He! Ein Stück Käse! ... Und, bitte, wenn möglich, Kaffee!«

Claude starrte verloren vor sich hin in den Garten hinein, sah und hörte nichts. Von seinem Platz aus übersah er die mittlere Rasenfläche mit den großen, sich von den braunen Vorhängen, mit denen der ganze, mächtige Umfang der Halle geschmückt war, abhebenden Palmen. Dort war in Zwischenräumen ein Kreis von Statuen aufgestellt: der Rücken einer kauernden Waldnymphe mit schwellenden Hüften; das niedliche Profil der Studie eines jungen Mädchens, ein Stück seiner runden Wange, eine Spitze ihrer festen, kleinen Brust; die Vorderansicht eines Galliers in Bronze, ein kolossales Stück Romantik, die Mißgeburt eines stumpfsinnigen Patriotismus; der milchige Bauch eines bei den Handgelenken aufgehängten Weibes, irgendeine Andromeda aus dem Quartier Pigalle; und andere, und noch andere, ganze Reihen von Schultern und Hüften an den Wegen hin; überall aus dem Grün hervor weißer Marmor, Köpfe, Brüste, Beine, Arme, die in der Ferne wirr ineinander übergingen; zur Linken zogen sich, unendlich komisch mit ihren vielen nebeneinander sich reihenden Nasen, Büsten hin; ein Priester mit einer gewaltigen, spitzen Nase; mit ihrem Stumpfnäschen eine Soubrette;

eine Italienerin des fünfzehnten Jahrhunderts mit einer schönen klassischen, ein Matrose mit einer Phantasienase; alle Sorten von Nasen: die Beamtennase, die des Industriellen, die des Dekorierten, starr, in endloser Folge.

Doch Claude sah nichts von alledem als im grünlich dunkelnden Licht graue Flecken. Noch immer war er wie betäubt. Nur einen Eindruck empfing er: den von dem großen Luxus der Toiletten, den er im Gedränge der Säle nur schlecht hatte beurteilen können und der hier erst wie auf dem Kiesboden des Wintergartens eines Schlosses frei zur Geltung kam. Das ganze elegante Paris zog vorüber. Die Damen wollten sich in ihren sorgsam zusammengestellten Toiletten zeigen, um am nächsten Tag in den Zeitungen erwähnt zu werden. Besonders fand eine Schauspielerin Beachtung, die wie eine Königin am Arm eines Herrn daherschritt, der sich in den Manieren eines Prinzgemahls gefiel. Die Weltdamen maßen sich einander mit jenem entkleidenden, haftenden Blick, der den Wert der Seide prüft, meterweise die Spitzen abzählt, alles von der Spitze der Schnürschuhe bis zur Hutfeder abtaxiert. Wie in den Tuilerien hatten einige Damen sich Stühle herbeigeholt und saßen ausschließlich da, die Vorübergehenden zu mustern. Lachend huschten zwei Freundinnen vorüber. Eine Schwarzäugige ging still und einsam auf und ab. Wieder andere, die sich verloren hatten, begrüßten sich laut, als sie sich wiederfanden. Gruppen dunkelgekleideter Männer standen beisammen, setzten sich wieder in Bewegung, blieben bei einer Statue stehen, ergossen sich um ein Bronzestandbild herum; die paar Spießbürger aber, die sich hierher verirrt hatten, flüsterten einander die berühmten Namen zu, mit denen Paris hier aufwartete; Namen von hallendem Ruhmesklang, so als ein dicker, nachlässig gekleideter Herr vorüberging. Und dann wurde der geflügelte Name eines Dichters laut, als sich ein bleicher Mann mit einem glatten Portiersgesicht näherte. Eine schwingende Woge erhob sich in dem bleichen, gleichmäßigen Licht über die Menge. Plötzlich aber setzte aus dem Gewölk eines neuen Regengusses hervor ein Sonnenstrahl die hohen Oberlichtfenster in Glanz, machte die Scheiben am westlichen Ende aufleuchten und regnete in goldenen Tropfen hernieder. Alles wurde warm: die schneeige Weiße der Statuen in dem leuchtenden Grün; das zarte, samtige, von den gelben Sandwegen durchzogene Grün des Rasens; die reichen Toiletten mit ihrem lebhaften Geglitzer von Seide und Perlen; selbst das große, lachende, herzhafte Gewirr der Gespräche sprühte wie funkelnder Wein. Die mit dem Einsetzen der letzten Topfpflanzen beschäftigten Gärtner öffneten die Hähne der Wasserleitungen und gingen mit den Wasserschläuchen hin und her, deren Regen mit einem lauen, feuchten Hauch über den Rasen hinsprühte. Trotz der vielen Menschen kam ein besonders kecker Spatz von dem Eisentragwerk herab und pickte in dem Sand vorm Büfett umher die Brotkrumen auf, die ihm eine junge Dame hinwarf.

Doch Claude vernahm von all diesem Tumult nichts als die rollende Brandung des fernen Geräusches, das oben in den Sälen das Publikum machte. Eine Erinnerung kam ihm. Er gedachte an jenes Tosen, das damals orkanartig vor seinem Bild gebraust hatte. Aber heute lachte man nicht mehr: es war Fagerolles, dem da oben der riesenhafte Atem von Paris zujubelte.

Doch da rief Sandoz, der sich umgewandt hatte, Claude zu:

»Ah, da ist Fagerolles!«

Tatsächlich hatten sich Fagerolles und Jory, ohne sie zu sehen, eines benachbarten Tisches bemächtigt. Der letztere fuhr mit seiner lauten Stimme in einer Unterhaltung fort:

»Ja, ich habe sein krepiertes Kind gesehen. Ah, der arme Kerl! So zu enden!«

Fagerolles stieß ihn mit dem Ellbogen an. Sogleich fügte der andere, als er die beiden Kameraden gesehen hatte, hinzu:

»Ah, unser alter Claude! ... Wie geht's, he? ... Weißt du, ich hab' dein Bild noch nicht gesehen; aber ich habe gehört, daß es ausgezeichnet ist.«

»Ausgezeichnet!« bestätigte Fagerolles.

Dann setzte er verwundert hinzu:

»Ihr habt hier gegessen? Was für eine Idee! Es ist ja gräßlich hier! ... Wir kommen von Ledoyen. Oh, dort gibt's ein Riesengedränge; und was für eine muntere Stimmung! ... Rückt doch euren Tisch 'ran; wir wollen uns ein bißchen was schwatzen.«

Die beiden Tische wurden zusammengerückt. Doch schon hatten Schmeichler und Bittsteller den triumphierenden jungen Meister entdeckt. Drei Freunde erhoben sich und grüßten von weitem herüber. Eine Dame, deren Mann ihr seinen Namen zugeflüstert hatte, betrachtete ihn mit einem Lächeln. Der große Hagere aber, dessen Bild einen schlechten Platz bekommen hatte, der sich nicht beruhigen konnte und ihn seit dem frühen Vormittag verfolgte, verließ einen Tisch im Hintergrunde, eilte herbei, um sich von neuem zu beklagen, und verlangte, daß sein Bild sofort unten an die Brüstung gehängt würde.

»Eh, lassen Sie mich zufrieden!« rief Fagerolles, der mit seiner Liebenswürdigkeit und Geduld am Rande war.

Als der andere sich aber unter einem drohenden Gemurmel entfernt hatte, sagte er:

»Wahrhaftig, man kann so entgegenkommend sein, wie man will: sie bringen einen außer sich! ... Alle wollen unten hängen! Als wenn die Brüstung meilenlang wäre! ... Es ist schon ein schönes Metier, wenn man der Jury angehört! Man schindet sich ab und erntet obendrein nichts als Undank!«

Mit müdem Blick betrachtete ihn Claude. Er schien einen Augenblick zu erwachen und murmelte matt:

»Ich schrieb dir; ich wollte selber kommen und dir danken ... Bongrand hatte mir gesagt, wieviel Mühe du dir gegeben hast ... Also, nicht wahr, nochmals schönsten Dank!«

Aber Fagerolles unterbrach ihn eifrig:

»Zum Teufel! Das war ich doch unserer alten Freundschaft schuldig ... Ich bin so froh, daß ich dir diesen Dienst leisten konnte.«

Er hatte es mit der Verlegenheit, die ihn stets überkam, wenn er sich dem uneingestandenen Meister seiner jungen Anfänge gegenüber befand, mit jener unbezwingbaren Empfindung seines geringeren Wertes gegenüber dem Manne, dessen schweigende Verachtung auch in diesem Augenblick genügte, seinen Sieg zu beeinträchtigen.

»Dein Bild ist sehr gut«, fügte Claude, der sich gut zeigen und seine Haltung wahren wollte, hinzu.

Dies einfache Lob schwellte Fagerolles das Herz. Unwiderstehlich, er wußte selbst nicht wie, riß den überzeugungslosen, armseligen Harlekin eine unbändige Freude hin, daß er mit bebender Stimme antwortete:

»Ah, mein Braver, wie nett von dir, daß du mir das sagst!«

Endlich war es Sandoz gelungen, zwei Tassen Kaffee zu bekommen. Da der Kellner aber den Zucker vergessen hatte, mußte er sich mit den Stücken begnügen, die von einer Familie am Nachbartisch übriggelassen worden waren. Einige Tische waren frei geworden. Doch die Ungezwungenheit steigerte sich. Eine Dame lachte so laut, daß man sich nach ihr umwandte. Es wurde geraucht. Langsam zog sich der blaue Qualm über die in Unordnung geratenen, weinbefleckten, mit schmutzigem Geschirr bestandenen Tischtücher hin. Nachdem es auch Fagerolles geglückt war, zwei Chartreuses zu erhalten, begann er mit Sandoz zu plaudern, den er, da er in ihm eine außergewöhnliche Kraft ahnte, mit besonderer Achtung behandelte. Jory aber machte sich an Claude heran, der wieder in sein tiefes Schweigen gesunken war.

»Weißt du, mein Lieber, ich habe dir ja die Anzeige meiner Hochzeit nicht geschickt... Aber der Verhältnisse wegen haben wir die Sache in aller Stille abgemacht... Trotzdem wollte ich dich benachrichtigen. Du entschuldigst mich, nicht wahr?«

In seiner selbstsüchtigen Freude diesem armen, unter die Räder geratenen Teufel gegenüber, froh, sich in reichlichen Lebensumständen und als Sieger zu fühlen, zeigte er sich mitteilsam, gab Einzelheiten. Alles war ihm, wie er sagte, geglückt. Er hatte seine Stellung als Chroniqueur aufgegeben, denn er hatte die Notwendigkeit erkannt, daß er sein Leben ernstlich ordnen mußte. Er hatte sich zum Leiter einer großen Kunstzeitschrift aufgeschwungen. Es hieß, daß er jährlich dreißigtausend Franken bezöge, ungerechnet die dunklen Profite, die ihm bei Kunstauktionen zuflössen. Die von seinem Vater ererbte spießbürgerliche Habsucht, die ihm im Blut liegende Gewinnsucht, die ihn sich, seit er seine ersten Sous erworben, heimlich in zweifelhafte Spekulationen hatte stürzen lassen, ging jetzt frei aus sich heraus und hatte schließlich einen gefährlichen Herrn aus ihm gemacht, der die Künstler und Kunstliebhaber, die ihm in die Hände fielen, gründlich zu schröpfen wußte.

Inmitten dieses Wohlstandes aber hatte es die ihn unbeschränkt beherrschende Mathilde dahin gebracht, daß er sie kniefällig anflehen mußte, seine Frau zu werden, wogegen sie sich sechs Monate lang gesträubt hatte.

»Wenn man schon zusammenlebt«, fuhr er fort, »ist es schon das beste, seine Verhältnisse zu regeln. Du selber, mein Lieber, hast das ja durchgemacht und kannst mitsprechen, nicht?... Was sagst du aber dazu, daß sie nicht wollte? Jawohl, aus Furcht, daß sie falsch beurteilt werden und mir schaden könnte. Oh, sie hat schon Seelengröße, Feingefühl!... Nein, siehst du, man kann sich nicht vorstellen, was dies Weib für ausgezeichnete Eigenschaften besitzt! Wie aufopfernd, fürsorglich, sparsam, zartfühlend sie ist, und wie klug!... Ah, es ist ein großes Glück, daß ich mit ihr zusammengekommen bin! Ich unternehme nichts mehr ohne sie; ich lasse sie gewähren. Mit einem Wort: sie ist es, die alles in der Hand hat.«

Die Wahrheit war, daß Mathilde ihn schließlich zahm und folgsam gemacht hatte wie ein Kind, das, wenn man ihm droht, ihm kein Zuckerplätzchen zu geben, sofort artig ist. Aus der schamlosen Dirne war eine selbständig auftretende, herrschsüchtige, ehrgeizige und gewinnsüchtige Gattin geworden. Sie betrog ihn nicht einmal, war, ganz gegen ihre früheren Gewohnheiten, die sie nur noch mit ihm übte, streng sittsam wie eine anständige Frau, und damit machte sie ihn zum gefügigen Ehemann und zum Instrument ihrer Macht. Es hieß, daß man sie mit ihm nach Notre-Dame-de-Lorette hätte zur Beichte gehen sehen. Sie küßten sich vor aller Welt und nannten sich mit zärtlichen Kosenamen. Doch abends mußte er Rechenschaft ablegen, wie er den Tag verbracht; und wenn auch nur eine einzige Stunde im unklaren blieb und er nicht alles Geld bis auf den Centime heimbrachte, das er eingenommen hatte, so gab es für ihn eine so schlimme Nacht und wurde ihm derartig mit der Androhung schwerer Krankheiten und züchtigem Sichversagen das Bett gekühlt, daß er jedesmal bitter zu büßen hatte.

»So haben wir also«, wiederholte Jory selbstgefällig, »den Tod meines Vaters abgewartet und uns dann geheiratet.«

Claude, der bis dahin verloren vor sich hingedämmert hatte und, ohne weiter zuzuhören, nur gelegentlich genickt hatte, vernahm bloß diese letzten Worte.

»Wie? Du hast geheiratet?... Mathilde?«

Mit diesem Ausruf hatte sich sein Erstaunen Luft gemacht. Denn er hatte sich an Mahoudeaus Budike erinnert. Noch immer hörte er, in wie abscheulichen Ausdrücken Jory damals von ihr gesprochen und was er ihm dort eines Morgens auf dem Bürgersteig von den romantischen Orgien, den Abscheulichkeiten hinten in dem vom starken Duft der Gewürze geschwängerten Kräutergewölbe anvertraut hatte. Die ganze Bande hatte sie da besucht, Jory selbst war der frechste gewesen. Und er hatte sie geheiratet! Wahrhaftig, es war dumm von einem Mann, über eine Maitresse schlecht zu sprechen; denn er konnte niemals wissen, ob er sie nicht eines Tages heiratete.

»Ja, Mathilde«, antwortete der andere lächelnd. »Glaube, die alten Maitressen werden die besten Frauen.«

Er war vollkommen mit seinem Schicksal zufrieden. Sein Gedächtnis war erstorben. Nicht die geringste Anspielung auf die Vergangenheit. Ohne Verlegenheit begegnete er den Blicken der Kameraden. Übrigens schien er sie überall hinzuführen, stellte sie vor, als hätten sie sie nicht ebensogut gekannt wie er.

Sandoz, der, von dem prächtigen Fall lebhaft interessiert, der Unterhaltung Gehör geliehen hatte, rief, als sie schwiegen:

»Na, wollen wir aufbrechen? ... Mir schlafen die Beine ein.«

Aber in diesem Augenblick erschien Irma Bécot und blieb vor dem Büfett stehen. Sie zeigte sich in ihrer ganzen Schönheit. Mit ihrem goldglänzenden Haar, ihrer trügerischen Kurtisanenpracht nahm sie sich aus, wie aus dem Rahmen eines alten Renaissancebildes herausgestiegen. Sie trug eine Tunika aus blaßblauem Brokat über einem mit Alençonspitzen besetzten, so kostbaren Seidenkleid, daß sie eine ganze Eskorte von Herren hinter sich her hatte. Als sie zwischen seinen Freunden Claude bemerkte, zögerte sie, von einer feigen Scham ergriffen, einen Augenblick, als sie ihn so elend, schlecht gekleidet und verachtet erblickte. Dann wollte sie aber doch die Laune, die sie damals für ihn gehabt hatte, tapfer vertreten und reichte ihm inmitten all dieser Herren, die erstaunt die Augen aufrissen, die Hand. Und während ein halb zärtliches, halb spöttisches Lächeln ihr ein wenig die Mundwinkel verzog, sagte sie munter zu ihm:

»Nichts für ungut!«

Bei diesen Worten, die einzig sie beide verstehen konnten, lächelte sie noch mehr. Es bezeichnete ja die ganze Geschichte, die sie mit dem armen Kerl gehabt, den sie überrumpelt und der davon nicht das mindeste gehabt hatte.

Doch schon bezahlte Fagerolles seine beiden Chartreuses und ging mit Irma davon. Jory schloß sich an. Claude sah, wie sich die drei entfernten und wie sie, zwischen den beiden, sehr bewundert, viel gegrüßt, wie eine Königin dahinschritt.

»Nur gut, daß Mathilde nicht da ist«, äußerte Sandoz. »Kinder, was würde er, käme er nach Hause, für ein paar Ohrfeigen besehen!«

Auch er beglich die Zeche. Sämtliche Tische leerten sich. Nur noch eine Wüstenei von Knochen und Brosamen lag auf ihnen umher. Zwei Kellner wischten die Marmorplatten mit dem Schwamm ab, während ein anderer mit dem Rechen den von Spuckflecken und Brosamen verunreinigten Sand harkte. Hinter dem Vorhang aus brauner Serge frühstückte jetzt das Personal. Man vernahm das Geräusch der kauenden Kinnladen, Lachen aus vollem Mund, das derbe Schmatzen des die Töpfe auskratzenden Gesindes.

Claude und Sandoz durchschritten den Garten und entdeckten dabei, sehr ungünstig aufgestellt, in einer Ecke beim östlichen Treppenflur, eine Figur von Mahoudeau. Endlich war's also doch die aufrecht stehende Badende. Aber er hatte sie noch mehr verkleinert. Sie war kaum so groß wie ein zehnjähriges Mädchen. Von einer entzückenden Anmut, zart gebaute Hüften, ein kleiner, reizend knospender Busen. Ein Hauch von jener unbeschreiblichen Grazie, die sich nicht geben und nicht nehmen läßt und die nur dort blüht, wo sie will; eine unübertreffliche, sinnbetörende, lebensvolle Grazie war aus seinen groben Handwerkerfäusten, ihnen selbst unbewußt, da sie so lange verkannt worden waren, hervorgegangen.

Sandoz konnte sich eines Lächelns nicht enthalten.

»Und dabei hat der Bursch doch alles getan, um sein Talent zu verderben! ... Wenn es besser plaziert wäre, würde es einen großen Erfolg haben.«

»Ja, einen großen Erfolg«, wiederholte Claude. »Es ist sehr hübsch.«

Aber da sahen sie im Flur auch schon Mahoudeau, der auf die Treppe zuschritt. Sie riefen ihn an, liefen hinzu, und alle drei verweilten sie, um ein paar Minuten miteinander zu plaudern. Leer, mit Sand bestreut, dehnte sich die Erdgeschoßgalerie in dem zu den runden Fenstern hereindringenden Licht. Man hätte glauben können, man befände sich unter einer Eisenbahnbrücke. Kräftige Pfeiler stützten die eisernen Träger. Von oben herab wehte ein kalter Hauch, der unten den Sand feuchtete, so daß die Füße drin einsanken. In einiger Entfernung reihten sich hinter einem zerrissenen Vorhang Statuen. Es waren die zurückgewiesenen Skulpturen, die mittellose Bildhauer nicht hatten abholen können. In all ihrer trostlosen Verlassenheit waren sie wie eine leichenfarbene Morgue. Was einen aber traf und den Kopf heben machte, das war das ununterbrochene Getöse, das ungeheure Getrampel des Publikums in den Sälen. Man wurde von diesem Geräusch, das sich ausnahm, als würde das Eisentragwerk von endlosen, mit Volldampf fahrenden Eisenbahnzügen erschüttert, ganz betäubt.

Nachdem sie Mahoudeau beglückwünscht hatten, sagte dieser zu Claude, daß er dessen Bild vergeblich gesucht hätte. In welchen Winkel hatte man es eigentlich gesteckt? Dann interessierte er sich aus alter Anhänglichkeit für Gagnière und Dubuche. Ach, wo waren die Salons von ehemals, die sie gemeinschaftlich besucht hatten, wo man durch die Säle unter munterem Lärm wie durch ein feindliches Land gestreift war! Mit welcher Verachtung war man dann davongegangen! Wie hatte man bis zum völligen Versagen von Schädel und Zunge disputiert! Nirgends bekam man Dubuche mehr zu sehen. Zwei- oder dreimal im Monat traf Gagnière aus Melun ein, irgendeines Konzertes wegen ganz außer sich. Sein Interesse für die Malerei aber hatte sich dermaßen verloren, daß er noch nicht einmal mehr in den Salon gekommen war, obwohl er doch, wie gewöhnlich, seine Landschaft da hatte; immer das Seineufer wie seit fünfzehn Jahren, mit seinem reizenden, grauen Ton, so gewissenhaft und fein, daß das Publikum nie Notiz davon nahm.

»Ich will 'nauf«, fuhr Mahoudeau fort. »Kommt ihr mit?«

Claude war blaß vor Mißbehagen. Jeden Augenblick blickte er in die Höhe. Ah, das schreckliche Gedonner des mörderischen Ungeheuers da oben, das ihn bis in die innerste Fiber durchfuhr! Ohne etwas zu sagen, reichte er dem Freunde die Hand.

»Du willst uns verlassen?« rief Sandoz. »Komm, mach noch einen Rundgang mit uns, dann gehen wir zusammen.«

Doch dann krampfte sich ihm vor Mitleid das Herz zusammen, als er ihn so lasch und müde sah. Er verstand: er war am Ende seiner Kraft, wollte allein sein, nur noch fliehen und sich mit seiner Wunde verstecken.

»Na, dann leb wohl, mein Alter ... Morgen komm' ich zu dir.«

Taumelnden Schrittes, von dem Gedonner da oben verfolgt, verschwand Claude hinter den Laubmassen des Gartens.

Als Sandoz aber zwei Stunden danach im Ostsaal, nachdem er Mahoudeau verloren hatte, diesen in Gesellschaft von Jory und Fagerolles wiederfand, sah er Claude an dem nämlichen Platz, wo er ihn zuerst getroffen, vor seinem Bilde stehen. Schon im Begriff zu gehen, war der Unglückliche ganz unwillkürlich wie von einem Bann besessen wieder hinaufgestiegen.

Es war fünf Uhr. Halb erstickt von der herrschenden Gluthitze, abgespannt von dem Rundgang durch die Säle, drängte die Menge wie eine aus einem umzäunten Weideplatz herausgelassene Herde, kopflos, sich stoßend, dem Ausgang zu. Von der kühlen Luft, die am Vormittag geherrscht hatte, war keine Spur mehr vorhanden; die Wärme und der Dunst von all den vielen Menschen hatte die Luft dick und schwer gemacht. Wie mit einem feinen Nebel versetzte sich der stickige Dunst mit dem vom Fußboden sich erhebenden Staub. Einzelne zeigten sich noch ein Bild, das das Publikum bloß noch seines Gegenstandes wegen fesselte. Man ging, kam noch einmal wieder, strich ziellos umher. Besonders wollten die Damen nicht eher weichen, bis sie von den Saaldienern mit dem ersten Glockenschlag sechs hinausgedrängt wurden. Beleibte Damen fielen erschöpft irgendwo auf eine Bank. Andere, die nirgends einen Winkel zum Sitzen gefunden hatten, stützten sich schwer, halb ohnmächtig, aber doch noch ausdauernd, auf ihre Sonnenschirme. Lauernd richteten sich aller Augen mit verzweifelter Bitte auf die besetzten Plätze. All die Tausende von Köpfen fühlten sich bloß noch von der äußersten Müdigkeit gepeinigt, welche die Beine mürbe macht, das Gesicht in die Länge zieht, die Stirnen in einem Anfall von jener Migräne furcht, die recht eigentlich die Ausstellungsmigräne ist und von dem beständigen Heben des Kopfes und dem blendenden Geflirr der Farben herrührt.

Auf dem Diwan aber, wo sie sich schon seit Mittag etwas erzählten, plauderten immer noch in Seelenruhe die beiden dekorierten Herren ihr Ende weiter. Mochte sein, daß sie sich wieder dorthin begeben hatten; vielleicht hatten sie sich aber auch die ganze Zeit über nicht vom Fleck gerührt.

»Und so traten Sie also ein«, sagte der Dicke, »und taten, als ob Sie von nichts wüßten?«

»So ist's, jawohl!« antwortete der Schmächtige. »Ich habe sie gesehen und den Hut gezogen ... Das ist doch klar, nicht?«

»Erstaunlich, Sie sind erstaunlich, lieber Freund!«

Doch Claude vernahm nur die dumpfen Schläge seines Herzens, sah nichts als sein »totes Kind« da oben dicht unter der Decke. Er ließ es nicht aus den Augen. Gegen seinen Willen unterlag er dem Bann, der ihn an die Stelle heftete. Die müde, des Schauens überdrüssige Menge drängte sich rings an ihm vorbei; man trat ihm auf die Füße, stieß ihn, riß ihn fort; und wie eine träge Masse ließ er sich mitziehen, trieb dahin und stand dann wieder auf demselben Fleck, immer emporblickend, sich dessen unbewußt, was rings um ihn her unten geschah, nur da oben lebend, mit seinem Werk, seinem kleinen, toten Jacques. Zwei dicke Tränen standen ihm starr zwischen den Lidern, hinderten ihn am Sehen. Und doch war ihm, als könnte er nimmer den Blick abwenden.

Aus seinem tiefen Mitleid heraus tat Sandoz, als habe er den Freund nicht bemerkt. Er wollte ihn am Grabe seines verfehlten Lebens allein lassen. Abermals kam die Schar der Freunde vorüber, Fagerolles und Jory voran. Als Mahoudeau aber fragte, wo Claudes

Bild wäre, gebrauchte Sandoz eine Notlüge, schob ihn weiter und führte ihn davon. Alle gingen weiter.

Am Abend bekam Christine bloß ein paar kurze Worte aus Claude heraus. Alles ginge gut, das Publikum nehme keinen Anstoß, das Gemälde mache guten Effekt, nur daß es vielleicht etwas zu hoch hänge. Doch trotz dieser kühlen Ruhe war er so seltsam, daß sie's mit der Angst bekam.

Als sie nach dem Abendessen die Teller in die Küche gebracht hatte und zurückkam, fand sie ihn nicht mehr am Tisch. Er hatte ein Fenster geöffnet, das den Blick auf ein ödes Revier gab, und sich weit hinausgelehnt, so daß sie ihn anfangs gar nicht sah. Dann aber stürzte sie erschreckt hinzu und zog ihn heftig am Jackett zurück.

»Claude! Claude! Was machst du da?«

Er wandte sich um. Er war leichenblaß, seine Augen blickten wie toll.

»Ich schaue hinaus.«

Doch mit bebenden Händen schloß sie das Fenster, blieb dann aber in einer solchen Angst, daß sie die ganze Nacht kein Auge zutat.

XI

Am nächsten Tag machte Claude sich wider an die Arbeit. Die Tage, der ganze Sommer verstrichen in schwüler Ruhe. Er hatte einen Verdienst gefunden, kleine Blumenmalereien, die nach England gingen. Das langte für den täglichen Hausbedarf. Jede Stunde, die ihm übrigblieb, widmete er wieder seinem großen Bilde. Doch geriet er dabei nicht mehr in die Zornausbrüche von früher, sondern schien sich mit versessener, doch hoffnungsloser Hingabe, äußerlich ruhig, auf diese nie zu Ende gelangende Arbeit versteift zu haben. Aber seine Augen behielten einen wirren Ausdruck, alles Leben war darin erloschen, wenn sie sich auf sein verfehltes Werk hefteten.

Um diese Zeit erfuhr auch Sandoz einen großen Schmerz. Seine Mutter starb. Die trauliche Existenz zu dreien, zu welcher nur wenige Freunde Zutritt gehabt, hatte ihr Ende gefunden, und das kleine Gartenhaus der Rue Nollet war ihm verleidet. Übrigens hatte er zu dieser Zeit einen plötzlichen Erfolg. Der Absatz seiner Bücher, der bisher ein mühsamer gewesen war, hatte sich gebessert. Und so hatte er, jetzt im Wohlstand, eine große Wohnung in der Rue de Londres gemietet, deren Einrichtung ihm und seiner Frau monatelang zu schaffen machte. Seine Trauer um die Mutter hatte Claude Sandoz, was eine gewisse gemeinsame Verachtung des Lebens anbetraf, noch nähergebracht. Nach dem schrecklichen Schlag, den dieser im Salon erfahren, hatte Sandoz sich seines alten Kameraden wegen beunruhigt; denn er ahnte einen nicht wieder auszugleichenden Riß, irgendeine Wunde, aus der sich heimlich sein Leben verblutete. Als er ihn dann aber so kühl und verständig sah, hatte er schließlich wieder Vertrauen gefaßt.

Sandoz' Besuche in der Rue Tourlaque waren häufig. Wenn er dann bloß Christine antraf, so fragte er sie aus. Denn er verstand, daß auch sie, obgleich sie nie davon sprach, in beständiger Angst lebte, es könnte sich ein Unglück ereignen. Ihr Gesicht zeigte einen gequälten Ausdruck; und wie eine Mutter, die ihr Kind überwacht und beim geringsten Geräusch erbebt, als könnte der Tod hereintreten, lebte sie in einem beständigen nervösen Zittern. Eines Vormittags im Juli fragte er sie:

»Nun, Sie sind doch wohl zufrieden? Claude ist ja ruhig und arbeitet.«

Sie warf ihren gewohnten Seitenblick, in dem sich Schreck zugleich und Haß ausprägte, auf das Bild.

»Ja, ja, er arbeitet ... Er will, eh' er wieder an das Weib herangeht, erst alles übrige fertigmachen.«

Und ohne die Furcht, von der sie beherrscht wurde, zeigen zu wollen, fügte sie leise hinzu:

»Aber seine Augen! Haben Sie auf seine Augen geachtet? ... Immer hat er diesen schlimmen Blick. Ich weiß nur zu gut, daß er sich verstellt, wenn er tut, als mache er sich keine weiteren Gedanken ... Ich bitte Sie, kommen Sie doch manchmal und nehmen Sie ihn mit, zerstreuen Sie ihn! Er hat ja nur Sie. Helfen, helfen Sie mir!«

Von da ab erfand Sandoz allerlei Vorwände zu Spaziergängen, kam morgens zu Claude und holte ihn mit Gewalt von der Arbeit weg. Fast jedesmal mußte er ihn von der Leiter herunterholen, auf der er selbst, wenn er nicht malte, saß. Es handelte sich dann um plötzliche Müdigkeitsanwandlungen, um eine Erstarrung, die ihn minutenlang lähmte und die ihn, ohne daß er einen Pinselstrich tat, auf dem Flecke hielt. In solchen Augenblicken stummer Betrachtung hing sein Blick mit einer andachtsvollen Glut an der Weibgestalt, an die er doch nicht mehr Hand anlegte. Es war wie die verhaltene Leidenschaft eines tödlichen Verlangens, die unendliche Zärtlichkeit und das heilige Grauen einer Liebe, die sich zurückhält, weil sie weiß, daß es das Leben gilt. Er machte sich nach solchen Augenblicken dann wieder an die anderen Figuren und den Hintergrund des Bildes, fühlte sie dabei aber beständig sich nah, und wenn sein Blick sie traf, flirrte es ihm vor den Augen, und nur dann war er dieses Schwindels Herr, wenn er den Blick nicht wieder zu ihr hinwandte, sie ihn nicht mehr umfing.

Eines Abends nahm Christine, die jetzt bei Sandoz empfangen wurde und die in der Hoffnung, ihr großes, krankes Kind aufzuheitern, keinen Donnerstag versäumte, den Hausherrn beiseite und beschwor ihn, am nächsten Tag zu ihnen zu kommen. So kam Sandoz, der just an der anderen Seite des Montmartre Notizen zu einem Roman zu sammeln hatte, denn am nächsten Tag und entführte Claude mit Gewalt, um ihn bis zum Abend von seiner Arbeit abzulenken.

Als sie bis zum Tor von Clignancourt gelangt waren, wo es beständig ein Volksfest mit Karussells, Schießbuden und Tabagien gab, sahen sie sich plötzlich zu ihrem größten Erstaunen Chaîne gegenüber, der mitten in einer großen, reich aufgeputzten Bude thronte. Es war eine Art von reich ausgeschmückter Kapelle: vier Lotteriespiele standen in Reihe; auf drehbaren Scheiben befanden sich dicht beieinander Porzellansachen, Glaswaren und Nippsachen, deren Lack und Vergoldung nur so blitzten. Wenn aber die Hand eines Spielers eine der Scheiben in Bewegung setzte, die dann mit einem scharfen Laut in eine Feder einschnappte, ließ sich das leise Getön einer Harmonika vernehmen. Sogar ein lebendes Kaninchen, der mit rosaroten Bändern angebundene Hauptgewinn, walzte und drehte sich ganz betäubt vor Angst endlos mit im Kreise herum. All diese Herrlichkeiten aber wurden von roten Behängen, Lambrequins, Vorhängen eingerahmt, zwischen denen im Hintergrund, wie im Allerheiligsten, Chaînes drei Meisterwerke hingen, die ihn von einem Markt, von einem Ende von Paris zum anderen hin begleiteten: in der Mitte die Ehebrecherin, links die Mantegna-Kopie, rechts Mahoudeaus Ofen. Abends, wenn die Petroleumlampen flammten und die Scheiben schnurrend sich drehten und wie Sterne blitzten, gab's nichts Schöneres als zwischen den purpuroten Stoffen diese Gemälde, und gaffend drängte sich alles Volk um die Bude.

Claude entfuhr ein Ausruf, als er das sah.

»Ah, mein Gott! ... Aber die Bilder sind sehr schön, ganz wie dafür gemacht.«

Besonders glich der Mantegna mit seiner naiven Trockenheit einem verblaßten Epinaler Bilderbogen, der da zum Vergnügen des einfachen Volkes aufgehängt war, während der mit peinlicher Genauigkeit gemalte, etwas schiefe Ofen und der wie aus Pfefferkuchen gemachte Christus eine unbeabsichtigte Heiterkeit erregten.

Chaîne, der die beiden Freunde erkannt hatte, reichte ihnen, als hätte er sie erst gestern verlassen, die Hand. Er war ganz ruhig, zeigte sich bezüglich seiner Bude weder stolz noch schämte er sich ihrer. Er hatte nicht gealtert, hatte dieselbe lederharte Haut, die

Nase verschwand zwischen den Backen und der wie zugeklebte stumme Mund in dem Stoppelbart.

»Sieh, so sieht man sich wieder!« sagte Sandoz munter. »Wissen Sie, Ihre Bilder machen einen mächtigen Effekt.«

»Der Schlaukopf hat seinen kleinen Salon für sich allein«, fügte Claude hinzu. »Das ist sehr gescheit.«

Chaînes Gesicht strahlte vor Freude, er ließ sein Wort vernehmen:

»Oh, sicher!«

Dann aber brachte er, von seinem Künstlerstolz hingerissen, er, dem man sonst nichts als ein Grunzen entlockte, einen ganzen Satz zum Vorschein:

»Ah, sicher! Hätt' ich nur wie Sie Geld gehabt, dann wär' ich wohl auch schon vorangekommen.«

Das war seine feste Überzeugung. Niemals hatte er an seinem Talent gezweifelt. Er hatte das Spiel bloß aufgegeben, weil es nicht seinen Mann nährte. Und wenn er im Louvre vor den Meisterwerken stand, war er überzeugt, daß es ihm bloß an Zeit fehle, auch so etwas zu leisten.

»Lassen Sie gut sein!« fuhr Claude, der wieder ernst geworden war, fort. »Lassen Sie sich's nicht leid tun! Nur Ihnen ist's geglückt ... Das Geschäft geht gut, nicht?«

Doch Chaîne muschelte erbittert vor sich hin: Nein, nein, es ging nicht gut, nicht einmal das Lotteriespiel. Das Volk spielte nicht mehr, trug alles Geld zu den Weinhändlern. Mochte man auch Ausschußware kaufen und nachhelfen, daß die Feder nicht bei den Hauptgewinnen einschnappte: man brachte sich kaum durch. Als aber Leute an die Bude herantraten, unterbrach er sich und rief mit einer lauten Stimme, welche die beiden gar nicht an ihm kannten und die sie in Erstaunen versetzte:

»Spielen Sie! Spielen Sie! ... Jedes Spiel gewinnt!«

Ein Arbeiter mit einem kleinen, kränklichen Mädchen auf dem Arm, das begehrliche Augen zu dem Spiel hin machte, ließ es zweimal spielen. Die Scheibe schnarrte, die Nippsachen machten ihren Glitzertanz, das Kaninchen drehte und drehte sich mit zurückgeschlagenen Ohren so rasend herum, daß es ganz wie verwischt und nur noch ein weißer Kreis war. Es gab eine große Aufregung, denn bei einem Haar hatte die Kleine es gewonnen.

Nachdem sie dem mit Bezug auf den Verlust, der ihm soeben gedroht hatte, noch zitternden Chaîne die Hand gereicht hatten, entfernten sich die beiden Freunde.

»Er ist glücklich«, sagte Claude, nachdem sie schweigend fünfzig Schritte getan hatten.

»Er!« rief Sandoz. »Er glaubt, daß er es bis zum Institut hätte bringen können, und reibt sich innerlich daran auf!«

Einige Zeit danach, gegen Mitte August, kam Sandoz auf eine andere Zerstreuung. Diesmal war es eine richtige Reise, ein ganzer Tagesausflug. Er hatte Dubuche getroffen. Aber einen ganz verstörten, trübsinnigen Dubuche, der sich sehr herzlich und wehleidig gezeigt, von der Vergangenheit gesprochen und seine alten Kameraden zu einem Frühstück in die Richaudière geladen hatte, wo er seit vierzehn Tagen mit seinen beiden Kindern allein war. Warum sollte man ihm nicht eine Überraschung bereiten, da er doch ein solches Verlangen bekundet hatte, wieder mit ihnen anzuknüpfen? Doch vergeblich wiederholte Sandoz immer wieder, daß er Dubuche hätte zuschwören müssen, ihm Claude zuzuführen; der letztere weigerte sich hartnäckig, als fürchte er sich davor, Bennecourt, die Seine, die Inseln, all diese Landschaft wiederzusehen, wo seine glücklichen Tage gestorben und begraben waren. Christine mußte sich erst ins Mittel legen, daß er schließlich, wenn auch noch immer widerstrebend, nachgab. Gerade am Tage vor der verabredeten Reise hatte er in einem Aufschwung von Schaffenslust bis zum späten Abend an seinem Gemälde gearbeitet. Und so riß er sich am nächsten Morgen, es war ein Sonntag und er voller Begier aufs Malen, nur mit Mühe und großem Herzeleid los. Wozu sollte es dienen, daß er dahin zurückkehrte? Das war tot und begraben, war nicht mehr. Nichts existierte als Paris. Und auch in Paris nur eine Sicht: die Spitze der Cité, diese Vision, die ihm immer und überall zusetzte, der einzige Fleck, an dem sein Herz hing.

Als Sandoz ihn im Wagen nervös werden sah und wahrnahm, wie seine Augen an der Portiere hafteten, als sollte er auf Jahre hinaus die mehr und mehr in Rauch und Nebel verschwimmende Stadt verlassen, bemühte er sich, ihn zu beschäftigen, und erzählte ihm, was er von Dubuches wahrer Lage wußte. Anfangs hatte Margaillan, stolz auf seinen mit der Medaille ausgezeichneten Schwiegersohn, ihn überall hingeführt und als seinen Kompagnon und Nachfolger vorgestellt. Denn hier wäre einer, der die Geschäfte glatt führen und noch billiger und schöner bauen werde als er, denn der Kerl hätte ja seine Studien gemacht. Doch schon die erste Idee Dubuches war eine recht unglückliche gewesen. Er kam auf eine Backsteinfabrik, die er in Burgund, auf den Besitzungen seines Schwiegervaters errichtete; doch unter so unglückseligen Bedingungen und mit einem so mangelhaften Plan, daß der Versuch mit einem glatten Verlust von zweihunderttausend Franken abschloß. Dann hatte sich Dubuche auf den Häuserbau verlegt, wobei er allerlei eigene Ideen zu verwerten gedacht hatte, eine sehr bedachte, reife Sache, mit der er in der Baukunst Epoche machen wollte. Es handelte sich um die alten Theorien, die er von den revolutionären Kameraden seiner Jugend übernommen hatte; um all das, was er versprochen hatte, in die Tat umsetzen zu wollen, wenn er erst freie Hand dazu haben würde, was er aber schlecht verdaut hatte und mit der Schwerfälligkeit des braven Schülers, der er gewesen war, dem es aber an schöpferischem Geist fehlte, an unrechter Stelle anbrachte: all die Dekorationen in Terrakotta und Fayence, die großen, glasgedeckten Nebenausgänge, besonders die Anwendung des Eisens, die eisernen Träger, eisernen Treppen, Dachstühle. Da diese Materialien aber viel Geld verschlangen, lief es abermals auf einen Fehlschlag hinaus; und zwar um so mehr, als er ein schlechter Rechner war und infolge seines Glücks den Kopf verloren hatte, träg geworden war, ja selbst seinen einstigen Fleiß eingebüßt hatte. Diesmal war der alte Margaillan, der seit dreißig Jahren Baugelände gekauft, wieder verkauft und mit einem Blick seine Veranschlagung zu machen verstanden hatte – soundso viel Meter Bau, der Meter zu soundso viel, mußten soundso viel Wohnungen abgeben, die soundso viel Miete eintrugen –, ernstlich böse geworden. Wer hatte ihm einen Kerl aufgehalst, der sich beim Kalk verrechnete, bei den Ziegeln, den Bausteinen, der Eiche nahm, wo Fichte genügte, und sich nicht dazu verstehen konnte, ein Stockwerk wie ein Stück Brot in so viel kleine Stücke zu zerschneiden, wie nötig waren? Nein, nein, das war nichts! Er setzte sich, nachdem er den Ehrgeiz gehabt hatte, sie so ein wenig mit in seine Routine hineinzubringen, um auf solche Weise einem alten Stachel seiner Unwissenheit Genüge zu tun, der Kunst gegenüber auf die Hinterbeine. Seitdem war's immer schlechter gegangen; es war zwischen Schwiegervater und Schwiegersohn zu den heftigsten Zwisten gekommen; der eine tat geringschätzig und verbarrikadierte sich hinter seiner Wissenschaft, der andere aber schrie ihm zu, daß ganz gewiß der geringste Handwerker mehr verstünde als ein Architekt. Die Millionen kamen ins Wanken, und eines Tages warf Margaillan Dubuche aus seinem Bureau hinaus und verbot ihm, es je wieder zu betreten, da er doch nicht einmal dazu zu gebrauchen wäre, eine Werkstelle von vier Mann zu leiten. Das war denn ein kläglicher Abfall, der Bankerott der Schule gegenüber dem Maurer.

Claude, der schließlich doch zugehört hatte, fragte:

»Und was macht er jetzt?«

»Ich weiß nicht. Doch wohl gar nichts«, antwortete Sandoz. »Er sagte mir, daß ihn der Gesundheitszustand seiner Kinder beunruhige und daß er sie pflege.«

Die blasse Frau Margaillan war ihrem hoffnungslosen Zustand erlegen und an der Schwindsucht gestorben. Und ihr Leiden, ihre physische Heruntergekommenheit schien sich vererbt zu haben, denn auch ihre Tochter Régine hustete, seit sie sich verheiratet hatte. Gegenwärtig machte sie eine Badekur in Mont-Dore durch. Ihre Kinder hatte sie nicht mitnehmen können. Sie waren so hinfällig, daß ihnen im vergangenen Jahr die Luft dort schlecht bekommen war. Und so erklärte es sich, daß die Familie ganz auseinander war. Die Mutter lebte, bloß mit einer Kammerjungfer, dort im Bade, der Großvater in Paris, wo er seine Bauunternehmungen wieder aufgenommen hatte und sich mit seinen vierhundert Arbeitern herumschlug und gegen gewisse faule und unfähige Menschen seine Verachtung kehrte; der Vater aber hatte seine Zuflucht zur Richaudière genommen, wo er sich als ein Invalide des Lebens gleich nach dem ersten Zwist mit seinem Schwiegervater eingeschlossen hatte und sich der Pflege seiner Tochter und seines Sohnes widmete. In einem Augenblick vertraulicher Mitteilung hatte Dubuche übrigens noch zu verstehen gegeben, daß er mit seiner Frau, die gelegentlich ihrer zweiten Niederkunft beinahe das Leben gelassen und bei ihrer schwächlichen Konstitution kaum eine herzhaftere Berührung vertrug, jeden ehelichen Umgang hatte aufgeben müssen.

»Eine schöne Heirat!« schloß Sandoz ab.

Es war gegen zehn Uhr, als die beiden Freunde am Gittertor der Richaudière läuteten. Das ihnen noch unbekannte Besitztum versetzte sie in Erstaunen. Ein herrlicher Park, ein französischer Garten mit Rampen und wahrhaft fürstlichen Freitreppen, drei gewaltige Treibhäuser, besonders eine mächtige Kaskade, ein närrischer Bau aus Steinen und Zement und einer Wasserleitung, an die der Besitzer in seiner Eitelkeit als ehemaliger Bauhandlanger ein Vermögen verschwendet hatte. Was sie aber vor allem berührte, war die trübselige Öde des Herrensitzes, die sauber geharkten Alleen, die keinerlei Fußspur zeigten; die weiten, leeren Strecken, in die nur selten, hier und da, die Gestalt eines Gärtners Leben brachte; das wie ausgestorbene Haus, dessen Fenster, mit Ausnahme von zweien, die kaum halb offen standen, sämtlich geschlossen waren.

Als endlich ein Diener herbeigekommen war und sie nach ihrem Begehr gefragt hatte, antwortete er, als er erfahren, daß sie des Herrn wegen gekommen waren, in unverschämter Tonart, der Herr wäre hinter dem Hause in der Turnanstalt, worauf er sich entfernte.

Sandoz und Claude durchschritten eine Allee und bogen bei einem Rasenplatz ab. Was sie sahen, bannte sie einen Augenblick an den Fleck. Dubuche stand mit erhobenen Armen vor einem Trapez und hielt seinen Sohn Gaston, ein elendes, armes, zehnjähriges Wesen mit kraftlosen Ärmchen, während in einem kleinen Wagen sein Töchterchen Alice saß und wartete, bis es an die Reihe kam. Sie war ein frühgeborenes und so zurückgebliebenes Kind, daß sie mit ihren sechs Jahren noch nicht einmal laufen konnte; der Vater war ganz davon in Anspruch genommen, die gebrechlichen Gliedmaßen des Jüngelchens zu kräftigen. Er wiegte ihn, versuchte vergeblich, ihn dazu zu bringen, sich emporzuziehen. Als der schwache Versuch, den das Kind machte, ihn sofort in Schweiß setzte, hob Dubuche ihn herab und wickelte ihn in eine Decke ein. Das alles geschah schweigend und bot unter dem weiten Himmel inmitten des schönen Parkes einen unsagbar traurigen Anblick. Als Dubuche sich wieder aufrichtete, sah er die beiden Freunde.

»Wie! Ihr! ... Heute! Zum Sonntag! Und so ganz unvorhergesehen!«

Er hatte eine Handbewegung, die unangenehm berührte, und erklärte gleich, daß sonntags das Kammermädchen, das einzige weibliche Wesen, dem er die Kinder anzuvertrauen wage, in Paris wäre und daß er daher Alice und Gaston unmöglich auch nur eine Minute verlassen könnte.

»Ich wette, ihr kommt zum Frühstück?«

Auf einen Blick Claudes hin beeilte sich Sandoz zu antworten:

»Nein, nein! Wir können dir leider bloß guten Tag sagen ... Claude ist in Geschäften hier. Du weißt ja: er hat in Bennecourt gewohnt. Ich habe ihn begleitet, und da sind wir auf den Gedanken gekommen, mal mit bei dir vorzusprechen. Aber wir werden erwartet, laß dich also nicht stören.«

Sehr erleichtert tat Dubuche, als wollte er sie zurückhalten. Teufel noch mal! Ein Stündchen würden sie doch übrig haben. Sie kamen in Unterhaltung miteinander. Claude sah ihn an und war betroffen, wie sehr er gealtert hatte. Das gedunsene Gesicht hatte Falten bekommen, war, als wäre die Galle in die Haut gedrungen, gelb und rot durchädert, Kopfhaar und Schnurrbart schon ergraut. Dazu schien der ganze Körper zusammengesunken, und seine Bewegungen waren müde und verrieten Verbitterung. Die Fehlschläge des Kapitals waren also ebenso drückend wie die der Kunst. Stimme, Blick, alles an diesem zu Boden gedrückten Mann verriet die schmähliche Abhängigkeit, in der er sein Leben hinzubringen gezwungen war, den Bankerott seiner Zukunft und die beständige Anklage, die man ihm unter die Nase rieb, er habe ein Talent versprochen, das er nicht besaß, und schmarotze aus der Tasche der Familie; verriet, daß die Speisen, die er verzehrte, die Kleidung, die er trug, das Taschengeld, das er erhielt, ein Almosen war, das man ihm gab wie einem gemeinen Spitzbuben, dessen man sich nicht entledigen konnte.

»Wartet einen Augenblick!« fuhr Dubuche fort. »Bloß noch fünf Minuten für den anderen meiner kleinen Lieblinge; dann gehen wir nach vorn, ins Haus.«

Sanft, mit unendlicher, fast mütterlicher Sorgfalt hob er die kleine Alice aus dem Wagen und zum Trapez hinauf. Um sie zu ermutigen, stammelte er Liebkosungen, entlockte ihr ein Lächeln und ließ sie zur Entwicklung ihrer Muskeln zwei Minuten hängen. Doch verfolgte er dabei aus Sorge, ihre armen, gebrechlichen, wachsbleichen Händchen könnten ermüden und sie könnte herabfallen, mit ausgebreiteten Armen gewärtig jede ihrer Bewegungen. Sie sagte nichts, die blassen Augen weit aufgerissen gehorchte sie trotz ihrer Angst vor der Übung. Im übrigen war sie so leicht, daß sich nicht einmal die Stricke straff zogen; wie eins von den hektischen Vögelchen, die sich von einem Zweige lösen, ohne ihn in Bewegung zu setzen.

Aber da geriet Dubuche außer sich. Er hatte einen Blick zu Gaston hingetan und bemerkt, daß ihm die Decke herabgeglitten war und die Beine des Kindes bloß geworden waren.

»Mein Gott, mein Gott! Er wird sich doch in dem feuchten Gras wieder erkälten! Und ich kann nicht von der Stelle! ... Gaston, mein Liebling! Alle Tage ist es dasselbe: du wartest bloß so lange, bis ich mit deiner Schwester beschäftigt bin ... Sandoz, bitte! Deck ihn doch mal zu! ... Ah, danke! Schlag die Decke noch ein wenig zusammen! So! So!«

Das war also das Ergebnis seiner großartigen Heirat: diese zwei unfertigen, gebrechlichen Geschöpfe, die der geringste Lufthauch zu töten drohte wie Fliegen. Von dem ganzen erheirateten Glück war ihm nur das geblieben: der beständige Kummer, sein Fleisch und Blut verdorben und gebrechlich zu sehen, in diesen beiden beklagenswerten Wesen, in denen seine Rasse hinwelkte und in eine äußerst skrofulöse und schwindsüchtige Entartung gefallen war. Doch war aus diesem dicken, selbstsüchtigen Burschen ein bewunderungswürdiger Vater geworden, dessen Herz doch von einer Leidenschaft flammte, der bloß noch das eine Streben kannte, seine Kinder am Leben zu erhalten. Und stündlich kämpfte er dafür. Jeden Morgen rettete er sie und war doch in Angst, er könne sie am Abend verlieren. Inmitten seiner verfehlten Existenz, aller Bitterkeit der beleidigenden Vorwürfe seines Schwiegervaters und der freudlosen Nächte an der Seite seiner trübseligen Gattin blieben nur noch sie ihm. Und er gab sein Alles daran, sie dank des beständigen Wunders seiner Zärtlichkeit am Leben zu erhalten.

»So, mein Liebling! Nun ist's genug, nicht wahr? Du sollst mal sehen, wie groß und schön du werden wirst!«

Er setzte Alice wieder in den Wagen, nahm den noch immer eingewickelten Gaston auf den Arm. Als die Freunde ihm aber behilflich sein wollten, wehrte er ab und schob mit der frei gebliebenen Hand den Wagen seines Töchterchens.

»Danke, ich bin das gewöhnt! Die armen Dingerchen sind ja nicht schwer ... Und der Dienstboten ist man sich ja doch niemals sicher.«

Als sie in das Haus eintraten, bekamen Sandoz und Claude wieder den patzigen Diener zu Gesicht. Sie sahen, wie Dubuche vor ihm zitterte. Die Dienerschaft teilte die Verachtung des zahlenden Schwiegervaters und behandelte den Mann von Madame wie einen aus Gnade und Barmherzigkeit geduldeten Bettler. Bei jedem Hemd, das man ihm bereitete, jedem Stück Brot, um das er sich bei Tisch zu bitten getraute, kam er sich wie jemand vor, der aus Domestikenhand ein Almosen empfing.

»Leb wohl, wir gehen!« sagte Sandoz peinlich berührt.

»Nein, nein, wartet doch einen Augenblick ... Die Kinder sollen bloß erst frühstücken; nachher begleit' ich euch mit ihnen, sie müssen sowieso ihren Spaziergang machen.«

Solcherweise war jeder Tag, war Stunde für Stunde geregelt. Am Morgen die Dusche, das Bad, die gymnastische Übung, dann das Frühstück, das eine wichtige Angelegenheit bedeutete; denn sie bedurften einer ganz besonderen, wohlerwogenen und erörterten Nahrung; man ging dabei so weit, daß ihnen ihr mit einem Schuß Rotwein vermischtes Trinkwasser gewärmt wurde, da man befürchtete, daß sie, wenn sie's zu kühl tränken, den Schnupfen bekommen könnten. An diesem Tage erhielten sie ein in Fleischbrühe zerlassenes Eigelb und einen Happen Kotelett, den ihnen ihr Vater in ganz kleine Stücke zerschnitt. Dann kam vor dem Mittagsschlaf der Spaziergang.

Sandoz und Claude befanden sich wieder draußen und schritten mit Dubuche, der abermals Alices Wagen schob, während Gaston neben ihm ging, die breiten Alleen entlang. Während sie die Richtung zur Gittertür hin nahmen, unterhielten sie sich über das Anwesen; Dubuche schickte dabei, als fühle er sich nicht recht zu Hause, scheue Blicke umher. Übrigens wußte er über nichts Bescheid, bekümmerte sich um nichts. Er schien alles vergessen zu haben; sogar seinen Beruf als Architekt; es war ihm ja schon vorgeworfen worden, daß er ihn nicht verstehe. Seine Untätigkeit hatte ihn gänzlich verkommen lassen.

»Und wie geht's deinen Eltern?« erkundigte sich Sandoz.

Die matten Augen Dubuches belebten sich.

»Oh, meine Eltern sind wohlauf. Ich habe ihnen ein kleines Haus gekauft, in dem sie die Rente verzehren, die ich für sie im Ehekontrakt ausbedungen habe ... Meine Mutter hat ja für meine Ausbildung genug hergegeben; ich mußte ihr doch, wie ich versprochen hatte, alles wiedererstatten ... Oh, ich darf wohl sagen, daß sich meine Eltern über mich nicht zu beklagen haben.«

Sie waren beim Gittertor angelangt und verweilten noch ein paar Minuten. Endlich drückte Dubuche mit gebrochener Miene den alten Kameraden die Hand. Einen Augenblick behielt er die Claudes und schloß in einem einfach konstatierenden Ton, in dem sich noch nicht einmal Zorn ausdrückte:

»Leb wohl! Sieh zu, daß du dich wieder aufrappelst ... Ich habe mein Leben verfehlt.«

Sie sahen ihm nach, als er, Alice vor sich herschiebend und den schon stolpernden Gaston stützend, wieder zum Hause zurückkehrte. Er selber nahm sich mit seinem vorgewölbten Rücken und schweren Schritt wie ein Greis aus.

Es schlug eins. Traurig gestimmt und hungrig, beeilten sie sich, Bennecourt zu erreichen. Doch auch dort warteten ihrer trübe Nachrichten. Beide Faucheurs, Mann und Frau, und Vater Poirette waren gestorben. Die Gastwirtschaft war in die Hände der einfältigen Mélie übergegangen und bot einen abstoßend schmutzigen und unordentlichen Eindruck. Sie bekamen ein schauderhaftes Frühstück vorgesetzt. Im Eierkuchen fanden sich Haare, die Koteletts rochen nach ranzigem Fett. Vom Hof her drang der Gestank der Jauchengrube in das große Zimmer herein, die Tische waren schwarz von Fliegen. Das alles in der drückenden Schwüle des Augustnachmittags. Sie hatten nicht den Mut, sich auch noch Kaffee kommen zu lassen, und machten sich davon.

»Und wie schwärmtest du für Mutter Faucheurs Eierkuchen!« sagte Sandoz. »Ein zugrunde gewirtschaftetes Anwesen ... Wir wollen noch einen Rundgang machen, nicht wahr?«

Claude wollte nein sagen. Seit dem Morgen trieb er immer zur Eile an, als könnte jeder Schritt ihm die Lästigkeit des Aufenthaltes verkürzen und ihm Paris näherbringen. Sein Herz, sein Kopf, sein ganzes Sein war dort zurückgeblieben. Er sah weder nach rechts noch nach links, schritt dahin, ohne etwas von den Feldern und Bäumen zu sehen, hatte nichts im Kopf als seine fixe Idee. Es ging fast bis zur Halluzination und so weit, daß es ihm war, als sähe er die Spitze der Cité sich über den weiten Stoppelfeldern erheben und vernähme er ihren Ruf. Doch weckte Sandoz' Vorschlag ihm Erinnerungen. Eine Wehmut überkam ihn und er sagte:

»Ja, tun wir das! Suchen wir die alten Stätten!«

Doch je weiter sie die Uferböschungen hinschritten, um so mehr überwältigte ihn der Schmerz. Kaum erkannte er die Landschaft wieder. Um zwischen Bonnières und Bennecourt eine Verbindung herzustellen, hatte man eine Brücke gebaut. Großer Gott! Anstelle der alten, an ihrer Kette hinknarrenden Fähre, die eine so interessante Note gemacht, wenn sie schwarz das Wasser zerschnitten hatte, eine Brücke! Dann war noch, bei Port Villez, stromabwärts, eine Flußsperre errichtet worden; das Niveau des Flusses zeigte sich erhöht, die meisten von den Inseln waren verschwunden, die kleinen Wasserarme breiter geworden. Keiner von den reizenden Winkeln, von den lauschigen Verstecken war mehr da. Es war eine Verunstaltung, daß man sämtliche Wasserbautechniker hätte erwürgen mögen!

»Sieh, die Weidengruppe, die dort noch hervorragt, da links, das war Barreux, die Insel, wo wir im Grase miteinander plauderten, weißt du noch? ... Ah, die Schufte!«

Auch Sandoz, der es nicht sehen konnte, wenn ein Baum umgehauen wurde, ohne daß er dem Holzfäller grollte, erbleichte vor

Unwillen und war ganz außer sich darüber, daß man gewagt hatte, das schöne Naturbild dermaßen zu verschandeln.

Als Claude sich dann aber seiner ehemaligen Wohnung näherte, biß er stumm die Zähne zusammen. Das Haus war an Städter verkauft worden. Es hatte jetzt ein Gittertor. Er lehnte die Stirn dran. Die Rosensträucher waren eingegangen, auch die Aprikosenbäume. Mit seinen kleinen Gängen, seinen Blumenrabatten und den von Buchsbaum eingefaßten Gemüsebeeten bot sich der Garten sehr schmuck und spiegelte sich in einer verzinnten Glaskugel, die in der Mitte auf einem Postament stand. Das Haus war frisch gestrichen. Die Ecken und Umrahmungen der Fenster waren in einer Weise bemalt, daß es Sandstein vortäuschen sollte. Das Ganze zeigte eine linkische Aufmachung, die einen plumpen Emporkömmling verriet und den Maler ganz außer sich brachte. Nein, da war nichts mehr von ihm und Christine, nichts, was noch an ihre große Jugendliebe erinnert hätte! Aber er wollte noch weiter zusehen. Er begab sich hinter das Haus und suchte nach dem kleinen Eichengehölz, dem grünen Winkel, in dem noch der Seelenhauch ihrer ersten Umarmung leben mußte. Aber es war nicht mehr da, war weg wie alles übrige, war niedergehauen, verkauft, verbrannt worden. Da schleuderte er mit einer fluchenden Handbewegung seinen Kummer über diese ganze, so veränderte Landschaft hinaus, die nicht eine Spur des Lebens, das er hier verbracht, mehr aufwies. Ein paar Jahre hatten also genügt, die Stätte zu verwischen, wo man gearbeitet, genossen, gelitten hatte! Wie eitel war alles Streben, wenn der Wind, der hinter dem Wandernden herweht, die Spur seiner Schritte tilgen darf! Er hatte gleich gewußt, daß er nicht hätte hierher zurückkehren sollen, denn was war die Vergangenheit weiter als der Friedhof unserer Einbildungen? Man stolperte bloß über Gräber.

»Komm fort von hier!« rief er.»Schnell fort von hier! Es ist ein Unsinn, sich das Herz so schwer zu machen!«

Als sie auf der neuen Brücke angelangt waren, suchte Sandoz ihn zu beruhigen, indem er ihn auf ein Motiv aufmerksam machte, das vormals noch nicht existiert hatte: auf den verbreiterten Stromlauf der Seine, die in majestätischer Ruhe dahinströmte. Aber dieser Wasserblick interessierte Claude nicht. Er hatte nur den einen Gedanken, daß es dasselbe Wasser war, das Paris durchquerte und gegen die alten Quais der Cité anplätscherte. Und weit von dorther grüßte es ihn, so daß er sich einen Augenblick überbeugte und die herrliche Widerspiegelung der Türme von Notre-Dame und der Turmspitze von Sainte- Chapelle zu sehen glaubte, die der Strom mit sich dem Meer entgegentrug.

Die Freunde verfehlten den Dreiuhrzug. Es war ihnen eine Pein, noch volle zwei Stunden in dieser Landschaft zubringen zu müssen, von der sie eine solche Bedrückung erfuhren. Glücklicherweise hatten sie zu Hause hinterlassen, daß sie, falls sie zurückgehalten würden, mit einem Nachtzug zurückkämen. So faßten sie den Entschluß, in einem Restaurant der Place du Havre zu dinieren, um den Tag wie ehemals im gemütlichen Nachtischgeplauder zu beschließen. Acht Uhr war's, als sie sich dort zu Tisch setzten.

Sobald Claude den Bahnhof verlassen hatte und sich wieder auf dem Pariser Pflaster befand, war seine nervöse Unruhe gewichen, und er fühlte sich wieder zu Hause. Mit der gleichgültigen, zerstreuten Miene, die ihm jetzt eigen war, hörte er auf das muntere Geplauder, mit dem Sandoz ihn aufzuheitern suchte. Sandoz traktierte ihn, als ob er eine Geliebte in Stimmung bringen wollte. Er bestellte ausgesucht feine und gewürzte Gerichte und schwere Weine. Doch es wollte keine rechte Munterkeit aufkommen. Schließlich wurde auch Sandoz trübsinnig. Jene undankbare Landschaft, jenes so geliebte, unvergeßliche Bennecourt, in welchem sie nicht einen Stein gefunden hatten, an den sich noch eine Erinnerung geknüpft hätte, brachte all seine Hoffnungen auf Nachruhm ins Wanken. Wenn selbst die ewig dauernden Dinge so schnell vergessen, durfte man dann auch nur noch einen Augenblick auf das Gedächtnis der Menschen zählen?

»Siehst du, mein Alter! Das ist es, was mich manchmal wie mit einem eiskalten Schauer überläuft ... Ist dir's auch so gegangen? Hast du daran gedacht, daß die Nachwelt am Ende doch nicht die unbestechliche Richterin sein könnte, wie wir's träumen? Man tröstet sich, daß man geschmäht, verkannt wurde, weil man auf das Gerechtigkeitsgefühl der kommenden Jahrhunderte zählt; man ist wie der Fromme, der alle Unbill dieser Erde in dem festen Glauben an ein anderes Leben erträgt, wo jeder nach Verdienst seinen Lohn empfängt. Wenn es nun aber für den Künstler ebensowenig ein Paradies gäbe wie für den gläubigen Katholiken; wenn die kommenden Generationen sich ebenso täuschten wie die Zeitgenossen und fortfahren sollten in dem Irrtum, der die gefälligen kleinen Torheiten den starken Werken vorzieht? ... Was für eine Prellerei wäre das, nicht? Welche Sträflingsexistenz, um einer Schimäre willen an die Arbeit geschmiedet zu sein! ... Bedenke, daß das immerhin nicht so ganz unmöglich ist. Es gibt allgemein anerkannte und bewunderte Größen, für die ich nicht zwei Heller geben würde. Zum Beispiel hatte die klassische Schule alles auf den Kopf gestellt, indem sie uns gewöhnt hat, geleckte, korrekte Burschen als Genies zu verehren, denen man frei, wennschon vielleicht ungleich schaffende und nur von wenigen gekannte Temperamente vorziehen kann. Die Unsterblichkeit wäre also nur ein Teil der bürgerlichen Mittelmäßigkeit, derer, die man uns mit aller Gewalt zu einer Zeit eintrichtert, wo wir noch nicht die Kraft haben, uns dagegen zu wehren ... Nein, nein! Man darf gar nicht davon sprechen, es könnte einen gruseln! Denn wo sollte ich den Mut zum Schaffen hernehmen, wie sollte ich sonst allem Hohn, der einen trifft, standhalten, wenn ich die trostreiche Einbildung aufgeben müßte, daß man mich eines Tages lieben wird?«

Stumpf hatte Claude ihn angehört. Dann aber sagte er mit bitterer Gleichgültigkeit:

»Bah! Was macht's? Es ist nichts ... Wir sind noch närrischer als die Dummköpfe, die sich um eines Weibes willen das Leben nehmen. Wenn einst die Erde wie eine taube Nuß in den Weltraum hinein zerplatzen wird, fügen unsere Werke ihrem Staub nicht ein Atom hinzu.«

»Wohl wahr!« schloß Sandoz erbleichend ab. »Wozu müht man sich, das Nichts zu füllen? ... Und doch, obschon wir's wissen, läßt unser Ehrgeiz nicht ab!«

Sie verließen das Restaurant, schlenderten durch die Straßen, vergruben sich von neuem in ein Cafe. Sie philosophierten weiter, kamen auf ihre Kindheitserinnerungen, was ihre trübe Stimmung nun erst noch ganz vollkommen machte. Es war ein Uhr morgens, als sie sich entschlossen, nach Hause zu gehen. Doch sagte Sandoz, daß er Claude bis zur Rue Tourlaque begleiten wollte. Es war eine herrliche, warme Augustnacht, der Himmel wimmelte von Sternen. So machten sie einen Umweg durch das Quartier de l'Europe und gelangten zum ehemaligen Café Baudequin am Boulevard des Batignolles. Der Wirt hatte dreimal gewechselt. Der Gastraum war auch nicht mehr derselbe, war übermalt worden und anders eingerichtet. Zur Rechten standen zwei Billards. Andere Gäste verkehrten; eine Generation war auf die andere gefolgt und hatte sie verdrängt, so daß die ehemalige verschwunden war wie eine ausgestorbene Völkerschaft. Trotzdem ließen sie sich von ihrer Neugier und der Rührung, in die sie der Austausch ihrer Vergangenheitserinnerungen versetzt hatte, treiben, den Boulevard zu überschreiten und in das Café, dessen große Eingangspforte weit offen stand, einen Blick zu werfen. Sie wollten sehen, ob links im Hintergrund noch ihr Stammtisch von damals vorhanden war.

»Oh, sieh!« sagte Sandoz überrascht.

»Gagnière!« flüsterte Claude.

Es war tatsächlich Gagnière, der ganz allein im leeren Saal hinten am Stammtisch saß. Er mochte eines der Sonntagskonzerte wegen, auf die er versessen war, von Melun hergekommen sein, hatte sich dann am Abend wohl in Paris verlassen gefühlt und war ganz mechanisch, aus alter Gewohnheit, zum Café Baudequin heraufgestiegen. Keiner der Kameraden setzte mehr einen Fuß hierher; nur er kehrte, ein einsamer Zeuge der früheren Zeit, noch beharrlich hier ein. Er hatte seinen Schoppen nicht angerührt. In seine Gedanken verloren, starrte er drauf nieder, merkte kaum, daß die Kellner, damit das Lokal am nächsten Morgen gescheuert werden konnte, die Stühle auf die Tische zu stellen anfingen.

Eilig setzten die beiden Freunde ihren Weg fort. Die unbestimmte Gestalt da hinten im Hintergrund beunruhigte sie; es war ihnen bang, als hätten sie ein Gespenst erblickt.

»Ach, der arme Dubuche!« sagte Sandoz, während er Claude die Hand drückte. »Er hat uns unseren ganzen Tag verdorben.«

Als im November alle alten Freunde wieder in Paris waren, dachte Sandoz daran, sie wieder zu einem seiner Donnerstagsdiners zu vereinigen, die er beibehalten hatte. Sie waren noch immer seine schönste Freude. Der Absatz seiner Bücher hatte sich gesteigert, hatte ihn zu einem wohlhabenden Mann gemacht. Die Wohnung in der Rue de Londres war im Vergleich zu dem bescheiden bürgerlichen kleinen Haus in Batignolles sehr luxuriös ausgestattet. Er aber war unveränderlich der gleiche geblieben. Vor allem hatte er in seiner Gutherzigkeit vor, diesmal Claude mit einer der geliebten Zusammenkünfte ihrer Jugendzeit eine gewisse Zerstreuung zu verschaffen. Und so traf er bei den Einladungen eine sorgfältige Wahl. Selbstverständlich Claude und Christine; Jory und seine Frau, die man ja schon, seit sie verheiratet waren, empfangen mußte; dann Dubuche, der immer allein kam; Fagerolles, Mahoudeau und endlich Gagnière. Man würde zu zehn sein und nur die Kameraden der ehemaligen Schar. Nicht einer, der das gute Einvernehmen und den allgemeinen Frohsinn stören würde.

Henriette, die weniger zuversichtlich war, zeigte der Liste der Eingeladenen gegenüber Bedenken.

»Oh, Fagerolles? Meinst du? Fagerolles mit den anderen? Sie mögen ihn nicht ... Übrigens glaub' ich bemerkt zu haben, daß auch Claudes Verhältnis zu ihm sich abgekühlt hat ...«

Doch er unterbrach sie, wollte es nicht wahrhaben.

»Wie? Abgekühlt? ... Es ist doch merkwürdig, daß ihr Frauen es nicht verstehen könnt, wenn man sich mal etwas aufzieht. Was macht das? Kann man sich dabei nicht treu bleiben?«

An diesem Donnerstag traf Henriette eine besonders sorgfältige Wahl des Menüs. Sie kommandierte jetzt ein ganzes kleines Personal: Köchin und Diener. Und wenn sie die Gerichte auch nicht mehr selber zubereitete, so hielt sie doch nach wie vor aus Neigung zu ihrem Mann, dessen einziges »Laster« die Feinschmeckerei war, auf eine gewählte Tafel. Sie begleitete die Köchin in die Halle, begab sich in Person zu den Lieferanten. Die Eheleute schätzten besonders die gastronomischen Seltenheiten, die sie sich aus allen möglichen Weltgegenden herkommen ließen. Für diesmal entschied man sich für eine Ochsenschwanzsuppe, am Rost gebratene Meerbarben, Filet mit Pilzen, Raviolis à l'Italienne, russisches Haselhuhn, Trüffelsalat; außerdem als Hors d'œuvre Kaviar und Kilkis, praliniertes Eis, dann einen kleinen, smaragdgrünen ungarischen Käse, Früchte und Gebäck. Als Wein bloß alten Bordeaux in Karaffen, zum Braten

Chambertin und zum Nachtisch moussierenden Moselwein als Ersatz für den als banal verworfenen Champagner.

Von sieben Uhr ab waren Sandoz und Henriette zum Empfang der Gäste bereit: er trug ein einfaches Jackett; sie bot sich sehr elegant in einer schwarzen Seidenrobe ohne weiteren Aufputz. Die Gäste erschienen im einfachen Gehrock. Der Salon, dessen Einrichtung kürzlich beendet war, war mit alten Möbeln, Tapisserien und Kleinigkeiten aller Völker und Jahrhunderte angefüllt; der Grundstock der Sammlung war der alte Rouener Blumentopf von Batignolles, den Henriette ihrem Manne damals zum Geschenk gemacht hatte. Sie gingen zusammen zu den Antiquitätenhändlern, hatten eine leidenschaftliche Freude daran, alles mögliche derart zusammenzukaufen. Sandoz befriedigte damit die ehemaligen Wünsche und romantischen Anwandlungen seiner Jugend, wie sie ihm aus seiner ersten Lektüre erwachsen waren, bis zu einem Grade und in einer Weise, daß er, der leidenschaftlich moderne Schriftsteller, jetzt in diesem wurmstichigen Mittelalter lebte, von dem er als Fünfzehnjähriger geschwärmt hatte. Als Entschuldigung mochte, wie er scherzend sagte, dienen, daß die guten modernen Möbel so teuer waren, während man mit dem Stil und der Farbentönung dieser alten Sachen, auch wenn sie nicht sehr kostbar waren, gleich einen guten Effekt erzielte. Er war kein eigentlicher Sammler: er sah bloß auf den Schmuck, auf den großen Gesamteindruck. Und so bot sich der von zwei alten Delfter Lampen erhellte Salon in sanft gedämpften, warmen Tönen; auf den Sitzen verblaßt, golden dalmatinische Meßgewänder; gelblich inkrustierte italienische Kästchen, holländische Glasschränke, die weichen Töne orientalischer Teppiche, alle möglichen geschnitzten Elfenbeinarbeiten, Fayencen, Emaillearbeiten; alles vom Alter gebleicht und sich von der dunkelroten Tapete abhebend.

Als die ersten trafen Claude und Christine ein. Die letztere hatte ihre einzige, schon abgenutzte, schwarzseidene Robe an, die sie mit der äußersten Sorgfalt für dergleichen Gelegenheiten aufsparte. Henriette ergriff sie sogleich bei beiden Händen und zog sie auf einen Diwan. Sie war ihr sehr zugetan und fragte sie aus, als sie wahrnahm, wie seltsam sie war, wie bleich sie war und wie unruhig ihr Blick. Was war ihr? War sie nicht recht wohlauf? Nein, nein! Sie wäre ganz munter und freue sich, hier zu sein. Aber dabei sah sie jeden Augenblick, als wollte sie ihn beobachten, zu Claude hinüber. Claude seinerseits war sehr aufgeregt. Seine Gesten und seine Rede hatten etwas Fieberhaftes. Seit Monaten kannte Sandoz ihn nicht mehr so. Zuweilen aber schwand diese Aufgeregtheit. Dann verhielt er sich schweigend und starrte ins Leere, als würde er von irgendwoher angerufen.

»Ah, mein Alter!« sagte er zu Sandoz. »Ich habe diese Nacht dein Buch zu Ende gelesen. Es ist eine sehr starke Sache. Du stopfst ihnen diesmal gründlich das Maul.«

Sie standen beim lustig knatternden Kamin. Der Schriftsteller hatte einen neuen Roman veröffentlicht. Und obschon die Kritik nicht die Waffen streckte, so erhob sich doch um dies neueste Werk jenes Aufsehen des Erfolges, das einem Mann den fortgesetzten Angriffen seiner Gegner gegenüber Achtung und Geltung sichert. Übrigens gab er sich keinen Illusionen hin. Er wußte, daß der Kampf, obwohl gewonnen, bei jedem seiner Bücher von neuem anheben würde. Seine große Lebensarbeit rückte vorwärts. Jene Romanfolge, die er mit unbeirrbarer Regelmäßigkeit Band auf Band auf das Ziel losgehend veröffentlichte, ohne sich durch was für Hindernisse, Schmähungen und Erschöpfungen auch immer beirren zu lassen.

»Es ist wahr«, antwortete er munter, »sie lassen diesmal doch etwas locker. Es hat mir sogar einer das gezwungene Zugeständnis machen müssen, daß ich ein anständiger Mann wäre; da sieht man, wie alles so seinen Übergang hat!... Aber laß nur gut sein: sie werden's schon noch nachholen. Ich kenne welche, deren Schädel doch zu verschieden von dem meinen sind, als daß sie jemals mein literarisches Bekenntnis, meine kühne Sprache, meine physiologische Menschheit, die sich unter dem Einfluß des Milieus entwickelt, unterschreiben könnten. Und ich rede nur von den ernst zu nehmenden Kollegen; die Schafsköpfe und Lumpenhunde lass' ich beiseite ... Das gescheiteste ist, siehst du, daß man, will man munter drauflosarbeiten, weder auf Aufrichtigkeit noch auf Gerechtigkeit baut. Um recht zu haben, muß man erst tot sein.«

Claudes Augen hatten sich, als wollten sie die Wand durchdringen, jäh in einen Winkel des Salons gerichtet, von woher ihn irgend etwas angerufen hatte. Doch dann trübten sie sich, kehrten zurück, und er sagte:

»Bah, du sprichst von dir! Wenn ich sterbe, so werd' ich unrecht gehabt haben ... Aber einerlei: dein Buch hat mich mächtig gepackt. Ich wollte heute malen, aber es war mir unmöglich. Ah, es ist gut, daß ich auf dich nicht eifersüchtig sein kann; du würdest mich zu unglücklich machen.«

Aber da tat sich die Tür auf und, gefolgt von Jory, trat Mathilde herein. Sie trug eine reiche Toilette: eine Tunika von dunkelorangenem Sammet über einer Robe von strohgelbem Atlas, Brillanten in den Ohren und ein dickes Rosenbukett am Busen. Was Claude aber erstaunte, war, daß er sie kaum wiedererkannte. So mager und ausgedörrt sie früher gewesen war, so fett, rund und blond war sie heute. Ihre damalige erschreckende Häßlichkeit hatte sich in eine bürgerlich fette Rundung verwandelt. Ihr Mund mit seinen schwarzen Zahnlücken zeigte heute, wenn sie mit einem geringschätzigen Kräuseln der Lippen zu lächeln geruhte, nur zu auffallend weiße Zähne. Sie wirkte übertrieben respektabel. Ihre fünfundvierzig Jahre gaben ihr neben ihrem viel jüngeren Gatten, der sich wie ihr Neffe ausnahm, ein Ansehen. Das einzige, was sie beibehalten hatte, war der überstarke Parfümduft. Sie tränkte sich mit den stärksten Essenzen, als hätte sie versucht, aus ihrer Haut die aromatischen Gerüche herauszubringen, mit denen sie der Kräuterladen durchdrungen hatte. Doch der bittere Rhabarbergeruch, der scharfe des Holunders, der stechende der Pfefferminze hatten überdauert; und wie sie den Salon durchschritt, füllte sie ihn mit einem undefinierbaren, nur etwas mit Moschus versetzten Medizingeruch an.

Henriette, die sich erhoben hatte, ließ sie Christine gegenüber Platz nehmen.

»Sie kennen einander, nicht wahr? Sie sind sich hier ja schon begegnet.«

Mathilde tat auf die bescheidene Toilette dieser Frau, die, wie es hieß, lange mit einem Manne, ohne mit ihm verheiratet zu sein, zusammengelebt hatte, einen kühlen Blick. Seit die in literarischen und künstlerischen Kreisen herrschende Toleranz ihr Zutritt selbst in einigen Salons gewährt hatte, war sie in diesem Punkte von einer unerbittlichen Strenge. Im übrigen nahm Henriette, welche sie verabscheute, nachdem der Höflichkeit mit ein paar Redensarten Genüge geschehen war, ihre Unterhaltung mit Christine wieder auf.

Jory hatte Claude und Sandoz die Hand gedrückt. Und während er mit ihnen beim Kamin stand, entschuldigte er sich Sandoz gegenüber wegen eines am selben Vormittag in seiner Revue erschienenen Artikels, der den Roman des Dichters sehr heruntergemacht hatte.

»Mein Lieber, du weißt ja, man ist niemals ganz Herr in seinem eigenen Hause ... Ich müßte alles selber machen, aber ich habe so wenig Zeit! Stell dir vor, daß ich den Artikel noch nicht mal gelesen hatte, da ich mich auf das verließ, was mir darüber gesagt worden war. Du kannst dir also meinen Zorn vorstellen, als ich ihn heute las ... Ich bin trostlos, trostlos ...«

»Aber laß doch, es ist doch in der Ordnung so«, antwortete Sandoz ruhig. »Jetzt, wo meine Feinde anfangen, mich zu loben, müssen mich meine Freunde doch angreifen.«

Von neuem tat sich die Tür auf, und leise glitt mit seiner sonderbaren Schattenhaftigkeit Gagnière herein. Er kam geradeswegs von Melun, ganz allein. Denn er führte seine Frau nirgends ein. Wenn er so zum Diner kam, zeigten seine Schuhe noch den Staub der Provinz, den er dann mit dem Nachtzug wieder heimtrug. Übrigens war er unverändert, schien immer jünger zu werden, nur sein Haar wurde mit den Jahren lichter.

»He, Gagnière ist ja da!« rief Sandoz.

Während Gagnière endlich die Damen begrüßte, hielt Mahoudeau seinen Einzug. Er war schon grau geworden. Aber in seinem scheuen, faltigen Gesicht flackerten noch seine hellen Kinderaugen. Noch immer trug er zu kurze Beinkleider, und sein Gehrock schlug auf dem Rücken Falten, obwohl er jetzt gut verdiente. Denn der Bronzefabrikant, für den er arbeitete, hatte einige reizende Statuetten von ihm in den Handel gebracht, die man auf den Kaminsimsen und Konsolen der gutbürgerlichen Wohnungen zu erblicken anfing.

Sandoz und Claude hatten sich umgewandt. Sie waren auf Mahoudeaus Zusammentreffen mit Mathilde und Jory neugierig. Aber die Sache wickelte sich sehr einfach ab. Der Bildhauer machte vor ihr eine respektvolle Verbeugung, als der Gatte mit seiner unbefangenen Munterkeit ihn ihr, vielleicht schon zum zwanzigsten Male im Laufe der Zeit, vorstellte.

»Hier ist meine Frau, Kamerad! Gebt euch doch die Hand!«

Wie Leute von Welt, denen man eine verfrühte Vertraulichkeit aufnötigt, reichten sich Mathilde und Mahoudeau sehr würdevoll die Hand. Doch sobald der letztere diese Formalität erledigt hatte und hinten in seiner Ecke mit Gagnière zusammensaß, begannen sie lachend mit schonungslosen Worten sich die Abscheulichkeiten von damals in Erinnerung zu bringen. He, heute hatte sie Zähne; früher konnte sie glücklicherweise noch nicht beißen!

Man wartete noch auf Dubuche, der ausdrücklich zugesagt hatte, daß er kommen werde.

»Ja«, erklärte Henriette laut, »wir werden bloß neun sein. Fagerolles hat heut früh geschrieben und sich entschuldigt: ein offizielles Diner, zu dem er plötzlich hin mußte ... Gegen elf wird er für einen Augenblick kommen.«

Doch in diesem Augenblick wurde eine Depesche gebracht. Dubuche telegraphierte: »Kann unmöglich fort. Alice hat bedenklichen Husten.«

»Nun, so werden wir also acht sein«, fuhr Henriette fort, verstimmt, weil die Zahl ihrer Gäste sich vermindert hatte.

Als der Diener aber die Tür zum Eßzimmer öffnete und ankündigte, daß serviert sei, fügte sie hinzu:

»So sind wir denn vollzählig ... Bitte, Ihren Arm, Claude!«

Sandoz hatte den Mathildens genommen, Jory übernahm Christine, während Mahoudeau und Gagnière, die in ihrem blutigen Spott über die »Aufpolsterung« der »schönen Kräuterhändlerin« fortfuhren, hinterhergingen.

Der Speisesaal, den man jetzt betrat, war sehr groß, bot sich gegen den matt erleuchteten Salon sehr lebhaft hell. Die mit alten Fayencen bedeckten Wände zeigten die lustige Buntheit von Epinaler Bilderbogen. Zwei Dressoirs, das eine mit Glassachen, das andere mit Silberzeug, funkelten wie die Schaufenster eines Juweliers. Besonders aber strahlte in der Mitte unter den Kerzen der Kronleuchter wie eine lichterstrahlende Kapelle die Tafel mit ihrem blendend weißen Tischtuch, von dem die schön geordneten Gedecke sich abhoben, die gemalten Teller, die geschliffenen Gläser, die weißen und roten Karaffen, die symmetrisch rings um einen Korb mit purpurroten Rosen gereihten Hors d'œuvres.

Man ließ sich nieder. Henriette zwischen Claude und Mahoudeau, Sandoz zwischen Mathilde und Christine, Jory und Gagnière an beiden Tischenden. Der Diener hatte eben die Suppe aufgetragen, als Frau Jory ein unglückliches Wort fallen ließ. Sie wollte liebenswürdig sein, hatte aber nichts von den Entschuldigungen ihres Mannes gehört, und so wandte sie sich an den Hausherrn:

»Nun, Sie sind gewiß mit dem heut morgen erschienenen Artikel zufrieden gewesen. Edouard hat selber mit so viel Sorgfalt die Revision gelesen.«

»Aber nein! Aber nein!« stotterte Jory in größter Verwirrung. »Er ist sehr schlecht. Du weißt doch, daß er gestern abend während meiner Abwesenheit aufgenommen wurde.«

Das verlegene Schweigen, das eingetreten war, brachte Mathilde zum Bewußtsein, was für einen Fehler sie gemacht hatte. Doch sie machte die Sache noch schlimmer, indem sie Jory einen scharfen Blick zuwarf und, um die Schuld auf ihn zu wälzen und sich aus der Affäre zu ziehen, sehr laut antwortete:

»Wieder mal eine von deinen Lügereien! Ich habe nur wiederholt, was du mir gesagt hast ... Ich lasse mich von dir nicht lächerlich machen, verstehst du?«

Der Zwischenfall gestaltete den Anfang des Diners sehr unbehaglich. Vergeblich empfahl Henriette die Kilkis; nur Christine fand sie ausgezeichnet. Sandoz, den Jorys Verlegenheit ergötzte, erinnerte ihn, als die Seebarben erschienen, fröhlich an ein Frühstück, das sie seinerzeit miteinander in Marseille eingenommen hatten. Oh, Marseille war die einzige Stadt, wo man zu essen verstand!

Claude, der sich seit einiger Zeit in Grübeleien verloren hatte, schien aus dem Traum zu erwachen und fragte ohne weiteren Übergang:

»Ist es schon entschieden? Sind die Künstler für die neue Ausschmückung des Stadthauses schon gewählt?«

»Nein«, sagte Mahoudeau. »Es soll erst geschehen ... Ich werde nichts davon haben, denn ich habe keine Protektion ... Auch Fagerolles beunruhigt sich. Wenn er heut abend nicht hier ist, so ist das ein Zeichen, daß seine Sache nicht gut steht... Ah ja, mit seinen fetten Jahren ist's auch vorbei. Es kracht. Mit ihrer Millionenmalerei hat's ein Ende.«

Er hatte ein höhnisches Lachen. Endlich sah sein Groll gegen Fagerolles sich befriedigt. Auch Gagnière ließ vom anderen Tischende her ein höhnisches Lachen vernehmen. Dann aber machten sie ihrem Herzen Luft und nahmen kein Blatt mehr vor den Mund. Die Krisis, welche die Kreise der jungen Meister beunruhigte, gereichte den beiden zu lebhafter Genugtuung. Es war eine böse Sache. Was man vorausgesagt hatte, traf ein: die schwindelhafte Hausse in der Malerei schlug in eine Katastrophe um. Seit sich die Panik der von der Verwirrung der Börsenleute angesteckten Kunstliebhaber bemächtigt hatte und der Baissenwind wehte, fielen die Preise von Tag zu Tag und wurde nichts mehr abgesetzt. Mitten in dieser allgemeinen Zerrüttung der Geschäfte mußte man nun aber das Verhalten des berühmten Naudet sehen! Er hatte sich zunächst gut gehalten und war auf den sogenannten »Amerikanerzug« gekommen. Er versteckte wie ein im Allerheiligsten verschlossenes Götzenbild ein Gemälde im Hintergrunde seiner Galerie und weigerte sich dann achselzuckend, den Preis zu nennen, als zweifelte er daran, daß jemand reich genug wäre, ihn zu zahlen. Auf diese Weise brachte er es dann endlich auch für zwei-, dreihunderttausend Franken bei einem Neuyorker Schweinehändler an, der den Ruhm genoß, das teuerste Bild des Jahres erworben zu haben. Doch das war eine Finte, die sich nicht zum zweiten Male durchführen ließ, und Naudet, dessen Ausgaben mit seinen Einnahmen angewachsen waren, sah sich jetzt in die tolle Bewegung, die sein Werk war, verwickelt, verlor den Boden unter den Füßen und hörte schon seinen fürstlichen Palast unter dem Ansturm der Gerichtsvollzieher über seinem Kopf zusammenkrachen.

»Mahoudeau, wollen Sie nicht von den Pilzen nehmen?« unterbrach Mathilde liebenswürdig.

Der Diener reichte das Filet herum. Man aß, leerte die Karaffen, aber die Stimmung wurde so gallig, daß all die guten Dinge zum Leidwesen der Hausfrau und des Hausherrn ungewürdigt verschwanden.

»Wie, Pilze?« wiederholte der Bildhauer endlich. »Nein, danke!«

Und schon fuhr er fort:

»Köstlich ist's, daß Fagerolles von Naudet gerichtlich verfolgt wird. Wahrhaftig, er ist drauf und dran, ihn pfänden zu lassen ... Ah, es ist zum Totlachen! Das wird mit all den reizenden, kleinen Malerpalästen in der Avenue Villiers ein Aufräumen geben! Im Frühling wird man sie für einen Pappenstiel erstehen können ... Also Naudet, der Fagerolles doch gezwungen hatte zu bauen, der ihn ausgehalten hatte wie ein Dämchen, will ihm jetzt seine Nippes und Teppiche wieder abnehmen. Aber Fagerolles hat, scheint's, schon Geld darauf aufgenommen... Da habt ihr die Geschichte: der Händler beschuldigt ihn, ihm, weil er in seiner maßlosen Eitelkeit ausgestellt hätte, das Geschäft verdorben zu haben; der andere aber gibt ihm zurück, er wolle sich nicht länger ausbeuten lassen. Kurz, es steht zu hoffen, daß sie sich gegenseitig auffressen.«

Aus seiner Verträumtheit auftauchend, erhob jetzt auch Gagnière mild, aber unerbittlich seine Stimme.

»Aus mit Fagerolles! – Übrigens hat er nie Erfolg gehabt.«

Es wurde protestiert, an seinen jährlichen Absatz von hunderttausend Franken, seine Medaillen, das Kreuz der Ehrenlegion erinnert, das er erhalten hatte. Doch Gagniere blieb dabei, hatte bloß ein geheimnisvolles Lächeln, das andeutete, die Tatsachen könnten seine Überzeugung nicht umwerfen. Verächtlich schüttelte er den Kopf.

»Laßt mich zufrieden! Niemals hat er davon eine Ahnung gehabt, was das Gleichgewicht der Töne ist!«

Jory, der den Erfolg Fagerolles' für sein Werk hielt, schickte sich an, für sein Talent einzutreten. Aber Henriette bat sie freundlich, doch ihren Raviolis einige Aufmerksamkeit zu schenken. Eine Weile klangen die Gläser, klapperten die Gabeln, und der Lärm schwieg. Aber die Tafel, mit deren schöner Anordnung es schon aufzuhören anfing, schien sich im Feuer des wilden Streites dann nur noch mehr zu erhitzen. Sandoz wurde von einer unruhigen Nachdenklichkeit ergriffen. Weshalb fielen sie so scharf über Fagerolles her? War ihr Anfang nicht ein gemeinsamer gewesen, und mußte also nicht auch ihr Sieg ein gemeinsamer sein? Zum erstenmal erfuhr sein Traum dauernder Kameradschaftlichkeit, erfuhr seine Freude an diesen Donnerstagabenden, die doch mit ungestörter, glücklicher Gleichmäßigkeit bis in alle Zukunft hinein weitergehen sollten, eine Trübung. Doch noch griff dies Unbehagen nicht tiefer, und lachend sagte er:

»Claude, aufgepaßt! 's gibt Haselhühner! ... He, Claude! Wo bist du?«

Seitdem Schweigen eingetreten war, war Claude in sein verlorenes Brüten zurückgesunken und hatte, ohne es zu wissen, sich von den Raviolis bedient, während Christines rührend stummer, trauriger Blick nicht von ihm abwich. Er fuhr auf und wählte von den Haselhühnern, die jetzt herumgereicht wurden und deren Dampf das Zimmer mit einem herzhaften Harzgeruch füllte, einen Schenkel aus.

»He, riecht ihr's?« rief Sandoz hei bester Stimmung. »Es ist einem, als ob man alle Wälder Rußlands in sich aufnähme.«

Doch Claude kam wieder auf die Gedanken zurück, die ihn bewegten.

»Also ihr meint, daß Fagerolles die Ausschmückung des Gemeinderatssaales erhalten wird?«

Das Wort genügte, um Mahoudeau und Gagnière wieder in ihr Fahrwasser zu bringen. Ah, das würde eine schöne Anstreicherei werden, wenn man ihm den Saal gab. Gekrochen hatte er ja genug, um ihn zu bekommen. Und früher hatte er als großer, von den Liebhabern überlaufener Künstler sich den Kuckuck was um Aufträge geschert. Aber seit seine Bilder nicht mehr gingen, antichambrierte er im Ministerium auf die widerlichste Weise. Konnte man sich etwas Jämmerlicheres als einen Künstler vorstellen, der vor einem Beamten katzbuckelte und sich zu feigen Zugeständnissen erniedrigte? Eine Schmach und Schande war solche Herabwürdigung der Kunst, die reine Domestikenschule! Sich so unter die

Willkür eines stumpfsinnigen Ministers zu ducken! Sicher war Fagerolles augenblicklich auf diesem offiziellen Diner dabei, irgendeinem Trottel von Bureauchef gründlich die Schuhe zu lecken!

»Mein Gott!« äußerte Jory. »Er macht eben sein Geschäft. Und er tut recht daran... Ihr bezahlt ihm seine Schulden ja doch nicht.«

»Schulden? Hab' ich etwa welche, obgleich ich am Hungertuch sog?« entgegnete Mahoudeau schroff. »Hatte er nötig, sich einen Palast zu bauen, sich Maitressen wie diese Irma zu halten, die ihn zugrunde richtet?«

Von neuem unterbrach Gagnière mit seiner seltsam wie von weither kommenden Orakelstimme, die klang, als ob sie einen Sprung hätte:

»Irma? Aber sie hält ja ihn aus!«

Man ereiferte sich, es fielen Späße, der Name Irmas flog über den Tisch hin und her. Mathilde, die bislang ein zurückhaltendes Schweigen bewahrt hatte, war jetzt ganz die anständige Frau, tat sehr empört, verzog frömmelnd den Mund, hob entsetzt die Hände.

»Oh, meine Herren! Oh, meine Herren! ... In unserer Gegenwart sprechen Sie von diesem Mädchen! ... O bitte, tun Sie das nicht!«

Mit Bestürzung blickten Henriette und Sandoz jetzt auf die Art und Weise, wie ihr schönes Mahl verzehrt wurde. Der Trüffelsalat, das Eis, der Nachtisch, alles wurde, wie sie immer erregter drauflos stritten, ohne Lust und Liebe hinabgeschlungen, der Chambertin, der Mosel wie Wasser hinuntergestürzt. Vergeblich bewahrte Henriette ihr liebenswürdiges Lächeln, suchte er in seiner Gutmütigkeit die Freunde zu besänftigen, alles als menschliche Schwäche zu entschuldigen. Keiner ließ nach; ein Wort genügte, um sie wütend von neuem aufeinander loszuhetzen. Mochten die früheren Zusammenkünfte manchmal an einer unbestimmten Langeweile, einem müden Gesättigtsein gelitten haben: heute schienen sie sich in wildem Kampfeseifer gegenseitig zerfleischen zu wollen. Die Kerzen der Kronleuchter flackerten hoch auf; an den Wänden die Fayencen ließen grell ihre Blumenmalereien hervortreten, der ganze Tisch schien mit seinen in Unordnung geratenen Gedecken von diesem leidenschaftlichen Wortwechsel, diesem seit zwei Stunden tobenden Tumult in Brand geraten.

Als Henriette sich endlich, um sie zum Schweigen zu bringen, die Tafel aufzuheben entschloß, sagte Claude noch mitten in den Lärm hinein:

»Ah, das Stadthaus! Hätt' ich's! Und dürft' ich, wie ich wollte! ... Es war ja mein Traum, die Häuser von Paris mit Gemälden zu bedecken!«

Sie begaben sich in den Salon zurück. Der kleine Kronleuchter und die Wandleuchter waren hier angesteckt worden; aber es war im Vergleich mit der Badestubenhitze, aus der man kam, fast kühl. Der Kaffee beruhigte die Gäste für einige Zeit. Übrigens wurde außer Fagerolles niemand mehr erwartet. Denn ihr Salon war sehr verschlossen; es wurden hier weder Vertreter der Presse geangelt, noch Klienten gepreßt. Die Hausfrau machte sich nichts aus Gesellschaften, und der Hausherr pflegte lachend zu sagen, er brauche zehn Jahre, ehe er jemanden für immer ins Herz schlösse. Aber ein paar wenige solide Freundschaften, ein gemütlich-trauliches Zusammensein: das war ja ein Glück, das sich nicht verwirklichen ließ. Niemals wurde bei ihnen Musik gemacht, nie eine Zeile Literatur gelesen.

Der heutige Donnerstag zog sich infolge der heimlich nachwirkenden Erregung in die Länge. Die Damen hatten beim erlöschenden Feuer eine Unterhaltung angefangen. Als der Diener aber, nachdem er die Tafel abgedeckt, die Speisesaaltür wieder auftat, blieben sie allein; die Männer begaben sich, um zu rauchen und Bier zu trinken, nebenan.

Sandoz und Claude, die nicht rauchten, kamen bald wieder zurück und ließen sich miteinander auf ein in der Nähe der Tür stehendes Kanapee nieder. Jener, der sich freute, den Freund so angeregt und gesprächig zu sehen, brachte anläßlich einer Nachricht, die er gestern erhalten, die Unterhaltung auf ihre Plassanser Jugenderinnerungen. Ja, Pouillaud, der einst den Streich im Schlafsaal des Kollegs gemacht und der ein so würdiger Advokat geworden war, war mit den Gerichten in Konflikt gekommen, weil er sich an zwölfjährigen Mädchen vergriffen hatte. So ein Biest! Doch Claude ging bald nicht mehr darauf ein. Er lauschte angestrengt nach dem Speisesaal hin. Er hatte drin seinen Namen nennen hören und versuchte herauszubekommen, um was es sich handelte.

Jory, Mahoudeau und Gagnière hatten noch nicht genug und waren mit Hingabe wieder bei der Abschlachtung. Zuerst hatten sie im Flüsterton gesprochen, dann aber waren sie allmählich lauter geworden; schließlich schrien sie.

»Oh, den Menschen, den geb' ich euch preis«, äußerte Jory mit Bezug auf Fagerolles. »Es ist nicht viel mit ihm los ... Und wirklich! Er hat euch hineingelegt, gründlich, als er mit euch brach und sich auf eure Kosten den Erfolg machte! Freilich seid ihr dabei auch nicht gerade die Klügsten gewesen.«

Wütend entgegnete Mahoudeau:

»Ja, natürlich! Und warum? Man brauchte es ja bloß mit Claude zu halten, wenn man überall 'rausgeschmissen werden wollte!«

»Ja, Claude hat uns unmöglich gemacht«, bestätigte Gagnière geradeheraus.

Und so ging's weiter. Nachdem sie Fagerolles wegen seiner Kriecherei vor den Journalen, seiner Verbindung mit ihren Feinden, seinen Schmeicheleien den alten Baroninnen gegenüber hatten fallen lassen, ging es über Claude als den Hauptschuldigen her. Lieber Gott, der andere war schließlich eben bloß ein Lump, wie es unter den Künstlern so viele gab, die dem Publikum wie die Dirnen an den Straßenecken nachliefen und, um die Spießer zu gewinnen, die Kameraden schlechtmachten. Claude aber, der verpfuschte große Maler, der so unfähig war, daß er trotz all seinem Dünkel nicht eine Figur richtig auf die Beine stellen konnte: er war's, der sie bloßgestellt und hineingelegt hatte! Ah ja, sie hätten zur rechten Zeit mit ihm brechen sollen! Wäre ihnen bloß Zeit geblieben, noch einmal von vorn anzufangen, dann wären sie sicher nicht so dumm gewesen, sich auf unmögliche Dinge zu versteifen. Sie beschuldigten ihn, ihre Kraft gelähmt, sie ausgebeutet zu haben. Jawohl, ausgebeutet hatte er sie; aber so ungeschickt und plump, daß er nicht einmal selber etwas davon gehabt hatte.

»Hat er zum Beispiel mich«, fuhr Mahoudeau fort, »nicht eine Zeitlang zum Idioten gemacht? Wenn ich daran denke, so fass' ich mich an den Kopf, begreif ich nicht, wie ich mich ihm jemals anschließen konnte. Denn bin ich ihm etwa ähnlich? Haben wir auch nur das Geringste miteinander gemeinsam? ... He, ist es nicht zum Verzweifeln, daß man so spät zur Einsicht kommt?«

»Und hat er mir nicht meine Eigenart gestohlen?« fuhr Gagnière fort. »Denkt ihr etwa, daß es mir Spaß macht, wenn ich bei jedem Bild seit fünfzehn Jahren hinter meinem Rücken hören muß: Es ist ein Claude! ... Ah, nein! Ich hab's satt! Lieber mal' ich überhaupt nicht mehr ... Aber hätt' ich damals klar gesehen, so hätt' ich mich mit ihm nicht so viel eingelassen.« Es war das allgemeine »Rette sich wer kann«. Nachdem sie in ihrer Jugend so lange in brüderlichem Verkehr miteinander gestanden, erlebten sie's zu ihrer starren Verwunderung, daß sie einander fremd und feindlich gegenüberstanden und alle Bande rissen; das Leben hatte sie unterwegs voneinander entfernt, und nun traten ihre geheimen Verschiedenheiten zutage, und von ihren phantastischen Träumen, ihrer früheren Hoffnung, daß ihren gemeinsamen Kampf gemeinsamer Sieg krönen würde, war bloß noch eine Verbitterung nachgeblieben, die ihren Haß schürte.

»Tatsache ist«, spottete Jory, »daß Fagerolles denn doch nicht so einfältig gewesen ist, sich plündern zu lassen.«

Doch Mahoudeau sagte gereizt:

»Du hast gewiß und sicher keine Ursache zu spotten. Denn du hast uns schön im Stich gelassen! ... Jawohl, hast du uns nicht stets versprochen, du wolltest uns beispringen, wenn du erst deine eigene Zeitschrift hättest?«

»Ah, erlaub mal, erlaub ...«

Aber Gagniere schlug sich auf Mahoudeaus Seite.

»Jawohl, es ist auch so! Du kannst dich nicht mehr damit 'rausreden, daß dir deine Artikel beschnitten würden, jetzt, wo du dein eigener Herr bist ... Nicht ein Wort bringst du über uns. Nicht mit einer Silbe hast du uns in deinem letzten ›Salon‹ erwähnt.«

Sehr in Verlegenheit polterte jetzt auch Jory los und stotterte:

»Eh, da hat doch wieder der verwünschte Claude dran schuld! ... Ich habe keine Lust, euch zu Gefallen meine Abonnenten einzubüßen. Ihr seid eben unmöglich, seht das doch ein! Du, Mahoudeau, magst dich noch so anstrengen, deine netten, kleinen Sachen zu machen; und du, Gagnière, magst immerhin überhaupt nicht mehr malen: ihr habt eben eine Etikette; ihr könnt lange machen, bis ihr sie wieder loswerdet. Gibt's doch welche, die sie überhaupt nicht mehr loswerden ... Das Publikum amüsiert sich über euch; ihr wißt ja Ihr waret die einzigen, die an das Talent dieses lächerlichen Narren glaubten, den man nächstens einfach ins Irrenhaus sperren wird.«

Und nun wurde es ganz schlimm. Alle drei redeten zugleich und warfen einander schließlich so abscheuliche Worte zu und mit einer solchen Wut, daß nicht viel fehlte, sie hätten sich gebissen.

Jetzt hatte auf dem Kanapee auch der in den lustigen Erinnerungen, die er heraufbeschwor, unterbrochene Sandoz dem zur offenen Tür hereindringenden Lärm seine Aufmerksamkeit geschenkt.

»Da hörst du«, sagte Claude leise mit einem schmerzlichen Lächeln, »wie's über mich hergeht! ... Nein, nein! Bleib nur, laß sie nur! Ich verdiene das. Hab' ich doch keinen Erfolg gehabt.«

Sandoz, der erbleicht war, fuhr fort, zuzuhören, wie sie des lieben bißchen Lebensunterhaltes willen in ihrem Haß wie die Rasenden aufeinander losfuhren. Sein Traum von einer ewigen Freundschaft war dahin.

Glücklicherweise wurde Henriette jetzt durch den lauten Stimmenlärm in Unruhe versetzt. Sie erhob sich und machte den Rauchern Vorwürfe, daß sie ihres Zankes wegen die Damen so vernachlässigten. Erhitzt, mit erregtem Atem, immer noch im Bann ihres wilden Zornes kamen alle in den Salon zurück. Als Henriette aber mit einem Blick auf die Uhr sagte, daß sie Fagerolles heut abend bestimmt nicht mehr zu erwarten brauchten, spöttelten sie von neuem und warfen sich Blicke zu. Ah, er hatte eine gute Witterung! Wie würde er sich wohl auch dazu bewegen lassen, sich mit seinen alten Freunden zu treffen. Sie waren ihm ja lästig geworden, er machte sich nichts mehr aus ihnen.

Tatsächlich kam Fagerolles nicht. Der Abend nahm seinen weiteren peinlichen Verlauf. Man hatte sich in das Speisezimmer zurückbegeben, wo inzwischen auf einer russischen Decke, in die eine rote Hirschjagd eingestickt war, der Tee bereit stand. Unter den frisch angezündeten Kerzen standen außer einem Butterstollen Teller mit

Zuckerwerk und Gebäck und eine Überfülle von allerlei Likören: Whisky, Wacholder, Kümmel, Raki de Chio. Der Diener brachte noch Punsch hinzu und machte sich um den Tisch herum zu schaffen, während die Hausherrin aus dem vor ihr stehenden brodelnden Samowar die Teekanne füllte. Doch all diese Behaglichkeit, diese Augenweide, dieser feine Teegeruch wollten die Gemüter nicht entspannen. Wieder war die Unterhaltung auf den Erfolg der einen und das Mißgeschick der anderen geraten. War es zum Beispiel nicht eine Sünde und Schande, daß all diese Medaillen, diese Kreuze der Ehrenlegion, all diese die Kunst herabwürdigenden Auszeichnungen nicht an den rechten Mann kamen? Sollte man denn ewig wie ein kleiner, artiger Schuljunge dem Lehrer gegenüber feig sich ducken, damit man eine gute Nummer bekam? Einzig daher rührte all die Seichtheit in der Kunst.

Als man dann aber wieder im Salon war, sah Sandoz, der nachgerade den sehnlichsten Wunsch fühlte, sie möchten aufbrechen, wie Mathilde und Gagnière zusammen auf einem Kanapee saßen und, während die anderen erschöpft, mit trockenem Mund und lahmgeredeten Kinnladen dasaßen, unter schwärmerischer Hingabe sich über Musik unterhielten. Der in Ekstase geratene Gagnière erging sich in philosophischen und lyrischen Phantasien. Mathilde aber, diese alte, verfettete, nach Drogen stinkende Schlange, verdrehte himmelnd die Augen und war ganz hin, als würde sie von einem unsichtbaren Fittich gestreichelt. Sie hatten sich am letzten Sonntag im Zirkuskonzert gesehen und teilten sich nun wechselseitig in verzückten Redewendungen ihre Genüsse mit.

»Ah, mein Herr! Dieser Meyerbeer! Diese ›Struensee‹ – Ouvertüre! Diese feierlich düstere Weise! Und dann der hinreißende, so farbig belebte Bauerntanz! Und dann das wieder einsetzende Todesmotiv! Das Duo der Violoncellos! ... Ah, mein Herr! Das Violoncello, das Violoncello!«

»Und Berlioz, Madame! Die Festhymne aus ›Romeo‹! ... Oh, das Klarinettensolo! Die geliebten Frauen! Die Harfenbegleitung! Oh, wie entzückend! Diese himmlische Reinheit! ... Und wie dann das Fest losgeht! Der wahre Veronese! Die lärmende Pracht der Hochzeit von Kana! Und wie dann wieder der Liebesgesang einsetzt! Oh, wie süß! Und immer höher, immer höher! ...«

»Mein Herr, haben Sie in der A-Dur-Symphonie von Beethoven diese immer wieder einsetzende Glocke gehört, die einem so ans Herz greift? ... Ja, ich sehe wohl: Sie empfinden wie ich: die Musik ist eine Kommunion ... Beethoven! O mein Gott, wie ist es traurig und schön, ihn zu zweien zu verstehen und sich in ihm zu verzehren ...«

»Und Schumann, Madame! Und Wagner, Madame! ... Die ›Träumerei‹ von Schumann! Nichts als Saiteninstrumente! Wie ein leiser, lauer Regen, der auf Akazienlaub fällt: kaum eine Träne im Raum, küßt ihn ein Sonnenstrahl weg ... Wagner, ah, Wagner! Die Ouvertüre zum ›Fliegenden Holländer‹! Sie lieben sie! Nicht wahr, Sie lieben sie! Mich überwältigt sie; darüber hinaus gibt's nichts mehr! Man möchte dran vergehen! ...«

Ihre Stimmen loschen hin. Sie sahen einander nicht mehr. Ihre Blicke verschwammen entzückt im Leeren.

Erstaunt fragte sich Sandoz, woher Mathilde dies Vermögen sich zu äußern habe. Vermutlich aus einem Artikel Jorys. Übrigens hatte er schon die Wahrnehmung gemacht, daß Frauen sehr gut über Musik zu sprechen wissen, ohne auch nur eine Note zu kennen. Und Sandoz, den die Verbitterung der anderen in solche Betrübnis versetzt hatte, geriet jetzt dieser schwärmerischen Pose gegenüber außer sich. Nein, nein! Es war genug! Es mochte noch angehen, wenn man sich zerfleischte; aber was war das für ein Abschluß des Abends, dies Weibsstück über Beethoven und Schumann girren und lispeln zu hören!

Glücklicherweise erhob sich Gagnière plötzlich. Selbst in seiner Ekstase wußte er seine Stunde. Er hatte gerade noch Zeit, seinen Nachtzug zu erreichen. Und nachdem er sich mit einem stummen, weichen Händedruck verabschiedet hatte, ging er nach Melun schlafen.

»Wie ist er verkommen!« murmelte Mahoudeau. »Die Musik hat der Malerei den Garaus gemacht. Nie wird er etwas Gescheites mehr zustande bringen!«

Auch er mußte aufbrechen. Kaum aber hatte sich die Tür hinter ihm geschlossen, als Jory erklärte:

»Habt ihr seinen letzten Briefbeschwerer gesehen? Es wird mit ihm noch dahin kommen, daß er Manschettenknöpfe fabriziert... Auch einer, mit dem es aus ist!«

Aber schon war auch Mathilde auf, verabschiedete sich von Christine mit einem kühlen Gruß, benahm sich Henriette gegenüber mit der liebenswürdigen Vertraulichkeit einer Weltdame und führte ihren Gatten davon, der ihr demütig und von dem strengen Blick, den er von ihr abbekam und der ihm für zu Hause eine Auseinandersetzung ankündigte, erschreckt, in den Mantel half.

Jetzt aber rief Sandoz außer sich hinter ihnen her:

»Das ist doch schon das Äußerste! Dieser elende Journalist, dieser die Dummheit des Publikums ausbeutende Schmierfink will andere 'runtergekommen nennen! ... Hol ihn Mathilde!«

Nun waren bloß noch Christine und Claude da. Der letztere lag in einen Sessel zurückgesunken und hatte, seit der Salon sich leerte, wieder wie in einen magnetischen Schlaf verfallen, die Augen starr auf die Wand gerichtet, als sähe er durch sie hindurch, nicht ein Wort mehr gesagt. Sein Gesicht zeigte einen angespannten Ausdruck; wie in einer konvulsivischen Aufmerksamkeit beugte er sich nach vorn, als sähe er eine unsichtbare Erscheinung und vernähme ihren stummen Ruf.

Jetzt erhob sich auch Christine und bat um Entschuldigung, daß sie als letzte aufbrächen. Henriette hatte ihre Hände ergriffen und wiederholte, wie sehr sie ihr zugetan sei, bat sie, recht oft zu kommen und sie in jeder Hinsicht als ihre Schwester zu betrachten. Doch das arme, in seinem schwarzen Kleid so rührend anmutige Weib schüttelte nur mit einem verzagten Lächeln den Kopf.

»Aber«, flüsterte ihr Sandoz mit einem Blick auf Claude hin ins Ohr, »Sie dürfen nicht so verzweifeln... Er hat ja so schön geplaudert, ist heut abend so munter gewesen. Es steht doch ganz gut mit ihm.«

Doch bang sagte sie:

»Nein, nein! Sehen Sie doch seine Augen ... Wenn ich ihn so blicken sehe, bin ich sehr in Sorge ... Sie haben getan, was in Ihren Kräften stand; haben Sie Dank dafür! Und was Sie nicht vermocht haben, vermag überhaupt niemand. Ah, wie unglücklich ich bin, daß ich so gar nicht für ihn mitzähle, so gar nichts vermag!«

Laut aber sagte sie:

»Claude, kommst du?«

Zweimal mußte sie ihren Anruf wiederholen; er hörte sie gar nicht. Endlich durchfuhr ihn ein Schauer, er erhob sich und sagte, als antworte er auf jenen Ruf, der da irgendwo weither zu ihm gelangte:

»Ja, ich komme, ich komme.«

Als Sandoz und seine Frau endlich in dem Salon, den die Kerzen mit einer dumpfen Schwüle erfüllten und der nach dem häßlichen Gelärm des letzten Zankes in ein melancholisch drückendes Schweigen gesunken war, miteinander allein waren, sahen sie sich an und ließen in der Bekümmernis, in die sie durch den unglücklichen Verlauf des Abends versetzt waren, die Arme sinken. Sie aber versuchte zu lächeln und flüsterte:

»Ich hab' es gleich gesagt, ich sah es voraus ...«

Doch noch einmal unterbrach er sie, hatte eine verzweifelte Handbewegung. Wie? War's also wirklich denkbar, daß dies das Ende ihrer langen Illusion, ihres Lieblingstraumes sein sollte, der sie ihr Glück darin hatte sehen lassen, die erwählten Freunde seiner Kindheit bis ins Greisenalter hinein bei sich zu behalten? Oh, diese Unglückseligen! Was für ein heilloser Bruch! Das die Bilanz: dieser Bankerott des Gemütes! Oh, man hätte blutige Tränen weinen mögen! Und betroffen dachte er jetzt an all die Freundschaften, die er bis jetzt sein Leben her geknüpft, an all. die hohen Empfindungen, die sich unterwegs wieder gelöst: wie die anderen sich beständig um ihn her verändert hatten und nur er der gleiche geblieben war. Wie taten seine armen Donnerstage ihm leid! Wieviel liebe Erinnerungen wurden mit dem langsamen Dahinsterben dessen, was man liebte, begraben! Sollten seine Frau und er sich wirklich darauf resignieren, einsam zu leben, sich in ihren Haß gegen die Welt einzuspinnen? Oder sollten sie ihre Tür weit dem Strom der Unbekannten und Gleichgültigen auf tun? Und da erhob sich aus der Tiefe seines Kummers nach und nach die Gewißheit: alles endet, und nichts kommt wieder im Leben. Und wie um es sich zur letzten Klarheit zu bringen, schloß er mit einem tiefen Seufzer:

»Du hattest recht ... Wir wollen sie nicht wieder zusammen einladen, sie fressen sich bloß gegenseitig auf.«

Als sie draußen waren und auf die Place de la Trinité einbogen, ließ Claude Christines Arm, stotterte, er habe noch einen Gang vor, und bat sie, allein nach Hause zu gehen. Sie hatte wahrgenommen, wie er von einem fiebrigen Schauer geschüttelt worden war, und vor Angst außer sich blieb sie stehen. Einen Gang? Zu dieser Stunde nach Mitternacht? Wo wollte er hin, was hatte er vor? Er wandte den Rücken und entschlüpfte. Sie aber eilte ihm nach und beschwor ihn unter dem Vorwand, sie fürchte sich, daß er sie zu so später Stunde nicht allein zum Montmartre hinaufgehen lassen sollte. Diese Erwägung schien ihn von seiner Absicht abzubringen. Er nahm wieder ihren Arm, und sie stiegen die Rue Blanche und die Rue Lepic hinauf und befanden sich dann in der Rue Tourlaque. Vor der Haustür aber verließ er sie, nachdem er geschellt hatte, abermals.

»Du bist jetzt zu Haus ... Ich will meinen Gang machen.«

Und schon rannte er wie ein Irrsinniger mit den Armen durch die Luft fuchtelnd davon. Die Haustür hatte sich auf getan. Aber sie gab sich nicht einmal erst die Mühe zu schließen, sondern rannte ihm nach. In der Rue Lepic holte sie ihn ein. Doch aus Besorgnis, ihn noch mehr aufzuregen, begnügte sie sich, ihm von weitem zu folgen und ihn zu beobachten. Und so ging sie in einer Entfernung von etwa dreißig Schritt, ohne daß er es wußte, daß sie ihm folgte, hinter ihm her. Aus der Rue Lepic bog er wieder in die Rue Blanche ein, dann durchschritt er die Rue de la Chaussée-d'Antin und die Rue du Quatre-Septembre bis zur Rue Richelieu. Als sie ihn in die letztere einbiegen sah, ergriff sie ein tödlicher Schreck. Er ging zur Seine. Das war der gräßliche Schreck, der sie immer beherrschte und der sie nachts mitten im Schlaf auffahren machte. O Gott, was sollte sie tun? Mit ihm gehen, sich ihm da unten an den Hals klammern? Mit taumelnden Schritten schleppte sie sich weiter. Und mit jedem Schritt mehr, der sie dem Ufer näher brachte, fühlte sie das Leben aus ihren Gliedern fliehen. Ja, geradeswegs begab er sich zur Seine! Der Platz des Théâtre-Français, das Carrousel, endlich die Brücke des Saints-Pères. Er ging ein Stück die Brücke hin, näherte sich dem Geländer. Sie glaubte, er wolle sich hinabstürzen. Sie wollte schon laut aufschreien, war aber nicht imstande einen Laut aus der Kehle zu bringen.

Aber nein: er stand bloß regungslos da. War's nur die Cité drüben, die ihm keine Ruhe gegeben hatte; dies Herz von Paris, das er überall mit sich herumtrug, das er mit starren Augen, durch die Wände hindurch, heraufbeschwor, dessen unausgesetzten Ruf er vernahm; diesen Ruf, für den es keine Entfernungen gab, den nur er hörte? Sie wagte nicht mehr zu hoffen. Vorgebeugt stand sie und achtete in taumelnder Angst auf seine Bewegungen, immer den entsetzlichen Sprung hinab vor Augen und doch sich bezwingend, daß sie sich ihm nicht näherte, aus Furcht, ihr Erscheinen könne die Katastrophe beschleunigen. Großer Gott! Da war sie nun mit ihrer rasenden Angst, mit ihrem blutenden, liebenden Herzen; wohnte allem bei und durfte noch nicht einmal eine Bewegung machen, ihn zurückzuhalten!

Starr aufrecht stand er da, regungslos, blickte in die Nacht hinein.

Es war eine Winternacht mit dunstigem, tief schwarzem Himmel. Von West her wehte ein bitterkalter Wind. Paris mit all seinen Lichtern schlummerte. Nur die Gaslaternen lebten mit ihren runden, zuckenden Lichtflecken, die kleiner und kleiner wurden, bis sie in der Ferne nur noch wie ein Lichtstaub von Fixsternen waren. Zunächst entrollten die Doppelreihen ihre Lichtperlen, deren Widerschein sich auf die Häuser des Vordergrundes legte und sie leise erhellte; zur Linken die Häuser des Quai du Louvre, zur Rechten die beiden Flügel des Instituts. Mit ungewissen Massen schoben sie sich in die Nacht hinein und verschwanden in der dicken, von den unzähligen glitzernden Lichtpunkten belebten Finsternis der äußersten Ferne. Diese beiden langhingezogenen Bänder aber verknüpften die flackernden Lichtbarren untereinander, die, immer dünner und gruppenweise in der Luft hängend, die Brücken über die Seine warfen. Darunter aber schimmerte in der Pracht der nächtlichen Lichtreflexe, wie es die Eigentümlichkeit der Gewässer ist, welche Städte durchfließen, die Seine. Jede Laterne spiegelte ihre Flamme in einem Kern wieder, der in einen langen Kometenschweif auslief. Die nächsten dieser Reflexe gingen ineinander über und entfachten die Strömung mit langen, symmetrischen Lichtfächern;

die entfernteren aber, unter den Brücken, waren nur noch dünne, unbewegliche Feuerlinien. Die großen Glutfächer aber lebten, bewegten sich in dem Maße, wie sie sich ausbreiteten, Gold in Schwarz, mit einem beständigen Schauer von Lichtpunkten, an dem man die endlose Strömung des Wassers wahrnahm. Die ganze Seine war davon entfacht wie von einem Fest in ihrer Tiefe, einem geheimnisvollen Märchenfest, dessen Glanz sich an dem düsteren Spiegel des Flusses brach. Hoch oben aber, über diesen Gluten, über den bestirnten Quais, gab's am sternlosen Himmel eine rote Wolke: die warm phosphoreszierende Dünstung, mit der jede Nacht die schlummernde Stadt sich umhüllte wie der Krater eines Vulkans.

Der Wind strich daher. Christine zitterte vor Frost, ihre Augen standen voller Tränen. Ihr war, als drehe sich die Brücke um sie her, als stürze der ganze Horizont ein und als würde sie in diesen Untergang hineingerissen. Hatte Claude nicht eine Bewegung gemacht, das Bein über das Geländer geschwungen? Nein! Alles war wieder wie vorher in regungsloser Ruhe. Er stand noch auf demselben Fleck, in seiner starren Versessenheit die Augen auf die Spitze der Cité gerichtet, die er doch nicht sehen konnte.

Sie, sie hatte ihn hergerufen, er war gekommen, aber er konnte sie in ihrer tiefen Nacht nicht sehen. Nur die Brücken unterschied er, die sich mit dem feinen Gerippe ihres Eisentragwerks schwarz vom funkelnden Wasser abhoben. Aber über das hinaus verschwamm alles. Die Insel war in Nichts versunken. Man hätte nicht einmal ihre Stelle ermitteln können, wenn nicht ab und zu den Pont-Neuf entlang verspätete Fiaker die Lichter ihrer Laternen wie die Lichtfunken hätten dahingleiten lassen, die noch über erloschener Kohle flirren. Eine rote Laterne bei der Schleuse der »Münze« warf noch einen blutigen Streif aufs Wasser. Irgend etwas Gewaltiges, Unheimliches, wie ein mit der Strömung treibender Körper, wohl ein vom Anker befreiter Lastkahn, kam langsam durch die Lichtreflexe daher, tauchte manchmal auf und versank dann wieder ins Dunkel. Wo war die majestätische Insel geblieben? War sie in die Tiefe der glutenden Strömung versunken? Mehr und mehr von dem großen Geräusch des durch die Nacht dahingleitenden Stromes gebannt, blickte und blickte er noch immer. Und er beugte sich über diesen breiten Abgrund, von dem es so kühl heraufwehte, auf dem all diese geheimnisvollen Lichter tanzten. Und bis in den Tod hinein verzweifelt spürte er den Zug dieses großen, traurigen Rauschens, vernahm er seinen Ruf.

An ihrem rasend pochenden Herzen verspürte Christine diesmal, mit welchem fürchterlichen Gedanken er sich in diesem Augenblick trug. Sie reckte ihre zitternden Arme in den sausenden Wind hinein. Doch nach wie vor stand Claude aufrecht da, kämpfte gegen die Süßigkeit an, die der Gedanke an den Tod barg. Eine volle Stunde lang stand er so. Das Zeitgefühl war ihm geschwunden. Immer haftete sein Blick auf der Cité da unten, als wäre ihm die Wunderkraft gegeben, sie aus der Nacht hervorzulichten und sie wiederzuschauen.

Als er endlich strauchelnden Schrittes die Brücke verließ, eilte Christine ihm voraus, um vor ihm zur Rue Tourlaque zu gelangen.

XII

Es war gegen drei Uhr, als sie sich in der Zugluft des rauhen Novemberwindes, der durch ihre Kammer und das Atelier strich, endlich zu Bett legten. Die von ihrem eiligen Lauf noch nicht wieder zu Atem gelangte Christine war, damit er nicht merkte, daß sie ihm gefolgt war, schnell unter die Bettdecke gekrochen. Auch Claude hatte sich, jetzt vollkommen abgestumpft, langsam nach und nach entkleidet. Er hatte dabei nicht ein Wort gesprochen. Schon monatelang war ihr Zubettgehen ein kühles. Als gingen sie sich nichts an, als wäre die Stimme des Blutes nachgerade gänzlich erloschen, lagen sie Seite an Seite ausgestreckt. Es war eine freiwillige Enthaltsamkeit, eine verstandesgemäße Keuschheit, zu der er gelangt war, um all seine Mannheit dem Gemälde zu widmen. Mit einem stolzen, stummen Schmerzgefühl hatte Christine sich trotz der Marter, mit der ihre ungestillte Leidenschaft ihr zusetzte, darein gefügt. Doch noch nie hatte sie zwischen ihrem Mann und sich eine derartige Kluft, eine so vollkommene Kälte verspürt wie diese Nacht. Es war, als ob nichts mehr in Zukunft sie wieder erwärmen und einander in die Arme legen würde.

Eine Viertelstunde etwa kämpfte sie gegen den Schlummer, der sie überwältigen wollte, an. Sie war todmüde. Die Glieder waren ihr bleischwer. Aber sie gab nicht nach, es beunruhigte sie, daß er noch wach lag. Jeden Abend wartete sie, um selber ruhig schlafen zu können, den Augenblick ab, wo er, noch vor ihr, eingeschlafen war. Er aber hatte die Kerze noch nicht ausgepustet, starrte mit offenen Augen in die ihn stechende Flamme. An was mochte er denken? Weilte er noch da unten in der schwarzen Nacht, in dem feuchten Hauch der Quais, dem von Sternchen kribbelnden Paris gegenüber? Welcher innere Kampf, welcher in ihm aufkeimende Entschluß verzerrte ihm so krampfhaft das Gesicht? Aber da überwältigte sie der Schlaf, und in ihrer übergroßen Müdigkeit vergingen ihr die Sinne.

Eine Stunde später aber fuhr sie mit einemmal zusammen. Eine Empfindung, daß irgend etwas neben ihr fehlte, ein unbestimmtes Mißbehagen, machte sie erwachen. Sogleich tastete sie nach dem schon kühl gewordenen Platz neben ihr. Er war nicht mehr da. Sie hatte es im Schlaf gefühlt. Noch schlaftrunken, mit benommenem, summendem Kopf fuhr sie erschreckt in die Höhe. Als sie aber durch die halboffene Tür vom Atelier her einen Lichtschein sah, beruhigte sie sich. Er mochte sich wohl, weil er nicht einschlafen konnte, ein Buch suchen. Als er dann aber nicht zurückkehrte, erhob sie sich leise, um nach ihm zu sehen. Doch was sie erblickte, brachte sie dermaßen aus der Fassung, daß es sie, barfuß, wie sie war, auf die Schwelle heftete und sie sich zuerst gar nicht zu zeigen wagte.

Trotz der empfindlichen Kälte in Hemdsärmeln, in aller Hast nur mit der Hose und Pantoffeln bekleidet, stand er auf der großen Leiter vor dem Bild. Die Palette lag ihm zu Füßen, mit der einen Hand hielt er die Kerze, während er mit der anderen malte. Seine Augen starrten weit wie die eines Nachtwandlers. Seine Bewegungen waren steif und genau. Aller Augenblicke bückte er sich und nahm Farbe, richtete sich dann wieder in die Höhe. Auf die Wand fiel riesengroß, phantastisch sein automatisch sich bewegender Schatten. Nicht ein Atemzug war von ihm zu vernehmen; in dem großen, dunklen Raum herrschte eine schreckliche Stille.

Erschauernd verstand Christine. Es war die Besessenheit der Stunde, die er da unten, auf dem Pont des Saints-Pères, verbracht, die ihm das Einschlafen unmöglich gemacht und die ihn in der verzehrenden Begier, es auch in dieser Nachtstunde anzusehen, hier zu seinem Bild hergezogen hatte. Ohne Zweifel hatte er die Leiter bestiegen, um sich so nah wie möglich in seinen Anblick zu versenken. Dann hatte ihn aber wohl irgendeine falsche Tönung beunruhigt, und ganz krank von dem Defekt hatte er den Anbruch des Tages nicht erwarten können, hatte, anfangs bloß um eine leichte Retusche anzubringen, dann aber zu einer Verbesserung nach der anderen hingerissen, einen Pinsel ergriffen, um schließlich, die Kerze in der Faust, bei deren bleicher, von seinen heftigen Bewegungen flackernder Flamme wie ein Besessener draufloszumalen. Wieder hatte ihn seine ohnmächtige Schaffenswut ergriffen. Die späte Nachtstunde, alle Welt vergessend, arbeitete er sich ab, wollte auf der Stelle seinem Werke Leben einhauchen.

Mit blutigem Mitleid, die Augen voller Tränen, sah Christine ihm zu. Einen Augenblick dachte sie, sie wollte ihn bei seiner unsinnigen Arbeit lassen, wie man einem Irrsinnigen das Vergnügen an seinen fixen Ideen läßt. Es stand nachgerade wohl so, daß er dies Bild niemals vollenden würde. Je mehr er sich darauf versteifte, um so mehr verlor es an Zusammenhang, um so schwerfälliger wurden seine Töne und verlor die Zeichnung an Bestimmtheit. Selbst die Hintergründe, besonders die anfangs so vortreffliche Gruppe der Auslader, wurden schlechter. Und doch versteifte er sich gerade darauf, alles zu vollenden, bevor er wieder an die Ausmalung der Mittelfigur, des nackten Weibes, ging, welches die Frucht und die Begier seiner Arbeitsstunden geblieben war, dieses unsinnigen Körpers, den er an dem Tage, wo er es sich noch einmal abzwingen würde, ihm volles Leben einzuhauchen, fertigzustellen gedachte. Seit Monaten hatte er keinen Pinselstrich mehr an ihm getan; und das hatte Christine beruhigt, hatte sie trotz ihres eifersüchtigen Hasses auf diese Gestalt duldsam gemacht und mit Mitleid erfüllt. So lange er sich nicht wieder dieser heißersehnten und gefürchteten Mätresse zuwandte, fühlte sie sich weniger verraten.

Schon fror sie auf dem kalten Fußboden an die Füße und wandte sich, um sich wieder ins Bett zu legen, als eine tiefe, seelische Erschütterung sie zurückhielt. Zuerst hatte sie nicht recht verstanden, was er machte; endlich aber sah sie es. Sein farbendurchtränkter Pinsel zog mit zärtlicher Hingabe in großen Zügen saftige Formen. Ein starres Lächeln lag um seine Lippen; er merkte nicht, wie das Stearin der brennenden Kerze ihm auf die Finger tropfte, während das leidenschaftliche Hin und Her seines Armes stumm über die Wand hinhuschte und ein gewaltiges Ineinander, eine gewaltsame Verschlingung schwarzer Gliedmaßen hervorrief. Er arbeitete an dem nackten Weibe.

Da öffnete Christine die Tür ganz und trat eilig hinzu. Zorn, eine unbezwingliche Empörung packte sie. Sie, seine Gattin, wurde, während sie da nebenan schlief, von der anderen beleidigt und betrogen. Ja, er war da bei der anderen, malte Bauch und Schenkel, und in seiner unsinnigen Ekstase vergewaltigte er die Wirklichkeit und übertrieb sie ins Übernatürliche. Die Schenkel wurden goldig wie die Säulen eines Tabernakels, der Bauch ward ein Gestirn, strahlte, aller natürlichen Wahrheit zuwider, prächtig in gelben und reinen roten Tönen. Diese seltsame Nacktheit, die wie eine Monstranz, wie zu einer religiösen Verehrung von Edelsteinen zu leuchten schien, brachte sie vollends außer sich. Sie hatte zu viel gelitten, sie wollte diesen Verrat nicht länger erdulden.

Doch gab sie zuerst nur ihrer Verzweiflung Ausdruck und verlegte sich auf dringende Bitten. Es war zuerst nur die Mutter, die ihrem närrischen großen Künstlerkind die Leviten las.

»Claude, was machst du da? Und, Claude, ist es recht von dir, daß du auf derartige Einfälle kommst? Ich bitte dich, komm und leg dich schlafen; bleib nicht da oben auf der Leiter, wo du dich bloß erkälten wirst.«

Er antwortete nicht, bückte sich nur, um Farbe zu nehmen, und ließ die Leistengegend aufleuchten, die er mit zwei lebhaft glänzenden Zinnober streifen umriß.

»Claude, hörst du? Komm mit mir, tu mir die Liebe ... Du weißt, wie ich dich liebe, du siehst, wie ich mich ängstige ... Komm, o komm ! Wenn du nicht willst, daß ich mich hier zu Tod erkälten soll.«

In seiner Verstörtheit schenkte er ihr keine Aufmerksamkeit. Während er dem Nabel ein blühendes Karmin auflegte, warf er bloß ein halbes Wort hin:

»Eh, laß mich zufrieden, ich arbeite!«

Einen Augenblick blieb Christine stumm. Dann aber richtete sie sich hoch auf, ihre Augen loderten in einem wilden Feuer, und ihr sonst so sanftes, anmutiges Wesen erhob sich in einer Empörung. Und dann brach sie wie ein zum äußersten getriebener Sklave los.

»Nein, ich lasse dich nicht zufrieden! ... Das Maß ist voll; ich muß dir sagen, was auf mir lastet, mich aufreibt, seit ich dich kenne ... Dein Gemälde, ja, dein mörderhaftes Gemälde, da ist es, das mein Leben vergiftet hat. Vom ersten Tag an hab' ich's vorausgeahnt. Ich fürchtete es wie ein Ungeheuer; ich fand es abscheulich, entsetzlich. Aber man ist ja schwach; aus Liebe zu dir hatte ich etwas dafür übrig, gewöhnt' ich mich schließlich an die Mörderin meines Glückes ... Aber was hab' ich dann später unter ihm gelitten, wie hat es mich gemartert! Ich wüßte seit zehn Jahren keinen Tag, an dem ich nicht Tränen vergossen hätte ... Nein, laß mich! Ich muß mich erleichtern, muß sprechen; jetzt hab' ich die Kraft dazu gefunden! ...

Zehn Jahre täglich mehr verlassen, täglich mehr aufgerieben, bin ich dir heute nichts mehr, seh' ich mich mehr und mehr beiseitegedrängt und zu deiner Dienerin erniedrigt. Sie aber, die mich dir entzogen hat, hat sich zwischen dich und mich gestellt, hat dich in ihren Bann genommen, triumphiert, beleidigt mich ... Denn wage nicht in Abrede zu stellen, daß sie dich nicht, Glied für Glied, bis ins Gehirn hinein, Herz, Leib, alles, überwältigt hätte! Sie herrscht über dich wie ein Laster, frißt dich rein auf. Sie ist nachgerade wohl ganz und gar deine Frau, nicht wahr? Nicht ich mehr, sie schläft mit dir ... Ah, ich verfluche, verfluche sie!«

Kaum aus seinem verzweifelten Schaffens träum erwacht, noch nicht ganz begreifend, warum sie ihm das alles sagte, schenkte Claude jetzt dem mächtigen Ausbruch ihres schmerzvollen Leides Gehör. Als sie aber seinen stumpfen Blick sah, als sie sah, wie er erzitterte, verdutzt in seiner Ausschweifung gestört war, geriet sie noch mehr außer sich, erstieg die Leiter, riß ihm die Kerze aus der Hand und hob sie ihrerseits gegen das Gemälde.

»Da, sieh doch! Sieh doch mal, was du da machst! Das ist ja schauderhaft, bejammernswürdig, monströs! Es müssen dir doch endlich einmal die Augen darüber aufgehen. He, ist das nicht häßlich, ist das nicht kindisch?... Du siehst doch wohl, daß du besiegt bist; warum versteifst du dich noch? Da liegt ja kein gesunder Menschenverstand mehr drin. Und das ist es, was mich außer mich bringt... Wenn du denn aber kein großer Maler sein kannst, so bleibt uns ja doch noch das Leben! Ah, das Leben, das Leben ...«

Sie hatte die Kerze oben auf den Tritt der Leiter gestellt. Als er aber strauchelnd herabgestiegen war, sprang sie hinzu, um ihn zu stützen. Er war, als sie sich beide unten befanden, auf dem letzten Tritt zusammengebrochen. Sie aber ergriff, zu ihm niedergekauert, seine beiden, kraftlos hängenden Hände.

»Sieh doch, uns bleibt ja doch noch das Leben ... Verjag doch deine Hirngespinste! Laß uns leben, zusammen leben!... Ist es nicht eine Torheit, daß wir, nur zwei, schon wie Greise verkümmern, einander quälen und nicht verstehen sollten, uns gegenseitig zu beglücken? Der Tod kommt früh genug. Komm, laß es uns erst noch was warm werden; laß uns versuchen, zu leben und zu lieben. Denke an Bennecourt! ... Höre, wie ich's mir vorstelle. Am liebsten möcht' ich dich gleich morgen von hier wegbringen. Wir würden weit von diesem verfluchten Paris fortgehen, würden irgendwo einen ruhigen Winkel finden; und du sollst sehen, wie schön ich dir dann das Leben gestalten würde, wie schön das werden würde, wie wir Brust an Brust das alles vergessen würden ... Morgens liegen wir wieder miteinander in unserem großen Bett; dann machen wir im Sonnenschein unseren Spaziergang, lassen uns dann unser Frühstück schmecken, genießen am Nachmittag unsere Ruhe, den Abend verplaudern wir bei der Lampe. Keine Plackerei mehr mit Schimären, nichts als Freude und Leben! ... Genügt es dir denn nicht, daß ich dich liebe, dich vergöttere, daß ich gern deine Magd sein, einzig für dein Wohlsein leben will?... Hörst du? Ich liebe, liebe dich! Und ich habe und will nichts als das: dich lieben, das ist mir genug!«

Er hatte ihr seine Hände entzogen und sagte düster, mit einer ablehnenden Handbewegung:

»Nein, das ist nicht genug ... Ich will nicht mit dorthin gehen, will nicht glücklich sein, will malen.«

»Ich aber mag dabei zugrunde gehen, nicht wahr? Und auch du magst daran zugrunde gehen; wir können beide in Leid und Tränen verkommen, nicht wahr? ... Es gibt ja wohl nichts als die Kunst; sie ist ja das Allmächtige, die böse Gottheit, die uns vernichtet. Nur sie betest du an. Mag sie uns doch zugrunde richten: sie ist der Herr, du dankst ihr noch dafür.«

»Ja, ihr gehör' ich an, und sie mag mit mir machen, Was sie will ... Es wäre mein Tod, wenn ich nicht mehr malen dürfte. Ich will lieber malen und daran zugrunde gehen. Es ist so, nichts anderes gibt's, mag auch die Welt darüber zugrunde gehen!«

Sie richtete sich auf. Von neuem wurde sie vom Zorn überwältigt. Ihre Stimme wurde hart und hitzig.

»Ich aber bin Fleisch und Blut! Und die Weiber, die du liebst, sind tot! ... Oh, stell es nicht in Abrede! Ich weiß wohl, daß all diese gemalten Weiber deine Mätressen sind. Noch ehe ich dein war, beobachtete ich schon, mit welcher Zärtlichkeit du ihre Nacktheit liebkostest und mit was für Augen du sie dann stundenlang ansahst. War so etwas nicht unsinnig und stupid von einem Junggesellen?

Mit einer solchen Sehnsucht für tote Bilder zu entbrennen, seine Arme um eine leere Einbildung zu schlingen? Und du tatest das mit vollem Bewußtsein, wolltest dir's nur nicht eingestehen ... Dann schienst du mich ja eine Zeitlang zu lieben. Damals, als du mir von deiner Liebe zu deinen lieben Weibern als von einer Torheit erzähltest, wie du sie selber, über sie spottend, nanntest. Entsinnst du dich noch? Als du mich umarmtest, konnten sie dir leid tun ... Aber das war nicht von Dauer: du bist zu ihnen zurückgekehrt. Oh, so schnell! Wie ein Irrsinniger auf seine Manie zurückkommt. Ich, die Lebendige, war nicht mehr vorhanden; nur deine Visionen waren dir noch Wirklichkeit ... Was ich damals gelitten habe, hast du nie gewußt; denn obwohl ich neben dir lebte, hast du mich nicht begriffen. Ja, ich war eifersüchtig auf sie. Wenn ich da so nackt Modell stand, gab mir nur ein Gedanke Mut dazu: kämpfen wollt' ich, wollte dich wiedergewinnen. Aber nichts! Nicht mal ein Kuß auf die Schulter, bevor ich mich wieder ankleidete! O Gott, wie namenlos hab' ich mich oft geschämt! Welche Pein hab' ich in mich hineinwürgen müssen, wenn ich mich so verschmäht und verraten sah! ... Von der Zeit an hat deine Gleichgültigkeit immer mehr zugenommen; und jetzt ist es so weit, daß wir nachts nebeneinander liegen, ohne daß du mich auch nur mit einem Finger berührst. Acht Monate und sieben Tage, ich hab's gezählt, sind es her, acht Monate und sieben Tage, daß wir keinen ehelichen Verkehr mehr miteinander gehabt haben.«

Und kühn fuhr sie fort. In unverblümter Rede sprach sie, die Züchtige, mit so glühenden Ausdrücken, die sich in Schreien ihren Lippen entrissen, von der Liebe und dann wieder mit heimlicher, stummer Andeutung über diese Dinge, mit einem verwirrten Lächeln den Kopf abwendend. Aber ihre Sehnsucht brachte sie außer sich. Diese Enthaltsamkeit war ein Schimpf. Sie täuschte sich nicht, wenn sie eifersüchtig war. Immer wieder hatte sie das Bild anzuklagen. Denn die Mannheit, die er ihr vorenthielt, bewahrte und gab er der vorgezogenen Nebenbuhlerin. Sie wußte wohl, warum er sie auf solche Weise im Stich ließ. Oft, wenn er am nächsten Tage besonders anhaltend zu arbeiten gehabt hatte und sie sich beim Schlafengehen an ihn angeschmiegt, hatte er's ihr abgelehnt, weil es ihn zu sehr ermüden würde, und hatte behauptet, daß, wenn er sie umarmt hätte, ihm das Hirn zu sehr mitgenommen wäre und er, zu jeder Arbeit unfähig, drei Tage brauchte, um sich wieder zur Arbeit zu sammeln. So hatte sich mehr und mehr der Abbruch ihres ehelichen Verkehrs vollzogen; für eine Woche, wenn er ein Bild vollenden wollte, dann für einen Monat, um sich in den Vorbereitungen zu einem neuen nicht zu stören. Dann wurden auf noch längere Zeit hinaus die Gelegenheiten unbeachtet gelassen, und es kam die langsame Entwöhnung. Schließlich wurde es überhaupt gänzlich vergessen. Und hundertmal hatte sie sich die Behauptung wiederholen lassen müssen: das Genie müsse keusch sein; es dürfe nur mit seinem Werk in Gemeinschaft stehen.

»Du stößt mich zurück«, redete sie heftig, »ziehst dich nachts von mir zurück, als ob ich mich dir verweigerte; du gehst anderswohin. Und um was zu lieben? Ein Nichts, einen bloßen, spukhaften Schein, ein bißchen Staub, ein bißchen Farbe auf einer Leinwand! ... Aber nochmals: sieh dir doch dein Weib da oben mal an! Sieh doch, was für ein Monstrum du da in deiner Narrheit zustande gebracht! Ist man denn so gebaut? Hat man denn goldene Schenkel und Blumen auf dem Bauch? ... Komm zu dir! Tu die Augen auf, komm zur Wirklichkeit zurück!«

Claude folgte der herrischen Handbewegung, mit der sie auf das Gemälde wies, erhob sich und betrachtete es. Wie mit einem feierlichen Schimmer beleuchtete die Kerze oben auf der Leiter das Weib, während der ganze übrige mächtige Atelierraum in Finsternis getaucht blieb. Endlich erwachte er aus seiner traumhaften Verlorenheit. Und wie er so ein paar Schritte zurückwich und das gemalte Weib von unten aus erblickte, erfüllte es ihn mit Entsetzen. Wer hatte dies Idol einer unbekannten Religion gemalt? Wer hatte es so aus Metall, Marmor und Edelgestein hingestellt, die mystische Rose des Geschlechtes zwischen den herrlichen Säulen der Schenkel, unter der geweihten Wölbung des Bauches entfaltet? War er's gewesen, der, ohne es zu wissen, dieses Symbol der unstillbaren Begierde geschaffen hatte, dieses übermenschliche Gebilde: war es, aus Gold und Diamant gewirkt, in der fruchtlosen Anstrengung, ihm Leben zu geben, aus seinen Händen entstanden? Ein starrender Schauer ergriff ihn vor seinem Werk, vor diesem jähen Sprung ins Drüberhinaus. Er begriff jetzt, daß er nun nicht einmal mehr imstande war, die Wirklichkeit selbst zu erreichen, nachdem er so lange gerungen hatte, sie zu besiegen und sie mit seinen Manneshänden noch wirklicher zu formen.

»Siehst du? Siehst du?« wiederholte Christine triumphierend.

Er aber stammelte leise:

»Oh, was hab' ich gemacht? ... Ich kann also nicht mehr schaffen? Unsere Hände haben also nicht mehr die Kraft, Wesen zu erzeugen?«

Sie sah, wie er wankte, fing ihn in ihren Armen auf.

»Aber wozu diese Torheiten? Warum etwas anderes als mich, die dich liebt? ... Du hast mich als Modell benutzt, du wolltest Kopien von meinem Körper. Sag, wozu? Sind sie mehr wert als mein lebendiger Leib? Sie sind scheußlich, steif, kalt wie Kadaver... Ich aber liebe dich, will dich. Soll ich dir alles sagen? Du hast nicht verstanden, daß, wenn ich um dich herum war, dir mich zum Modell darbot, ich da war, dich streifte, weil ich dich liebe, hörst du? Weil ich lebe und dich will ...«

In glühender Liebeshingabe umschlang sie ihn mit ihren Gliedern, ihren nackten Beinen. Ihr Hemd war halb heruntergefallen und ließ die Brust hervortreten, die sie gegen ihn anpreßte, mit der sie in diesem äußersten Fängen ihrer Leidenschaft in ihn eindringen zu wollen schien. Sie war die Leidenschaft selbst, deren Glut den letzten Zügel abgeworfen hatte, nicht mehr die züchtige Zurückhaltung von früher kannte; die in ihrer Hingerissenheit bereit war, alles zu sagen, alles zu tun, siegen wollte. Ihr Gesicht war angeschwollen; die sanften Augen und die klare Stirn verschwanden unter den Strähnen des aufgelösten Haares, die Kinnladen sprangen vor, das kräftige Kinn, die roten Lippen.

»Oh, nein, laß!« murmelte Claude. »Oh, ich bin zu unglücklich.«

Aber mit feuriger Stimme fuhr sie fort:

»Du glaubst mich vielleicht gealtert? Ja, du sagtest ja, daß meine Schönheit abgenommen hätte, und ich glaubte es selber, untersuchte mich, während ich Modell stand, auf Runzeln... Aber das ist nicht wahr! Ich fühle, daß ich noch nicht gealtert, daß ich noch immer jung, noch immer stark bin ...«

Dann aber, als er sich noch immer sträubte, sagte sie:

»Sieh doch!«

Sie war drei Schritte zurückgetreten. Mit einer stolzen Bewegung streifte sie das Hemd ab und stand jetzt nackt, unbeweglich, in jener Pose da, die sie damals, als sie ihm Modell stand, so endlos lange eingenommen hatte. Mit einer Kinnbewegung wies sie nach dem Gemälde hin.

»Du kannst ja vergleichen: Ich bin jünger als sie ... Magst du ihr auch Edelsteine auf die Haut gesetzt haben: sie ist dürr wie ein welkes Blatt ... Ich aber bin noch immer achtzehn Jahre alt, weil ich dich liebe.«

Tatsächlich strahlte sie im bleichen Kerzenlicht vor Schönheit. Unter dem machtvollen Aufschwung ihrer Liebe ging fein und anmutig die Linie ihrer Beine hernieder, die Hüften wölbten ihre weiche Rundung, steil standen die festen, von ihrem heiß begehrenden Blut geschwellten Brüste.

Und schon hatte sie ihn wieder ergriffen, hatte sich, vom störenden Hemd befreit, gegen ihn angedrückt. Mit leidenschaftlichem Tasten gingen ihre Hände über seine Seiten, seine Schultern, als hätten sie, in diesem zärtlichen Tasten, dieser Besitzergreifung, mit der sie sich ihn ganz zu eigen machen wollte, sein Herz gesucht. Zwischendurch aber küßte sie ihn mit unersättlichem Ungestüm auf die Haut, auf den Bart, auf die Hemdärmel, und wo es hinkam. Ihre Stimme schwand hin, es sprach nur noch ihr heißes, von Seufzern unterbrochenes Atmen:

»Oh, komm! Oh, lieben wir uns! ... Hast du denn kein Blut in den Adern, daß du dich mit Schatten begnügst? Komm! Du sollst sehen, wie schön es sich leben läßt! ... Hörst du? Laß uns wieder, einer am Hals des anderen, die Nächte in Liebe vereint, sieh, so! hinbringen. Und immer am anderen Tag wieder und wieder und wieder ...«

Er erbebte. Mählich erwiderte er die Umarmung, mit der sie sich gegen ihn preßte. Aus Angst vor der anderen, dem Idol. Und sie verdoppelte ihr glutvolles Heischen, nahm ihn hin, machte sich ihn vollends zu eigen.

»Höre, ich weiß, daß du dich mit einem furchtbaren Gedanken trägst. Ja, ich wagte niemals zu dir davon zu sprechen, weil man das Unheil nicht erst noch heraufbeschwören soll. Aber ich kann nachts nicht mehr schlafen, solche Angst flößt es mir ein ... Heut nacht war ich dir nachgegangen, dort auf die verhaßte Brücke. Und ich zitterte, oh, ich glaubte, es wäre alles vorbei und ich würde dich nie mehr haben ... O Gott, was sollte dann wohl aus mir werden? Ich brauche dich, du wärst mich doch nicht dem Untergange preisgeben wollen! ... 0 komm! O komm! ...«

Jetzt gab er sich, von dieser unsäglichen Leidenschaft bezwungen, ganz hin. Er war unendlich traurig, die ganze Welt versank ihm. Auch er preßte sie jetzt in heißer Liebe an sich und stammelte unter Tränen:

»Es ist wahr, ich dachte an so etwas Abscheuliches ... Ich hätt' es vielleicht auch getan. Aber der Gedanke an das unvollendete Bild hielt mich davon ab ... Aber gibt's für mich denn noch eine Lebensmöglichkeit, wenn mich meine Arbeitskraft im Stich läßt? Wie soll ich noch leben, nachdem ich das da jetzt entstellt habe?«

»Ich liebe dich, und du wirst leben.«

»Ah, nie wirst du mich genug lieben können ... Ich kenne mich ja. Es bedarf einer Freude, die es nicht gibt; eines Dinges, das mich alles vergessen macht ... Du warst ja schon machtlos. Du wirst es nicht können.«

»Doch, doch! Du sollst sehen! ... Sieh, so werd' ich dich halten, werde dir die Augen küssen, den Mund, jede Stelle deines Körpers. An meinen Brüsten werd' ich dich wärmen, werde meine Beine um die deinen schlingen, meine Arme um deine Hüften; ich werde dein Atem, dein Blut, dein Fleisch ...«

Da war er besiegt. Er entbrannte an ihrer Glut, nahm zu ihr seine Zuflucht, wühlte das Gesicht in ihre Brüste, bedeckte sie mit Küssen.

»Ja, rette mich! Ja, nimm mich, verhüte, daß ich mich töte ... Erfinde ein Glück, laß es mich erkennen; eins, das mich zurückhält ... Schläfere mich ein, betäube mich, mach mich zu deinem Ding, zu deinem Sklaven, mach mich so klein, daß ich dir zu Füßen liege, deinen Pantoffel küsse ... Ah, herabsteigen, nur von deinem Hauch leben, dir gehorsam sein wie ein Hund, essen, dich haben, schlafen! Könnt' ich's! Könnt' ich's!«

Christine ließ einen lauten Triumphschrei hören. »Endlich bist du mein! Nur ich bin noch da, die andere ist tot!« Und sie riß ihn von dem verfluchten Werk fort, zog ihn mit zu sich in die Kammer hinein, in ihr Bett, murmelte triumphierende Worte vor sich hin. Oben auf der Leiter zuckte noch ein paarmal die niedergebrannte Kerze auf und erlosch dann. Die Wanduhr schlug fünf. Noch hatte sich der dicke Novemberhimmel nicht erhellt. Alles war in kalte Finsternis gesunken. Aufs Geratewohl hatten sich Christine und Claude übers Bett hingeworfen. Selbst zur Zeit ihrer ersten Liebe hatten sie nicht eine so leidenschaftliche Hingabe gekannt. Von neuem erblühte in ihrem Herzen die Vergangenheit. Doch es war etwas Grelles in diesem Wiedererstehen, es war ein delirierender Rausch. Die Finsternis rings um sie flammte. Wie mit Flammenschwingen rissen sie sich empor, hoch, hoch hinaus über alle Welt, beständig mit mächtigen Flügelschlägen immer höher und höher. Auch er stieß, weit über sein Elend hinaus entrückt, Schreie aus, vergaß, lebte die Wiedergeburt zu einem glücklicheren Dasein. Sie aber rief ihn unter einem üppig sieghaften Lachen zu Blasphemien auf. »Sag, daß die Malerei eine Torheit ist.« – »Die Malerei ist eine Torheit.« – »Sag, daß du nie mehr arbeiten wirst, daß du darauf pfeifst, daß du, um mir ein Vergnügen zu machen, deine Bilder verbrennen wirst.« – »Ich werde meine Bilder verbrennen, werde nicht mehr arbeiten.« – »Und sage, daß einzig so mich in den Armen zu halten, wie du mich jetzt hältst, alles Glück bedeutet, daß du auf die andere, die Dirne, die du da gemalt hast, spuckst. Spucke, spucke doch auf sie, so daß ich's höre!« – »Ja, ich spucke auf sie. Nur du, nur du!« Und sie preßte ihn, daß er zu ersticken meinte. Sie war's, die ihn besaß. Und von neuem wurden sie von der schwindelnden Wonne ihres Empfluges erfaßt, der sie zu den Sternen erhob. Und wieder und wieder überwältigte es sie. Dreimal glaubten sie von dieser Erde bis in den Himmel hineinzufliegen. O welche Seligkeit! Wie hatte es nur geschehen können, daß er nicht auf den Gedanken gekommen war, in ihr Heilung zu suchen? Wieder gab sie sich ihm. Und, nicht wahr, er würde in Glück und Seligkeit leben, gerettet, jetzt, wo er diesen Rausch kannte. Der Tag erhob sich, als Christine mit einem glückseligen Lächeln, vom Schlaf überwältigt, in Claudes Armen entschlummerte. Sie hatte ihn mit der einen Lende umschlungen; ihr Bein lag über seine Beine weg, als wollte sie sich vergewissern, daß er ihr nicht entschlüpfe. Und das Haupt auf dieser Mannesbrust wie auf einem warmen Kopfkissen, atmete sie, ein Lächeln um die Lippen, in sanftem Schlummer. Er hielt die Augen geschlossen. Aber trotz seiner drückenden Müdigkeit tat er sie wieder auf, sah in die Finsternis hinein. Der Schlaf floh ihn. Aus seiner Erschöpfung erhob sich, je mehr er sich abkühlte und der ihm noch in allen Muskeln nachzitternde üppige Rausch wich, abermals eine Flucht wirrer Gedanken. Als der Morgen graute und mit einem schmutzig gelben Lichtfleck auf den Scheiben des Atelierfensters lag, fuhr er zitternd zusammen. Er glaubte, vom Hintergrund des Ateliers her einen lauten Anruf vernommen zu haben. Alle seine Grübeleien hatten sich wieder eingestellt, überschwemmten ihn, verzerrten ihm qualvoll das Gesicht, preßten ihm in einem Überdruß an allem Menschlichen die Kiefer aufeinander. Zwei bittere Falten gaben seinem Gesicht das Gepräge greisenhaften Verfalls. Jetzt lastete der Weiberschenkel da über ihn weg mit bleierner Schwere. Er litt unter ihm wie unter einer Folter; es war ihm, als war' ihm zur Strafe für ungesühnte Vergehen ein Mühlstein an die Knie gebunden. Auch ihr auf seiner Brust liegender Kopf erstickte ihn, hemmte mit bleischwerer Last die Schläge seines Herzens. Aber lange wollte er sie, trotz des allmählichen Widerstrebens seines ganzen Körpers und obgleich es sich in ihm erhob wie von einem unwiderstehlichen Haß, nicht stören. Der Duft ihres aufgelösten Haares, besonders dieser prächtige Haarduft war's, der ihn irritierte. Und da rief plötzlich ein zweites Mal mit gebieterischem Heischen vom Atelier her die Stimme. Und da entschloß er sich. Es war aus. Seine Leiden waren zu groß. Er konnte nicht mehr leben. Es trog ja eben doch schon alles, und nichts tat mehr gut. Zuerst ließ er Christines Kopf abgleiten. Dann galt es, sich mit unsäglicher Vorsicht so zu bewegen, daß er seine Beine von ihrem Schenkel losbekam, den er nach und nach auf eine Weise zurückstieß, als ob sie selbst ihn entfernte. Endlich hatte er die Kette gebrochen, war frei. Zum drittenmal der Ruf. Er hastete hinaus, in das Atelier hinein, sagte:

»Ja, ja, ich komme!«

Noch immer wollte es nicht Tag werden. Mit schmutziger Trübnis erhob sich einer von jenen Wintertagen, die hinaufsteigen, als verkündeten sie ein Unheil. Nach einer Stunde erwachte Christine.

Es war ihr gewesen, als beutle sie der Frost. Sie verstand nicht. Wie kam es, daß sie sich allein fand? Dann aber erinnerte sie sich. Sie war, die Wange auf seinem Herzen, ihre Glieder mit den seinen verflochten, eingeschlafen. Wie hatte er sich also entfernen können? Wo konnte er sein? Sie riß sich aus ihrer Erstarrung jäh im Bett in die Höhe und rannte in das Atelier. Mein Gott, sollte er wirklich zu der anderen zurückgekehrt sein? Sollte die andere wirklich ihn ihr wieder geraubt haben; jetzt, wo sie ihn für immer erobert zu haben glaubte?

Zuerst sah sie nichts. Leer bot sich im kalten, schmutzig trüben Morgenzwielicht das Atelier. Aber wie sie sich, da sie niemand sah, schon beruhigen wollte, hoben sich ihre Augen zu dem Bild empor, und sie stieß einen furchtbaren Schrei aus. »Claude! Oh, Claude!«

Seinem unvollendeten Werk gegenüber hatte sich Claude an der großen Leiter erhängt. Er hatte einfach einen der Stricke genommen, mit denen der Rahmen an der Wand befestigt war, war bis zum obersten Leitertritt hinaufgestiegen, hatte dort den Strick an dem eichenen Querholz befestigt, das er eines Tages hier, um der Leiter besseren Halt zu geben, festgenagelt hatte. Dann hatte er von da oben den Sprung ins Nichts getan. Im Hemd, mit nackten Füßen, fürchterlich mit der schwarz heraushängenden Zunge und den blutunterlaufenen, aus den Höhlen hervorgequollenen Augen hing er da, der Leib in regungsloser Starrheit verlängert, dem Weib mit der wie eine mystische Rose blühenden Scham gegenüber, als hätte er ihr, die er noch immer mit seinen starren Augäpfeln ansah, noch mit seinem letzten Röcheln seine Seele einhauchen wollen.

Entsetzen und ein namenloser Zorn hielten Christine starr aufrecht. Ihr Körper schwoll von einem ununterbrochenen heulenden Stöhnen, dem einzigen Laut, der sich ihrer Kehle entrang. Mit geballten Fäusten reckte sie die Arme gegen das Bild.

»O Claude! O Claude! ... So hat sie dich doch wieder genommen! Es hat dich getötet, getötet, das Weibsbild!«

Ihre Beine knickten ein, sie drehte sich um sich selbst und schlug zu Boden. Das Übermaß ihres Schmerzes hatte ihr das Blut vom Herzen abgedrängt; ohnmächtig, wie ein Toter, lag sie auf dem Fußboden, wie ein weißer Lappen, kläglich, vernichtet, zusammengebrochen unter der grausamen Hoheit der Kunst. Über ihr aber das strahlende Weib, das Ideal, das Symbol, die Malerei triumphierte, ragend, noch bis in den Wahnsinn hinein allein sie unsterblich.

Die Formalitäten, die der Selbstmord zur Folge gehabt hatte, verzögerten die Beerdigung. Erst am Montag kam morgens um neun Uhr Sandoz, um sich dem Leichenzug anzuschließen. Nur etwa zwanzig Personen standen auf dem Bürgersteig der Rue Tourlaque. In seinem tiefen Kummer war er seit drei Tagen überall herumgelaufen, hatte alles ordnen müssen. Zuerst hatte er die für tot aufgehobene Christine nach dem Hospital de Lariboisière bringen lassen müssen. Dann hatte er sich des Leichenbegängnisses wegen zur Mairie und zu der Geistlichkeit begeben, hatte alles bezahlt und sich, als die Priester den Leichnam mit der schwarzen Strangulierungsmarke um den Hals herum haben wollten, in allem gleichgültig den Bräuchen gefügt. Unter den wartenden Leuten erblickte er nur Nachbarn, denen sich ein paar Neugierige zugesellt hatten, während andere unter neugierigem Geflüster die Köpfe aus den Fenstern steckten. Die Freunde würden ja wohl noch kommen. Da er die Adresse nicht wußte, hatte Sandoz der Familie keine Mitteilung machen können. Doch er trat beiseite, als er zwei Verwandte ankommen sah, welche die drei kurzen Zeilen in den Zeitungen wohl aus ihrer Vergessenheit hervorgelockt hatten, in der Claude selbst sie gelassen. Eine bejahrte Cousine mit dem zweifelhaften Gepräge einer Trödlerin; ein kleiner, sehr reicher, dekorierter Vetter, der Inhaber eines großen Pariser Magazins. Er bot sich sehr elegant und benutzte wohl die Gelegenheit, seinen erleuchteten Kunstgeschmack zu beweisen. Die Cousine stieg sofort in das Atelier hinauf, das sie durchschritt und aus dem sie, nachdem sie das nackte Elend drin gemustert, mit gekniffenem Mund, offenbar ärgerlich darüber, daß sie sich unnütz bemüht hatte, wieder herabkam. Der kleine Vetter aber warf sich in die Brust, ging als erster hinter dem Leichenwagen her und führte den Leichenzug mit Anstand und Würde.

Als der Zug aufbrach, kam noch Bongrand und trat, nachdem er ihm die Hand geschüttelt, Sandoz zur Seite. Er war sehr trüb gestimmt und flüsterte, während er den Blick auf die fünfzehn, zwanzig Personen warf, die das Geleite gaben, Sandoz zu:

»Ah, der arme Kerl! ... Wir sind die beiden einzigen.«

Dubuche weilte mit seinen Kindern in Cannes. Jory und Fagerolles blieben fern; der eine, weil er sich vor dem Tod fürchtete, der andere, weil ihn Geschäfte abhielten. Nur Mahoudeau schloß sich noch an, als es die Rue Lepic hinaufging. Er sagte, Gagnière müßte wohl den Zug verpaßt haben.

Langsam bewegte sich der Leichenwagen den Weg, der sich mit steilem Anstieg an der Seite des Montmartre hinwand, hinan. Für Augenblicke gaben hinabführende Seitengassen -- plötzliche, lochartige Einschnitte -- den Blick über das endlose Häusermeer von Paris frei. Als man bei der Kirche Saint-Pierre anlangte und der Sarg da hinaufgebracht wurde, beherrschte er einen Augenblick die große Stadt. Es war ein grauer Winterhimmel. Von einem eiskalten Wind getrieben, jagten große Wolkengebilde dahin. In diesen Dünsten, die mit ihren drohenden Massen den Horizont füllten, schien die Stadt ins Endlose hinein vergrößert. Der arme Tote, der sie hatte erobern wollen und sich dabei das Genick gebrochen und wie eine von den großen, trüben Dunstwogen, die da über ihm hinglitten, zur Erde zurückkehrte, wurde da oben in seinem Eichensarg noch einmal an ihr vorbeigetragen.

Als man die Kirche verließ, verschwand die Cousine, auch Mahoudeau. Der kleine Vetter aber nahm seinen Platz hinter dem Sarg wieder ein. Auch sieben andere Personen entschlossen sich zu folgen. Und man brach nach dem neuen Friedhof von Saint-Ouen auf, dem der Volksmund den unheimlichen Namen Cayenne gegeben hatte. Es waren noch zehn Personen.

»Also wir bleiben wirklich die einzigen«, wiederholte Bongrand, als er sich neben Sandoz wieder in Bewegung setzte.

Jetzt bewegte sich der Zug, die Trauerkutsche mit dem Priester und dem Chorknaben vorauf, den anderen Hang des Montmartrehügels durch steile, wie Gebirgssteige gewundene Gassen hinab. Die Pferde des Leichenwagens glitten auf dem feuchten Pflaster aus; man vernahm das dumpfe Gepolter der Räder. Hinterher stolperten die zehn Leidtragenden, wichen den Lachen aus und waren von dem beschwerlichen Abstieg so in Anspruch genommen, daß keiner ein Wort sprach. Doch als man am Fuß der Rue du Ruisseau beim Clignancourter Tore auf jenes weite Gelände geriet, wo sich der Boulevardring, die Ringbahn, die Wälle und der Festungsgraben hinziehen, ließen sich Seufzer der Erleichterung vernehmen, man wechselte einige Worte und begann in gedehntem Zug zu gehen. Allmählich waren Sandoz und Bongrand hintangekommen. Sie wollten sich von diesen Leuten, die sie niemals gesehen hatten, absondern. In dem Augenblick, wo der Zug die Barriere passierte, bog sich Bongrand zu Sandoz hin.

»Und was wird aus der kleinen Frau werden?« »Ah, das ist erbarmungswürdig!« antwortete Sandoz. »Ich habe sie gestern abend im Hospital besucht. Sie hat ein Nervenfieber. Der Arzt hat Hoffnung, sie durchzubringen. Aber sie wird das Hospital um zehn Jahre gealtert und geschwächt verlassen ... Sie wissen, daß sie sogar ihre Orthographie verlernt hat. Wie ist sie durch dies Elend heruntergekommen! Ein Fräulein, das bis zum Dienstboten herabgesunken ist! Ja, wenn wir uns ihrer in ihrer Hilflosigkeit nicht annähmen, müßte sie als Aufwaschfrau enden.«

»Und natürlich ist nicht ein Pfennig Geld da?«

»Nicht ein Sou. Ich dachte, ich würde die Studien vorfinden, die er nach der Natur für sein großes Bild gemacht hat, diese herrlichen Studien, von denen er nachher einen so schlechten Gebrauch machte. Aber ich habe vergeblich alles durchsucht. Er hat eben alles hingegeben, alles haben sie ihm weggeholt. Nein, nichts, was verkauft werden könnte. Nicht eine verwendbare Leinwand: nichts als dies riesige Bild, das ich eigenhändig zerstört und verbrannt habe. Ah, ich kann Ihnen sagen: mit größter Genugtuung, wie man sich an einem Feind rächt.«

Sie schwiegen einen Augenblick. Die breite Landstraße von Saint-Ouen zog sich schnurgerade ins Endlose dahin, und inmitten des flachen Landes bewegte sich durch die Schmutzpfützen der Straße einsam der armselige, kleine Leichenzug. Eine doppelte Palisadenreihe begrenzte die Straße. Zur Rechten wie zur Linken waren öde Terrains. In der Ferne bloß Fabrikschlote und, weit auseinander, schräg gestellt, ein paar hohe, weiße Häuser. Man kam über den Jahrmarkt von Clignancourt: Buden, Zirkusse, Karussells zu beiden Seiten des Weges; in der winterlichen Öde des Tages ein trübseliger Anblick. Leere Schenken, verschimmelte Schaukeln; gleich einer Dekoration aus der Opera Comique stand da, schwarz, trist, zwischen schadhaften Holzspalieren eine Bude mit der Aufschrift »Zur Farm der Picardie«.

»Ah, seine früheren Bilder!« nahm Bongrand die Unterhaltung wieder auf, »die vom Quai Bourbon! Erinnern Sie sich? Was waren das für ausgezeichnete Sachen! Und die Landschaften, die er aus dem Süden mitgebracht hatte; die bei Boutin gemalten Akte! Die Beine des kleinen Mädchens, der Frauenleib! Oh, besonders der! ... Der Vater Malgras muß ihn jetzt haben. Ein Meisterwerk! Keiner von unseren jungen Meistern bringt so etwas zustande ... Ja ja, der Kerl war kein Tropf. Mit einem Wort: ein großer Maler.«

»Wenn ich bedenke«, sagte Sandoz, »daß unsere akademischen und journalistischen Zierbengelchen ihm Faulheit und Unwissenheit vorgeworfen und einander nachgebetet haben, er habe sein Handwerk nicht lernen wollen! ... Mein Gott, er faul! Den ich nach einer ununterbrochenen Arbeit von zehn Stunden vor Erschöpfung habe zusammenbrechen sehen! Er, der sein ganzes Leben der Kunst hingab, den gerade seine Arbeitswut getötet hat! ... Und Unwissenheit! Was für ein Blödsinn! Wenn man überhaupt dem Ruhm der Kunst etwas Neues hinzuzufügen hat, muß das, was man hinzubringt, das Alte umwandeln! Das werden sie niemals begreifen! Verstand etwa auch Delacroix sein Handwerk nicht, weil er sich nicht an die regelrechten Linien halten konnte? Ach, die Einfaltspinsel! Die braven Schüler, deren Mattblütigkeit keine Inkorrektheit vermag!«

Er tat schweigend ein paar Schritte, dann fügte er hinzu:

»Ein heldenhafter Arbeiter, ein leidenschaftlicher Beobachter, dessen Schädel voll Wissen stak; ein bewunderungswürdig begabtes, großes Malertemperament ... Und: nichts hinterläßt er!«

»Absolut nichts! Nicht eine einzige Leinwand!« bekräftigte Bongrand.

»Ich kenne nichts von ihm als Entwürfe, Skizzen, flüchtig hingeworfene Notizen, künstlerisches Arbeitsmaterial, das nicht ans Publikum kommt ... Ja, er ist wirklich ein Toter; ein Toter in des Wortes eigentlichstem Sinn, den wir zur Grube tragen!«

Aber sie mußten ihre Schritte beschleunigen, da sie unter ihrer Unterhaltung zurückgeblieben waren. Vor ihnen bog der Leichenwagen, nachdem er zwischen Weinschenken und Grabdenkmalshandlungen hingefahren war, nach rechts ab in die zum Friedhof führende Allee ein. Sie holten ihn wieder ein, durchschritten mit dem kleinen Gefolge die Pforte. Der Priester im Chorhemd, der Chorknabe mit dem Weihkessel hatten die Trauerkutsche verlassen und gingen voraus.

Es war ein großer, flacher, noch neuer, nach der Schnur im weiten Gelände des Pariser Bannkreises angelegter, in schachbrettartiger Symmetrie von breiten Wegen durchschnittener Friedhof. An den Hauptwegen hin standen nur wenige Grabmäler. Da vorläufig in aller Eile nur fünfjährige Konzessionen erteilt waren, erhoben sich sämtliche, im übrigen schon um sich greifenden Gräber kaum über den Fußboden. Die Familien zauderten, ernstliche Ausgaben dranzuwenden; so waren die Grabmäler, da es ihnen an einem gehörigen Fundament fehlte, halb eingesunken, die eingepflanzten Bäume hatten keine Zeit heranzuwachsen; alles bot sich, da es auf kurze Dauer berechnet und ohne Sorgfalt hergestellt war, im öden Revier armselig, kahl, kalt und dürftig, hatte etwas von der melancholischen Sauberkeit der Kaserne und des Hospitals. Nicht ein romantisches Fleckchen, nicht eine einzige laubreiche, lauschig geheimnisvolle Wegkrümmung, kein einziges größeres Grabmal erinnerte an Dauer, an Familiengefühl. Man befand sich auf einem neuen, nach der Schnur angelegten, numerierten Friedhofe, einem jener Friedhöfe der modernen demokratischen Städte, wo die Toten in behördlichen Schachteln zu schlummern scheinen, wo die jeden Morgen hinzukommenden die am vorigen Tage gebrachten verdrängen und ersetzen, wobei alles, wie bei einem Volksfest, damit Gedränge vermieden wird, unter dem Auge der Polizei vorgeht.

»Verdammt!« murmelte Bongrand. »Hier ist's nicht lustig!«

»Warum?« sagte Sandoz. »Es ist bequem, luftig ... Und, selbst ohne Sonne, wieviel schöne Farbenstimmung!«

Tatsächlich besaßen unter dem grauen Himmel des Novembervormittags und in dem durchdringenden Schauer des Windes die niedrigen, mit Girlanden und Perlenkränzen beladenen Grabhügel sehr feine, reizende Tönungen. Je nach den benutzten Perlen gab es ganz weiße oder ganz schwarze Kränze; und dieser Gegensatz hob sich mit zartem Schimmer aus dem blassen Grün der zwerghaften

Bäumchen hervor. Diesen auf fünf Jahre gemieteten Hügeln weihten die Familien einen reichen Kult. Außerdem war jüngst Allerseelentag gewesen; und so gab es einen besonders reichlich gehäuften Gräberschmuck. Nur die natürlichen Blumen blickten schon verwelkt aus ihren Papiermanschetten hervor. Einige gelbe Immortellenkränze glänzten wie neu ziseliertes Gold. Doch vor allem gab es Perlen. Ein wahres Geriesel von Perlen barg die Inschriften, die Grabsteine und Einfriedigungen. Perlen in Herzform geordnet, verschlungene Hände, Atlasschleifen, sogar Frauenphotographien, vergilbte Vorstadtphotographien, arme, rührend häßliche, linkisch lächelnde Gesichter waren in Perlen gerahmt.

Als der Leichenwagen die Hauptallee entlangfuhr setzte Sandoz, von seiner malerischen Beobachtung angeregt, die Unterhaltung fort.

»Ein Friedhof, für den er mit seiner Begeisterung für alles Moderne Verständnis gehabt haben würde ... Gewiß, er litt an sich; der zu starke Riß in seinem Genie, drei Gramm mehr oder drei Gramm weniger, wie er zu sagen pflegte, als er seinen Eltern vorwarf, daß sie ihn zu mangelhaft gemacht hätten, hat ihn vernichtet. Doch sein Übel lag nicht allein an ihm; er war das Opfer einer Epoche ... Ja, unsere Generation steckt noch zu tief in der Romantik. Wir sind noch immer zu sehr mit ihr imprägniert; mochten wir uns auch noch so sehr von ihr reinigen im kräftigen Bad der Wirklichkeit: der Fleck bleibt, keine Wäsche der Welt vermag seine Spur zu tilgen.«

Bongrand lächelte.

»Oh, ich stak in ihr bis über die Ohren. Meine Kunst hat sich von ihr genährt; ich bin sogar ein Hartgesottener. Wenn es zutrifft, daß mein jüngstes Erlahmen daher rührt, was tut's? Ich kann die Religion meines ganzen Künstlerlebens nicht abschwören ... Doch ist Ihre Bemerkung mit Bezug auf euch Revolutionäre ganz zutreffend. So zum Beispiel für ihn mit seinem großen, nackten Weib da inmitten der Quais, diesem extravaganten Symbol ...«

»Ach, dies Weib!« unterbrach Sandoz. »Sie hat ihm das Leben gekostet. Wenn Sie wüßten, wie er an ihr festhielt! Es war mir gänzlich unmöglich, ihn von ihr abzubringen ... Wie soll man aber klar sehen, wie soll das Gehirn gleichmäßig und solid funktionieren, wenn ein solches Hirngespinst im Schädel herumspukt? ... Ja, obgleich

Ihre Generation doch schon vorangegangen war, steckt unsere noch viel zu sehr im Lyrismus, als daß sie gesunde Werke schaffen könnte. Es braucht eine Generation, zwei vielleicht, bis man dazu gelangt, logisch zu malen und zu schreiben, im hohen, reinen Geist der Wirklichkeit ... Einzig die Wahrheit, die Natur ist die mögliche Grundlage, die notwendige Versicherung. Über sie hinaus fängt der Irrsinn an. Man braucht nicht zu befürchten, daß das Kunstwerk dadurch flach wird. Es ist ja das Temperament da, das den Künstler stets emportragen wird. Denkt denn jemand daran, die Persönlichkeit zu leugnen, den unwillkürlichen Druck des schaffenden Daumens, der deformiert und die Schöpfung zu unserer armen, eigenen stempelt!«

Aber da wandte er den Kopf und fügte plötzlich hinzu:

»Was brennt denn da? ... Zünden sie denn hier Freudenfeuer an?«

Der Leichenzug war beim Rondell angelangt, wo sich das Beinhaus befand, das gemeinsame Grabgewölbe, das sich allmählich mit den aus den Gräbern genommenen Knochen füllte und dessen Deckstein mitten auf einer runden Rasenfläche unter einer Anhäufung von Kränzen verschwand, die pietätvoll auf gut Glück von den Verwandten hier niedergelegt worden waren, deren Tote keine bestimmte Grabstätte mehr hatten. Als der Leichenwagen aber langsam nach links in die Seitenallee Nummer zwei einbog, ließ sich ein Knattern vernehmen, und ein dicker Qualm quoll auf, der sich über die kleinen, den Weg säumenden Platanen erhob. Langsam gelangte man näher und bemerkte von weitem einen großen Haufen erdschwarzer Dinge, die brannten. Endlich verstand man. Der Haufen befand sich am Rande eines großen Vierecks, das man mit tiefen, parallel laufenden Gruben durchzogen hatte, um die alten Särge herauszuholen, bevor man dem Boden andere Leichen anvertraute, so wie der Bauer, bevor er von neuem aussät, sein Stoppelfeld umpflügt. Lange, leere Gräber klafften, und fettige Erdhügel trockneten in der freien Luft. Was an der einen Ecke des Vierecks aber brannte, das waren die vermorschten Bretter der Särge, ein gewaltiger Scheiterhaufen von zerspaltenen, zerbrochenen, von der Erde morsch und rotbraun wie sie gewordenen Brettern. Noch feucht von menschlichem Verwesungsstoff, wollten sie nicht recht Feuer fangen und krachten in kurzen Detonationen, so daß sich zum fahlen Himmel ein nur immer dickerer Rauch erhob, den der Novemberwind herabdrückte, in rotbraune Fetzen zerriß und über den halben Friedhof hintrieb.

Sandoz und Bongrand hatten stumm hinübergeblickt. Als sie aber an dem Feuer vorbei waren, fuhr jener fort:

»Nein, er war nicht der Mann für die Formel, die er brachte. Ich will sagen: sein Genie reichte nicht ganz aus, genügte nicht, daß er sie in einem endgültigen Werk hätte hinstellen können... Und, sehen Sie, wie rings um ihn, nach ihm, die Bestrebungen sich zersplittern! Sie bleiben alle im Entwurf stecken, in der flüchtigen Impression; nicht einer scheint das Zeug zu dem erwarteten Meister zu haben. Ist es nicht betrüblich zu sehen, wie diese neue Auffassung des Lichtes, diese leidenschaftliche, bis zur wissenschaftlichen Analyse getriebene Auffassung des Wahren, diese ganze, so eigenartig begonnene Entwicklung erlahmt, in die Hände der Fingerfertigen gerät und nicht vorwärtskommt, weil ihr erforderlicher Mann noch nicht geboren ist?... Bah, er wird geboren werden! Nichts verliert sich; es muß, es wird Licht werden!«

»Wer weiß? Nicht immer ist das so!« sagte Bongrand. »Auch das Leben kann verkümmern ... Wissen Sie, ich höre Ihnen zu: aber ich bin verzweifelt. Ich sterbe vor Traurigkeit, und mir ist, als ob alles stürbe ... Ah ja! Die Luft der Epoche ist keine gute. Dies Jahrhundertende starrt von Trümmern, von gestürzten Monumenten, von hundertmal umgewühltem Boden, der einen Modergeruch haucht! Kann man sich darin wohlfühlen? Es zerfrißt die Nerven, die große Nervenkrankheit kommt hinzu, die die Kunst trübt. Es ist das Chaos, die Anarchie, der Wahnsinn der in den letzten Zügen liegenden Persönlichkeit ... Noch nie hat man sich so herumgestritten, und nie hat man weniger klar gesehen, als seit man vorgibt, alles zu wissen.«

Sandoz war bleich geworden. Seine Blicke hafteten an den großen, roten, im Wind sich dahinwälzenden Rauchmassen.

»Es mußte so kommen«, sagte er nachdenklich mit leiser Stimme. »Dieses Übermaß von Betriebsamkeit und Stolz auf unser Wissen mußte uns in den Zweifel zurückschleudern. Dies Jahrhundert, das schon soviel Licht gebracht hat, mußte mit der Drohung einer von neuem hereinbrechenden Finsternis enden ... Ja, daher rührt unser

Mißbehagen. Es wurde zuviel versprochen, zuviel gehofft; man glaubte, alles erobern und erklären zu können. Und nun grollt die Ungeduld. Was, man kommt nicht schneller vorwärts? Die Wissenschaft hat uns in hundert Jahren noch nicht die absolute Gewißheit, das vollkommene Glück gebracht? Aber wozu dann fortfahren, da man ja doch niemals alles wissen wird und unser Brot noch ebenso bitter bleibt? Es ist der Bankerott des Jahrhunderts; der Pessimismus wühlt in unserem Innersten, der Mystizismus trübt die Gehirne. Was half's, daß wir mit dem großen Lichtstrahl der Analyse die Phantome verjagten? Das Übernatürliche bietet uns von neuem Fehde, der Geist der Legende erhebt sich, will sich von neuem unser bemächtigen an dieser Raststelle der Ermüdung und Angst ... Ah, gewiß! Ich behaupte nichts; ich selbst bin in mir zerrissen. Aber ich meine, daß diese letzte Konvulsion des alten Geistes der religiösen Ekstase vorauszusehen war. Wir sind kein Ende, sondern ein Übergang, der Beginn von etwas Neuem ... Und das beruhigt mich, tut mir gut, wenn ich glaube, daß wir der Vernunft und der soliden Wissenschaft entgegengehen.«

Seine Stimme verriet eine tiefe Bewegung. Er fügte hinzu;

»Wenigstens stürzt uns der Wahnsinn nicht in seine Nacht, und wir kommen nicht um, vom Ideal erwürgt, wie der alte Kamerad, der da zwischen seinen vier Brettern ruht.«

Der Leichenwagen verließ die Allee Nummer zwei, um nach rechts in die Allee Nummer drei einzubiegen. Ohne etwas zu sagen, deutete der Maler mit seinem Blick auf ein Gräberrevier hin, an dem der Zug sich jetzt vorbeibewegte.

Es war der Friedhof der Kinder. Nichts als Kindergräber, ins Endlose gereiht, von regelmäßig angeordneten, schmalen Wegen getrennt, eine Totenstadt der Kleinen. Ganz kleine weiße Kreuze, kleine, weiße Einfriedigungen, die unter dem Schmuck weißer und blauer Kränze auf dem flachen Gelände fast verschwanden. Der weiche, milchblaue Ton des stillen Planes schien eine Ausblüte der hier in die Erde gebetteten Kinderscharen. Die Kreuze gaben das Alter an: zwei Jahre, sechzehn Monate, fünf Monate. Ein ärmliches Kreuzchen ohne Einfriedigung stand etwas abseits schräg in die Allee hinein und enthielt nichts als die Worte: »Eugenie, drei Tage«. Sie war noch nicht einmal zum Leben erwacht und schlief schon hier, abseits, wie die Kinder, die die Eltern an Festabenden am Extratischchen speisen lassen!

Doch endlich hielt der Leichenwagen mitten in der Allee. Als Sandoz an der Ecke des benachbarten Viereckes dem Friedhof der Kleinen gegenüber die offene Grube sah, flüsterte er bewegt:

»Ah, mein alter Claude, großes Kinderherz, du wirst dich hier neben ihnen wohlfühlen!«

Die Träger hoben den Sarg vom Wagen herab. Vom Wind belästigt, wartete der Priester. Die Totengräber hielten ihre Schaufeln bereit. Drei Nachbarn hatten unterwegs den Zug verlassen; von den zehn waren nur noch sieben übrig. Der kleine Vetter, der, seit man die Kirche verlassen, trotz des schlechten Wetters den Hut in der Hand hielt, trat hinzu. Auch alle anderen entblößten das Haupt. Die Gebete sollten beginnen, als ein greller Pfiff alle aufblicken machte.

Es war an diesem noch freien Ende am Ausgang der Seitenallee Nummer drei ein Eisenbahnzug der Ringbahn, der auf dem hohen, den Friedhof beherrschenden Damm vorbeifuhr. Die grasbewachsene Böschung stieg an mit den geometrischen Linien der schwarz vom grauen Himmel sich abhebenden, durch ihre feinen Drahtfäden miteinander verbundenen Telegraphenstangen. Ein Wärterhäuschen stand da; eine Signalscheibe setzte ihren grellroten Fleck in das Grau. Als der Zug vorbeidonnerte, konnte man genau wie in einem chinesischen Schattenspiel die einzelnen Waggons unterscheiden, und durch die hellen Fensteröffnungen sogar die Gestalten der Passagiere. Und dann waren die Gleise wieder frei und schnitten mit schwarzer Linie am Horizont hin. In der Ferne aber wurden unaufhörlich andere Pfiffe laut; klagend, mit schrillem Zorn, rauh, leidend, angstbeklommen. Dann der dumpfe Schall eines Signalhorns.

»Revertitur in terram suam unde erat ...«, rezitierte der Priester hastig aus seinem Buch.

Aber man vernahm ihn nicht mehr. Fauchend war eine große Lokomotive genaht, die gerade während der Leichenfeierlichkeit hin und her manövrierte. Sie hatte eine gewaltige, überwältigend melancholische Stimme, ließ ein rauhes Zischen hören. Wie ein schwerfälliges Monstrum entfernte sie sich, kehrte zurück, ächzte. Plötzlich ließ sie mit wütendem Brausen Dampf ab.

»Requiescat in pace!« sagte der Priester.

»Amen!« antwortete der Chorknabe.

Alles wurde von der betäubenden Entladung der Maschine verschlungen, die sich endlos anhörte, wie eine gewaltige Schießerei. Gepeinigt wandte Bongrand sich nach der Lokomotive herum. Sie verstummte. Man fühlte sich erleichtert. Sandoz waren die Tränen in die Augen getreten. Die Worte, die er, als er vorhin hinter dem Leichnam des toten Kameraden hergeschritten war, unwillkürlich vor sich hingesprochen hatte, bewegten ihn, als hätte er mit ihm eine von ihren ehemaligen berauschenden Plaudereien gehabt. Es war ihm, als hätte man seine eigene Jugend begraben. Ein Teil von ihm selbst, und der beste, war es, seine Illusionen und Begeisterungen, was die Totengräber da aufhoben, um es in die Tiefe dieser Grube hinabgleiten zu lassen. Aber in diesem furchtbaren Augenblick sollte ein Zufall seinen Kummer noch vermehren. Es hatte die letzten Tage geregnet, und das Erdreich war so weich, daß sich ein plötzlicher Einsturz ereignete. Einer der Totengräber mußte in die Grube springen, um die Erde wieder herauszuschaufeln, was er mit langsamen, rhythmischen Bewegungen tat. Das dauerte und dauerte endlos. Der Priester und die vier Nachbarn, die, ohne daß man wußte warum, bis zuletzt standgehalten hatten, wurden ungeduldig. Oben aber, auf dem Damm, hatte die Lokomotive ihre Manöver wieder aufgenommen. Heulend fuhr sie rückwärts, während bei jeder Umdrehung ihrer Räder aus ihrem offenen Feuerloch ein Funkenregen in den düsteren Tag hineinstob.

Endlich war die Grube leer, der Sarg wurde hinabgelassen, man reichte sich den Weihwedel. Es war vorüber. In seiner liebenswürdig korrekten Art machte der kleine Vetter die Honneurs, drückte all diesen Leuten, die er nie in seinem Leben gesehen hatte, zum Gedächtnis dieses Verwandten, dessen Name ihm bis gestern unbekannt gewesen war, die Hand.

»Er ist sehr nett, dieser Krämer!« sagte Bongrand, der seine Tränen verschluckte.

Weinend wiederholte Sandoz:

»Ja, sehr nett!«

Alle brachen auf. Das Meßkleid des Priesters und der Chorknabe verschwanden zwischen den grünen Bäumen, die Nachbarn zerstreuten sich zwischen den Gräbern und lasen die Inschriften.

Als Sandoz sich entschloß, das halbzugeworfene Grab zu verlassen, sagte er:

»Wir sind die einzigen, die ihn gekannt haben ... Nichts bleibt von ihm, nicht mal ein Name!«

»Er ist glücklich«, sagte Bongrand. »Er hat kein angefangenes Bild da unten in seiner Grube ... Besser sich davonmachen, als sich, wie wir, abzuquälen, unvollkommene Kinder hervorzubringen, denen immer etwas fehlt, die Beine oder der Kopf, und die nicht lebensfähig sind.«

»Ja, es muß einem wahrlich an Stolz fehlen, wenn man sich mit dem Ungefähr und der verlogenen Halbheit zufriedengibt ... Ich, der ich meine Bücher bis zu Ende bringe, verachte mich oft selbst, weil ich sie, trotz all meiner Mühe, unvollkommen und unwahr finde.«

Mit bleichem Gesicht gingen sie langsamen Schrittes Seite an Seite am Rand der weißen Kindergräber dahin, der Romandichter in aller Blüte seiner Schaffenskraft und seines Ansehens, der Maler gebeugt schon, doch mit Ruhm bedeckt.

»Wenigstens ist er logisch gewesen und mutig«, fuhr Sandoz fort. »Er hat sein Unvermögen zugestanden und sich getötet.«

»'s ist wahr«, sagte Bongrand. »Wenn uns unsere Haut nicht so lieb wäre, würden wir tun wie er ... Ist's nicht so?«

»Meiner Treu, ja! Da wir nichts schaffen können, da wir nur schwache Nachbildner sind, wär's das beste, uns auf der Stelle abzutun.«

Sie waren wieder bei dem brennenden Scheiterhaufen angelangt. Er stand jetzt in hellem Brand, zischte und krachte. Aber noch immer sah man keine Flammen; der Qualm war nur noch dicker geworden. Ein scharfer, dichter Qualm, den der Wind in großen Wirbeln dahintrieb und der den ganzen Friedhof in ein Trauergewölk hüllte.

»Wetter, elf Uhr!« sagte Bongrand, der die Uhr gezogen hatte.
Sandoz stieß einen überraschten Ruf hervor.

»Was, schon elf Uhr!«

Er ließ über die niedrigen Gräber, über das weite, perlenschimmernde, so regelmäßige, frostige Gebiet hin einen langen, noch tränenfeuchten, verzweifelten Blick gleiten. Dann fügte er hinzu:

»Gehen wir an die Arbeit!«

Über tredition

Eigenes Buch veröffentlichen

tredition wurde 2006 in Hamburg gegründet und hat seither mehrere tausend Buchtitel veröffentlicht. Autoren veröffentlichen in wenigen leichten Schritten gedruckte Bücher, e-Books und audio-Books. tredition hat das Ziel, die beste und fairste Veröffentlichungsmöglichkeit für Autoren zu bieten.

tredition wurde mit der Erkenntnis gegründet, dass nur etwa jedes 200. bei Verlagen eingereichte Manuskript veröffentlicht wird. Dabei hat jedes Buch seinen Markt, also seine Leser. tredition sorgt dafür, dass für jedes Buch die Leserschaft auch erreicht wird.

Im einzigartigen Literatur-Netzwerk von tredition bieten zahlreiche Literatur-Partner (das sind Lektoren, Übersetzer, Hörbuchsprecher und Illustratoren) ihre Dienstleistung an, um Manuskripte zu verbessern oder die Vielfalt zu erhöhen. Autoren vereinbaren direkt mit den Literatur-Partnern die Konditionen ihrer Zusammenarbeit und partizipieren gemeinsam am Erfolg des Buches.

Das gesamte Verlagsprogramm von tredition ist bei allen stationären Buchhandlungen und Online-Buchhändlern wie z. B. Amazon erhältlich. e-Books stehen bei den führenden Online-Portalen (z. B. iBookstore von Apple oder Kindle von Amazon) zum Verkauf.

Einfach leicht ein Buch veröffentlichen: **www.tredition.de**

Eigene Buchreihe oder eigenen Verlag gründen

Seit 2009 bietet tredition sein Verlagskonzept auch als sogenanntes "White-Label" an. Das bedeutet, dass andere Unternehmen, Institutionen und Personen risikofrei und unkompliziert selbst zum Herausgeber von Büchern und Buchreihen unter eigener Marke werden können. tredition übernimmt dabei das komplette Herstellungs- und Distributionsrisiko.

Zahlreiche Zeitschriften-, Zeitungs- und Buchverlage, Universitäten, Forschungseinrichtungen u.v.m. nutzen diese Dienstleistung von tredition, um unter eigener Marke ohne Risiko Bücher zu verlegen.

Alle Informationen im Internet: **www.tredition.de/fuer-verlage**

tredition wurde mit mehreren Innovationspreisen ausgezeichnet, u. a. mit dem Webfuture Award und dem Innovationspreis der Buch Digitale.

tredition ist Mitglied im Börsenverein des Deutschen Buchhandels.

Dieses Werk elektronisch lesen

Dieses Werk ist Teil der Gutenberg-DE Edition DVD. Diese enthält das komplette Archiv des Projekt Gutenberg-DE. Die DVD ist im Internet erhältlich auf **http://gutenbergshop.abc.de**